国家出版基金项目
NATIONAL PUBLICATION FOUNDATION

清詩話全編

嘉慶期六

張寅彭 編纂
姚蓉 點校

上海古籍出版社

第六册目次

香雪園詩話

香雪園詩話提要

《香雪園詩話》六卷，據上海圖書館藏稿本點校。王誠字伯城，號四峰、西林，江蘇南匯人。貢生。有《香雪園集》。有嘉慶十九年俞寶華序，書中記事署年最晚者爲嘉慶癸酉，應即成於此際。議古論今，略無詮次。大抵主性靈，至謂「詩緣乎情，情之所鍾，雖偏亦好」。其「偏」者，個性特色也。故「皆其偏則拙」，然亦不能「效其偏」。如温李偏，西崑效之反不及；黄陳偏，江西中人效之亦不及。蓋「不本性靈，專趨風氣，安能勝人」。不失爲乾嘉間性靈詩觀一深入之説法也。又以李賀之刻意求新爲嫌，而許白居易、楊萬里之白戰，皆可見其取向。論前明及本朝人稍詳，如謂梅村詩叙事全以用典得「古茂」之效，漁洋詩古自古、律自律，故不取東坡之以古入律之類，亦屬有見。其論乾隆以來近人詩，每兼叙其事，頗重其鄉前輩黄之雋。又不避「拉雜」之譏，而直録工匠門役之詩，亦可見《隨園詩話》遺風未泯也。

序

園香花雪，纔倚玉笛以飛聲；溪冷研雲，重續珊鈎之佳話。亦以種松門閉，半感鷗侶之徜徉；因之束笋卷多，遂唤龍賓而檢點。此四峰王丈《香雪園詩話》所以作也。眼同朗月照來，靡鏬隙之逃；心似活雲著處，妙圓通之法。選憑好句，人賡《白雪》之音；罵誚達官，騢絶碧雲之影。寄心詩書畫三絶，通禪彈指去來今。百年感逝，無奇不録，有美咸收。如焚百和之香，似釀千華之蜜。用資拊掌，敢惜揮毫？因叨敬禮之舊知，復索子期之新解。不知華四聲犓解，殊愧嘔心卅載結交。偏多饒舌，呼騶卒以商競病，招羊僧而問推敲也。思船唇鞍背之餘閒，試取紙角筆頭而從役。無如噉名則才多似鯽，搜句則性懶于蠶。上下二千年不知許事，縱横一萬里豈敢憚行？奈遲掃葉之勤，已致積薪之慨。輸君六卷，卓爾千秋。佛眼長明，仙心自雜。爲報風寒吹劍，我與我寧作周旋；試看日朗懸壺，卿用卿任詩駕馭。嘉慶甲戌潮生日，鹽官弟俞寶華拜手。

香雪園詩話卷一

南匯王誠田峰著

趙松雪論書云：「結體因時變新，用筆千古不易。」劉夢得有句云：「柳家新樣元和脚。」山谷云：「取其字製之新。」又柳某求書于東坡，坡公答之曰：「君家自有元和手，莫厭家雞更問人。」皆謂書法也。元豐中，晁無咎作詩文極有聲韵，陳無己戲之曰：「聞道新詞能入樣，湘州紅纈鄂州花。」近趙甌北曰：「李杜詩名萬古傳，到今已覺不新鮮。」蓋謂此也。用知書與詩，不尚恬熟，時出新意，而仍不背古法，乃妙。若一味求新，而脱古法，謂之「野才子」，不可爲訓。

滄浪濯足，他山攻玉，庖丁解牛，痀瘻承蜩。若以法眼觀，無俗不真；若以世眼觀，無真不俗。詩境當作如是觀。

歐陽公嘗改定平生所爲詩文，用思甚苦。夫人止之曰：「何自苦如此，當畏先生嗔耶？」公笑曰：「不畏先生嗔，却畏後生笑。」人言蘇公作詩文，落稿便是；歐公作詩文，愈改愈妙。

少陵《飲中八仙歌》直叙八人，似無倫次。然細按之，實有次第，顛倒不得。知章晚節誕放，眼花落井，猶不自覺，何異流俗醉人，故以阮咸騎馬似乘船比之，蓋譏之也。汝陽三斗酩酊，不能下殿，猶見酒流涎，品與知章相似，故次之。左相與李林甫争權不協，作詩曰：「避賢初罷相，樂聖且啣杯。」知其於飲酒時，意殊悻悻，品未善也，故稍進之。宗之以美少年風流可喜，不應白眼望青天，蹈此酒人放廢習氣，故尚與左相同稱。蘇晉醉中逃禪，得胡僧繡彌勒本，曰：「是佛好米汁。」佛不飲酒，以酒加佛，語雖不倫，頗有别致，故較勝宗之。李白斗酒百篇，沉香亭賦詩，白蓮池作序，才華因酒發越。張旭醉後草書，若有神助，二人才因酒倍，故進而上之。然酒態形于殿前，究非人臣極則，故旭勝于白。至于焦遂，口吃不善辭，乃至五斗卓然，高談雄辨，旁若無人。不但酒可助才，抑且酒能去疾。意氣之妙、品格之高，并不落文士生活矣。故以是爲止觀。箋杜者未見拈出，臆斷如此。近吴梅村作《畫中九友歌》，首董尚書，次王烟客、王廉州，次李長蘅、楊龍友、張爾唯，皆科第。次程孟陽、卞潤甫、邵僧彌，皆布衣。以爵位分前後，稍變杜法。

太白《清平調》三章，有謂全寓刺諷者，有謂全非刺諷者，紛紛聚訟，余終不解。夫奉旨題詩，非雍容揄揚，即藴藉規諫。白當醉後，乃酣嬉跌宕，極將太真摹寫姿態，任筆揮灑。若經意，若不經意，詞條淫艷，豈尚有珥筆詞臣風味乎？其被高力士藉爲讒口，宜哉。今若飲酒士大夫家，將其姬妾調笑，形諸筆墨，似嘲似贊，豈復成詩？以帝王之家，而膽敢如是。人以白爲誤投永王璘罪，不知璘之異志。白非預知猶可原。以不知人之罪，作沉香亭詩，而僅予貶斥，幸遇天寶風流，未膺大禍耳。竊謂當時設非大醉，太白必不爲此。而注詩家嘆其敏捷，互相解釋，從未議其爲非，何也？歐陽公讀唐人牡丹詩，但稱劉夢得，而絶不稱太白，蓋以此歟？

謫仙墓在采石磯，上有太白樓，往來題詠殆遍。楊循吉《蓬窗雜記》載一詩云：「采石江邊一抔土，李白詩名耀千古。來的去的寫兩行，魯班門前掉大斧。」詞氣粗俚，不足存也。予昔見樓上柱聯云：「我輩到來須飲酒，先生在上莫吟詩。」一般戲言，却較俊峭。

刻意求新，以致不近人情者，莫如李長吉。而杜牧極稱之，以爲使賀不死，少加以理，可以奴僕命騷。乃觀牧集中，未嘗有一語似賀者。何也？按賀集中，有可學者，如《金仙辭漢歌》、《春坊正字劍子歌》、《雁門太守行》、《秋夜讀書》、《贈張太徹》、《題趙生壁》、《青花紫石硯歌》、《高軒過》、《宮娃歌》、《將進酒》、《白虎行》數首，光怪陸離，可藥平庸之質。至若「郎食鯉魚尾，妾食猩猩脣」；「東家嬌娘求對值，濃笑畫空作唐字」；「青霓扣額呼宮神，鴻龍玉狗開天門」；「羲和敲日玻瓈聲」；「月漉漉，波烟玉」，苦心作怪。效之者非晦即俚，非澀即妄。

陸放翁宦途清正，畏韓侂胄勢焰，早自託病抽身，爲南宋第一流人物。然爲侂胄作園記二篇，世每少之。其《南園記》篇末云：「自紹興以來，王公將相之園林相望，莫能及南園之髣髴者。公之志，豈在于登臨遊觀之美哉？始曰『許閒』，終曰『歸耕』，是公之志也。公之爲此名，皆取于忠獻王詩，則公之志，忠獻之志也。與忠獻同時，功名富貴略相埒者，豈無其人？今百四五十年，其後往往寂寥無聞。韓氏子孫，功足以銘彝鼎、被弦歌者，獨相踵也。逮至于公，勤勞王家，勳在社稷，復如忠獻之盛，而又謙恭抑畏，拳拳志忠獻之志，不忘如此。此公之子孫，又將嗣公之志而不敢忘。則韓氏之昌，將與宋無極。雖周之齊魯，尚何加哉！」此記固無解于不諛。其《閲古泉記》云：「游按泉之壁，有唐開成五年道士諸葛鑑元八分書題名。蓋此泉湮伏弗耀者幾四百年，公乃復發之。時閲古，蓋先忠獻王以名堂者，則泉可謂榮矣。游起于告老之後，視道士爲有愧，其視泉尤有愧也。」不敢以泉擬侂胄，而以泉自愧。其詞遜，其旨遠，婉而多風，真危行言遜之道。但其自訂《渭南集》，弗録二記，畏人之多言，亦未嘗不自病也。今惟毛氏汲古閣鈔石搨，刻在逸稿中。按侂胄築南園，曾屬楊誠齋爲記，許以掖垣。誠齋曰：「官可棄，記不可作。」侂胄不得已，轉屬放翁，放翁應之。夫放翁之詩，勝于誠齋。而誠齋之風格，又在放翁上矣。特其臨終《示兒》有句云：「王師北定中原日，家祭無忘告乃翁。」自見氣度。

文文山先生獄中《上巳》詩云：「泥沙一命九分九，風雨六年三月三。」《寒食》和韵云：「龍蛇澤裏清明五，燕雀籠中寒食三。」垂死陶情，想見從容氣象。先生有硯，名「玉帶生」。潮陽之敗，公被執，硯留僚佐謝皋羽處。皋羽當西臺慟哭時，必置硯于位側。國初此硯猶在吴中，會稽張思廉、秀水朱竹垞皆有詩。

元旦詩用屠蘇酒，始于陳陶「萬宇靈祥擁帝居，東華元老薦屠蘇」。用膠牙餳，始于白樂天「歲盞後推藍尾酒，春盤先薦膠牙餳」。上元用「燈」字，始于張説「龍銜火樹千燈焰，雞踏蓮花萬户春」。後金幼孜「九門燈火雲霄上，午夜山河錦繡前」可與抗行。寒食詩多用「餳」字，始于沈佺期「馬上逢寒食，春來不見餳」。義山亦有「粥香餳白杏花天」句。而宋祁「草色引開盤馬地，簫聲吹暖賣餳天」勝之。清明用「烟」字，始于祖詠「清明烟火新」句。而韋莊「寒食花開千樹雪，清明日出萬家烟」勝之。五日用「粽」字，始于王禹玉「争傳九子粽，皇祚續千秋」。後之「香黍筒爲粽」與「九子粘蒲玉粽香」等句，俱未佳。七夕「巧」字，始于楊樸「年年乞與人間巧，不道人間巧幾多」句。後之「巧拙豈關今夕事」，及「幾時留巧在人間」等句，俱平庸。不若孔平仲「衆人喜乞巧，我以巧爲憂」，又「盡室衆巧門，化以孔與周」句獨妙。又趙與榧「乞巧難醫拙，藏針不砭狂」；宋琬「自安方寸拙，不敢佞天孫」，或明用，或暗用，亦佳。九日用「糕」字，始于宋子京「劉郎不敢題糕字」。嗣，即有崔德符「買糕沽酒作重陽」句。後之用者，惟金有學「嬌女指端裝菊枕，稚孫頭上搭花糕」句最趣。

太白《蜀道難》云：「蠶叢乃魚鳧，開國何茫然。爾來四萬八千歲，不與秦塞通人烟。」其説本揚雄《蜀記》。議者曰：「岷、嶓載于《禹貢》，庸、蜀見于《牧誓》，非至秦始通也。」予謂白豈失考，不過極言其險。如《贈賈舍人》曰：「聖主恩深漢文帝，憐君不遣到長沙。」《古詩》曰：「如何舞干戚，一使有苗平。」《古朗月》云：「羿昔落九烏，天人清且安。」《梁父吟》云：「閶闔九門不可通，以額觸關閽者怒。」《山水圖》云：「蛾眉高極西出天，羅浮直上南溟連。」將古語或翻用，或正用，或深一層用，此謫仙天造之筆。自人觀之，若可解，若難解耳。楊升菴云：「用古有翻案法，有伐材法，有奪胎法，有换骨法。」此奪胎法。拙者泥于古而不知變，往往妄加訾議。

陶詩自蘇氏兄弟一和，繼之者不少。吴中祝枝山以闊大勝，瞟城黄陶菴以雄奡勝，而二蘇以新警勝。山谷跋語云：「子瞻謫嶺南，時宰欲殺之。飽吃惠州飯，細和淵明詩。彭澤千載人，東坡百世士。出處雖不同，風味乃相似。」論清真淡遠，俱遜于陶。論新警、無斧鑿痕，則東坡尤勝于潁濱。王梅溪直曰：「暮年海上詩更高，和陶之詩又過陶。」此又尊題法也。

《抱朴子》曰：「俗士多云今月不如古月之朗。」李白詩有《古朗月行》。又《把酒問月》云：「今人不見古時月，今月曾經照古人。」又王昌齡云：「秦時明月漢時關。」杜牧之云：「二分明月在揚州。」一月也，而地有多少、時有古今、月光有低昂。然則一人也，安得無愛憎顛倒、毀譽失實耶？

有人求楊升菴作烈婦詩，升菴率意應之。夜夢婦人曰：「君當今名士，而聊草如此。妾死江邊，亦博名也。若不改作，我必爲厲鬼以禍君。」升菴覺而懼，重吟一律，有「願隨斑竹江邊死，不逐胡笳馬上生」句。是夜復夢婦來謝曰：「妾得是詩，雖死猶生矣！」

有所偏者，必加一字評。如郊寒島瘦、元輕白俗、許澀賀詭、陶真韋淡，皆切當不移。然古人各出性情，即有所偏。如伊之任，柳之和，夷之清，其可傳者自在。夫詩緣乎情，情之所鍾，雖偏亦好。若訾其偏則拙，效其偏則爲前人掩。是故温李之派作，流爲西崑，偏也。試取楊劉諸詩集誦之，未見其或及于温李也。黄陳之派作，流爲江西，偏也。試取三洪、二謝、二林諸詩集誦之，未見其或及于黄陳也。不本性靈，專趨風氣，安能勝人？

義山《錦瑟》詩，山谷讀之不解，問東坡，坡曰：「此出《樂志》。中四句，乃貼『適』、『怨』、『清』、『和』四字。」劉貢父謂《錦瑟》乃當時貴人愛姬之名。或云即義山自悼其妾。鄙意觀其起結處，只是舊日閒情。後來感歎之語，中間切瑟上夾寫，極摹當日情況，不知是否。

前人謂山谷、東坡文章妙天下，其短處在駡人。文衡山亦云：「近來陸貞山文最勝，然開口便駡人，亦是一病。」明季黄九烟周星有《駡人歌》，筆意奇肆，可博軒渠：「黄九烟，善駡人。何物黄九烟？爾乃善駡人。人言爾善駡，爾果駡何人？九烟聞此驚發悖，笑且不敢那敢嗔？熟思駡人非容易，古今幾輩堪指陳。我所知者漢高帝，輕士嫚罵同兒戲。亦有潁川灌將軍，行酒罵坐多意氣。下此復見禰正平，捶地大罵坐曹營。更有裴邈與謝奕，極罵兩王皆不爭。似此煌煌標簡册，流傳千載多生色。伉爽雖云快一時，敢説罵人爲盛德。又况諸君皆人豪，富貴文章一羽毛。下視王侯如糞土，何有齪齪小兒曹。欲求一罵安可得，斧鉞分明華衮褒。若較九烟則懸絶，譬彼鯤鵬視蚍蟻。九烟此日夫如何，纍狗驚烏甕中鼈。人不罵我幸甚哉，我敢罵人自作孽？從來人苦不自知，惟我知我了不欺。生平正直復忠厚，小心畏義恒謙卑。有腰不能工傴僂，有舌不解效嚅唲。窮途每遭輕薄子，逡巡却走便長辭。有時不幸遇權貴，側身斂手惟低眉。似此笑啼俱不敢，一生安有罵人時？奈何世情多險毒，小人慣度君子腹。深情厚貌慘鏌鋣，鈎距深文利如鏃。轉喉觸諱固當懲，緘脣腹誹寃何酷。春秋誅意豈其然，吁嗟俯仰真跼蹙。我今被謗不欲辨，但指天日祈聽讞。九烟實不妄罵人，若罵人者乃瘈犬。我聞天上有百神，若罵人者神當殄。更聞地有拔舌獄，若罵人者定不免。不罵云何説罵人，誰歟造謗應面靦。變亂黑白倒是非，冥冥未必無陰譴。九烟此語真復真，日星雷火同炳麟。語罷投筆復大笑，九烟何嘗不罵人。上下千年半塊壘，大都少可多齟齗。么麽鬼子安足罵，章章杞檜亦非倫。我曾一罵假曹瞞，奸雄亂賊劇凶殘。我曾再罵頑馮道，五姓中誇長樂老。我曾三罵邪李贄，非聖無法恣横議。古今人物似塵沙，九烟所罵不過是。至于頹俗慨江河，善人苦少惡人多。魑魅鬼蜮工反側，虎狼盗賊紛干戈。兩觀當誅雷當殛，此曹不罵更如何。我今向人首百頓，九烟一言乞聽信。可罵與否自在人，我罵與否何須問！」

乾隆丙申，詔徵天下書籍。婁邑周晉山厚堉呈一百餘種。中有《兩漢博聞》，御題七言一律于卷首。又賜「藏書舊家」額、原板《佩文韵府》一部。厚堉謹勒御筆，樹之天馬山山舟園來雨樓前，一時作詩者甚衆。陳華苹逢堯作七古，可當紀事史。其詞曰：「吾松名家富縹緗，前有顧陸後王張。最古干山數周氏，淳熙之朝始收藏。山舟書目歷千載，瑶函碧賻精裝潢。一朝天子修四庫，蒐羅散佚窮遐方。周生獻書呈北闕，書樓静夜騰虹光。六經根底正譌謬，兩漢博聞參微茫。翰林印記載年月，聲名文物誰頡頏？名園畫閣舊藏弆，玉階猶帶芸椒香。藏書舊家擘窠字，書成勅賜懸雕梁。五十六字吟尺幅，文華殿上頒宸章。旌旗十道耀山谷，重臣親捧來山莊。此時西清填玉籍，此時東璧開文昌。奇書捆載偏天下，榮光誰比山舟倉？彭城才子郝隆腹，望闕稽首朝墨王。作歌紀事四十絶，蓋以碑刻觀洋洋。風流家世幾百載，蘭臺著述燕許揚。晴窗棐几一啓卷，不數魏晉與梁唐。讀書廿世不失守，異數應有鸞鳳翔。他年玉殿傳臚唱，姓名先向御屏詳。」華苹采芹時，學使謝金圃先生閲《衢尊賦》，獨冠七邑，遂有詩名。

香雪園詩話卷二

南匯王誠四峰著

《成都古今記》：「正月燈市，二月花市，三月蠶市，四月錦市，五月扇市，六月香市，七月七寶市，八月桂市，九月藥市，十月酒市，十一月梅市，十二月桃符市。」蜀人能詩者節節賦之，大抵皆竹枝、柳枝詞類耳。

黃巢爲李克用所敗，依張全義，復爲僧于洛陽。自題其小像云：「記得當年草上飛，鐵衣脱盡着僧衣。天津橋上無人識，獨倚欄干看落暉。」活畫出草賊落魄形狀。

東坡詩云：「陸子詫中泠，次乃康王谷。蟖碚頃曾嘗，瓶罌走僮僕。」按此則水之宜茶者，以金山中泠爲上，廬山康王谷爲第二，再次則扇子峽蝦蟇碚。乃考陸羽《茶經》，則曰：「山水上，江水次，井水下。」又劉伯芻品爲七等，以揚子江南零水爲第一，惠山石泉第二，虎丘石井第三，丹陽寺井第四，揚州大明寺井第五，松江第六，淮水第七。至李秀卿又品爲二十等，廬山康王谷第一，惠山石泉第二，蘄州蘭溪石水第三，扇子峽蝦蟇口第四，虎丘寺井第五，廬山招賢寺下方橋潭水第六，揚子江南零第七，洪州西山瀑布第八，桐柏淮源第九，廬山龍池頂水第十，丹陽寺井第十一，揚州大明寺井第十二，漢江中零水第十三，五虛洞香潔第十四，武關西水第十五，松江水第十六，天台千丈瀑布第十七，柳州圓泉第十八，嚴陵灘水第十九，雪水第二十。紛紛評泊，原非定案。但爲好事者作詩料可耳。

焦山《瘞鶴銘》，蘇子美、黄山谷皆謂右軍書，歐文忠公《集古録》謂顧況書，王伯思《東觀餘論》又謂陶宏景書，劉無言又謂王瓚書。蘇子美詩曰：「山陰不見换鵞經，京口新傳瘞鶴鳴。」山谷詩曰：「小字莫作癡凍蠅，樂毅論勝遺教經。大字無過瘞鶴銘。」亦未必鑿然謂右軍也。昔朱子譏辨《蘭亭》者，謂「不特議禮如聚訟」。今銘既無名，必欲互相辨難，是又爲朱子所譏者也。

孟蜀後主妃花蕊夫人，效王建作《宫詞》百首。蜀亡，宋祖召使陳詩。呈其國亡句云：「君王城上竪降旗，妾在深宫那得知？十四萬人齊解甲，更無一個是男兒。」近嘉定吴香巖作《十國宫詞》云：「花蕊多才樂府諳，詩篇手寫篋中函。君王著述徵輕艷，爲賦宫詞溯雅南。」按蜀主能文章，嘗作箴戒諸子。較勝諸國，惜以一隅亡。《藝文志》載妃姓徐，《後山詩話》謂姓費，未知孰是。

東坡云：「嶺南人食者竹筍，庇者竹瓦，載者竹筏，爨者竹薪，衣者竹皮，書者竹紙，履者竹鞵，不可一日無此君。真有愧于竹矣！」幼時見毛西河詩，有「塞北種羊難易地，嶺南愧竹未虚心」句，不解所謂。及讀坡集，方知出處。

東坡偶得疾，求麻衣道人醫。道人耳聾，以手畫字爲應對。東坡戲之曰：「我以手爲口，君以眼爲耳。」相笑以爲趣語。亡友錢心葵向誠，中年目忽瞽，不能應試，挾星家術以遊。一日顧予，予贈曰：「我以口爲揖，子以耳爲視。讀書我善忘，一一問于子。贈子詩不書，還以口爲紙。」戲襲東坡法也。

東坡《種橘帖》云：「我性好種植，尤喜接菓木。陽羡在洞庭上，柑橘易得，思種橘三百本。昔屈原作《橘頌》，余擬構一亭，名之曰『楚頌』。」邑城李吟香，得東坡《題烟江叠嶂圖》石刻，名其室曰「蘇齋」。主賓唱和，刻成卷帙。余題其柱聯云：「亭貯橘香思楚頌，客觀石墨聚蘇齋。」借種橘事作對也。昌黎《送窮文》，傳誦已久。朱竹垞作《送窮詩》云：「吾家五窮鬼，四世推不去。今晨縛車船，送往河隄住。水萍風中絮，散作千百身。勿使天壤間，乃有石季倫。」昌黎送不出，忍一家窮。竹垞送出去，要大家窮。

達人之言，今人所諱。右丞：「新家孟城口，古木餘衰柳。來者復爲誰，空悲昔人有。」舉頭天外，掃盡俗情。朱竹垞云：「移種盆松六尺强，欲當車蓋蔽斜陽。不知黛色成陰日，此地何人結草堂？」器量相似。蓋達則闊，諱則隘；達則雅，諱則俗。若贈他人則不然，規諫爲上，頌禱次之。

予在淮上，飲淮守伊公輸布席上，觀倒刺。主賓二十餘人，相約有詩者主人出纏頭，以伶之美者行酒。伊公首唱一絶云：「柳腰貼地軟于綿，好似風狂柳起眠。偶向回光燈下看，小蠻年少不勝憐。」餘皆妍媸互見，不能記憶。陸樸堂先生獨曰：「能背名人詩者，可代己作乎？」主人曰：「可。」因誦一絶曰：「雪後風燈熖熖寒，雲韶舊部走伶官。一雙手技從容入，勝舞銀貂小契丹。」朱竹垞作也。

王建《宫詞》百首，述唐宫中事極詳。初爲渭南尉，與宦者王守澄有宗人之分，因飲酒相謔。守澄深憾之，曰：「弟作宫詞，禁掖森嚴，外人何以知之？將奏劾焉。」建因作詩曰：「先朝行坐鎮相隨，今上春宫見長時。脱下御衣偏得著，進來龍馬每教騎。嘗承密旨還家少，獨奏邊庭出殿遲。不是當家頻向説，九重怎遣外人知？」事遂寢。

穿池築臺，春秋所戒。高高下下，而欲以叠石成名，難矣。然梅村作《張南垣傳》何也？蓋别有寄託焉。其詞曰：「南垣工于叠石。亂石紛紛，或卧或立，躊躕四顧，正勢側鋒，横支竪理，皆默識在心。呼衆工曰某石置某處，若金在冶，尺寸不爽。其所爲園，則李工部之横雲、虞觀察之豫園、王奉常之東郊、錢宗伯之拂水、吴吏部之竹亭爲最著。」嘗謂梅村曰：「自吾以此術遊江南也，數十年來，名園别墅易其主者，比比是矣。奇花異石蕩于兵火，他人輦取以去，吾仍爲之營置者，輒數見焉。吾懼石之不足留吾名，而欲得子文以傳之也。」余讀此傳得四語曰：「物换星移暗愴神，名園别墅盡荆榛。殷勤著出《南垣傳》，不比宗元傳梓人。」

《復齋漫録》云：飛燕爲皇后，寵衰。女弟合德，絶幸爲昭儀，居昭陽宫。夫昭陽，昭儀所居也，非謂飛燕。今所傳太白詩「可憐飛燕在昭陽」，實則「倚新妝」，誤爲「昭陽」。

《閩主金鳳外傳》：三月上巳，延鈞修禊桑溪。金鳳偕後宫流觴娱暢，絲竹管絃更番叠奏。端陽日選彩舫數十於西湖，每舫載宫女二十餘人，延鈞御大龍舟以觀。金鳳使宫女同聲歌曰：「龍舟摇曳東復東，采蓮湖上紅更紅。波淡淡，水溶溶，奴隔荷花路不通。」又曰：「西湖南湖鬥彩舟，青蒲紫蓼滿中洲。波渺渺，水悠悠，長奉君王萬歲遊。」時有小吏歸守明，美皙如玉。延鈞嬖之，呼爲歸郎。日侍禁中，夤緣與金鳳通。又有百工院使李可殷，因歸郎以通金鳳，造九龍帳以進。國人歌之曰：「誰謂九龍帳，惟貯一歸郎。」金鳳以李倣進。及爲后，倣自矜其功，且微聞九龍帳事，頗横恣。金鳳不能堪，令可殷譖之延鈞。倣乃盛飾其妹春燕以進，燕婉媚絶代，遂見大幸。其後延鈞子昶，淫肆。延鈞立春燕爲淑妃，既欲廢夫人李氏而立春燕爲后。宣徽使葉翹諫阻，批其紙尾曰：「春色曾看陌上頭，亂紅飛盡不禁秋。人情自厭芳華歇，一葉隨風落御溝。」時有士人詩曰：「九龍帳冷鳳高飛，春燕新來入紫微。聽到華清池上曲，一般顛倒是宮幃。」

計改亭東云：「予與陳其年同讀書于宋司業德宜家。其年居西舍，予東舍，燈火相照。予不能夜坐而喜早起，其年吟詠必至夜分，而起每遲。其年好爲驚艷絶麗之文，予嗜蒼涼古質之作。兩人性不相易，而至相契。」司業贈詩曰：「詞條愈殊心愈合，右廂才起左才眠。」一時風雅主賓，深人景慕。

陳勤文世倌《煮粥》句云：「煮飯何如煮粥强，好同兒女細商量。一升可作三升用，兩日堪爲六日糧。有客只須添水火，無錢不必作羹湯。莫嫌淡泊少滋味，淡泊之中滋味長。」吴白華先生《謝人餽薹菹》詩曰：「如水清簾午氾陰，坐收旨蓄慰冬心。菜根風味分甘好，不數交情筮斷金。」出于富貴人口，尤覺風趣。

吴草廬《讀尚書絶句》云：「前漢今文古，後漢古文今。若論伏勝功，遺像當鑄金。」竹垞《讀左傳次其韵倣之》曰：「魯史王正月，群疑積至今。邱明一周字，直可抵千金。」以詩論史，一語抵人百語。

不用故事點綴，而能叙事古茂者，梅村亦不能。董文友《以寧席上看弄丸歌》云：「當筵少年擊鼉鼓，更一少年袒臂舞。足以紅錦靴，腰間五色組。手持一丸摩雲端，一丸未落復一丸。雙丸將落承以頂，須臾重入雲中看。更出七丸在肘後，兩手承蜩左復右。旁有少年拍手嗤，大言此技安足奇。摩頂至地身倒懸，以足弄丸目不施。七丸上下聲相擊，擊聲一依鼓爲節。是時我醉不欲眠，紛紛羅袖屏前列。」又黄脣堂之雋《詠水碓》云：「轉輪在水稻在屋，糠粃如塵米如玉。誰其爲之機與軸，坎臼在地杵在木。横貫輪心輪運瀑，以溪之水代人足。列杵五六杵齒齒，一杵入臼一杵起。圓輪迫杵水迫輪，急急晨昏春不止。溪女鬟插山花紅，列坐臼旁如課功。從容揎袖簸揚畢，勞逸不與我鄉同。我來如聽一部之水樂，輪音爲商杵爲角。」讀此勝看兩幅圖畫。

黄脣堂作詩，大半白戰。如《白鬚》云：「堪使稚孫捋，幸無嬌妾嫌。」《秋夜》云：「月鏡磨雲急，花房宿露深。」《復夜》云：「每燒一寸燭，又送百分陰。」《登北高峰》云：「問途溪有女，乞茗寺無僧。」《柳花》云：「風裊裊時難墮地，雪漫漫處不沾衣。不宜雨裏宜風裏，未見開時見落時。」《上杭道中》云：「三冬抛却讀書樂，十日趲成行路難。」在唐則白樂天，在宋則楊萬里，直備兩家筆意。葉恒齋先生稱其詩中之禪，文中之妖，信然。按脣堂以名諸生授徒鄉里，海寧陳文簡公招至京師，年四十三矣。入北闈鄉試，查雲標中翰夢脣堂中式四十五名。及鄉榜發，則第十三，不驗。會試第二十七，殿試第二甲第二人，合三試而名數適符。

杜詩無海棠，或以少陵母名海棠。放翁以爲在蜀多年，豈無詠及？或偶失之耳。未知孰是。放翁詩獨多海棠。如《即事》云：「走馬碧雞坊裏去，市人唤作海棠顛。」《諸家園》云：「緑章夜奏通明殿，乞借春陰護海棠。」《趙園》云：「政爲梅花憶兩京，海棠又滿錦官城。」《錦亭》云：「夜宴新亭海棠底，紅雲倒吸玻璨鍾。」《醉書》云：「燕子歸來新社雨，海棠開後却春寒。」《懷成都》云：「一梢紅破海棠回，數蕊香新早動梅。」《春行》云：「猩紅帶露海棠濕，鴨緑平堤湖水明。」《自戲》云：「桃李成塵渾不數，海棠也作臙脂雨。」九十歲猶作《海棠歌》云：「若使海棠根可移，揚州芍藥應羞死。風雨春殘杜鵑哭，夜夜寒衾夢還蜀。何從乞得不死方，更看千年未爲足。」偶憶數處如此，其餘尚復不少。歷觀詩篇之富，莫過放翁。其自言曰：「脱巾莫嘆髮成絲，六十年間萬首詩。」概可知矣。

劉後村云：「近歲詩人雜博者堆隊仗，空疎者窘材料，出奇者費搜索，縛律者少變化。惟放翁記問足以貫通，力量足以驅使，才思足以發越，氣魄足以陵暴。」所謂「平章春韭秋菘味，拆補天吴紫鳳圖」，觀其自賦，真不愧數語矣。

黄山谷《贈米元章》云：「我有元暉古印章，印刓不忍與諸郎。虎兒筆力能扛鼎，教字元暉繼阿章。」然則米友仁之字元暉，乃山谷所命也。謂元章爲阿章，猶之謂陸遜爲阿蒙，蓋親之也。

姚藏山名雙南，字性和。多病，廢舉業。專事吟詠，筆秀而韻清。二十七歲時，一友戲之曰：「有長吉之虞，無老泉之憤。」藏山詩曰：「瞥眼韶華念七春，多愁多病賸閒身。百年以後原無我，五字之間肯讓人？作賦才雖輸李賀，讀書志每慕蘇洵。閻浮不許匆匆死，爲有堂前白髮親。」又有《楊花》詩曰：「春盡江南曲岸村，不堪舉目日昏昏。漫天飛去渾無跡，貼地看來尚有痕。似我飄零真薄命，爲伊淪落倍消魂。夕陽亭畔懷人處，攪亂離愁入酒尊。」觸景傷懷，可以想其遇矣。

言情之什，最忌舊典堆塞，誇耀工麗，不知拾前人牙慧，數見不鮮。吾邑施四香先生名濬，字協文。有《劍嘯樓稿》。工于言情，不襲舊調。其《即事次韻》云：「瀟洒凉生夜，香篝照影横。未須留鏡約，先遂弄環情。細膩心原慧，粗豪氣欲平。相憐生死共，不盡海山盟。」《春詞》云：「不成歡笑不成啼，半捲朱簾不下梯。和悶拾將飛絮看，因風容易肯沾泥？」《感懷》云：「千杯未得逡巡酒，一擲誰供博進錢？方法近從閒裏得，只同人柳日三眠。緑窗剪燭花憐瘦，紅帳聽歌淚欲斑。老大心情渾索莫，藥烟影裏賦魚鰥。」《遣悶》云：「紅粉因緣半消歇，青山還往亦稀疎。腸爲有情應斷九，夢緣多恨不成雙。」雅人深致，殊異俗手。

劉伯芻品泉爲七等。梅堯臣詩又分茶爲七品，曰：「忽有西山使，始遺七品茶。末品無水暈，六品無沉柤。五品散雲脚，四品浮粟花。三品若瓊乳，二品罕所加。絶品不可議，甘香焉等差。」堯臣詩中又有「鴉山茶」，如：「昔觀唐人詩，茶詠鴉山嘉。鴉銜茶子生，遂同山名鴉。」又有「壓磚茶」，如云：「宣城北寺來上人，獨有一叢盤嫩蘖。去歲遊吴求不得，今朝還喜自持送。眼底雖同往日看，尊前所憶皆成夢。又置新茶采雨前，烏觜壓磚雲色弄。」「茶七品」可對「曲三終」，「鴉銜茶」可對「狙賦芧」，「壓磚茶」可對「輸芒蟹」。

香雪園詩話卷三

南匯王誠四峰著

華亭陳子龍，字懋中，明末舉人，國亡殉節。七律高華雄渾，直與梅村匹敵。歷觀同時詩稿，莫能犯其鋒。余曾見其自書《錢塘東望有感》長幅云：「清溪東下大江迴，立馬層崖極望哀。曉日四明霞氣重，春朝三折浪雲開。禹陵風雨思王會，越國山川出霸才。依舊謝公攜妓處，紅泉碧樹待人來。」書法、詩筆，兩臻絶妙。集中《詠宮燕》云：「龍池雨後披簾見，鳳輦香過拂蓋來。」《宮柳》云：「曙後和烟籠羽仗，春深帶雨暗龍樓。」《送吴魯岡官廣東》云：「瘴消銅柱先春暖，月朗珠崖並夜光。」《答方密之》云：「論文河朔無真氣，久客江流見異才。」《寄夏彝仲》云：「百粤山川屏上見，九夷城堞鏡中看。」《答李萍槎》云：「九龍移帳春無草，萬馬窺邊夜有霜。」《送吴來之使晉還朝》云：「風陳晉乘干戈盛，賦就吴都杼軸稀。」《廬居除夜》云：「故國已添新涕淚，中原不改舊旌旗。」《遼事》云：「磧裏角聲摇日月，回中烽色動樓臺。」「星動上台臨虎帳，劍隨中使出龍樓。」諸詩何嘗有唐人在其中。今《湘真閣集》舛誤甚多，不堪寓目。昔葉恒齋先生欲爲之重刻，後因違礙詞句未能删整，不果。

東坡泊吴江，夢見長老仲殊彈十三弦琴。問之，不答。但誦詩云：「度數刑名豈偶然，破琴今有十三弦。此生若遇邢和璞，方信秦箏是響泉。」琴稱十三弦，猶之十二樓之與十三樓也，六代之與八代也，二十八天之與三十六天也，九章之與十二章也，七品泉之與二十品也，四駿之與八駿也，梧桐十二葉之與十三葉也，四龍之與五龍也，三鳳之與五鳳也。前人言之，皆入作料。曾南豐贈琴客亦云：「不似秦箏能合意，滿堂傾耳十三弦。」

東坡嘗醉卧，夢魚頭鬼身者，延至海中。登廣利王水晶宫，命賦詩。云：「天地雖寥廓，淮海爲最大。聖王皆祀事，位尊河伯拜。祝融爲異號，恍惚聚百怪。二氣變流光，萬里風雲快。靈旗摇虹纛，赤虬噴滂湃。家近玉皇樓，彤光照世界。若得明月珠，可償逐客債。」寫畢，廣利王與諸仙方稱賞。旁一冠簪者謂之鼈相公，譖之曰：「客不避『祝融』二字，犯大王諱。」廣利王大怒，逐出。東坡嘆曰：「到處被相公廝壞。」意蓋指荆公也。後人譏不知分量而好訾議者，謂之「鼈廝踢」。漁洋曾用之。

阮亭《秋柳》四首膾炙人口，而莫言其意旨之所在。開口曰：「秋來何處最銷魂，殘照西風白下門。」何地無柳，而必白下？蓋謂弘光也。次首「浦裏青荷中婦鏡，江干黄竹女兒箱」，讀者每笑爲不切。不知弘光姿情聲色，將鏡花水月認作真事，酣歌淫舞，正如秋柳之在浦在江、近荷近竹。曾幾何時，而不見瑯琊大道王矣。第三首「扶荔宫中花事盡」，傷故國宫人也；「靈和殿裏昔人稀」，傷諸臣也；「相逢南雁皆愁侣」，謂在廷諸臣也；「好語西烏莫夜飛」，謂楚秦諸僭也。第四首言秦淮佳麗之盛，自經亂後，今無復存。而弘光所爲若此。新愁舊事，憑弔徘徊，觸景言情，曷勝感慨。箋注訓纂俱未分明，拈出以質來者。

阮亭《寄牧齋》詩，全首用十四鹽韵，而第二句落咸韵。《姑蘇懷古》第三首，用七虞韵，而結句落六魚。俱未見通用。即律詩除首句借韵外，亦未見通融。

金陵莫愁湖，在西關外。自國初至今，蕪廢已久。乾隆丁巳，李雲松先生守江寧，督屬重修。自東浦陳方伯以下倡和者數十輩。簡齋先生二十絶，中尤妙者。云：「輕烟淡粉十三樓，擠殺秦淮水一溝。何不移來此間住，湖光如鏡照梳頭。」「紅粉何妨伴衛公，武寧遺像供當中。英雄放下擎天手，游戲來彎射鴨弓。」「周昉多情替寫真，風鬟霧鬢藕絲裙。白描高手追魂筆，留住南朝一朵雲。華君畫莫愁小像於壁。」江藩理問婁東渡，名春坊，七古淋漓排宕，風雅絶倫。其餘諸和作，皆爲減色。今録于左：「莫愁湖中水彎環，湖中水擁湖上山。山色湖光自輝映，層樓縹緲出人間。複閣圍欄互相望，曠觀遠近情殊狀。傳世中山舊賜莊，褐來休沐供移帳。第一元勳禮數優，子孫世爵未云酬。深巖詔許開煤井，遠浦恩從伐荻洲。君臣泰交真灑落，海宇承平頌聲作。賭墅閒消一局棊，賜湖早踐千鈞諾。名湖從此闢名園，卜築依然白下門。内院品題頒御額，大官度地占仙源。巍峩樓觀凌終古，百尺景陽安足數。庭翠飛來牛首雲，檐泉直下龍灣雨。遥看隔岸隱陂陀，一帶逶迤列岫多。金碧亭臺圍綵宇，林巒圖畫擁青螺。别有湖心亭子峙，輕橈向晚扁舟艤。西風吹斷採菱歌，白露盈盈下秋水。當年甲第大功坊，别業東西各擅場。村落杏花晴載酒，渡頭桃葉夜浮航。烟涇月竇窮幽闃，王孫未盡探奇志。李園近接冶城山，竹逕旁鄰瓦官寺。繁華如夢暗魂消，太息平泉事寂寥。雞冠石卧蒼苔没，馬鬣松荒野火燒。梨園魏寢非疇昔，西寺浮梁凡幾易。空餘樓影枕明湖，依稀浪擁前朝跡。開府威儀列上台，屏藩岳牧掞天才。壯懷本是無愁起，逸興還因選勝來。即今棟宇擔雲構，湖山佳景應依舊。棠舟蘭楫溯流光，枕簟疎簾娱永晝。吁嗟乎莫愁家住石城西，作意相尋路已迷。十里柔塵香漠漠，三春芳草影萋萋。流傳樂府聲聲續，憑誰解讀前溪曲。歌榭欹傾鳥自啼，舞衫想像波空綠。搖落深知宋玉悲，衡陽雁斷楚天遲。共期意氣足千古，省識風流在一時。登樓臨眺重回首，兒女英雄復何有。平川覽古鬱茫茫，斜陽一片官隄柳。」婁公，浙江餘姚人。貧居下位，歡場豪賦，灑落堪儀。真仕途之矯矯者！

予嘗過徐中山王墓，欲作詩，未果。後見友人鄔浣香雋一律云：「百尺豐碑在，堂堂異姓王。因過藏甲地，回想大功坊。龍虎風雲合，河山帶礪長。勝棊樓像在，劍佩照湖光。」落韵穩愜，若爲我寫出者。又《毘陵道中》云：「二喬姊妹空三國，南渡君臣此北門。」《乾隆丙辰從惠瑶圃中丞勦楚匪偶成》云：「自訝膽從身外裹，直思墨向盾頭磨。」其語俱警。

涇陽張五塘，名五典。《大同懷古》云：「勢抱重關控極邊，漢家亭幛舊相連。中郎使節蘇卿老，太守聲施魏尚賢。秋到白登山積雪，春深青塚草生烟。何人識得銅牌鹿，應記元豐出塞年。」從來過大同諸詩，當無出其右。又有《臺陽雜詩》云：「四時强半著冰紗，踏徧芳叢窄鳳斜。最是檨林春港路，碧油傘底滿頭花。」「鷹爪碧蘭紅佛桑，纍纍青子綴檳榔。臘前菡萏迎年菊，開向春風七里香。」寫南方景物，新麗可喜。荷塘以孝廉出身，居官風勵，不畏上游。曾于金陵上元任中，因公笞督，失左官之律，致遭抨彈。幸天子鑑其勤事，詔復原職。意其人必踔厲風發，巖巖不可犯者。繼爲吾邑川沙分府，得見其人，竟春風和藹，瀟灑淡逸之趣溢于言貌，此豈非得力于詩書者歟？贈予《荷塘集》，具多名作。

薛素素，小字潤娘，嘉興妓也。有十能之目，書也、詩也、畫也、琴與弈與簫也、騎、射、走索、挾彈也。董尚書悦之，贈以小楷《心經》。尤絶技者，能以兩彈丸先後發之，使後彈擊前彈，碎于空中。嘗置丸于小婢額上，彈去而婢不知。江都陸無從歌云：「酒酣請爲挾彈戲，結束單衫聊一試。微纏紅袖袒半鞲，側度雲鬟引雙臂。侍兒貼丸著髮端，回身中之丸並墜。言遲更疾却應手，欲發未停偏有致。」范夫人贈詩云：「重聞别院貯文君，寶絡千金换翠裙。非雨非雲香滿路，前身應是薛靈芸。」

高青邱爲明初詩人之冠。五言如：「觀妙宿有契，悟静自無煩。」「人虎争夜行，風榛嘯巖幽。」「出郭見邱墓，纍纍滿山阿。四海能幾人，逝者何其多。」「進無適時才，退乏負郭田。」「已休田中耒，猶嚮林下機。」「上客贈吴鈎，征人唱都護。」「蘼蕪青渚燕，楊柳白門鴉。」「海近風多颶，山昏瘴似嵐。」「獨客自傷别，諸侯誰愛才。」「亂尋安土住，貧借破菴居。」「造次燈前面，倉皇船上身。」七言云：「初疑此月定非月，應是人間照愁鏡。還思人愁月豈知，何苦多憂損情性。千年玉鼠化蝙蝠，下撲炬火如飛烏。」「北山恐起移文誚，東觀慚叨議論名。」「空林雨過虎跡大，古屋雲生龍氣多。」「幽鳥忽同馴鴿下，高人間與老僧依。」「關連雲樹征途迥，塞接霜蕪戰地寬。」「黄纖迴廊朝旭淡，玉爐當殿午薰微。」《弔伍子胥》云：「魂壓怒濤翻白浪，劍埋冤血起腥風。」《姑蘇懷古》云：「烏喙計成榈栅至，蛾眉舞罷綺羅非。」《詠白鬚》云：「雖失家中嬌婢喜，却遭座上遠朋欽。」曰雅、曰奇、曰韵、曰趣，諸妙具備。而惟險與雄，集中尚少。卒以無辜受戮，年僅三十九。豈天有以限之，而使何、李、袁、謝諸公各樹後來一幟哉？

青邱《轉應詞》柔媚綺麗，近詞體。今《大全集》列在樂府。詞云：「雙燕雙燕，去歲今年相見。往來東舍西家，啣得泥中落花。花落花落，人在暮寒池閣。疎雨疎雨，緑滿蘼蕪洲渚。江南相憶故人，遠水遥山暮春。春暮春暮，風急畫船難渡。」余幼時戲作《重九懷人詞》云：「紅葉紅葉，點綴秋山重叠。停車忽動吟情，滿目蒼烟暮晴。晴暮晴暮，鴉噪一天無數。花放花放，記否艷春相訪？霜林轉眼風高，懷遠頻將手搔。搔首搔首，幽約已過重九。」

金陵吴孝侯，名思忠。詩學宋人，書畫皆高格，不落時派。居青溪北岸，小樓數楹。水木明瑟，長干塔影，近矗目前。《題隨園》云：「竹深籬曲訪騷壇，山勢如龍幾屈蟠。香氣上樓花滿隖，晴光拂水樹迴欄。才横四海誰争長，業在千秋不計官。一卧滄江成大隱，謝公墩畔有袁安。」《題杏花春雨圖》云：「一枝秃筆難書字，只好塗鴉又畫山。淡處是雲濃處雨，六朝烟柳有無間。」余于乾隆乙卯訪之，一見傾倒，如舊相識。越四年戊午，又訪之，贈以詩曰：「憶向青溪問一灣，高齋欄檻水雲間。别來五載重相見，不老顔如六代山。」明日來答，至寓門前，將末句高唱而入，聲震鄰舍。贈予新刻詩稿及書幅。予之森、之龍，俱能詩。

浙江蘄縣金氏女，字于黄。聞夫殁，往依舅姑。誓願繡五百羅漢大幢，越十二年而成。幢高一丈二尺，廣倍之。以嘉慶丁巳，舍杭州昭慶寺。江浙作詩者甚衆。華亭張遠村興鏞一首極佳：「漫空花雨飛珠龕，旃檀一氣飄毿毵。瞥見諸天下幢蓋，五百尊者紛來參。甬東有女矢貞潔，苦把聰明鍊冰雪。一紀挑絲繡得成，五夜篝燈伴明滅。當年穠李耀朝陽，許字江夏黄家郎。地下修文促年命，閨中聞信摧肝腸。此身分屬黄家婦，願易縞衣拜姑舅。百折難迴古井心，全家罕覩飛蓬首。朝朝頂禮梵王文，高閣爐香手自熏。捹剪紅絲千萬縷，金針刺滿涅槃雲。幢高一丈復有半，渴仰莊嚴髻珠現。熟向巍峨寶刹中，慧光照澈明湖練。一針孔積一微塵，沙數恒河驗苦辛。漫將蘇蕙回文巧，持比彭城善女人。」

族伯麗南先生六十無子，買妾後扶鸞，得「閒鋤明月種梅花」句，不解其意。後二年，又于他處問之，得「漫掃白雲邀燕子」句，句爲原對。後閱唐詩，乃知爲僧人詩。伯後果獨。扶鸞者非一人，亦非一處，兩不相知，而巧妙乃爾，真仙筆也。

畱城諸名士奉雲山道人爲師，持其訓誡詩句刻成卷帙。道人者，亦從扶鸞時寫出也。能以紙墨鍵静室中作書，待于門外，聞擱筆聲，啓入，淋漓滿幅，墨跡未乾。予得一紙云：「信手塗鴉亦可嗤，幾行秋蚓幾行虵。道人本是無心客，不管名流笑阿誰。」筆跡蒼勁奇肆，近蘇。嘉慶丁卯，畱城秦笏山至奉邑蔡蔗圃家，隨手贈予。詩中句若相對語然。

明詩之盛，無過正德間。而李獻吉、鄭繼之二子，深得子美之旨。論者或詆其時非天寶，事異唐代，而强效子美之憂時。嗟乎！武宗之時何時哉？使二子安于耽樂而不知憂患，則庸庸者風雲月露之詞耳。然二子之詩，又非譏刺時事、菲薄君上比也。奈何萬曆間，有漫無所感，惟往來酬酢，有賦而無比興，有頌而無風雅，長篇排律，聲愈高而曲愈下，詞未終而意已盡。詩云乎哉？獨無病伸吟，不可耳。

王玠右爲明季高人，隱居海上不仕。其七十也，歸莊寄聯曰：「居東海之濱，如南山之壽。」徐仲山召試歸，益都馮文毅贈聯曰：「北闕上書，盡識東都才子；東軒賜食，歸貽南國佳人。」仲山夫人商氏，爲明冢宰等軒幼女，有殊色。後年八十，貌如少。殷彦來譽慶頌王文簡一聯云：「天下文章莫大乎是，一時賢士皆從其遊。」錢亮功名世，除夕以聯送王文簡云：「尚書天北斗，司寇魯東山。」由是知名。後送權貴云：「分陝旌旗周太保，從天鐘鼓漢將軍。」因之謫官。

司空圖論詩曰：「梅止于酸，鹽止于鹹。飲食不可無鹽梅，而其美常在酸鹹之外。」後人作詩，必曰味在酸鹹之外。特恐泥于酸鹹，固失之濃，泥于「外」字，則失之淡。

吴梅村五十始舉男，名暻。或贈詩云：「九子將雛未白頭，明珠老蚌正相求。蘭閨自唱河中曲，十六生兒字阿侯。」蓋少妾所出。後舉戊辰進士，官兵科給字中。

香雪園詩話卷四

南匯王誠四峰著

僧寄塵，湘江人。書法剛勁，詩格蒼老。挾此二技，雲遊江湖。仕途之風雅者争留之。晤于李味莊觀察座上，贈予書二紙。一録所作《荔枝石》詩云：「隋珠和璧總尋常，連理天然發古香。得味誰能啖此果，搜奇我欲抽之杭。珍藏不愧南宫米，攫愛當援憲使揚。寶晉齋中遺石荔，只堪礪齒那堪嘗。」後遊閩，卒于漳州。撫軍玉公德，葬諸龍巖山麓。味莊在滬城，又有鐵舟上人以書畫來。詩景清淑，無蔬筍氣。《送春》二絶云：「燕子雙雙繞畫廊，多情杜牧惜流光。苦吟不放春歸去，留得薔薇浣手香。」「東皇何事太無情，惱亂東風恰五更。我亦天涯送春客，那堪杜宇一聲聲。」寄塵書謹嚴，鐵舟恣肆。兩僧書法，可繼我鄉一泉、漏雲之後。

一泉名實源，又號梅花船子，能詩及書畫。張文敏照構義莊于横雲山，延以住院。適鑿得甘泉，更號一泉。乾隆十六年南巡，進呈梅花長卷，上嘉之。一泉《題冰玉山房緑萼梅》云：「年來搦管寫冰條，争似今朝到綺寮。色相□非雲可比，支離豈是墨能描。苔痕已向階前合，竹葉休從牆外飄。我欲拈花供佛笑，可容折取杖頭挑？」

漏雲名明照，俗姓陳，翰林沂震之子。以家難爲僧，晚居上海鐸庵。《登松巔閣》云：「不到松巔十五年，千峰蒼翠尚依然。修篁百尺蔽群木，清磬一聲開冷烟。法雨下時天地合，寶華落處水雲鮮。

何當著我松間住，高枕青山帶月眠。」小楷學南宫，草書直逼藏真。

邑城瀕海荒僻，絶少風雅。國朝以來，能詩者三人，李辰山延昰、顧小崖成天、金滄湖國鑰。辰山詩選入《明詩綜》。小崖詩刻有專集。獨滄湖詩因後人寥落，湮没不彰。然却有勝于李、顧者。今録其數章，以待識者。《懷王夢翁》云：「風塵落魄劍相知，狂叫無端拍案時。鐵骨鍊成真漢子，菜根咬斷好男兒。遺懷高和十九首，縱飲小拚千百巵。剪燭何當同夜話，奚囊儘有未敲詩。」《成都》云：「鵑何啼血鼈何靈，恠殺當年劈五丁。一線拓開秦社稷，三分繫住小朝廷。火飛巴蜀燒危棧，風捲祁山落大星。閲盡興亡誰老壽，峨嵋終古只青青。」《宫怨》云：「薰麝焚蘭繡被温，眼前何事不君恩。爲雲爲雨原來夢，曾幸陽臺夜夜魂。」《聞張少華獻賦捷音感成》云：「隔院笙歌意惘然，理粧慚愧貼花鈿。寶奩莫恠塵封鏡，不掃蛾眉已十年。」其樂府諸章亦佳。乾隆二十一年作《迎鑾詩》二十章，獻之，賜荷包一對。蒙恩記名。後竟絶意進取，以諸生終。朱南田作《南城竹枝詞》，中一絶云：「高城如斗地如枰，半是胥徒半是兵。拉伴苦尋風雅士，東關一個老諸生。」謂先生也。

陸清獻公曾祖溥，爲豐城縣丞。嘗督運，夜過采石磯，舟漏，跪祝曰：「舟中一文非法，願葬魚腹。」漏忽止。旦視之，乃三魚塞其罅。後築堂泖上，名曰「三魚」。昔淮守伊公輶布，屬予書贈陸璞堂先生聯曰：「樓高五鳳巍科起，堂號三魚世澤長。」蓋用此也。

葉恒齋先生有《喜秋成》詩四律，末首四句云「試看編户誰家富，且語農田令歲優。休養涵濡非我事，冰壺長願照清秋」之句，後自序云：「積歉之餘，如疾病新愈，如饑餒見食，撙節愛養者在民，而休養生息、無竭民之力者，在長吏也。」時山右成公汝舟以幹練來宰我邑，先生以頌禱之詞，復寓規諫。予見成公張掛此詩于内署，極加歎賞。而未知寓意之有在也。

老泉非老蘇，前人多言之，而未見實據。後觀東坡《寄鍾山泉公》詩云：「寶公骨冷喚不聞，却有老泉來喚人。」果老蘇號老泉，敢云爾乎？似可爲證。

少陵《諸將五首》，籌畫諸郡備禦，最爲詳盡。余友張秋山大經，傚作六律。厥聲喤喤，有清廟明堂氣象。又風骨俊踔，不同應制凡響。其一云：「仗鉞專征遣重臣，旌旗南指楚江濱。負嵎自召雷霆怒，率土誰偏雨露仁？嚴翼陳師乘六月，昏迷逆命叠三旬。鷹揚奮武匡時計，經略還須體聖神。」其二云：「中朝貝子將門英，早日登壇衆盡驚。威震三邊曾執醜，瘴深五月又提兵。郊原馬過秋無跡，霄漢星沉夜有聲。天子動容聞減膳，西南誰復任長城？」其三云：「中丞移節鎮襄城，妖賊生擒詔罷兵。豈意殊恩寬殄戮，翻留遺孽累昇平。驚沙晝接陶公壘，駭鼓宵聞漢相營。何日明駝馳露布，徹回秋戍課春耕。」其四云：「秦關楚塞盡堯封，燧火連天警報同。虛擬戈船回海上，遥傳甲騎入川中。輓輸何日停三輔，宵旰頻年廑兩宫。十道防秋諸節帥，摩挲崖石待銘功。」其五云：「蠻雲瘴雨路迢遥，南紀山河殺氣驕。投筆書生方奪帥，請纓童子已還朝。界嚴中夏標銅柱，道絶諸羅斷鐵橋。回首凌烟思將略，論功終讓老班超。」其六云：「節次班師戒驛騷，疆場滿目已蓬蒿。九重自下蠲除詔，萬户猶煩鎮撫勞。速起瘡痍資守禦，大開屯種集逋逃。安邊不少因時略，壯士休矜戰伐高。」時嘉慶丁巳，教匪滋事秦蜀，班師後作此。越癸酉冬，滅滑邑教匪後，又作《續諸將》云：「城闕秋高畫角鳴，關心獨夜夢魂驚。三年赤地民無賴，九月黄河浪未平。虎旅飛騰先破賊，龍荒絡繹尚徵兵。書生徒抱從軍志，起看長天太白明。」其二云：「宫垣瞥見賊旗颺，變起倉皇勢正驕。豈意養癰非一日，竟誰圖蔓不崇朝。鑾輿清蹕回黄道，鳳闕遥瞻峙絳霄。千載凌烟添掌故，親王英武冠中朝。」其三云：「黄河東繞古商丘，兩戒平分最上流。但使雄兵屯鐵嶺，豈容逆賊過鴻溝。秦師入滑收原易，衛國城漕役未休。宵旰尚煩南顧慮，將軍敢説罷防秋？」其四云：「征南旗鼓動風雲，平世偏成不世勳。犄角漫矜魚麗陣，攻心須讓虎賁軍。共乘衆怒清餘孽，莫使時艱壅上聞。指日瘡痍增起色，三台高處望諸君。」秋山之筆，譬如作書，宜大不宜小。

上海張蘭畦，名承熙。人品高潔，才思清雋，遊吾邑者數年。《止烟》云：「豈是蠻中瘴癘鄉，一枝筠管手頻將。起居費僕勞供給，呼吸令人炙肺腸。温鼎偏教輕撥火，看花直使不聞香。從今删却相思字，莫使雲霞繞口旁。」《偶成》云：「青草鳴蛙遍一池，天涯望斷雨絲絲。酒徒散盡飛花歇，長日疎簾自詠詩。」惜年僅四十，以名諸生終。遺稿一卷，存其徒顧澹園家。予題其後云：「過江名士數張衡，才調群欽富兩京。未獻凌雲中道殞，吉光片羽最關情。」芳蘭易謝，寳劍長埋。每誦其詩，未嘗不嘆此人身世也。

蘭畦高弟顧澹園《嘉禾道中》云：「桑葉青青柏葉黄，四無山阻暢遥望。只嫌小閣紅窗裏，猶有屏風六扇搪。」「樓頭無雨更無烟，極目鴛湖水拍天。何處鐘聲敲夜半，一星星火照魚船。」「六里街前翁子墓，雙溪橋畔野王臺。讀書郎肯時時去，妾願終身笑語陪。」韵致既長，語亦藴藉。蓋自天性來也。

澹園早失怙恃，遂廢舉業，專事吟詠，尤工詞。

惲鐵簫，陽湖人，名源濬。曾見其自題桃花一幅云：「流水難尋洞裏天，漁人重問隔春烟。武陵雞犬空相待，終古魂消落日邊。」後書南蘭惲源濬。

詩之佳，曰韵、曰趣、曰渾。吾友祝碧厓，名悦霖，兼之。《曉發羊流店》云：「旅店雞初唱，征車不暫留。磴盤飛鳥路，馬蹴亂雲頭。殘夢醒難續，歸心醉未休。鶯花三月好，遲我下揚州。」《泰安道中遇妓》云：「綺歲沿門弄琵琶，可憐碧玉本良家。是誰能作司香尉，攜出泥塗白玉花。」《賦青梅》云：「枝頭乍摘帶青紅，風味居然措大同。漫詡調羹和鼎鼐，且憑煮酒論英雄。剛牙嚼處還愁軟，翠黛顰時更覺工。我與馬卿同病渴，入唇早已奏奇功。」《臂痛》云：「碧海掣鯨徒浪許，丹霄捧日負初盟。」「未礙杯擎邀月底，難勝花折隔牆高。」《咏錢》云：「絶少纏來身跨鶴，儘多守到雪盈頭。爲汝作奴我豈敢，一文不值士何堪。」《餞春》云：「也知美景留難久，可奈華年去已多。」《壽李青墅鹺使》云：「一行作吏聊從俗，萬卷羅胸尚説貧。」《玉蘭山館消夏》云：「笑儂畏熱似吴牛，羽扇頻摇喘未休。好待夜凉添一碧，冰丸飛上柳梢頭。」碧厓胸次空洞，不累于俗。棐几湘簾，左圖右史，日事吟哦，風味在范石湖、儲光羲之間。

迴文詩，昉于蘇若蘭。其後作者林立，殊少工穩。雖則弄巧，而風味天然，乃爲可誦。《漫叟詩話》載一絶曰：「前堂畫燭殘凝淚，半夜清香夜惹衾。烟鎖竹枝寒宿鳥，水沉天色霽横參。」然亦絶句耳。父執閻邱惺齋先生，諱廷憲。題予採菱小影一律云：「天晚秋光清絶寥，水山兼妙入神描。烟含遠樹叢迷漫，浪湧輕舟一宕搖。鮮摘芰枝餘翠婉，艷鋪菱葉映紅嬌。川前印月明生朗，仙客槎來掃俗囂。」近倪蠡篷錫湛《梅花》三十律，舉一斑云：「看山倚樹玉封條，立聳吟肩掛酒瓢。殘影墨翻鴉點亂，裂聲冰踏馬嘶驕。湍飛激處隨明月，渡問行人有斷橋。盤曲岸香清繞水，寒江釣雪載輕橈。」馮小班應彪《咏荷》云：「紅粧曉擁露華鮮，水拂輕波籠淡烟。風動乍浮香冉冉，雨過初滴水涓涓。東西蝶舞嬌翻粉，上下魚來戲宕川。篙碧遞消間日永，僮歸喜摘滿池蓮。」皆律也。而能工穩、有風味。

小班《病後》詩云：「自嘆秋來病屢攻，嬾將幽興寄詩筒。愁牽孤枕縈殘夢，倦向寒窗怯曉風。萬卷竟荒禪榻畔，一身輕試藥爐中。蹉跎歲月堪惆悵，又見丹楓夾岸紅。」《蘆花》云：「兩岸白雲秋雨外，半灘晴雪晚風前。」《儲泳墓》云：「殘碑零落横秋月，荒草離披鎖夕陽。」俱婉娩可喜。

《藝苑雌黄》云：「古人詩押字，或語有顛倒而于理無害者，如韓昌黎以『參差』爲『差參』、『玲瓏』爲『瓏玲』者是也。」《漢皋詩話》云：「顛倒可用者，如羅綺、綺羅，圖畫、畫圖，毛羽、羽毛，白黑、黑白，淺深、（淺深）〔深淺〕，終始、始終，湖江、江湖，慷慨、慨慷之類。至王逢原以脂習爲習脂，黄山谷以西巴爲巴西，則鵠鷗、麟麒、凰鳳紛紛矣，不可爲訓。」予謂兄弟可倒，而君臣、父子不可倒；坤乾可倒，而太平、英雄不可倒；狐兔、旌旗可倒，而蒹葭、琵琶、蝦蟇不可倒。

黄山谷自言久不觀陶、謝詩，覺胸次窄塞，及書全卷，覺沉瀣生于齒頰。若東坡和陶詩，雖微被世譏，然真趣盎然、新穎超脱，不襲陶公一字，却無一字非陶，此所以獨步全宋也。

阮吾山《茶餘客話》載趙秋谷以丁卯國喪，赴洪昉思寓，觀《長生殿》劇，被給事中黄六鴻劾罷。時徐勝力編修亦與會。對簿時，賂聚和班優人，詭稱未與，得免。時有口號云：「國服雖除未滿喪，如何便入戲文場。自家原有三分錯，莫把彈章怨老黄。」「秋谷才華迥絶儔，少年科第儘風流。可憐一齣長生殿，斷送功名到白頭。」「周王廟祝本輕浮，也向長生殿裏遊。抖擻香金求脱網，聚和班裏製行頭。」徐豐頤修髯，有周道士之稱，故云。黄由知縣行取入京，以土物並詩稿遍贈諸名士。至秋谷，答云：「土物拜登，大稿奉璧。」黄銜之，故有是劾。按秋谷爲人，本太風厲，聞其與王漁洋、汪堯峰皆不協，故二人稿中少秋谷酬和。其答黄給事也，意在使其自知詩稿之未可贈人。而庸才不覺，以爲太甚。然黄以睚眦積憤，遂成大獄，能免大雅之誚乎？曾見竹垞題云：「十日黄梅雨未消，破窗殘燭影芭蕉。還君曲譜難終讀，莫付尊前沈阿翹。」如此則兩得之矣。

科名易振，寒素難傳。從古詩人，儘有以顯達而名勝其實矣，未有以貧賤而能隱盜其名者。邑前輩蔡竹濤名湘，詩才雋穎，以國子監生北遊京師。一日與同人飲龔芝麓席上，聽柳敬亭談隋唐故事。竹濤詩獨先成，云：「晉陽龍起説興唐，鐵馬金戈舊事長。草昧君臣私結納，亂離豪傑走關梁。聽來野史風雲驟，貌出凌烟劍佩莊。側耳良宵俱上客，明燈高映六街霜。」諸名士爲之擱筆。時秀水朱竹垞、嘉興李武曾、吴江潘稼堂諸鉅公，以騷壇命世之才雄視京洛，而竹濤布衣年少，角勝其間，名傾壇坫，亦一時僅見者矣。惜年僅二十七，客死交城，以詩稿百餘首歸里。今其六世孫曉峰，婦朱愛秋，俱以詩名，流風餘韵，猶有存焉。

邑前輩蔡中峰先生嵩，書法妍麗，無宋元人蹶張之態。詩則在龜蒙、石湖之間。予家有奉使雲南學政時鈔本，係先生手書。《途中》云：「第二程頭是涿州，日方亭午役車休。艱難民瘼衝繁地，不爲同鄉一應酬。」《荆門道中》云：「荆門南下盡平岡，萬頃菑畬蔓草荒。不似東南尺寸地，半栽禾黍半栽桑。」《滇行》云：「劈開絶壁三千丈，俯瞰清溪萬里流。南去隨風北隨水，幾人曾爲好山留。」《合江》云：「下關西去傍山行，點蒼萬仞青崖帶水縈。十八溪洄江漲合，三千流下漢波横。幽巖鼎沸魚龍戲，白日濤奔霹靂轟。山水西南始奇絶，廬山瀑布漫相驚。」以真筆寫真景，天然風趣。其後不能付梓。略舉數語，以俟後之選採者。

詩之高淡者，大抵不諧於俗。琴瑟之音、倪黄之畫、陶謝韋柳之詩，世蓋震其名耳，實非好之也。吾邑張貫五先生，名汝淵。鴻博淹貫，作詩真切有味，而殁後無稱之者，蓋以淡也。《棉花四詠》云：「勤鋤方槿力先殫，蝶旋生椏旋作盤。秋肅喜看鈴易綻，日烘争采朵輕攢。盈筐貯雪提攜數，列箔屯雲笑語讙。計畝擔收霜未重，茅簷婦子報神歡。」右擷花「碾核忘劬日晾餘，鳴弦取潤曉陰初。柔姿欲展千絲細，素質先融一氣舒。幾有喧聲傳畫閣，誰聽力作念窮廬？從兹條劈勤方始，功就遮寒正拮据。」右彈花「紅女猶存樸俗模，輕輪篷轉偏繩樞。絲牽信手繅如繭，縷析因心辟異纑。待入杼機供歲服，亦資銖兩給朝餔。曾聞勤紡推名閥，底用敷陳刺繡圖。」右紡「棉充卉服婦功辛，札札機聲晦復晨。漫肖鳳龍誇進御，獨工經緯記傳聞。停梭爲佐農時急，併力因添布價新。習尚如何輕土物，編氓争羡綺羅珍。」右織描寫形容，曲折殆盡。風謡佳製，宜入志書。先生又賦鸚鵡云：「深鎖金籠伴畫廊，佳名曾喚緑衣娘。梁間燕燕輸簧舌，花底鶯鶯妬翠裳。偷誦新詩矜夙慧，解持梵語費端詳。最憐已放隴山去，猶向枝頭問上皇。」未嘗不妍麗也。先生人品高雅，與葉恒齋先生爲詩友，旁通青烏術。所居梅墅，竹木花藥左右紛列，有倪高士、陳徵君遺風焉。

香雪園詩話卷五

南匯王誠四峰著

毛大可曰:「三唐無險韵律,韓孟第古詩耳。今險韵詩滿長安。雖是習氣,然謹厚者亦復爲之,且倍增嫵媚,所謂『才子影皆好,佳人背亦妍』也。」尤西堂《歲暮》三十首,録其尤趣者,如「蝶寧分夢覺,鳥孰辨雄雌?一食常三歎,孤居續五噫。」「探囊空阿堵,彈鋏少娵隅。天地悲龍戰,江山弔狗屠。」「窮魚寒跳沫,老馬共酸嘶。稽首悲慈父,皈心法喜妻。」「低昂隨傀儡,嬉笑任嬰孩。會取葫蘆煮,還尋蕷薯煨。」「人皆挾趙瑟,我欲拊秦盆。世局蜂穿紙,生涯蝨處褌。」「操觚陪史籀,執戟讓優旃。易放天邊眼,難猜世上拳。」「讀騷反《九辨》,布易扐三爻。斷念同枯木,羈身類苦匏。」「股脚與脽尻,公車雜刺嘈。交稀門自鍵,食盡釜常轇。」「低頭搿枳棘,仰面觸欃槍。夢去三尸遯,憂來六鑿攘。」「易忘書三莢,難求米五升。營巢繞樹鵲,托鉢上堂僧。」「有恨隱如針,無言兀似瘖。檢書尋二酉,辨命問三壬。」皆風趣可誦。《北夢瑣言》載唐盧延讓「栗爆燒氊破,猫跳觸鼎翻」爲王先生所賞,「狐衝官道過,狗撞店門開」爲張濬所賞,「餓猫臨鼠穴,饞犬舐魚砧」爲成中令汭見賞。咏之者可知,賞之者亦可知矣。

西堂在京,歲朝作《思歸》詩,乞梅耦長庚作圖。余見其圖于吴中。自題曰:「家在江南黄葉村,臨池更有水哉軒。可憐庾信空蕭瑟,猶向長安夢小園。」次曰:「家在江南楊柳村,畫圖極目暗銷魂。

煩君添上淩風舸，一葉蒲帆直到門。」和者自梅耦長以下凡十一人。其尤佳者，施愚山云：「家在江南楊柳村，芰荷匝水復蘿軒。白頭共是羈棲客，怕聽尊前説故園。」王漁洋云：「家在江南楊柳村，蘆碕沙步水邊軒。玉堂看畫翻惆悵，短葉長條似故園。」「家在江南楊柳村，圖中風物黯銷魂。滄浪亭下春風起，一夜漁苗水到門。」陳其年云：「家在江南黄葉村，笑君只憶水哉軒。野夫原住荆溪上，也有蒲萄漲滿園。」毛大可云：「家在江南楊柳村，每逢佳節斷人魂。可憐朝罷當寒食，並馬歸來東便門。」外則汪鈍翁、彭羨門、黄廷表、彭訪廉、倪闇公、汪蛟門與梅耦長，備極風味之妙，不能盡録。書法則愚山、羨門二人。

吴梅村先生墓，在吴中靈巖山下。武康徐渭揚熊飛一律云：「靈巖山色暮雲門，高塚荒凉積翠苔。感遇自憐青史在，思鄉要乞白衣回。茂陵玉碗初明恨，江左牙旗庾信哀。依舊春風吹秀麥，牧童驅犢上琴臺。」藴藉有味，立言有體。

南州熊蔗泉，名學驥。才思俊偉，年十五舉京兆，十九補秋曹，二十軍機房行走。詩筆如時花少女。《清明飲湖上》云：「保障湖邊競管絃，名園嘉會敞華筵。主因客好形多放，花到春深色倍妍。淺草漸招遊子屐，青帘底拂酒人肩。緑楊城郭真如畫，來往紅橋二十年。」子之垣，字楚香，官我邑鹺使，亦能詩。

陽湖洪稚存太史亮吉，居官抗直，才思闊富，倜儻不羈，詩宗蘇髯翁。《集熊蔗泉塔影園》云：「舫屋八九間，門外立一塔。天風塔上來，泠泠語相答。案頭青緑堆浮圖，脚下十頃環靈湖。靈湖盡處大魚集，一一網出供山厨。眼前百輩奇人集，海外羈孤亦闌入。謂安南人。歸途星黑雨欲來，空裏塔光飛九級。」風骨稜稜，迥非時下筆墨。

施秋水先生潤，四香之姪也。作詩工于叙事。《過留智廟》云：「歲豐路免逢齊寇，俗樸門無倚趙姬。」《懷遠鄉郊行》云：「儘行十里不逢水，偶見一溪必種蓮。」《酬胡賸漁》云：「著光老樹傾新艷，過雨秋山帶晚晴。」《寄曹北居》云：「一别經三歲，一歲一通音。一書三千字，一字一寸心。」《宿禪窟寺》云：「可怪山僧乏料理，泉上亭圮不重起。近泉屋壁背隔泉，不引泉流入屋裏。屋裏亦通一道泉，乃通香積肴厨烟。僧言取給便羹飯，山堂何用清漪漣。我意泉畔軒宜面前啓，要使俯檻看涓涓。若在江東浙西地，此地可裝百千萬斛司空錢。」曲折合度，高下因心。吾郡能此者，唯黄碚堂先生。

雍正癸卯拔貢陸瀛齡，字景房，號柳村。石埭縣教諭。於甲子年冬過甲子嶺，得「甲子年登甲子嶺」句，久不成對。至庚午春，復自甲子嶺過柳村橋，忽得對句云：「柳村翁度柳村橋。」因足成一詩云：「崇岡叠叠路迢迢，曾記經過歲月遼。甲子年登甲子嶺，柳村翁度柳村橋。林鴉翼戢泥金閃，水碓聲忙碎玉跳。不是簡書促行役，春郊辜負物華饒。」天然巧對，若有前定。又若不使人一時成篇者。

吴中五人爲明季義士，抑固不可。然在當日而論，究屬亂民，太揚亦不穩。近見浙西查小山《五人墓》一律云：「喧傳緹騎下三吴，萬姓爭先塞道途。西廠自頒天子詔，東林合受宦官誣。五人血祭孤墳在，千歲生祠片瓦無。今日不堪重弔古，墓門烟草自平蕪。」最爲蘊藉深穩。小山名有圻，乾隆間進士。

邑城張遠颿《病中酬友》云：「一枕秋聲種病根，聽風聽雨幾晨昏。正當垂死詩來慰，絶勝良醫請到門。聞移盆菊列庭隅，比似柴桑徑未蕪。欲訪自憐人更瘦，一如花要竹來扶。」何等風韻！惜年未三十，客死山右。同人多惜之。

傅鹿圃應蘭，卜聘茸城潘玉珊爲妾，不吉。仍置禮焉。未幾，姬亡。玉珊善吟，有《繡餘草》。臨終詞云：「幾回强坐待雞鳴，欲唤慈親又住聲。只是傷心無限處，梅花空照月三更。」鹿圃悼之曰：「玉骨冰魂迴絶塵，臨終詩句悟前因。而今一樣紅窗月，照到梅花淚滿巾。」復倩陸雪江恬擬玉珊詩意圖之。雪江題曰：「紅顔薄命尋常事，始信君平卜不差。他日青山埋艷骨，也應開徧海棠花。」「休恠蕭郎淚滿巾，分將惆悵累旁人。縱然寫得春風面，畢竟難傳秋水神。」

嚴分宜壽誕，滿朝皆盛禮賦詩以賀。顧東橋有禮無詩，人問之，則曰：「我不能詩。」何元朗《叢記》載分宜晏東橋，南面設席，已則堂左北面。東橋不請遷席，就坐無遜。俄嫌酒冷，主人命取熱酒，又嫌太熱，指顧揮霍，不知有主人。而主人執禮愈恭。人謂分宜篤于下賢，謂東橋不惕于權勢，一時兩賢之云云。元朗爲分宜門下士，故其説如此。然主何以恭，賓何以傲？薰蕕枘鑿，自在言外。東橋能詩而不肯作，他人不能詩而必欲作，作詩者亦可覘人品矣。

湖南徐仲雅，字東野。《玉壺清話》謂其浮翠輕艷，媚一時樽俎，獨《贈汪居士》一篇爲可採：「門在松陰裏，山僧幾度過。藥靈圓不大，棋妙子無多。薄霧籠寒逕，殘風戀緑蘿。金烏兼玉兔，年紀奈君何。」確爲佳構。然在馬氏會春園云：「珠璣影冷偏粘草，蘭麝香濃却損花。」「深浦送迴芳草日，急灘牽斷緑楊風。」「剪開静澗分苗稼，劃破漣漪下釣筒。」何嘗不佳？此其所以獨冠李宏臯、劉昭禹諸人也。當時又有徐雅休賦馬希範夜宴云：「雲路半開千里月，洞門斜掩一天春。」唐温李亦無能逾此。

談侍郎倫楷書極工，而嬾爲詩。或信口吟成，作家不及。若《慰尹公喪子》云「無子有孫如有子，有官無壽即無官」；若《睡起》云「三杯水酒尋常醉，一榻山風自在眠」；若《寫懷》云「公論定來吾老矣，天將開福報先生」之類是已。

儲芋西公諱昱，字麗中。幼聰慧，過目不忘。正德癸酉北闈舉人，丁丑進士。選入庶吉士，散爲禮科給事中，轉兵科右給事中。直言敢諫，權倖畏之。頒詔豫章，封弋陽王。監造乾清宫告成，陞江西參議。鋤强扶弱，有惠政。旋即致仕。有園在芋涇，臨水多竹，擅亭館之勝。陸文裕嘗乘月夜泛，賦詩云：「峰巒巖壑俯中流，何處三山與十洲？新雨不妨泥滑滑，好風先送水悠悠。鷗無機事迎人下，客有高懷盡日留。向晚星河迷上下，笙歌燈火木蘭舟。」寫景妙有天趣。

文徵明《壽梅詩序略》：「《壽梅詩》清新爾雅，緣情寫事，隨物賦形，命意鑄詞，無一長語。蓋生在宣德、正統間，隱居志外，無兵戈之擾，而居有邱樊之樂。文酒燕游，親戚情話，發而爲詞，紆回沖遠，無有吁咈。真鳴盛之作也。

王半山《紙暖閣》詩：「聯屏蓋帳一尋方，南設鈎簾北置牀。側座對敷紅絮暖，仰窗分啓碧紗凉。氊廬易以梅蒸壞，錦幄終於草野妨。楚縠越藤真自稱，每糊因得滅書囊。」與放翁《暖室蝸廬》諸作，典切工雅，開後來賦物之源，自宋以前無此體。

作詩或勸或戒，有益于國計民生者爲上乘。陽湖趙雲崧先生有《閲明史有感于流賊事》云：「萑苻何意蔓難圖，初起潢池本易俘。賊不殺官猶畏法，兵無戰將孰捐軀？師行共指軒中鶴，寇去方追幕上烏。歷歷前朝陳迹在，是誰專閫握軍符？」次云：「百年安堵享昇平，誰肯輕生肇亂萌？死有餘辜貪吏酷，鋌而走險小人情。彈丸黑子皆紛起，繩伎紅娘亦横行。好片桑麻繁庶地，烽烟千里廢春耕。」言之者無罪，聞之者足戒。

隱逸之詩，非淡即傲，不諧于俗。唯明季山人陳眉公繼儒則不然。眉公一試鄉闈，不舉，年二十九，辭諸生于主司曰：「住世出世，喧静各别。禄養色養，潛見則同。老父年望七旬，能甘晚節。而某齒將三十，已厭塵棼。揣摩一世，真如對鏡之空花；收拾半生，肯作出山之小草。既禀命于父母，敢言告于師尊。嘗笑雞群，永抛蝸角，讀書談道，願附古人。」主司慰之，不聽。嘆爲異事。其《賀吴梅村歸娶》云：「北面謝恩才合巹，東方待曉正催妝。」榮絶。《王隱君山齋》云：「見客入山先閉户，留僧聽雨每連床。」高絶。《送扈芷》云：「骨清但嚼峩嵋雪，詩險如探虎頸環。」奇絶。《輓熊經略》云：「一腔熱血終難化，七尺殘骸未敢收。」慘絶。《望遼左》云：「葡萄酒熟人皆醉，苜蓿花開馬極肥。」壯絶。《答侯木菴》云：「門多將相文中子，身繫安危郭令公。」莊絶。《夢遊蜀山》云：「卓地怪峰攢劍閣，横空雙峽駕藤橋。」險絶。《病僧》云：「修眉遮眼漸堆雪，破衲擁肩如帶霜。」趣絶。《送王辰玉》云：「三月啼鶯頻勸酒，十年騎馬始看花。」艷絶。《登泖塔》云：「地脉虚空浮色界，波光摇蕩入村田。」淡絶。《小輞川》云：「看竹客馴啣字鶴，採蓮舟引聽歌魚。」又：「山起濕雲馳宿馬，水分崩石界游魚。」新絶。

「秋生幽徑蘭芽長，雨過柴門稻葉青。」真絶。「英雄半向烟花死，仙骨須知節義多。」俠絶。《攜妓》云：「俠客有心將劍换，少年無賴擲梭挑。」狂絶。「馬嘶大漠川沙白，鷹下平原草木黄。」闊絶。「排當座右圖書富，搜剔山陰水石寬。」静絶。「紫燕故銜花圃屐，青驢遥識酒旗竿。放入白雲巖竇小，展開青障畫圖寬。」閒絶。「懶向山中稱宰相，偶于陸地作頑仙。」傲絶。「人擁如花香國近，酒逢對手醉鄉寬。」豪絶。筆意奇俊，心花怒生。非若孟郊、倪元瓚作詩，枯槁性情，令人意寂。信乎讀書功夫不可少也。

杜城南吟詩成帙，不以示人。曰：「吾以抒吾性靈耳，安用媚人耳目爲?」詩極工鍊。中書承其家學，風流文采，雅重一時。吴騏爲諸生，有盛名。家徒四壁，而取與不苟。留客一飯，即與妻食粥以補之，其苦節如此。爲詩一往而深，不拘一格。王光承稱其悲憂慷慨，百感積中，而詩益工。變者爲龍，雄者爲虎，華者爲鸞，高者爲鶴。數語實定論云。顧成天，字良哉，號小匡，居南匯城。始爲諸生。世宗簿録蔡中巖家，得其哭聖祖詩，召入即上書房行走。尋賜進士，授翰林編修。致仕後，加侍講銜。其詩云：「脈脈盈盈人與水，織縑曾付賽修通。可憐垂老茅閨女，哭到蒼天頰暈紅。」其二云：「血氣尊親頸盡延，容真如地蓋如天。已增虞舜巡方歲，竟少唐堯在位年。」其三云：「踐食虚過五十餘，太平無事擁詩書。只今粗識詩書味，不把犂鉏恩便殊。」其四云：「何人不解君臣義，罕喻君臣一綫情。深淺豈真關貴賤，冷窗摇筆淚縱横。」其五云：「鑾輿六度接窮簷，日角天顔惕仰瞻。此日鼎湖龍已去，空教昂首望龍髯。」其六云：「京國遊踪出塞垣，九重猶想對臨軒。悲魂恍惚驚魂定，聞道新皇已改元。」語語從真性中流出，宜膺異數也。

河豚味美，能毒人。然不食此，不知魚味。有周姓者，與九人共食，而死者八人，周竟無恙。夫松人每以遇毒，歸罪于庖治之疏。不知氣質有虛實，食性不同，故有死有不死也。予嘗咏河豚七古，内有「千食無傷一朝誤」句，恒齋先生以爲確。

香雪園詩話卷六

南匯王誠四峰著

曾南豐詩，巉削遒潔，如孤峰天外，卓立萬仞。東坡曰：「醉翁門下士，雜沓難爲賢。曾子獨超軼，孤芳陋群妍。」玉介甫亦曰：「曾子文章世希有，水之江漢星之斗。」皆謂其詩文也。乃彭淵獨謂其不能作詩，至以海棠無香同爲五恨。余謂讀詩一如啖果，李、杜、王、元、白、陸，猶林檎蘋婆，到口即辨也。陶、謝、韋、柳、曾、楊，橄欖檳榔，咀嚼乃知也。南豐之詩，外觀不足，内美獨含。相淵才一讀便了，未能深體。或喜詞調，不協清真，故有是言。即有選家，亦只取《多景樓》、《錢唐》、《上元》及《北園晚步閒行》數首。迨國朝諸選出，而收取乃備。知味之難如此！余又謂讀韓蘇詩者亦然。自以文爲詩之論出，而有河溯晏、江瑶柱之譏；自「鵞也先知」之論出，而有鼇斯蹋之誚。

「山外江水黄，江外滿城緑。城外沓無際，天低到平陸。長烟貫楚尾，遠勢帶吴蜀。故園東北望，遊子闌杆曲。」此范石湖《嶽麓道中》詩也。與「陟屺」三章，同一沉摯。天涯馬首，登高極目，誦此而不黯然思親者，此其人必非孝子。石湖又有一絶云：「午日烘開豆蔻苞，檐塵飛動雀争巢。蒙蒙倦眼無安處，閒送爐烟到竹梢。」試于閒齋晝静時吟之，覺生動之趣，倐然在目。躁思愁情，消除殆盡。

梅宛陵《謝人餽澄心堂紙》云：「江南李氏有國日，百金不許市一枚。澄心堂中惟此物，净几鋪寫無塵埃。當時國破何所有，帑藏空竭生莓苔。但存圖書及此紙，輦大都府非珍瓌。于今已逾六十載，棄置大屋墻角堆。幅狹不堪作詔命，聊備粗使供鸞臺。鸞臺天官或好事，持歸秘惜何嫌猜。君今轉遺重增愧，無君筆札無君才。心煩收拾乏匱櫝，日畏撦裂防嬰孩。」聖俞當崑體極弊之餘，清詞俊爽，一掃堆堵。此詩可當澄心堂紙考。

唐五代末流專以聲調、對偶爲工。歐陽公起而振之，力追昌黎，排奡而仍，不佶屈聱牙，獨成一家。蘇黄之外，尤與梅聖俞吻合。其贈聖俞曰：「吾友豪傑天下選，誰得衆美如君兼。詩空鑱刻露天骨，將論縱横輕玉鈐。遺編最愛孫武説，往往曹杜遭夷芟。」數語足見聖俞矣。

漁洋山人謂東坡千古一人，惟律詩不可學。蓋東坡專以古筆爲律詩，故詞多生硬，不分古、律。蓋律宜于古體，而古不宜于律體。坡公之律，惟山谷近之，餘皆不及。漁洋之筆，用典婉麗，專主神韵。故古自古、今自今。

《隱居詩話》載宋楊大年、錢思公、劉文僖、晏元獻，皆宗李義山，務填故實，號西崑體。當時後進效之，多襲義山詩句。嘗内晏，優人有爲義山者，衣服敗裂，告人曰：「我爲諸館職撏撦至此。」聞者大噱。然大年《詠漢武》詩云：「力通青海求龍種，死諱文成食馬肝。待詔先生齒編貝，忍令乞米向長安。」義山不能過也。歐文忠公力矯其弊，專尚氣骨，風氣爲之一變。王荆公晚年亦喜義山，然軍國倥偬，不能讀書多詠，反不爲風氣所轉。嘗有「江海三年客，乾坤百戰場」及「雪嶺未歸天外使，松州猶駐殿前軍」句，雖老杜無以過之。

《舊唐書》載江左王氏，世以工書名。至唐則天索諸其方慶，方慶集其先二十八人之書以獻。后命善書者鈎畫成册，設九賓觀之武成殿上。而以墨跡還方慶曰：「此卿家世守，朕奪之不仁。」朱竹垞既書其事，復題詩曰：「百年以來藏項氏，年時記得曾開視。雖無烏衣四七人，尚有金輪十三字。若非薛稷鍾紹京，安能運腕如天成？銀鈎蠆尾細毫髮，懸針垂露紛縱横。一上中書勑開晏，九賓咸列武成殿。」

邑城荷花塢，爲明末李辰山渼陂舊址，繼歸王氏。顧小厓太史題曰：「椒邱，乾隆癸丑，孝感胡公宰吾邑，築香光樓于上，由是遊人頗多吟詠。」以張野樓一律爲崔灝當頭，詩曰：「柳邊亭子水邊臺，又逐遊人消夏來。十頃紅蕖香不斷，一樓清景坐忘回。謝公去後空存墅，山簡忘時少舉杯。有客臨風無限感，日斜欄角尚低佪。」時胡公已殁，故詩寓感懷。野樓名宏，貧爲縣門吏。公退之暇，日手一編，簞瓢陋巷，晏如也。文士之宰吾邑者，必另眼視之。李吟香周暢園刻其《餓餘集》。感懷句云：「風懷已作沾泥絮，身世還同飛溷花。」其奡岸可知矣。至其佳聯，若「渡江三日雨，寒食一村花」；「蟬吟秋色裏，人語晚風前」；「門前草長三三徑，林際禽呼八八兒」；「三月歸舟千里客，一江春水六朝山」等句。邑令鄭澈亭人康給金二百兩，竟以詩却之。後鄭公賠補庫銀，徧索各項，野樓獨蕭然事外。人尤服其識之高。

余昔在吴中飲獅林園，諸名士賦西施牡丹，有莫鼇峰席蔗圃詩先成，云：「美冠凡英主館娃，名齊姚魏並繁華。嫩苞翠結珠囊小，弱榦紅披玉佩斜。春動芳心思少伯，露凝血淚痛夫差。蘇臺人杳堆千古，剩下風流寄此花。」一座擱筆。

華亭蕭木匠名中素，號芷崖。五言警句云：「風塵雙短鬢，天地一長吟。」「水明鷗夢熱，野曠雁聲遥。」「白髮閒催我，青山冷笑人。」「水清魚入定，林静鳥忘機。」七言云：「瓜步截流銜巨眼，石帆鳴櫓泛樓船。」「燕麥已堪今日飯，鶯花猶是舊時春。」「山寺疎鐘音斷續，竹窗殘月影參差。」近日青浦祝髮匠陳菊潭，亦以詩名。《詠影》云：「去來色相原無着，動静虚靈太逼真。」《自遣》云：「敢稱峰泖之間客，且作烟霞以外仙。」與吾邑縣門役張野樓「風懷已作沾泥絮，身世還如飛溷花」同一風格。又衣工張德純有《藝餘集》，惜未見。三十年前，有以釘螭殻爲生者，陸姓，忘其名，善談《易》，而有詩名。後老病，不能自食其力，遂爲丐。有聯云：「飯盂向曉提殘月，檀板臨風唱晚秋。兩足踏翻人世界，一肩挑盡古今愁。」亦可哀也已。

余述以上數詩人，有笑爲拉雜者。余應之曰：「昔梁伯鸞賃舂廡下，申屠蟠傭身漆工，孫期牧豕，徐孺磨鏡，崔五龍負販，男兒貧賤，常也。昔人云：『富貴無緣敢怨命，胝胼食力不求人。』拉雜云乎哉？」

高郵露筋祠題詠頗多，聯額亦多佳製。内一聯云：「冰心玉骨千秋節，祠樹湖雲萬古陰。」余方徘徊贊歎，旁一客云：「對語稍遜。」余笑曰：「君曾讀王阮亭詩乎？」其人愕然，不對而去。

余在淮上書千金亭聯云：「一飯非厚恩，厚在不望報；千金非重報，重在不忘恩。」淮守伊公轍布謬稱云：「語甚精確，不但連環得妙。」因屬余代題留侯祠。應之云：「五世相韓，觀博浪一椎，知間代英雄不離忠孝；一心歸漢，挾下邳三策，建非常勳業原是神仙。」即倩余書之。越五年客漣城，又爲安東宰東莊馮君時基作署聯云：「愧無赤子三冬惠，笑飲黄河萬里流。」

九龍山惠泉，上刻關中張某一詩云：「清固聖人之事也，澹其君子之交歟？君心如水常如此，乞得山泉俸有餘。」語有風骨，較他作高出一籌。

西湖詩自白蘇後，作者林立，美不勝收。我邑前輩黄秋圃先生，有《夢遊西湖》三十首，可採入《西湖志》。今録其數絶云：「醉策蒼虬當瘦笻，白雲舒卷舊遊踪。兩峰三竺飛行徧，不見當年九里松。」「蘇小樓空夢到遲，誰横玉笛譜相思？緑楊陰裏紅燈下，時有雙鬟唱竹枝。」「葛嶺行過又岳墳，眼前疑水亦疑雲。千巖萬壑湖邊路，一抹空濛翠不分。」「南山山路幾經過，野寺荒橋盡薜蘿。行到九溪十八澗，人聲漸少水聲多。」司空圖《詩品》云：「荒荒油雲，寥寥長風，超以象外，得其環中。」作者得之。又有《題桃花扇傳奇》云：「亂世英雄推左侯，斷魂偏逐九江流。當時果得清君側，未必降旗出石頭。」「干戈滿眼笑狂生，空把文壇赤幟争。黨錮激成家國破，千秋遺累此虚名。」游戲筆墨，風化攸關。近王仲瞿曇亦有二律，傳誦江浙。詩雖佳，而五六云：「當日寡人唯好色，從來天子慣無愁。」用孔序中原對，爲詩家所忌。余擬改云：「從古佳人恒薄命，當時天子竟無愁。」又「將軍白馬沉官渡，義士黄冠哭石頭」一聯，最佳。張秋山和韵，有「勾欄花艷移長樂，秘殿宵寒擁莫愁」句，亦佳。

朱南田，名鳳洲，余垂髫友也。詩筆如生旦丑净，脚脚皆宜。五古如：「曉發華亭谷，夜行章練塘。孤篷去無際，烟水秋茫茫。」又：「家住女床山，無糧問白鳳。言採瓊田芝，呼龍耕烟種。」又：「時俗薄道素，徑寸失光晶。志士守溝壑，固窮崇令名。顯晦屬我運，毁譽任人情。曙色起林端，白雲滃青峭。石室道人歸，群猿一時嘯。」七古《隔谷呼》：「北風獵獵雪載途，誰家孤兒隔谷呼。呼聲何慘近復遠，孤兒饑寒兄不憫。無爺無娘孰爲親，兒不呼兄呼誰人？空林無家亂雲暝，惟有哀猿隔谷應。」《自栖霞渡江至燕子磯》：「相烏颸颸東風扇，擊鼓津頭挂帆亂。吴篷輕不狎中流，魚貫斜行傍江岸。江邊傾厂嶄嵌多，穴伏蛟蜃浮黿鼉。洪濤嚙石石搏水，衝爲急溜旋爲渦。帆力風微潮正逆，雙槳千篙前不得。船頭邪許船尾摇，四座相看面無色。就中三磯危莫危，横如牙纛卓如椎。一磯一折緩復驟，或篩或簸揚笞箕。須臾脱險波平曠，驚定回思轉奇壯。遥看天水越窑青，四面雲山起清唱。君不見茫茫塵海足風波，對面人心窔窞多。蜀道蠻江難百倍，樓船千斛自經過。」近體如《贈吴孝侯》：「青山玩世兼仙佛，白髮高歌動鬼神。」《松陵道中》：「秋水白沙鳧兩兩，夕陽紅樹雁繩繩。」《賀友納姬》：「荳蔻梢頭吟乍好，蘼蕪山下采應愁。」《和蘿屏夫人桃花詩》：「舊夢空山流水遠，新愁今日去年逢。」《秋蟲》云：「機鉸幽情燈影裏，江村詩句豆花邊。」《寄吴古心》云：「七襄機杼文章望，三省清華子弟行。」佳篇名句，不勝枚舉。丙午鄉闈，作《買犢草》一卷，以寄其抑鬱憤懥之意，由是疾作。臨殁前數日爲書，倩予作傳，必欲一觀而死。不得已，草成一本與之。南田曰：「即填死日可耳。」果翌日而殁。

《隱居詩話》云：「沈括存中、吕惠卿吉甫、王存正仲、李常公擇，治平中，同在館下談詩。存中曰：『韓退之乃押韻之文耳，雖健美富贍，而格不近詩。』吉甫曰：『詩正當如是。我謂詩人以來，未有如退之者。』正仲是存中，公擇是吉甫。四人交相詰難，久而不決。公擇正色謂正仲曰：『君子群而不黨，公何黨存中也？』正仲勃然曰：『吾所見偶同存中，遂謂之黨。然則君非吉甫之黨耶？』一座大笑。」余謂詩之所發人各異，意之所好人各殊。如元稹尊李而抑杜，孫莘老尊杜而抑韓，王平甫尊韓而抑杜，至山谷乃平之。唐人詠馬嵬驛事，或稱劉禹錫，或稱白樂天，或稱工部，好此則訾彼。劉貢父譏嚴維「柳塘春水漫，花塢夕陽遲」爲不工，謂夕陽遲則繫花，春水漫不須柳也。苕溪漁隱又謂春水漫不必柳塘，夕陽遲豈獨花塢？果爾則此兩句皆未妥矣。又皮光業嘗得一聯云：「行人折柳和輕絮，飛燕啣泥帶落花。」自負警策，以示同僚。裴光約曰：「二句偏枯不工，柳當有絮，泥或無花。」余曰：「燕非啣一泥，此亦安見其必無花耶？」此可博多愁人一噱。

東坡遊赤壁，或云在嘉魚，或云在黄州。按：劉備居轡口，遇操于赤壁，當在嘉魚。而後赤壁、雪堂、臨皋，俱在黄州。則遊在黄州，引用操事的係借題發揮可知矣。及門張雲樵《遊赤壁》一絕云：「荻花楓葉一江秋，絶壁千尋插碧流。依舊月光和水色，更誰能賦後來遊？」渾寫亦得。蓋東坡因黄州寂寞，借操事點染。若作詩亦泥蘇文，陋矣。如露筋祠，或云貞女，或云死鹿。王阮亭詩云：「行人繫纜月初墮，門外野風開白蓮。」亦只渾寫大意耳。

蟂磯孫夫人廟，有池陽人題一聯云：「思親淚落吴江冷，望帝魂歸蜀道難。」忽像前異香滿室，繚繞終日，若有所感激者。

王文成少時題于忠肅祠一聯云：「赤手挽銀河，公自大名垂宇宙；青山埋白骨，我來何處弔英賢。」是夜宿祠中，夢手擒白虎。是爲異日擒濠之兆，由是祈夢者屢至。《清溪隨筆》載之甚詳，阮吾山《茶餘客話》略也。

朱竹垞《銀槎詩》，錯落奇古，讀者往往以不見銀槎爲憾。高江村、阮吾山皆記其形。杯首有「岳壽無疆」四字。杯尾詩云：「欲造明河隔上闌，時人浪説貫銀灣。如何不覓天孫錦，止帶支機片石還。」印「碧山」二字，左鐫「朱華玉造」，右「至正乙酉年」。杯底有「槎杯」二字。

吾友鞠檥亭，字槎客，名原泉。外和而内方，詩多本色。自述云：「懷古詎能書盡讀，投時未必眼常青。」又：「生前事業誰傳者，身外功名且聽之。」又：「敢期此後同翁子，慚愧而今遜謝元。」《雪彌勒》云：「大着肚皮容若輩，開將海口笑斯人。」《西湖》云：「三面環山泉百道，四圍湧翠樹千株。」《淮陰侯》云：「誤認肯推巨子食，當思忍割太公烹。」《酇侯》云：「薦士竟吞秦社稷，收書早定漢山河。」簡予云：「壺公壺裏乾坤大，盤谷盤中水竹多。」辭達而味長。今之有詞無意者，點綴滿紙，味同嚼蠟。

汪西村大經，秀水人，僑居松郡西關外。賦詩賣字，落拓不羈。近體在東坡、山谷間，七古尤勝。《太真洗兒錢》詩云：「洗兒錢，洗兒錢，兒生在母前十年。虬髯戟戟裏繡褓，舁出宫中人絶倒。至尊不悟纏妖祲，信兒滿腹真赤心。賜錢何異賜餅金，母與兒兮恩共深。漁陽鼙鼓一聲吼，倉卒六軍蜀道走，馬嵬坡前兒殺母。」筆端雖鋒稜四出，而含藴處自在。又有《顔魯公銅印歌》云：「巍巍尚書顔真卿，凛凛忠節並乃兄。時人不敢稱公名，天子初謂一老生。忽乃倚公爲干城，孰爲間之惎使行。公行不復天子驚，白頭授命希烈營。公名光與日月争，公有銅印方寸盈。用署筆扎鈐尾精，日三摩挱緑繡頳。安得難兄印快并，佩之左右如璜珩。」廉悍有氣、力透紙背，人間無此作久矣。同時布衣翁石瓠，詩幾匹敵。石瓠没，西村哭之慟，糾同人刻其稿，營其葬，清明紙錢，歲歲登其墓云。

（姚蓉點校）

六紅詩話

六紅詩話提要

《六紅詩話》四卷，據道光二十四年刊本點校。撰者吕善報（一七七二—？），字玖芸，晚號鹿虹，一作六紅。浙江山陰人。乾隆五十九年至嘉慶十八年凡八試而不第，「困於名場，著述等身，半就散失」（周起濱序）。按吕氏曾輯時人詩爲《涵今集》、《窺斑集》等，復出其緒餘而作詩話。據諸家序跋，知《詩話》寫成於嘉慶十九年甲戌四十三歲之盛年，非一般之成於晚年也。然刊行則在身後，由其子菘扉謀劃於道光十六年丙申至二十四年甲辰間，終獲行世。吕氏自序言其愛詩，猶如磁石吸針、琥珀拾芥，乃出於至性。亦有識，持論不專主一家，服膺漁洋、歸愚、隨園諸家，往往能識其長，亦能指其短。其他指出各家之誤甚夥，然皆氣平而出語有據。記事録詩亦皆精審，非泛泛者可比。惟於閨秀詩甄録稍嫌峻嚴，蓋不信其真出於深閨之内，此與章實齋之説同，而略背於同時詩話之習尚也。

六紅詩話序

詩有話久矣。《六紅詩話》，玖芸先生作也。吾友菘扉爲先生哲嗣，相處十年，稔知先生學博品粹，困於名場。著述等身，半就散失。菘扉欲盡付剞劂氏，輒苦乏資。是集之梓，略存手澤，吉光片羽耳。先生晚號鹿虹，鹿虹即「六紅」。好事者曰「六紅」名篇，原舊夢，誌不忘焉。予曰「否否」。人之性情學問於何見？見諸言行而已。達而在上，經綸出納，展布施爲，有可傳，則載在史策。至於坎坷潦倒，行不出鄉黨閭里，弗獲已，借言問世，因而立説著書，具深心者，復不欲亟求人知，每隱寓於一兩字中。嘻，微矣！五行，色紅者火，火炎上，先生不因人熱，而又惡世俗凉薄，故紅取乎火之炎。先生慮以下人，而又疾士習卑污，故紅取乎火之上，而不見騰騰熾熾，火之無邪不燭，無穢不燼，方興而未艾耶？先生輝光内蘊，渣滓全消，觀理觀物之間，若燎設，若犀照，屢試焉而不傷於蔽，不疲於神，故紅有取乎火之明。今夫木色青，先生薄青詞，戒青衿，而卒困青氈，於青乎無取。金色白，先生陋白丁，羞白腹，而未拋白紵，於白乎無取。黑爲水，黑衣一隊，幾見文儒；黑頭三公，無此奇福。即云守黑，亦老氏之學則，然先生弗尚，舍黑取紅，固其所。黄爲土，雌黄之口，强詞奪理，驪黄之外，真賞乏人，縱曰飛黄，亦快時之喻則，然先生不躁，舍黄取紅，亦其所未已也。傳曰：火烈民畏，烈近剛，剛而以柔濟之，斯性情和學問精焉。爰用六。六，耦也，陰也，柔也。濟以柔，而惡俗疾習，不病於激，温而厲，威而不猛也。濟以柔，而觀理觀物，不病於刻，能昭昭，以使人不察察以爲明也。濟以柔，而純粹無疵之體静而專，動而一，不病於嶢嶢者易缺，皎皎者易污也。先生之自況，即先生之垂訓，即先生之傳家，而遺我菘扉，示及雲礽乎？意在斯乎？意在斯乎？菘扉以序屬，姑縱書之，質諸菘扉，質諸諸友，質諸凡讀是集者，且默禱之，而當質諸先生於九原。至若憐才之雅、選擇之精，删改之當而卓，俊三吴君曲盡之，不贅及云。是爲序。道光甲辰孟秋月杪，畢陽後學周起濱頓首拜撰。

六紅詩話題詞

騷壇盟主富王侯，萬斛珠璣一卷收。幾輩才人供月旦，百年詩老足風流。立身早縮塵中脚，與世時昂天外頭。海内三家争説遍，此書亦自有千秋。

道光丙申冬，菘扉仁兄於行篋中出玖芸老伯大人《六紅詩話》，莊讀再四，敬題一律，以志景仰。

愚侄康焯謹識

此生何必覓封侯，四海才人一室收。冀北風聲空我輩，汝南月旦儘名流。搜窮大地憑雙眼，數盡奇峰出一頭。自是《六紅》傳妙諦，不徒藻鑑已千秋。

丙申長至日，奉讀玖芸老伯大人前輩自注《六紅詩話》，即用菑塘康孝廉韵，續貂僭注，以誌景仰。

檇李後學陳愛蓮拜稿

先生吾越望，聞説藹如春。展卷鬚眉古，卷首有《撚髭圖》，故云。憐才骨肉親。珊瑚千網盡，翰墨百年新。亦有風騷願，誰爲後起人。

囊中百衲琴，地下老泉心。手澤公同好，心香各賞音。鯉聞三異早，蝶化《六紅》沉。纔倚黄粱枕，學將好夢尋。

鄉愚侄余錦淮頓首拜題

休將奇夢作虛空，詩國元籌占《六紅》。珠玉搜羅宏露積，鑒衡卓犖謝雷同。《涵今》並貯《窺斑》稿，望古彌深測海衷。拭簡細吟香口頰，竹扉味永晚秋菘。

道光甲辰秋仲小住，弋陽菘扉大兄出玖芸老伯大人手著《六紅詩話》，並《涵今》、《窺斑》兩集見示，浣薇三復，欽佩良深。兹因《詩話》開雕，勉成七律，敬銘作述並隆，詞之工拙，所不計也。

愚侄王春膏頓首拜題

六紅詩話序

嘗謂不朽之業，言列於三，言何其重耶？不知非言無以昭德，非言無以著功也。今以《詩話》而益信矣。詩之有話，盛於唐、宋，猶經之有傳，史之有目。其詩傳，其地其人，并其軼事，俱與之傳。雖然，無兼綜之學，校核不精；無超越之才，發明不詳。不精不詳，著書汗牛充棟，亦何恃以傳？且也定以三品，鍾氏之録也；彙以百家，敖子之評也。若夫嚴卿辨體於宋，陳叟修譜於元。精詳於一節，均未可與言詩話也。歲月不訛，井里不舛，姓氏不假，而軼事之新奇變幻，皆於是乎準，始可決其詩傳，其地其人，并其軼事無不傳。然不專心致志，旁搜博采，而要之以恒久，豈倉卒竊取者可藉以傳乎？子輿子不云乎，「誦其詩，不知其人可乎？是以論其世也」。此詩話所自昉也。余友吕君玖芸，明敏卓犖，於書無所不讀，尤耽於詩，兼志在闡幽明微，考證得失。收録時人詩帙，盈箱滿笈，彙而選之，曰《涵今集》。復以其餘，纂《六紅詩話》四卷，單詞隻義，無不采入，俾不至湮没，其有裨於風雅何如也！是書一出，余知其不脛而走千里矣。余也安得割川江之錦，劃泰岱之雲，分其餘慧，附以傳也？用拜手贅數言於卷末。嘉慶癸酉中秋前一日，同里弟趙大奎槐庭氏書。

六紅詩話自序

天既付我以口，則一切話皆可話，而惟詩之是話，何哉？余未嘗不欲與仕者話經濟，與隱者話烟霞，與農圃話校雨量晴，與商賈話糴賤販貴，顧性所不近，往往欲話輒止。夫磁石引針，琥珀拾芥，物之以氣相感也。余雖不工詩，而最喜詩。詩即針也，詩即芥也。余亦何能辭磁石、琥珀而不爲，而不一話夫詩耶？若曰窮愁著書，則余豈敢。嘉慶己巳重陽，珊音吕善報自題於吉祥止止軒。

采采流水，寥寥長風。超心鍊冶，蓄素守中。玖芸自題。

甲戌冬仲詩憨第五次定本

六紅詩話卷一

山陰呂善報玖芸

蕭山毛初晴太史奇齡《西河集·次奔牛》詩：「纔過毘陵驛，常州與潤州。横帆如快馬，荒鎮是奔牛。白杏千村暮，黄茅兩岸秋。茫茫何所届，渾彼一舟流。」山陰周蘭坡學士長發《賜書堂集·次奔牛》詩：「解纜南蘭驛，凌晨聽櫂謳。飽帆馳快馬，荒鎮指奔牛。白杏千郵暮，黄茅兩岸秋。茫茫何所適，斜日泊汀洲。」兩集並登，惟數字小異，次聯「飽」字、「馳」字、「指」字大勝，結語亦稍勝。至起二句，則不如毛之自然多矣。或蘭坡暗合西河耶？或蘭坡偶改西河作以示後人，而後人遂誤收耶？然唐、宋人一詩兩集並收者亦夥，甚不得以爲訾也。

錢唐袁子才太史枚天才横絶，抒性靈爲文章，國朝自當高踞一座。然畢竟以散體古文爲最，體製純粹，剪裁得宜，雖小品序事，無不鬚眉畢現。其次四六駢體，又次詩。詩一往情深，清雋絶俗，鈍根人歷刼不能夢見。晚年應酬太多，流於率易，即如《八十自壽》「杖到杖朝無可杖，思量只好上天游」，雖風趣盎然，究鄙俚太甚。又如《調香嚴狎妓》「遲眠私取銀燈照，要見桃花受露時」，褻甚，不過隨手游戲，旋成旋毁可耳，以之入集，未免太覺脱略。

「止是客心孤迥處，誰家紅袖倚高樓」，杜牧詩也，《隨園詩話》以爲吴仲圭《旅景》詩。「一尺鱸魚新釣得，兒童吹火月明中」，鄭谷詩也，《隨園詩話》以爲宋人絶句。何不考之甚耶？

長洲沈歸愚尚書德潛《國朝别裁集》，載毛大可奇齡《贈柳生》詩：「流落人間柳敬亭，消除豪氣鬢星星。江南多少前朝事，説與人間不忍聽。」「人間」複用，畢竟是疵。後閲毛集，乃知爲沈所改竄而未及檢點者。其原詩本二首，其一云：「扶病來看柳敬亭，秋花開滿石榴屏。江南多少前朝事，説與人間不忍聽。」其二云：「枚生未作梁園賦，吴客將行越水濱。怪底觀濤能解病，原來君是廣陵人。」

嶺南鄺海雪露《過采石》詩與毛大可奇齡《過采石》詩，皆一氣呵成，有意摹仿太白。海雪天才放佚，原近謫仙，摹仿非難。大可雖排奡生新，戛戛獨造，以視謫仙之飄逸，甚難攀躋，故摹仿之間，不無痕跡也。鄺詩云：「牛渚青天月，長懸供奉祠。如何今夕酒，不共昔人持。高詠誰能似，扁舟從所之。溯洄殊未已，言折楚江蘺。」毛詩云：「李白揚帆出，曾披宫錦袍。我來尋舊蹟，空見水滔滔。墜石分風急，清江蹙浪高。綠蘿寒月下，一詠醉酕醄。」

福敬齋制軍康安討臺灣逆匪林爽文，鐵冶亭侍郎保送以詩，有句云：「蒼生有賴將軍福，碧海還澄聖世清。」雅切乃爾，非絶世聰明者不能。

海鹽釋杲山法宏著《梅花百詠》，康熙丙寅，仁和丁飛濤儀部澎爲之序，未付剞劂，故流傳絶少。余曾選數首入《涵今集》，其他尚有可摘之句，如「色並同雲光六合，夢和孤月冷三生」、「霞明野水冰魂醉，月落空山好夢醒」、「百花頭上無雙侣，萬卉叢中第一流」，皆妙。

王次回名彦泓，萬曆時金壇詩人，風情冠絶流輩，著有《疑雨集》四卷。乃沈歸愚、袁子才皆稱其爲國朝人。余考次回卒於崇禎壬午，未嘗入國朝也。以訛承訛，亦屬可笑。

毛西河嘗問高麗使臣曰：「爾國女士多知書，果否？」對曰：「然，豈惟女士，曾就一妓，見其洗妝漱頰脂於水，水微帶紅色，令賦之，應聲曰：『疏雨秋兼漏日飛，回潮晚帶斜陽落』，豈非佳詩？」毛首肯之。事見《西河詩話》。余謂「漏日」即斜陽也，未免複沓，不若易「兼漏日」爲「迎斷鱟」，江東人俗呼虹爲「鱟」，胡遘切。《齊民要術》：「東鱟晴，西鱟雨。」

山陰胡鏡舫禮部國楷，康熙辛丑進士，由高明令内擢禮部郎中，十五年不調，乃致仕歸。著《尊德堂詩集》。《詠隋煬》云：「曲中清夜三千騎，鏡裏春山五斛螺。」《詠黄河》云：「星宿有源終到海，江淮列瀆此通天。」又嘗謂子弟云：「慎言行，可以禦讒；睦宗族，可以禦侮。竇菽粟，可以禦荒；惜精神，可以禦病。」數語大似先儒格言。

《太平廣記》：張立本女爲妖物所憑，作一絶云：「危冠廣袖楚宫妝，獨步閑庭逐夜涼。自把玉簪敲砌竹，清歌一曲月如霜。」按白行簡《三夢記絶句》云：「鬟梳嫽俏學宫妝，獨立閑庭納夜涼。手把玉簪敲砌竹，清歌一曲月如霜。」張詩或因此附會，亦未可知。坊本又誤以張詩入高適集，「簪」作「釵」。

江寧王菊莊孝廉金英題《萬平川負米圖》云：「我亦希爲五斗謀，京華浪作十年游。於今風木增長恨，那得如君學仲由。」後又題《盧葯墅負米圖》云：「憶昔曾爲萬子歌，對君展卷復如何。將來我又携囊去，莫怪於今季路多。」後首調笑中饒有風趣，與前首正言莊色，各極其妙。

白香山詩「松排山面千重翠，月點波心一顆珠」，雖不能十分佳，亦不致十分不佳。會稽陶篁村明經元藻《鳧亭詩話》譏其爲庸惡陋劣，即三歲孩童亦能出口。未免太甚。又訛「翠」作「笏」，更屬疏略。

淳于髡雖滑稽之雄，然太滅禮法，似晉人放誕先聲，余雅不喜之。蒲城雷松舟國楫有一絶，頗契余心，録之。其詩云：「鳥不必千里，酒何能一石。忘形與失儀，襟解聞香澤。」

余詩偶用「惹」字，或譏其遞詞，然王維「楊花惹暮春」、温庭筠「暖香惹夢鴛鴦錦」，詩亦何嘗不用？

岳忠武《湖南僧寺》詩，有「潭水寒生月，松風夜帶秋」之句，雖唐人無以過之。宗忠簡《華陰道上》詩云：「誉茅作屋幾家居，雲碓風帘路不紆。坡側杏花溪畔柳，分明摩詰《輞川圖》。」雅韵欲流，亦不愧作手。元張宏範戰功蓋世，輔元成一統，《詠新燕》云：「海棠開後月黄昏，王謝樓臺寂寂春。柳外東風花外雨，香泥高壘畫堂新。」風流香艷，大似文人。至其《過江》有句云：「我軍百萬戰袍紅，盡是江南兒女血。」乃不脱其本來面目。劉豫以宋舊臣，僭立爲齊帝，罪不容誅。其《雜詩》云：「風荷柄柄弄清香，輕薄沙鷗落又翔。紅日轉西漁艇散，一川山影暮天涼。」風致灑然，亦出人意表。

何秋塍裕堜之母爲余姑母，其祖母又爲余祖姑。秋塍爲余外從兄，起家非科名，而耽吟不異寒素。兩權順德守，而囊橐蕭然，卒於石景山同知任。身後官帑，賠累復甚，良吏可爲而不可爲，惜哉！余嘗採其詩入《涵今集》，其他佳句如《偶成》云：「大夫五花馬，少婦七香車。」《郊行》云：「曠野無風村爨白，平疇得雨稼雲黄。」《正定署中作》云：「滹水南流開巨郡，恒山北向拱神州。」《途次》云：「萬事因循惟縱酒，幾年惆悵又逢秋。」又《途中曉起口號》云：「新涼已作十分寒，斗柄離離曉月殘。一枕黑甜剛入夢，僕夫催起又憑鞍。」皆清雋可誦。

王文簡《分甘餘話》謂：盧綸《贈駙馬都尉》詩「鴛鴦殿裏參皇后，龍鳳樓前拜聖君」，《才調集》載之，真爲笑柄。《池北偶談》亦文簡載筆，則以此詩爲賈島所作，《才調集》選之，尤爲惡劣。議論無異，惟姓名不同，或盧或賈，必有一訛。及查文簡删纂《十家唐詩選・才調集》，盧、賈各載他詩數首，此詩皆不選。當求古本《才調集》一確查之。

「紅桂飄香月露清，玉完天上奏瑶笙。白頭弟子秋風裏，來聽《霓裳》第一聲。」沈方舟上舍用濟《題謝皆人詩集》詩也。「走馬張弓四十年，封侯無路且歸田。芭蕉夜雨梧桐露，注到孫吴第幾篇？」無名氏《題桃源旅壁》詩也。「十二層樓夜月明，美人簾底坐吹笙。芙蓉露冷秋衣薄，翻到《霓裳》第幾聲？」李婉兮閨媛孅《秋夕》詩也。三詩風神句法略同，特不知孰是藍本耳。後閱《全唐詩》，見楊巨源《聽李憑彈箜篌》詩云：「聽奏繁弦玉殿清，風傳度曲禁林明。君王聽樂梨園暖，翻到《雲門》第幾聲？」乃知前三詩皆脱胎於此。假使掩楊巨源姓名，鮮不以今反勝古者。然平情而論，正不得不謂後來居上。

潘孟升高《寒食》詩，陳其年、王阮亭皆極推許，不知風調全套中唐盧殷《雨霽登北岸寄友人》詩也。潘詩：「黄鴉穀穀雨疏疏，燕麥風輕上鰲魚。記得去年寒食節，全家上冢泊船初。」盧詩：「稻黄拍拍黍油油，野樹連山澗自流。憶得年時馮翊部，謝郎相引上樓頭。」

郟縣仝車同軌中康熙乙酉河南解元，未達時，漁洋山人極賞其詩，爲之延譽，得主大梁書院講席，而《漁洋詩話》未載其詩，亦闕事也。余偶于舊書肆中見車同所著《真志堂詩》四本，如獲拱璧，急携錢再往，已爲外縣人市去，惜哉，惜哉！至今恨恨。會稽曾謙受益曾注温飛卿、李長吉詩集，康熙中亦以博雅工詩，見許於漁洋，而詩亦不載入《詩話》。余曾見謙受所著《抵場集》二卷於武林市上，因鑒前失，只默記其《詠肉豆蔻》一絶：「的的染春酥，豆蔻含初雨。絪緼香不分，真成十五女。」次日再至，果售去矣。

山陰何丹亭一桂，不知何許人，有手鈔《丹亭詩鈔》，只十餘頁，蠹蝕過半，亦曾於廢書肆見之。細讀其詩，頗學放翁，惜全首少完美者，乃不復買歸。惟默記其佳者數聯而已。五言：「風鳴兩岸樹，霜落半船秋」、「漁歌喧晚市，人影亂溪橋」。七言：「一年最感秋風客，千里關心夜雨詩」、「白魚紫蟹秋江市，古木荒烟晚眺圖」、「白酒有緑澆磊塊，黄粱無福夢邯鄲」。

莫州有坊曰「昭君故里」，詩人往往以青冢、琵琶弔之，大誤。按北齊神武帝第□子妃婁氏，小字昭君，莫州人，非王昭君也。任邱龐雪崖檢討塏曾有二絶以正其誤，云：「婁氏女兒家莫上，長成窈窕作齊嬪。無端偶合昭君字，幾誤當年出塞人。」「昭君同字不同姓，莫北荆南各一方。説與行人休錯認，琵琶馬上是王嬙。」

唐江東吏部孫華《詠門神》云：「將軍本自名當户，丞相於今亦抱關。」最工巧。李廣子名當户，下句用蕭望之事。金介人秀才士芳亦有《詠門神》句云：「曉至垂紳分鵠立，夜深聯袂待鷄鳴。」亦雅切。介人，山陰人，有《菊園詩鈔》三卷。余愛其贈某新婚云：「倒拖鴛帕雲垂地，仰畫蛾眉月在天。」蓋新娘年已十八，新郎年甫十二故也。

嵊縣胡宗邃明經師瑗《武林懷古》「石鏡雲横州十四，水犀潮落弩三千」，句極沉雄，第「横」字不響，不如易以「開」字。山陰屠鄰山秀才仁玉《偶成》「竹憐寒士瘦，花惜美人嬌」，「惜」字意晦，不如易以「妒」字。

宋逸山鈺會稽人，作詩專尚樸野，人或譏其俚俗，不恤也。近以年届不惑，乃棄舉業，專究心青烏之術。臨險登高，日不暇給。曾記其數年前以一詩質余曰：「『何人兀坐白雲深，席地而彈曲尾琴。終日錚錚無別調，不知若個是知音。』此何詩也？」余曰：「此彈棉花詩也。」宋曰：「然佳否？」余曰：「雖不能出《風》入《雅》，然已不啻畫就一幅彈棉花圖矣。謝宗可、瞿佑見之，定當把臂入林。」

楊升菴《丹鉛總録》謂：見古本唐詩《琵琶行》，「間關鶯語花底滑，幽咽泉流水下難」，「難」俗本作「灘」，則與「滑」字不對，且與上「幽咽」字無干。「水泉泠澀絃疑絶」，「疑」俗本作「凝」，亦難解説。「此時無聲復有聲」，「復」俗本作「勝」，則與下句「銀瓶乍破水漿迸」不接。古本之善如此。沈歸愚《唐詩別裁》惟將「勝」字依古本改作「復」字，其「灘」字、「凝」字，皆仍俗本不改。余意則謂「灘」之必當作「難」，「凝」之必當作「疑」，已顯然可見。惟「復」字反不如俗本「勝」字爲佳，以與上句「別有憂愁闇恨生」相接，正不煩與下句相接耳。

詠苔佳句甚少，錢唐金壽門農「多雨偏三月，無人又一年」，會稽商長白可「昨宵疑有雨，深院斷無人」，如此佳句，乃出之布衣與女子乎？長白爲寶意太守盤女，未嫁而卒。太守輯其詩，爲《曇花一現集》。歸安姜笠門宸烔《詠萍》「春水方三月，楊花又一生」，與壽門《詠苔》句略易數字，已各盡其妙，不得訾其襲也。

余父執天長施孝廉某，有《十二月望夜對月》詩，末句云：「今年只此月團圓。」未久，遂卒。人皆以爲詩讖，然頗切貼。吾鄉丁息園牲亦有《臈望夜對月》詩：「勸君莫厭通宵坐，再見須知又一年。」意與施同而語較圓活。息園，康熙中人，游幕諸省，性喜詩古文詞，卒以布衣老。有《泊如軒集》八卷，未刊，佳句甚多。余辛亥夏曾爲删纂詩集，共詩二百餘首，分作三卷。又有華亭倪蜕園名某，稿未署名，故無從考。又號蜕翁，康熙末、雍正初人。有《犢轆先生賸稿》十餘卷，亦皆未梓。内古詩一卷，古文、四六、詩餘，及一切雜著各一卷。古詩余已選十餘首入《涵今集》，其他佳句附見雜著内者，五言如「秋風吹短鬢，野鬼哭殘詩」，七言如「千秋事業雞催曉，十載行藏狗喪家」。又《夢中》詩末二句：「當時手植蟠桃樹，記得曾開十度花。」考其生平，足跡半天下，惟未到兩粵。客滇最久，時甘大司馬駐節雲南，頗器重之。後於省垣之西城外數里，愛其山川，結廬娱老其中，名曰「蜕園」。詞集内有《沁園春》三闋甚佳，附録於此。《丁酉除夕自題小影》：「影爾來前，勸爾一杯，問爾因由。爾豈無父母，恩勤鞠育？豈無兄弟，友愛綢繆？尺固非長，寸寧是短，何事甘爲物外游？嗟爾影，怎不儒不釋，瓢笠飄流。影言一概都休。但提起、能令萬古愁。自戊申汝降，窮恨牢植；庚寅汝返，慘境紛投。卿且悲卿，我還作我，欲報春暉寸草羞。相視笑，任明年戊戌，五十過頭。」《丙午元旦試筆》：「天地之間，群物芸芸，忽復有吾。便不知不覺，六旬年紀；無緣無故，萬里程途。銅柱西頭，彩雲南畔，闢出閑山一段蕪。向者裏，種桃梅李杏，十百千株。非僧非道非儒。是石嶼村中老剩夫。也帶頑帶耍，養些盆景；

過年過節，搨個碑摹。我欲乘風，飄然歸去，不用神仙縮地符。向莊叟，借大雕一隻，振翼須臾。」《丁未除夕再自題小影》：「影影哥哥，曾與斟杯，今又十年。也無能無耐，缺長少短；不伶不俐，討喫求穿。草活三秋，花周一甲，兩鬢霜絲白被肩。不如你，總一瓢一笠，青髮依然。我今萬事隨緣。儘畫裏形骸紙上禪。但清晨早起，三杯酒美；晴天燕坐，一朵花鮮。過了今生，由他來世，儒佛仙從着那邊。影笑道，你老頭多事，又落言詮。」又有《筆銘》：「慎爾口，慎爾手。惟不苟，故不朽。」《衣拂銘》：「不垢而拂拂何咎，垢而拂之拂已後。」皆歷落入古。

山陰余杏林國琛，世家子也，不慕榮利，澹泊如寒素。音韵反切、勾股算法，皆心究其微。韵語更工，著有《驪爪》、《麟楥》等集。最愛其《詠秋蚊》五律云：「一夏爾偏恣，深秋余轉憐。飛愁風力緊，鑽訝葛衣堅。智短求人面，腸肥中老拳。竟爲膏血誤，蟲膽大於天。」《三十初度》七律云：「怪殺封侯夢不靈，此中有恨訴誰聽。年華忽漫分花甲，學業何曾免白丁。悶裏狂歌偏骯髒，貧來壯志也零星。唾壺擊碎渾閑事，取次將敲瓦酒瓶。」

趙槐庭先生大奎，山陰之樗里人也。工詩古文詞，旁及堪輿、岐黄，繪事、子平，亦無不精究。少時屢應京兆試，不售，乃屈就下僚。旋賦《遂初》，以著述自娱，所著《松濤詩稿》近已付梓。五言如「憔悴紅顏命，蹉跎白髮情」，《詠鏡》句也。「雨砌蟲吟細，風窗紙裂輕」，《秋夜》句也。「聞啼猶是喜，符夢亦稱祥」，《生女》句也。七言如「西風旅雁江村晚，黄葉鳴蟬水郭秋」，《途中寄友》句也。「有女聯詩吟柳絮，與兒讀面頌桃花」，《春雪》句也。「越石離群懷祖逖，孟嘗得士羡馮驩」，《有感》句也。「不惜食牛甘没世，那堪屠狗誤浮生」，《丁巳元日書懷》句也。又《詠朱翁子》一絶云：「《春秋》一卷樂長貧，五十年來但採薪。不是會稽章綰袖，誰將見棄笑佳人。」亦善翻前人案。

有某生者，好以「時節」二字爲語助，往往一言有至三四者。生雖不自覺，而聞者每絶倒。劉寰亭成軀因贈隱語一詩以戲之云：「好雨知春乃發生，紛紛點綴近清明。花偏欲落魂俱斷，梅正初黄天未晴。遠道思家何處客，小樓憑檻去年情。凄涼團扇悲秋也，閑却新涼恨不平。」首句用杜甫詩「好雨知時節，當春乃發生」，次句用杜牧詩「清明時節雨紛紛」，三句用揚无咎詞「最銷魂、落花時節」，四句用司馬光詩「黄梅時節家家雨」，五句用史達祖詞「時節正思家，遠道人懷古」，六句用柳永詞「小樓憑檻處，正是去年時節」，七句用周密詞「怕凄涼時節，團扇悲秋」，末句用周密詞「恨最恨閑却新涼時節」。寰亭，乾隆初山陰諸生，亦有著述，係欽本，忘其書名。庚戌春，曾于張姓友人處一見，録存此詩，以資笑謔。今張友下世，此書無從覓問矣。

桐城姚季羽鳳翽，康熙時贈尚書某女，適諸生方復齋雲旅。復齋故世胄，自丁家難後貧甚，時糊口於四方。季羽賣繡供炊，絶無尤怨，與復齋伉儷尤篤。教二子世庚、世康成立，年四十九卒。復齊輯其詩爲《賡噫集》，命二女夢徵、夢珠手録。乾隆壬子秋試，謝裕莽照得於武林市上，余曾借閲，書法秀勁可愛，欲攘之而不得。因録存數首於《涵今集》，其他佳什未盡登者，略補于此。《春寒》云：「寂寂春陰鎖翠苔，滿天風雪逼人來。柳顰翠黛愁難放，花抱芳心凍不開。題柱馬卿何日遂，敝裘季子幾時回？寒侵病骨帷高卧，寥落空嗟歲月催。」《莫訝》云：「莫訝人前常默默，應知語不合時宜。熱中富貴從人羡，冷眼炎凉笑我癡。三月夭桃承露艷，九秋芳菊傲霜姿。榮枯自是循環理，何事嘵嘵較早遲。」《送外》云：「無端又束遠游裝，離別年年反覺常。不敢君前頻灑淚，恐教客路動愁腸。」《春閨》云：「華髪驚添鏡裏絲，愁中歲月病中馳。殷勤好把啼鵑囑，休唤春歸唤客歸。」又「一聲驚破三更夢，萬事都歸五夜心」，《枕上聞雁》句也。「病裏九秋愁似織，貧來三徑草如茵」，《謝七妹問病》句也。「一篇秋水塵心凈，半枕松風午夢殘」，《夏日偶成》句也。

「蕉心死後猶全捲，蓮子生時便倒含」，《隨園詩話》卷九載此句，爲沭陽宦家女某犯姦到官，篋中閨詞也。《隨園續詩話》卷七又載此句，爲隨園幼時自作《無題》詩。一人命筆，先後各異如此。又何況以此國之人記彼國之事，以百千年後之人記百千年前之事，而謂一無舛錯乎？余意此詩爲隨園太史作無疑，太史好色如命，駕言爲犯姦女閨詞，以寓惜之之意耳。年老易忘，故自相矛盾。

東坡詩「春事闌珊芳草歇」，或疑「歇」字似趁韵。楊升菴引唐劉瑶詩「瑶草歇芳心耿耿」，謂東坡「歇」字出處。余謂謝詩「芳草亦未歇」，晉已先有之矣，何待唐哉！升菴又見古本杜詩《麗人行》「珠壓腰衱穩稱身」之下，有「足下何所着，紅渠羅襪穿鐙銀」二句，今本無之，想是傳鈔偶逸耳。

紀文達尚書昀《灤陽續録》，載介野園宗伯福《四主會試恩榮宴》詩云：「鸚鵡新班宴御園，摧頹老鶴也乘軒。龍津橋上黄金榜，四見門生作狀元。」余閲金詩，乃知爲張大節詩，題爲《同新進士吕子成輩宴集狀元樓》。「御」作「杏」，「摧頹」作「不妨」，「四」作「三」，「作」作「是」，不同凡五字。當是宗伯偶改是詩以自娱悦，文達不察，誤收之耳。

俗傳洪武作《曉發》一律：「忙著征衣快着鞭，轉頭日挂柳梢邊。兩三點露不爲雨，七八個星尚在天。茅店鷄鳴人過舍，竹籬犬吠客驚眠。等閑擁出扶桑日，社稷山河在眼前。」後閱元詩，乃知爲文宗詩，題爲《自集慶路入正大統途中偶吟》：「穿了氈衫便着鞭，一鈎殘月柳梢邊。二三點露滴如雨，六七個星猶在天。犬吠竹籬人過語，鷄鳴茅店客驚眠。須臾捧出扶桑日，七十二峰都在前。」兩詩雖小有異同，然細覈之，作元文宗爲確。且前詩第二句，既云「日挂柳梢邊」，則天已大亮多時矣，何得復云「七八個星尚在天」？況第七句又云「擁出扶桑日」，不更重複乎！

或謂漁洋、隨園兩《詩話》紗帽太多，不如歸愚《説詩晬語》真樸。此語近是。然人之著書，各有體例，亦各有其人之境界。漁洋、隨園兩《詩話》仿宋、明以來《砦溪》、《隱居》、《麓堂》、《歸田》等諸家詩話，或論古，或議今，或收奇聞，或誌軼事，或發潛闡幽，或莊言諧語，皆信筆寫去。況二人皆早達，聲聞遠布，凡一時之通顯者，非親即故，欲不紗帽太多，得乎？歸愚《晬語》自三代以下，條分縷析，某體如是則是，某體如是則非，喃喃自語，終有三分老學究訓詁氣。雖六十七歲釋褐以後驟致顯榮，然前五十年目濡耳染，寒素居多，欲不真樸，得乎？大抵漁洋修飾愛好，《詩話》亦如其所爲詩，如大家婦女，婠嫿端莊，令人羡慕而不敢狎侮。歸愚諄誠諄諄，指南細示，如深閨保姆，德容言工，不許範圍稍越。然人果能守其訓，終有益無損。隨園絶世聰明，眼光如炬，真不愧名士風流。特《詩話》卷帙較多，不能割愛，正如西蜀薛洪度歷事幕府，不能不面面有情。

昨以薛洪度比袁隨園，特不慮愛隨園者爲之不平乎？「錢唐蘇小是鄉親」，隨園曾面斥某尚書以不如矣。余以洪度比先生，先生應亦樂受。

有劉姓者，年十一，貧而慧，有神童之目。一日，其母命市羊肉，因持錢與屠曰：「羊肉要四兩。」屠素耳劉名，乃謂曰：「羊肉要四兩，子能對此五字，當送此羊肉，不須錢也。」劉即持羊肉，連稱多謝而欲走。屠即掣其袂曰：「子未對，如何即走？」劉曰：「適稱多謝，即所以對也。」屠尚不解，争之益力。會有士人過，見而詢之。劉曰：「人面直千金，此稱謝，即所以對也。」士人驚歎，勸屠與劉羊肉而去。

涇上胡某《七夕戲作》云：「鳷鵲逢秋脱羽毛，長虹隱隱達青霄。不知誰授牽牛訣，一步銀河一折橋。」遵義唐漢芝金《題犬吠吕仙圖》云：「雲隱蓬山望渺茫，偶來世上閲滄桑。歸時笑對群仙説，下界而今狗亦狂。」駡世雖同，而胡之醖藉，與唐之痛快，正自不同。

會稽姚次耕觀察陶，熙止少保啓聖之猶子也。次耕本少保子，以出繼，故稱猶子。康熙末，曾官西北邊塞同知，有《塞上曲》五首，極佳極切，不能移掇前代。其詩云：「萬國而今總一家，聖朝威德編夷華。傳旗需馬三千匹，口外新來大喇嘛。」「百萬邊民自此蘇，駱駝騾馬偏長途。紅塵一到飛來報，大帥新開打箭爐。」「五月天山雪未消，閭閻市井寂寥寥。故人不斷書來道，都是煩尋奶子燒。」「儘有天然好面皮，何須傅粉點胭脂。曉妝不用開明鏡，信手拈成兩練椎。」「馬上難分女與男，衣冠顧盼共喃喃。近來解得看雙耳，每隻金鉗各帶三。」次耕觀察著有《息園草》，余曾擇其最佳者十餘首，存《窺斑集》中。其他如《寫懷》「林逋愛國譏封禪，李密欺君説僞朝」，又「甲胄十年甘自錮，功名兩字笑空饞」，《和喬東山》「十里曉風人面冷，萬山積雪馬啼寒」，《汴京懷古》「倉猝一袍成帝業，從容杯酒釋兵權」，《無題》「海棠無奈三更雨，豆蔻難銷一枕香」，又「冷暖場中看落魄，温柔鄉裏憶銷魂」，皆惜全詩不稱，聊摘於此。又有《詠雪》云：「玉皇昨夜頒飛詔，面目從今要本來。天上女仙三百萬，齊將香紛撒塵埃。」《詠新月》云：「萬里雲開眼界新，一灣月上夜生春。當年張敞忙中筆，錯把青天作美人。」二詩新雋，亦雅近元人。

李白「瑶臺含霧星辰滿，仙嶠浮空島嶼微」，飄飄若仙，非置身蓬萊高處，不能作此語也。韓偓「露和玉屑金盤冷，月射珠光貝闕寒」，正復不減。

元稹「寥落古行宫，宫花寂寞紅。白頭宫女在，閑坐説玄宗」，洪景盧謂其語少意足，有無窮之味。周昭禮《清波别志》亦載張俞「翠微寺本翠微宫，樓閣亭臺數十重。天子不來僧又死，樵夫時倒一株松」，謂其思致不減元作。余則謂元作寥寥四語，餘韵悠然；至張作，則庸劣粗俗，較元奚止上下牀之别。願與明眼人辨之。

余於山陰平侶舫秀才枈家借得破書一束，中有鈔本《永日吟》一卷，乃雍正時山陰諸生陳蝶園士莊所著。其佳句，五言如《詠李白》「沉酣愁裏藥，放浪禍之媒」，《秋興》「紅葉催游急，黄花笑酒遲」，七言如《詠愁》「回生誰蓄三年艾，剜肉先售二月絲」，《詠夢》「兩人蕉鹿誰真幻，一世黄粱太短長」，《詠松》「清風吼處聲聲雨，白日穿來片片雲」，《四十初度》「功名自苦方云賤，詩酒爲歡大不貧」，皆清雋拔俗。侶舫亦能詩，素學晚唐，頗多麗語。一夜，夢游卧龍山，得句云：「江聲到岸連沙走，峰影隨潮過海來。」醒後示余，余曰：「此二語殊非子平日本色，可謂醒不如夢。」

金人劉瞻「厨香炊豆角，井臭落春花」，元遺山以爲工於野逸，良然。且「臭」字甚俗，詩中用者頗少，而此獨不覺。

盧鏡亭夫子爌，黄安名諸生也。乾隆壬寅，先君子作尉黄安，延以課報，循循善誘，受益甚多。一日，偶以「秋雨如絲，絲絲不斷」命對，報對以「春風似箭，箭箭忘歸」，夫子頗稱賞。夫子作詩最速，寸香未燼，可得絶句二十餘首。惜報年尚稺，不知寶貴，故存者不多。去冬偶檢舊書篋，又得古風一章，謹録之。詩曰：「灼灼園中花，青青池上草。草色與花容，映日争妍好。如何丈夫身，終歲甘枯槁。雙丸相繼彈，年華漸以老。貴不及親健，鬱鬱憑誰道。盛世鮮遺珠，聖朝無棄寶。願作負薪人，六經重索討。曾否上林游，還及春光早。」

先君子暢亭公，爲詩專學香山，尉黄安日，與其邑詩人吴孝廉瑄、盧明經薫、孟進士正笏、鍾秀才純愷、石明經中瑜，暨鏡亭夫子結詩會，月凡三四舉，六年中得詩千七百有奇。歸田後，擇存其尤者爲一册，顔曰「不是話」，凡百二十首，且遺命不可遽梓。敬録五、七律各二章，手澤依然，慈容已渺，不禁淚之交頤也。五律《逍遥》云：「閑閑無所事，静静讀《南華》。妙義原難究，清心敢自誇。松花炊午飯，竹葉代春茶。如我逍遥者，人間有幾家。」《除夕感懷》云：「再窮窮不去，一富富將來。抱道心知樂，安貧志未灰。山林防險隘，世路少陳雷。我得其中趣，梅花獨占魁。」七律《辛丑六十初度》云：「石火燈花六十秋，星星短髮白蒙頭。曾經南北非關利，爲愛湖山復浪游。子幼尚須三窟穩，身輕還擬一官休。笑他春酒羊羔客，誤認衰翁作細侯。」《偶成》云：「自古浮雲倏變遷，不如安樂養餘年。静中索動空空佛，忙裏偷閑個個仙。白髮亂垂知自老，黄金散盡望誰憐。從來往説陶朱富，試問今朝賸幾錢？」

先曾祖載蕃公，以恩貢仕至廣州太守。康熙中，曾梓《素履堂詩稿》，分兩册，上册曰《駝峰藝餘吟》，下册曰《羊城宦游吟》，後毁於火，板不復傳。「樓臺烟雨村村畫，旅舍鶯花處處春」，此二語先君子時復哦誦，詢知爲太守公作，故報尚及記憶云。

壬戌春，余客京師，有游士某示余二律，愛其灝氣横溢，因録存其稿。《登黄鶴樓》云：「樓閣重重倚女墻，昔人曾此醉爲鄉。烟横巫峽千山遠，雨過瀟湘一水長。依舊空中雲散白，不聞市上鶴飛黄。從教玉笛頻吹徹，只恐神仙亦渺茫。」《過錦屏山》云：「半空豁然雷雨收，洗出一片瀟湘秋。長虹倒挂碧天外，白雲走上青山頭。誰家緑樹正啼鳥，何處夕陽斜倚樓。道人醉卧巖下石，不管人間萬重愁。」後閲《湖北詩録》，乃知《登黄鶴樓》詩，明郭正域作也。又閲《堅瓠集》，乃知《過錦屏山》詩，康熙時吕洞賓降乩詩也。「一一鶴聲飛上天」，余深喜能預賞之。

安義熊對嘉秀才榮近著《談詩管見》一卷，多所發明。摘録二則于此。其一曰：「《漫叟詩話》『「王侯文采似於菟，洪甥人間汗血駒。相將問道城南隅，無屋止借船官居。」或云當作「官船」，非也。庚子山賦：「風吹雲夢，凍合船官。」注：「船官，官船也。」』亦大憒憒。余按『船官』二字不獨見子山賦，《水經》：『肥水北入於淮。』注：『肥水西分爲二水，右即肥之故瀆，遏爲船官湖，以置舟艦也。肥水左瀆，又西石橋門北，亦曰草市門，外有石梁渡此湖，湖上有西昌寺。寺三面阻水，佛堂有三像，其容妙相，相服精偉，是蕭武帝所立也。寺西即船官坊。』則『船官』二字確有來由，非誤書也。」其一曰：「張承吉《詠玉環琵琶》云：『宮樓一曲琵琶聲，滿眼雲山是去程。四顧段師非汝意，玉環休把恨分明。』讀者往往以『玉環』指楊妃，琵琶即妃所御。不知睿宗有琵琶名玉環，明皇即位，置琵琶於別榻，以帕覆之，未嘗持用。祿山犯長安，上欲西幸，登花萼樓置酒，進玉環，命樂工賀懷智取調之。又命禪定僧段師彈之。段師用皮弦，承吉所詠，蓋指此也。」

歸愚宗伯《民船運》、《制府來》等篇，要必皆有所指，詞意古峭，大得風人之旨。吾鄉金守谷進士昌世之《赴官糶》、吳門張樂圃秀才玉穀之《逐疫行》，皆可上追張、王樂府，不第步宗伯後塵已也。《赴官糶》云：「買官米，買官米，一户買得二升止。買少猶自可，平明上縣卯及巳。壯夫肩相摩，蹴踏譁婦子。升合亦是公家恩，奈何四鄉不得一染指。或云米須按里放，施恩似此纔公當。或云官應設廠多，遠郊不用愁奔波。爾輩嘵嘵且勿競，來朝得米即爲幸。」《逐疫行》云：「飢民菜色，厲鬼索食。索食不得，死者路塞。死者路塞可奈何，官府坐堂發票多。鷄毛雙插硃濃塗，滿城教鳴鼓與鑼。助我祈禳起爾痾。民畏鬼，更畏官。夏至節，作上元。三日三夜聲不止，城中病人多驚死。」

宗室恒月山仁襲封公爵，緣事坐廢。學詩於歸愚宗伯，著有《月山詩集》四卷。《國朝詩別裁》曾選入兩首。子宜桂圃侍郎興撫吳時，重校刊流行。余惜未見全稿，録其《守歲集唐》云：「一想流年百事驚，夜深無語獨含情。近來欲睡兼難睡，斜倚薰籠坐到明。」又《寒夜・菩薩蠻》回文云：「宿檐歸鳥飛庭竹，竹庭飛鳥歸檐宿。涼月皓如霜，霜如皓月涼。景幽貪夜永，永夜貪幽景。卮進輒成詩，詩成輒進卮。」《贈友人》前調回文云：「弟兄難是兼同志，志同兼是難兄弟。酬唱日吟謳，謳吟日唱酬。

苦心勤學古，古學勤心苦。新作妙驚人，人驚妙作新。」月山外舅福恒，嘗有《閨怨》一絶，附刊《月山詩集》後：「初三初四月如鈎，鈎起深閨萬種愁。塞北征人歸信杳，空教蟾影浸樓頭。」

西施苧蘿村，地屬諸暨，二千年來絶無異説。至國朝毛西河太史乃力争苧蘿村在蕭山，西施爲其邑産，辨論甚博。又言「浣紗石」三字本某邑令書，諸暨人指爲右軍，皆善於作僞之尤者。其言殊爲可已而不已。諸暨郭春林毓作二絶嘲西河云：「諸暨長江畔苧蘿，唐詩地誌豈全訛。荒唐最是西河叟，努嘴張唇奪翠娥。」「君家鄉里走皇都，只爲豐臺聘曼殊。不惜西施權擲與，還愁磕腫老頭顱。」

金介人士芳有擬尤西堂《四子書題》七律三十餘首，録其《好馳馬試劍》詩曰：「翩翩公子足風流，俠氣豪情迴不侔。厩裏超光羅屈産，壁間騰彩列吴鈎。愛看千里飛紅汗，欲使三軍變白頭。回首已知成往事，到今深悔少年游。」又《内無怨女外無曠夫》頸聯云：「貧來針綫都成嫁，老去温柔各有鄉。」亦不板腐。

「瓠犀齧似鳥聲碎，玉屑落如花片多」，宛平陳莼涘觀察庭學《詠瓜子》句也，可謂親切不浮。

夾竹桃清妍拔俗，自梅聖俞後絶無佳作。如國朝嚴海珊遂成之「伯玉耻爲君子獨，退之原有侍兒雙」，亦限於步韵，不能出色。宛平朱省堂刺史近曾有十律，如「息夫人豈能如爾，王子猷應不識君」、「高士情懷猶旖旎，美人消息近平安」等句，皆不讓古人。

山陰何恭惠公煟，余祖姑之子也，本名煒。湖南靖州籍，諸生，旋棄去，改今名。屢參大僚幕府，以善治河保舉，受知高廟，由府佐洊陞河南巡撫，加兵部尚書銜，晉總督，仍管河南巡撫事。卒贈太子太保，賜謚。生平湛深禪理，著有《禪源集》。《詠雪》云：「能改遠山色，還添枯樹花。鋪平高與下，處處總光華。」《詠月》云：「圓在十五前，缺在十五後。本自足光明，圓缺隨時候。」報乾隆壬辰秋八月生於公河南撫署，蒙恩最深，故至今不敢忘。

余祖姑丈何無墨太守經文，即恭惠公父也。少工制藝，與方靈臯苞、張匠門大受稱莫逆交。以國子生九試不遇，乃入粟補黔中普定知縣，驟擢安順知府，調黎平。緣事罷歸。乾隆初，特召原官起復，因老病，力辭不赴。喜爲詩，酷肖白傅。録其《憶若耶》一絶：「瀲灎湖天映月光，秋來菱芡遍幽香。詩魂早入耶溪路，誰記雲山説夜郎。」

何惺菴中丞裕城，恭惠公子也。年五十一始筮仕，爲山東糧道。不十年，陞至豫撫。兩世宦同一地，亦一奇也。幼時有扶乩者，中丞以終身爲問，乩贈以一詞。詞云：「緑柳伴梅花。小兒曹，學種瓜。《詩》云子曰先生話，龍鳳香茶。桂蘭嫩芽。但看五彩堂前畫，東喫酒、醉在西家。金光透碧紗。」

天長縣屬安徽泗州，其地去揚州百里，人文之美，稍亞江都。甘泉諸邑同屬之，盱眙、五河，遠不逮也。丁巳春夏之交，余客天長，得交諸詩人，如徐九峰大位、陶佑之佑、薛正夫世延、王吉亭迪、張茝江泗、張金門霦、崇秋山士鐸，皆一時之雋也。詩酒往還，相得甚歡。迄今十餘年，聞九峰、佑之、吉亭已作古人，良可浩歎。因各摭記其梗概，以志不忘。九峰年逾六十，詼諧絶妙，更善改正人詩，諸同人咸以「詩醫」呼之。其詩酷似放翁，《人日立春》云：「莫訝無詩寄草堂，風傳花信到江鄉。辛盤蔬雜冬春味，卯酒杯浮橘柚香。室有簞瓢回也樂，游偕童冠點之狂。即今喜報平安竹，晴日融和啓艷陽。」《蟋蟀》云：「西風何處不魂銷，東壁幽吟伴寂寥。短草疏籬秋瑟瑟，荒苔仄徑雨蕭蕭。夢回孤館人初別，寒到深閨夜乍遥。況復多情眠未得，閑階月白可憐宵。」佑之爲詩，以盛唐爲宗，中、晚以下，絶不屑道。《石頭城》云：「虎氣繞城西，城高石作梯。雲連鍾阜闊，潮落大江低。生死悲袁褚，興亡閲宋齊。可憐城畔路，猶有六朝泥。」《秋塞》云：「聖朝天子不防秋，萬里長城莫借籌。文教已敷天北極，軍烽直靖海西頭。龍堆霜浄朝調馬，雁磧沙平夜放牛。笑殺漢唐征戍客，吹笳頻起望鄉愁。」正夫家頗饒裕，爲人更豪邁絶倫。《詠未開芍藥》云：「流鶯恰恰雨絲絲，婪尾春深欲放時。端爲慈恩人未至，花神有詔一枝遲。」《詠蕉根》云：「鳳尾淩寒暈曉烟，一莖碧玉小窗前。芳心未得層層展，無限菁華秘緑天。」吉亭年少風流，雅慕温、李，亦略涉繪事。有《秋燕》四律最佳，兹存其二：「沿天落木響蕭蕭，惜别先愁去路遥。舊院興衰餘往事，小樓清冷又今宵。曾迷柳絮過三月，仍話秋風到六朝。莫向盧家尋玳瑁，鬱金堂静倍魂銷。」「黄葉青山數去程，金釵半股認前生。嬌還怯語偏宜瘦，弱不經秋只是輕。千里關山分朔雁，一春情緒寄流鶯。可憐盼盼樓頭月，冷落鞦韆歲幾更。」茝江爲人敦古道，亦工書法。《詠所見》云：「瀲灔晴波水一涯，緑陰深處是兒家。春寒怯挽鞦韆索，悄立東風數落花。」金門即茝江胞弟，好酒使氣，與乃兄判然不同。《詠烟》有句云：「野寺斷橋時聚散，雲階月地自沉浮。」

秋山，鄉居少見，僅記其《詠落花》末句云：「朝來紅瘦知多少，飛入當罏賣酒家。」七人中，吉亭、秋山爲太學生，餘皆列名邑庠。

佑之之師某，以詩禍破家，隻身遠戍。佑之曾誦其詩數首，皆不愧盛唐。未經録出，不能追憶。惟記其《己亥春荒志感》頸聯云：「鶯花三月春無色，風雨千家哭有聲。」雖沉鬱頓挫，不讓浣花，而不祥之音，已毫端畢露矣。

乾隆初，江都董耻夫偉業狂放自喜，嫉維揚俗薄，作《竹枝詞》九十九首諷時。鹽商某怒而訴之官，官竟笞董，時有「竹根打《竹枝》」之謡。然詞雖鄙俚，傳誦極一時之盛。今因歷年稍遠，知者漸稀，録五首於此，庶將來不盡湮没也。「清明節過便清和，濫賤刀魚入市多。最是酒樓禁不得，菜花天氣賣泥螺。」「紅橋遲日鶯兒嬾，古渡香泥燕子肥。多少迷樓樓畔客，不思歸去怕春歸。」「金壽門稱老客星，肩書懷硯短僮青。苦心文字多情事，春雨桃根瘞狗銘。」「章句貧儒轉見疏，梨園一曲重璠璵。爲裁子弟纏頭錦，不買兒孫滿腹書。」「雙忠祠外雪風加，孝子墳前叫餓鴉。冷飯乞兒歸路苦，却教殘月照梅花。」

蒲城布衣屈見心復，晚號悔翁。雍正末游京師，詩名籍甚。弓刀宿衛之徒，胥從受業。武陵楊少司寇超曾以宏博薦，後以事不與試。杭大宗世駿《詞科掌録》、袁簡齋枚《隨園詩話》皆力詆其詞改杜詩，狂妄可笑。余近見悔翁所著《弱水集》，古作筆頗崛强，律、絶亦妥，惟寒瘦處稍不免耳。《偶然作》云：「肥馬貂鼠裘，道逢衣葛士。下馬執手言，我是君知己。閉門涷欲僵，開門骨已折。日暮叩門聲，貴人請看雪。」寒士讀之，一齊痛哭。又《莫愁湖》云：「閑愁空自老，來問莫愁家。湖溢有時涸，春情何處賒。夢魂摇桂楫，風露採蓮花。誤殺佳名字，城西水一涯。」風格亦雅近唐人。

明仁和郎仁寶瑛，著《七修類稿》，最稱博洽。乃以白香山「周公恐懼流言日」一詩，疑爲宋人，大誤。

作詩比喻最妙，張雲軒秀才制《戲贈續娶者》云：「東風一見桃花面，可記當初有杏花？」甚新警。

宋九僧、四靈詩，名振一時，近日則非博雅好古者，不能縷數其人。按九僧曰希晝、曰保暹、曰文兆、曰行肇、曰簡長、曰惟鳳、曰惠崇、曰宇昭、曰懷古。四靈：趙師秀，字紫芝，號靈秀，詩曰《天樂堂集》；翁卷，字續古，號靈舒，詩曰《西巖集》；徐璣，字文淵，一字致中，號靈淵，詩曰《泉山集》；徐照，字道暉，號靈暉，詩曰《山民集》。九僧惟保暹、行肇、簡長浙人，四靈皆永嘉人。

王摩詰《戲題輞川別業》云：「藤花欲暗藏猱子，柏葉初齊養麝香。」若改爲「猱藏子」、「麝養香」，似更覺曲折有情。

包佶「波影倒江楓」，雖從杜甫「石出倒聽楓葉下」脱胎，而語較自然，毫不費力。楊升菴以爲二句並工，未易優劣。何也？

雲間黄石牧太史之雋偶讀長吉全集《南園絶句》第十一首，嫌語氣未完，急讀第十二首，乃知爲七律一首，而分者誤也。人言長吉無七律者，殊爲耳食。詩云：「長巒重谷倚嵇家，白晝千峰老翠華。自履藤鞵收石蜜，手牽苔絮長蓴花。松溪黑水新生卵，桂洞生硝舊馬牙。誰遣虞卿裁道帔，輕綃一疋染朝霞。」綿州李雨村觀察調元讀《樊川集・江上偶見》：「楚江寒食橘花時，野渡臨風駐緑旗。草色連雲人去住，水紋如縠燕差池。」亦疑語意未足，不似住筆。後讀劉夢得集，乃知即劉集中之半首詩也。原題《酬竇員外使君寒食日途次松滋渡先寄示四韵》，其後半云：「朱輪尚憶群飛雉，青綬初懸左顧龜。非是溢城舊司馬，水曹何事與新詩？」不知何人割去下四句，入樊川集，又改首句「楚鄉」爲「楚江」，並易題爲「江上偶見」。二公可謂善讀書人，後生小子，鹵莽滅裂者，盍法二公？

商寶意盤甥吴鑑南璜善詩，著有《黄琢山房集》。乾隆庚辰進士，以知州從征金川，死木果之難，乃會稽諸生樸存熵文子也。袁子才枚《隨園詩話》訛「璜」作「演」，又錯記爲尊萊之子。尊萊字象超，號橡村，爲余外舅劉竹莊先生彰善妹倩。以名諸生屢入大僚幕府，至今尚存。著有《橡村詩鈔》四卷。陶篁村元藻《全浙詩話》亦以鑑南爲尊萊子，承訛襲謬，未嘗改正，可怪也。篁村選《全浙詩話》，起列國越，訖國朝，共五十四卷，凡浙産詩人莫不採録。收羅書籍計二百餘種，可謂富矣。特國朝詩人世次倒置者不少，而訛字亦多，尚須詳校，方爲全璧。

翼二十二星，二十八宿中最難識認。高密李少鶴憲喬《翼星歎》，可謂奇作。其詩云：「諸宿之中，爾最難識。今夕何夕，爲我歷歷。彼鬼睒睒，此柳屈屈。爾欲伸揚，其何可得。是余之戒，廓爾罔益。不能奮飛，佇立以泣。」

王漁洋於康熙甲寅録生平詩友之作，爲《感舊集》十六卷。或多或少，必加採取，所謂以人存詩者也。而其會試座主山陰胡予襄少宰兆龍未録隻字。余意少宰或素不工詩，是以略之耳。余前歲見少宰《息游堂詩》於豫友處，詩凡十二卷。開卷第一序，即門人王士禛，極其推崇，大有游夏莫贊一辭之意，而卒不收其詩于《感舊集》，以存其人，且於《分甘餘話》、《池北偶談》等書，亦不略志其一句一聯。吁！愛才如漁洋，尚有遺漏之人乎？況遺漏之人，又即其座主，殊不可解。少宰詩因豫友旋里期迫，不及多録，録其《柳枝詞》云：「清明寒食禁烟時，烟裊飛花散柳枝。趙女燕姬已惆悵，不須堤上鬬腰肢。」丰神摇曳，不減唐人。

胡茨村廉訪介祉，予襄少宰子也。由廕生官至河南按察使，著有《谷園詩集》。樂府最工，録其《有所思》云：「不念妾年少，胡爲君遠游。心驚千里别，目斷萬山秋。曉坐霜飛鏡，宵眠月滿樓。遥知前路隔，風景更含愁。」《劉生》云：「年少欲横行，離家萬里征。酬知片言重，仗節一身輕。弓月芙蓉劍，鞭霜翡翠纓。試看豪俠士，誰得似劉生？」二作大似太白。篁村《全浙詩話》收其人，而不考其名，第書曰「胡少參」，亦屬疏忽。

唐岑參《北庭詩》：「雁塞通鹽澤，龍堆接醋溝。」方虚谷不知「醋溝」何在，楊升菴譏之甚允。然楊引《十三州志》，以爲在中牟，則亦非是。近今山右喬西村煌乃謂古浪河即唐之醋溝也，在鎮番縣，見《五涼志》，并紀以詩云：「路入蒼梧一線通，醋溝千古水潨潨。中牟原有同名地，豈是嘉州語未工？」

先君子暢亭公，自言年十五六時，從蕭山任先生讀。先生素講神仙之術，鰥居二十餘年，善運氣，能數日不飲食。夏月重裘擁爐不熱，冬月赤身立風雪中不冷。更善扶鸞，以紅絲繩長數丈餘，繫筆懸空中，離紙分許。欲仙至，則口誦數語，以指彈筆，閉户少頃，字即滿幅矣。第仙不甚言休咎，喜作詩文。曾贈先君子一絶云：「數株楊柳曉烟籠，幾樹桃花夕照紅。怎似柏松青不老，晚來形色若蒼龍。」一日值文課期，題爲「子問公叔文子於公明賈曰全章」。仙作四百餘字，一氣清空，真不食人間烟火者。猶記其破云：「因疑而始問者，因問而愈疑也。」仙自云姓馬，名秀，元末時人。後任先生回蕭山，忽於運氣時一洩而亡，年纔五十餘。人猶傳其爲尸解云。

或有譏余詩不專學一家，忽漢、魏，忽六朝，忽三唐，忽宋、元，體格甚雜，是一大病。以余不敏，作詩何敢自詡已成家數。然我學漢、魏，是我之漢、魏；我學六朝，是我之六朝；我學三唐、宋、元，亦皆是我之三唐、宋、元。處處有一我在，則漢、魏、六朝、三唐、宋、元之見，可以不存。使必如子之論，是學漢、魏者必斥六朝，學三唐者必斥宋、元，入主出奴，舉一廢百，又何異人有七情，今必禁之，使有喜而無怒，有哀而無樂乎？且漢、魏、六朝、三唐、宋、元詩亦甚多，焉得而偏學？惟取其我所喜者，學之可耳；其我所不喜者，固不禁人之喜也。即我所喜者，亦不妨人之不喜也。雜與不雜，俱可聽之。余嘗有《箴作詩者》一律，後四句云：「千古文章千古眼，一人著作一人心。總須着我方爲切，休把前賢亂仿臨。」

余選《國朝涵今集》，有句佳而全首不稱者，詩雖不入選，而佳句終不忍割愛，爲附記於此。如沈南屏秀才名藩《招秦蘭谷踏青》云：「歧路鶯花憐上巳，小樓烟雨夢江南。」《病瘧》云：「瘦骨何堪支冷熱，愁腸無隙貯參苓。」聞人曉嵐明經均《秋夜》云：「荒徑夜寒蟲語碎，空庭人静月輪高。」《宏光》云：「功業一年新子弟，烟花六代舊規模。」《望海》云：「但憑波湧千堆白，不許山留一點青。」陳鏡舸明經承然《虎丘》云：「春風劍影池邊石，古寺鐘聲塔外山。」《鴻門》云：「杯羹尚忍分其一，佩玦奚爲示以三。」邱静川明經棠《病》云：「燕子樓頭天萬里，棗花簾外月三更。」傅鏡秋秀才鏞《初歸述懷》云：「三更兒女燈前話，千叠雲山夢裏詩。」史補堂孝廉蟠《塞上》云：「烟沉遠塞山初紫，日冷平沙草半黄。」《錢唐》云：「萬弩春潮銷霸氣，六陵秋樹起邊聲。」吴兼山别駕嵰《秋日軍中》云：「月滿牙旗千帳夢，風寒鐵甲一身秋。」喬西村照磨煌《侯生》云：「舊院花開兒女淚，新亭日落古今情。」朱見山孝廉壽淮《遠山》云：「幾點黑浮蒼海小，一痕淡入碧天無。」《切西瓜》云：「一痕乍破迸猩血，數瓣斜分錯犬牙。」俞杏林州佐國琛《寒夜》云：「柝趁風尖搜遠韵，燈知霜重勒寒光。」《夢中》句云：「閉門漸覺成凡鳥，涉世終嫌學縮龜。」王笠舫進士衔梅《漢高祖》云：「萬里壯心三尺劍，千秋遺恨一杯羹。」姚半林秀才宗木《偶成》云：「繡罷金針誰度與，鑄來鐵硯儘磨穿。」《漢高祖》云：「斬蛇大澤飛龍起，得鹿中原走狗烹。」丁介如秀才文鎧《燈花》云：「誰將桃李園中色，來照芙蓉館裏人。」《春郊》云：「幾點緑蓑春水渡，一犂紅雨杏花村。」凌香雨州佐榮《春日即景》云：「慈竹排雲三徑碧，老梅横雪一窗香。」屠鄰山秀才仁玉《春閨》云：「春風杏苑泥金帖，夜雨蘭房白玉搔。」《桐隖》云：「半灣樵徑草鋪没，一縷茶烟風弄圓。」皆妙。

六紅詩話卷二

山陰吕善報玖芸

「揚楫過渭河，清流聞過槳。奬。庖厨脂六鼇，論饌撰非凡羹。想。」「東閣花開未，青春正望梅。媒。剪衣忘複縠，輕薄悮多裁。才。」「無如藥物何，遠志却名苶。小。屢夢還屢醒，自寤悮固不少。」「白芷皂茈代，由來葯約。不真。平分梅子核，果爾暗懷仁。人。」「零雨掩紅窗，不晴情。關隔子。治任乏橐囊，諒必無行李。理。」右《讀曲歌》五首，鎮洋畢秋帆制府沅作也。同音不同字，妙極自然，辭旨亦古雅。

嚴海珊遂成《明史雜詠》，古茂雖不及尤展成侗，而對仗精工處，亦可愛也。「忍因發難誅鼂錯，恃以成功相李綱。」齊尚書泰、黃學士子澄。「定策飴甥惟卜貳，成功魏絳不和戎。」于忠肅謙。「横流却作拙帆計，晝寢空縣負扆圖。」李文正東陽。「一腔東市朝衣血，三面黃河戰鼓聲。」曾襄愍銑。「手讓大權歸馬阮，心憂私鬬解高、黃。」史忠貞可法。「《漢書》倚讀牛涔雨，羌笛横吹馬脊霜。」王參軍冕。「折腰未屑陶元亮，跣足如迎酈食其。」桑通判悦。「年年酒客看花屐，院院歌姬乞食衣。」唐解元寅。

休寧夏樂只基，號泊莽，又號磊人，工詩、古，兼善書畫。國初時布衣，隱居西湖，與曹秋嶽侍郎溶、徐方虎祭酒倬、尤艮齋侍講侗稱莫逆交，著有《隱居放言》十二卷。乾隆乙卯，余秋試時見于武林客舍，因摘其可入詩話者六條，録藏篋中。今備書於左。其一曰：「劉東平鎮守淮關，盛賓客，誇詩賦。座中獻詩者無不頌揚功德，門下多以詩致尊顯。時淮陰一狂生過東平第，見其府甚壯，門甚高，流水繞城而東，作詩刺之曰：『韓侯無字母無名，釣蹟生祠舊有聲。幕府何須窮壯麗，恐教流水繞孤城。』未幾，大兵至，第被毁，其言果驗。」其一曰：「明末權相當朝，夤緣朋黨，鑽刺成風。公卿子弟，無不登高第者。晉有一孝廉往會試，覘國亂，入闈中不作文字，惟題一詩卷上而出。其詩云：『帝室紛紛選勝場，長纓誰請抹南疆。山河日缺金甌痛，殿閣雲摧玉陛傷。空負文章誇晉魏，不堪時事類隋唐。滿朝朱紫群争長，今日何人相李綱。』此崇禎癸未事也。卷交監場，監場恐多事，毁之。甲申李闖陷京城，豪貴皆被執，登第者皆縶，晉孝廉獨得免。」其一曰：「文生履素家苦貧，年將不惑，尚困棘闈。順治辛卯秋，買科者紛紛，舉國若狂，心恨之。人皆笑其迂，生乃閉門枯坐，仰天長歎，題詩于壁曰：『靈鰻秀鯉各争河，跛鼈盲鰍亦弄波。只恐老漁携網至，攫來送汝下深鍋。』詩成，人又笑之。及榜發，買科者登第，生慘然無色，又題詩于壁曰：『神鷹捷鷂赴瓊林，野鶩山鷄枉費心。得食更呼群子集，天羅疏漏豈難擒。』有同學者過而和之，曰：『父不公卿祖翰林，勸君科第莫關心。何如高枕衡門卧，那有龍頭白手擒？』又和首章曰：『朝攫黄金夜渡河，那知世外有風波。天津不是人兒戲，墮落翻身險似鍋。』丁酉江南科場禍發，人乃服生先見。」其一曰：「有嘉禾人至杭，杭友謔之曰：『禾中人怕晴，然否？』嘉禾人曰：『何謂也？』杭友曰：『不怕晴，何以每集必曰烟雨樓，非怕晴而何？』嘉禾人亦謔之曰：『杭人怕月，然否？』杭友曰：『何謂也？』嘉禾人曰：『有一詩爲證，詩云：「荷花十里滿亭香，好繫游舠納晚涼。一曲新詞吟未了，却抛明月進錢唐。」非怕月而何？』後一客改韵作戲曰：『燒鵝羊肉石灰湯，先到湖心後岳王。一曲錦帆歌未了，却抛明月進錢唐。』此雖俗謔，亦有深致。」其一曰：「林和靖爲宋處士，隱孤山，子鶴妻梅，皎皎塵表，至今慕之。忽有一貴客過放鶴亭，見寒梅零落，無鶴在山，恐負鶴亭之名，遂買二鶴養於和靖墓所。恐其飛去，剪其翼，又以木柵關之。一士見而笑之，因作絶句，燒告和靖曰：『仙姿不類養鷄鵝，説與先生聽也麽。謝却梅花解却鶴，好留青塚對秋波。』時一客從旁見而和之曰：『非鷄非鴨亦非鵝，牢繫亭前鶴肯麽？放鶴原非羈鶴客，何緣塚上作風波！』又一客和之曰：『先生愛鶴本非鵝，籠絡山中作甚麽？放去莫汙高士墓，梅花始得見清波。』其一曰：「近日結盟者多設公席，每外方友至，于西湖宴集，即派公分，因名曰『公席』。每遇歲科試，諸人必求公書薦名士，名曰『公薦』。時一士公席常與，公薦常例，科舉竟不得設一策。往織造府鑽刺，織造盧公，内相也，素不相識，大叱之。士在府前徘徊盼望，若有失者。忽遇密友，容貌大慚。友問之，以詞飾蓋。其友别去，作詩嘲之曰：『公席公書日日忙，公公恐未擾茶湯。不如静向鷄窗坐，明日觀風殺一場。』又詩曰：『公席公書日日忙，公然名士要觀場。明朝榜發無公道，科舉年年想斷腸。』」

欒只詩似宋人，《隱居放言》内惟存四十餘首。記其《自贈》二絶云：「先生才大成烏有，賦客詞多屬子虚。世亂只宜深閉户，千竿修竹掩吾廬。」「狂思李白多傾倒，醉愛陶潛恨不如。身遯更無耽樂處，詩成日學右軍書。」蓋明天、崇時作也。

明劉永錫《行路難》云：「雲漫漫兮白日寒，天荆地棘行路難。」沈歸愚謂「天荆地棘」四字，抵過人千萬語。袁子才譏之甚允。余偶見金梅塍明府昌世《舌在否》樂府云：「子毋讀書，舌在無虞。子既讀書，舌在何如。」不覺嘆賞久之，謂四語中有無限調笑、無限牢騷深意。後又見屈悔翁徵君復《詠張儀》云：「一舌存，六國亡。」只六字，亦算一首，而措詞直致，絶無意趣。與劉永錫《行路難》真魯、衛之政也。或問《古歌》「斷竹，續竹，飛土，逐肉」一首亦只八字，何以云佳？不知此八字，意凡四層，故佳。彼六字，意惟一層，故不佳。吁！詩與文一理也，而可不尚意耶？

龔性存成有《閨夜》詩云：「麝幃燕玉暖生香，篆盡膏殘夜正長。誰識蘆花簾下女，獨聽風雪織流黄。」余亦有《即事》詩云：「紅燈緑酒錦氍毹，歌舞侯門儘自娱。誰信此時茅屋裏，有人刺股讀《陰符》。」俞杏林國琛有《游仙》詩云：「私喜麻姑指爪長，冤遭鞭背忒郎當。那時見擘麒麟脯，何不求分一片嘗？」余亦有《游仙》詩云：「縱使凡夫一念差，不應鞭背遽相加。蔡經果是真無賴，明乞纖纖指爪爬。」前二作同一感喟，後二作同一游戲，亦奇。性存，陽湖上舍，流寓江右，余舊友也。

「滿目荒涼盡可哀，獨看庭樹幾低徊。枝頭春色無多許，便有飛飛小蝶來」，何醒齋璠《初冬見桃花》詩也。末二語罵小人趨炎附勢，醖藉而不著迹，可謂絶妙。覺余舊作《蜂蝶吟》，不及此遠矣。《蜂蝶吟》云：「蜂蝶不戀花，只戀花中蘂。一見花欲殘，去此而適彼。」醒齋，山陰人，抱才早夭，詩無刊本，其友陳硯存雍輯録其詩爲《夢筆軒集》。五言如「輕陰雲外落，小雨日邊飛」、「地僻花開晚，臺高月近人」，七言如「一年桃李春風夢，千里關山夜雨詩」、「小樓人倚雙峰雪，昨夜梅開幾樹花」、「酒能作病兼辭晝，詩不醫貧更怕秋」，皆逼肖放翁。

近日小説，群推《紅樓夢》，其中佳句，不一而足。余最愛其《弔姽嫿將軍》「繡鞍有淚春愁重，鐵甲無聲夜氣涼」二語，古艷絶倫。然却從《木蘭歌》「朔氣傳金柝，寒光照鐵衣」脱化而去。

拗體七律，近人鮮有佳者，惟海鹽陳寶摩廣文石麟最工其體。《早起》云：「鄰鐘喤喤醒客夢，曉風颯颯吹我衣。繁星已稀鳥聲動，明月漸淡人影微。如游太初得氣象，快覩萬物生光輝。放舟城外弄秋水，幾家山下開烟扉。」《新秋夜雨曉起即景》云：「片片墨雲風未翻，涓涓膏沐花無言。簾波微通菉竹影，屐齒不破蒼苔痕。已覺秋意入高樹，忽忘調飢窺小園。瓜壺在畦豆在架，涼蝶一雙飛過垣。」廣文乾隆癸卯舉人，現官山陰教諭。

作岳鄂王詩，往往痛詆高宗，未嘗不是，但對其臣詆其君，於理終覺有礙。惟清江楊養齊觀察有涵之「將軍報國勤王易，哲婦傾城放虎難」，及楚黃盧鏡亭夫子熿之「功大不專天子命，獄成惟汗相公顏」二聯，不涉此病。

嘉定吳符奇屯傒，前明崇禎初，以武舉官某水汛守備。有司偶簡禮，遂棄去，折節讀書，旋入泮。會世亂，又棄去。屢以策獻當道，欲致身通顯，皆不遇。及國朝定鼎，復爲諸生，首餼于庠，文名籍甚。後因江撫責逋賦，紳士被罪者萬八千餘人，符奇又棄去，以布衣終。真奇人也。余見其所著《西亭詩》，美不勝收。録其《破夢》一律：「殘月當窗漏欲停，笑啼難準喚難醒。纖魂似縷飄簾幙，暗淚如珠濺枕屏。巫峽不行連夜雨，天河誰渡隔年星。朝來嬉子休相賺，曾讀蒙莊花蝶經。」又摘句如「陶令宦情銷酒後，劉郎罪案定花前」、「長貧枉説千金賦，高卧猶存百尺樓」、「再世尚愁逢沈約，前身只怕是劉蕡」，皆有中唐風度。

袁子才枚詩：「可憐褒妲逢君子，都是《周南》傳裏人。」吳符奇屯傒詩：「商家若不行炮烙，妲己寧非窈窕人？」皆力爲美人洗清罪案，而吴先袁百餘年，議論不謀而合，亦奇。

詩中好用數目字，訾之者謂之「算博士」；詩中好用古人名，訾之者謂之「點鬼簿」。余皆不以爲然。一部《毛詩》具在，數目字不可枚舉，古人名亦不少，總要看作詩者用得當與不當耳。

嘉慶癸亥、甲子間，會稽陳耽雲明府太初家奉乩仙，自稱李太白、白香山，命耽雲以師禮事之。久之，著作數種，總名《琅環集》。如天文、地輿、青囊之類，皆用畢昇活字板印行。又有詩集四卷，亦不別誰李誰白，第牽連書之。雖仙之真僞不可知，就詩論詩，取其佳者録存之，亦好奇之士所樂道也。《詠海棠》云：「銀燭照紅妝，秋陰護海棠。沉沉宜有夢，漠漠恨無香。自古多殊色，何人不斷腸。小亭風露下，輸與爾凄涼。」《詠鏡》云：「看過人多少，人愚爾亦愚。千般真面目，一笑好頭顱。皎若懸冰鑑，明於設火珠。如何不自照，未免太糢糊。」《鏡湖》云：「風漾湖光起麴烟，接隄芳草浪摇天。鏡中惆悵思狂客，夢裏分明遇謫仙。紅藕已銷人似玉，白雲空化鶴爲船。漁蓑計好真須遂，笑看青山入剡川。」《醉香樓閑坐》云：「老去追隨到處寬，時將閑暇補餘歡。探梅却訪壽春尉，種柳直辭彭澤官。巖壑百圍雲出没，乾坤萬象月團欒。此身坐卧真爲福，又薦春蔬苜蓿盤。」又摘句，五言《詠硯》云：「誰能將我損，畢竟此公端。」《和吴蘭賓》云：「霜明花影重，月細竹烟清。」《冬夜》云：「隙窗燈引綫，冰硯墨生紋。」七言《快閣有感》云：「一筆不阿韓侂胄，三生相配賀知章。」《詠懶》云：「貧中樂在原非病，醉裏神全恰可狂。」《冬寒》云：「一壺酒耐温三次，半冷裘須着兩重。」

茅少菊逸「十六作伴姑，含情語鄰姥。今日新嫁娘，問年纔十五」，沈霖武王賚「巧剪合歡衣，東鄰將嫁女。鄰女衣稱身，我長亦如許」二詩，風致楚楚可人，妙更神似古樂府，不得以艷冶少之。茅，會稽布衣，乾隆中越中七子之一，著有《轉蓬集》；沈，山陰人，爲余友俞杏林國琛外祖之曾祖行也，康熙中，以保薦官大寧令，著有《賫稼堂集》，今失傳。

太原傅青主山，學究天人，以醫自晦。康熙己未，力辭召試，賜中書舍人銜。詩不多見，偶于李牧坪孝廉錫麟《山右詩存》中録得《古意》一絶，真吉光片羽也：「鳳嘴紅燈照錦屏，夜深軟語勸歡聽。憐歡恩愛因儂重，儂勸儂歡誦佛經。」其嗣壽髦眉，能承家學，詩亦奇麗。存其《洞房》一律：「池外闌干蔭碧梧，洞房斜掩紫金鋪。茱萸花透明光帳，菡萏香隨宛轉鑪。歇月鐘臺雕瑇瑁，壓風簾箔織珍珠。鳳凰墮地犀釵滑，偷檢《軒轅少女圖》。」

古人作詩，不忌重韵。顧寧人炎武徵引極博，惟潘岳《秋興賦》二「省」字，亦以爲不忌重韵，則誤甚。按潘賦一押「華省」，息梗切；一押「自省」，息井切。判然兩音，韵書可考也。

戴石屏以「塵世夢中夢」對「夕陽山外山」，而不愜意。後春雨新霽，見村中行潦縱横，得「春水渡旁渡」之句以對，果稱絶妙。然「塵世夢中夢」究未另覓一對。余嘗見貴人生祠及長生禄位甚多，因得句云「榮名身外身」，以對「塵世夢中夢」，不知何如？

吾越土人不識鶺鴒，呼爲「稻鷄」，亦不知其能鬬。江南以北諸省皆盛蓄之，貯以錦囊，食以黍米，鬬時輸贏，動以百十金計。詠鶺鴒者甚少，佳者更無論矣。滿洲薩樗亭哈岱有一律最工，録之。詩云：「只合高蘆逐隊飛，傍人飲食任人揮。争雄詎有千鈞力，顧影終成百結衣。錦袋貯藏身似穩，文茵格鬬性原非。那如海上閑鷗鳥，不獨忘機并見幾。」樗亭，乾隆初兩任河東鹺使，多惠政，商民至今尸祝之。江南總督薩厚菴載，即樗亭次子也。

「薄暝荒園瓜架晚，新涼矮屋豆棚秋」，徐九峰大位《詠絡緯》句也；「夕陽古驛程程緩，細草平沙段段秋」，程魚門晉芳《詠槖駝》句也。皆妙於虛處傳神，不必用典，而已不啻畫出絡緯、槖駝矣。詠物者不可不知。

錢唐馮止園一鵬，乾隆戊辰，年七十餘矣，著《憶舊游詩話》二卷，計七絶百首，每絶前題後話，亦詩話中之變體也。其老友長洲馬戹園璞爲之序，稱「止園生平幕游，嘗東浮鴨緑江，至松花、大青、長白諸山；西出嘉峪關，至河西、玉門、青海諸郡，凡二三萬里。其間人奇物幻、俗異風殊、一切可驚可愕之事，莫不備具于兹，真奇作也」。余閲其詩，雖不甚佳，而事有可採者，略摭登數則於後。其一曰《雪蝦蟆》：「『但聞月裏有蟾蜍，雪窖藏身玉不如。莫問官私休閣閣，取來可補華陀書。』巴里坤雪山中産，此醫家取作性命根源之藥，一枚價數十金，且不易得。」其一曰《涼州香水梨》：「『沙上梨花香馥馥，沙中石子水沉沉。結成佳果名香水，廿載相離想不禁。』涼州近城，四面皆沙石，大小磊磊，無一寸土壤。掘地丈許，尚皆大石，然頗宜果木，而梨爲最。三春花開，大如玉盤。入秋，果成金墜，形長而味美。收藏可至冬，及春則皮黑。剔破一指痕，吸之入口，清甘無比，真滌净人間烟火矣。」其一曰《臨洮》：「『奮威躍馬渡黄河，邊境清寧奏凱歌。一戰生降馬鷂子，將軍功比漢時多。』康熙間，降將王輔臣，原名馬鷂子，復叛據臨洮府城。奮威將軍王進寶領兵進攻，黄河巨浪無舟，賊人不備。將軍一人躍馬渡河，兵亦隨之。頃刻登城一戰，而復得大城，輔臣又降，遂成千古奇功。至今邊民猶圖其酣戰之形于寺壁。」其一曰《短桃花》：「『邊庭五月景偏賒，匝地斜枝映曉霞。已過輕輕飛柳絮，依然短短笑桃花。』余于康熙後壬寅五月，在歸化城見野外正開桃花，花深紅而絶艷，然皆高不滿二尺。少陵詩云：『短短桃花臨水岸，輕輕柳絮點人衣。』余初讀之，竊疑桃花之放豈盡如此短短者乎？今已目擊之，想蜀中桃花或與此不異也。」其一曰《威虎》：「『刳木爲舟渡曉潯，長身更過兩三尋。揚帆穩渡松花去，一網先收浪裏鱘。』威虎者，獨木船也。以大木剖而鑿之，坐以浮江，甚穩便。松花江出大鱘鰉魚，亦以此船施網得之。」其一曰《人入蟄》：「『海濱人自養天真，五百年來有此身。亦與龍蛇同入蟄，一聲雷動始知春。』北海人多數百齡者，百歲而死，便爲殀矣。其三時亦如平人，惟冬至之日，一家男女老幼閉藏於密室，共爲長夜之寢，來春雷響始驚起。有烏蘇里男子娶妻子北海，即家焉。又暫往他處，至臈方回，啓户視之，妻已熟睡，不忍遽别，以臉相偎而去。夏月又來，妻竟傷其面矣。《易》曰：『先王以至日閉關，商旅不行。』殆若人之謂歟？」其一曰《負義侯》：「『封侯勳業有誰知，負義曾邀國史書。海島未能容舊族，謫來江畔好安居。』負義侯田份，伊祖田雄乃前明靖南伯黄得功之中軍也。因靖南陣亡，即挾福王由崧出降。是時，世祖封雄侯爵，重信賞耳；名以『負義』，使天下後世共凛君臣之分也。及其孫份，應襲封，聖祖存其爵而革其俸，令永爲船廠水手之長。有客過江，則以大字名帖拜而求助焉。」

山陰李東采觀察堯棟有《無題》二律，不减飛卿。詩云：「十二朱樓十二欄，重重倚徧數華年。銀皤正滿番風信，瑶瑟將彈夜月紘。花到春深齊放態，玉逢日暖便生烟。司勳相遇休嫌晚，早見何如晚見憐。」「艷雨奢雲十載多，後緣前債費消磨。驚鴻有約空留枕，小鳳無心倦倚歌。却月城難攻百媚，避風臺不護雙娥。歡場翻似成愁境，奈此盈盈脈脈何！」又《不信》云：「東風消息柳先知，舞盡腰肢鬥盡眉。不信蘇臺千萬樹，獨留風露最高枝。」觀察，乾隆壬辰詞林。

王次回《疑雨集》詩，香奩絶調也。近余友張雲軒制集《疑雨集》句爲《無題》詩八首，皆極自然，録其尤者二首，以見其概：「密訊紅箋日幾張，一宵輸意伴王昌。歡娱豈繫眠遲早，新舊難分話短長。連夕不來端負我，病容尤好莫羞郎。情悰易被人猜料，暫露微顰已諱藏。」「密訂歡期幾日前，心中人放掌中憐。遥猜蹤跡心先妒，逼出風情態轉妍。嬌靨乍看杯影裏，唤聲低徹枕函邊。端詳燭下分明甚，引得紅腮一笑嫣。」

一條冰，人人知之；一團冰，則知之者鮮。昔有人偕友詣寺，見彌勒佛。友問曰：「此佛大腹中貯何物？」答曰：「一團冰。」友曰：「如此冷人，焉能濟世？」答曰：「若非一團冰，何以救千坑火。」見褚稼軒人穫《堅瓠集》。「一團冰」大好詩題，惜未注明出何書。

庚戌，余從豫章回里，道經常山，見一寺門前彌勒佛對云：「莫浪猜，一布袋幾多骨董；真好笑，滿肚皮不合時宜。」不知何人作此不平語，殊可玩也。

同一詠物，一人有一人之身分，迥不相侔，而皆不害其爲佳。如詠紙鳶，蒲城陳吾亭裔虞則云：「如何操縱隨人便，頓使升沉不自由。」清江楊養齋有涵則云：「今日始知高處險，可憐操縱總由人。」

雖皆有感，借題發揮，而陳官縣令、楊官觀察，身分已隱隱可見矣。

今之羡慕神仙者有兩意：一則羡慕其逍遥無事，一則羡慕其歲月綿長。桐城張吾未純有《游仙》詩云：「欲鍊還丹駐鶴顔，時時采藥向三山。仙家自有仙家事，不是長生一味閑。」又云：「莫向紅塵歎白駒，仙家千載亦須臾。南山偶遇敲棋客，一局纔終海已枯。」讀之爽然若失。吾未，康熙末人，著有《苦竹山房詩鈔》，詩近大曆十子，清峭而不落凡俗。五言如「細柳依船緑，殘霞抹水紅」、「水雲秋色净，烟火竹林深」、「月光隨野闊，湖水入江清」，七言如「馬盤白草追霜兔，箭劈黄雲落皁鵰」「千尋瀑布碧垂地，萬丈奇峰青刺天」、「奇山奇水誰家物，狂醉狂歌我輩人」，亦皆警鍊。

乙卯秋試，余與仁和何春巢廣文承熙同一號舍，縱論詩、古，相得甚歡。廣文弱冠即中乙酉副車，以耳微聾，屈就廣文，所在有風雅名。隨園太史極賞其詩，《詩話》中屢言及之。近聞赴陝，卒于令弟蘭亭明府承薰署中。其詩宗尚中、晚，略及宋、元。《秋雨晚晴懷陳念安》云：「驟雨洗空碧，新涼生暮天。有人當落葉，無語立蒼烟。月色夜三五，風聲秋萬千。遥憐白雲侶，誰共枕書眠。」《初冬月夜舟中》云：「寒夜不能寐，歸程路尚賒。推窗望明月，舉目見蘆花。冷帶霜華白，横書雁字斜。楓林半摇落，掩映一輪遮。」二律風神格律，漸臻初、盛，本集中不多見之作也。又《詠司馬悔橋》云：「君家昔有題橋客，只曉驕人駟馬時。」亦冷而趣。

春巢有《詠蘆花》句云：「生來縱跡多依水，如此頭顱漸着霜。」不必定是蘆花，而又不可謂不是蘆花，故妙。

作詩話較選詩有三善：選詩必成篇章，然後可選，而詩話則一聯一句，無不可採録；選詩就詩論詩，其不選者，不暇旁及，而詩話則論古議今，正謬訂誤，無不可細載；選詩必擇大雅，有醇無疵，而詩話則一切方言俚語、詭異詼諧，無不可偏收。有此三善，故唐、宋以來作之者最多。前賢以爲詩話作而詩亡，此語未免過激。

宋詩之至熟者，無過放翁，其源出於香山；至生者無過涪翁，其源出於昌谷。後人學放翁之熟者，自宋至今，流傳者指不勝屈；學涪翁之生者，在宋只有一蕭東夫德藻，其詩亦不甚流傳，此後更無論矣。生不如熟，已有明驗。然近今詩家，茶竈香爐，詩筒酒琖，動輒連篇累幅，數見不鮮，又安得一戛戛生新之士，以救其流弊乎？

長洲布衣李客山果《泛艇木瀆》云：「梨花明月寺，芳草牧牛菴。」「明月寺」、「牧牛菴」，皆木瀆之佛刹也，加以「梨花」、「芳草」，遂成名句。歸愚宗伯嘗稱賞之。近日吾越新昌明經陳鏡舸承然《郡寓偶成》云：「春風香粉巷，夜月寶珠橋。」「香粉」，巷名；「寶珠」，橋名。「春風」、「夜月」，與「粉」、「珠」字更覺天然入妙，較客山似勝一籌。

姚半林宗木之友某有句云：「好友豈能同患難，貴人祇可共杯觴。」余亦有《詠范少伯》云：「烏喙祇宜同患難，□□聊可與歡娱。」何印亭鈐之戚某有句云：「名利場中真勢利，斯文隊裏假英雄。」余亦□□□□□云：「英雄困頓非奇事，道學風流是解人。」語雖無殊，意則迥異。

山陰陶繹山，不知其名，有鈔本詩一卷，金陵朱露鶴爲之序。詩多游幕之作，《野望》云：「水落沙痕闊，山高日影低。」《游廷山》云：「莎痕隨路滑，松影逼人寒。」《安遠署中》云：「鄉夢頓忘隨月去，客懷端的爲花開。」《七夕有感》云：「天上有緣猶蹭蹬，人間無地不蹉跎。」

自來閨秀詩頗多贋作。或深閨嬌女，略解之無；或巨室瑶姬，久司翰墨。莫不欲附名風雅，遠布藝林。雖其志可嘉，其心可諒，然目前之僞句，有識者既能不信其爲真，將日後之真詩，無識者幾亦不疑其爲僞歟？故余於閨秀甄録綦嚴。分宜楊滄石太守曰鯤之母吴太恭人，以苦節教子成名，素工吟詠，著有《悟雪草堂詩》，渠矱唐人，一洗脂粉常態，真難數覯也。《九日懷弟文山》云：「千里悲秋客，登樓倍愴神。最憐今日酒，不醉去年人。萍梗看飄泊，茱萸耐苦辛。數行離别淚，獨洒楚江濱。」《訓兒曰鯤》云：「三年飲恨淚難乾，任重於身豈忍安。夜讀幾曾星半落，朝眠每是日三竿。順帆不肯先登岸，逆棹徒勞上急灘。我愧古來賢聖母，也將心苦和熊丸。」《夏日即事》云：「蔚藍天影薄於綃，夢裏家山覺後遥。枕納曉風蚊散市，簾開初日燕來朝。凄涼情緒多方遣，愁病詩魂一概消。只有好花芟不得，深陰新透美人蕉。」《秋柳》云：「樓前曾記弄輕柔，宿露含烟翠欲流。昨日西風今日雨，十分憔悴不勝秋。」

秦中有小曲名「呀呀喲」，第一句四字，襯「呀呀喲」三字；第二句七字，疊三字；第三句七字；第四句亦七字，於第四字一頓、一疊，足成句又拖「了麽呀兒喲」五字。或云即古《陽關三疊》之遺也。

蘭州閨秀以翠羽作勝，如錢而小，貼額正中，嫵媚可愛。庚子山詩「翠鈿鎮眉心」，想即謂此也。

史酉山曰：曾於遠村入一小莊院，花竹清幽，室中圖史紛列，壁間題一絶句云：「不是凡人不是仙，有時曳杖破蒼烟。穿衣喫飯皆吾事，瀟灑春風七十年。」時主人不在，詢之其鄰，皆云每早出晚歸，不知何往也。見倪蜕翁《舊雨憶言》。

「酒盡君莫沽，壺乾我當發。城市多囂塵，還山弄明月」，此絶載唐詩内，爲太上隱者所作。坡公云「山中木客解吟詩」，即指此。今《圖經》云「四川儀隴縣方城山，是抱朴子結菴處」，題詩云云。然則是晉人詩，非唐人詩矣。要之詩情不凡，自非俗人愚鬼所能辨也。晉、唐可不必辨。

錢唐袁簡齋枚、鉛山蔣心餘士銓、陽湖趙耘菘翼，海内奉爲三大家，詩名籍籍，真不啻康熙初江南三家之錢、龔、吴，嶺南三家之屈、梁、陳也。余嘗細讀三家詩集，各有所短長。綜其大概，以唐人擬之，則袁近青蓮而遜其逸，蔣近浣花而遜其細，趙近香山而遜其真；以宋人擬之，則袁似放翁而語多趣，蔣似山谷而詞較顯，趙似石湖而意更新。然學袁者必失之滑，學蔣者必失之粗，學趙者必失之雕。此其流弊，又不可不知。

乾隆戊子、己丑間，蔣心餘太史士銓主吾越蕺山講席，所定《越中七子詩》不一家，要皆一時之錚錚者。七子爲劉鳳岡鳴玉、童二樹鈺、沈西村翼天、陳月泉芝圖、劉豹君文蔚、姚雨方大源、茅少菊逸。

山陰劉鳴玉，字鳳岡，號對山，又號保齋，邑諸生。早年與童二樹、陳月泉稱越中三子，著有《歸嬉》、《鸞鏡》等集。詩近錢、劉，亦有時染指宋人。《舟夜》云：「殘夢不離水，月寒霜滿篷。蒹葭孤榜白，蟋蟀夜燈紅。心跡携琴在，年華攬鏡空。終憐黑頭日，辛苦負三公。」

山陰童鈺，字二樹，號璞巖，又號借菴。或曰會稽人。以布衣名動公卿，聘修各省府、州縣志書以數十計。爲人博雅，工詩，又善畫梅。畫竣即走筆題一詩其上，絶無雷同。有「萬幅梅花萬首詩」小印，非虚語也。七子中詩名最震，詩集亦最富，不專學一家，無不入妙。五古《夜步》云：「雨過逗新涼，好月生衣上。風葉和微吟，沿溪遂孤往。遠聞流水聲，游魚跳波響。」七古《醉時歌》云：「文章撑空腸，不如工閃揄。苦吟逐嘍囉，髮露成癯儒。男兒有文百軸淩《三都》，安用囓名作蟲魚。直須大笑出門去，蒲薦乘牛讀《漢書》。」五律《嚴先生祠》云：「原不矜高蹈，江邊一釣人。斯真天下老，不愧古之民。大澤窮居日，名山富有春。至今江上水，清絶不生塵。」《得弟書》云：「昨接殘冬札，開緘淚滿巾。聞渠寒至此，使我愧爲人。茅屋秋風坼，荒田苦雨湮。年來生計惡，何以慰亡親？」七律《中秋對月》云：「陰晴萬里此宵同，撤燭偏宜静院風。欄檻月嬌分楚碧，枕幃香軟壓燕紅。漏殘絡緯三繅後，衣怯芭蕉一扇中。不是彩鸞頻對影，銀橋應隔紫雲東。」《太白樓》云：「山川長護此精靈，百尺高樓應紫冥。倚馬才華洵絶調，騎鯨心事感頽齡。胸中自可無詩聖，天上何曾有酒星。莫詠李侯舊時句，夜深恐觸卧龍聽。」《客中擬古》云：「汝南鷄唱送蘭舟，繫纜偏宜待石尤。紅燭替垂臨别淚，碧紗長鎖望鄉愁。月斜鸚鵡空留客，露冷芙蓉已嫁秋。却是塵心消不得，還憑銀漢問牽牛。」五絶《春閨》云：「不願春風吹，惱人此天氣。殷勤拜杜鵑，唤得郎歸未。」《江上晚望》云：「一片水光秋，中有愁來處。却笑晚行人，悠悠此中去。」七絶《冬夜寓齋》云：「磨殘烏玉硯生窪，剔盡蘭膏燼努芽。紙帳夜寒清似水，半窗明月夢梅花。」《送春後移寓》云：「家住南湖一鏡明，游魚飛鳥兩忘情。無端寄跡天涯外，錯聽車聲是棹聲。」諸作皆雋永沖淡，絶不猶人。又五言如「古木留殘雪，寒鴉守夕陽」、「鶯花三月半，風雨一樓中」、「招隱桂之樹，歸來桃始華」、「關山牛馬走，風雪蟪咕吟」、「烟澄秋水嫩，山發曉雲鬆」、「薜荔啼山鬼，芙渠颭水仙」、「踏冰春有韵，鏤雪月無痕」，七言如「鸚鵡簾櫳春細細，芙蓉池館露瀟瀟」、「勅勒天低寒過雨，赫連臺迥白粘雲」、「四海弟兄初握手，九秋風雨一揮毫」、「未得食仙誇脉望，何妨事鬼到長恩」、「溪山無恙存知己，冰雪開懷得幾人」、「名微敢索山人價，身賤難酬國士恩」、「月寒山色淡沉樹，夜静溪聲高入城」、「淡墨點林鴉趁晚，冷金粘蕊蝶占晴」，皆妙。

會稽沈翼天，字雲鵬，一字式乾，號西村。以諸生屢試不售，遂入諸大僚幕府，豫、楚、閩、粤，争延請焉。詩宗東坡，兼長繪事，著有《息游閣詩》。《蘇州永定寺除夕》云：「蕭寺空廊偶僦居，殘宵不覺歲華除。得閑難比開籠鶴，遭困真同涸轍魚。爆竹幾聲鐘動後，寒梅數點雪銷初。此間應有吹簫市，欲向西風吊子胥。」又《湯陰吊岳忠武》有句云：「將軍擁衆如違詔，丞相加誅更有名。」亦不經人道。

諸暨陳芝圖，字縝谷，號月泉，原名法乾，名諸生也。五言如「隝曲紅椒暗，江空白芷深」，七言如「歌板不離青雀舫，酒帘多在緑楊津」、「佳期漫憶丁年夢，艶曲空翻《子夜》聲」，皆近元遺山。

山陰劉文蔚，字豹君，號柟亭，鳳岡族弟也。與心餘太史善，六子皆其介紹。詩有唐音，以優監終。有《南昌雜感》一律最工，詩云：「回首驕王蹟易湮，從來藩鎮勢難馴。婦言不聽偏亡國，星次雖移别有人。地下應慚雙烈士，軍前未識一儒臣。破巢早已無完卵，黄石磯頭讖竟真。」

山陰姚大源，字雨方，一字海濤，號芝鄉。早歲即補弟子員，詩才艶麗，有温、李風。如「三尺青山名士屐，一分明月美人簫」、「鄂君繡被憐孤館，季子貂裘奈朔風」，皆膾炙人口。

會稽茅逸，字商隱，號少菊，原名元宰。布衣，游幕汴梁。卒年四十，未娶，無子。詩情孤峭幽遠，如「黃金本不同肝膽，白眼何須計死生」、「種蘭有意都成草，接樹無功不著花」、「五年牢落哀王粲，一刺模糊示孔融」諸聯是也。又《揶揄》一絶云：「揶揄路鬼問先生，春去秋來只在城。今日衣冠忙底事？知君又送別人行。」寫失館幕友久寓會垣，情景逼真，讀之令人欲笑。

壬戌夏五，余客袁浦，同寓有河内千姓者，名士奇，號雲峰。晝則賣卜於市，夜乃歸寓。與談《易》理，頗稱洞貫。嘗謂《乾》之用九、《坤》之用六，皆據五行之生數言之也。蓋天一生水，天三生木，天五生土，合之爲九。而地之成數不與焉，故凡陽爻用九。地二生火，地四生金，合之爲六。而天之成數不與焉，故凡陰爻用六。詢其受姓之始，則云：始祖本複姓皇甫，名千，爲岳鄂王部將。見岳金牌召還，知岳不免，乃憤而隱居河内，改姓爲千。誡子孫不得出仕，今數百年來，千姓生齒日繁，而出仕者尚無一二人云。

仁和吴志伊任臣酷耽文籍，綜博無遺。嘗與吴錦雯百朋會飲他所，錦雯問「鄦」、「殹」二字音義。志伊曰：「鄦、許同，本《説文長箋》。殹、也同，本秦權《古文》。」錦雯歎服。

和韵詩有因難而愈巧者。尚記數年前，有人以《賣花翁》詩囑和，末句云：「歸來沽得葡萄酒，收拾繁華飲一宵。」全詩既不佳，而「宵」字與題絶不相干，和者以是多無好句。余忽得二句云：「怪底賣聲深巷遍，小樓聽雨憶前宵。」不第見者咸拊掌，即自己亦覺欣然。詩存集中。

國朝王錫《詠李白》云：「目無高力士，心識郭汾陽。」元舒遜《詠李白》云：「氣吞高力士，眼識郭汾陽。」國朝宋匡業《詠梅》云：「曠如魏晉之間士，高比羲皇以上人。」宋張道洽《詠梅》云：「風流晉宋之間客，清逸羲皇以上人。」在作者，或有心勦襲，或無意暗合，猶可恕也。而選詩者不知其有藍本，竟以之入選，且贊歎不遺餘力，亦屬可笑。

吴江鈕玉樵琇《觚賸》，記吴將軍六奇微時遇查伊璜孝廉事，謂孝廉名培繼，殊誤。按孝廉名繼佐，字伊璜，號東山釣史，見毛西河《明河篇序》注。培繼，字王望，海鹽人。順治壬辰進士，由東莞令累遷江西副史，見《嘉興府志》。又吴將軍後謚順恪，見《廣東通志》。

釋豁堂正嵒《同凡集》，極爲王漁洋所推許，《感舊集》録存其詩。然《漁洋詩話》以豁堂爲杭人，則誤矣。豁堂本餘姚徐氏子，流寓武林，祝髪靈隱，非杭産也。沈歸愚《别裁集》作止嵒，又以爲即仁和徐繼恩，亦誤。繼恩晚爲僧，名静挺，字俍亭，著有《十笏齋詩鈔》，與豁堂殊不相涉。餘姚張唯吉廷枚嘗辨之如此。

《隨園詩話》遇閨秀能詩者，輒稱女弟子。趙甌北觀察翼嘗題女史鮑尊古詩册云：「若遇隨園拾唾珠，定應誇作女高徒。老夫不敢銜官屈，稽首仙壇拜鮑姑。」

康熙初，錢塘鄭扶羲旭旦撰《天籟集》，計詩四十八首，自序謂：「如來趺蓮臺，矢四十八願，度一切衆生，脱離苦海。讀是集者，當作如是觀。」余細讀之，詞雖鄙俚，饒有奇趣。其書不甚流傳，余偶于友人胡松坪大宇處見之，摘録數首，以見大凡，正不得以小兒女嬉戲之詞少之也。其七曰：「小小一隻白公雞，頭又高來尾又低。相公不殺我，留我五更啼。五更不見啼，花貓馱在竹園裏。竹裏梅花帶雪開，東風吹下一枝來。鄰家有個花嬌女，嫁與聰明小秀才。」其八曰：「一年去，一年來。又見梅花帶雪開。梅花落地成雪片，開窗等雪望郎來。」其十八曰：「摇大船，打大鼓。阿娘嬉，討新婦。新婦幾時歸？臘月廿四歸。擔得舍子歸？擔得糍糕塌餅歸。公一分，婆一分。姑娘小叔合一分。大也争，小也争。拿棒來，打畜生。畜生打不着，打了新婦好小脚。三尺布，攤膏藥。」其廿六曰：「鄉裏老娘舊病發，走到城裏望菩薩。緑鞋子，紅鞋拔。走一步，拔一拔。」其三十一曰：「落雨丁丁，猪肉三斤。公來估估，婆來稱稱。」其三十三曰：「日頭黄，嬾漢忙。日頭竪，嬾漢靠屋柱。日頭謝，嬾漢叫夜。」其三十八曰：「田要少，屋要小。子弟讀書不要考。免得殺，免得絞，免得商鞅飽。」

三韓馬朗山制軍慧裕，由進士起家，著有《河干詩鈔》，多詠物之作。《詠錐》云：「剛强形質鋭而圓，精進工夫信有權。毛遂鋒鋩應脱穎，顔回力量可鑽堅。立身不假三分地，刺股能醒五夜眠。借取畫沙真小用，任他金石也須穿。」《詠尺》云：「是誰削木畫均匀，分寸星星巧嵌銀。樓造鳳龍剛合度，衣裁貂錦雅宜身。測天太史高量漢，取士三銓妙選人。豈但短長知布帛，家家利用必遵循。」又如《詠臉盆》句云：「盥罷何郎真是粉，洗清盧杞總成藍。」於瞿、謝之後，真能别開境界。

朗山制軍詩率意直書，不知者或以俚俗少之，然清空一氣中仍不廢點染。詠物之外，佳句如《憶南徐》云：「金山埋郭璞，鐵甕鑄孫權。」《憶白下》云：「渡寂無桃葉，臺空罕鳳毛。」《懷粤西》云：「滿巖清響傳丹水，絶代佳人産緑珠。」《早起偶成》云：「掀翻事業東流水，悟徹人情北陸冰。」《古意》云：「閑看鸚鵡回頭笑，誤破鴛鴦斂鬢羞。」皆不愧宋元名手。

山陰楊葭漁孝廉際昌嘗謂：禰正平處亂世，無濟時之才，又無保身之哲，即其罵曹操，亦不過狂奴故態，非真若巷伯之惡惡也。太白「寡識冒天刑」一語，千古卓見。余則以爲正平未柄用，何以知其無濟時之才？若以罵曹爲無保身之哲，則薦正平之孔北海不罵曹操，亦卒罹禍，何歟？總之，年少氣鋭，其狂也，即因其才之無所表見，抑鬱而發爲此態耳。余曾有《正平鼓》樂府，後三句云：「英氣千古一人耳，莫謂殺身竟以此，促促轅駒實所耻。」正平有知，定當含笑。然孝廉有《詠棋》句絶工：「三思自可分成敗，一劫翻能變死生。」

茗上胡澍蒼《朝陽臺》一律，振筆直書，不受前人拘束，必傳之作也。詩云：「巫山雲雨本荒唐，一夢千秋枉斷腸。譎諫何曾原宋玉，微詞從此感襄王。須知神女心無玷，其奈文人筆太狂。暮暮朝朝空想像，楚天極目但青蒼。」

宋李忠定綱《春意》詩云：「春鳥窺窗緑，踏落庭前花。美人爲之笑，鬌脚風中斜。不惜花踏殘，只愁鳥驚去。啞叱背人飛，林深無覓處。」忠定功名勳業與日月争光，而小詩風韵乃爾。

明張相《即事》云：「學道尋師二十年，此身不離鼎爐前。不知子晉緣何事，只學吹簫便得仙。」注：「嘉靖中，有進廟樂章得京堂者賦此。」相，臨清人，嘉靖丙戌進士，提學御史。此詩全襲唐高駢《聞河中王鐸加都統》詩，德州宋仲良廉訪弼《山左明詩鈔》竟收之，何哉？高詩云：「鍊汞燒鉛四十年，至今猶在藥爐前。不知子晉緣何事，只學吹簫便得仙。」又黄山谷《題小景扇》云：「草色青青柳色黄，桃花零落杏花香。春風不解吹愁却，春日偏能惹恨長。」亦全襲唐賈至《春思》詩，更不可解。賈詩云：「草色青青柳色黃，桃花歷亂李花香。東風不爲吹愁去，春日偏能惹恨長。」

明戚武毅少保繼光，少時折節讀書，通曉經術。軍中有暇，輒與文士接席賦詩。其兵法，論者比之孫吴。惜中道以罪廢，未竟其用，然綏靖浙、閩，功在東南，二百餘年尚挂人齒頰。至其集曰《止止稿》、曰《愚愚居》、曰《夢夢》，文人好奇結習，可見一斑。五言如「鎖鑰山河壯，風雲號令新」、「古今誰俠氣，天地一愁城」、「柳深黃鳥樂，莎暖白魚肥」，七言如「起草舊從金虎署，行春初領白麟符」、「衰草尚迷游鹿徑，秋雲空鎖伏龍磯」、「蒼蒼晚木群猿集，歷歷晴沙一鳥還」，皆有中唐氣魄，卓然可傳。國朝姚熙止少保啓聖平定臺灣，功不在武毅下。詩板久失，余惟見鈔本十餘首，骯髒激昂，別饒嫵媚。録其《香山雜詠》云：「無數艨艟犯海波，我來守土竟如何。荒城百事怡情少，孤島三年戰血多。獻馘樓頭鎖鐵角，受降城下起鐃歌。彈丸若使勞臣在，未許長纓縱尉佗。」戚以世職中武科，仕至都督；姚以鄉試第一，由縣令仕至總督。豐功偉烈，後先輝映，而皆不由文武科甲。何途無才，於兹益信。

嘉慶丁巳，袁子才太史枚年八十二矣，病中有《擬重宴鹿鳴》、《瓊林》兩詩，各十首，并小序一篇，雖未克如願，亦詞林佳話也。惟傳鈔者偶失《重宴鹿鳴詩》，爲可惜耳。其序云：「余年七十九歲，作八十自壽詩，見彈而思鴞炙。自覺太早，故藏篋中，次年纔敢示人。今春病中無伴，念明後兩年已屆重宴鹿鳴、瓊林之期，題目大佳，忍俊不禁，各賦十章，聊當枚家《七發》。以『想當然』三字虚處描摹，古之詩流，往往有之。雖預支年壽，蒼蒼者未必慨然與之。然詩登集上，則願了心中。質之諸君子，其愚我耶？其和我耶？」詩云：「羽衣人掃大羅天，道有重來老謫仙。不料桑田變滄海，瓊花一朵尚新鮮。」「記得曾騎白鼻騧，路旁人指少年誇。而今舉眼誰相識，認得袁絲只杏花。」「車如流水馬如龍，回首天街似夢中。愁向金明池上照，緑衣郎變白頭翁。」「新貴森森玉笋班，探花折柳各憑欄。老夫别有閑心相，獨自摩挲銅狄看。」「五雲深處幾輪車，西抹東塗笑語譁。越是阿婆人越看，蟠桃一樹古時花。」「史文靖公。先嵇文恭公。後兩平章，同撤金蓮入洞房。他日熙朝紀人瑞，鶺鴒也得附鸞凰。」「詠《霓裳》廿五科，春明門外渺山河。白頭宫女儂相似，記得開元舊事多。」「開箱難覓舊冠巾，借得宫袍未稱身。轉悔當年燒尾宴，不曾想作再來人。」「歡場回首易銷魂，世上榮華水上雲。三百銀袍何處去，天留一叟伴諸君。」「宴畢高歌詩十章，諸公莫笑老夫狂。算來更比盧生好，能作邯鄲夢兩場。」

「姮娥月影分身現，姊妹花枝對面生」，尤西堂侗《詠美人照鏡》句也，可謂穠艷而不乖大雅。

鄭谷《淮上别故人》詩：「揚子江頭楊柳春，楊花愁殺渡江人。數聲風笛離亭晚，君向瀟湘我向秦。」晚唐有此，可云超拔。明謝茂秦榛議之曰：「凡七絶，起如爆竹，斬然而斷；結如撞鐘，餘韵不輟，此法之正也。鄭谷此詩，末句直説無味，以之作起便健。」因改之云：「君向瀟湘我向秦，楊花愁殺渡江人。尊前行笛離聲慘，落日平江不見春。」謝茂秦在七子中，五言獨樹一幟，卓然可傳。七絶本非所長，而所改此詩，更爲點金成鐵。此詩前三句專爲末一句作頓。今以末句作首句，則第二句先承不上，蓋二句是泛指渡江之人，若首句已指定君與我而言，可復以泛「渡江人」爲承耶？三句醜甚，亦不成轉。末句不合法，且又無味。嗟夫！茂秦非庸俗子，而亦儼然改唐人之詩乎？陳玧雲太初《琅環集》亦嘗譏之。

「館客三千兩鷄狗，島臣五百一頭顱」，益都趙秋谷宮贊執信句也，戛戛生新，其硬處酷肖山谷。宮贊著《談龍録》論詩，人謂其痛詆阮亭，吾獨以爲不然。觀録中論阮亭、竹垞曰：「王才美於朱，而學足以濟之；朱學博於王，而才足以舉之。」又曰：「朱貪多，王愛好。」則匪特不詆之，且譽之矣。

《漁洋詩話》載其從伯文玉與玫工艷體詩，有「二十五年將就木，一千里路不通書」、「縈縈白兔東西顧，恰恰黄鸝四五聲」等句，惜不載全篇。余偶于《山左明詩鈔》内見之，亟録于左。《憶長安李姬》云：「分釵執袂問何如，淺畫蛾眉耐静居。二十五年將就木，一千里路不通書。曉花簪髻嬌容遠，夜月傾盃飲興疏。夢向畫橋東畔去，依稀曲巷是門閭。」《生别離》詩云：「聚散關心百念輕，楊枝桃葉苦牽情。縈縈白兔東西顧，恰恰黄鸝四五聲。腸斷畫欄花半墮，夢回荒墅月初生。經年離緒卿知否，書劍無因到帝京。」文玉，崇禎中明經，壬午殉難死，有《籠鵝館集》。

門人李曇橋杏林有《春齋對雨》回文一絶，頗覺自然：「風蝶一叢花，雨絲千樹柳。紅殘疑徑香，候霽春歸叟。」曇橋，上虞諸生。

康熙中，錢唐閨秀林亞清以寧適同邑錢石臣侍御肇修，詩名籍甚。余近獲所撰《墨莊詩鈔》，林西仲雲銘爲之序，自稱宗末，雖刊本，而卷首硃印尚鮮明可辨。其文云：「壬辰進士之媳，辛丑進士之女，辛未進士之妻。」且詩中有《辛未會榜發喜夫子魁薦》之作，以是確知爲林舊物也。沈歸愚《别裁》只載其《憶父禹都》一首，似不足以盡之。如《宮怨》云：「聞説昭陽妒絶倫，六宮各各避嬌嗔。新來不敢窺妝鏡，淡掃蛾眉又勝人。」《初春》云：「百合名香手自焚，雪晴天際尚停雲。寒梅纔被東風坼，釀得春愁已十分。」皆不愧元人。又有「千里相思一輪月，三年情緒百篇詩」，《寄外》句也；「負米朝驅雲寂寂，買鞍夜聽水潺潺」，《憶父晉中》句也；「風生燕翼釵梁動，火炙鸞笙玉指調」，《人日》句也，亦工整可喜。陶篁村元藻《全浙詩話》以亞清爲西仲女，誤甚。

有學究作《日長如小年》詩：「久矣猶朝旭，悠哉未夕陽。」自以爲刻劃。余笑曰：「試帖耳，何苦乃爾！然兩頭終嫌太長。」

王介甫詩：「蕭蕭摶黍聲中日，漠漠舂鋤影外天。」「摶黍」，黄鸝也，見《詩・疏》；「舂鋤」，鷺也，見《爾雅》。「舂」，或誤作「春」。黄常明詩：「但遣一枝居巧婦，不殊大厦賀嘉賓。」「巧婦」，鷦鷯也，見《爾雅注》；「嘉賓」，雀也，見《炙轂子》。皆染浙派。

《續板橋雜記》，苕南珠泉居士吴某所著也。筆墨潔净，可繼澹心。其中一則云：「市井方言，名姬不屑道。間有一二語，亦章臺所習聞。如『這也不該提，那也不必了』是也。近忽尚一『少』字，每詢以事之隱諱者，輒矢口答曰『少』。」珠泉戲爲一絶云：「這也不該提，那也不必了。白皙誰家郎，魂斷一聲少。」

崇明何罕勛忠相箋《漢詩》四卷，持論平允，余最喜之。即如《孔雀東南飛》一篇，其箋曰：「此詩自來解者多痛蘭芝，憐仲卿，而仇其母。近鄉先輩顧洗桐氏名陳垿。始一正之，云：『刺也，非惜也。妻嬌嗔，夫惑溺，悖孝道而自戕其生。於母何尤！』其言足以扶植世教。而矯枉太過，未免深文。如發端興劉之顧影自矜可耳，猥云：『乾爲天門，巽爲地户；西北飛爲向上，東南飛爲趨下。後文「自掛東南枝」，愚夫以身殉婦，趨于下流也。』可謂固哉叟之爲詩矣！余按標題本序，義例明白，題曰『爲焦仲卿妻作』，未始不惜其才美而不善自處，以至珠沉玉碎，欲喚奈何。而仲卿之篤於私愛而昧於大倫，即因以著焉。序曰『爲仲卿母所遣』，明其得罪於姑，悻悻不一，反己委曲，以俟其轉機。而其姑之嚴正有餘而慈愛未足，俱可覩焉。篇末云『戒之慎忽忘』，欲後世婦勿懟姑，子勿逆母，尊卑勿執一偏以賊其兒女。他如乃公之糊塗老子、阿兄之勢利小人，又無足論也。如此纔兼得事父事君、興觀群怨之詩教。序曰『傷之』，所傷者多矣，謂獨不傷蘭芝之才美，則偏。」

「稿砧今何在，山上復有山。何當大刀頭，破鏡飛上天。」《樂府古題要解》：「『稿砧』，砆也，隱『夫』字；重山，隱『出』字；刀頭有鐶，隱『還』字；天上破鏡，隱『月半』。言夫出月半當還也。」沈方舟用濟《漢詩説》云：「稿，草也；砧，石也。合成『若』字，猶言若今何在，如黄絹幼婦體也。」此説甚新。何罡勛忠相謂「若」字從右，不從石，沈説非是。余細讀此詩，全是對人問語，倘從沈説，轉似對其夫語矣。蓋若者，爾也。夫既不在，則所若者是對何人饒舌？故不若仍從舊解。

山陰丁息園牲《結客行》：「結客以破家，家破客乃散。劍孤琴亦塵，一唱再三歎。」絶類錢、劉。丁有集三卷，余辛亥所輯也，今尚未梓。

李商隱《詠蝶》云：「蘆花惟有白，柳絮可能温？」謝無逸《詠蝶》云：「身似何郎全傅粉，心如韓壽愛偷香。」又云：「飛隨柳絮有時見，舞入梨花無處尋。」郎仁寶《七修類稿》謂：「『李竊謝意，雖工而不妙。』」按：李商隱唐人，謝無逸名逸，宋人。謝在李後，而謂「李竊謝意」，冤哉！仁寶最博雅，而有此大訛，何也？

古人讀書原爲致用，學焉而得其性之所近。故或以道學，或以文章，或以治功，或以經術，下及天文地輿、醫卜命相之小技，亦必學窮二酉，功盡三餘，方可信今傳後。今則不然，專意舉業者，只知讀腐爛墨卷，今既不知，古更勿論。宜乎對策有「唐之王阮亭」、「宋之白樂天」之訛也。即有天姿少佳之士，知以詩古文詞自勵者，亦只知讀唐、宋以後書。問其原流，俱茫無以對。更有輕薄小子，塗朱傅粉，搔頭弄姿，便自命風流，實不直一盼也。噫！

六紅詩話卷三

山陰呂善報玖芸

江西四子趙山南由儀、汪輦雲軔、楊子載垕、蔣心餘士銓，乾隆初名震一時，所謂「楊汪蔣趙」是也。後惟心餘入詞林，有《忠雅堂詩》三十餘卷，與袁子才枚、趙雲松翼稱爲三家；山南早卒，人漸不能舉其名；子載以明經終；輦雲由明經選吉水訓導，三月而卒。嘉慶己未，余再游江右，求三人遺詩不得。今於友人處見輦雲《魚亭詩鈔》二卷，五言最佳，如「電逐雷過水，風吹雨下山」、「積晦雲疑鬭，新晴草欲焚」、「山折千盤路，人回九轉腸」、「海枯存白石，裘敝惜黄金」、「水腥蛟氣滿，山黑怪雲多」，皆奇。七言「牛衣夜泣妻先誚，鶉結冬寒友代憂」，亦工。

陸赤南炳嘗曰：「讀書如過橋，木者盡知爲木，石者盡知爲石，然未知所以爲橋也。欲知所以爲橋，必自造橋。其中木石結構，雖似一氣呵成，而良工心苦，毫釐分寸，無不周到。否則，非出之不正，即立之不穩，必爲後來過橋者之陷害。」赤南，丹陽人，乾隆中客蜀最久。著有《劍囊草》，以唐爲宗。又輯録游蜀詩人詩，爲《蜀游詩鈔》十餘卷，收採甚博，亦有心風雅人也。

赤南又曰：「世有老生，自負宿學，必費許多穿鑿；世有後生，自負逸才，不屑略事推敲。學之不明，性之不耐，如此二者，焉得不釘鉸、打油？」

「正平詞賦謫仙詩，屈子行吟賈誼悲。江上老漁都不管，梅花横笛但孤吹。」泰州宫友鹿《黄鶴樓小游仙詩》也，絶無烟火氣，音律亦近唐人。友鹿本字西録，號恕堂，名鴻歷。康熙丙戌詞林，江左十五子之一也。

閨秀商長白可《小游仙》五絶八首皆佳，僅記其末一首云：「天府文章貴，塵寰不足論。如何玉樓記，尚要李王孫？」

李笠翁漁傳奇最善用成語，如「先生酒食應該饌，夫子文章可得聞」，真不減玉茗之「酒是先生饌，女爲君子儒」。而豎儒必以爲侮聖人之言，何耶？

王荆公新法本欲富强宋室，其心未必不善。無如心偏性愎，不能揣度時勢，措置得宜，於是一着錯，滿盤輸，終至不可救藥耳。自來詩人刺之者極多，諒之者則絶無一人。近惟蔣苕生士銓一律，有心翻案，不肯拾人牙慧，亦以見文人筆鋒之所以可畏也。詩云：「事業施行與志違，當時得失咎何歸。更張治國求强富，錯誤隨人著刺譏。立法至今難盡改，存心復古豈全非。終身刻苦無知己，文字誰參意旨微。」若袁子才枚之「底事神經有緣法，《周官》偏誤姓王人」，王荆公九原有知，亦應自笑。

武陵朱幼芝景英，乾隆庚午解元。詩才清挺，而《木棉菴》一首尤古横。詩云：「怨毒于人有如此，縣尉施手宰相死。杭州歌聲未絶耳，木棉菴前如血水。血不疑碧土猶腥，窮奇蜕骨來青蠅。漳南往蹟古無稱，姦回死處碑崚嶒。」又《詠秋蟬》「斷續聲中兼落葉，寒暄閲後只斜陽」、「嗚咽向人猶故國，衰遲無力又涼天」、「分明魏鬢恩同薄，蕭瑟齊宫夢未歸」，皆情景雙到。

甲寅夏，余游吼山，見壁上一絶云：「洞似桃源别有天，山如赤壁插雲烟。滕王高閣分明在，三處名蹤一處傳。」確切其地，不可移掇，故妙。款書「孫克柔」，亦不知何許人。吼山一名曹山，屬會稽。

唐六如墓在横塘王家村，載于志乘，確無可疑。明末毛子晉曾修其墓，作文記之。而近人皆謂墓在桃花隖，蓋以宋牧仲尚書得胡纘宗碑碣于桃花隖，因即于此建祠墓故也。于是横塘之墓，轉無過而問者。嘉慶辛酉，善化唐陶山仲冕宰吴，既修桃花隖祠墓，復于横塘封植，而題識以碑。賦詩八章，皆佳，余已收入《涵今三集》矣。江、浙名流，和原韵者八九十人，不乏佳句，略摘于此：「美人酣泥英雄路，金粉淋漓跌宕詞」，吴江吕湘漁英句也；「一代丹青四家畫，三吴風月六朝人」，秀水翟春溪璜句也；「情牽花月張三影，狂愛雲山賀四明」，新陽魏霞城標句也；「世皆欲殺成奇獄，狂不能容笑庶人」，吴江徐山民達源句也；「能逃僞聘成名士，不逐清流誤黨人」，錢唐吴穀人錫麒句也。陶山，乾隆癸丑進士。

徐天池有二子，長枳、次枚，見明末陳某所撰《徐文長傳》。序天池始末，亦較詳於袁公安作，惜無刊本，故不流傳。余曾於舊書肆中一見之。

沈歸愚德潛《金陵懷古》第一首，與前明曹能始學佺相似，而曹較勝。曹云：「江東列郡領丹陽，鼎足三分此一方。縱爲石城成虎踞，不知巫峽下龍驤。雲深寢廟千秋冷，月照籬門幾夜長。年少風流能顧曲，行人猶自説周郎。」沈云：「石頭如虎踞巖疆，鼎足三分此一方。但恃江流横鐵索，不知名將下龍驤。紫髯空自争荆楚，青蓋旋看入洛陽。太息雄圖消歇盡，霸才終古憶周郎。」然唐人「隴頭水」一詩，羅隱、于濆亦只五字不同，古人不以爲嫌，而並傳至今，何耶？羅云：「借問隴頭水，年年恨何事？全疑嗚咽聲，中有征人淚。自古無長策，況我非深智。何計謝潺湲，一宵空不寐。」二句首一字于作「終」，三句首一字于作「深」，五句第三字于作「蘊」，六句第四字于作「才」，七句首一字于作「無」，餘盡同。

歷城李于鱗攀龍爲諸生時，惟與同邑許殿卿邦才、殷正甫士儋爲詩歌，里人目爲狂生。及官刑曹，則與濮州李伯承先芳、臨清謝茂秦榛、孝豐吳峻伯惟嶽倡詩社。太倉王元美世貞初入社，即與于鱗等訂交，擯去伯承、峻伯，合興化宗子相臣、順德梁公實有譽，稱「五子」。未幾，長興徐子與中行、興國吴明卿國倫亦至，乃改稱「七子」。諸人才高氣傲，互相標榜，視當世無人，「七子」之名，炳耀一時。其後茂秦亦被擯斥，于鱗厭故喜新，已可概見，而貧賤交之許、殷，又可無論矣。

李伯承不與「五子」、「七子」之目，憤激不平，亦固其所然。以王、李並觀，律、絶亦足相敵，惟古體稍遜耳。若較之梁、宗、徐、吴，直大過之。蒙叟則推伯承於于鱗之上，歸愚《明詩别裁》則不録一首。余以爲二宗伯皆過也。

己巳臘月，於胡松坪大宇處見南豐熊司馬某所撰《聞聞録》二卷，嘉慶辛酉新刊。分「盛德」、「學問」，下及「志怪」、「博物」，共二十類，其書頗佳，乃假歸細閲。特是熊以江右人而語越人越事太多，江右不過略見，非樂操土風之義，心竊怪之。明年庚午正月，又於朱晴嵐壽潜處見鈔本張陶菴《快園道古》二十卷，亦以「盛德」、「學問」等分類，每類自爲一卷。取《聞聞録》對之，乃知盡出諸此，第每類摘録數條，遂攘爲己作，以盗名欺世耳。按《紹興府志》，張陶菴名岱，字宗子，晚號六休居士。明狀元文恭公元忭之曾孫，參議雨若公汝霖之孫也。早歲補山陰諸生，雄放自喜，家畜梨園一部，日聚海内名士，徵歌行酒，有文舉座上之風。晚年家益落，鬱鬱無聊。康熙己巳卒，年九十三。著述最夥，而付梓者寥寥，《快園道古》亦其一也。余意是書輾轉傳鈔，應不止一本，必吾越游幕之士携入行篋，偶以示熊。熊因其未梓，遂大膽竊之，并易其名。盗憎主人，實可笑也。余惜張著書之勤，鄙熊好名之妄，辨明於此，亦聊以戒後人之勦襲者。

《快園道古》中可入詩話者甚多，摘録九則，以見大凡。其一云：「《水滸傳》形容汴京燈景云：『樓臺上下火照火，車馬往來人看人。』只此十四字，古今燈詩燈賦，千言萬語，刻劃不到。」其一云：「海陵生詆訶歷下詩，借其集中詞爲《漫興》，賦之曰：『萬里江湖迴，浮雲處處新。論詩悲落日，把酒歎風塵。秋色眼前滿，中原望裏頻。乾坤吾輩在，白雪誤斯人。』其活套已盡。又摘其《送楚使》詩『江漢日高天子氣，樓臺秋敞大王風』，此是賀陳友諒登極詩也，聞者噴飯。」其一云：「紹興蕭太守造望海亭成，題其柱曰：『放眼千山外。』苦思對句不就，以問徐文長。文長即應聲曰：『無言一笑中。』太守服其敏妙。」其一云：「萬曆乙卯順天鄉試，掛選監生登賢書者十七人，年皆六十餘矣。余叔葆生作詩嘲之云：『堪羨新科十七賢，商山齊赴鹿鳴筵。却言序齒原無齒，共歎同年是暮年。丹桂折來花滿眼，青雲踏去雪盈顛。可憐到手烏紗帽，反帶儒巾入九泉。』」其一云：「周相公玉繩以事賜死，後馬閣部瑶草南都當國，時人取以作對曰：『周玉繩先賜玉，後賜繩，繩繫玉繩之頸；馬瑶草名爲瑶，實爲草，草楦瑶草之皮。』」其一云：「陶菴八歲，大父攜游西湖。時陳眉公客錢唐署，出入跨一角鹿。一日，向大父曰：『文孫善屬對，吾面考之。』指屏上《李白騎鯨圖》曰：『太白騎鯨，采石江邊撈夜月。』陶菴曰：『眉公跨鹿，錢唐縣裏打秋風。』眉公曰：『那得靈敏至此，吾小友也！』」其一云：「陶菴比鄰有童子，年十四，能詩，多奇語。丙申閏五望日夜，月食十分，既而色微帶赤。因詠之曰：『今年天狗太貪饕，食月何曾剩一毫。天是骰盆月是色，俗乎骰子曰色子。孤孤一點大金么。』」其一云：「張明善嘗作《水仙子》譏時云：『鋪唇苫舌早三公，裸袖揎拳享萬鍾。巧言亂語成時用，大都來却是哄。說英雄誰是英雄，五爪雞岐山鳴鳳，兩頭蛇南陽卧龍，三脚貓渭水飛熊。』」其一云：「蘇州太守林五磊，素不孝封公，至署半月即勒歸，予金二十，命悍僕押其抵家。臨行，乞三白酒數色亦不得，半途以氣死。時越城東昌坊有貧子薛五者，至孝。其父於冬日，每早必赴混堂沐浴，薛五必攜熱酒三合禦寒，以二雞蛋下酒。袁山人雪堂作詩云：『三合陳希敵早寒，一雙雞子白團團。可憐蘇郡林知府，不及東昌薛五官。』」

陶菴詩不甚流布，即商寶意《越風》所載一首，亦非極詣。《快園道古》中見其《題天台石梁橋》有句云：「冰雪三千丈，風雷十二時。」真能寫難繪之景。袁隨園游天台，亦曾採入《詩話》，惟不知爲陶菴作耳。

王季重思任曹娥廟對：「江姓長香，漢碑獨妙。」只此八字，抵得過後人千言萬語。

對雖小技，往往出於天籟，有信口即得者，其工巧反出于思索者之上。猶記丁巳春作客天長，飲於張苣江秀才洄因樹書屋，園有枯槐一株，大可三圍，真百餘年物也。飲至日暮，尚不令客去，苣江因出一對云：「『主人留客住』，能對此者，請行。」余即應聲曰：「古木到今枯。」合席皆驚。

連平顔鑑塘希源有《百美新詠》，山陰邵無恙颿有《歷代宫闈雜詠》，余皆未窺全豹，惟于《隨園續詩話》中見其梗概而已。如皋黄艮男理亦有《宫閨詞》二百餘首，標新處不讓前賢，惜隨園不及見也。其題《班姬》云：「凄涼長信日黄昏，紈扇吟成掩淚痕。莫謂秋風易捐棄，當時懷袖亦君恩。」《木蘭》云：「千里明駝喜着鞭，歸來機杼尚依然。他時路識春閨夢，身在沙場十二年。」《紅兒》云：「落花一墮醉中塵，百首新詩比不真。終是老奴非好色，我憐猶想擲刀人。」《西施》云：「未必紅顔知報國，吴王恩比越王深。」《紅拂》云：「風塵解識虬髯客，一妹英雄勝藥師。」《黄崇嘏》云：「早是女郎登上第，劉蕡不願作男兒。」

艮男又有《秋花雜詠》。《美人蕉》云：「緑上窗紗小樣裁，嬌紅歷亂點蒼苔。美人不比悲秋客，也自芳心展不開。」《棉花》云：「種傍高原數畝寬，旁人從不當花看。豈知萬朵饒秋色，衣被蒼生到歲寒。」皆妙。

何晴山鼎，恭惠公熠祖也。湖南籍，康熙丙午舉人，仕至嘉興知府。工詩詞，與丁藥園澎、吴薗次綺、聶晉人先、吴伯憇棠楨稱莫逆交。著有《香草詩》、《詞》各一卷。《詠楓》云：「暗通春信憑流水，明染秋容耐晚霜。」《詠鶴》云：「楚江淡月三更夢，閬苑清風一紙書。」又《惜分飛・閨情》云：「冷熱温存剛數語，忽又摇鞭南浦。索性憑伊去，算來總是留難住。門外雪深深幾許，凍倒梅花一樹。非是留伊住，天寒路滑如何去。」

余不工詞，見有佳者，亦輒録存。張樂圃玉穀有《詠雛女・擷芳詞》云：「薰香被，梳春髻。小時誰識愁滋味。風輕薄，吹花落。頓教疼惜，怕開簾幙。覺，覺，覺。心徒繫，情何寄。見人原是嬌羞避。螺盃酌，紅腮托。最無情理，罵他媒妁。惡，惡，惡。」末三語寫小女兒，入神入妙。

會稽傅星階秀才泰嘗作「山高月小」試律，有「天心走一丸」之句，寫「小」字最好。惜忘其上句。

自來詠梅花者最多，而詠梅子者最少。門人周思甘元棠有《詠梅子》句云：「個中原帶三分苦，味外還餘一點酸。」頗爲工切。又有《詠梅花》句云：「不知月淡花尤淡，但覺風香雪亦香。」風花雪月並見，而不覺其堆垛，故佳。

有某甲惑于狎邪之游，見人輒以「目中有妓，心中無妓」自解。俞奉之廷璋作四絶規之，落句云：「我是世間真好色，心中有妓目中無。」語言之妙，足解人頤。奉之，山陰諸生。

近今日者星士奔走朱門，貢媚進諛，久失君子問災不問福之旨。商寶意盤、劉文清墉皆有詩譏之。商云：「共在乾坤玩弄中，相逢不必叩窮通。牛能奮角垂星象，蠍自多磨守命宫。乙巳豈知占禍福，甲辰誰與辨雌雄。馬周早達逢唐暮，勘破升沉一笑同。」劉云：「小黠從來是大癡，紛紛六合又三奇。人間富貴誰偏有，天上星辰爾遽知。何事一身還作客，更憐八口亦長飢。鴉鳴鵲噪原無過，載好其音且聽伊。」

拗體五律最易討好，亦最易作；拗體七律最難討好，亦最難作。故余所作及所選，皆五律之拗者多，而七律之拗者少。古來善拗體五律者，峭逸之中而仍排奡；善拗體七律者，古拙之中而仍流利。

總而言之，皆要自然。

善化王璞堂啓玉言其鄉有富室子，新造一小樓避暑。落成之後，舉家皆患頭疼，且足多生瘡毒。有輕薄子見其樓楹聯曰：「有風皆入座，無月不當窗。」因潛以白紙糊之，改題其聯曰：「有頭皆害痛，無足不生瘡。」富室子見之恚甚，即日毁其樓，頭痛足瘡皆頓瘳。此殆工匠用魘鎮之所致歟？璞堂有姊名玥，號瑶窗，自幼即慕長生之術，守貞學道，不嫁以老。善丹青，亦解韵語。余曾見其《題畫菊》，落句云：「自是花中稱傲骨，霜零露冷愈精神。」語亦妙有身分。

《清素堂集》，吴門石遠梅鈞所撰，能力追唐調，亦近今所少見者。五言如「月苦啼山鬼，霜嚴凍女蘿」、「孤烟上疏木，旭日淡寒邨」、「風前雙鬢短，雪後萬家寒」，七言如「壯士逢春憐鬢短，美人臨別記魂銷」、「萬頃日華浮海動，九邊風色捲沙來」、「千盤太白來蒼莽，一線黄河入混茫」，皆佳。又有七絶落句云「春水一灣村店小，野風開遍碧桃花」、「可憐一片孤帆影，又向秋江背雁飛」，亦有畫意。

詠古詩有以着議論爲佳者，如薩樗亭哈岱《荆卿》云「浪期血濺秦王易，豈料恩酬太子難」、鄭板橋燮《西楚》云「新安竟忍坑秦卒，壩上焉能殺漢王」、沈南屏名藩《嚴陵》云「故人敢抱烟霞癖，同學深知諫議難」、楊養齋有涵《宋高宗》云「但逢敵國稱臣姪，不見中原有父兄」、俞銘石國琛《楊椒山》云「臣罪當誅攖害馬，君恩從諫驗仇鸞」是也；亦有以不着議論爲佳者，如平師杏世增《李香君》云「文成雪苑留佳傳，事付雲亭譜妙辭」、陸春波溶《虎丘》云「塔峻浮雲籠七級，石寬明月照千人」、張希和誠《文種》云「敵國十年三術破，故交一棹五湖游」、吴蘭雪嵩梁《蟂磯廟》云「銷魂萬古黄陵廟，遺恨三分白帝城」、張銀槎椿《桃花隖》云「酒聖畫禪名士福，美人芳草解元詞」是也。「亦是聰明奇偉人，能空萬念絶纖塵。當年可惜生西土，未聽尼山講五倫。」陸清獻龍其《題南寨村佛寺》詩也，即在唐賢中，亦應稱中駟。陶秋佳章焕以「丰韵蕩然」譏之，過矣！夫詩品不一，豈「丰韵」二字可盡賅乎？

雍正甲辰，以八月會試，九月十一日出榜，十八日又出續榜。烏程嚴海珊遂成名列續榜，因有句云：「彭衙分拜三年賜，絳市争傳六日蘇。」胸有《左》癖，而更妙在工切，用典者可以爲法。

人不可有債，亦不妨有債。如必以有債爲佳，似太矯情。至詩中有「債」字，則愈形其妙。許莘野田「避債有臺心愈苦，治窮無藥病難醫」，王鹿賓泰甡「儘餘詩酒償仙債，不少文章奪鬼謀」，趙桐岡大奎「詩惟遣興原非債，酒不攻愁便是仙」，又朱若愚近曾有《借債》、《放債》、《討債》、《還債》四律，記其詠《借債》：「忼慨鬚眉頽氣象，激昂面目澀言辭。」詠《還債》：「口角無情休緩頰，心頭有肉且醫瘡。」亦非債帥不能辨也。

歡娱難工，愁苦易好，然不親歷其境，説來總不切確。盛子嘉績「但知貧有骨，不歎食無魚」，姚次耕陶「家園窮徹骨，兒女痛傷心」，蔣心餘士銓「重衾雙敗絮，兼味一枯魚」，聞人觀雲均「情多愁作債，病久飯成讐」，四聯同一苦貧語，而究以蔣、聞爲勝，或者竟是真境。若盛、姚不過説説，聊以作詩料耳。

近人作詩，人巧勝于天籟，往往集曲牌名、藥名、古美人名爲詩，競奇鬭巧，日異月新。余雅不喜，以其總難自然也。惟白下岳水軒夢淵有集藥名五絶數首，皆佳，擇存其二。《冬日艷曲》云：「欲前胡不前，要使君子知。郎愛側柏葉，儂喜合歡枝。」《軍中偶成》云：「翼虎牙旗動，飛熊膽氣揚。威靈震西極，雷斧鑕天狼。」

吴門湯卿謀傳楹髫齡補弟子員，詩文哀艷，古之傷心人也。與尤展成侗爲莫逆交。年二十五而夭，展成輯其詩及雜作爲《湘中草》付梓，多可傳之句。五言如「怪石迎人立，香魂藉草扶」、「落花俱有淚，飛燕不能歌」、「紅藥守魂魄，碧雲生性情」，七言如「半鉤眉月當窗瘦，一縷心香出袖遥」、「暗香入户花微落，殘照當窗雁自過」、「一囊野色拴驢背，十里秋風送雁聲」，皆雅近冬郎。倘天假以年，所造寧止此哉！又《春事》一律云：「滿欄晴色上簾鉤，捲盡江南入小樓。唤雨啼鳩游子怨，鎖烟眠柳美人愁。花痕一枕紅初膩，山態雙鬟翠欲流。心事漸隨芳草長，春風吹夢下揚州。」崇禎末，卿謀嘗謂展成曰：「人生不可不儲三副痛淚：一副哭天下大事不可爲，一副哭文章不遇識者，一副哭從來淪落不偶佳人。」展成曰：「如君言，豈有淚乾時耶？」

卿謀婦丁氏，才色雙麗，與卿謀伉儷甚篤。卿謀夜坐，閱《牡丹亭》，偶憶比來所傳世上演《牡丹亭》一本，若士在地下受苦一日，未知人語、鬼語，意甚不平。因以語丁，丁笑答曰：「當由臨川不幸遇着杜太守、陳教授一班人作冥判耳。若令我作判官，定須真覓一位杜小姐判送氤氲司矣。」

石門聞孝女璞幼隨父仕黔。父殁，奉母歸浙，因不嫁，以紡績養母。迨母殁，孝女年已五十餘矣。生平好作詩，不甚寶惜，故所存不多。年七十餘，以病卒。其戚馬嵰山進士俊良搜其遺詩，爲《聞孝女詩鈔》，蓋亦所以發潛德之幽光也。《詠春月》云：「玩月何論秋與春，心無愁緒月常新。誰言秋月能增恨，春月何曾解悦人？」又有《詠菜花》句云：「只知紅日能增艷，不解黄金别有香。」皆妙在不拾人牙慧。

嘉慶丁卯賓興，重赴鹿鳴宴者，天下凡四人，皆蒙恩於原官賜晉一秩，誠曠世之隆恩，千秋之佳話。前此重赴鹿鳴所未有也。順天則漢軍徐樹峰績，年八十二；大興翁忠叙方綱，年七十五；浙江則錢唐梁山舟同書，年八十六；湖南則湘潭羅徽五典，年八十八。翁、梁皆有《重赴鹿鳴紀恩述懷》詩四律，各録其一。翁云：「三品恩綸下九天，千秋佳話紀初筵。敢同許渾題詩集，靦説蘭成射策年。章服蓬瀛添故事，摭言燕賚補前編。捫心何以酬高厚，慚對苹芩《小雅》篇。」梁云：「姓名何幸達天閶，白髮重新拜寵光。使者漫修前輩禮，阿婆又入少年行。三杯婪尾同燒尾，一番登場等戲場。可惜弟兄雙折桂，北枝今日不齊芳。」自注：「亡弟敦書，亦前丁卯舉人。」

大興舒蘭皋編修大成，康熙壬辰進士，少以《過摩訶菴看杏花》詩得名。嘉慶壬戌，余客京師，見所著《試墨齋集》，此詩雖存，亦不覺甚佳。可見古來名人得名之作，固不必果佳也。五古、五律、五絶皆以古淡勝，七律、七絶亦工穩，而七古則逼肖昌谷。《詠鷄冠花》云：「乖龍割耳血初洗，月下森森立紅鬼。碎剪殘霞堆暮紫，一片珊瑚瘦不倚。昂然欲向枝頭起，不信昨宵新鬭死。卑栖雌伏心所耻，夜夜前庭戰風雨。」其孫鐵雲孝廉位亦以能詩名，惜未謀面。聞有《春日偶成》句云：「流水緑開三月鏡，落花紅唱五更雞。」亦奇麗。

李笠翁漁所撰《十種傳奇》及《無聲戲》、《十二樓》、《閑情偶寄》等書，造意創詞，頗覺尖新。《一家言》詩、詞、雜文，亦能别出手眼，宜其于縉紳名士游交甚廣。華亭董閬石含獨深惡之，譏其性齷齪，善逢迎，喜作詩詞小曲、稗官小説，稱極淫褻。所著《一家言》大約盡壞人倫、傷風化之語，當墮拔舌地獄無疑。余以董言未免太過。華亭沈繹堂荃謂笠翁聰明過于學問，奉天劉玉衡廷璣謂笠翁真一代詞人，特未免放誕風流耳。二説實持平之論也。閬石一號榕菴，名含，順治乙未進士。沈選《别裁》誤作「舍」。

遼海劉葛莊廷璣《在園雜記》録乩仙吕純陽、劉海蟾、李青蓮、丁令威詩詞數十首。余最愛青蓮所題《鍾馗嫁妹圖贊》云：「這是鍾馗，果然古怪。騎着驢兒，看他自在。爲甚麽嬝嬝婷婷，又把青羅蓋。小鬼頭張彩摇旗，老進士簪花聳帶。嫁得檀郎，定是才高德邁。決不學牛女銀河，決不學鏡臺夙債。願玉樹相偎，紅樓恩愛。咦！我曉得了，最憐你阿妹多情，怕殺你舅爺無賴。」末二語趣極。

「妖禿施殘虐，冬青葉葉愁。可憐六陵裏，偏賸理宗頭。」俞巢雲先生臨《六陵懷古》絶句也。饒有唐人音節。先生爲余友奉之廷璋尊人，山陰諸生。

《樹經堂詠史詩》二卷，南康謝蘇潭中丞啓昆所撰，專尚對仗，不着議論，人咸以是少之。然如《詠漢高帝》「斬蛇始得成真帝，烹狗終難恕假王」、《庾信》「春風官渡黎陽柳，落日長橋渭水輪」、《馮道》「癡頑自享庸庸福，長樂殊慚赫赫功」、《宋太宗》「一誤豈堪容再誤，孤兒枉自哭癡兒」、《趙普》「門外黄衣三尺雪，廡前海物十瓶金」、《王安石》「高談堯舜行新法，附會《詩》《書》誤後生」、《海陵王》「遥傳桂子三秋曲，忽動吴山萬里心」、《文天祥》「南宋江山頽半壁，小樓風雨卧三年」，諸聯風格皆近玉溪生，亦何可没也。

嚴金鑑，不知何許人，有和曹麗笙尚書振鏞《詠史詩》百首，擇其尤者録之。《詠范蠡》：「半生仕越終辭越，兩載居吴卒滅吴。」《魯仲連》：「也知公子憂圍趙，却恨將軍欲帝秦。」《張良》：「能成破楚三人力，克報臣韓五世仇。」《葛洪》：「爲儒既足千秋業，修道還成九轉丹。」《郭子儀》：「一代公侯供使令，九重天子許婚姻。」

吾越之素不以詩名者，所謂學人之詩也，有一聯可喜，輒録存之。「世事略如棋共角，旅懷惟仗酒頻消」，董筠谷達著《閑居》句也；「風來枯竹摩林響，雨後新烟貼瓦飛」，樊莫齋廷緒《即事》句也；「虚名回首鴻留雪，世事驚心麝過香」，姚問蔬錫麟《感懷》句也；「雞聲喚起燈前夢，柳絮飛殘鏡裏絲」，孫品山嵒《贈别》句也；「酒入愁腸都化淚，歌非香口不消魂」，賀繼狂錦《有贈》句也。筠谷、莫齋、問蔬，皆孝廉；品山、繼狂，皆諸生。

瀋陽常近辰建極，雍正中官淮安郡丞，作詩師劉葛莊廉訪廷璣，故風格絶類。五言如「紅蕉吾愛妾，黄菊世閑人」、「鐘聲殘雪寺，樹影夕陽山」、「馬疲愁路遠，裘敝怯春寒」、「蝶飛雙翅雨，蟬剩一聲秋」，七言如「病骨偏於吟處健，人生難得老來閑」、「酒曾釀作三年病，藥不能抽兩鬢絲」、「曉雨蘼蕪平野緑，夕陽樓閣半山紅」，皆近宋人。

茅商隱逸爲越中七子之一，才豐遇嗇，以養母故，游幕大梁。伉直少諧，潦倒以死。未娶無子，年纔四十。臨終前一日，有絶句云：「少年立志劇嶙峋，誰料翻爲積病身。百事傷心無一就，可憐只許作詩人。」桑弢甫主政調元爲題墓，并刻其《轉蓬集》。余嘗題其集後云：「烏思反哺雉朝飛，四十年來夙願違。賸有知音桑水部，如椽大筆爲輕揮。」「生涯潦倒本前因，太息紅蓮幕裏身。得作詩人君莫恨，世間多少没名人。」

《轉蓬集》孤峭尖新，不讓郊、島。今不甚流布，再爲録存數首。《客中悵賦》云：「鎮夜無眠未熄燈，寒灰和淚撥成冰。術經儂學諸般謬，貧向人言到處憎。入市鬼多嘲未免，舉頭天遠問何能。邇來念我羈孤友，庚癸頻呼亦不應。」《滿眼》云：「滿眼迷途莫問津，終年屈蠖若爲伸。卞和玉已三投楚，蘇季書猶十上秦。月底飛烏栖不定，市中有虎信偏真。誰知餓死尋常事，原是西山採蕨人。」《無夢》云：「一身飄泊鬢毛蒼，十載歸期事渺茫。夢裏也知歸不得，邇來無夢渡錢唐。」《大梁雜詩》云：「三千珠履恣逢迎，公子休誇義俠名。不是如姬竊符命，向風枉刎老侯嬴。」「孝王臺榭舊嶙峋，授簡曾聞集上賓。今日梁園擅詞賦，何人更念長卿貧？」「有人垂淚獨憑欄，細雨江南夢又殘。一闋《浣紗》攤破調，小樓吹徹玉笙寒。」自注：「李後主詞句。」又摘句《郭外》云：「髑髏肥野草，翁仲戴山花。」《春曉雨霽》云：「水深連夜雨，風聚一溝花。」《雨中過滎澤》云：「壁立雙崖對，溝深一綫通。」《狂言》云：「死登竹汗方爲死，生繫匏瓜底用生。」《愁思》云：「美人鳳瑟湘江杳，仙子鵝笙洛浦愁。」《排悶》云：「風月大寬詩世界，乾坤儘放客家鄉。」《旅懷》云：「未能糲飯逢餐飽，猶自新詩盡日哦。」《即事》云：「不離俗態投人刺，難療飢腸壓卷詩。」皆真情實境，並非無病呻吟。

唐薛令之爲太學正，作詩云：「初日上團團，照見先生盤。盤中何所有，苜蓿長闌干。」明皇見之怒，續題云：「啄鷃嘴爪長，鳳凰羽毛短。若嫌松柏寒，任逐桑榆暖。」因斥去之。詳瞿宗吉《歸田詩話》。今人只知薛詩，凡作學官及教書先生詩，恒引用之，若明皇詩，則非甚博雅者不知。

四川高縣文廟，創于康熙丁酉年前邑宰石公，閱七十八載，漸就傾圮。乾隆乙卯年，邑宰周公謀諸紳士，拓地重建。于大成殿後掘地丈許，得石碑一，平覆大石之上。土工以告，周偕董事同往。細視碑上，有四言詩十六句云：「推算先天，九九欠三。鼎造石尹，擇修周官。愈隆愈美，越高越妍。諸生輔翼，科甲綿綿。癸丁壬丙，龍真穴全。毋怠厥識，令子肖賢。要知修者，仍是身前。隱没當日，出現今年。」凡前後修建年代姓氏，以迄辨方正位，一一不爽。惜刻此碑者不載姓名。衆紳士詫爲異事，因欣然出資營造，不日落成。周名謙，號莘圃，仁和人，乾隆壬辰進士，後陞連平州牧。

明蘭谿胡元瑞應麟著《丹鉛新録》、《藝林學山》，專攻駁楊升菴以自炫博雅，不知舛繆處亦復不免。如引《三國志・關壯繆傳》注云：「謂壯繆欲娶布妻，啓曹公疑。布妻有殊色，因自留之。」按此乃秦宜禄妻，非奉先妻也，豈元瑞未覩裴注耶？新安汪秀峰啓淑《蘭谿櫂歌》能證其誤，録之：「排擊新都不少休，《筆叢》著述亦風流。一般也有粗疏處，布婦空誣壯繆侯。」

沈選《國朝詩別裁》，例不録生者，而番禺何晃調孝廉紘教授惠陽，其人尚存，遽入其詩，則誤矣。順德羅履先孝廉天尺因以詩調何云：「豐橋山水鐵橋東，錯認蘇隄有釣翁。薄宦自知春睡足，新詩真與古人同。十年舊話仙成雨，一卷緗編粵國風。誰信坡公無恙在，萬家春熟興何窮。」自注：「『萬家春』，坡公所自造酒也。」後《別裁》經高廟欽定，何詩乃汰去。羅詩名《瘦暈山房集》，何詩名《咄材草》，皆超拔可誦。

詩家稱蓮子爲「湖目」，殊不可曉，陳玉田錫路《黄嬭餘話》辨之最詳。陳云：「《酉陽雜俎》：『歷城蓮子湖周環二十里，湖中多蓮花。魏袁翻在湖醼集，參軍張伯瑜諮爲血羹，不就。袁曰：「必取洛水乃得成。」時清河王諮何義得爾，袁曰：「可思湖目。」清河未解，退語主簿房叔道。房對曰：「藕能散血，湖目蓮子，故令公思。」清河歎服』云云。今若以『湖目』二字爲蓮子之稱，袁當日不煩作此異號，房亦不言出自何書。且房謂藕能散血，而蓮子與藕尚隔一層，則思之亦屬無謂。路意『湖目』『目』字宜作『名目』之『目』解，袁曰『可思湖目』，猶云『可思湖名』耳。良以兹醼集之湖非他，固蓮子湖也。房對『藕能散血，湖目蓮子』，正謂湖名蓮子，則有藕可知。藕能散血，宜羹不就，故使思之而自得也。」玉田，烏程人，歸安籍。乾隆戊子舉人，富陽教諭。

李茶陵嘗謂：「詩太拙則近于文，太巧則近于詞。宋詩之拙者，皆文也；元詩之巧者，皆詞也。」余則謂：「今日無論文、詩、詞，皆尚巧，倘有拙者，必且共斥之矣。」

游戲之作，最足以見人性靈，雖不可梓入本集，而一時命筆，似亦無妨。會稽商莘亭秀才嘉言有《過年二十四詠》，大半詼諧之語。如《散館》云：「跳出兒童大歡喜，踱歸眷屬小團圓。」《還債》云：「茫茫大地無從躲，暗暗明年尚想拖。」《回門》云：「必要雙雙循舊例，却防一一問新婚。」《賭錢》云：「客來拜歲都生厭，兒要抽頭只説輸。」皆足解頤。又有《詠秋草》云：「知他湛露何時渥，要爾嚴霜到處禁。」沉鬱頓挫，而又妙能得寒素身分。

歙令楚人葉楚槐，順治丁酉年纔四十，因公赴宛陵，宿于逆旅，夢一僧持偈示之。其詞曰：「飛錫南來四十春，艱難歷遍是前因。牯牛食盡千觔鐵，寶象踏開一窟冰。頑皮猢猻頻叫跳，辛苦轅駒莫睡覺。鄭州梨、青州棗，識破甜頭一樣好。金刀不截老僧頭，游絲恁惹晴空裊。咦！春風不度玉門關，昨日花紅今日老。」讀畢而寤，亟呼燈録出。次早有僧贈扇一握，扇面所書即夢中偈也。急延入見，已失所在。是秋，葉分校南圍，以場弊環首，眷屬流徙尚陽堡。

三山林西仲雲銘，順治戊戌進士，任徽州司李。勤慎果敢，有守有爲，然不善逢迎，大吏惡之。九年不調，屢瀕于死。後以缺裁另補，遂告終養，不再出。耿逆之變，下獄拷餉，二年不屈。王師至，乃得釋。生平以古文名，不甚作詩。近見其所著《挹奎樓集》，詩雖不多，皆宗唐人。五言如「野花迎屐笑，山鳥避人飛」、「催暝蟬聲亂，乘風葉落輕」，七言如「喧天鼓角家千里，搗月衣砧夜五更」、「閱世既憐甘是苦，逃名端許拙爲工」，皆佳。又有《辛酉除夕・鵲橋仙》云：「新艿掃屋，新符粘户，説是般般更易。窮愁獨不受人除，硬住過、來朝初一。　人情反覆，此生淪落，缺限提他何益。天公半點不留餘，也扣去、今宵三十。」其妻蔡步仙捷亦工詞，《題沈孝女刲股殞命・滿江紅》云：「廢寢忘餐，但指望、萱堂起色。猛聽得、醫人耳語，夜來當絶。擗地誓將遺體代，呼天暗把鑪香爇。按金刀、良藥腕中尋，新調燮。　耐不起，瘡中裂；流不住，樓頭血。向攙扶老父，那堪聲説。白髮春回雙竪夢，蛾眉魂逐三更月。謝夫君、莫怨暫歸寧，成長別。」

「人有詩書之氣方不俗，蓋俗之爲病最苦，而氣之爲義最微。市井駔儈，相與聚談，一涉入詩書成語，其爲俗尤覺增倍。士人寢食於詩書者，無論抗談古昔，辯析經史，即終日隱几抱膝，或向稠人廣坐，學爲市井駔儈，瞋目攘臂，無不超然自遠。何者？詩書之氣有不可假也！」右林西仲《與吳右廉書》中語，余愛其確切，録之。

陶詩「形夭無千歲」，爲「刑天舞干戚」之訛，毫無可疑。獨怪今之刻本，往往有仍作「形夭無千歲」者，特恐其另有出處耳。不知觀下句「猛志故常在」，則灼然可見矣。猶記戊午余應省試，謄録將「放牛歸馬」訛作「於牛掃焉」，可恨復可笑也！

嘉興江萬原浩然博雅工詩，屢困棘闈，晚遂棄去，乾隆初卒。著有《朱竹垞曝書亭詩注》行世。又有《叢殘小語》、《溺笑閑談》二書，雖已付梓，流播未廣。各録數則，以見大凡。其一曰：「孟郊詩『獨速舞短蓑』，陳陶詩『嘯風清獨速』，皆狀竹之聲也。」其一曰：「韓昌黎《赴江陵途中寄三學士》詩：『棲棲法曹椽，何處事卑陬。』『卑陬』二字，諸本失注。按《莊子・天地篇》：『子貢卑陬失色。』『卑陬』，愧恧貌。」其一曰：「鍾繇字元常，取『皋陶彰厥有常』之義。『繇』同陶，非由音也。張翰字季鷹，本『羽翰』之『翰』，乃平聲，非去聲也。自來誤讀。近見湯顯昌《題水村圖・虞美人》詞云：『人間不信有張翰，剪取吳淞空向卷中看。』『翰』獨叶平，雖不肯隨人觀場，然不爲少見多怪者舉而非之也亦希矣。」其一曰：「俗謂卧帳曰『蚊厨』，薛能詩：『高捲蚊厨獨卧斜。』」以上《叢殘小語》。其一曰：「陶潛詩：『道喪向千載。』杜甫《進鵰賦表》：『自七歲所綴詩筆，向四十載矣，約千有餘篇。』又詩：『忽倏向二紀。』

『向』，隔也。」其一曰：「晚唐裴説詩有『瘦肌寒帶粟，病眼餒生花』之句，見《錦繡萬花谷》。東坡『凍合玉樓寒起粟，光摇銀海眩生花』本此。」其一曰：「竹垞自號金風亭長。金風亭舊在嘉興縣西南二里，見晏公《類要》。宋犖詩云：『接席金風舊亭長，懷人《蠶尾》老尚書。』上謂竹垞，下謂阮亭也。」其一曰：「竹垞詩用事極精切，然亦有誤用處。如《明妃怨》云：『青海長雲雪作花，紫臺風急旋驚沙。』按《文選》江文通《恨賦》：『明妃去時，仰天太息。紫臺稍遠，關山無極。』注云：『紫臺，猶紫宫，天子所居處也。』詩則誤以爲匈奴所居處。《題顔司勳寫照》云：『大笑佛事賈，直欲兵呼宋。』按《摭言》：『皇甫湜《與李生書》：「近世偷薄進士尤甚，至有一謙三十年之説。讀詩未有劉長卿一句，已呼阮籍爲老兵矣；筆語未有駱賓王一字，已罵宋玉爲罪人矣。」』詩則誤以宋玉呼老兵。《春浮閣》云：『盡笑張思曼，能牽岸上船。』按《世説新語》：『張思光給假東出，世祖問：「卿住何處？」答曰：「臣陸處無屋，舟居非水。」後日，上以問其從兄思曼。思曼曰：「融近東出，未有居止，權牽小船于岸上住。」』詩則誤以張緒之字爲張融字。」以上《溺笑閑談》。

「虎丘佳氣鬱蒸蒸，人上雲梯五十層。游遍迴廊參遍佛，只逢紅袖不逢僧。」白下黄小癡上舍之紀《虎丘雜詩》也。「百貨分棚走五都，寺門一徑落紅鋪。如何倚市摩登女，自賣春宵秘戲圖。」吾鄉李東采觀察堯棟《春日游虎丘》絶句也。山塘風景，宛然在目，讀之令人失笑。

東采觀察《秦淮懷古》有句云：「西風秋柳王司李，流水棲鴉紀阿男。」又云：「薄命休逢吴祭酒，憐才誰似顧横波。」雖皆用國朝故典，而人人盡知，所以爲佳。

會稽韓蕚桴汝韡與從兄鴻軒昂集王次回句爲《無題》七律各八十首，較張雲軒制所集多至十倍，真奇觀也。各録二首，庶不負其剪綵之勞。蕚桴詩云：「須占看花第一籌，笑談時頗涉風流。鸞飄鳳泊知無限，燕妒鶯猜卒未休。靦腆故嫌移燭影，睡情纔上艷星眸。憑誰囑向銷魂道，但願蓮開是並頭。」「且喜狐蹤曲折通，雲英教捧醉朦朧。練裙文襪般般似，螓首蛾眉院院同。窗下有時思夢笑，歡筵無暇訴愁衷。烟花徑路從來窄，暗數恩私一歲中。」鴻軒詩云：「斷雲零雨數聲中，不道心同態也同。惜別倍添歌宛轉，薄情猶自認朦朧。焙笙月給千籠炭，隔淚燈摇一點紅。忽覺眼前顔色換，陽烏初射石屏風。」「倘容張碩伴神仙，好夢關心記未全。薄福儘銷銀燭下，唤聲低徹枕函邊。天公定恕風流罪，好女難參月上禪。花影一瓶香一榻，已拚蕭淡送餘年。」蕚桴詩以清麗爲主，佳句如「簾額尋香飛鳳子，牆腰抛簳長龍孫」，《春日偶成》句也；「天遥萬里杳無跡，人静一村微有香」，《月下尋梅》句也；「禪關悟透心偏淡，閨閣吟成姓也香」，《詠柳絮》句也。皆不讓元人。

近于友人摘句詩本中，得見仝車同軌詩二聯，皆有姿致：「千里塞雲迷塞月，一燈秋雨亂秋蟲。」「平安且喜能歸里，消息翻愁即到家。」後一聯非久客初歸人，不能知其妙處。車同曾見賞於漁洋，而詩無一句流傳者。即此殘鱗片甲，彌足貴也。

《東家雜記》首列《杏壇圖説》，記夫子車從出國東門，因觀杏壇，歷級而上，顧弟子曰：「兹魯將臧文仲誓將之壇也。」睹物思人，命琴而歌。其歌曰：「寒暑往來春復秋，夕陽西下水東流。將軍戰馬今何在，野草閑花滿地愁。」此歌大似後世七絶詩，《雜記》爲先聖四十七代孫某所編，不知其何所徵信而遽收入。然以詩品論之，亦屬唐人高手。

吾越春餅，其大如盤，其薄如紙。業此者以指蘸麪，輕輕塗鑊上，一熱便揭下。其製迥殊北省之烙鐮、江南之薄餅。春日，人争市歸，以裹筍炒肉供客。三月以後，則無有矣，故曰「春餅」。陶篁村元藻有《詠春餅·沁園春》詞云：「彼餦餭些，抑餺飥兮，物維其時。看釜底絪緼，一輪月魄；爐邊翻覆，幾疊雲衣。剪燕芳辰，放鳩韶景，飽啖東風佐酒卮。玲瓏影，覺真堪映字，豈獨充飢。此中肉味能知。任蔬筍相兼氣亦宜。自元夕張燈，賓筵首列；清明上冢，蠻榼猶攜。殊費調和，不關捶打，西北蒸炊識者稀。如棉樣，只廣微一賦，寫照精微。」寫來逼真。又有《詠雨·虞美人影》詞云：「雨來便是愁來到，快把芭蕉删了。省得夜闌人悄，滴滴將心搗。花枝解恨花都惱，紅褪香銷多少。偏滿庭芳草，染得青青好。」亦楚楚有致。

還淳方樸山婺如《贈陶篁村》絶句云：「中黄力巨象未試，泙漫技成龍可屠。一第溷子須時耳，千佛名經其捨諸。」生硬奇崛，大似昌谷、昌黎。

漁洋山人晚年又號詩亭逸老，見殷彦來譽慶《消寒集詩》自注。彦來，江都人，漁洋門人，亦號蘧齋。又漁洋私謚文介，見劉葛莊廷璣《在園雜記》。乾隆乙酉，補賜謚文簡，真詩人之榮遇也。

漁洋聲望既重，天下仰爲龍門，噉名者走之如鶩。祭告南海，見順德潘秀才鳳升詩於古刹，歎賞，欲見之，獨辭不往。鳳升字梧軒，與兄鳳昌字梧齋俱以能詩名，時稱「二梧」，而詩皆不傳。

朱仙之勝，鄂王遭戮；符離之敗，魏公無恙。賞罰不明，于此爲極。竊怪今人以南軒故，往往爲魏公曲護。楊養齋有涵有絶句云：「朱仙奏捷未全軀，棄甲歸來復秉樞。戰敗不誅誅戰勝，厓山從此是皇都。」末句最尖泠。

康熙初，長汀黎媿曾副史士宏令江西之永新，多異政，而性風雅。其俗，各鄉皆事劉先主爲案神。會春日賽神，兩鄉争道，互控於縣，詞稱「彼家劉備欺我家劉備」。黎閲之大笑，當堂作《洛陽春》一闋，各撲其首事而遣之。其詞曰：「笑殺兩家劉備，空争閑氣。一身且自不相容，還要桃園結義。多是小人生事，有何干係。輕輕十板各歸家，還算縣官省事。」

《張太史塾課》，相傳爲南城張曉樓江所著，清空流利，近時童子初學制藝，每誦習之。然與曉樓稿之渾灝堅凝，筆氣殊不類。壬申仲冬，余客永豐，見其邑鄉先輩陳素軒學海時文稿，十有八九借刻張氏《塾課》，宿疑乃釋。素軒，康熙癸巳進士，由恩縣令入爲刑部主事，洊陞侍御。以事謫戍，賜環後，授檢討，旋卒。亦工詩，著有《友寒集》，頗近陶、杜。録其《和姚聖湖詠懷》云：「東方有一士，鶉結衣不完。孺子易且侮，踐踏同敝冠。匪由氣誼薄，金盡人無顔。軒冕雖倘來，得失榮辱關。以兹鄙夫志，模稜持兩端。詎知百年事，渾如棋局彈。卓哉藍采和，踏踏騎玉鸞。何當脱塵去，並舉凌廣寒。」

近日最可笑者，刊刻《文昌陰隲文》、《太上感應篇》、《關帝覺世經》，於大小試放牌時，逢人輒投一紙，以百以千，藉此了願。不知人人視爲陳言，抛棄寓舍，拉雜摧燒之，至爲罪過。庚午余應秋試，得《陰隲文詩》一本，每陰隲文一句，作排律一首，頗有親切之語，惜不載撰者姓名。《敬兄》云：「不用傷煎豆，旋當悔斫荆。」《勿淫人之妻女》云：「擎珠從掌護，舉案與眉齊。」《造千萬人來往之橋》云：「兩堤緣似蝗，一道化如虹。」《慎獨知於衾影》云：「隱微皆見顯，夢幻亦工夫。」

國朝吾郡賢守，俞卿爲最，迄今百年，民無異詞。余近于友人處見孫士文本禮所撰《叛聖欺君述》，專意毁謗俞公，謂其極酷奇貪，千古無兩。即所創立蕺山書院，亦誣指爲俞公游觀之地。卷末又有《貪酷秘訣歌》「紹府俞卿，貪酷自尊。威勒僚屬，加耗嚴刑。獄訟顛倒，苞苴公行。控府不准，越告重懲。上下拑制，民怨莫伸」云云，計共六十八句，變亂是非，亦《碧雲騢》之流亞也。俞卿字元公，號恕葊，雲南陸涼州人。康熙辛酉舉人。

「日月却從閑裏過，功名不向懶中求」，岳忠武贈方逢辰句也，見家集。骯髒不平之氣，於此可見。按忠武，淳熙六年賜謚武穆，寶慶元年改謚忠武，景定二年改謚忠文。明洪武九年稱武穆，隆慶四年稱忠武，萬曆四十三年稱忠文武穆，又封爲三界靖魔大帝。

上虞倪文貞元璐、烏程凌忠清義渠，偉節凌霄，原不藉詩始傳，即以詩論，亦未易才也。乃沈選《明詩别裁》倪只取《皇極殿頌歷》一首，凌并一首不取。雖以詩存人，不以人存詩，自有成例，然或未見二公全集故耳。余曾見二公全集，詩皆不多。倪詩奇峭古艷，而仍大氣包舉。《游飛來峰》云：「未寫亦稿子，連天雲一團。花情如石冷，鳥語逼人酸。溪合雨成拍，峰無嵐不冠。湖山饒鍊格，政在杳茫間。」《泛湘湖》云：「叫破鵬鷀夢，粗吟與細呼。柔風扶病櫓，瘦雨點酸湖。舫額誇題米，堤身盜姓蘇。山山有新意，不是畫葫蘆。」《雨後行東阿道中》云：「如此風光便可圖，不由雨不化醍醐。小批花面塵三斗，大展山前月一湖。獰石魏公偏嫵媚，輕烟吕相不糊塗。還看遍地明光錦，此却應封阿大夫。」《送徐水部奉使荆關》云：「商船如蟻客如絲，今日開關較昨遲。底事郎官忙一曉，未曾完得遠山眉。」自注：「徐方就婚。」又摘句：「蠹心癡脉望，鳥計妙寒號」、「銜官班屈宋，兒子第融修」、「絲雲抽藹谷，針雨刺紋沙」。凌詩幽秀雅麗，七絕尤勝。有《前》《後雜憶》二十絕，皆佳。今録其四：「曾淹静夜話移時，不定花魂猝未持。是鬢生香香附鬢，微粘枕畔氣絲絲。」《眠》。「别有清思寂未傳，妙香初試颯成烟。相逢祇自疑唐突，却立逡巡不敢前。」《默》。「鬆來條脱擲還收，生小無拘得自由。可是嬌慵可是悶，闌干倚遍未梳頭。」《癡》。「狼籍尋芳悔獨遲，殘鶯空復立殘枝。問誰曾拂當年面，的的春光十五時。」《稚》。又摘句：「遠山近暮浮眉色，蓮子初開隱笑痕」、「佳人南國經春鎖，公子西園愛夜游」。

王、李，鍾、譚，論詩者每紛紛不相下。然果能取王、李之雄渾，而去其浮廓之舊面目；取鍾、譚之真摯，而去其雕搜之假性情，又何嘗不各成其妙？

《硯齋詩談》，康熙中膠州張稚松謙宜所撰。書不多見，取其有當鄙意者，輒録數則：「古人文章，各有體裁。若今詩專主理，即何不爲有韵之四書、五經，而須後人之叨叨置喙耶？況善談理者不滯于理，美人香草、江漢雲霓，何一不可依托，而直須仁義禮智不離口，太極天命不去手，始謂之談理乎？人多謂詩貴和平，只要不傷觸人。其實《三百篇》中有駡人極狠者，如『胡不遄死』、『豺虎不食』等句，謂之乖戾，可乎？蓋駡其所當駡，如敲撲加諸盜賊，正是人情中節處，故謂之和。又如人有痛苦，便須著哭；人有冤枉，便須著訴。如此心方鬆爽，故謂之和平。只這兩字，人先懂不得，又講甚詩？」「無興致，不必做詩；無意思，不必做詩；無實事，不必强拉入詩。」「詩學要博，却不許雜；詩學要專，却不許急。」「凡人才力學識無有不偏者，要須早自覺悟，時爲救補。設若喜壯麗一路，久之必有粗厲的病，當以温雅濟之；喜淡遠一路，久之必有枯瘦的病，當以英華濟之。然須按類增益，不得向鰒魚鍋中煮狗肉。」「用奇字奇語，全要有配有襯，不則似乞丐破帽上嵌夜明珠。」「作填色堆花詩，必須意不爲詞所揜。如米家山，墨點迷離中，石理宛然。若止是一片墨暈，夫誰不能？」「《騷》學不深者，切莫惹昌谷，恐只學得他一片墨暈耳。」

順治中，西泠十子爲張秦亭丹、吴錦雯百朋、陸麗京圻、陳際叔廷會、虞景銘黄昊、柴虎臣紹炳、孫宇台治、沈去矜謙、毛馳黄先舒、丁飛濤澎，同以詩鳴。惟錦雯、際叔、宇台詩從未一見。偶于《吴越詩選》中得見數首，因各録其一焉。錦雯《毘陵道中》云：「换艇入晴川，春光倍可憐。好風挂帆闊，落日蕩舟圓。岸柳依依緑，汀花灼灼鮮。蘭陵多美酒，不得少流連。」際叔《邊庭秋怨》云：「黄花磧裏雁南翔，白草原頭一望鄉。此日空閨刀尺動，那知邊塞早飛霜。」宇台《閨情》云：「池邊楊柳疏，井上梧桐落。裁衣寄遠人，嚴霜下綃幕。」《吴越詩選》，康熙初山陰朱朗詣士稚、慈谿魏雪竇畊、歸安錢允武纘曾所輯。共二十二卷，專録浙江人之作，而他省之流寓者，間亦略載。今罕流行，余曾於豫章市上見之。

六紅詩話卷四

山陰呂善報玖芸

金谿馮夔颺詠，康熙辛丑，年已五十，始與弟禹拜謙同入詞林，時人榮之。然夔颺以制義知名天下，而詩方清妙，竟爲所掩。「荒城雲近堞，孤戍雨連山」，《邵陽》句也；「防秋三尺劍，設險一丸泥」，《宣化》句也；「磯水因風急，江雲挾雨飛」，《青山磯》句也；「長筵喝雉花前酒，短褐騎驢雪裏梅」，《即席》句也。

姚麟祥，仁和諸生，陸筱飲解元飛師也。有孝子之目，中年而殂，無子。幼時有句云：「月自梅花背後來。」時人爭賞之。

趙恒夫吉士以給諫罷官，隱居宣武門外之寄園，賦詩飲酒其中。有于儀部某寄給諫七律四首，給諫依韵答之。自後皆叠此韵，久之得千餘首，顔曰「千叠餘波」，付梓。其書不甚行，聊摘數聯于左：「昔已能文今更武，壯而學劍少工書」、「竹雨掃墻頻潑墨，松風翻案亂開書」、「欲貴已羞卿子弟，勞生何事役兒孫」、「風翻澗面山浮動，石壅川心水滯流」。給諫，順治辛卯舉人，休寧人，錢唐籍。著有《寄園寄所寄》，今尚行世。

「瓊瑶樓閣朱微抹，金碧峰巒粉細勾」，孔云亭尚任《桃花扇》劇中賞雪句也，寫富貴人家雪景，真確不可易。

山陰傅又康秀才德涵，余同硯友也，素不以詩名。庚午秋日，又康歸自嶺南，以近作見示，佳句頗多。如《秋柳》云：「與誰别去夕陽外，使我愁來殘月時。」《落葉》云：「烟林缺處窺天小，庭樹空來受月多。」《詠梅》云：「桃李春風看後輩，酸鹹功業記前程。」《夜過皋步》云：「雙槳白翻波面月，一燈紅上酒家樓。」皆不愧宋人。又有《詠粤潮》云：「一篙新漲碧瑠璃，順水行舟似馬馳。寄語舟人休快意，須知潮落逆行時。」末句非深于閱歷者不辨。

或問：「『貧能行樂仙應妒，老不逃禪佛亦愁』是何等人語？」余曰：「此有卓識、有定力、真讀書人語也。」又問：「是何人詩？」余曰：「以國朝論之，非袁子才，則查初白。」後檢袁全集，果見之。

寒山詩「柳郎八十二，藍嫂一十八」、「貧驢欠一尺，富狗剩三寸」等句，固詩中别派，然不善學之，易入魔道。惟山陰宋雪君秀才梅效梵志三絶，乃真神似：「睦州陳蒲鞋，東村王大姐。是聖還是凡，騎馬更覓馬。」「有漏無漏因，入世出世法。若遇馬駒兒，西江一口呷。」「從迷以積迷，因夢又生夢。稚子弄影兒，以爲影所弄。」

「鐵騎長嘶薄建康，議和議戰總淪亡。鸛鵝春散將軍壘，蟋蟀秋開宰相堂。海上孤兒沉趙氏，夢中故土索錢王。須知天意成南渡，艮嶽山先號鳳凰。」邵無恙《錢唐懷古》詩也。沉雄排奡，有開元、天寶遺響，亟録存之。無恙名颿，號夢餘，山陰人，大興籍，乾隆庚寅舉人，官金匱令。

古人作詩多無題，而題即在詩中；今人有題方作詩，而詩不出題外。古人作詩不限韵，而韵即隨乎詩；今人限韵方作詩，而詩每縛于韵。古人肯安拙，拙極而巧，自生天籟也；今人好弄巧，巧極而拙，愈露人籟也。天籟逸，人籟勞。

黄崗劉克猷子壯、漢陽熊次侯伯龍，順治己丑同登鼎甲，劉第一，熊第二。以制義名天下，世稱「熊劉」，至今宗之，而詩絶不傳。偶于《湖北詩録》中各録得一首，筆意皆近大曆十子，可存之作也。劉《喜外弟周汝登至》云：「良朋聚合猶興感，何況天涯得弟兄。兵火十年驚汝在，風烟千里滯吾行。僅將離亂燈前憶，細訴詩歌別後情。好月未來當自醉，寒光歷歷倚窗生。」熊《送宋牧仲下第回商丘》云：「只爲秋風續楚歌，天將宋玉故蹉跎。承家不在科名早，落第真如噩夢過。懷有雙珠愁白日，囊餘一劍渡黄河。羞稱獻納空揮淚，潘鬢蕭蕭木葉多。」

「種花密似連塍菜，蓄硯多於負郭田」、「高林遮院緑無縫，小硯點書紅有情」，遂寧張船山太守問陶句也。「密」字、「多」字、「情」字皆妙，而「縫」字尤奇。

仁和宋茗香助教大樽詩專以漢、魏、六朝及太白、王、孟爲宗，風骨高騫，矯然傑出。著有《學古集》四卷、《詩論》一卷。余尤愛其《月下有懷》云：「獨有銀河水，長天萬里流。如何流不盡，此是古離愁。齊縷幾時繫，木瓜誰所投？攬衣月中起，仿佛洞庭秋。」《喜徐溉餘水部自塞外還朝》云：「關外更逢關，山前復有山。上天疑地盡，垂死竟生還。泣斷高堂夢，年催壯士顔。河流與歸客，作伴到人間。」

函牛之鼎，一旦立之以烹雞，多汁則淡而不可食，少汁則焦而不可熟。大器之于小用，固有所不宜也。太白曰：「寄興深遠，五言不如四言，七言又其靡也，況束之以聲律，不幾如俳優哉？」蒙亦謂近體有止境，古體無止境。君子之於學也，爲其難者而已。

曲寫閨怨，如水益深，如火益熱，非教也。「我心匪石」，性不可改；「不能奮飛」，義不可去；「實命不猶」，命又不可挽。《蝃蝀》止奔，曰：「不知命也。」知命若此，不知命若彼，千古英雄失足，豈不以此哉？此及上一條皆見《茗香詩論》，余愛而摘録之。

辛未冬，余客豫章臬署，俞杏林以徐補鷗詩見寄，且云：「補鷗詩以含蓄爲宗，似出我輩之上。」細讀之，洵然。擇其尤者，録存三絶。《夜渡漳河》云：「一代豪奸付逝波，漫教對酒復當歌。我來偏見烏飛夜，淰淰寒潮月色多。」《宜昌驛九日》云：「支離客路費料量，晴亦糢糊雨更忙。忽地黃花驚到眼，數來今日是重陽。」《探梅》云：「寒山瘦石絶人蹤，萬樹蕭條凍雪封。一月蒙頭中酒睡，爲他呵手一携筇。」補鷗名德瑞，江西龍南人，嘉慶庚申舉人。

「昔年曾見此湖圖，不道人間有此湖。今日打從湖上過，畫工猶欠着工夫。」俗傳倭使《西湖》詩也，不知實從元文宗《道中望九華》詩脱胎。文宗詩云：「昔年曾見九華圖，爲問江南有也無。今日五溪橋上望，畫師猶自欠工夫。」

「田間住却携鋤手，來與諸公話白雲」，此仁和布衣吴西林穎芳《喜朱林表汪槐塘過訪》七絶落句也，詩存本集。《雨村詩話》以爲鄂文端爾泰詩，緣文端世亦稱「西林相國」，故誤吴爲鄂耳。

長洲陸杏村象拱有《過七姬廟》七絶云：「孤城支守勢將傾，猶有蛾眉畢此生。誰與芳魂傳姓氏？徐程段翟卞羅程。」末句奇極，是從大官令「枇杷橘栗桃李梅」化出。按元末張吴左丞潘元紹妾程氏年三十，翟氏年二十三，徐氏年二十，段氏年十八，卞氏、羅氏、程氏年皆二十二。至正丁未，明兵圍蘇，七姬相繼自縊。後人哀而祀之，爲合葬於府西北潘氏後園。張羽作傳，宋克書碣。杏村曾官陝西寧條梁巡檢，著有《對柏山房集》，頗善詠古。《過唐玄宗泰陵》云：「千秋治忽垂金鑑，一代風流殉玉環。」《岳鄂王墓》云：「一門怨獄成三字，五國英靈泣兩宮。」《劍閣》云：「界劃雍梁雄踞地，星分參井仰捫天。」皆妙。黄崑圃侍郎、沈歸愚尚書爲之序，亟稱賞之。

「芳草含烟暖更青，閑門要路一時生。年年檢點人間事，惟有春風不世情。」此唐羅鄴詩也。國初錢塘王丹麓晫亦有詩云：「聞説長安花滿城，看花但覺馬蹄輕。多愁不爲余吹去，堪笑春風亦世情。」翻羅案，正可與羅並傳。丹麓又有《九日陰雨有感》云：「薄寒細雨怯登臨，羞對黄花白髮侵。漫説人情多反覆，重陽也自變重陰。」坡詩「積霧開重陰」。

五言八韵應試詩，近人詩話中多不屑道及，然崔曙之「曙後一星孤」、錢起之「江上數峰青」，以此得名，何嘗非應試詩耶？錢唐吴縠人太史錫麟所著《有正味齋集》，余最喜其應試詩，沉博絶麗，而仍一氣盤旋，純以排律之法行之。佳句如「漸開晶箔軟，初試剪刀工」，《東風解凍》句也；「妓作林泉友，兒驅草木兵」，《謝傅東山》句也；「高撫仙人掌，低垂玉女鬟」，《春山如笑》句也；「肝膽酬公子，頭顱泣美人」，《平原君相士》句也。皆有唐人魄力。

陳文裕子龍與李蓼齋雯、宋轅文徵輿撰《明詩選》，其序曰：「詩衰于齊、梁，唐振之；衰于宋、元，明振之。齊、梁之衰，霧縠也，唐黼黻之；宋、元之衰，沙礫也，明英瑶之。」其論最妙。然余謂過愛黼黻，將臺笠襏襫之不知；過愛瑛瑶，將菽粟稻粱之不識。學唐、明者，又不可不防其漸也。

余舊作五律，結句有云：「爲問逍遥者，公卿换得麼？」亦不過隨手趁韻而已。傅三影槐見之，大以爲詬病，且云：「唐人用韻，決不如此粗俗。」余雖領之，未暇改也。後閲唐詩，見殷文圭「擬把公卿换得麼」，余竟似全用其語，無心暗合，因不復改。三影，會稽人，頗好吟詩，不敢輕作。二十餘年，祇得詩一百有奇，近已付梓。「三疊聲寒雲外戍，六朝夢斷酒家樓」，其《詠秋柳》最得意句也。

商寶意盤有《五憎》詩，亦西樵考功《蟲豸》詩之流亞也。小中見大，不愧文人吐屬：「誰謂汝無牙，夜夜穿我壁。異哉梁簡文，愛此承塵跡。」《憎鼠》。「作賦聞卞彬，紆青更拖紫。令僕世間榮，厥狀乃如此。」《憎蛙》。「蚊母出西方，蚊樹生南海。負山縱無能，聚雷誠可駭。」《憎蚊》。「占候居頻徙，争雄鬭未殘。先生方睡熟，無夢到槐安。」《憎螘》。「曾從座上捫，偶向褌中出。小臣盧玉川，告天天不識。」《憎虱》。

嚴羹和，陝西咸寧人。性孤峭，以授徒自給，晚年始登賢書。有《峽石道中》一律云：「匹馬亂雲中，崎嶇絶境通。千盤懸鳥道，萬仞下龍宫。世事驚山變，人情到海空。可憐爲名者，不敢説途窮。」頗有盛唐魄力。又自題其扉云：「一門琴瑟清於水，四面蓬蒿長過墻。」清況可想。永豐尉楊書亭國秀，其門人也，嘗爲余言之，惜忘其名。

李此山端本，吾鄉老布衣也。工書法，以右軍爲宗，名噪一時。兼善畫石，亦有逸致。性孤冷，不喜與人接。晚年家益窘，因自顔其廬曰「若此山房」，蓋以齊人自況也。著有《越州竹枝詞》百首，頗清雋，節録三章，以存其人：「鶯鶯燕燕好音奢，纔賣櫻桃又賣瓜。韵事逼人閑不得，緑陰坪上試新茶。」「避暑聯吟到吼山，偷將片刻午風閑。清涼夢覺歸舟晚，蕩破菱塘月半彎。」「買得門前半畝湖，環籬種竹蔭蓬廬。幽居莫道無珍饌，三月龍孫九月鱸。」又王笠舫進士衍梅有贈此山一律云：「老李狂歌六十年，功名富貴兩蕭然。窮途破涕還成笑，薄俗談心更可憐。畫上次山新丐論，酒中太白舊詩篇。憑君字字如珠玉，擎向朱門直幾錢。」可以想見此山爲人。

昔司空表聖作《二十四詩品》，近袁子才仿之，作《三十二詩品》。綜而論之，司空之《詩品》，爲閲詩者區其等次也；袁之《詩品》，爲作詩者道其甘苦也。合之兩美，則缺一不可。

詩人論詩，無定而有定，有定而仍無定。余最恨狂生東塗西抹，自命爲曠世之才，目無古人。又最恨傖父拘文牽義，固執一偏陂之説，薄視今人。

《禹貢》「九江」，宋人以爲在洞庭，謂沅、漸、元、辰、叙、酉、澧、資、湘九水也。余竊疑既有沅，不應復有元。後見望江檀點齋萃《九江辨》，謂元水當作無水，「無」古作「旡」，與「元」筆畫相近，故誤以爲「元」也。

《儀禮・士昏禮》，鄭注：「日入三商爲昏。」馬疏：「日未出、日没後皆二刻半，云三商者，據整數言也。」《正字通》：「商乃漏箭所刻之處，古以刻鐫爲商，所云商金、商銀是也。刻漏者刻其痕，以驗水也。」則「商」字應作商，式陽切，音傷。近今或有誤作「商」者。按《康熙字典》：商，都歷切，音的，本也。又施隻切，音釋，和也。並無刻鐫之義。雖蘇舜欽之「三商而眠，高舂而起」作「商」，夏竦之「五夜持宵，三商定夕」作「商」，古人兩用之，《佩文韵藻》亦兩存之。然以《字典》細覈之，則作「商」者畢竟是「商」字之誤，後人正不得震舜欽之名而引以爲據，且代爲文過也。

近人詩集詠物多者，無過馬朗山制府慧裕《河干詩鈔》。余既録其最佳者入《詩話》矣。今又見王簣山吏部賡言《車中吟存稿》，則全集皆詠物之作，與制府可稱雙美。《詠紙鳶》云：「跕跕飛鳶戾碧空，片雲摇曳忽西東。吹嘘已到青冥裏，操縱仍歸掌握中。未許追隨來燕雀，偶因游戲逐兒童。十旬頗得泠然趣，想像鴻毛遇順風。」《詠湯圓》云：「傳柑佳節興偏饒，碾米團香異味調。且喜弄丸誇妙手，有誰抛玉值良宵。捫胸已快珠璣滿，果腹能令磊塊消。人日菜盤元日酒，共添春色上眉梢。」《詠月餅》云：「蟾宫高處不勝寒，餅餌餘香薦粉團。留得一規清影在，佳人再拜勸加餐。」《詠針》云：「一綫工夫取次添，新愁舊恨惹眉尖。鴛鴦學繡春心亂，手把金針竟倒拈。」《詠牙梳》云：「美人晨起曉妝成，斜掠雲鬟雁齒平。疑是陽臺行雨後，一彎新月入簾明。」又「採剛逢五月，求不待三年」，《詠艾》句也；「榮枯千古事，風雨一家春」，《詠紫荆》句也。亦雅切。簣山，諸城人，乾隆乙卯進士。

陸放翁《除夕》詩：「黎明人起换鍾馗。」胡浩然《除夕》詞：「荼壘安扉，靈馗挂户。」又《五代史・吴越世家》：「佐卒，弟倧以次立，歲除，畫工獻《鍾馗擊鬼圖》，倧以詞題其上。」古人過年，必挂鍾馗，於此可證。今則惟懸於端午節，其更改之始，竟不可考。

會稽商莽亭嘉言，胡松坪大宇之師也。爲詩富麗工整，余惜未友其人。松坪屢誦其詩，記其《詠莫愁湖》云：「家在河中真富貴，客來湖上便風流。」《贈友》云：「愛酒未嘗浮大白，耽書從不下雌黄。」

《壽內》云：「廡下豈嫌鴻案舉，井邊難挽鹿車回。」《自題過年雜詠》云：「千古冬烘傳話柄，一場春夢赴吟毫。」《感懷》云：「書中那有黄金屋，天上偏無白玉樓。」松坪之兄拙耘繁錦，亦師莽亭，惜早夭，余未識面。松坪嘗誦其《詠紅葉》云：「乍看老樹披宫錦，可有新詩託御溝？」《病起》云：「寒爐灰賸三分暖，黍谷陽回一綫春。」皆不愧師承。

古人臨終詩，惟林和靖、陸放翁最著。邵夢餘明府飆有《臨終》一絶云：「荒塚能尋客亦佳，不須澆酒但澆茶。嘔成斗血埋何處，散作春郊百種花。」胡松坪擬於春日邀諸詩人醵金澆茶墓下，果爾，亦詞壇佳話也。

「數日盤桓事果真，歸來爲甚便忘津？漁人恐係春成夢，誤入桃源不是身。」吾師邵武王子堅夫子礶《題桃源圖》詩也。夫子精岐黄，兼工繪事，而賦性剛毅。以乾隆己卯舉人，令江西之永寧十年，不名一錢，去官後猶以醫自給云。

大興邵楚帆總憲自昌有《香奩韵事詩》五十首，寫閨中瑣事入微，亦元亮之賦《閑情》也。聊存其四：「畫梁閑看燕將雛，一徑萱花小雨濡。阿母書來羞竟讀，隔年頻問有身無？」「香霧濛濛月半陰，燒殘銀燭夜初深。檀奴倚醉偏狂甚，忘却春寒蓋繡衾。」「細膩風光只獨知，雙鈎容易與郎持。小姑嫁後工回謔，不似當初暈臉時。」「花裏房櫳月下樓，十年長擁合歡裯。枕邊細數團圓夜，除却離家總並頭。」

詠十四夜月，余舊有句云：「只愁盈易缺，不是怕團圓。」俞杏林國琛亦有句云：「將滿便懷殘月恨，可人最是未圓時。」意雖略同，而余終遜其醖藉。杏林近以新梓《驪爪》、《驎椶》等集見贈，恬吟密詠，真能得此中三昧者也。再録數首，以見余非阿私所好。《小除日題時憲書》云：「賸有數行在，一年塵事多。故吾猶復爾，新歲較如何。日月埋頭易，寒暄轉眼訛。燈前頻顧影，壯志肯消磨？」《讀姜怡亭詞有懷》云：「詞是君家事，堯章一瓣香。花明深院寂，雨暗晚山涼。此境誰能喻，伊人不可忘。吟情應更苦，莫遣鬢毛蒼。」《春日偶成》云：「蝸殼端居晝掩關，狂懷病嬾興全删。學荒羞見詩書蠹，家窘恩容僕婢頑。一歲每嫌春易老，萬緣併覺夢難閑。何當鼓柮城南路，賞盡藏雲兩岸山。」《病後言懷》云：「不被人嗤不直錢，生成傲骨且隨天。飽嘗世味貧中趣，冷透機心病裏禪。白璧試燒寧畏火，牡丹雖好可如蓮。回頭一覺章華夢，雛鳳飄零十九年。」《讀討武曌檄》云：「鸜鵒呼風攬李林，義烏一檄見天心。無功也博遺才歎，敵國蛾眉是賞音。」

涇縣教諭黄學存崇蘭，懷寧人，乾隆辛卯舉人，輯《國朝貢舉考略》二卷。凡鄉會主考名號、籍貫，及所出題目，解元、會元、狀元、榜眼、探花姓名，莫不細載，并採軼事。有可入《詩話》者，輒録存數則。其一云：「康熙壬戌狀元蔡升元，庚戌狀元啓僔從姪也。升元及第日，父啓賢年甫四十有六，有《紀恩》詩云：『君恩獨被臣家渥，十二年中兩狀元。』」其一云：「常熟汪玉輪繹中康熙丁丑會試，未對策，以外艱歸。庚辰服闋北上，邵青門陵贈以詩云：『已看文彩振鵷鸞，重向青霄刷羽翰。往哲緒言吾解説，狀元原是舊吴寬。』及殿試，汪果大魁天下。」其一云：「雍正癸丑，陳定先倓以廣文中會狀，其友某調以詩云：『三載凄涼冷署秋，此番高出衆仙儔。教官金榜非難事，難在蓬萊最上頭。』陳，儀徵人。」

其一云：「乾隆甲戌狀元莊本淳培因素負才華，其兄方耕存與先中乙丑榜眼，本淳調兄詩云：『他年令弟魁天下，始信人間有宋祁。』至是果然。」

銅雀臺瓦硯真者極少，而價頗貴。劉素山儀部蕭《銅雀臺》結句云：「鋸鋙欲碎澄泥硯，片瓦千年臭尚遺。」可謂筆挾風霜。儀部，余外舅竹莊先生祖也。康熙戊午副榜，任莘令，行取禮部主事。著有《凌雲閣詩》，未梓，故不流傳。《過泰山》云：「但聞天下小，不見泰山高。策馬行其麓，西風捲鬢毛。晴巒浮霽色，絶壁響雲璈。去去征途遠，前村買濁醪。」一氣舒卷，滅去對仗痕迹，非太白不能。又高齊時建香薑閣，其瓦亦可爲硯，今人知者絶少。

「朔風又似離弦箭，破傘真成走雪圖」，許雲巢炤《冬暮北行》句也；「數間茅屋精於小，一帶籬笆好在低」，俞奉之廷璋《野眺》句也。同有畫意，一則讀之令人嘆行旅苦，一則讀之令人羨村居樂。

奉天于或作喻。勤襄成龍，《漁洋詩話》、《隨園詩話》皆載其詩，豪情逸氣，余最喜誦之。近于《池州府志》中又見數首，真不愧唐音，惜以勳業掩其詩名，亟録存之，以志景仰。《登藥師閣》云：「自昔開蓮社，今來始一過。花深人徑少，水漲板橋多。薏米吹仙竈，香蔬摘露荷。風流饒邑宰，吟興復如何？」其二云：「清話閑揮麈，高齋坐夕曛。論交存古道，合掌厭時交。小郭鳴秋杵，寒山出夜雲。怪來車馬客，終日念離群。」《九華山》云：「華東華西山水佳，吾將遺身棲紫霞。受籙步虚朝玉闕，秘要駐顔餐胡麻。金樽瑶琴響幽壑，古澗清泉流落花。須知遼海還丹客，愁向人間問歲華。」《費拾遺書堂》云：「少微高隱白雲端，苦塊圍爐血淚乾。丹詔身榮全節易，孤臣心死報恩難。空山日落猿啼急，古墓松深月到寒。流水不關人代謝，秋生巖谷野花殘。」按費拾遺名冠卿，字子軍，唐元和二年進士。未拜官，聞母病革，奔泣抵家，而母已葬矣。遂廬於墓側，哀慟不輟。長慶二年，殿院李仁修舉冠卿孝節，召拜右拾遺，辭不就，賦詩云：「三千里外一微臣，二十年來任運身。今日忽蒙天子詔，自慚驚動國中人。」遂隱於少微峰下而終。

杜荀鶴字彦之。會昌末，牧之守秋浦，妾程氏有孕，妻逐之，以嫁石埭長林鄉人杜筠，生荀鶴。大順初，荀鶴擢進士第，授翰林學士、主客員外郎，知制誥。故牧之有《示兒阿宣》詩云：「一子呶呶跨相門，宣乎聞此若而人。長林管領閑風月，却有佳兒屬杜筠。」今人謂荀鶴爲牧之微子，觀此益信。

吾浙江山船户只有九姓，自相婚配，不許應試出仕，亦不許移家岸上，謂之「九姓漁船」。每歲納税於建德。凡坐其船者，稱船户曰「同年」，稱其妻曰「同年嫂」，稱其妹曰「同年妹」，皆靚妝媚客，不異娼家。大興官蕚峰太守懋弼有《江山船曲》云：「消受清光月一篷，漁兒漁女笑言同。鴛鴦唱遍雙飛曲，只在儂船九姓中。」「瀧中七里水湍流，占得嚴灘一段秋。灘上住郎灘下妾，江潮到此也回頭。」「流出溪頭灣復灣，女兒生小好容顔。學梳頭自盤新樣，處處青山比髻鬟。」「泊船不泊子陵臺，只爲江流去不回。誰似阿儂好夫婿，畫眉聲裏畫眉來。」又《虎丘即事》云：「人影衣香説等閑，隨緣歡喜勝湖山。如何五十三參上，不見弓鞋一寸彎。」

庚午冬日，與石怡堂同舟，相得甚歡。記其《贈妓也雲》一聯云：「嬌如新月偏宜拜，瘦到秋花轉耐看。」絶世丰神，未知也雲果能副斯言否？怡堂名愷，黄梅諸生。

何秋塍表兄裕堎冷宦苦吟，向曾録入《詩話》。今於其幼子石凫鉦處得見全集，凡詩一千有奇，無力付梓，再録數首，以永其人。《山房雜興》云：「儘教人笑性迂疏，小有園林頗自如。蟬翼紗輕新浴後，魚鱗雲散晚晴初。長吟對月成癡坐，短髮臨風總懶梳。布置山房殊不俗，幽花深處是吾廬。」《有感》云：「勢力從來没把持，冷官能耐即知時。愁深終歲嗟貧骨，病入新年感鬢絲。人自無聊疏好酒，春獨有意助清詩。幽情盡付閑花柳，獨坐南窗日影遲。」《初春書懷》云：「韶光滿眼興無窮，睡起南窗日射紅。酒爲散愁非好飲，詩緣排悶不求工。官依北闕青雲上，家在西山翠靄中。橋畔塵飛誰駐足，往來車馬莫匆匆。」《春雨不成有感》云：「料峭春寒睡起遲，廉纖小雨不成絲。無端竟被風吹斷，幾點能教到柳枝。」《趙北口》云：「淀泊於今似若耶，春來新漲没平沙。渡頭掬水纖纖手，趙女如花也浣紗。」皆肖放翁。又「斷雲無力不遮山」七字亦佳。

秋塍次子印亭鈐，以上舍生屢試不售，今已夭逝。有《無題》詩三十首，聊存其一：「静裏瑶琴偶撫絃，幽情寄處轉凄然。半生恨入春將老，百種愁長夜似年。縱使玉顔雙管畫，難將珠淚五絲穿。寸心未斷成灰燼，猶有生香縷縷烟。」

黄陂蕭春墅孝廉奕芬，余友汝舟秀才良翼之叔也。負才早卒。汝舟嘗誦其《金陵懷古》詩七首，沉鬱雄渾，皆可傳也：「長沙太守始勤王，半壁旋看建業張。鼎足三分支魏蜀，石頭一戰失荆揚。烏程舊爵還江左，青蓋新封入洛陽。底事曹瞞吞未得，而今可惜雀臺荒。」《吴》。「平吴篡魏逞金戈，典午當陽失太和。南渡知因呈石馬，西京忍復見銅駝。鷄鳴舞罷誰能已，烏合成時竟奈何。自是清言終誤國，昭炎積累況無多。」《晉》。「田舍翁來晉社墟，端因水火運乘除。功基永始戡平日，紀斬蒼梧受命初。萬里長城徒自壞，六州赤地竟無餘。若非度外能容謝，奉璽人行一國虛。」《宋》。「齊宫勸進褚淵迎，蓋世功名帝業成。制治十年心未了，同朝六貴亂將萌。曾聞玉導衣中碎，佇見蓮花步下生。屠肉那堪天子事，從今宗廟麵爲牲。」《齊》。「移齊鼎祚屬宗親，釋老空談却笑人。有句非關擒敵策，無錢可贖陷圍身。臺城枉佞西天佛，魏國羞稱北面臣。若是慈航能永濟，蕭梁帝業自千春。」《梁》。「玉改蕭梁作帝家，東南王氣日將斜。青牛獻罷人稱儉，朱雀兵來自計差。仙閣競爲長夜飲，冥途猶唱《後庭花》。春蘭秋菊誰争秀，一顧傾城屬麗華。」《陳》。「龍蟠虎踞拱明堂，燕子飛來勞莫當。孰謂成功疑管蔡，都緣事敗咎齊黄。徙封議向南昌寢，靖難兵從北地倡。削髮微行知早定，青田大内出遺囊。」《明》。汝舟善書，不甚作詩，僅記其《送友》一律云：「天涯同作客，送子淚沾襟。如此苦寒月，可堪長别心。疏桐霞外斷，落葉馬頭深。明日西陵道，離愁只自斟。」風格大類錢、劉。

象山倪韭山象占嘗戲集詞調名，成《茶社燈詞》十章，牽配分合，妙極自然。録存其二：「疏簾淡月酷相思，字字雙眉嫵柳枝。薄倖長春金縷曲，過秦樓慢誤佳期。」「轆轤金井定風波，南浦春雲怨綺羅。香玉連環青玉案，無愁可解玉人歌。」又有《詠美人唾・沁園春》詞云：「不傍紅樓，珠玉隨風，何處可邀。想松綾刺繡，含絨細嚼；濤箋試筆，吮墨輕描。鶯舌春生，桃唇露浥，遮向柔腸暗自調。忘情也，又潛和蘭氣，送入瓊簫。津津不耐偏饒。最手撚青梅時易招。愛池中緑净，倚欄還吝；石邊紺暈，舉袖疑飄。鮫淚承壺，粉螺印紙，莫浪黏書過鵲橋。脂香在，比紫泥封去，容易痕消。」韭山以優貢官嘉善訓導。

集李三百篇者，吾浙太平戚鶴泉明府之所作也。其自序略云：「余夙好杜，有集杜千餘篇，已付刊行世。繼念李、杜齊名，何無一集李者？因日取李詩玩味。庚戌二月十四、十五兩夜，連夢太白來與語，且索酒云：『飲我斗酒，我與爾三百篇。』遂拜領之。自後伸紙摇筆，李句坌集。辛涉數年，已盈三百之數，以付剞劂，庶不負太白之所與云。」其事甚怪，偶於蕭汝舟齋中得見其書，浩氣流行，絶無斧鑿痕迹。録其《郊行過友人飲》云：「愛此春光發，流鶯復在兹。水從天漢落，雲繞畫屏移。龔子棲閑地，山公醉酒時。庭花笑如錦，起舞亂參差。」《送汪明府解組還蜀》云：「欲獻濟時策，空吟《招隱》詩。無人貴駿骨，自古妒蛾眉。長劍一杯酒，緑楊三月時。依然錦江色，西去益相思。」鶴泉名學標，字翰芳，乾隆辛丑進士。

姚半林宗木詩尚清真刻摯，而持論頗嚴。以故，人每畏之。俞杏林國琛近贈以詩，有句云：「論交君果稱知己，分謗吾將學駡人。」可謂確切。又杏林自題詩集云：「最憐遭到糊塗劫，一笑抛書道是詩。」亦妙語解頤。

暨陽詩人，近頗寥寥。俞杏林以陳卓巖維埈《南邨詩録》見示，頗婉約可誦。五言如「山翠當樓近，湖烟着樹多」、「芳草猶憐客，桃花最近人」、「碧樹低窺牖，閑雲淡入樓」，七言如「連山竹色寒侵面，入畫梅花淡到門」、「一簾細雨黄花酒，半夜西風落葉聲」、「夜雨梨花寒食路，春風楊柳故園心」，皆佳。卓巖戊辰會試，以年老，賜檢討銜。

「自是清華萬選錢，不須重賦《四愁》篇。子房狀貌非奇偉，思曼風情正少年。吟罷每携京兆筆，交深多問孝廉船。時來定躍延平劍，會見星明翼軫邊。」此姚半林《戲贈張雲軒》詩也，皆用張姓典，亦仿東坡《贈張子野》體，而妙能酷肖雲軒。雲軒原名制，今改名汝霖，字三雨。

余嘗謂半林詩刻摯，三雨詩明麗，可稱勁敵。半林《感事》云：「未免園林少主張，莫嫌蝴蝶競尋芳。東風儘力將花放，不管花枝要出墻。」蓋有所刺也。《春寒》落句云：「寄語薰罏休賦别，先生依舊要冬烘。」亦趣。三雨《欲雪又止》云：「傍晚朔風尖，柳絮婆娑舞。不知剪水人，又被誰來阻。幾次問梅花，梅花無一語。」頗近義山。又有女士金玉貞毓琇，曾問字於三雨，詩亦肖之。《冬閨》云：「夜深不耐指尖寒，刀尺閑停静處看。畢竟梅花少拘束，冷香隨月上欄杆。」玉貞亦山陰人。

武進黄仲則景仁善詩，七古尤雄放，酷似太白，惜不永年。《詠新月》有句云：「光弱如新病，天長有斷魂。」太覺頽喪，然真景確情，固不害其爲佳也。

僧而詩可也，而不可有詩氣。鍾退谷言之矣。詩而僧可也，而不可有僧氣。蘇玉局言之矣。余謂僧而詩可也，而不可有詩氣，而尤不可有僧氣；詩而僧可也，而不可有僧氣，而尤不可不有詩氣。近日吾越詩僧競推卍香方宏，然未見全集。記其《游石梁》有「泉飛怪石瞋」五字，頗工造句。

新建熊學橋太史爲霖精究《易》理，著有《筮策洞虚録》，論錯綜最細最確。兩典試事。雖不以詩名，而其《紀行詩》十卷，皆不苟作。五言如「雨氣沉燈影，談鋒破酒樽」、「徑僻人行悄，山空犬吠高」、「斷橋三折水，矮屋四圍桑」、「冰花勞馬跡，鐸語亂鷄聲」，七言如「鷺洲春滿雲千里，鹿洞秋空月一湖」、「千嶂黑雲扶海立，一江白雨送潮來」、「湖山到此開生面，風月何人是主盟」、「萬縷鄉心催臘鼓，十年幽夢破寒鐘」，雅有中唐筆意。

安南國使臣武輝瑨官其國翰林學士，余曾見其手鈔詩，名《華原隨步集》，皆入貢天朝途中之作也。字極奇峭。《許昌懷古》一律最工：「仡仡巍城淡淡雲，阿瞞曾此始基勤。僞圖妄擬周西伯，疑塚難題漢將去聲軍。夢醒馬槽徒自詑，香銷雀瓦更誰分。奸雄稱絶今安在，落得寒鴉噪夕曛。」按嘉慶八年，安南改號越南，始歲領時憲書。

見兩頭蛇者死，乃世俗無稽之談。孫叔敖信之，後人又從而附會之，遂謂以此陰德，致身卿相。真堪一笑。留都朱式九逵《兩頭蛇》樂府譏之極允，録之：「蛇因能死人，蛇遂因人死。叔敖卒無恙，貴顯且無比。不曰俗傳妄，而曰善足恃。孟陽代君壽代兄，爲善孰大心孰誠。賊不感悟刀不折，乃知果置死地安能生，冤哉蛇乎被此名！」

劉豫僭號，更阜城爲阜昌郡，城北有讀書堂，城南有御莊鋪。明程篁墩有「居人不唾劉郎面，猶把亭名號御莊」之句，故查初白慎行《過御莊鋪》絶句云：「小縣他時號阜昌，近城曾築讀書堂。不須更唾劉郎面，豕柵牛欄是御莊。」頗爲痛快。

諸城竇東皋總憲光鼐三視浙學，一典浙試，清風亮節，不愧古賢。然以制義名，不屑以詩顯。近見其《夜過彈子磯》一律云：「日下碧峰暮，山寒蒼鶻號。江流催地轉，石氣與天高。直想移靈鷲，何年斷巨鼇。客帆不得泊，欹枕送驚濤。」頗有中唐矩矱。又大興朱文正相國珪亦曾視浙學，最講考據，而詩不多作。有《憶兄竹君》一律云：「最了無生旨，難忘不朽名。文章金薤重，富貴白衣輕。芳樹空連理，青山酹一觥。相知徧海内，作誄愧欒城。」妥貼排奡，情文相生之作也。又《詠顔平原》云：「論功千載汾陽郭，轉敗三齊即墨單。」亦奇峭。竹君，文正胞兄，名筠，官翰林學士。

陽湖洪稚存編修亮吉以言事謫戍塞外，未至即蒙恩赦歸。南豐曾賓谷方伯燠寄以詩云：「聖主求言量獨宏，謗書宣示舉朝驚。竟將忠愛憐蘇軾，不許公卿害賈生。絶塞烏頭三月白，歸裝駝背一編輕。旁觀猶感君恩厚，何況親爲雪窖行。」立言有體，風格亦近唐人。

「遠鐘生暮寒，策杖倚疏樹。山月在前溪，樵歌不知處。」南豐趙山南由儀《晚眺》詩也。乾隆初，山南與武寧汪輦雲軔、南昌楊子載垕、鉛山蔣苕生士銓稱「西江四子」，後惜早夭，詩不多見。又「文章有氣精魂在，牛斗無光劍影悲」，亦山南《登滕王閣》句也。沉著頓挫，不讓苕生。

苕生太史詩名籍甚，不待揄揚。其他三子，惟輦雲詩句前曾録入《詩話》。近偶于友人鈔本中得見山南、子載諸作。山南惟《晚眺》五絶及《登滕王閣》摘句而已。子載詩十餘首，皆有聲光，摘其尤者録於左。《飲黎質存新宅》云：「四海無家託釣篷，移居今喜住湖東。名山遊遍奚囊在，狂客追尋酒琖空。煮藥小鬟雙袖緑，鈔詩雪夜一燈紅。出門十步尋常事，老態頹唐笑放翁。」《梅花徑》云：「殘雪滿空山，春風吹不起。隔林曳杖人，獨立聽溪水。」

王鼎起《讀漢史》云：「縱説高皇勝項籍，難將吕雉匹虞兮。」袁枚《詠史》云：「若道高皇勝項羽，試將吕后比虞姬。」詞意相同，而袁較圓活。鼎起，季重僉事思任子也。

史忠正公可法大節炳若日星，其詩存集中者僅三首。上念君親，下念百姓，純是一片血淚結撰而成。即以詩論，亦是上乘。《六安署病中感懷》：「待理猶煩苦抱痾，公餘側枕奈愁何。民飢由己嗟艱食，兵悍逢人欲弄戈。撫字可能先布德，催科寧忍復爲苛。白雲交瘁燕山下，國手誰憐妙劑多。」《憶母》：自注：時督兵白洋河。「母在江之南，兒在江之北。相逢叙夢中，牽衣喜且哭。」《燕子磯口占》：「來家不面母，咫尺猶千里。磯頭灑清淚，滴滴沉江底。」荷澤劉蘇村制軍藻有《讀忠正集》詩最佳：「一木支大厦，成仁幾日間。浩然留正氣，千古配文山。」

吴白華侍郎省欽《過馬嵬》云：「豈有牽牛聽夜語，竟無飛燕試新妝。」陳鏡舸明經承然《漢高祖》云：「祖龍死後悲秦鹿，功狗封來泣楚騅。」同一機杼，而皆濫觴於温、李。

聰明人能作詩，愚魯人亦能作詩；聰明人能寫字，愚魯人亦能寫字。然聰明人詩易而字難，愚魯人詩難而字易。蓋詩出於心，天籟也，其境虚，虚則不易於攝魄鈎魂；字出於手，人工也，其迹實，實則不難於描頭畫角。故聰明人之能作詩者，或不解寫字；而愚魯人之僅能寫字者，斷不克兼作詩。

何無忝經方，恭惠公胞叔也。雍正己酉，由監生保舉賢良方正，官滇南鎮雄州判。性頗鯁直，而喜吟詠。七絶落句最佳，如《七夕》云：「不知最是天孫拙，一歲相逢只一回。」《寒衣曲》云：「着來莫怪腰身窄，要識君身是妾身。」《春日偶成》云：「愁心却似春初草，細雨無邊到處生。」《郡齋春日》云：「明朝若得無風雨，布襪青鞋好看山。」《冬日閑居》云：「多謝天教窮不死，却留青眼看梅花。」皆近唐賢。又《感懷》一聯云：「鶯花到眼看來易，水火於人乞也難。」一肚牢騷，溢於楮墨之表。

明景城諸生紀厚齋坤，曉嵐參知昀高祖也。生當天、崇時，目擊朝局之壞，輒寓憤激於詩。所著有《花王閣剩稿》，多沉雄之作。惜選明詩者從未之及，因亟録存三首。《登泰山》云：「何地堪銷鬱鬱情，且登岱嶽望蓬瀛。無人到處方孤立，有路通時更上行。四面愁陰千里合，一聲痛哭萬山驚。儒生未可譏封禪，終是能逢世太平。」《半夜》云：「半夜倉皇接報書，開緘拍案一驚呼。諸公至此吾何望，天道如斯古所無。欹枕沉吟連夢寐，挑燈絮問怪妻孥。披衣啓户看乾象，黯黯寒星數點孤。」《寒食遣悶》云：「檢點殘春又一年，鼓鼙聲裏落花天。荒郵三日無焚掠，恐是黄巾亦禁烟。」

蒲城屈悔翁復以布衣薦舉宏博，生硬崛强，詩如其人，故諸徵士惡之者多，然其卓然不磨之作，究不可廢也。如古樂府《魯隱公菟裘》云：「菟裘未營，友愛殺身。爲我殺人者，即爲殺我人，鍾巫之祭徒紛紛。」《鄧通錢》云：「黄頭郎君忽有錢，王侯公卿皆比肩。爾錢來何路，乃敢稱豪賢。」《古無不崩之銅山》曰：「中有錢，人所羡，日夕餓死人誰憐。」近體《王母廟》云：「七日龍鸞未可憑，終南遺廟白雲層。階前古柏寒無葉，門外瑶池積有冰。秦地山河留落日，漢家宫闕見孤燈。如今應是蟠桃熟，寂寞何人薦茂陵。」《偶然作》云：「百金買駿馬，千金買美人。萬金買高爵，何處買青春？」《盧生祠》云：「夢作公侯醒作仙，人間願欲那能全。從知秦漢真天子，不及盧生一餉眠。」

劉伴阮源「黄粱知大夢，千古一盧生」、張警堂銘「世人渾是夢，何處覓盧生」、查初白慎行「人間官賤黄金貴，乞與燒成九轉砂」、陳鏡舸承然「如何唤醒盧生後，不度人間第二人」，同一詠盧生事，而各成其妙，陳尤醖藉。

休寧金香涇翀以名諸生爲板浦場大使近二十年，囊無長物，終日吟咏，晏如也。甲戌夏，余客板浦，適香涇奉差北上。令弟蕉雪樸出香涇所著《吟紅閣詩》見贈，可傳之作頗夥。録其《即事》云：「雲影壓溪樓，飛花不解愁。五湖游客長，萬户醉鄉侯。露重遮玄豹，沙寒起白鷗。釣筒收未得，月滿練江秋。」《春夜遣興》云：「蔀屋茅簷海畔春，黄金虚牝費精神。樽中有酒月留客，燈下無詩花笑人。萬卷奇書俱卓犖，廿年拙宦耐清貧。青衫黯淡憑誰浣，猶染東華十丈塵。」《子夜》云：「春生翡翠衾，香溢芙蓉枕。料峭怯餘寒，吹燈伴郎寢。」《游仙》云：「新詞初進《鬱輪袍》，宫殿風微雉尾高。臣朔可憐飢欲死，羞從王母乞蟠桃。」又云：「雲去雲來自捲舒，琪花瑶草繞吾廬。琅嬛萬卷供探討，莫道神仙不讀書。」蕉雪有《詠梅》句云：「風料峭時香馥鬱，月黄昏處影横斜。」亦工。

女史金者香若蘭，香涇女也。七絶最工，《花朝有感》云：「愛花常挂護花鈴，每向花間仔細聽。難得百花生日日，休教無酒百花醒。」雅近元人筆意。又夢中得「蝶繞菜花黄」五字，亦奇。

嘉定吴符奇屯侯，文武奇才也。雅善言情，前曾收入《詩話》，惜所著《西亭詩》不甚行，再爲録存數首。《無題》七律云：「簾蒜丁東報罷妝，曉雲猶是殢釵旁。便傾爾國寧須笑，欲返人魂别有香。遊圃贈花惟芍藥，繡窗圖鳥又鴛鴦。不知何處曾相識，長記侵眉一點黄。」「繡幕輕遮便武陵，雙鐶頻叩總無譍。香留奉倩聞還否，琴報文君聽未曾。每惜深春花易老，更傷多病酒難勝。笑人應有樓臺月，咫尺闌干各自憑。」「未上頭時覺大憨，近看風調竟江南。初圓小夢鴛鴦枕，慣綰春愁玳瑁簪。新賦更誰誇宋玉，舊師行欲逼何戡。年來久與花緣薄，説著丁香也笑含。」《無題》五排云：「春曉房櫳静，凝妝出絳紗。古釵仍九鳳，新鬟忽雙鴉。襯額珠鈿正，闌胸寶玦斜。粉酥從喜淡，蛾黛近嫌加。捺襪名雲浪，鑲裙號月華。披肩金蛺蝶，鎮袖玉蝦蟆。靨潤非緣酒，脂香欲認茶。麝囊邊疊勝，犀拂帶連葩。紅豆歡垂腕，青梅嬾濺牙。戲描成石竹，誤唾得瑶花。鞞扇摇螭珮，兜鞵摟翠珈。笑含腮易暈，行怯手頻叉。骰子拈偏熟，連環解故差。玳奩藏荳蔻，銀甲試琵琶。獸面扃初啓，鰕鬚捲不遮。何人遺馬策，有客駕羊車。搗藥停仙杵，支機候使槎。溝頭曾放葉，洞口更漂麻。席未留荀令，鄰先逼宋家。自來多悵恨，夫壻肯教誇。」

響屧廊題目絶好，曾見錢唐顧桐村永年、鉛山蔣清容士銓二絶並佳，而命意亦相似。今僅記其落句。顧云：「潘妃也學凌波步，鑿遍蓮花總不如。」蔣云：「潘家蓮瓣楊家襪，總與西施步後塵。」

余澹心懷《婦人鞋襪辨》謂：「纏足起於南唐李後主宫嬪窈娘，唐以前未開此風。故詩人歌詠，如古樂府《雙行纏》云：『足趺如春妍。』李太白云：『一雙金齒屐，兩足白如霜。』韓致光云：『六寸膚圓光緻緻。』杜牧之云：『鈿尺裁量減四分。』皆無一語及足之纖小者。」可稱雄辯。然唐夏侯審有《詠被中繡鞵》一絶，澹心獨不之見乎？詩云：「雲裏蟾鈎落鳳窩，玉郎沉醉也摩挲。陳王當日風流減，只向波間見襪羅。」細玩此詩，則女子纏足，唐時即有之。以窈娘爲作俑，要非定論。特窈娘之前，無素襪凌波之風流，故不傳耳。

桐城劉孟塗開詩才雄俊，著有《小停雲館芝言》十卷，惜未全見。聊録其五律、七律各一首。《春思》云：「公子桃花馬，佳人桂葉船。十年醉春色，三月下晴川。雲影不離水，江聲長在天。誰家吹鳳管，響落畫橋邊。」《歸途有感》云：「長劍何勞倚太清，高樓日夕望歸程。異鄉花柳都無色，故園蘼蕪亦有情。落水天空鴉背冷，悲秋人瘦馬蹄輕。征途十月多霜雪，江上梅花笑此行。」

劉豹君文蔚有《詠史》小樂府八首，皆有斷制，有見解。録存五首：「人稱張子房，報韓心獨厚。胡乃借箸謀，阻封六國後。」「陳思奪嫡謀，千載未曾白。如何山陽禪，獨能發哀惻。」「父死不受賻，高名播金闕。何爲賣好李，一一鑽其核。」「阿斗非無情，但識此間樂。不見李後主，命盡牽機藥。」「魏公殺曲端，軍潰旗猶卓。若非識岳侯，何異秦長脚。」豹君父戒謀明經正誼，以方正爲吾鄉之望，亦工詩，有《無題》句云：「檀槽入手千番澀，石黛添眉兩點顰。」「蛾眉不借黃金貯，蓬首還資白玉搔。」哀艷楚楚，大不類其爲人。

南之南詞，北之鼓兒詞，只足以娛村夫婦孺，若少有知識之士，便不屑聽。以故操斯技者，絶無雅人。會稽胡嗣源秀才文匯幼工韵語，稍長即善唱南詞，點竄舊本，都成妙文，名滿士夫間。皆謂可與昔柳敬亭之説書、蘇崑生之崑曲鼎立。然不事生産，晚境頗窘，而耽飲好潔之性愈甚。余曾於胡之好友王某處見胡少時自寫《藻灣詩鈔存》。其《吼山訪高五清烟蘿書屋》一律云：「不識高賢館，迷津喚渡頻。溼雲溪路曉，芳草野塘春。山近猿窺户，庭閑鳥伴人。到來塵事息，無愧葛天民。」又「解下鷫鸘聊貰酒，吟成《鸚鵡》孰憐才」、「蒼茫樹底山精出，歷亂墳前野兔奔」，皆有宋、元人筆意。

查伊璜名繼佐，鈕玉樵《觚賸》訛作培繼，余前曾力辯其誤。今閲張陶菴《快園道古》所載私史一事，伊璜自訴，非盡吳順恪之營救。與《觚賸》迥異。備録于左，以廣異聞。《快園道古》云：「湖州莊龍作《明史》，以查伊璜刻入較閲姓氏。伊璜知之，即檢舉學道，發查存按。次年七月，歸安知縣胡子容持書出首，累及伊璜。伊璜辯曰：『查繼佐係杭州舉人，不幸薄有微名，莊龍遂將繼佐刻入較閲。繼佐一聞，即出檢舉，蓋在庚子十月。胡子容爲莊龍本縣父母，其出首在辛丑七月。若以出首早爲功，則繼佐前，而子容後，繼佐之功當在子容之上；若以檢舉遲爲罪，則繼佐早而子容遲，子容之罪不應在繼佐之下。今子容以罪受上賞，而繼佐以功受顯戮，則是非顛倒極矣。諸法臺幸爲參詳。』公議呈上，皆以查言爲是，到部對理，竟得超雪。遂與胡子容同列賞格，分莊龍籍産之半。」

青陽章黼卿道鴻以乾隆甲午解元中嘉慶壬戌進士，距鄉試時二十九年，年已六十一矣。今官編修。少時有《讀書九華》詩云：「江上芙蓉九朵青，名山招我瀹心靈。窗開遠靄含書几，簾捲層嵐作畫屏。白雪澗中堪洗硯，碧雲寺裏好談經。此身喜向天臺畔，瞻望時依捧日亭。」

生平結習，惟書是耽，南北飢驅，不離朝夕。每讀汪鈍翁琬、金小樹虞《游仙》二作，真能先得我心也。汪云：「自分平生似蠹魚，愛穿經籍略無餘。玉皇若賜先生號，乞掌琅嬛洞裏書。」金云：「浪説神仙飽蠹魚，十年緗帙擁樓居。琅嬛洞裏鈔書客，欲向靈威乞小胥。」

六紅詩話跋

右《六紅詩話》四卷，計三百十九則，此吾師玖芸夫子所撰也。夫子在繈褓中，太夫子即爲入貲，例得京職。比夫子長，居里養親，篤志科名，堅不赴選。甲寅、乙卯、戊午，三落孫山，太夫子旋捐館，而夫子益自刻苦。制藝外，凡詩、詞、古文，靡不究精其極。無如數奇不偶，自甲子至癸酉，又連不得志於有司，共前凡八入浙闈。而夫子吟風弄月，鋭氣曾無分毫之挫。棠於是愈歎夫子之不可及也，棠於是愈徵夫子之不可量也。徐方虎侍郎、沈歸愚宗伯皆晚年登第，驟擢卿班。吾夫子今年纔四十有三耳，亦安見他日不可追步徐、沈乎？夫子制藝、詩、詞、古文，皆各有專集，嘗以緒餘，著爲《六紅詩話》，增删其稿至五次，乃定兹本。近以校字之役命棠，因不揣檮昧，謹述其緣起於此。嘉慶甲戌冬日，受業門人會稽周元棠百拜謹識。

六紅詩話自題

《六紅詩話》費心裁，留取騷壇示後來。有謬必繩非好辯，無幽不闡是憐才。事忙著作多三上，性嬾增删已五回。紙貴洛陽吾敢望，他年難免棗梨災。

漁洋確士隨園叟，海内三家夙所欽。賤子居然思與並，諸公應是笑難禁。吹毛敢肆雌黄口，載筆終存表白心。傳向千秋經萬目，天涯定卜有知音。

《六紅詩話》撰竣，率書二律，時甲戌長至日也。默翁吕善報。

六紅詩話吴跋

《六紅詩話》，吾友菘扉尊甫玖芸先生之所作也。先生山陰世家子，幼讀等身書，淹貫經史，浸淫於漢、魏、六朝，下及諸子百家，莫不成誦在心，杼柚在手。而性耽吟咏，直入三唐之室，尤非率爾操觚者所能望其項背焉。迨八舉京兆不第，迺出其所學，佐其中表何慎齋觀察，惠濟全豫，别爲經世韜鈐。第深鄙申、韓之術，而繫懷文字之交。游踪所至，歷燕趙、韓魏、齊楚、吴越間，微特名公鉅卿，倒屣郊迎，即山居逸士、壇坫騷人，亦群與争相結納，資爲模楷。而先生網羅散失，凡珊海遺珠，吉光片羽，要皆收入錦囊，以當什襲之珍。故幕遊數十載，而家徒四壁，手執一編，無在不曠然怡然也。晚年卜築蘭亭，側聽清流之激湍，喜茂林之陰翳。晴窗無事，因輯其平生師友戚串所爲詩，并其心所慕於古人、所疑於古人者，擇録百數十則，各繫以論，合爲四卷。蓋尋章摘句，弗拘一格，而持論不偏，直將與黄常明、嚴滄浪諸人争席。鸞書不獲追陪杖履，幸與哲嗣菘扉遊，得藉是編，受讀數過。雖未能窺其涯涘，而高山仰止，景行行止，私心實深嚮往。又重以菘扉孝思之篤，兢兢於手澤之存，益棖觸於中而不能已於言也。爰跋數言，以略誌其梗概云爾。道光己亥如月，姑孰後學俊三吴鸞書百拜謹識。

（吴忱、楊君、王天覺點校）

讀詩類編・蠡説

讀詩類編·蠡説提要

《讀詩類編·蠡説》一卷，據嘉慶刊本點校。張映漢字筠圃，一字外叔，山東海豐人。乾隆四十九年進士，官至湖廣總督。有《筠圃詩鈔》等。張氏有事功者，政餘讀詩、選詩，嘉慶十九年甲戌成《類編》十八卷，然不標類目，體例未能稱善。有三韓馬慧裕序、自序及題辭，陳詩後序及弟映蛟嘉慶二十年乙亥跋。《類編》末附蠡説五十八則，乃略述其詩見。除兩條述東坡，兩條涉漁洋外，餘皆屬唐詩，所言亦零星不成系統。其謂漁洋《秋柳》詩「聲調全是少陵《秋興》」，或從「秋」字聯想，而人未道及，極可爲漁洋此詩增色。

讀詩類編・蠡説

晉張翰曰：「使我有身後名，不如即時一杯酒。」開後人無限詩思。

沈約詩「圓影隙中來」，隋煬帝詩「暮江平不動」，唐人極摹此種句。

《淮南子》注：「綄風，候也。楚人謂之五兩。」李頎詩「北風吹五兩」，即今俗呼爲「試風旗」也。

李白《秋浦歌》：「白髮三千丈，緣愁似箇長。不知明鏡裏，何處得秋霜。」後二句工力俱妙不可言。

辛夷樹花，初發如筆，北人呼爲「木筆」，見《楚詞注》。

王昌齡詩「舟船明日是長安」，「舟船」二字疊用，本魏武《碣石篇》「舟船難行」。

竹枝詞，少陵自注云：「竹枝歌，巴歈之遺音也，惟峽人善唱。」蘇東坡《竹枝歌敘》云：「竹枝歌，本楚聲。」

陳子昂仕武后朝，后稱帝，改號周，子昂上《周受命頌》，可謂喪心者矣。然其《感遇》詩三十餘首，詞旨幽邃，音節豪宕，與庾子山《詠懷》詩，可相頡頏。文與行何相背乃爾？又梁沈約頗類之。

「衙門」二字，見劉禹錫詩「衙門曉闢分天仗」，白居易亦有「衙門排曉戟」之句。

律詩，氣骨與聲調，不可偏廢，如杜少陵《秋興》、《諸將》等作，則兼有之矣。若岑嘉州「秦女峰頭雪未盡，胡公陂上日初低」，又「漢王城北雪初霽，韓信臺西日欲斜」，崔曙詩「三晉雲山皆北向，二陵風雨自東來」，只是聲調好，亦復朗朗可誦。吾鄉王漁洋《秋柳》詩四首，聲調全是少陵《秋興》。唐徐凝《開元寺牡丹》詩，則氣骨聲調全無矣，可謂惡詩。

「肩輿」，見東坡詩「肩輿欲到岑公洞」。

打秋風，諺語也，見米襄陽「扎風乃豐熟之豐」。詩中未見，當是宋人語也。

「酒保」二字，見韓偓詩「酒保頻徵舊債來」。

杜審言詩「日氣含殘雨，雲陰送晚雷」，又「江聲連驟雨，日氣抱殘虹」等句，即是少陵所稱「法自儒家有」也。

孫僅《叙》曰：「杜公之詩，支而爲六家。孟郊得其氣焰，張籍得其簡麗，姚合得其清雅，賈島得其奇僻，杜牧、薛能得其豪健，陸龜蒙得其贍博，皆出公之奇偏爾。尚軒軒然自號一家，赫世炫俗。後人師擬不暇，矧合之乎？風騷而下，唐而上，一人而已。」此論確實切當，毫無溢詞。

石林葉夢得《詩話》云：「詩人以一字爲工，世固知之。惟老杜變化開闔，出奇無窮，殆不可以形跡捕詰。如『江山有巴蜀，棟宇自齊梁』，則其遠近數千里，上下數百年，只在『有』與『自』兩字間，而吞吐山水之氣，俯仰古今之懷，皆見于言外。此工妙至到，人力不可及也。」此真善評杜者。又云：「『細雨魚兒出，微風燕子斜』，十字殆無一字虚設。細雨著水面爲漚，魚常上浮而淰，若大雨則沉而不出。燕體輕弱，風猛則不能勝，惟微風乃受以爲勢。精微至此。」余謂少陵之詩，只是無美不備，若徒以此長杜，是遊滄海而苐愛其蘋藻，登泰山而侈美其苔蘚也。況此種小巧，晚唐人亦復多能之矣。

韓退之《遊青龍寺》詩，起四句：「秋灰初吹季月管，日出卯南暉景短。友生招我佛寺行，正值萬林紅葉滿。」蘇東坡云：「余讀此句，初不曉其故。及觀小説，鄭虔寓青龍寺，貧無紙，取柿葉學書。九月，柿葉赤而實紅。故知退之之詩謂此。」今繹詩中「紅葉滿」句，似不過寫當時之景，豈必有鄭虔書葉事方爲工耶？

劉禹錫《嘉話》云：「爲詩用僻字，須有來處。常訝杜員外『巨顙折老拳』，疑爲『老拳』無據。及覽《石勒傳》『卿既遭孤老拳，孤亦飽卿毒手』，豈虛謬哉？」按：《石勒傳》并非僻書，夢得豈未之見者？以上二事，殊令後人滋惑。當以質諸善言詩者。

黄山谷謂「杜詩無一字無來處」。只此一語，滋後人解杜者無限穿鑿，無限魔障。夫少陵之詩，超絶千古者，直接《三百篇》，而豈在字字有來處？試思《三百篇》，其字字又從何來耶？嘗讀少陵有「白頭老罷舞復歌」句，閩人呼子爲囝，呼父爲郎罷，此云「老罷」自是戲用閩語，又豈可援爲來處耶？

賈島詩，如「宇宙詩名小，山河客路新」，又「隴色澄秋水，邊聲入戰鼙」，竟似少陵。又「舊國别多日，故人無少年」，亦警策。

少陵句「客睡何曾著，秋天不肯明」，「不肯」二字，妙不可以言喻，非如小家數，斤斤然揣摩一字爲工也。

韓翃《寒食》絶句「輕烟散入五侯家」，此「五侯」非若他詩指七貴五侯。按《後漢・宦者傳》，桓帝封單超新豐侯，徐璜五原侯，具爰東武侯，左倌上蔡侯，唐衡漁陽侯，世謂五侯。唐自肅、代以來，宦者權盛，此詩蓋刺也。見唐汝詢解。

韓退之《雙鳥》詩，辭義詼詭，後人解説紛如。余按陸魯望論李義山詩曰：「吾聞淫畋漁者，謂之暴天物。天物且不可暴，又可抉摘刻削，露其情狀乎？使自萌卵以至于槁死，不能隱伏，天能不致罰耶？長吉夭，東野窮，玉谿生官不挂朝籍而死，正坐是哉。」持論極爲透露，可作《雙鳥》詩注脚也。

沈佺期句「蜘蛛尋月度，螢火傍人飛」，又劉長卿句「山月臨牀近，天河入户低」，皆眼前淺近之景，人自道不出。

王勃《九日登玄武山》絶句「今人已厭南中苦，鴻雁那從北地來」，與杜審言《湘江》絶句「獨憐京國人南竄，不似瀟湘水北流」，同一筆法。

王維「天寒遠山静，日暮長河急」，又「落日照秋草」，常建「郊野浮春陰」，李凝「白雪長在天」，都似魏晉人句。

李頎詩「火浣單衣繡方領」，「火浣」當是今人所稱「火雞布」也。

《莊子・逍遥遊》：「魏王貽我大瓠之種，我樹之成，而實五石，剖之爲瓢，則瓠落無所容，吾爲其無用而捨之。」詩中每用「濩落」、「廓落」大都皆本於此。

《莊子》：「支離叔與滑介叔觀于冥伯之丘。俄而，柳生其左肘。」柳，希夷注：「柳瘍也。」王右丞《老將行》句云：「今日垂楊生左肘。」元微之《放言》詩句云：「遮渠肘上柳枝生。」似皆本於此。然曰

「垂楊」，曰「柳枝」，豈古人用典隨意點竄乃爾耶？

五大夫，乃秦爵之第九級。按：《史記》：「封其樹爲五大夫。」即是封爵，猶曹參賜爵七大夫，遷五大夫之類是也。後人誤爲松封大夫者五株。唐陸贄詩云「不羨五株封」，則誤矣。

劉商《柳條歌》：「高枝低枝飛鸝黄。」按：黄鸝，色鴽黑而黄，亦名鴽黄。詩中「鸝」字或當作「鴽」。

綸巾，「綸」字人皆知爲兩音，而不知其故。蓋「綸」與「巾」同韵而音近，詩法所忌，故讀曰「關」。《韵會》雖兩收，皆引釋於「綸」字之下，不及「關」字。其所以二收，正因韵書起于沈約，其實《説文》仍是音「倫」。

李太白詩「山隨平野盡，江入大荒流」，杜少陵「星垂平野闊，月湧大江流」，與孟浩然「野曠天低樹，江清月近人」句，摹景雖有大小之殊，然其工力則悉敵。若王右丞詩「大漠孤烟直，長河落日圓」，與晚唐鄭谷詩「孤烟生乍直，遠樹望多圓」，雖景地亦有大小之不同，而筆仗竟有泰山丘垤之異。

唐中宗嘗宴侍臣及朝集，使酒酣，各令爲《回波詞》。李景伯辭云：「回波爾時酒卮。微臣職在箴規。侍讌既過三爵，喧嘩竊恐非儀。」蕭至忠稱爲真諫臣。沈佺期辭云：「回波爾時佺期。流向嶺外生歸。身名已蒙齒録，袍笏未復牙緋。」乘間獻媚以求榮寵。合觀之，奚啻金玉糞土之別。至章孝標《歸燕詞》，朱慶餘《閨意》踵而效之，則每況愈下矣。

「羲皇上人」，陶淵明語。孟襄陽句云：「門無俗士駕，人有上皇風。」前人用古語，往往隨意剪裁。

王右丞詩「日落鳥邊下，秋原人外閒」，寫難寫之景，必得此難解之文。又句云「江流天地外，山色有無中」，以實對虚。又田家詩俱詩中之畫。

古人賦物詩用襯貼，往往美惡倒置。若岑嘉州《叢竹歌》末句云：「君莫愛南山松樹枝，竹色四時也不移。寒天草木黄落盡，猶自青青君始知。」便不失爲正。

李頎《琴歌》「一聲已動物皆静，四座無言星欲稀」，與白香山《琵琶行》「東船西舫悄無言，唯見江心秋月白」，意同而文筆各異。蓋李是言初奏，白是言曲終也。

任華《寄杜拾遺》詩：「滄海無風似鼓蕩，華嶽平地欲奔馳。曹劉俯仰慚大敵，沈謝逡巡稱小兒。」實是力量大。若《懷素上人草書歌》「翕若長鯨潑刺動海島，歘若長蛇戍律透深草」，又「飄風驟雨相擊射，速禄颯拉動簷隙」，不過字句奇耳。

太白詩「窮與鮑生賈，飢從漂母飡」，稱「鮑叔」爲「鮑生」，亦似創文。又《贈劉臺卿之江南》五古，截「良圖委蔓草，古貌成枯桑。欲道心下事，時人疑夜光」四句，可作一首絶句讀。

嘗讀晚唐詩，鄭谷句「琴有澗風聲轉澹，詩無僧字格還卑」，已是俗格，長慶以前無有也。及見李山甫《隋隄柳》詩「但經春色還秋色，不覺楊家是李家」，即或有感而言，然亦令人作數日惡。晚唐醜句，至此爲極。

王建詩「秦女洞桃欹澗碧，楚王隄柳舞烟黄」，又「素奈花開西子面，緑楊枝散沈郎錢」，所謂麗句。

東坡《於潛女》詩句云：「老濞宫粧傳父祖。」施注引杜牧之《杜秋娘》詩。按杜牧以「老濞」比李錡者，以錡爲唐之宗室而又叛也。若蘇詩以「老濞」指吴越王，似賢否不倫。

東坡《贈張子野年八十五買妾》詩有句云：「詩人老去鶯鶯在，公子歸來燕燕忙。」注引漢童謡「燕燕尾涎涎」之語，又一説張祜妾名鶯鶯，二説都不過切一張字，别無巧思深意。

東坡六言詩有句云「探支八月凉風」。王注「探支」字是官物，官錢有此名。若此，則亦戲言之矣。

東坡《次韵子由病酒肺疾發》詩云：「喊叫或終日，勢若風雨過。」以「風雨」形容肺病，殊體貼不來。

鄭谷句「春陰妨柳絮，月黑見梨花」，謝無逸《詠蝶》詩「飛隨柳絮有時見，舞入梨花無處尋」，可稱晚唐、宋人佳句。

僧皎然《詩式》着「偷語」詩例云：「如陳後主詩『日月光天德』取傅長虞『日月光上清』，上二字語同，下二字義同。」「偷義」詩例云：「如沈佺期詩『小池殘暑退，高樹早凉歸』，取柳惲『太液滄波起，長楊高樹秋』。」「偷勢」詩例云：「如王昌齡詩『手攜雙鯉魚，目送千里雁。悟彼飛有適，嗟此罹憂患』，取嵇康『目送歸鴻，手揮五絃。俯仰自得，遊心太玄』。」皎然可稱有唐釋子中第一能詩者。

昔人云：「山林之詩與臺閣者不同，以其素習而出言自類也。」白樂天詩正坐此病。

韓退之《食蝦蟆》詩云：「余初不下喉，近亦能稍稍。」又蘇東坡句云：「睡美不知身在何。」即是名人之句，後人亦不必效之。

東坡句云：「少思多睡無如我，鼻息雷鳴撼四鄰。」想見先生當年。

東坡詩「獨使皴皮生」，稱「荔枝」曰「皴皮」，不知何來處。

韓昌黎詩與少陵殊不相類，然其令人驚心動魄處則同。故讀杜後喜讀韓。

韓詩用韻極謹嚴，非如白香山之隨意。然《庭楸》一篇兩押間字，詩似亦率意。

文潞公《同甲會》詩起句即白香山「七人五百八十四」，第七句即香山「人間此會且應無」，襲其事兼襲其詩也。又《耆英會》詩句云：「元豐今勝會昌春。」「元豐」自言，「會昌」指香山而言，若「春」字則押韻而已。

唐德宗夏中微行西明寺，宋濟方葛巾捉鼻抄書。上曰：「措大茶求一椀。」按：「措大」之稱以其舉指正大，非揶揄之詞也。

「逢橋須下馬，遇渡莫争先」，不識何人句，然可確信爲宋人詩也。

詩有直用古人句者，如陳子昂之「噭噭夜猿鳴」，儲光羲之「大道直如髮」之類，皆六朝人句也。有暗合古人句者，如竇鞏「薄暮人争渡口船」，與庾子山「河橋争渡喧」之類是也。是皆不可枚舉。前日怡庵寄到詩，有句云：「嘈嘈南語人争渡。」甚喜其亦暗合古人也。

宋牧仲《筠廊偶筆》：「一閩人山居，門前忽現宫闕數重，巍焕插天，須臾不見，蓋山市也。」又王漁洋《皇華紀聞》載：「白馬營在恩縣西五十里。夏秋之際，清晨輒現城郭人物，林木鬱葱，日出乃不見。茌平馬令村亦有此異。蓋山市、海市之屬，陸地亦有之。」辛酉七月，舍弟怡庵新授青州廣文，余貽之詩,有句云:「須從愚谷看山市,也上層臺望海瀾。」曾聞之同年鄔正階云「登州有海市,青州有山市」,故詩云云。然終疑無本。兹見兩先生所稱,始信山市非杜撰。此亦快心之一事也。

甲戌五月九日外叔氏識

續二條

唐大家詩每襲取前人舊意,而自成佳構者,如少陵《夢李白詩》二首,全從《十九首》「獨宿累長夜,夢想見容輝。既來不須臾,又不處重闈」四句脱化而出。又太白《古風》「燕昭延郭隗」一首,亦全襲阮嗣宗《詠懷》「駕言發魏都」一首中詞義。又如劉希夷《白頭翁》詩「已見松柏摧爲薪,更聞桑田變成海」二句,即《十九首》「古墓犂作田,松柏摧爲薪」,惟不及古詩之質樸動人耳。是類甚多,不事更僕陳也。

唐人韋元甫有《擬木蘭詩》一篇,後人并以古辭爲韋作。按:韋係中唐人。杜少陵《草堂》一篇後半全用古詞章法,以盛唐人而襲中唐之作,無是理矣。且古詞叙木蘭自代父從征,以及功成歸來,已歷歷明備,何以次首又復重複拉雜言之,豈古人才盡至此乎?然俱不論也。今以古詞與韋作合讀之,一如黄鍾,一如瓦釜,判然高下有别。即無古詞,韋作亦不足觀,又安得疑爲一手之製耶?此而不辨,猶鼻之於臭,而蘭艾不分,尚復可以説詩乎哉?

六月念日又識

(姚蓉、尚鵬點校)

七言古詩聲調細論

七言古詩聲調細論提要

《七言古詩聲調細論》一卷，據光緒十年魏氏古香閣刻本點校。撰者魏景文，字爾止，號兼山氏，福建漳州人。有《庚辰集參評》等。卷首有嘉慶二十年乙亥自序，書即成於此時。魏氏有感於王漁洋、趙秋谷聲調譜之争非一家之私言，又以古詩聲調以七古爲最嚴，七古又以平聲一韵到底者爲尤嚴，乃即專論七古一體，取漁洋《古詩鈔》中三十二首爲例，彙集諸家之説，復斷以己説。排列非按時代，一人之作亦不接排，大抵以前八首至蘇軾《和蔣夔寄茶》爲正調，韓愈《山石》以下則多爲變調救爲正調者。正調分平韵、仄韵二式，以不出現律句爲原則，析爲定法。平聲不轉韵者以三平押脚爲正調，尤不得夾入律句；仄韵對句下三字以「仄平仄」爲正調。變調救爲正調者，所謂「雖非正式而仍不失調」，如李商隱《韓碑》已盡平聲不轉韵之格，而有七字皆平皆仄句，又「詠神聖功書之碑」一句四平押脚，均非合調，以「必其氣極盛」乃可救爲正調。總之除拗律外，第四、五、六三字勿用純平純仄，至失抑揚之妙。其説皆就翁方綱之説立論，蓋魏氏偶得覃溪七古評本，以爲洞悉七古各格之藴，發漁洋、秋谷所未發，乃大段取録，王、趙之争遂亦得以平解。覃溪此書今已未知存佚流向，賴此得存十之二三。覃溪論七古斷然以杜爲正脈，故此書不及初唐四子體、元白長慶體，較漁洋爲斬絶也。魏氏不加區别，有謂「阮亭以杜爲宗」，則不確。乾嘉間七古之作大盛，老杜體與梅村體並行，此書之論專以杜體爲正，得其半耳。卷首凡例二則，曰「詩旁圓圈圓點除律句外逐一標識」、「字脚圓圈是論詩，非論聲調」。今觀其字旁平仄圈點，已落秋谷《聲調譜》、覃溪《小石帆亭著録》及乾隆諸家聲調譜後，實無所發明，字脚圓圈亦未見「論」，故予删芟，以清眉目。天頭批語，則勾入各詩之相應位置。卷末附漁洋、秋谷及沈歸愚三家之語十四則，自謂乃録出備覽者，署嘉慶八年癸亥，當是早年所爲，非《細論》成書之年也。

七言古詩聲調細論序

此論詩也。而曰「聲調細論」者，明此書之所由刻也。聲調之説，前代未聞，蓋盡人知之，不待言而著也。本朝王阮亭先生始發此論。趙秋谷先生謂阮翁聲調蓋有所受，而終身不言所自，其以教人又不以盡。趙王相攻，語未敢憑。然觀《古夫于亭詩問》，則其言或非無因也。秋谷得其説，乃刻《聲調譜》行世。證以唐大曆以後及宋元明諸家之作，若合符節，是其説信而有徵，固非二公之私言也。原書指示甚明，而後人或失其旨。往見温陵有翻刻聲調之本，認鹿作馬，指白爲黑，不知而作，莫此爲甚。言者既不知，使知者復不言，則謬種流傳，誤人不淺矣。廼取唐宋之詩，分别細論，筆之於書，以告同人。而友朋傳抄，輒闕其本，此未體僕之意也。夫寶劍以贈烈士，紅粉可付佳人，僕雖不能詩，然一知半解必以告人。此書出而人能收其用，僕且爲之大快，又豈肯吝而不傳乎？頃有《庚辰集參評》之刻，因併付之築氏。於秋谷原書不襲不悖，其爲寶劍、紅粉與否，識者當自能辨之。若夫細論詩法，必抉作家意匠經營之所在，不敢如諸家摘句論詩，漫誇得解，亦不肯虚作贊嘆，毫無發揮。閲者先從此處著眼，後及聲調，則苦心不負，僕且更爲之大快。王趙雖往，行將酹酒告之矣。嘉慶乙亥秋，重陽前一日，霞漳魏景文自序。

七言古詩聲調細論

霞漳魏景文爾止著
新都魏朝俊青士校

詩旁圓圈圓點除律句外，逐一標識，細玩自悉。○字脚圓圈是論詩，非論聲調。

同崔傅答賢弟　王右丞　盛唐

洛陽才子姑蘇客，杜宛按：當照趙松谷本作「杜苑」。殊非故鄉陌。九江楓樹幾回青，一片揚州五湖白。揚州時有下江兵，蘭陵鎮前吹笛聲。夜火人歸富春郭，秋風鶴唳石頭城。周郎陸弟爲儔侶，對舞前溪歌白紵。曲几書留小史家，草堂碁賭山陰墅。衣冠若話外臺臣，先數夫君席上珍。更聞臺閣求三語，遥想風流第一人。

二句、四句仄韵，古詩下句正調。六句亦平韵，古詩下句定法。七句則平韵上句之定法也。說見下篇。○翁云：「周郎陸弟」漸細說入人事，較「人歸」、「鶴唳」更爲密緻。此章法次第也。

寓疎宕於隊仗之中，此盛唐人身分。沈歸愚先生

右丞七古，雖承初唐人來，而風骨高秀，實爲大家之開山。若雅志學杜，尤宜從此入路，乃

是正宗，不墮粗硬一派。阮亭司寇云：「世謂王右丞畫雪中芭蕉，其詩亦然。如『九江楓樹幾回青，一片揚州五湖白』，下連用蘭陵鎮、富春郭、石頭城諸地名，皆寥遠不相屬。古人詩畫，只取興到。若刻舟緣木求之，失其旨矣。」愚按：杜苑亦非一處。《漢書・地理志》：「杜陵，古杜伯國，屬京兆尹。」宛在南陽，屬荆州。其字音鴛。然亦安知非二處俱曾作客？於「幾回楓樹」之下，接以「一片揚州」，則又或路有經由。語成賓主，何妨錯出也。雖以下諸地名自不能無寥遠之疑，然讀詩者如此等處只可領其大意。如以辭而已矣，則謂作詩必以迷離惝怳爲高，吾不信也。翁覃溪先生

此詩當分作兩段看。前半傷崔弟之飄泊，後半寫崔弟之人品。而前後段又各分兩段。前段首四句是追叙從前所經歷，次四句是紀其現在所托跡。後段首四句即蒙前旅况細叙情事，見其才調之過人；次四句又蒙此意寫去，見其不終於淪落。合通篇看，自有蛛絲馬跡，節節相生之妙。而篇首以「姑蘇客」三字領起前半，而「洛陽才子」四字即伏後半之根。末以解慰作結，又恰爲前半飄泊討出路，首尾亦神脉迴環。首句既以「姑蘇客」領起，此下不應突説到「杜宛」。看下所叙都在南方一帶，故斷以「桂苑」爲合。第四句著「一片」字，則往來揚州，不是一處。五句「時有下江兵」，是又後來遷徙之由。而蘭陵、富春、石城則遷徙之不定一處也。語本分明，不必以寥遠爲疑。前半古律相間，後半純用律句。説見下篇《古大梁行》。兼山堂

古大梁行　高達夫　盛唐

古城莽蒼（上聲。）饒荆榛，驅馬荒城愁殺人。（句含憑弔，便爲後半伏線。）魏王宫觀盡禾黍，信陵賓客隨灰塵。憶昨雄都舊朝市，（溯前展局。）軒車照耀歌鐘起。軍容帶甲三十萬，國步連營一千里。全盛須臾那可論，（收轉。運筆圓健。）高臺曲池無復存。遺墟但有狐狸跡，古地空餘草木根。暮天摇落傷懷抱，（此下寫憑弔之情。）撫劍悲歌對秋草。俠客猶傳朱亥名，行人尚識夷門道。白璧黄金萬户侯，寶刀駿馬填山丘。年代凄涼不可問，往來惟見水東流。

「古城」、「信陵」、「寶刀」三句，三平押脚，平韵古詩下句正調。◯「驅馬」、「高臺」二句因第四字平，故第六字用仄以救之，此定法也。◯平平仄平仄爲拗律句，乃仄韵古詩下句正調。「憶昨」、「國步」、「撫劍」三句是也。◯「軍容」句正古詩仄韵上句正式。「魏王」、「年代」二句律句少拗，平韵上句正式。◯「俠客」句律句少拗，亦仄韵上句正式。

翁云：「全盛」二字將上四句收捲。又云：佳在「朱亥名」、「夷門道」仍繚繞到「全盛」時，得沉鬱頓挫之致，不然則空衍矣。

結句乃正是弔古之懷，佇目而得。所謂只可有一，不可有二。若後人更欲摹仿，則是八寸三分帽子矣。此等作皆盛唐之正調，工部之先鞭。然較之初唐四傑風流跌宕，猶帶齊梁，則此種已爲渾成之境矣。若巨山《汾陰行》，亦以敘述感慨，攬結穠華，而聲情頓挫，藻密旨遠，則又初唐高格也。覃溪先生起四句領起全篇，「憶昨」四句追溯其盛，「全盛」四句轉到其衰，而以「全盛」句作上下轉捩，寫題至此已完。「暮天」以下就憑弔低徊感慨，乃使神情綿渺不盡。作古風後路，須知此意。覃溪先生論「朱亥」一聯最關緊要。懷古題若不按題摹情，則讀得一篇《蕪城賦》，便隨處可以搬演，何止結句是八寸三分帽子乎？篇中「魏王」一聯、「軍容」一聯，皆按切大梁。「全盛」四句似屬空衍，緣與「憶昨」四句反正相形，故不嫌其空。且以避「魏王」一聯，使不犯複也。調劑虛實，斯又存乎其人耳。　「俠客」聯與「白璧」聯均是弔古，而有起伏操縱。且一則頂上「撫劍悲歌」，其神骯髒；一則起下「年代凄涼」，其神慘淡。絕非平排。　此篇節拍極佳，聲調健壯，純乎古詩，去初唐體已遠。　四句一換韻，乃轉韻七古之正格。其音節亦多用正調。中間以律句者，緣轉調貴諧和。且篇中多用對偶，故參以律句無妨。若平韻一韻到底者，斷不宜夾入一律句。當分別細參。

兼山堂

汾陰行　李巨山　初唐

君不見，昔日西京全盛時，汾陰后土親祭祠。齋宮宿寢設廚供，撞鐘鳴鼓樹羽旂。漢家四一作五葉才且雄，賓筵萬靈服九戎。柏梁賦詩高宴罷，詔書法駕幸河東。河東太守親掃除，奉迎至尊導鑾輿。五營夾道列容衛，三河縱觀空里閭。回旌駐蹕降靈場，焚香奠醑邀百祥。（翁云：數句從漢人郊祀樂府出。又云：直叙之情易於平板，出以疊韻，乃見頓挫。）金鼎發色正焜煌，靈祇煒燁攄景光。埋玉陳牲禮神畢，舉麾上馬乘輿出。（上下四句俱多疊一韻，此换用仄韻，只用二句，伸縮以成節奏。）彼汾之曲嘉可遊，木蘭爲楫桂爲舟。（此寫横汾之宴，大意化用《秋風辭》。）櫂歌微吟綵鷁浮，簫鼓哀鳴白雲秋。歡娱宴洽賜群后，家家復除户牛酒。聲名動天樂無有，千秋萬歲南山壽。（如此頓挫，自有草蛇灰線之妙。）自從天子向秦關，玉輦金輿不復還。珠簾羽帳長寂寞，鼎湖龍髯安可攀。千齡人事一朝空，四海爲家此路窮。雄豪意氣今何在，壇場宫館盡蒿蓬。路逢故老長歎息，世事回環不可測。昔時青樓對歌舞，今日黄埃聚荆棘。山川滿目淚沾衣，富貴榮華能幾時？不見只今汾水上，唯有年年秋雁飛。（亦暗用《秋風辭》，不落空套。）

「汾陰」、「漢家」、「河東」、「焚香」、「靈祇」、「彼汾」六句拗在第五字平、第六字仄，便非律句。亦平韻古詩下句定法。「撞鐘」句，平韻七古下句别調，不可妄用，「賓筵」、「棹歌」二句，「奉迎」句，「金鼎」句，「簫鼓」句，皆祇可間用。◯「柏梁」句、「珠簾」句，平韻皆可用。「舉麾」、「歡娱」二句，「家家」、「聲名」二句，仄韻古詩下句正式。「路逢」句亦可用。◯以上注明，以後凡句法相同者可以識矣。◯「昔日」、「三河」、「鼎湖」、「富貴」、「唯有」五句，注見上首。「驅馬」、「高臺」二句，「齋宫」、「五營」二句，説見上首。「魏王」、「年代」二句，「埋玉」、「今日」二句，注見上首。「憶昨」三句故不再注。「昔時」句，仄韻上句可用。

起四句領。「漢家」四句，題前叙入。「河東」四句，初到汾。「回旌」四句，叙祭祠。「彼汾」四句，寫祭後遊宴。「歡娱」四句，寫祭後賞賜。「自從」以下，從盛典不再，舊迹冷落，憑弔收結。通首按題摹寫，自成節奏。設色排場，古藻紛披。初唐得此，真高格也。漢高、惠、文、景、武共五帝，然文亦高帝子，故云「四葉」，不必改爲「五」。歸愚先生云：「爾時風格乍開，故句調未能全合。」兼山堂

燕歌行

高達夫

開元二十六年，客有從御史大夫張公出塞而還者，作《燕歌行》以示適，感征戍之事，因而和焉。

漢家烟塵在東北，（直起。）漢將辭家破殘賊。男兒本自重横行，天子非常賜顔色。摐金伐鼓下榆關，旌旆逶迤碣石間。校尉羽書飛瀚海，單于獵火照狼山。山川蕭條極邊土，虜騎憑陵雜風雨。戰士軍前半死生，美人帳下猶歌舞。大漠窮秋塞草腓，孤城落日鬬兵稀。身當恩遇常輕敵，（蒙前「賜顔色」，此層只帶説。）力盡關山未解圍。（從苦戰説到久戍。）鐵衣遠戍辛勤久，玉筯應啼别離後。少婦城南欲斷腸，征人薊北空回首。邊庭飄飖那可度，絶域蒼茫無所有。殺氣三時作陣雲，寒聲一夜傳刁斗。相看白刃雪紛紛，死節從來豈顧勳？（轉出主意，應前「重横行」，收局。）君不見沙場征戰苦，至今猶憶李將軍。

一詩大旨。三四句陡筆提出，硬語盤空，下乃紆徐叙入，使不迫促。士卒苦戰，主將不恤，得此一托，沉痛十分矣。夾入此層寫出征戍之苦。主將既不相恤，此情更復誰憐？然此私情不可以奪公義也。下轉出苦戰死節，乃加倍精神。

翁云：「鐵衣」一韵押至八句，正其酣恣淋漓，有不可勒住之勢。後「邊庭」一聯，「飄颻」、「蒼茫」以叠韵拍節，方好收場。

李、杜外，高、岑、王、李，七言古中最矯健者。七言古中時帶整句，局勢方不散漫。若李杜風雨分飛，魚龍百變，又不可以一概論。歸愚先生

怨而不怒，風雅正宗。覃溪先生

序謂感征戍之事。篇中乃純作敵愾語，而悲苦自見於言外。此爲詩人之筆。舊評據「戰士軍前」二句，謂刺主將不恤士卒，而以結句「李將軍」指李廣愛惜士卒而言。注或引李牧。然細味詩意，中間美人歌舞，不過用作襯托，非歸宿所在也。看起處「男兒本自重横行」二語一領，篇末「死節從來豈顧勳」一應，大旨瞭然。末句憶李將軍，乃用李廣結髮與匈奴七十餘戰而不封侯，以足上句死節不顧勳之意耳。中幅借主將不相恤作托，乃倍使前後義形於色。「鐵衣」八句接寫征戍苦情，然只作平叙，以渲染結意。曲折頓挫，渾然不露。盛唐格調所以高於中晚也。兼山堂

白絲行　杜工部　盛唐

繰絲須長不須白，越羅蜀錦金粟尺。象牀玉手亂殷紅，（反對白絲，此正世之所尚者。）萬草千花動凝碧。已悲素質隨手染，裂下鳴機色相射。（染成綵色，裁製精工，何等珍重。）美人細意熨貼平，裁縫滅盡鍼線跡。（此就未用時形容。）春天衣著爲君舞，蛺蝶飛來黄鸝語。（此説到見用，映風日而輕舉，何等稱意。借鶯蝶、絮絲作點染，加倍生色。）落絮遊絲亦有情，隨風照日宜輕舉。（極寫見用之盛，下轉出見棄，乃倍有精神。）香汗清塵汙顔色，開新合故置何許。（點得冷甚。）君不見才一作志士汲引難，恐懼棄捐忍羇旅。（結出正意。）

絲質尚白而非衆所重，故有慨乎其言之。◯翁云：一語感慨，吸盡通篇。「美人」、「春天」、「香汗」三句，律句少拗，仄韻上句可用。◯「蛺蝶」句，三、四既平，則五、六當抽换，用仄平或平仄，方有抑揚。以「鸝」字音低，故讀去不覺。

仇注云：「士守貞白，則不隨人榮辱。」又云：「當其渲染之初，便是沾汙之漸。」此篇大意盡此數言。宛轉抑揚，感慨不盡。　杜公氣象渾淪，不屑規規比擬樂府。而集中如此等作，婉而多風，深造樂府之秘。興觀群怨，乃所以作忠教孝之本也。若不從此處悟入，而徒言雄渾，將必摹仿其句調，以爲接踵唐音，嗣響子美，縱使龐然具體，正復何如耶？覃溪先生染成采色，製作舞衣，如許鄭重，宜其不至棄捐矣。而素質既失，沾汙隨之，見棄亦何足怪？可知貞白之不宜渝也。就白絲比興寫意，末乃一筆結出。抑揚頓挫，曲致深情。前半寫其盛，卻著「繰絲」、「已悲」二語，開中寓合。古人多有此筆法。兼山堂

玄都壇歌寄元逸人　杜工部

故人昔隱東蒙峰，（溯前作陪。）已佩含景蒼精龍。（寫元逸人著此句，便與通首意緒相貫。）故人今居子午谷，（攏合到題，壇在子午谷中。）獨在陰崖結茅屋。屋前太古玄都壇，（提壇描寫。）青石漠漠松一作常風寒。子規夜啼山竹裂，（沈云：言其聲之哀。下句言仙。）王母晝下靈旗翻。（真載靈旗而下。）知君此計成長往，（拍起元逸人。）芝草琅玕日應長。鐵鏁高垂不可攀，致身福地何蕭爽。（收結仍綰住壇。）

第三句仄韵，下句可用。

「王母」句平韵，下句別調。同前「金鼎」句。◯別本作「雲」。據通首純用正調，當以「雲」字爲勝。

七言之正調也。學杜必應從此入手。

「蒼精龍」指所佩之符，《抱朴子》所云「含景藏形，可卻惡防身者」。俗又引《神仙傳》：「壺公云：『吾常佩含景，駕蒼龍。』」注：「東方蒼龍。」《春秋繁露》：「劍之在左，蒼龍象」。則蒼龍亦可以比劍。「王母」，仇引《列仙傳》：「穆王與王

母會瑶池，靈旗霓旌擁簇，自天而下。」則是直作王母説矣。或又以王母爲鳥名，取其與子規相對。引《酉陽雜俎》：「齊郡函山有鳥，名王母使者。」殊可不必。「鐵鏁高垂」，則舊注謂用《道藏經》「昔時有戍卒屯於子午谷，入水窮處，忽見鐵鏁下垂，約百餘丈，欲挽而上，有虎蹲踞」之事。此又因子午谷而用之。然詩歌用神仙縹緲之詞，原於騷屈，而李杜暢之，卻須有真氣相貫，乃不隳落。如《送孔巢父》一篇，有「蓬萊織女」，必有「春寒」、「景暮」、「罷琴惆悵」諸句，與之映照。此詩亦佳在「青石」、「松風」，襯托高疏，故「王母」、「靈旗」倍有氣勢也。若通篇皆龍虎鉛汞之氣，則反傷雅道也。覃溪先生

謁衡嶽廟遂宿嶽寺題門樓

韓文公　中唐

五嶽祭秩皆三公，四方環鎮嵩當中。火維地荒足妖怪，天假神柄專其雄。噴雲泄霧藏半腹，雖有絶頂誰能窮。（二句極形其高峻，即暗爲接筆通線。）我來正逢秋雨節，陰氣晦昧無清風。（頓跌作勢。）潛心默禱若有應，豈非正直能感通。須臾静掃衆峰出，仰見突兀撑青空。（先總寫。）紫蓋連延接天柱，石廩騰擲堆祝融。（次細寫。）森然動魄下馬拜，（以下謁廟。）松柏一帶趨靈宫。粉牆丹柱動光彩，（廟中所見。）鬼物圖畫填青紅。升階傴僂薦脯酒，欲以菲薄明其衷。（言不爲求福也。）廟令老人識神意，睢盱偵伺能鞠躬。手持杯珓導我擲，云此最吉餘難同。竄逐南荒幸不死，衣食纔足甘長終。侯王將相望久絶，神縱欲福

難爲功。夜投佛寺上高閣，（完宿嶽寺一截。）星月掩映雲朣朧。猿鳴鐘動不知曙，杲杲寒日生於東。（「星月」、「寒日」與前路「秋雨」、「晦昧」隱相映照。）

一起莊重稱題。下「感通」、「錫福」等句亦有根。

「火維」句、「潛心」句，平韵上句正式。

東坡所云力能開衡山之雲，即指此事。

「噴雲」句，平韵上句可用。◯凡注可用者，以雖非正式仍不失調也。

「我來」句可用，已注前《汾陰行》。「石廪」句平韵，下句正式。

不獨下句用正調，倂上句亦無一苟。◯譜云上句雖不論，亦宜少拗乃健。

順文叙次，自有奇崛之致。通篇純用正調。前後銜接起伏，脈縷俱細。七古平聲不轉韵者，李杜祇十之一二，昌黎則十而八九，後歐、蘇亦然。其體以三平押脚爲正調，間有抽换，以赴節拍，皆非率爾。散見諸評，彙參自悉。兼山堂

和蔣夔寄茶　蘇東坡　北宋

我生百事常隨緣，（一詩主意。）四方水陸無不便。（領起「適吴越」、「入東武」二段。）扁舟渡江適吴越，（六句追叙從前。）三年飲食窮芳鮮。金虀玉膾飯炊雪，海螯江柱初脱泉。臨風飽食甘寢罷，一甌花乳浮輕圓。

（此是當年好尚。）自從捨舟入東武，（六句正叙現在。）沃野便到桑麻川。翦毛胡羊大如馬，誰記鹿角腥盤筵？（回顧吴越生情。）廚中蒸粟埋飯甕，大杓更取酸生涎。自注：「山東喜食粟飯，飲酸漿。」柘羅銅碾棄不用，脂麻白土須盆研。（已非當年好尚矣。兩層頓挫，寫足隨緣，爲入題作勢。）故人猶作舊眼看，（入寄茶。）謂我好尚如當年。沙溪北苑强分別，水脚一線争誰先？清詩兩幅寄千里，紫金百餅費萬錢。（搭入詩。此處頗難著筆，故用對偶作賓主筆帶出。此剪裁法。）吟哦烹噍兩奇絶，只恐偷乞煩封纏。（蒙好尚意，答過寄茶厚意，恰爲題作頓折。）老妻稚子不知愛，一半已入薑鹽煎。（掃開好尚，歸到隨緣，脱卸無痕。）人生所遇無不可，南北嗜好知誰賢？（應起處收局，緊對下「窮旅不自釋」。）死生禍福久不擇，更論甘苦争蚩妍。（句更跌進一層，起下更融。）知君窮旅不自釋，（全首皆爲此句。）因詩寄謝聊相鐫。（帶入寄茶，雙結。）

翁云：「謂我」二字直貫下句，故寄茶正面亦寫作四句。「吟哦」即承上，「清詩」即蔣詩也。

下乃以「老妻」一筆掃卻。

「紫金」句平韵，下句別調，可用而不宜輕用。○下《山石》、《杏花》兩首各有分別，調已見評語。

翁云：收場字字拍節。

絶無深奇，而其中自有伸縮擺脱，句句純用正調，蘇詩之最平直深穩者。覃溪先生

因來詩有窮旅難釋之感，故就題「寄茶」，生出隨緣意，作一詩之主。解此觸緒生情，乃能不窮於用。此與上首俱以三平押脚，韓、蘇集中多如此。爲阮亭、秋谷兩先生之所宗。其有不用正調者，再

論於下二篇。兼山堂

山石　韓文公

山石犖确行徑微，黄昏到寺蝙蝠飛。（寫到寺所見。）昇堂坐階新雨足，芭蕉葉大支子肥。僧言古壁佛畫好，以火來照所見稀。（無聊之極，其狀如此。）鋪牀拂席置羹飯，疏糲亦足飽我飢。夜深静卧百蟲絶，清月出嶺光入扉。（寫夜景亦清冷。）天明獨去無道路，出入高下窮烟霏。（寫歸途所見。）山紅澗碧紛爛漫，時見松櫪皆十圍。當流赤足蹋澗石，水聲激激風吹衣。人生如此自可樂，豈必局束爲人鞿？（句總束下，即從此尋出路。）嗟哉吾黨二三子，安得至老不更歸？

照看畫壁，妙。用「所見稀」掃過，一作褒貶即滯。

詳叙往還，句句寫景卻句句無聊，乃托得局束意起。

看「局束爲人鞿」句，當是謫宦之作。强作排遣，而蕭條之況自見。末乃收出本意。此篇不用正調。其中聲律卻一字不苟。總之七古平韵不轉者，斷不得夾入律句也。「以火」、「疏糲」、「安得」三句，本是變調，而在此篇，反成正式。以通體俱變，此乃化爲一律。下篇首句、四句、十句亦然。試細參之。兼山堂

杏花　韓文公

居鄰北郭古寺空，杏花兩株能白紅。（直起。）曲江滿園不可到，看此寧避雨與風？二年流竄出嶺外，所見草木多異同。（寫草木異同，抑筆爲轉合作勢。）冬寒不嚴地恒泄，陽氣發亂無全功。浮花浪蕊鎮長有，纔開還落瘴霧中。（二句謂花落盡也。）山榴躑躅少意思，照耀紅紫徒爲叢。鷓鴣鉤輈猿叫歇，杳杳深谷攢青楓。豈如此樹一來翫，（拍題，與起處應，何等筆力。）若在京國情何窮。今旦胡爲忽惆悵，萬片飄泊隨西東。（推後作去路，隱寓還朝意。）明年花發應更好，道人莫忘鄰家翁。（顧旨亦密。）

三四陡然拍入謫宦戀闕之情，一詩主意。

蒙曲江不到，追溯嶺外所見，爲題作襯，筆陣忽縱。

「曲江」句，平韻上句正式。

「道人」指寺僧。〇「忘」字讀去聲。

考韓詩注，公以言事出爲陽山令，至是始爲掾江陵。是亦謫宦之作。與《山石》首相類。此則情文較顯，音節亦較健，具有縱横跌宕氣勢。此首亦不全用正調。要總不參一律句。所謂不參律句，非謂不成律句即可用也。須在上下句末四字中討尋筋節。熟玩詩旁圓圈圓點，方知其有一定不易之法在。

集中有注正調者，如平韻之三平押脚、仄韻之以拗律句押脚，是也。有注正式定法者，如平韵上句第五字仄，用仄平仄或三仄，下句第五字平，用平仄平，及第四字平、第六字必仄，是也。又仄韵上句第五字平，用平仄仄或平仄平、或平平仄、或三平，下句第五字仄，不必拗律句，但脚三字用仄平仄，是也。有注可用者，平韵上句脚用平仄仄是也。又仄韵上句脚用仄平仄，或三仄，或仄平平，或仄仄平，下句用平仄仄或平平仄，是也。以其雖非正式，仍不失調，故曰可用。特總揭其大指，可一覽而瞭然矣。前《汾陰行》所指出平韵諸別調，及《玄都壇歌》「王母」句，施之柏梁體，無所不宜。尋常古詩便當斟酌，其二平押脚者，調終近軟，勿用可也。外如四平、五平押脚，及諸字俱平而第五字獨仄，皆乖音節，切不可用。轉韵尤不可用。兼山堂

韓碑

李義山　晚唐

元和天子神武姿，（特提聖皇，得要。）彼何人哉軒與羲。誓將上雪列聖耻，（領起削平淮西。）坐法宫中朝四夷。淮西有賊五十載，封狼生貙貙生羆。不據山河據平地，長戈利矛日可麾。帝得聖相相曰度，（特提聖相，全篇主腦。）賊斫不死神扶持。腰懸相印作都統，陰風慘淡天王旗。愬武古通作牙爪，（諸將只作帶叙，輕重已分。）儀曹外郎載筆隨。行軍司馬智且勇，（昌黎另叙，亦有賓主。）十四萬衆猶虎貔。入蔡縛賊獻太廟，功無與讓恩不訾。帝曰汝度功第一，（再提醒。正見碑文歸功裴相之非私，都是扼要之筆。）汝從事愈宜爲詞。愈拜稽首蹈且舞，金石刻畫臣能爲。古者世稱大手筆，此事不繫於職司。當仁自古有不讓，言訖

屢頷天子頤。公退齋戒坐小閣，濡染大筆何淋漓。點竄堯典舜典字，塗改清廟生民詩。文成破體書在紙，清晨再拜鋪丹墀。表曰臣愈昧死上，詠神聖功書之碑。碑高三丈字如斗，負以靈鼇蟠以螭。句奇意重喻者少，讒之天子言其私。（説毁碑語亦嚴重。）長繩百尺拽碑倒，粗砂大石相磨治。公之斯文若元氣，（四句虚摹。）先時已入人肝脾。湯盤孔鼎有述作，今無其器存其辭。嗚呼聖皇及聖相，（四句實貼。）相與烜赫流淳熙。公之斯文不示後，曷與三五相攀躋？願書萬本誦萬遍，口角流沫右手胝。（誦寫傳後語，亦緊與毁碑相對，不同泛綴。）傳之七十有二代，以爲封禪玉檢明堂基。

憲宗削平禍亂，亞於貞觀。其平淮西亦出獨斷，而裴度、武元衡贊成之。起筆特提是實事，非諛詞。〇接寫淮西之强，以見削平之不易。於題爲實事，於文爲反托助色。

以上叙完平淮，以下接入碑文。〇「功無與讓」句渾括賞功，即暗渡立碑，有草蛇灰線之妙。

叙作碑文，説得如此鄭重，不特得體，亦正爲碑文占身分。

「帝曰」句可用。〇「古者」、「公退」、「點竄」、「表曰」四句，雖多用仄，仍是正式。

先頂毁碑，極言其文之已不朽。次貼平淮紀績，極言其文之不可磨滅。末四句又總上二層作結，著意咏嘆，極力擡高碑文。必如此，乃收得通篇之勢。

翁云：「大手筆」，宜引《晉書·王珣》云：「此當有大手筆事。」方與下「淋漓大筆」不複。注家引「燕許大手筆」，語涉自誇矣。〇「破體」，宜從程箋引《法書苑》：「鍾善正筆，右軍行法，小令破體。」

程午橋箋云：「平淮西事，裴度以丞相視師，賜以節斧、通天御帶、衛卒三百。而顏、胤、愬、武、古、通諸人，咸統於韓弘。故賞功有將帥之分，原自不同。」愚按：淮西之舉，實裴度贊成之。昌黎碑中，只「惟爾予同」一句，已見大意。故又曰：「乃相同德，以訖天誅。」不但目裴爲總帥也。程箋又云：「『古者』二句，乃譏段文昌不如昌黎之大手筆也。」愚按：當日改撰之由，實因歸功裴度。此詩筆法之妙，正在前半提唱「帝得聖相相曰度」、「帝曰汝度功第一」，純用春秋特筆書法。則昌黎之文，不待譽之而自彰矣。覃溪先生

筆筆挺拔，步步頓挫，不肯作一流易語。「誓將上雪列聖恥」句，説得爾許關係，已爲平淮西高占地步。「淮西」四句，極言元濟之强，便令平淮西之功益壯。入手八句，句句争先，非尋常鋪叙之法。○「帝得」句，遥接起四句，大書特書，提出眉目。○十四萬兵，如何鋪叙，只「陰風」七字，空際傳神，便見出森嚴氣象。蓋從《詩》「蕭蕭馬鳴，悠悠旆旌」化來。○層層寫下，至「帝曰」二句，群龍結穴，此一篇之主峰。○四家評曰：「『愈拜稽首』一段，是波瀾頓挫處，不爾便一瀉無餘。」○破體，是書家筆法之名，宋人有爲作破體王書一紙語是也。道源注誤。○「公之斯文」四句，揞拄全篇。凡大篇有精神團結之處，方不散漫。李杜、元白，分界在此。○「嗚呼聖皇」以下，總束上文。有此起合有此結，章法乃稱。○「詠神聖功書之碑」句，四平押脚，調終太硬。唐人如此者絶少。紀曉嵐先生

此詠昌黎《平淮西》碑文，提重君相，叙明功案，便見碑文不可改易。翁、紀兩先生評，最得作家用意。○此篇句法甚備，抑揚抗墜盡致。趙秋谷先生謂已盡七古平聲不轉韵之格。然其中如「封狼」句

七字皆平，「帝得」、「入蔡」、「愈拜」三句七字皆仄，雖於格無礙，但必其氣極盛，乃能如此高下皆宜。又「長戈」與「儀曹」二句，韓、蘇少用此句法，已論於《汾陰行》「賓筵」句。若「詠神聖功」句四平押脚，譜已指明不可用，鏡烟堂亦謂其太硬。當分别求之。兼山堂

憶昔　杜工部

憶昔開元全盛日，小邑猶藏萬家室。稻米流脂粟米白，公私倉廩俱豐實。九州道路無豺虎，遠行不勞吉日出。齊紈魯縞車班班，男耕女桑不相識。宫中聖人奏雲門，天下朋友皆膠漆。百餘年間未災變，叔孫禮樂蕭何律。（翁云：非只説此事也，正收裹「百餘年間」也。）豈聞一絹直萬錢，有田種穀今流血。（翁云：妙在此處，一轉即先説苦楚。若從時事平叙而下，則直白無布局之法矣。）洛陽宫殿燒焚盡，宗廟新除狐兔穴。傷心不忍問耆舊，恐復初從亂離説。小臣魯鈍無所能，朝廷記識榮禄秩。周宣中興望我皇，灑淚江漢身衰疾。

翁云：開元全盛，事事皆可拈取。看其層層布置，脱卸結裹，不牽不離，凡叙事布景，皆以此爲法。◯又云：蘇詩《題王晉卿烟江叠嶂圖》前半亦然。◯又云：桐城方貞觀評「傷心」二語：省筆法也。前半鋪叙太平景象已極其致，此處叙亂離更復嘵嘵不已，便拖累矣。看此二語省卻無數。

「齊紈」句、「小臣」句仄韵，上句正式。「稻米」句、「宫中」句、「豈聞」句、「周宣」句，俱可用。「天下」、「洒涙」二句，與律句同論。

阮亭司寇云：「七言平韵，（此條阮亭與秋谷同。）上句第五字宜用仄，下句第五字宜用平；仄韵，上第五字宜用平，下第五字宜用仄。」又云：「七言换韵者，（此亦與秋谷同。）多用對仗，間似律句無妨。若平韵到底者，（此則與秋谷不同。秋谷謂斷不宜參入律句，下所云「嚴避律體」，乃與相合。然云似律之句，則仍未爲律也。）中間亦須參以對仗。而偶出似律之句亦不妨，不得概以失調訶之。」此當看上下調法何如耳。若仄韵到底者，則阮亭未言，（秋谷亦未言。）似亦不出此理。但以愚意度之，平韵則其音節悠揚，易於平衍，故必嚴避律體。竟有通篇句句三平，（此體韓、蘇二公最多。）而敲鏗節拍、一片宫商者。縱或嫌其太同，亦不過於第六字小變抑揚，（如《韓碑》篇「元和天子神武姿」、「坐法宫中朝四夷」等句是也。）或於出句作小轉易，（如《寄茶》篇「臨風」、「柘羅」等句。）或中間又閒出對偶，（如《寄茶》篇「清詩」一聯及後《焦山》篇「展禽」二句。）换一别調以配之。實則第五字之平，乃十句而七八。（此段發明平韵下句第五字須平，及三平押脚爲正調之意。）若仄韵詩，則其勢本自矯健，而下三字若必句句皆仄，無是理也。所以仄韵詩對句下三字，以仄平仄爲正調。然雖知此意，而徑欲句句如是，以仄平仄押脚，毫無抑揚轉换，或遇急板拍節、悲歌激響則可，或杜詩《劍器行》終數句是也，（此段發明仄韵下句不用三仄押脚，而用拗律之意。○平平仄平仄爲拗律句，仄韵古詩下句正調。五言七言並同。此下説仄韵七古可參以律句之意，補阮亭、秋谷所未及。）不然，直恐猶涉豪硬，故不妨以律句調和之。夫仄韵所謂律句，乃以仄字押韵，雖律句而已非律句矣。中間亦視上四字爲抽换，大約上四字有抽换，則第六字之抑揚生焉。（如第四、五字仄，則第六字必平。若四、五俱平，則第六字必仄，乃叶。）即如此篇乃仄韵到底之詩，而其第五字乃不必盡用仄字。故聊發凡於此。覃溪先生七古各格，覃溪先生評能發其藴。講聲調必如此洞悉，下筆乃不至失調。特爲詳注，以導先路。〇集中仄韵下句，分别古律，照格圈點，而其要則全在抽换。覃溪先生所云「視上四字爲抽换」三句，已扼其要。總之除拗律外，第四、五、六三字勿用純平純仄，致失抑揚之妙。〇王嗣奭云：「先叙『百餘年間』二句，隨用『豈聞』二字轉下，如快馬驀澗，何等筆力！」按：此亦好在插入「未災變」三字，頓筆即爲轉筆埋根，故能化去轉折恒徑。兼山堂

洗兵馬　原注：收京後作。　杜工部

中興諸將收山東，（即河北。）捷書夜報清晝同。河廣傳聞一葦過，胡危命在破竹中。祇殘鄴城不日得，獨任朔方無限功。（子儀爲朔方節度使。）京師皆騎汗血馬，回紇喂肉葡萄宫。已喜皇威清海岱，常思仙仗過崆峒。（朱注：「肅宗隨明皇自馬嵬至靈武，必由崆峒。」追叙播遷。錢箋所云「願君無忘在莒」者也。）三年笛裏關山月，萬國兵前草木風。成王功大心轉小，郭相謀深古來少。（廣平王俶徙封成王。收復兩京，廣平、子儀之功。）司徒清鑒懸明鏡，尚書氣與秋天杳。（司徒李光弼，尚書王思禮。按史二人曾助討慶緒。）二三豪傑爲時出，整頓乾坤濟時了。東走無復憶鱸魚，（翻用張翰語，見士無失業。）南飛覺有安巢鳥。（翻用魏武詩，見民得安居。）青春復隨冠冕入，（見朝儀如故。）紫禁正耐烟花繞。鶴馭通宵鳳輦備，（見帝修子職。）雞鳴問寢龍樓曉。攀龍附鳳勢莫當，天下盡化爲侯王。汝等豈知蒙帝力，（掃開一切，以托起下文。）時來不得誇身强。關中既

留蕭丞相，（指杜鴻漸爲是。鴻漸建謀興復，肅宗曰：「卿吾蕭何也。」）幕下復用張子房。（指張鎬。幸蜀步從，遣赴鳳翔，奏議多益，尋爲相。）張公一生江海客，身長九尺鬚眉蒼。徵起適遇風雲會，扶顛始知籌策良。青袍白馬更何有，（以侯景比安史。）後漢今周喜再昌。寸地尺天皆入貢，奇祥異瑞争來送。不知何國致白環，復道諸山出銀甕。隱士休歌紫芝曲，（指李泌。）詞人解撰河清頌。田家望望惜雨乾，布穀處處催春種。淇上健兒歸莫懶，（指圍鄴之兵。）城南思婦愁多夢。安得壯士挽天河，洗净甲兵全不用。

乾元元年十月，子儀自獲嘉渡河，破安大清，進圍衛州，安慶緒來救，復大破之。遂拔衛州，追慶緒至鄴。九節度圍鄴。

「東走」、「安得」二句，仄韵上句可用。

「青春」句，仄韵上句正式。

遂細想出，欣幸之情溢於言表，與上段末追想播遷，相爲低昂。

「關中」句「留」字既平，五六當换一仄字爲合。○「徵起」句與律句同論。

浦二田評「淇上」四句兜轉圍鄴，遥應發端，是全局總收。

沈云：肅宗即位，下制曰：「復宗廟於函洛，導鑾輿而反正，朝寢門而問安，願足矣。」詩中指此意，並非刺譏。牧齋所箋，俱深文未允。

詩共四段。每段平仄相間，各用六韵。此古風變體。○兩京克復，上皇還京，正臣子欣幸之時，安有預探移宮之事，而加以誹議乎？錢箋比之商臣、楊廣，過用深文。少陵忠愛，必不若是。歸愚先生莊嚴整麗，直是初唐，而氣自渾浩。◯此詩大局，亦只似《中興頌》一例文字。而中含炯戒，末致深望，則詩人所以可傳處也。若乃目爲有意指斥時事，則與題旨不相侔矣。◯當日肅宗不能自復西京，至賴回紇之力，終以蒙其大患，致肆擄掠。「喂肉蒲萄宫」，亦是有感之句。然以之寓鑒戒則可，以之含譏刺則不可。此等處妙在只以平叙過之，令人讀而自悟，所以爲佳。即如「攀龍附鳳」一節，譏當日加封扈從諸臣，朱注所謂貪天功以爲己力。此雖詩意，而妙在只隨事唱出，卻非正筆。覃溪先生

此篇自是初唐聲調，出自少陵，氣格自異。◯詩意因河北屢捷，賊勢大蹙，冀掃餘氛，洗兵不用，大指只是如此。中間層層想到，皆是帶筆，未是歸宿所在。得覃溪先生揭破，快絕。即前路之獨任朔方，中間之復用子房，亦當如此看。從將相得人，想到大業中興，意緒仍歸一線。又龍樓問寢，紫芝休歌，一誌欣幸，一寓冀望，無非聞捷中一時並到之情。通篇只據首四句，於喜捷中一滚讀去，結到洗兵不用，無窮寄意，無不滴滴歸源。諸家摘句論詩，鄙論竊所不愜。貢環出甕，語有吞吐，似爲獻諛致箴，然亦是平叙帶過，與「回紇」句一例。兼山堂

古柏行　杜工部

孔明廟前有古柏，（此本題夔州孔明廟柏。）柯如青銅根如石。霜皮溜雨四十圍，黛色參天二千尺。君臣已與時際會，（逗動正意，爲後路埋根。）樹木猶爲人愛惜。雲來氣接巫峽長，月出寒通雪山白。憶昨路

繞錦亭一作城東，先主武侯同閟宫。（此憶成都孔明廟柏，得此陪襯，局展氣寬。）崔巍枝幹郊原古，窈窕丹青户牖空。落落盤踞雖得地，冥冥孤高多烈風。（此下仍拍夔州，依朱注看乃分曉。）扶持自是神明力，正直元因造化功。大厦如傾要梁棟，萬牛回首邱山重。不露文章世已驚，未辭剪伐誰能送？（浦云：暗與君臣際會反對。又云：俱爲志士幽人寫照。）苦心豈免容螻蟻，香葉終經宿鸞鳳。志士幽人莫怨嗟，古來材大難爲用。

第二句六字皆平，只可間用。後《新畫山水障歌》「滄浪」句亦然。「落落」句上句可用。「孤高多烈風」寫出勢難久存，反跌有勢，轉下乃有力。

浦云：結出本旨。「材大」二字，雙關古柏。

王嗣奭曰：公生平極贊孔明，蓋竊比之意。孔明材大而不盡其用。公嘗自比稷契，而人莫之用。故篇終結出「材大難用」。此作詩本旨，發興於古柏者也。

武侯廟柏，自不得作一細語，如太史公用《尚書》爲本紀，厚重乃爾。李天生先生

中間時有整句，與《洗兵馬》篇同格。○大木寓棟梁意，人人有之。從君臣際會著筆，方見精采。

歸愚先生

送孔巢父謝病歸江東兼呈李白　杜工部

巢父掉頭不肯住，（直起，卻極飄忽。）東將入海隨烟霧。詩卷長留天地間，（以留襯歸，開合擺宕。）釣竿欲

拂珊瑚樹。深山大澤龍蛇遠，（接法横空。）春寒野陰風景暮。（二句言其有仙境，下二句言其有仙緣。語意上承下注。）蓬萊織女回雲車，指點虚無引歸路。自是君身有仙骨，（收出一詩主意。）世人那得知其故。惜君只欲苦死留，富貴何如草頭露？（二句摇宕，以足上意。）蔡侯静者意有餘，清夜置酒臨前除。罷琴惆悵月照席，幾歲寄我空中書？南尋禹穴見李白，道甫問訊今何如。

「巢父」句律句少拗，三仄押脚，可間用。

「春寒」句四五皆平，第六字必仄，乃有抑揚。

翁云：「惜君」二句以虚宕收住。

詩不甚長，而雄宕處聚於前半。其後幅則只算點明祖餞之人與寄問之人而已，而摇擺抑揚，精神一片，不得爲後人之頭重脚輕者藉口，亦不得與後人之氣急才竭、不留餘勢者同日而語。蓋開首八句，一氣疊來，而有「君身仙骨」之承接，則以上數重烟浪都有歸宿。「惜君」二句乃轉，自宕逸不盡。末訊李白，先以蔡托出，則更優游有餘也。每讀昌黎《山石》一篇，筆力之豪健，固不待言，然一路叙置，如轉圜石於千仞之山，至末一收，詘然而止。雖韓公大家，固應獨往獨來。然讀《山石》之後，再讀此篇，乃覺杜公之不可及。非敢以此甲乙古人，而詩之頓挫曲折，乃不可不講也。「罷琴」、「月照」補出送行之景，更自易於出場，無往而非節拍所關也。若别本又載一首，末無「蔡侯」四句，只云「若逢李白騎鯨魚，道甫問訊今何如」，自不如今本之委婉有致。然「若逢李白」句，多疊一韵，則已具頓挫之勢，而「騎鯨魚」，又繚繞前半，古人必無漫下一字也。若今本已自收裹完好，自不須用「鯨魚」矣。熟

參此理，而尚不知古詩音節之道者，吾不信也。覃溪先生

從「歸江東」直起，而極力追神，故語貼題而氣凌空，飄飄若不著紙。「深山」二句忽用脱接，從江東景地時令懸空布寫。次二句乃拍到「歸」字，與起四句嶺斷雲連，筆筆變化。下四收明高蹈意，爲通首歸宿。而著筆飄忽擺宕，仍自飛動不著紙，真神化之境也。○上説苦留不住，「送」字已到，故「蔡侯」四句，承接無痕。「幾歲」句説到别後寄書，恰逗問訊。「空中書」三字迴繞前文，不僅爲送别添毫，通首極變化中，脈縷正極細膩。○李天生先生云：《寄元逸人》得超忽之神，《送孔巢父》極狂簡之致。兼山堂

戲題王宰畫山水圖歌　杜工部

十日畫一水，五日畫一石。能事不受相促迫，王宰始肯留真跡。壯哉崑崙方壺圖，挂君高堂之素壁。巴陵洞庭日本東，赤岸水與銀河通，中有雲氣隨飛龍。（一句已寫出畫之工。）舟人漁子入浦漵，山水盡亞洪濤風。（二句亦善於寫狀。）尤工遠勢古莫比，咫尺應須論萬里。（再進一層極寫其工。）焉得并州快剪刀，剪取吴松半江水。

「十日」、「五日」是説興到始畫，非遲而工之謂。

「尤工」句五仄，下句可間用。

前人評云：「首六句出題，品高則畫自高，故先推畫品。次落畫圖，得爭上流法。中五句，叙畫正文。末四句，咏嘆以束前文。詩至此亦化作烟波一片矣。」○起四句字多仄，接二句字多平，彼此相儷，自有抑揚抗墜之妙。即此可悟古詩音節。○中間單一句用韵，節拍極佳，且與起處五言，伸縮相配成章法。○覃溪先生云：必著「雲氣」句，乃得精采飛動，聲勢壯闊。吾輩學杜，於沉鬱頓挫處用意，尤須於此等處縱宕開闢，乃有進步。不止多叠一句，使句法錯落而已。○《西清詩話》云：梁蕭文奂能書善畫，於扇上圖山水，咫尺之内，便覺萬里而遥。少陵此詩「尤工」二句，乍讀似非用事。如「男兒既介胄，長揖别上官」，用「介胄之士不拜」。「婦人在軍中，兵氣恐不揚」，用「軍中豈有女子乎」，皆用其事而隱其語。○收結悠然不盡，短章尤宜得此意。兼山堂

奉先劉少府新畫山水障歌　杜工部

堂上不合生楓樹，怪底江山起烟霧。（突作形容，破空直起，妙藴無窮。）聞君掃卻赤縣圖，（翁云：上二句驀空豎起，故此二句緩其氣。）乘興遣畫滄洲趣。（落到畫。）畫師亦無數，好手不可遇。對此融心神，知君重毫素。豈但祁岳與鄭虔，筆迹遠過楊契丹。（二句韵則轉下，意則蒙上。純熟後無所不可。）得非懸圃裂，無乃瀟湘翻。（四句貼山水障，統作贊嘆。）悄然坐我天姥下，耳邊已似聞清猿。（夾入此層，已隱隱引動結意。）反思前夜風雨急，乃是蒲城鬼神入。（四句又倒追到新畫作贊嘆，蒙上一氣趕下，何等力量。此即驚風雨、泣鬼神之意，寫來乃恁

奇警。）元氣淋漓障猶濕，真宰上訴天應泣。野亭春還雜花遠，漁翁暝蹋孤舟立。（六句實貼山水障細寫。）滄浪水深青溟闊，欹岸側島秋毫末。（二句皆以下三字形容上四句。）不見湘妃鼓瑟時，至今班竹臨江活。（無中生有，運思入神。）劉侯天機精，愛畫入骨髓。（此下又就新畫咏嘆，以鬆其氣，與前「畫師」一段相配。）自有兩兒郎，揮灑亦莫比。大兒聰明到，能添老樹巔崖裏。（仍貼畫障點綴，乃不外散。）小兒心孔開，貌得山僧及童子。若耶溪，雲門寺。吾獨胡爲在泥滓，青鞋布襪從此始。（就畫開出一層作結，正是爲畫盡情贊嘆。此秘頓參。）

楊誠齋曰：詩有驚人句，如起二句是也。

「畫師」六句虛贊畫之善，與上下文疎密相間，亦鬆氣之法。

「得非」四句形容盡致，已含巧奪造化意，下四句即接此寫去，語意一片。

翁云：此乃細寫畫景。前路非不欲細寫，乃因氣力鬱勃，反無暇細寫也。故至此補之，而節拍亦漸收場矣。

有此起合，有此結併，與中幅一段奇警相配，章法乃極停匀。

杜公此等鬱勃縱横之作，有出有入，有放有收，而乾端坤倪，雷硠軒豁。前則岑嘉州、李太白，奇峭相近，而沉鬱惟杜獨步。後則韓、蘇諸大篇，仰而蓄洩之。實乃萬古抒發不盡，而融結精華，罕有倫比。自有七言以來，一人而已。覃溪先生

認假作真，即境會情，開出後人題畫法門。此篇層層頓挫，筆筆奇警，正自歷劫，莫能追攀。兼山堂

醉時歌

原注：贈廣文館博士鄭虔。　杜工部

諸公袞袞登臺省，廣文先生官獨冷。甲第紛紛厭粱肉，廣文先生飯不足。先生有道出羲皇，先生有才過屈宋。德尊一代常坎軻，名垂萬古知何用。杜陵野客人更嗤，被褐短窄鬢如絲。日糴太倉五升米，時赴鄭老同襟期。得錢即相覓，沽酒不復疑。忘形對爾汝，痛飲真吾師。清夜沉沉動春酌，燈前細雨檐花落。（沈云：悲壯淋漓。）但覺高歌有鬼神，誰知餓死填溝壑。相如逸才親滌器，子雲識字終投閣。先生早賦歸去來，石田茅屋荒蒼苔。儒術於我何有哉，孔丘盜跖俱塵埃。（沈云：本《莊子·盜跖》篇，見賢愚同盡，不如托之飲酒。）不須聞此意慘愴，生前相遇且銜杯。

翁云：此詩以擺宕見奇，故換韻處偷過一句不用韻，有飛崖撒手之勢，若「羲皇」句亦用韻，則與前後參差錯節之勢不相赴矣。《詩醇》評云：「清夜沉沉」兩語，寫夜飲之景，妙不容説。「但覺高歌」二句，跌宕不羈中權有此，使前後文勢倍覺生色。翁云：曲終多叠幾韻，讀去益覺其酣暢，而其實爲收場而設也。○「慘愴」句必偷過一韻，方好收場。

王嗣奭曰：「公《詠懷》詩云：『沉醉聊自遣，放歌破愁絶。』可移作此詩之解。」「相如」二句，似乎不用亦可。然此處必再排雙句排宕，乃極酣暢之致。此段極其酣暢，乃使「先生」一段有可收束之地，此一定之理也。阮亭先生乃徑欲删此二句，正惟後學不能解也。○此等詩一片淋漓雄宕，有神無跡。其音節起伏，則讀者按拍而自得之。仇注乃欲分四段看，謂賓主配講到底，劃然四段，格律整齊。浦解則謂宜分兩大段看，前段謂我固同於先生，後段勸先生與我同。凡此等迂謬之説，皆由時文伎倆未化，辨之不勝辨者。仇注本内，又有所謂兩截格、一頭兩脚格，刻舟求劍，令人失笑。凡諸家注本，亦不能不看，但略一查檢故實已足，其敷陳篇義，多亂人意，如此類不可枚舉。聊書此以誌其概。覃溪先生

故作曠達語，而不平之意自在。歸愚先生

醉歌行 原注：別從姪勤落第歸。 杜工部

陸機二十作文賦，汝更少年能綴文。總角草書又神速，世上兒子徒紛紛。驊騮作駒已汗血，鷙鳥舉翮連青雲。詞源倒流三峽水，筆陣獨掃千人軍。只今年纔十六七，射策君門期第一。舊穿楊葉真自知，暫蹶霜蹄未爲失。偶然擢秀非難取，會是排風有毛質。汝身已見唾成珠，汝伯何由髮如漆。春光澹沱秦東亭，渚蒲芽白水荇青。風吹客衣日杲杲，樹攪離思花冥冥。酒盡沙頭雙玉瓶，衆賓皆醉我獨醒。乃知貧賤别更苦，吞聲躑躅涕淚零。

翁云：隨手搭入「汝伯」，佳在仍綰「汝身」，妙作雙拍，方好接入送别，而又似不著意。

送别情景，後幅突然接入，開後人無限法門。醉歌意只用一點，與贈鄭作自别。歸愚先生

樂遊園歌 原注：晦日賀蘭楊長史筵醉中作。 杜工部

樂遊古園崒森爽，烟綿碧草萋萋長。公子華筵勢最高，秦川對酒平如掌。（翁云：一句已畫出蒼茫獨立之地。）長生木瓢樂一作示真率，更調鞍馬狂歡賞。青春波浪芙蓉園，白日雷霆夾城仗。閶闔晴開詄蕩蕩，曲江翠幙排銀牓。拂水低回舞袖翻，緣雲清切歌聲上。却憶年年人醉時，只今未醉已先悲。數莖白髮那抛得，百罰深杯亦不辭。聖朝已知賤士醜，一物自荷皇天慈。此身飲罷無歸處，獨立蒼茫自詠詩。

翁云：淋漓感慨。○又云：此種在工部則爲淋漓盡致，後人效之，便入油滑。此關本領之大小也。

歸愚先生云：「極歡樂時不勝身世之感。臨川《蘭亭序》所云『情隨事遷，感慨係之』也。」按：此與序意不同。彼境過情遷而感生，此卻先有自傷不遇意在，當歡樂時，倍增感慨。一路鋪叙，皆爲「卻憶」一轉，作反激之勢。沈評首二句得之。兼山堂

游金山寺 蘇東坡

我家江水初發源，宦遊直送江入海。（一起卻夾入羈遊，爲後半伏根。）聞道潮頭一丈高，天寒尚有沙痕

在。（叙遊寺自不可少，而意仍一線。）中冷南畔石盤陀，古來出没隨濤波。試登絶頂望鄉國，江南江北青山多。（從游寺寫出羈愁，情景交融。）羈愁畏晚尋歸楫，山僧苦留看落日。（筋摇脉轉，遞入留宿，文勢不平。）微風萬頃靴紋細，斷霞半空魚尾赤。（二句承寫看落日，描景逼真。）是時江月初生魄，二更月落天深黑。江心似有炬火明，飛焰照山栖鳥驚。（此寫夜間所見，爲要從此尋一出路，故如此作意形容。）悵然歸卧心莫識，非鬼非人竟何物。自注：是夜所見如此。江山如此不歸山，江神見怪警我頑。（承上歸到羈愁作結，遥應起處，神脉一線。）我謝江神豈得已，有田不歸如江水。（三字皆平，以用成語，故適脂不覺。）

翁云：插「江月」二句者，乃見下所云云并非月出之光也，絶非點時，亦非點景，上「微風」二句，乃是點景。又云「江心炬火」，劉辰翁以爲龍，施注則以爲如木華《海賦》「陰火潛然」之類。愚以爲此亦坡公尋一出路，不必深求。

岷山導江，山在蜀郡，公蜀人也，故曰「我家」。愚按：此詩有後半一段出路，故前用「我家」云云。此所以操縱萬景，如金入冶也。覃溪先生

即景生情，鎔情入景，一讀之使人快，再讀之使人悲。其寓感慨於和平，最得忠厚之旨。兼山堂

自金山放船至焦山　蘇東坡

金山樓觀何眈眈，撞鐘擊鼓聞淮南。（從金山起。）焦山何有有修竹，採薪汲水僧兩三。（接入焦

山。）雲埋浪打人跡絶，（極寫人跡罕到，爲放船頓挫。）時有沙户祈春蠶。自注：吴人謂水中可田者爲沙。我來金山更留宿，而此不到心懷慙。（叙清題事。）同遊興盡决獨往，（頓折生情。）賦命窮薄輕江潭。（逗出此意，已伏後半出路。）清晨無風浪自湧，中流歌嘯倚半酣。（二句承寫「輕江潭」，點綴生情，自不直致。）老僧下山驚客至，迎笑喜作巴人談。自注：焦山長老，中江人也。自言久客忘鄉井，只有彌勒爲同龕。困眠得就紙帳煖，飽食未厭山蔬甘。（極寫老僧甘心寂寞，以引起山林可住、無田可退意。）山林飢卧古亦有，無田不退寧非貪？展禽雖未三見黜，叔夜自知七不堪。行當投劾謝簪組，爲我佳處留茅庵。（就焦山結。）

寫金山極熱鬧，寫焦山極寂寞。

翁云：「作巴人談」，與蜀鄉井關切矣。下句隨用「忘鄉井」掃去，此剪裁消納之妙。不然，與長老再叙同鄉，打入歸路，則牽扯不休矣。此雅俗巧拙之分也。◯兼山按：前詩結到思歸，故開手切鄉井用意，此詩即從焦山作結，故將鄉井掃開。此作家不肯雷同處，不僅爲避俗也。

又自是一種出路，卻自順題直叙，而以閒語配稱，間用頓挫，自不覺其平直。若使出韓文公手，則必無此細意款曲矣。然韓公又必出以奇崛壯浪之語，駭人觀聽。此各人有各人之路也。覃溪先生

遊金山詩，從所見尋出路，此詩從老僧之言尋出路。彼此相承相避，具見經營。通首細意款曲，語樸情真，與前首亦各成一格。兼山堂

辛丑十一月十九日既與子由别於鄭州西門之外馬上賦詩一篇寄之　蘇東坡

不飲胡爲醉兀兀，此心已逐歸鞍發。歸人猶自念庭闈，今我何以慰寂寞。登高回首坡壠隔，惟見烏帽出復没。苦寒念爾衣裘薄，獨騎瘦馬踏殘月。路人行歌居人樂，僮僕怪我苦悽惻。（虚宕作關捩，乃得竟體通靈。）亦知人生要有别，但恐歲月去飄忽。寒燈相對記疇昔，夜雨何時聽蕭瑟。君知此意不可忘，慎勿苦愛高官職。自注：嘗有夜雨對牀之言，故云爾。

翁云：字字驚心動魄。○作送别詩，説至此已入神矣。此更妙在自己是行客，作相别之詩乃有如許神理。

「路人」句五平，只可間用。

此先生早年之作。須識得坡公胸中有此一段纏綿悱惻，然後出入縱横，無所不可。此即聖人所謂「興觀群怨」，乃詩道之真種子，不獨可以讀蘇詩也。按《年譜》：仁宗嘉祐六年辛丑，先生年二十六，子由年二十三。是時老蘇公被命修禮書，先生與子由俱應制科，同至京師。十一月先生赴鳳翔判官之任。子由以老蘇公旁無侍子，因奏乞留京師養親。蓋子由送先生至鄭州，相别之後，作此詩爲寄。故有「歸人念庭闈」之語，指子由還侍也。○韋蘇州《與元常全真二生》詩云：「那知風雨夜，復此對牀眠。」王十朋注云：「子由與先生在懷遠驛，嘗讀韋詩至此句，惻然感之，乃相約早退，共爲閒居之樂。其後子由與先生彭城相會，有詩云：『逍遥堂後千尋木，長送中宵風雨聲。誤喜對牀尋舊約，不知漂泊在彭城。』先生在《東府雨中作示子由》詩有曰：『對牀定悠悠，夜雨今蕭瑟。』蓋皆感嘆追舊之言也。」○《許彦周詩話》云：「『燕燕于飛，差池其羽。之子于歸，遠送于野。瞻望弗及，泣涕如雨。』此詞可泣鬼神矣。東坡送子由詩『登高回首坡壠隔，惟見烏帽出復没』，乃遠紹其意。」覃溪先生

起句懸空寫情，領動全篇，最工於起手。次句注明離情一筆，旋接歸鞍，以歸者猶有侍親之樂，跌出自己之難爲情，語已惻惻動人。次乃將别後憶弟情事細寫四句，許彦周謂「登高」二句遠紹《燕燕》之詩，竊謂「苦寒」二句，尤爲情真語摯。考是時先生年廿六，子由亦已年廿三，而體念之直如童稚，非天性過人、真能友愛者，豈能抒寫至此？「路人」二句虚筆頓宕，束上生下，乃筋脉轉注處。「亦知」二句轉進一層，以見其不能不惓念。下乃追叙舊約，款款丁寧，看似爲「别」字討出路，實則正别後之深情也。詩至此，真可以泣鬼神矣。○前人謂詩之中須有人在。覃溪先生所論詩道真種子，最宜著眼。袁隨園先生詩云：「下筆先須問性情。」又云：「性情之外更無詩。」真透頂議論。知此然後可與言詩。○通首多抑少揚，如聞嗚咽之聲，讀此知聲調亦貴相題而用。若激昂慷慨之什，則又當多揚少抑，使鏗鏘金石乃稱矣。兼山堂

登州海市 并序　蘇東坡

予聞登州海市舊矣。父老云：「常出於春夏，今歲晚不復見矣。」予到官五日而去，以不見爲恨。

禱於海神廣德王之廟，明日見焉，乃作此詩。

東方雲海空復空，群仙出没空明中。蕩摇浮世出萬象，豈有貝闕藏珠宫？心知所見皆幻影，敢以耳目煩神工。歲寒水冷天地閉，爲我起蟄鞭魚龍。重樓翠阜出霜曉，（翁云：只一句實賦。）異事驚倒百歲翁。人間所得容力取，世外無物誰爲雄。（蒙「爲我起蟄」意，頓宕以寫情。）卒然有請不我拒，信我人厄非天窮。潮陽太守南遷歸，喜見石廩堆祝融。（此又承「人厄」再一托寫。）自言正直動山鬼，豈知造物哀龍鍾。斜陽萬里孤鳥没，但見碧海磨青銅。新詩綺語亦安用，相與變滅隨東風。（夾入妙，是添毫法。）（比較韓詩「潛心默禱」二句，語更透脱，而妙在語不甚深。）伸眉一笑豈易得，神之報汝亦已豐。斜陽萬里孤鳥一作島没，但見碧海磨青銅。

寫海市妙用掃筆，語意乃超脱。◯海市實面。如此凌空突起，下便不煩板叙。此運實於虚之法。

「潮陽」句脚字三仄，調太飛揚，前人少用，不可輕效。

「伸眉」二句收題。「斜陽」四句以海市變滅作去路，與起處幻影相照應。

《齊乘》云：「每於春夏晴和時，杲日初升，東風微作，雲脚齊數於島上，海市必現。凡世間所有，象類萬殊，或小或大，變現終日，或遍海皆滿。」

明妃曲

王半山　北宋

明妃初出漢宫時，淚濕春風鬢脚垂。（從陛辭起。）低徊顧影無顔色，尚得君王不自持。（愁容尚爾動人，不知歡笑如何嫣然。此已折進一層。）歸來卻怪丹青手，入眼平生幾曾有。（承「不自持」，就按誅畫工作一轉。）意態由來畫不成，當時枉殺毛延壽。（此又折進一層，翻盡舊案。）一去心知更一作人不歸，可憐著盡漢宮衣。（四句進到去後相憶一層。）寄聲欲問塞南事，只有年年鴻雁飛。家人萬里傳消息，好在氊城莫相憶。（四句又轉進一層。當日即不出塞，亦必老閉深宮，與入胡相去幾何？借阿嬌點出，著筆渾脱。）君不見，咫尺長門閉阿嬌，人生失意無南北。

舊事生新，此爲鑪錘入妙。○「君王不自持」，此明妃去時之景，人皆能道之。妙在以「低徊顧影」，反説到「無顏色」，即用《焉支山歌》語也。如此措詞則下句自精神百倍矣。「寄聲欲問塞南事」，只有當年之鴻雁飛，此若作正面用作結語，則陳腐不可言矣。只作中間一開宕，乃正爲下文「莫相憶」作翻襯，則二語在不淺不深之間，恰好放此處，爲結語拍節地也。覃溪先生

層翻層轉，峭折出人意表。兼山堂

明妃曲和王介甫作

歐陽文忠　北宋

胡人以鞍馬爲家，射獵爲俗。泉甘草美無常處，鳥驚獸駭争馳逐。誰將漢女嫁胡兒，風沙無情貌如玉。身行不遇中國人，馬上自作思歸曲。推手爲琵卻手琶，胡人共聽亦咨嗟。玉顏流落死天涯，琵琶却傳來漢家。漢家争按新聲譜，遺恨已深聲更苦。纖纖女手生洞房，學得琵琶不下堂。不識黄雲

出塞路，豈知此聲能斷腸？

似此殊俗，豈是玉貌可嫁之地，極意爲「誰將」一轉作襯，即下「思歸」、「遺恨」亦有根矣。

翁云：上半首押到一「曲」字，恰好開接琵琶。○又云：起處屋沃韵八句，又于中夾一四字句，故此處必應作一韵兩句之促節以配之，此前後伸縮之道。

千古絶調。歐公自謂：「杜甫亦不能，唯吾能之。」非虛語也。覃溪先生

出塞之苦特借琵琶傳出，脱盡恒蹊。○千秋怨恨，盡寄琵琶，而深閨按譜，鮮解斷腸，則苦情莫訴矣。結處用意更極沉痛。此即蘇州「幼女復何知，時來庭下戲」，少陵「遥憐小兒女，未解憶長安」，一種意匠。兼山堂

再和明妃曲

漢宫有佳人，天子初未識。一朝隨漢使，遠嫁單于國。絶色天下無，一失難再得。雖能殺畫工，於事竟何益。耳目所及尚如此，萬里安能制夷狄？（頓挫有遠神。）漢計誠已拙，（承上明折。）女一作美色難自誇。（翁云：筋摇脈轉。）明妃去時淚，灑向枝上花。（翁云：比而興也。）狂風日暮起，飄泊落誰家。紅顔勝人多薄命，莫怨春風當自嗟。（言外隱射前半。）

「耳目所及」二句，於前半則爲事外遠致，於後半則爲颺筆蹴波，妙處正在斷續即離間。

○「明妃」四句出以比興，乃有遠致遠神，此樂府佳境，而太白得之，以超出諸家者也。

昔富平李天生評杜詩云：「詩忌涉議論。」於「群山萬壑」一篇云：「無一句涉議論。」然詩亦非必定忌議論。若但知據事述景，亦少變通。故「一去紫臺連朔漠」、「畫圖省識東風面」數句，愚以爲並非呆叙事實也。阮亭《香祖筆記》云：「高季迪，有明一代詩人冠冕，然其《明妃曲》云『君王莫殺毛延壽，留畫商巖夢裏賢』，所謂下劣詩魔，不知季迪何以隳落至此？至歐公『耳目所及』二句，所謂詩論，亦近腐。」愚按：此論高季迪之語自是，但歐公此二句卻不腐，乃更妙耳。看其下面轉韻，愈開愈緊，音節既極相生相抱，而意思亦層層包裹。若「萬里安能制夷狄」句下再申其義，則是腐矣。○歐公自謂此篇惟杜甫能之，似覺杜公未必有此宛轉。覃溪先生

粘中得脱，筆筆飄逸。公自謂子美能之，愚以爲實太白妙境也。○「耳目所及」二句，不過爲題作頓宕，觀下急轉可見，非以此爲一詩歸宿也。與介甫「寄聲」二句布局略同，故不爲腐。○太白集中有《王昭君》二首，卻不甚佳。惟《于闐採花》一首，雖非正咏昭君之事，而筆筆飄灑，不失謫仙本來面目。

兼山堂

于闐採花

李太白　盛唐

于闐採花人，自言花相似。明妃一朝西入胡，胡中美女多羞死。乃知漢地多名姝，胡中無花可方

比。丹青能令醜者妍，無鹽翻在深宮裏。自古妒蛾眉，胡沙埋皓齒。

《詩醇》評云：結語峭甚。

胡震亨曰：《于闐採花》，陳隋時曲名。本詞云：「山川雖異所，草木尚同春。亦如溱洧地，自有採花人。」太白則借明妃陷虜，傷君子不逢明時，爲讒妒所蔽，賢不肖易置無可辨。蓋亦以自寓意焉。

王琢崖曰：昭君事，本是畫工醜圖其形，以致不得召見。太白則謂「丹青能令醜者妍，無鹽翻在深宮裏」，熟事化新，精采一變。

宣州謝朓樓餞別校書叔雲　李太白

棄我去者，昨日之日不可留。亂我心者，今日之日多煩憂。長風萬里送秋雁，（翁云：有力在此一句。）對此可以酣高樓。（落餞別入化。）蓬萊文章建安骨，（翁云：「蓬萊」指校書東觀。）中間小謝又清發。（翁云：俯仰今古，何等心胸。）俱懷逸興壯思飛，（翁云：「俱懷」字，主客今古，無所不包。）欲上青天見明月。抽刀斷水水更流，舉杯銷愁愁更愁。（結到送別之情。）人生在世不稱意，明朝散髮弄扁舟。

沈云：此種格調，太白從心化出。

翁云：小謝指朓，實是自喻。

登樓餞别，乃如脱化，可謂開擴萬古心胸矣。覃溪先生

扶風豪士歌　李太白

洛陽三月飛胡沙，洛陽城中人怨嗟。（叙安史之亂起。）天津流水波赤血，白骨相撑如亂麻。我亦東奔向吴國，（接入自己避亂。）浮雲四塞道路賒。（着句上承下注。）東方日出啼早鴉，城門人開掃落花。（寫出寧静無事景象，與前路相形。）梧桐楊柳拂金井，來醉扶風豪士家。（落題。）扶風豪士天下奇，（寫豪士。）意氣相傾山可移。作人不倚將軍勢，飲酒豈顧尚書期。雕盤綺食會衆客，吴歌趙舞香風吹。原嘗春陵六國時，開心寫意一作露膽君所知。（接上「衆客」寫意，亦是轉筆。）堂中各有三千士，明日報恩知是誰？（感慨激昂，呼動後半。）撫長劍，一揚眉，清水白石何離離。（拍到自己，調法忽變。）脱吾帽，向君笑；（忽入兩句换韵，伸縮不測。）飲君酒，爲君吟。（又换韵。）張良未逐赤松去，橋邊黄石知我心。

將入題，先着「東方」三句，用筆變化。〇轉筆，故多叠一韵，下亦然。翁云：旋轉韵，旋叠韵，僚之於丸，不足喻其趫捷也。

着「原嘗」四句，漸爲收局地。

蕭注：「清水」喻目，「白石」喻齒。

結以張良自寓，意良爲韓報仇，應中間報恩，佐漢高勘亂，亦隱與起處相照矣。

此歌行之極則，神變不可方物矣。趙秋谷先生

前二段每於叠韵處極跳脱之致，後以短句接韵，又以短句换韵，此豪放不羈之篇，阮亭所謂飛仙語也。而調即因之。覃溪先生

丹青引

原注：贈曹將軍霸。　杜工部

將軍魏武之子孫，（從曹將軍起，高踞上流。）於今爲庶爲清門。英雄割據雖已矣，文彩風流今尚存。（領起善畫。）學書初學衛夫人，（陪筆。落字用平。）但恨無過王右軍。丹青不知老將至，（惟耽畫，所以工畫，筆筆争先。）富貴於我如浮雲。開元之中常引見，（追叙從前之盛。）承恩數上南薰殿。凌烟功臣少顔色，將軍下筆開生面。（先叙畫人一段作引起，極力形容出善畫。）良相頭上進賢冠，（翁云：大排。）猛將腰間大羽箭。褒公鄂公毛髮動，英姿颯爽來酣戰。先帝天馬玉花驄，畫工如山貌不同。（次叙畫馬一段。）是日牽來赤墀下，迥立閶闔生長風。（對而着筆，正見其不易畫。）詔謂將軍拂絹素，意匠慘淡經營中。（極力形容。）須臾九重真龍出，一洗萬古凡馬空。玉花卻在御榻上，榻上庭前屹相向。（再扭合作形容，寫生出色。）至尊含笑催賜金，圉人太僕皆惆悵。弟子韓幹早入室，亦能畫馬窮殊相。（又借襯一層，着此句乃托得起。）幹惟畫肉不畫骨，忍使驊騮氣凋喪。（沈云：反襯霸之善畫，非必貶幹。）將軍畫善蓋有神，（總束一筆。）必逢佳士亦寫真。（帶補一層，爲下作跌，極頓挫之致。）即今漂泊干戈際，屢貌尋常行路人。（轉到衰。）

途窮反遭俗眼白，（霸爲左衛將軍，後削籍。）世上未有如公貧。但看古來盛名下，終日坎壈纏其身。（以慰解作結。「盛名」二字收盡全篇。）

翁云：衛夫人、王右軍，人名本對。面上四字變換。此駿馬下坡、驂驔蹀躞之勢也。

翁云：大排之下，必接以褒公、鄂公，鐘鼓震動，衆山皆響。

沈云：神來紙上，如堆阜突出。

王嗣奭曰：「又得韓幹一轉，然後意足而氣完。」愚按：得此一襯，文勢亦漸收場矣。

阮亭論七古起句，舉此篇及高常侍之「將軍族貴兵且强，漢家已是渾邪王」爲式。可見七言歌行起句最難取調也。按：詩家語有利鈍，雖大家亦不能掩。老杜《八哀》中《李北海》一篇叙其工於碑版，至「麒麟織成」等句，見者每以爲煩。至於《麗人行》描摹美人之態，只「繡羅衣裳照暮春」一句便足。肌理細膩，已爲刻畫大密，况於「蹙金孔雀」等類一概叙入？雖原本陳思樂府，然得無過於繁砌乎？佳在後半亦以「駝峰」、「翠釜」等物襯之，故前後相配，不嫌於堆垛。此大家之不可輕議也。至《韋諷録事宅觀曹將軍畫馬》詩，含意甚深而語尤高壯。但前半「輕紈細綺」等語，亦尚似「麒麟織成」一例語也。獨此篇雄跨萬古。即前半以畫功臣作引，未嘗不一一實叙，而「良相頭上」數語，讀之乃愈有生氣。此等元氣充塞之作，雖在杜集亦不可多得也。覃溪先生

畫人畫馬，賓主相形，縱横跌宕，此得之於心，應之於手，有化工而無人力，觀止矣。歸愚先生

石鼓歌

韓文公

張生手持石鼓文，勸我試作石鼓歌。少陵無人謫仙死，才薄將奈石鼓何？周綱陵遲四海沸，宣王憤起揮天戈。大開明堂受朝賀，諸侯劍珮鳴相磨。蒐於岐陽騁雄俊，萬里禽獸皆遮羅。鐫功勒成告萬世，鑿石作鼓隳嵯峨。從臣才藝咸第一，揀選撰刻留山阿。雨淋日炙野火燎，鬼物守護煩撝呵。公從何處得紙本，毫髮盡備無差訛。辭嚴義密讀難曉，字體不類隸與科。年深豈免有缺畫，快劍斫斷生蛟鼉。（翁云：下五句狀其文。）鸞翔鳳翥衆仙下，珊瑚碧樹交枝柯。金繩鐵索鎖紐壯，古鼎躍水龍騰梭。陋儒編詩不收入，二雅褊迫無委蛇。孔子西行不到秦，掎摭星宿遺羲娥。嗟予好古生苦晚，對此涕淚雙滂沱。（領起下半篇。）憶昔初蒙博士徵，其年始改稱元和。故人從軍在右輔，爲我量度掘臼科。（謂欲掘石鼓移置太廟太學也。翁云：「臼科」，謂安石鼓處。）濯冠沐浴告祭酒，如此至寶存豈多？氈包席裹可立致，十鼓秪載數駱駝。（翁云：一氣直下矣。微换一二仄字，以避太直。愚按：上「秦」字、「徵」字句脚平字揚起，得此抑下，亦相配以成音節。）薦諸太廟比郜鼎，光價豈止百倍過。聖恩若許留大學，諸生講解得切磋。觀經鴻都尚填咽，坐見舉國來奔波。剜苔剔蘚露節角，安置妥帖平不頗。大廈深檐與蓋覆，經歷久遠期無佗。中朝大官老於事，詎肯感激徒媕婀？（頓折使不直致。上寫出一段興會，是縱筆。此轉到一段惆悵，是本面。）牧童敲火牛礪角，誰復著手爲摩挲？日銷月削就埋没，六年西顧空吟哦。（應前「涕淚」句一鎖。）羲之俗書趁姿媚，數紙尚可博白鵝。（此下又轉出一層，見冀望之情。）繼周八代争戰罷，無人收拾理則那。方今太平日無事，柄任儒術崇丘軻。安能以此上論列，願借辯口如懸河。石鼓之歌止於此，（應起處。）嗚呼！吾意其蹉跎。（再鎖應中間。）

朱竹垞云：此簡叙有法。

翁云：此「科」字即蝌蚪之「蝌」。一本寫作「蝌」，與後「科」字異。

朱云：重頓石鼓以起下。

「孔子」、「憶昔」二句，是律而落字用平，合下句便不成律調。

朱云：退之有此一段意思，故爾詳述。然亦繁而不厭矣。

「娿娿」，音「庵阿」，不决之貌。

何義門云：對籀文言，故曰「俗書」。翁云：此亦小作一折，以求出場。

於今石鼓永留太學，昌黎詩爲之先聲也。典重和平，與題相稱。〇「陋儒」指當時採風者，言二《雅》不載，孔子無從採取也，焉有不滿孔子意？隸書風俗通行，别於古篆，故云「俗書」，亦無貶右軍意。歸愚先生

秀水朱竹垞云：「此歌大約以蒼勁勝，力量自有餘，然一氣直下，微乏藻潤轉折之妙。」愚按：此篇通體正調，與東坡《武昌西山》、《蔣夔寄茶》諸作相埒。又按：阮亭《論詩絶句》云：「李杜光芒萬丈長，昌黎石鼓氣堂堂。」其論杜之《李潮八分小篆歌》，以爲尚有敗筆。韓之《石鼓》，雄奇壯偉，不啻倍

莛過之。後惟蘇子瞻《鳳翔八觀》詩中《石鼓》一篇，别自出奇，乃是韓公勁敵。語見《池北偶談》。此説誠是。但細按通篇之勢，杜之《八分小篆歌》雖短而無限藴藉，韓之《石鼓》則長而少頓挫，雖筆力雄壯，足掩前人，然詩以含蓄頓挫爲妙，杜終不易及也。學韓者須識此意，取其高壯，彼此相濟，則得之矣。覃溪先生

前評論韓詩，大概自是如此。而在此篇，後半「嗟予好古」以下，縱開筆陣，反覆寫情，曲爲石鼓增重聲價。既非粘題實寫，即不得嫌其直致。且具有段落起伏，亦原不直致也。與杜《八分小篆》各具勝場，不必争辨優劣。兼山堂

以上共得詩三十二首。詩皆鈔自阮亭先生七言古詩選本。阮亭以杜爲宗，自韓蘇以來，莫不宗杜，非獨阮亭也。此集既宗杜，故初唐體、元白體皆不之及，並非獨講聲調，亦正所趨也。中多録覃溪先生評者。先生嘗爲謝藴山太史講論七古正脈，剖析聲調，發阮亭、秋谷未發之藴。詩共百三十首，未有刊本。予從茶陽饒南圃先生處得之。秋谷之書，得此而旨益明。此集合而論之。爲詩無多，其於此事，亦可以得其概矣。兼山氏再識

七言古詩聲調細論附録

趙秋谷先生云：「七古平韵上句第五字宜用仄字，以抑之也；下句第五字宜用平字，以揚之也。仄韵上句第五字宜用平字，以揚之也；下句第五字宜用仄字，以抑之也。七言古大約以第五字爲關捩，猶五言古大約以第三字爲關捩。彼俗所云『一三五不論』，不惟不可與言近體，而亦不可言古體也。」〇又云：「七言古平仄相間换韵者，多用對仗，間似律句無妨。若平韵到底者，斷不可雜以律句。大抵通篇平韵貴飛揚，通篇仄韵貴矯健，皆要頓挫，切忌平衍。」〇又云：「七古换韵法，初唐或用八句一换韵，或用四句一换韵，然四句换韵其正也。此自從《三百篇》來，亦非始於唐人。若一韵到底，則盛唐以後騣多矣。四句换韵，更以四平、四仄相間爲正。平韵换平，仄韵换仄，必不叶也。」〇又云：「七古换韵，有通篇一韵，末二句獨换一韵者，雖是古法，宋人尤多。」

此數條載《聲調續譜》附録，原刻有之。坊間現行本乃盧雅雨先生所改刻，載《談龍録》，不載附録，遂鮮有知者。兼山堂

王阮亭先生《古夫于亭詩問》，問：「嘗見批袁宣四先生詩謂『古詩一韵到底者，第五字須平』，此定例耶？抑不盡然耶？」答：「一韵到底，第五字須平聲者，恐句弱似律句耳。大抵七古字法、句法須撑得住、拓得開，熟看杜、韓、蘇三家自得之。」〇問：「蕭亭先生曰：『所云以音節爲頓挫者，此爲第

三、第五等句而言耳。蓋字有抑有揚，如平聲爲揚，入聲爲抑，去聲爲揚，上聲爲抑。凡單句住脚字，必錯綜用之，方有音節。如以入聲爲韵，第三句或用平聲，第五句或用上聲，第七句或用去聲，大約用平聲者多。然亦不可泥，須相其音節變换用之，但不可於入聲韵單句中，再用入聲字住脚耳。』此説足盡音節頓挫之旨否？」答：「此説是也。然其義不盡於此。此亦其一端耳。且此語專爲七言古詩而發，當取唐杜、岑、韓三家，宋歐、蘇、黄、陸四家七古諸大篇日吟諷之，自得其解。」○問：「又曰：『每句之閒亦必平仄均匀，讀之始響亮。』古詩既異於律，其用平仄之法於無定式之中，亦有定式否？」答：「無論古律正體、拗體，皆有天然音節，所謂天籟也。唐宋元明諸大家，無一字不諧，明何、李、邊、徐、王、李輩亦然。袁中郎之流便不了了矣。」○問：「七言古，用仄韵，用平韵，其法度不同。何如？」答：「七言古凡一韵到底者，其法度悉同。唯仄韵詩單句末一字可平仄，間用平韵。詩單句末一句忌用平聲。若换韵者則當别論。」○問：「古詩以音節爲頓挫，此語屢聞命矣。終未得其解。」答：「此須神會。以粗迹求之，如一連二句皆用韵，則文勢排宕，即此可以類推。熟子美、子瞻二家自了然矣。專爲七言而發。」○問：「蕭亭先生嘗以『平中清濁，仄中抑揚』見示，究未能領會。」答：「清濁如『同、通、清、情』四字。『通、清』爲清，『同、情』爲濁。仄中如入聲有近平、近上、近去等字，須相間用之，乃有抑揚抗墜之妙，古人所謂一片宫商也。」

沈歸愚先生《説詩晬語》云：「歌行轉韵者，可以雜入律句，借轉韵以運動之，純綿裹針，軟中自有力也。一韵到底者，必須鏗金鏘石，一片宫商。稍混律句，便成弱調也。不轉韵者，李、杜十之一二，韓昌黎十之八九，後歐、蘇諸公，皆以韓爲宗。」○或問：「何者古詩中律句？」曰：「不露文章世已驚，未辭剪伐誰能送。」「何者别於律句？」曰：「五岳祭秩皆三公，四方環鎮嵩當中。」「七字每平仄相間，而義山《韓碑》句『封狼生貙貙生羆』七字平也，『帝得聖相相曰度』七字仄也。氣盛則言之長短與聲之高下皆宜。」○又云：「文以養氣爲歸，詩亦如之。七言古或雜以兩言、三言、四言、五六言，皆七言之短句也。或雜以八九言、十餘言，皆伸以長句，而故欲振蕩其勢，迴旋其姿也。其間忽疾忽徐，忽翕忽張，忽渟瀠，忽轉掣，乍陰乍陽，屢遷光景，莫不有浩氣鼓盪其機，如吹萬之不窮，如江河之滔滔而奔放，斯長篇之能事極矣。四語一轉，蟬連而下，特初唐人一法，所謂『王楊盧駱當時體』也。」○又云：「轉韵初無定式，或二語一轉，或四語一轉，或連轉幾韵，或一韵叠下幾語。大約前則舒徐，後則一滚而出，欲急其節拍以爲亂也。此亦天機自到，人工不能勉强。」

以上共十四則。聲調不盡於此，特就三書所論及者録出備覽。○集中所云「三平押脚爲正調」，此起自盛唐，前此未有。故《汾陰行》竟無一句用此調。高、岑、李、杜騣多，至昌黎則十而七八，歐、蘇以後皆然。此阮亭、秋谷所宗之派也。○古詩聲調惟七古最嚴，七古又惟平聲一韵到底者爲尤嚴。集中故詳論之。○集中分列各種句法俱有定則，其要只在句脚四字尋筋節。○聲調不離平仄而不盡於平仄。其中陰陽清濁、抑揚抗墜，音節之妙，則在善學者熟讀深玩而自得之。癸亥閏二月二十五日兼山氏書。

（姚蓉、張宇超點校）

吟次偶記

吟次偶記提要

《吟次偶記》四卷，據江西省圖書館藏嘉慶二十年刊本點校。羅安（一七四八—？）字綏之，號水耘，一作水村，江西新建人。舉孝廉。有《水耘詩稾》。按此書有嘉慶二十年自序。羅氏嘉慶五年歸里，搜羅鄉賢零章斷句，表彰隱逸流寓之士，多爲寫本不傳之作，可補郭子章《豫章詩話》、裘君弘《西江詩話》之遺。所録諸人詩亦多不俗，大抵盤空硬語一路，可當江西詩派之流風緒餘讀。中如夏介岩一詩論江西派源流，由山谷上溯至淵明：「江西矜詩派，艷説分寧黄。法嗣二十五，玉石混崑岡。（中略）實衍淵明緒，奉兹一瓣香。寄語吕舍人，根本在柴桑。」康熙間其鄉前輩張泰來即持此説，此詩固其嫡傳也。所記亦間及贛人名家佚事，如魏禧作詩用自訂韵譜，吴鎮存詩甚嚴，徐文弼詩集版刻成復毁棄，詩遂不存，乃由其子懼禍所致，雖寥寥數則，亦可資談助。乾隆後江西詩風日盛，此書記載充實，或可窺其策源地之動嚮也。

吟次偶記序

《吟次偶記》，記於吟詠之餘者也。非誌載之書，故不求備於所聞見。先輩軼事及零章斷句，恐其久而湮没，皆筆之。詳於山林遺逸、江湖流寓，而略於顯達之士。蓋顯達之士，聲名籍甚，詩在人口，何煩蓬廬中人爲之標舉，故不具述。其有一二綴入者，因論事連及耳。其間閒評浪語，資暇啓顔，往往錯見，以至於友朋之贈言、家庭之瑣事，凡有涉於吟詠者，亦附於後。體例不一，殊覺拉雜，蓋其始非欲成書，至是乃彙集之，遂不甚詮次焉。嘉慶乙亥歲孟冬月日，水耘羅安。

編校姓氏

徐宗訓尹言
戴昭魁鼎元
喻讓賢謙吉
許家榮春華
余　柯卿則
余隆高暉吉
陳禹儉慎修
夏　謙益修
孫傳詔奉宣

吟次偶記卷一

新建羅安綏之輯著

蓬蒿園在青岡，爲前明鄧文潔公隱處。有詩云：「怪石危當户，奇禽穩傍人。雲峰遥送爽，洪井曲通津。性以宣中煉，幾從密後神。其中難下語，妙契具何人？」文潔好習静，頗近於禪，後四語極精微，大似從蒲團上得來。今其園斷砌頹垣，荒蕪已久。至九成文學士凰始復治其圮毁，列牆樹石，羅致名花香草，叢生欄檻間。花時輒邀文士宴賞賦詩，亦此園之勝概也。又先友竹莊兆濟寄予書云，予家舊有羅溪書院，亦係先文潔兄弟創建，花木之盛，不亞蓬蒿園。康熙初年，其中黄桂、白菊復盛開，占者以爲吾族應有復興之兆。時庠生鄧君則倡有《異瑞山房稿》詩，其和者有南邑孝廉劉賡、吾鄉副貢饒幼安諸先輩。惜其詩本不存，因附記於此。

吾鄉前明諸大老，或以理學稱，或以經濟顯，或以節義著，多不屬意吟詠。惟喻公楓谷，雖歷任政績可紀，而於篇什復致力焉。初謫除蘭溪令時，與邑中名士胡應麟元瑞忘分交契，吟興益健。有《人日元瑞齋中對酒》云：「下馬相看意自親，春風樓閣引杯頻。天涯兩度逢人日，海上千山對逐臣。青鬢巧隨霜色變，彩毫虚傍歲華新。君王倘憶朝歌長，未必江湖滯病身。」後知處州，有《阻雨蘭谿西岸懷胡元瑞孝廉》云：「狂風吹林林欲折，驚濤挾雨如飛雪。行客欲行不得行，維舟坐對蘭谿城。憶昔雙凫城上游，誓言安静無所求。垂簾剩有琴書樂，問俗差無雞犬憂。高才雅慕胡元瑞，衆中一見心先醉。入市長停公子車，到門屢倒中郎屣。花明三洞春婀娜，於時唱酬爾與我。人看意氣薄蒼穹，天與文章懸藻火。浩蕩恩波向晚偏，十載馳驅兩敘遷。縱然官忝二千石，轉使風流憶往年。」其傾倒於元瑞者至矣。元瑞所著蔡奉之者惟王弇州兄弟，而楓谷與二王書疏往還，亦極推衿送抱之雅。其在武林，有訊敬美書云：「自使君除目，下薊門，而於越青衿，沾沾以得師爲婨。不謂堅守前盟，耻隨小草。豈惟二三子，即六橋花柳，亦自黯然。獨武林小吏，免向故人折腰，差爲得計。且也壺丘處鄭，神巫奪氣；騶衍入齊，田巴杜口。頃使君車音，不度檇李，誰復與喻生爭雄於西湖之上哉？惟是良覿間曠，商略靡緣，則又不能不東望於邑耳。」書中純用謔語，想見忘形爾汝之交，讀之真令人神色飛舞。

徐若谷，明季官司空，以忤魏璫謫清浪。有《旅中喜家僮至》詩云：「寒臘梅邊柳欲新，夜郎飄泊夢中身。忽驚門外呼銀鹿，卻喜天涯剖素鱗。百口粗安應慰遠，一緘細讀復愁貧。更深翦燭頻相問，猶有多情淚染巾。」此《猿聲集》中句也。今集已散亡，不復可得。某氏云：「公少讀經濟之書，不事聲律，而申寫志氣，風骨冷然。」朱竹垞則稱其《塞上曲》「長城陳死人」、「有力皆如虎」皆雅，不欲以詩名重公。然舒碣石《豫章詩選》中載公詩三十餘首，並卓然可傳之作也。

萬茂先、徐巨源二徵君，皆有《香城訪李匡山御史》詩。茂先詩曰：「籃輿斜上石爲門，樓閣諸天一一尊。修竹静留仙佛氣，殘花流盡古今魂。山中宰相安初地，病後維摩息衆根。自歎逢君應得度，經臺僧飯共朝昏。」巨源詩曰：「每望遥峰即憶君，筍輿斜上路穿雲。行經澗石身頻側，語雜溪風字不分。樹杪琉璃銜月現，竹間鐘磬帶泉聞。繡衣掛節高居此，應有諸天作護軍。」按：御史名曰輔，南昌松山里人，崇禎初，中官四出，上書諫之，辭甚激切，被譴謫。遂罷官歸隱，居此寺，不言世事者十餘年。諷詠之外，坐峰頭，看烟雲變幻而已。二徵君夙昔交契，又重其高節，是以先後過訪，不啻一再。巨源著《御史傳》載其預知死時，既歸松山，與兄弟暢飲，取紙自書曰「匡廬山人之墓」。静慧如此，孰謂非空山宴坐之力？

浠湖姜相國，當宏光時，受廷推，入閣與史可法、高宏圖同心輔政。而馬士英挾擁戴功，嗾群小詆巇備至，遂屢疏乞歸。南都旋覆後，金聲桓反江西，迎之以資號召。聲桓敗，遂投俁家池死。相國在圍城中有《自敘》一篇，付三韓門人相士登密藏，以歸貽子孫。其敘迎立宏光事，最委曲詳盡。其間臣品之忠奸，或居定策之功，或罹危身之禍，予取《明史》參觀之，無不相合。益歎昭代編定之書，信而有徵。惟中言史公計迎立，微示意於姜曰：「親賢並重，始可立。」既居外勤王，又以書至曰：「以次序，則應立福；以派序，則應立惠。兩者俱不無失德。親賢並重，實惟桂藩。若監國，則奉潞王。倣古兵馬元帥之例，是潞藩乃奉以監國，非即立之也。」而《明史》則直云欲立潞藩，以此微異。史載士英詆姜曰：「我何功，君等欲立潞藩成臣功耳！」然宏光雖昏庸，於此種語多置之不問。於其歸也，猶賜金以爲路費，亦相國之忠誠，有以感之也。浠湖在新建一區，鍾碧溪明府建魁，有《浠湖水樂府》曰：「殷頑民，周飢士，岐山已有聖天子。炭可吞，厠可理，豫讓惟求死而已。浠湖之水東西流，舊時明月懸高樓。相國不來樓閣盡，斷垣夜夜啼鵂鶹。」

國初戊子，金聲桓、王得仁據江城叛，以復明爲號。明年敗，姜相國死焉。熊少宰作《班師》詩，起句云：「浩蕩春風外，王師奏凱歸。」詩載於雪堂所著《江雁草》。

南賓符生從予遊，其案頭有《梅簷索笑詩稿》抄本一卷，乃先世流傳，符孟常者所著。詩工近體，間有健特之作。其《石鼻齋和楊廷哲見寄》云：「自驚憔悴百花前，石鼻齋間夢屢懸。怨別不堪芳草晚，論交卻憶古松年。愁來空望山陰棹，老去應抛圯上編。獨坐夕陽回首處，雙峰寂寂鎖寒烟。」《贈友蘇布瞻》云：「海上春風舉酒卮，浩歌赤壁舊遊時。手攜河洛盈虛數，身歷乾坤否泰期。天下江山司馬史，峽中風雨杜陵詩。相看莫恨相逢晚，折得梅花贈一枝。」《送鐵柱觀道侶歸混元壇》云：「清溪道者跨青鸞，朝旦翩翩紫蓋壇。神劍夜磨星斗燦，瓊臺晝卧雪霜寒。峰陰玉李曾親種，澗底金芝已可餐。我亦洪崖高隱者，興來訪爾翠雲巒。」《送故人還清江鎮因寄惠上人》云：「一別東都二十年，忍看霜鬢各垂肩。崎嶇海上來巢谷，顛倒人間笑謫仙。江雨忽逢涼夜宴，梅關欲度小春天。惠師念我如相問，爲道官閒勝學禪。」《題翠巖方丈住止源菩提僧》云：「一片雲間初邂逅，三生石上舊因緣。相逢莫説禪機話，纔有機時不是禪。」又有《亂後遊翠巖次景南禪師韵》云：「青山十載喜重來，山色斜陽一半開。花雨四時飛瀑雪，松濤五夜起晴雷。亂來佛境成焦土，定後禪心已死灰。偶與方袍談舊事，不勝惆悵且徘徊。」孟常名尚仁，生於元末，慕清修，會至正之變，避難居豫章城十四載。明初難平，厭城市囂紛，奉親居佘牟梅樹村，構梅山書舍，以養静焉。洪武乙卯，始遷今之南賓。尋詩訪□，樂而終老。江西行省參知政事楊公憲知其爲西山才士，每造廬請謁，欲薦於朝，而孟常高尚之志益堅，其行略如此。但按詩中有「官閒勝學禪」之語，豈在元時亦曾爲禄仕歟？郡縣舊志列其名於「薦辟類」，而不詳其事蹟。後之載筆者多疑是明季人，而以薦辟爲崇禎十三年事。予因訪其實，特著於兹編云。其詩已見於《志》者不復録。

明北城邱氏有高士曰西園子，名璠，字鍾粹，著《西園唱和稿》。自序云：「予以足疾，惡塵冗棼沓，於居第之西陲，結屋數椽，以爲行樂之所。每承從兄願學齋過訪，至則賡詠笑談者，彌日積久，詩近百篇。雖無險語怪詞嵬傾人之耳目，然一園風景，摹寫無錙銖遺矣。」西園子有七言絶句云：「白李紅桃正索詩，循牆幾匝句成遲。不知誰會吟邊意，忽地飛來雙鷺鷥。」又「金縷絲絲柳五株，東風庭院午晴初。山齋終日雲封鎖，人卧藜牀讀道書。」又「山居深在白雲村，鵲噪鴉啼半掩門。惆悵故人期不至，滿庭松子又黄昏。」抒懷閒澹，無一雕飾之字，真隱者之詩也。願學齋名哲，字鐘間。有《松月詞》，序云：「予與西園子連牀一月有奇。一夕，偶以他故不來，惘然若有所失，不寐達旦，故投此以戲之。」「予與西園子，連牀一月餘。匪直同臭味，夢寐與之俱。夜來忽爽約，使我衾枕孤。詩愁結春草，抑鬱對誰輸。輾轉不成寐，披衣步庭除。庭除寂無籟，惟有松月涵清虚。惟彼松與月，類我西園子。松類西園無寸曲，月類西園無點滓。松月復松月，類我西園子。」詩情駘宕，想見鍼芥之投。其他唱和之什亦較多，故西園序語獨及之。詩皆署别號，不注姓名。予家有此寫本，不知誰何也。後訪於邱清和秀才，閱家譜，得其行實，因以諸人墓誌寄示。志西園之墓者，爲監察御史中溪黄國用，乃其子婿也。仲兄東梧，諸生，爲鳳，本名鍾祥，杉林魏水洲良弼志其墓，言其卒時無病，賦詩曰：「六十方將五十餘，平生詩酒樂蘧蘧。飄然一夢辭塵去，無復溪頭看打魚。」其曠達如此。季父懶夫，名巘，無墓誌。猶子沙溪子，名價，字資翰，爲東梧之長男。其子婿，豐城李見羅材志其墓云：「蚤歲師事魏水洲，致良知之學。」故稿中有壽魏水洲詩，此皆西園中唱和人也。一家並耽高隱，以遊聚賡酬爲樂，已令人歎羨，乃其師友淵源，姻婭貴盛，又足紀焉。故不嫌煩瑣而録存之。

鄉前輩明平越知府、羅橋喻蔚庵全昱有《移蕉》詩云：「小圃耡荒不憚勤，新蕉數尺尚能分。當於草閣署天緑，漸欲芸窻遮午曛。呵雪也曾留□□，□篁莫更作彈文。詩成正苦烏絲貴，詔爾秋來給潁君。」楊林淩惕園之調工部主事，亦有《詠蕉》詩云：「春心大展致翩翩，院落深沉結緑天。自有雲情能蔽日，縱無雨色也成烟。旌旗夜動虚含影，縢檢朝開倒捲箋。懷素功臣今未改，龍蛇擬鬭小窻前。」二公詩今不多見，因皆有「芭蕉」詩，彙而録之。

吾鄉高士喻嘉言，名昌，當明季以諸生上書，欲有爲，世莫能用，遂隱於醫。著《寓意草》、《尚論篇》、《醫門法律》諸書。往往議病用藥，比諸勦寇，以諷當世任事者之失。如所云：「兵者，毒天下之物。而善用之，則民從；不善用，則民叛。今討寇之師，監製太過，强悍之氣，化爲輭戾，不得不與寇爲和同。」又云：「今之大病，在於以兵護監督，不以監督護兵，所以迄無成功。」皆曉暢兵機之言。其書盛行於世，然非懸壺市肆之醫所能讀也。國初徵辟不就，晚遊常熟，與客對奕，畢局而卒。門下生奉其遺骸歸，莊嚴於城南百福寺。後數十年，衆醫士瘞於近山純陽觀側，今惟塑像存。一龕香火，禱祀者歲時猶不絶焉。予有詩弔之曰：「醫國藏高手，牀頭寓意編。成名寧在藝，委蜕或疑仙。真像留荒寺，遺骸表古阡。行人識徵士，瞻拜禮加虔。」

鄒準字一平，號雪肩，明成化時孝廉。九歲能吟，以神童稱。其《雪夜書懷》詩云：「西窻撩雪入窻紗，又見寒梅一樹花。千里關山勞夢寐，十年湖海繫生涯。漫將詩酒酬人事，浪信乾坤屬自家。燈下幽吟夜深坐，牀頭雷雨吼青蛇。」《題仙一絶》云：「參透元關一竅通，暮梧朝海寄行蹤。不知騎鶴歸山後，雨咽雲寒一夜風。」《扇中小景二絶》云：「結茆矮矮樹中間，水滿平橋花滿山。瓢笠阿師何處去，洞門高倚白雲閒。月薄蘆花淺水洲，寥天遠映夜雲收。不應高枕扁舟上，閒卻任公大釣鈎。」餘盡散佚。數詩邑《志》及《西江詩話》俱不載，故採而録之。

予作詩送陳邦型鳳儀歸佘牟，因託求許匏生遺詩。邦型次韵見答，有小序云：「許匏生，名儔。吾鄉篤學君子也。其先世爲南昌人，父某，徙居洪崖之佘牟，而匏生生焉。稟資穎異，讀書行文，往往有沉潛刻苦之致。學成領鄉薦，公車屢上不第，遇兵燹，遂結茆種樹，隱居不仕。著有《石户之農詩集》行世。先輩稱其有老杜遺風，殆非虚譽也。余嘗慕其爲人，屢訪求之，而斷壁殘珪，竟不可復得。惜哉！今承君命，聊以此復之。」「代經兵燹後，誰識里中賢。衰草荒碑没，高風故老傳。名登仙桂籍，詩倣《石壕篇》。欲覓當年稿，何從問斷編？」觀此則匏生之詩，即里中亦無有能藏守者矣。而其高標遐軌，陳君猶能述之。故筆之以備志乘之採録。

林確齋，明宗室奉國中尉，名議滂，字用霖，詳魏叔子《朱中尉傳》。以王漁洋之博學廣交，而詩話中不知其名，真高士哉！確齋住冠石二十餘年，以子婚挈家歸南昌。病作，思朋友，遽違妻子，遠赴易堂。作詩曰：「秋山雲亦好，野岸草還青。今日扁舟上，何愁不可輕。入門因妻子，髮掉見平生。冠石西風裏，茅亭應落成。」伯子論文中載之，爲推明其用意之厚。真隱之詩，耐人咀嚼如此。

康熙年間，吾邑以諸生負文名，無過趙錫範士疇，時高渭師璜、何涵齋榛督學江西，前後凡七試，皆第一。渭師評其文曰：「昔江西之文嘗盛矣！盛極而衰，振今之衰，復昔之盛，是在吾子。」其推許之如此。以選拔貢成均，復受知於祭酒翁鐵庵。後以事適贛，橐中載端硯以歸，舟人疑其多金，殺而沉其屍於水中。悲哉！錫範之文，類多翻空出奇，另闢谿徑，尚見諸家選本。而詩不甚傳，惟尺牘述入京道中，有「馬頭編昨夢，書角記新程」一聯，爲吴梅村之子暻所賞，文固矯變，詩亦尖新，豈非才士刻意之過，傷渾厚之元氣，所以罹此奇禍耶？

南昌喻周，字京孟，明季與萬茂先、徐巨源同社，後領國朝鄉薦。嘗爲某縣令，耽吟詠，不治吏事，主爵者以性本通脱，陶情詩酒入告，遂罷歸。著《介邱詩稿》，自敘其事，設爲坐客之言，曰：「子不覩今之爲吏者乎？彈文滿紙，免於罪戾者幾人？有如陶情詩酒論罷，我未之見也。當以此四字大書高門横楔，有餘榮矣。」其自嘲如此。《贈内》篇云：「昔有南昌尉，見幾能不俟。一朝棄官去，兼且棄妻子。又有彭澤宰，不以家累隨。束帶懶折腰，遂作歸去辭。思古俾無訧，悔予見事遲。世故多紛紜，偕隱廼心期。偏謫豈北門，餔糜甘如飴。負載匪轂佩，簪蒿還杖藜。」讀此可想其貧賤自樂之意。予所得《介邱集》，多殘缺。其詩喜用典故，工對仗，尚不染伊時纖詭之習。五古佳者，亦萬徐之亞也。

吴正坤，不知何許人。譚東白旭先生司鐸瀘溪時猶見之，年一百一十九矣。贈以詩曰：「鶴髮曾經百廿春，分明陸地一仙人。當陽舊主稱天啓，降嶽初年是丙寅。鐵笛難消魚腹恨，銅駝總被虎頭淪。虎頭，李闖小名。憑君莫話前朝事，多恐時流信未真。」

喻後村先生名指，字非指，歲貢生。學老文鉅，郡中推爲名宿。以屈於數奇，遂築室西枝村。著有《西山志》、《闢異叢言》，皆藏於家。晚遊江湖，既而旅寓無聊，作《懷歸》詩云：「旅食清江上，潸然憶敝廬。十年長作客，千里竟無書。白髮今春得，青氈故業虛。秋風猿鶴夢，定卜返柴車。五嶽一生志，三春兩日閒。帝鄉應有路，人世更無山。便擬探金策，何能駐玉顔？待期昏嫁畢，投老白雲間。」予於魏惟度所選《詩持》中得後村二詩，皆家藏本所無也。《報國松》云：「最愛慈仁寺，雙松不負名。日中來雨氣，天上下江聲。夭矯龍鱗長，盤迴石髮生。萬山皆翦伐，羨爾獨無驚。」《題畫燕》云：「王謝風流事已非，天涯誰識舊烏衣。年年結伴空歸去，多少朱門不忍飛。」又《國朝別裁集》初刻本，載《石城晤林茂之》詩云：「澤國烽烟逐敝貂，秣陵人事更蕭條。山頭牧馬無春草，河下東風有暮潮。白髮逢君疑再世，清樽對我話前朝。天涯便欲相依隱，何處空巖著野樵。」沈歸愚評爲「清空一氣」。今《別裁集》無此詩，蓋因錢吳諸人詩一例删去。後村曾孫約堅霖爲予誦之。

楊依川先生名遇春，邑增生，讀書趣園，著《趣園文稿》。乾隆歲戊申遊乃弟柏堂遇泰學博會昌官署，值郡太守劉公觀風，依川附卷以應，録置外學第一。時瑞金楊季重過訪，見此卷把玩不置，旋作詩跋其後曰：「已過桂花候，何來香霧侵。層冰雕净骨，寒菊淡秋心。執此求知己，憑誰作賞音。天涯有同病，聊爲一霑襟。」其心折之者至矣。後依川長子介庵進士梓其文，並録此詩，予少時尚能誦之。季重，名枝遠，以詩名。

周力堂先生熟於《三禮》，爲方靈皋所推重。其制義宗法五家，爲諸生時，與帥蘭皋刻有合稿，士子傳誦，幾於家有其書。生平好獎進後學，藉以成名者甚多。督學閩中，蔡芳三寅斗、王介眉延年皆在幕中，就弟子之列。後二君操選政，標舉名家，不聞揚搉及之，豈非負其恩誼，而以成敗論文章耶？先是，帥卓山家相爲蘭皋猶子，以世誼亦蒙知遇。力堂爲總河時，卓山拜謁淮上，有奉贈一篇，今録於此：「黄鵠謝戢翼，嗷嗷結孤翔。直以親舊故，攝衣厠公堂。公堂藹餘温，四座春風颺。梧桐樹左右，鸞鶴翱中央。清池浸華日，不浴雙鴛鴦。野鹿走堂下，和鳴夾笙簧。顧盼心内喜，矧惟託趨蹌。鯫生挾瑟來，奏曲理清商。元賞在夙昔，委懷得相將。撫調不使終，恐予神内傷。升堂躋入室，高興發詩狂。馳騁上兩漢，鑠陵下三唐。中成屈宋吟，湘漢起彷徨。豎儒得獎借，故態遂已張。詞章本鞶帨，光焰豈遽長。側惟大臣體，道德敷文章。勛業不已建，公忠挹撝光。非緣盛採納，薄技敢激昂。一節表純臣，由來畀封疆。是以膺寵命，視河古淮黄。國家大經理，濬引兼隄防。上切天庾懷，下廑民命殃。古法慎蓄洩，今河劑弱强。横流錯氐居，損益深籌量。公昔此臨涖，芻蕘結衷腸。秦越視肥瘠，無裨中贊襄。迂生議國政，泥往侈中藏。不承指畫益，撫事益茫茫。邇來益侘傺，志意落榆枋。四海泣庚癸，終年困炎涼。春秋誅不葬，婚嫁迫同行。嘿感僮僕嗤，顯違賢哲坊。蹉跎偃經術，身世已郎當。悲辛逐殘炙，而又惜冠裳。駑馬幽阜中，反思傲騰驤。空貽圉人笑，伯樂不在旁。自顧辭散才，不甘委摧戕。寶劍經繡澀，發硎有銛鋩。何能向時人，吟嘯天蒼蒼。自古屬知己，一飯不可忘。」後又有《淮上感舊詩》，情詞掩抑，異於蔡、王諸子矣。卓山有《三十乘書樓詩集》，專學老杜，力堂序之，自言不能詩，而喜卓山之詩。然予見其有《送楊介庵之任利津十韵》，只此一作，不愧方家。詩曰：「夙仰師門峻，今看大道行。文章通帝典，經濟付儒生。舊德淵源近，新恩雨露榮。試才先百里，彰善後雙旌。渤海迎佳氣，罘罳待策名。故園誰拭目，昭代爾專城。毛義娱親色，王陽叱御聲。風流非異任，慷慨況同盟。筆墨憑神契，絃歌想政成。爲傳夫子意，無那故人情。」力堂曾受學介庵尊人依川翁，故有詩門之句。

雍正癸卯恩科鄉試，周力堂學健擢元，裘穎孫思録居榜末，其得人號最盛。是科劉斗田斯組先生適見遺，其《落解》詩曰：「揭曉開頭便見周，循名榜尾又逢裘。西江從此增聲價，切莫逢人浪説劉。」次年甲辰科，劉亦中式第二。

於市肆中得鄉先輩夏恒齋名之翰，雍正壬子科舉人。詩，乃寫本，凡十餘首。《詠常棣》云：「庭中有雙棣，樸樕連其枝。春時花灼灼，夏時子垂垂。苟非同氣生，何以共華滋。慎無偏榮枯，杕杜傷人思。」語極敦厚，足見先正遺訓。其餘皆雅醇之篇，不欲以詩自鳴。予題三絶句於後，以歸其後人，家中無此卷子也。詩云：「文陣雄師久共推，偶遺詩語亦清奇。如何小帙忘收拾，一例殘縑付市兒。鄉賢手澤自宜珍，況有名言足佩紳。《常棣》一篇詩教在，幾多薄子愧風人。諸孫文彩最飄翩，遊宦閩疆久未旋。便欲寄將付剞劂，好同家集共流傳。」時文孫和仲塤宦遊未歸，故云。

予向得《壚邊草》一卷，乃雙溪王悦安所著。詩亦不盡足存，以其是寫本，不忍棄之。其里居無從訪問。壬寅予客江上，地名雙溪。主人王吉貞能記里中故事，因問先年有此人否，王君欣然曰：「此吾祖某翁執友也。」其人居源尾溜，性嗜酒，别號醉瑞。嘗製一小舟，春風秋月，未嘗不載酒榼相過也。因索其詩卷藏之。《獨漉篇》曰：「獨漉之水，淼不可涉。天下之大，豈無舟楫。一解野之火，惟石是焚，嗟此石兮生於海濆。二解彼杞之憂，彼夸之逐。且爾何愚，心焉碌碌。三解病化爲虎，涎視其子。哀此人斯，失其本耳。四解垂髫之女，能以劍神。爾居都市，曷凛其身。五解鬱鬱芝蘭，依於叢棘。囑彼樵夫，斧斤是擇。六解」《紫騮篇》云：「赤鬣新羈馬，逢人嘶不休。草盛天涯路，風高塞北秋。此時不馳騁，孤負伯樂求。」

外祖田松亭先生，字令樹，諱德滋，邑諸生。耿介有特操，始終不渝。常曰：「規矩準繩，以此自治，亦以此治人，斷難自貶。」其行實詳安所作家傳。晚歲所交契諸老並徂謝，先生獨教授里塾中，歸然若靈光焉。壽考日崇，道貌日古。夏山人介岩崇柳，因其别號作《巖松行》贈之曰：「鬱鬱巖畔松，亭亭真可愛。湑湑含露華，英英雲靉靆。霧發不能侵，歲寒還自耐。雖經八十春，猶具千年概。曾見桃李姿，灼灼正相對。顔色豈不好，如今竟安在？惟兹貞堅質，霜雪復何礙。不有陶淵明，盤桓無幾輩。願言友竹梅，相將飲沆瀣。」讀者猶想見其品概云。

夏介岩山人住三埂，隱居食貧，以訓蒙自給。性蕭閒，工書，喜吟詠，鄉人以其不習舉子業，頗易之。獨淩雄飛孝廉數與往來，語人曰：「不知舉子業，遂見輕耶？吾恐介岩發於吟詠者，舉業中人且不知云何也。」介岩有詠古詩，予録其數章於此，欲使一生落莫之士，其詩句尚見於世，庶不致爲流俗之口所汩没也。詩云：「結想羲皇上，羲皇不可即。三徑尚未荒，松菊培舊植。緑柳弄黄鸝，西疇談稼穡。南窻轉東園，盤桓頗自得。白衣爲我來，醉詠黄花側。今焉覺昨非，誰復念舊職。」又：「故人苟知我，何以袖金來。天子廣旁求，有司舉茂才。多士宜自愛，此行何昏回。吾家素清白，不堪辱君財。四知銘心骨，清夜無媿哉。請回俗士駕，行矣勿徘徊。」又：「美玉藴深山，渾然完太璞。出爲廊廟珍，微瑕胡不琢。大節建絶域，高風振鈴鐸。齧雪奚以憂，餐旃奚以樂？白首歸漢廷，胤子誰與託。寄語李將軍，此事爲余略。」又：「臣下專國命，太阿一倒柄。耿耿劉更生，欷歔實同姓。恭顯與王鳳，可堪備執政。懇懇納忠言，反覆陳諫諍。尚慕屈靈均，雅不失其正。古人髣髴中，亦各具真性。」又：「山林藏拙地，拙者無一能。奈何持此説，辱彼嚴子陵。同學窺意氣，風化爲我興。何必附雲臺，始爲良股肱。東漢崇節義，士女沐薰蒸。桐江一鈎水，只今尚澄澄。」又：「躬耕隴頭土，何以遺子孫。生人各有心，所危在競奔。稼穡吾家寶，代食永勿諼。入讀古人書，出見先人墦。妻孥從吾好，至樂在田園。揮手謝相招，高隱戀鹿門。」又：「天下不知漢，入寇誣諸葛。野哉陳氏子，此理胡不達？君親兩失之，史書恣塗抹。不有宋紫陽，漢亂誰爲撥。宗臣興復志，披策猶激發。成都鬱鬱松，行者深切怛。」又：「江西矜詩派，艷説分寧黄。法嗣二十五，玉石混崑岡。宋時多巨公，好句盛琳瑯。誰是門外客，不登作者堂。實衍淵明緒，奉兹一瓣香。寄語吕舍人，根本在柴桑。」數章論史，不矜特識，語簡意明，無鹵莽之態，可以存介岩矣。

乾隆年間，有兩阮龍光，俱孝廉。一爲漢陽人，號見亭，蔣心餘太史《第二碑》傳奇中之阮劍彩也。驚才絶艷，見於本詞之序跋，已足當一臠之嘗。一爲吾同年友少川湖之尊人雲溪先生，爲通許令，有惠政，民甚愛之。乙酉秋，鄰境患蝗，比至許界，群鴉逐之。或以蝗不入境稱，先生懼涼德，弗敢任，以詩卻之云：「中州古名區，自昔多循吏。潁川降靈應，淮南成卧治。邑長懋殊猷，卓魯堪遥企。渥澤洽人心，化疆螟蝗避。戴封令鴻溝，感通亦神異。稼無螨孽侵，旱有甘霖至。最課炳旂常，芳名流傳記。粥粥我何能，猥以循良儗。濫竽爾咸平，寢興恒惴惴。民無五袴謡，麥乏兩歧穗。徒爾拙催科，漫言勞撫字。一飯慚素餐，三載憂尸位。會逢歲有秋，多荷神明賜。蟲患不吾殃，亦是偶然事。無因譽過情，鴉逐鳴奇瑞。僉曰長吏仁，和氣蒸而致。天功未可貪，予懷益滋愧。丁寧莫浪傳，聞之疑貢媚。涼德被隆稱，恐干造物忌。生性惡飾欺，倖名非我志。」詩載《通許縣志》，真有德者之言。雲溪專於經學，有制義藏於家。晚年始學詩，有《過梁昭明太子廟絶句》云：「浦口征帆遠，江東勝蹟多。昭明靈爽在，文藻有餘波。」亦可誦。

楊潤田進士甘雨《介庵詩稿》有《蘆稷行》，序云：「按北方所種高糧，即五穀之稷，其别一種呼爲稷者，穄之誤也。因作《蘆稷行》以正之。加稱『蘆』者，從予南俗所稱名焉耳。」「君不見，幹葉如蘆青沃壤，比於群稼高過丈。當頭一穗挺撑雄，玉粒纍纍大珠仿。氣備中和食最宜，千秋萬歲人引養。夏瑚商璉郊廟陳，馨香久邀神鬼饗。先王以稷名農官，嘉種世承永推仰。不知何時名實眩，貴賤易位輕重爽。滿地種稷稷忘稱，蜀秫高糧俗呼謅。細瑣下穀翻冒名，穄稷音疑欠清朗。穄疑爲稷稷爲秫，稷自抱真名難枉。借問此穀值若何，荒年石米銀一兩。入市惟欽小米穀，價昂價低倍輸鏹。殊材反遭世埸薄，纖質偏蒙人情賞。閭閻貢彼不貢此，無異大賢蔽草莽。吁嗟稷尤北方實，利賴生民功浩蕩。豈惟芳粒食德深，還兼老幹藉用廣。編席織篁紛取資，結廬蓋屋咸依仗。稷兮稷兮號穀神，配社共祀義可想。內者畿甸外都邑，壇壝春秋自古昉。爾神猶然憑其尊，爾穀緣何失爲長？安得遍告草野中，復還名實百穀上。」按：穄、稷混稱，由來已久。或誤穄爲稷，或指稷爲穄，或以穄、稷爲一物。《授時通考》引《農政全書》云：「穄者，黍之別種；粱者，稷之別種。」又引《閩書》：「蜀黍，北人曰高粱，浙人曰蘆穄。」今介庵以高粱詩作糧。爲稷，而加稱蘆，曰「從予南俗稱名」，未知名實果覈否。録之，以待北人之能識別者。

蓮仙者，淩中書翽柯家梧西山所遇之異人也。其人蓬首垢面，莫知姓名，或爲寺僧牧犢，自稱蓮仙。能作詩，淩以「長松」命題，作歌曰：「祖師種長松，相期庇家宅。拱木漸成林，翦伐多遭折。經歷幾歲寒，後彫實並柏。亭亭直侵雲，不復令人摘。有物亦能容，鶴鶴而鳥白。下有桂蘭生，依依緑蔭澤。屢祝茂千年，胡爲不滿百？古幹絶根塵，灌溉無良策。或謂生滅途，有形俱是客。我懷罔極恩，欲報何時獲？仰首視天邊，終生常蹙額。聊同童子遊，千載不孤特。肉骨故人心，晤時須記得。」自題詩後，亦不可復跡矣。所貽淩詩極多，鄉人頗傳之，率多狂蕩之詞。蓮仙詩云：「天兮小兮，人兮藐兮，鬼兮杳兮，仙兮吾其眺之，髫髫兮予則笑而撩之。伯夷兮予悲，接輿兮予棲。望高風而遥遥，聊想像乎希夷。糞土可韲兮，石山可依；犢牛可牧兮，魚鳥可嬉。勳華不可託兮，吾將安歸？嗟此盤寓兮，爰得我所，而何嫌其齷齪？蒼蒼者爲蓋兮，濁濁者爲褥兮。雲爲餐兮，露爲吸兮，風爲食兮，雪爲飫兮。惟斯人，惟斯人，不可以或觸兮。將持籃而採雲，寧擕竿而釣月。呼東郭而逐兔，引北鷹而射缺。天何折兮，地何缺兮！明告君子，予將以爲説兮。」《紀别》云：「偶度蓬萊到佛壇，萬峰翠碧照予顔。春光聊同風光老，兩竹三松亦自好。無盡詩思發雲中，我唱黄鶴山猿號。馮洞呼猿鬬筋斗，跳動山巔白額吼。物類亦可伴吾身，物類何曾累吾心。吾心卻從天外飄，一隨流水去還杳。剜心不與小兒知，一點靈光莫故癡。髮蓬蓬，齒齴齴，一點靈光何故癡。人世升沈多少事，慮君花發涉天涯。今日相逢笑予顛，異時追名憶蓮仙。高歌長笑歸蓬島，寄跡佛堂半蒲草。」又有《詩教》一篇，比諸詩更爲繁蕪，兼以傳寫多訛，不耐卒讀。其篇末云：「我且向天邊曬書去，怕霉了三皇墳五帝紀，宋魯春秋，吴越雜記，列子新奇語，太史純正藝。狐狸無知群群抱我膝前戲，且引我將一幅皇華委坡地。噫嘻！君既知音，胡不牢牢記，儲爲異日名？」秘其胸中，蓬蓬勃勃，寄託遥深。至狐狸群戲、皇華委地之語，究不知所謂。豈曾仕於朝，有託而逃者耶？予嘗疑此事爲翽柯假託，如昌黎記軒轅彌明之類。質之淩雄飛家劍孝廉，孝廉曰：「家中書遇蓮仙時，年僅踰弱冠，安能假託？當有夙緣耳。」

鄉先輩淩翽柯舍人西山遇蓮仙事，余既質之舍人同族雄飛學博，信其不虚。既筆之《吟次偶記》中，後又於趙君敬甫處，得閲其太父牧洲思作明經詩，有《贈翽柯》七古一篇，亦及此事，因録之。詩曰：「君家癡叔野夫最雄豪，侍書刷紙驅烟膏。向我長誇千里驥，彪子墮地如熊嘷。食牛已健氣已舉，閃閃便欲辭蓬蒿。前年拾青如拾芥，今年鹿鳴如嗷嘈。學優則仕古所訓，所難得者惟鳳毛。翠巖之側人異授，聞其遊西山遇異人授詩。黄石之下老《六韜》。況兼工部文章焰，謂令伯惕園先生。滿堂家學懸佩刀。如此英妙不可止，撇捩雲海掣巨鼇。我偕癡叔交卅載，二十一載歌同袍。寄語吾輩雙袖手，大山冑岃小山高。一戰勝齊何足賀，飽食萬卷無饞饕。家國需才理則一，握癡叔手豁鬱陶。」惕園先生名之調，乾隆丙辰進士，官工部主事，其弟野夫名承淳，歲貢，並以文行推重鄉黨。翽柯少有才調，十九歲鄉捷，入中書館，性疎散，不樂仕進，遂辭職歸。與田夫野老相親狎，詩亦偶然爲之。想於蓮仙《詩教》，亦不復留心矣。

乾隆壬辰歲考，督學曹竹虛先生案臨高安，有八十四歲老童朱大元，同十四歲幼童熊斌入泮。先生以詩贈之云：「白頭黄口兩翛然，採得芹香喜並肩。論長豈惟應父事，同聲祇合作兄先。蒼松色借春花映，雛鳳翎隨老鶴翩。卻憶古稀初度日，正當小子始生年。」後二生並以諸生終，朱固耄無能爲，熊如東昇之日，亦何淹忽耶？

楊依川遇春先輩有《送鄧九成姜坤輿赴京》詩云：「帝畿久擬共飛駢，此日高才捷足先。紗帽文章須述祖，布衣兄弟莫忘前。雲山一路供行李，詩酒連牀話客船。好寫平安時寄我，天涯何處不桑田。」鄧祖文潔，姜祖忠確，並名家子，自幼相好，有才略，欲爲世用，遂以諸生籍入貢北上，故依川作詩送之。

世人擇婿，多計家貲，故貧窶之士，雖才學可稱，而不得妻。若其破庸俗之見，別具藻鑑，雖丈夫中難之，況婦女乎？嘗讀武寧汪輦雲軔《魚亭集》有《納徵》詩，自序云：「軔孤且貧，賣文無所售。有南昌節母葉孺人者重予詩，延課二子。予病疫瀕死，命二子謹護，予獲更生焉。越一歲，察予之恪也，託媒氏字予以女。且曰：『吾以詩擇婿，請仍以詩爲儀，他無所需。』於是敬爲《納徵》詩二章，因盛水師、我友熊浣青往聘焉。」「鏤金作鳳凰，兩兩張奇翼。欲盡兹鳥神，頗費工人力。相許在高枝，桐花爲結實。好風萬里來，文彩共相惜。東南有嘉木，上生連理枝。雲中有好鳥，息此育華姿。朱陽深照耀，錦翰互參差。請看雙飛翼，翱翔度天池。」軔爲江右名下士，而貧不自振，憐才如葉母，可謂巾幗中之絶特者矣。

汪魚亭生於武寧山中，以求師結友來豫章書院。既婚於葉氏，僑寓江城。使人迎母就養，母不樂城居，經年輒歸去。魚亭惟歲時覲省而已。弟連轅亦躬耕食貧，不能常聚，故《述懷》詩有云：「朔風吹野草，奄忽與根離。」又「孰知貧賤故，能使捐性情。」皆肺腑中語，他人不能假也。其詩工五言，佳者色淵味永，力追古風。但七言非其所長，當時惟《望湖亭懷古》一律頗爲人所傳誦，何飛熊解元極愛之，録存其稾，後人刻《南谿詩》，遂誤編入。然其頷聯「蠡水尚聞今夜鼓，匡山猶打舊時鐘」，不免合掌，惟五六「烟雲石上迷孤鶴，風雨波心戰老龍」，在魚亭爲健句耳。

金谿何渭輪飛熊解元《南谿詩鈔》有《採蕨行》，哀馮演宗文學也。其序云：「文學諱雲，乃馮太史族子，爲諸生，有聲。值歲奇歉，採蕨以食。採既後，時蕨亦無有，先生遂病乏死。李君作賡述其事於予，而悲之，爲作《採蕨行》，以誌殊痛。」詩曰：「迷陽蕨名緑荒烟，烟荒蟪蛄歎。山鬼怨啾啾，睇矉眼花亂。山有蕨兮採有時，愁惝怳兮竟安之。薇可茹兮蕨可粉，牽蘿掛壁相附近。猿哀鳴兮拳已長，夫君飢兮嗟可傷。歌聲縹緲山之陽，何曾一寸充君腸！嗚呼，何曾一寸充君腸！」按：蕨初生似蒜，無葉，莖紫色，稍長，高可三四尺，擣之有白粉，以沸湯熟之，味滑美。市間賣藕粉常以蕨代之，則其賤可知。

然以充飢腸，即令採之不失時，所得幾何？宜先生之病乏死也。介士之安於義命，信可悲哉！文學有女適胡姓，聞父死，嗚咽累日，亦不食死。南谿復作《孝娥行》，見集中。

國初予宗青嵐烈母楊宜人，乃豫章南關鴻臚寺丞崇吾女。幼就女塾師，備覽閨訓。夫廷璠，明末官滇南楚雄守，歿於任。宜人同次子光夏扶櫬，歷戈戟叢中險，踰數千里而歸。戊子，江右兵變，舉家徃避西山。至桐源，宜人爲兵所執，詈之曰：「吾名門女，名門婦，寧受人執耶！」擲金與之，求全屍而死，兵遂刺之而去。子光春、光夏尋至宜人，語逾時而絕。後三十餘年，二子先後舉孝廉，乞言以彰母烈。南州進士萬任，字亦尹。有詩云：「碧雞金馬死王程，萬里扶歸一柩旌。到處山川皆是淚，還家草木盡爲兵，黄泉自與欣相見，白刃何曾乞此生！寄語孝廉休飲泣，青嵐片石勒芳名。」

里巷之謡，雖極鄙俚，往往足以感人。嘗聞金其相前輩遊一村時，郊外蕎麥盈畦，花開如雪。有野人歌曰：「蕎麥蕎麥，三寸開花。我年四十，尚未有家。」先生曰：「小子識之！此《三百篇》之遺也。狐綏之意，惻然可念。此地其多鰥夫乎？使太史採風復行，將登輶軒之選矣。」

金其相貢士名玉，豐城人。有《網得翰林風月歌》，序云：「半槐湖魚絶佳，至秋尤美。八月日敞園翁觀漁，意在魚也。舉網得盒，開視之，見一銀美人裸睡，旁有二錢，一面録『翰林風月』，一面録『錦堂春詞』，牛毛小字，經沙浪糜漫，不復可句。旁署『洪都阮祚作』五字，疑前明阮氏宦裔之情物也。敞園翁鎔之，以資酒費，伴魚食之，而風月無邊矣。予聞其事而怪之，作歌以誌。」「敞園讀罷酒功贊，湖上覓鱸思張翰。風清桂子雁信來，月冷蘆花槐陰斷。仙子香魂蕩阮郎，愁緒縈絲遭網絆。一枝春態出翡幃，女伴傳看羞掩幔。湘靈曲終不見人，洛川禮防胡漫漫。爲屈嬌姿伴錢神，生死纏頭没官判。月豈久滿乎秦樓，風不長留於楚觀。兩物無買天地間，郎何癡兮把錢按。光埋水裔恨有窮，獨卧藥房悲秋風。不將貌成虎兒筆，翻解羅襦爲豸蟲。彩衣飛作蝴蝶去，頑銅焉能化鶴翀。百餘年寡《長干曲》，誰續佳期蘭渚東。可憐魚蝦侶薄命，夜瞰海底日頭紅。幸披敝園風月襟，綽有光霽映波心。心屬不須挑以琴，知君酒債急秋砧。形從火成還火鑠，勿驚躍冶是妖金。莫邪爲劍死於鑪，區區末底一劍鐔。謀酒應謀於此婦，趁喜烹魚共釜鬵。當時勸酒非大阮，今日攜壺始入林。平章風月還清白，昵昵絮語休推尋。翁北走燕南走越，何水何山無風月。幾見鳳池染翰人，匣鏡奩香專不發。我歌一曲送鴻冥，漫言今後芳華歇。聲在湖中漾虛舟，色在天頭照林樾。縱令魂返少君丹，怎似和月和風醉仙骨！歌詞止此。」余客竹山，浦亭出其家譜，見其相先生此歌，歎爲韵人韵事，足稱風流。所可怪者，得之自水中耳。豈阮氏嘗爲江湖之遊而失是物歟？或曰：半槐湖爲阮氏故居，其有是物，宜也。獨其於湍沙漂蝕之餘，而復現示人間，此與玉魚金盌靈幻何異？彼敝園何物！俗子忍竟鎔之，以資一餉酒費耶？自非此歌播其芳馨，此段佳話，幾不傳於世矣。

嘉慶戊午、己未間，白蓮教匪擾亂陝蜀諸郡縣。官軍勦之，久未平靖。有嫠婦齊氏，乃走竿舞槊之雄，率衆焚掠，勢甚猖獗。時遂寧張船山翰林行次寶雞，正寇所出入之地，有旅店題壁長律十六首，以記其事。其中一首云：「嫠也横行起禍胎，桃花馬上看重來。不遺巾幗先逢怒，欲辨雌雄已自猜。黄鵠特翻貞女調，白蓮都爲美人開。請纓便是秦良玉，可惜征苗失此才。」蓋爲此婦作也。後教匪漸次夷滅，此婦不知所終。

譚丈闇堂名鑑，字疑折，乾隆壬申恩科舉人。祖名國璜，經明行修，學者私謚文善先生。叔名旭，講程朱之學，著《謀道録》。闇堂才高氣雄，落筆如風雨顧，獨不喜朱子。予寓擷芳園，闇堂過焉，出《易經解》示予。予於《易》本未研覃，又以其爲前輩，閱其一二條，見其痛闢本義，幾於謾罵，呈以詩曰：「著述贊未能，論定俟真識。」遂卷還之。家素貧，性復拓落，爲德興教諭，所得之俸不以置産。垂老罷官歸，屋已傾圮，日食不繼。鄉里因其狂傲，亦鮮周給者。予嘗寄詩「似聞鄉里多高誼，應爲郗公共致飱」，蓋微諷其里人也。嘗值八十初度，門庭寂然。夏君虎先素好義，獨善遇闇堂。是日，衣冠招摇，過市中大聲曰：「某老今晨入衰，吾將往賀。」於是鄉人稍稍登堂拜祝，實虎先倡之也。此亦誼之可稱述者爲，附記於此。

徐目耕，進士，名曰都，奉新人。著《洞春雜録》，有云：「詩之可不作也。嘗讀程子，謂甚防事。朱子謂分爲學工夫。鄭奕教子《文選》，其兄曰：『莫學他沈謝嘲風弄月，汙人行止。』杜範云：『士有當世志，誰肯專詩名！』六一居士云：『惟詩於文章，太山一浮塵。』予竊謂先儒語皆確實，令人怵然自警。而其詩流傳於後世者不少，且多以此名家，此又未可深論也。」目耕雅好吟詠，予在龍津晤其文，孫仁甫[籛]秀才以集見貽。其詩不騁才氣，不尚議論，惟以雅正爲宗。《快閣謁黄文節公祠》云：「江右柴桑後，别開雙井黄。閣中人去遠，天外水流長。邑尚思嘉樹，祠應薦瓣香。小詩留白下，未必許升堂。」自注：泰和，古白下也。《二石堂論詩示諸孫》云：「淵源豈不遠，三百尊六經。後世五七字，拘牽無性情。清秋不唳鶴，碧海誰掣鯨。韵士若麻列，終焉歸杳冥。自少喜吟詠，睎高功未成。晚悔作何益，卷帙徒縱横。學古貴上達，傳人非浪名。爲詩乃餘事，此意當心銘。」又《偶題》云：「吟卷叢殘何日了，春光恍惚已如馳。那能讀史出奇論，誰信投詩多諛詞。偶爾欲書心法在，羌無故實解人知。自慚刻鵠徒辛苦，獨抱遺編是我師。」觀此三詩，其趨向詣力，從可識矣。

吴孝廉鹿柴，名芾，初名甡，字湘南，南昌人。居城中，早負詩名，窮阨而死。子曙，諸生，以訓蒙爲業，亦困而不振，今且髮種種矣。自言其先人著稾在金陵婦翁王菊莊舍人處。菊莊老而無官，恐未能刊行也。家中存録無幾，又賃屋數移徙，子不知書，益致零落，因以《津城雜覽》七律三十首示予，風土人情，兵防吏治，以及羈旅遷流之感，無不具見。又《今樂府》四章，乃從天津之鹽山道中所作，雖摹古製，在此本子中亦稱傑構，今録於此。《壽張警》云：「壽張豁呀門洞開，中有沸聲喧如雷。健兒争前殺丞尉，長戈白刃揚風灰。持爾頭，懷爾印，百千十人生死迸。堂邑陽穀皆連災，盤結臨清勢不回。賊民興，空自横，四面合圍來，螳臂之張頃刻定。誰爲爾讐爾發憤，駢首就戮何足云。惜哉草菅斯民命！」《流民歎》云：「鴻嗸嗸，飛中野，欲集不集將誰下。我訴鴻，鴻莫哀，道旁多是流離者。去年捕蝗蝗蔽天，今年捕蝗蝗滿田。無麥無禾疇人告，官府催租吏索錢。離家豈似在家好，在家妻孥得相保。居者摇手客無言，我亦須臾徙道邊。十室空存九家屋，如此飢荒苦亦足。我欲語鴻鴻哀呼，請君去進監門圖。」《滄州戍》云：「滄州城，高且深。匪獨滄州城高且深，中有賢守知民情。滄州之民强且悍，州守小心兼大膽。城門晝閉夜出巡，風聲鶴唳皆疑兵。十家牌，日日來；循環簿，朝朝去。店家噤聲留客住，客從何來何處去。公勿言之州守怒。州守怒，猶自可，公勿言，鼊殺我。不信晚上看紅燈，家家鋪面州守行。」《高城謡》云：「舊官官八年，新官官三年。舊官廉潔不愛錢，新官亦復廉潔不愛錢。但聞父老對人説，新官不如舊官賢。舊官之事十日了，新官之事十日曉。古語新人與舊人，織縑織素争多少。我亦他年作吏人，何由買得居民好。爲告父老且勿云，驅車卻出高城道。」數詩記道路間所值兵亂民飢，一一如睹，存之以稽時事，蓋乾隆戊子、己丑年間也。杜夔芳洲，號海鷗，南昌孝廉。與鹿柴最交契，詩名亦相埒。拓落不偶，老於幕下，故作詩多骯髒不平之氣。其《感興》云：「吾思古之人，曠懷羊叔子。峴山墮淚碑，不識何能爾？知人哲士難，何況被朱紫。巧言甘如飴，談論承風旨。安能破其圍，直令機心死。後世無申公，請自郭隗始。」又「花落蝶不來，花開蝶相附。當其翩躚時，蝶意不在樹。歌舞雜華筵，美人傷春暮。轉盼大夫門，芳草覆行路。盛衰會有期，事後始能悟。賢哉劉孝標，廣論夫何故。」《昨者行》云：「今者已盛昨者休，道里屼嵲增煩憂。不聞鸜鵒語深谷，但見海燕飛朱樓。茂陵蕭育奇男子，性不譽生寧毀死。憶昔相逢年少時，委蛇罄折未爲已。舊雨霏霏轉眼輕，誰能杯酒訴平生。山頭黄雀識人意，餓鴟搏擊難爲情。」《雜詩》云：「太初布元氣，萬物自馮生。厚薄豈有殊，橐籥各流形。胡不溯本元，欲與陰陽争。陰陽亦何知？或毀時或成。委運無窮期，此意誰與賡？」又「華士矜咸輔，哲人思艮背。託根苟非時，茝蘭等蕭艾。娟潔以自臧，偏與女嬃會。昨夜陰寒生，猛雨忽破塊。内念苟不堅，焉能防其外。廢圃鬱青葱，一望盡荒薈。願言芟夷之，勿使長芥蔕。」又「大匠惜良材，群情喜雕琢。面目盡侏儒，曾何有誠慤？瞿破冰不澌，翻訏斗大雹。疑者互相傳，後來宗斯學。豈無老成人，矩矱如山嶽。不有正氣存，安知聖澤渥。撫景一咨嗟，秋風生馬角。」又：「河水濁且深，灘水清且淺。水清峭石出，水濁浮沙演。亂流無全鱗，潺下集鰍鱔。緩急各有否，執中聖所善。不處清濁間，安知淮泗衍。迴波貿然來，眷言知德鮮。」又：「哲士審樞機，鄙夫患失得。龍神善藏尾，所以不可測。機會信偶然，富貴有終極。夫何服道義，褆躬良不飭。鷄肋營餘戀，遲暮飾顔色。春深烏夜啼，天寒日西匿。貫劄空復然，耻爲鶡鶡弋。」又：「終古而無死，此時尚鴻濛。盛德者必壽，天地相始終。所積既云厚，食報靡有窮。貪吝失士守，委蛇非臣忠。曠望宇宙遠，鄭重淑其躬。」諸詩並直抒胸臆，筆力蒼勁，與其人意氣相類。但後生淺學，喜時下纖媚之詞，不甚傳播。予復取其律絶中諧時目者，録其數首。《夜坐偶成》云：「霜重山城冷，庭閒客到稀。亂雲棲不定，孤月静相依。閱歷從前過，繁華此日非。夜闌猶未寐，遥數雁行飛。」《春日連雨書懷》云：「雨似愁心未肯休，愁心不共水東流。空中説法徒饒舌，局外參棋盡自謀。鐵網細縈鮫客島，珠簾深閉美人樓。許多情緒難排遣，海鵠如今已白頭。」《寂寂》云：「寂寂閒庭驟雨過，挑燈獨坐意如何？窮真有鬼揶揄我，愁竟無方發放他。自笑一身天地贅，人情百折變更多。静中悟得菩提法，健翮高飛不受羅。」《對月》云：「碧宇無塵漾晚風，庭前月照我飄蓬。臨摹花影來窻上，收拾秋光入鏡中。斜轉銀潢七寶合，碾開滄海一輪空。嫦娥去後天涯冷，欲倩青鸞路不通。」結句乃海鵠新喪偶，故寓意於此。《絶句》云：「穀雨初過暖漸加，不堪春暮又天涯。小窗昨夜東風急，落盡庭前柚子花。」此皆袁州郡署作也。海鵠子不能讀父書，詩多散佚，其僅存者尚有二册。今藏其壻阮麟書處，亦未知何時能付剞劂也。

豐城徐勷右文弼以名舉人官饒州教諭，輯前人緒論，撰《詩法度針》以教後學，其書盛行一時。所自著詩，尚未甚流布，曾賓谷先達《詩徵》選其七首，予又於徐君我洲處録得數首。《泣麟渡》云：「素王生衰周，麟兮胡乃至。吐書繫繡紱，徵應宜爲瑞。道大終莫容，徒切東周志。鳳鳥既杳然，河圖亦終閟。鉅野何復來，相值感而淚。嗟哉出非時，安得免捐棄。但逢魋西輩，鉏商亦何異。我來古渡頭，西風值秋季。不發望洋歎，濟逢舟楫利。淼淼碧流水，萬古接洙泗。」《出揚子江遇順風》云：「片帆息已久，北風昨夜生。曉發上新河，奔騰破浪行。蘆葦繞極浦，青礬遠岸横。北走燕子磯，西下白鷺洲。飛鳥亦蹭蹬，浮雲終滯留。巖壑眼中移，幽致安可求。迴首數月程，每爲石尤苦。秋風起幽燕，白帝辭齊魯。逶迤淮陰道，天際廣陵府。從來行路難，江湖從此數。行止亦無常，利鈍豈逆睹。但識消息機，物理固有同。始既歷艱阻，能使終焉通。富貴起蒿萊，靡不初困窮。人生何歎嗟，此理實可充。」《黄石山》云：「黄石臨青甸，尋津值老農。龍湫迴絶壑，鳥道入中峰。雲水秋深寺，烟林日午鐘。穀城原有約，如遇舊時蹤。」《二十四夜作》云：「異地仍同俗，人家慶小年。境臨三楚界，雪霽九江天。鈴騎猶投店，風波未渡船。思鄉今夜夢，愁寂向燈前。」《迴舟經羅溪次韵》云：「錦纜迴牽處，飛花三月中。波平柔艣緩，水漫亂流通。返犢驅村豎，馴鷗狎醉翁。溪春流不盡，古岸積殘紅。」《題彭雯舒扁舟訪友圖》云：「素契誰傾向，澄江獨放船。剡溪清興夜，楚雨小涼天。無定招尋跡，聊憑合散緣。伊人秋水外，吟望共蒼烟。」《積雨喜晴和黄監司韵》云：「芝雲斂盡翠巒開，霽後朝寒散水限。幽徑暗香生薜荔，古牆新緑長莓苔。萬家晴色炊烟合，十里波光野漲來。行部巡遊争獻頌，衢歌親譜雅音同。」《上元前一日陪夏檀園蔣莘畬李澄思曹地山諸公重遊芝山隨集衙齋即事二首》其二云：「林皋同步獨徘徊，洞石泉砂總劫灰。遍採岩烟芝草隱，初融塢雪藥苗開。古香樹老憑山閣，寒碧雲閒覆竹臺。痕破舊苔留鶴跡，新莎幾見馬蹄來。」《花放喜晴漫占長律爲牡丹志喜》云：「穠芳妖艷壓江城，花值新晴眼倍明。曉露漬香沾蝶粉，午枝流韵聚蜂聲。人閒乍息繁華夢，春老猶深愛惜情。青帝即今幽恨釋，雨風不受妒花名。」《廬州謁包公遺像》云：「南郊孝肅祠堂在，斜日孤城策馬過。遠障插天披繡闥，危橋當户鎖寒波。一生骨鯁應難犯，萬古霜稜未可磨。直待河清開笑口，敢將關節對閻羅。」《和落花詩十首》序云：「憶予壬戌、乙丑兩舉進士，落拓南還，浮蹤江左。時武林袁公以翰林出治百里，賦《落花詩》二十首，蓋以春風得意，騁驥足於花陧；夜雨驚心，托鸞棲於枳墅。植滿城芳卉，興過潘郎；飄萬點殘英，愁深杜老。適予荒城旅泊，篝火孤吟，得公秀句郵傳，濡毫叠和，次成四韵，率成十章，亦欲妍效眉顰，無那痛逾心捧矣。今春霪雨浹旬，飛花滿苑，偶檢敝簏，思續前詩。於戲！六年秩滿，將效易喜之毛生；一第緣慳，竟等難封之李廣。暫勾留於冷署，託諷詠而長言。藉質同人，用抒孤興。」詩云：「杜宇聲聲送落紅，彩雲縹緲散高空。飛騰此去留芳跡，培養由來藉化工。圜水孤村三月雨，繡林深院五更風。河陽有地還堪托，漂泊天涯惜斷蓬。」又：「闌風澀雨歷朝昏，爛熳江村幾樹存。麗景低徊違紫陌，韶姿遲暮謝朱門。泥塗難没馨香骨，烟雨憑消黯淡魂。榮悴從來隨造化，幽懷脈脈總無言。」又：「廿四番風幾逗留，杳無判斷且歸休。清闕跡少羊欣過，勝境情闌杜牧遊。翦綵聊從增潤色，闕書誰復解風流。迴翔今向飛英會，激蕩芳思一醉酬。」又：「長干歷歷囀幽禽，千樹消融曉霧深。儘有文章驚世眼，會承雨露眷天心。山林足戀難韜跡，蜂蝶因猜得賞音。莫惜春光顔色減，重茵穩坐撫瑶琴。」餘六首不盡録。我洲，勷右門下士，嘗搜其師遺稿累百篇付梓，工已告竣。勷右子文學景麟，迂儒也，聞族人中有因隙，將摘其不檢語以上聞者，心懼焉，因燬其板。今惟有初刷印試板一部，存我洲家耳。然其中多投贈應酬之作，足副其盛名者亦少。

武寧盛于野廣文謨與叔子布衣于明鏡、季子水賓樂，共振興古文之學。所居劍谷，結廬爲巢，時有雲氣往來窻几上，若與相狎玩者，因名之曰「字雲巢」。其寓意見自記中。熊鶴嶠太史爲賦《字雲巢》，歌曰：「男兒生不封青茅，促縮乃爲文字交。窮愁著書誰與讀，蚪枝蘚剥吹松濤。劍谷先生盛于埜，丹黄百氏蹇所遭。大方落落竟寡耦，今以字雲名其巢。蕭然繭拙别天地，年年風雨雞嘐嘐。昌黎韓子進學解，客難東方揚解嘲。巢兮巢兮何谽谺，巨靈手劈芙蓉高。幽崖峭壁窮鬼斧，連蜷叫窱拏六鼇。嵌空寥廓紛結構，規日削月開堂坳。揮斥八極排户牖，琱鏤禹篆鐫羲爻。乃有雲華日來往，□裹駘蕩風與招。無言欲言出我岫，蹇脩約以柴桑陶。醲鬱沈浸生嫵媚，雙螭爲結五色蛟。堂前古樂大繁會，竽柷琴瑟鞀鏞匏。十年不字字乃吉，一團元顥開靈苞。眉奩樸古謝粉黛，牙籤錦贉紛牛毛。老郎得此頗不惡，緑稊窈窕枯楊梢。老郎老郎昚出入，巢父母令紛騰逃。名士每爲山鬼笑，終南鶴怨猸夜號。無情偕誓有情老，葆光清氣還吾曹。」又有《字雲巢雜詠跋》云：「巢之性情奥折盡發於此，率興則書，相視而笑，巢爲于野有，亦爲鶴嶠有也。」可謂山水得人而顯矣。今問諸山中人，巢已鞠爲茂草，惟文章不朽耳。

羅穆，字睡泉，居武寧廉村，師事盛仲子于野最久，好吟詠，著《煮雪詩鈔》。其詩偏於枯淡，閲者不懂，而仲子獨鼓而進之，雖老無所遇，不悔也。念其憔悴之至，姑録數章於此。其《雜詠》云：「蠶婦采桑隄，田婦饁南坂。紛紛各有司，所託在常産。誰能不力作，而使衣食羨。野人務粗足，未敢懷安宴。出門復入門，春風吹無限。」又：「蓋亦有其人，持竿數十年。幾經風袖裂，辛苦挹清漣。小魚掉尾逝，空對水中天。問天何以爾，爾魚亦何然？悠悠不足道，一簑卧晚船。」又：「窮達有定命，於理終無疑。衆人延寸目，譁然肆其嗤。齒牙爾何權，直能生死之。我髮猶未艾，我畝猶可耔。及時力稼穡，昊天豈吾欺？」又《牧童語》：「草不豐茸，牛不得肥。露不沾濡，牛不得歸。犯人之苗，誰任其非。」

武寧縣治東龍潭側有宋處士鄭郊草堂。郊好學安貧，開竹逕，植芙蓉於池。今蹟雖荒蕪，詞人墨客尚過而弔詠焉。邑孝廉楊光斗，嘗以重九登少白山，過其草堂故址，至龍潭石，坐水月亭，賦詩三章云：「秋高洗塵思，可以上遥岑。竹逕蟬共語，落葉飄滿林。萬象歸寒素，曠宇亦幽陰。獨有大江水，茫茫千里心。」又「越嶺度層阪，荒塚鬱蒿萊。黄花慘不發，白楊有餘哀。徃者草堂客，深坐遠塵埃。芙蓉與竹逕，清風安在哉！悠悠水月夜，孤亭空徘徊。」又「山空雲漠漠，江深水瀰瀰。古木與蒼崖，慘淡夕陽西。摩崖讀古篆，借問知者誰？變作石痕花，一任秋風吹。秋聲不可聽，荷笠遲遲歸。」光斗字文雪，亦盛仲子門下士。其詩頗放浪，惟五古與睡泉堪伯仲。

武寧布衣張望，號棕壇，專治古文，學昌黎碑版文字。所刊《憶堂偶齋》諸稿，可謂戛戛獨造矣。

又著《嗅花岡詩》，生澀不可讀。然意實自矜之。江寧侯葦園學詩進士嘗題《嗅花岡詩卷》，即效其體，詩云：「韓公大狡獪，以文爲戲具。不識世俗書，彌明殆自寓。世書既不識，焉得有章句。青天一張紙，雲篆莽回互。開眼星芒垂，觸手雷斧奔。眼亦不敢注，手亦不敢捫。千載知者誰，留侯之耳孫。早受黄石略，得窺碧落文。字青石復赤，溜溜瓶水瀉。著爲已出辭，意不在韓下。有來驚軋茁，亦或强吟把。擺手疾謂休，此非君讀者。」雖效其體，終覺平順，「石鼎」句非他手能摹倣也。

胡蕉村璞、徐鑑湖蓮、周松壑海、李曉庵盛銘同住厭原山，結詩社，以唱和爲樂，頗負狂名。蕉村有《寄諸子詩》：「落落我輩人，諧俗苦未暇。鑑湖挺孤松，嚴寒凝盛夏。松壑拭古劍，利光發長夜。曉庵野鶴姿，疎慵託林下。予性駑馬同，蹄齧不受駕。昨訂文字交，甘如倒啖蔗。初亦味疑無，漸覺旨難罷。方期各努力，雄才遠淩跨。世俗好險巇，多口争抵罅。走筆寄詩章，聊用慰譏駡。」此詩摹寫諸人情態，宛然如見，真自道語也。後曉庵早卒，蕉村又作《感秋寄徐二周三》詩，曰：「丈夫不合在烟霧，雙鬢冉冉成衰素。昨夜秋風聲怒號，攪作清愁浩無數。我生無端習詩書，寒暑相更四十餘。憶昔初結江城社，高才磊落周李徐。由來各抱青雲器，自謂不久蓬蒿居。李四爲糞壤，徐周侶樵漁。明廷薦書久不達，有時過從徒令談笑驚鄉閭。徐鑑湖，周松壑，人生不才乃爲惡。當春桃李幾番新，即今芙蓉遞成蕚。草木得天固如此，人生豈必多舛錯！因風一寄感秋詩，有酒且慰尊前酌。」徐，布衣，餘皆諸生。松壑又以事褫巾服。然四人中，亦惟蕉村詩足企作者，里中多傳録之。

蕉村性傲僻，不樂與貴人遊。門下生亦不耐久從，惟郭翁延至水閣，命子慶昭專師數年。然頗以吟詠疎館課，紙窗粉壁，乘醉輒題。嘗從慶昭索紙編近詩，有詩云：「自悔吟詩久犯窮，半床筆硯又時供。有風月處題應徧，無綺羅人興更濃。近覺十年成法席，敢云千首傲侯封。編排要乞山陰紙，爲語義之好見容。」慶昭，字明遠，諸生，爲吾梅莊叔之甥，蕉村稱爲似其舅者也。

蕉村，西山社中詩友，專攻七律，多弱調。惟徐鑑湖蓮押韻差强，同輩皆盛推之。鑑湖謙，弗敢任，而獨心折蕉村。作詩寄諸子云：「少愛酸鹹總漫嘗，邇來談亦老生常。每譏曹鄶邦爲小，應讓昌黎韵押强。綺麗建安開六代，沈雄天寶冠三唐。詩壇老將蕉村勇，旗鼓森嚴不可當。」詩雖莽莽，在社中固宜亞於蕉村矣。又有《九日寄予叔梅莊》詩云：「客邸逢辰意轉悲，秋風抖擻習家池。不聞童子傳桑落，空看村翁倒接䍦。鴉噪北山催落景，雁來南國報寒時。知君自是題糕手，肯負黄花不寄詩。」《偕張華國遊楓林留飲其家作詩謝之》云：「雨晴雙屐過楓林，石磴嵯峨半霧扃。着意安排蹲虎勢，生來妥帖伏龍形。慚予坐榻非高士，顧爾乘槎動客星。寄謝主翁多眷戀，塵心未敢涴山靈。」《前招羅梅莊偕張子遊山不至因以詩寄》云：「近年哀樂減精神，已許川原結善因。雞黍竊叨元伯惠，江山空負謝公塵。既妨屐齒頻然折，應有詩篇次第新。他日北山休命駕，此中猿鶴會譏人。」蓋諸人皆以遊聚賡酬爲樂。先輩風流如此，詩亦整飭可觀。

吾鄉後學喜抄前輩未刻詩，然不能揀擇。又或彼此傳寫，失作者姓名。予見一本子中有《重校山谷集詩四首》頗佳，今録之。詩云：「拜像焚香二十年，又尋舊夢到江船。摩挲雙井重鐫板，寤寐鄱陽一序前。玉父子耕文並在，青神天社譜誰先。知人論世千秋事，只是難追史會編。」又「紫氣風迴大海瀾，誰知古井不生瀾。障川浩浩俱東注，反景時時得内觀。絶利一原憑戰勝，默存萬象入寬安。龐公吸處尋初祖，正自閒中著力難。」又：「新津妙悟本拈花，薌寶燈光自世家。笛鶴幾年駿玉局，石羊他日叱金華。九成鼎轉丹留火，三折江紋篆印沙。昨剔髹窠書偈子，一峰廬阜倚殘霞。」又「摩圍反掉故鄉關，皖白青迴一氣環。中有性情皆學問，後來靈秀祝江山。瓣香日日如親炙，握槧區區實汗顔。悵望南州翹傑士，船窻杳藹碧雲閒。」四詩骨氣較勝於山谷，獨造精詣，間能道出，惜未載明誰作。或疑是西山社中稿，吾謂徐李諸子，無此手筆也。

今人挽年少文士，多使李賀賦玉樓事。天上豈乏才人而徵記於人間？若使玉樓歲建，世之有才者，其危矣乎！吾鄉胡魯川茂才，名潤洙，恃才跳蕩。少隨父在京師，有小翰林之目。嘗爲詩曰：「愁大乾坤窄，句奇神鬼驚。玉樓如可賦，李賀得長生。」年廿二果夭死。予考李義山《長吉小傳》，賀見緋衣人來召，泣不願去。今魯川尚未及賀之年，而以此爲樂，宜其自讖哉！

侯葦園先生以江南名進士主講豫章書院，一時門下英才畢集，刻有《證是編》制義。其實先生屬意古學，所心賞者鄱陽江維申、鉛山陳文瑞、峽江習振翎、南昌喻端士、新建夏塤，號「豫章五子先生」，各製一詩贈之。後辭去，主講鹿洞，有建昌吴崇紳、武寧盧浙，嘗從張棕壇處士治古文之學，各以所業來贄。先生喜，爲賦五十韵。五子詩予未及見。所贈吴、盧二子詩，盤空硬語，直追昌黎，真大手筆也。今録於後：「鹿洞名天下，大賢所降觀。邇來頗中衰，時俗争詆讕。云此虚無人，率以儉陋安。天荒偶一破，劍石空高攢。我竊不謂然，懷古獨長歎。緬惟名教地，豈伊利禄干。必有棄聲華，藏修共清歡。果然得二士，矯矯來停鸞。遠志希大業，奮往不顧難。聖道大如天，求之匪空摶。因文以見道，亦足障迴瀾。豈同帖括學，但解工繡鞶。此中欲窺觀，壞户封泥丸。正使摘若髭，何異沐且冠。竊嘗聞諸師，六經炳爛爛。江海水所歸，日月環無端。彼猶覺有盡，此獨無窮殫。是爲文本原，沃葉根先蟠。二子其致力，愁置眠與餐。沈浸謝糟粕，充懷浩瀰漫。然後施諸文，輝光燭柔翰。清思怵誰先，大論懸不刊。進則爲典册，煌煌薦郊壇。退亦垂空文，發德誅頑好。易欲老嫗解，險即鬼膽寒。要以翼千聖，而翦其榛菅。用俾頑懦徒，奮起激肺肝。湛思若子雲，猶未免譏彈。況於襲貌言，壽陵步邯鄲。勿謂取途遠，取途良已寬。吾子各英少，我言豈欺謾。古賢勵志節，坎坎歌《伐檀》。中道誘勢利，必使圭稜刓。千狐集珍腋，涓流助奔湍。耳目苟不廣，正復空研鑽。二者又其要，當以銘盂盤。豫章郡十四，淵海羅璆玕。昔余但倚席，歲久羞畫鏝。獨有江氏子維申，問途屢盤桓。萬鈞一繩挽，獨力愁孑單。衆口更謡諑，膚剥無寸完。念此竟奚益，卷去不復看。不謂二子者，來軫復嘽嘽。相應如鼓鐘，競秀乃鞠蘭。英詞自吐屬，道奥誰遮闌？謬以齒髮長，欲鏡其垢瘢。我衰敢睎顔，當世渠無韓。有能祛斯惑，豈問甿與官。斷章詠史篇，高步淩巑岏。持歸語張子，拊掌一笑歡。」吴號賁貞，盧號容庵，後並成進士。

吟次偶記卷二

新建羅安綏之輯著

孺子祠在東湖，清風亮節，照耀百世。遊其地者輒低徊不能去。然木主孑然，絕少侑食之侶。聞崇禎時，當事有以其子徐胤、門人張遐配享者。後燬於兵，今則不可復矣。考《後漢書・徐穉傳》，胤字季登，張九齡碑作「季祭」。喻京孟周《介邱集》以徐季登合慧遠弟慧持爲《二君詠》。其《詠季登》云：「南州有高士，仁讓一統類。嗣子承高風，篤行孝弟至。陋哉華子魚，禮請終不菆。群盜戒犯閭，何必深避地。幽棲獨渺然，抱此流遁志。翻思下榻時，懸置誠多事。曲江與南豐，前後作碑記。云胡曾見遺，古人亦可議。」事俱按本傳，頗詳核。但云曲江碑遺之，考據尚疎，後四語固可删也。遐，字子遠，餘干人。知《易》義，嘗隨師過陳蕃，講太極陰陽之理。此事《後漢書》未及附載，見《饒州府志》，自足傳信。洪兩山鐘廣文《孺子祠》詩曰：「祠堂四面面湖東，一拜情深溯往蹤。後代誰知張子遠，當時真惜郭林宗。宋家道統開義畫，漢室功名薄景鐘。席語至今聞下榻，不曾鉤黨混潛龍。」詠徐祠而及張遐，僅見此篇。俎豆既缺，吟詠亦鮮及，蓋因知之者之少也。

江右滕王閣，爲臨觀第一。舊有瑰瑋絕特之稱，自子安賦後，遊者幾閣筆。然吾嘗聞昔有狂生讀序語，慕其勝，費百金往觀焉。及至，了不愜意，罵曰：「乃爲子安所誤。」又宋時有一僧遊西山，偏覽詩版，告郡守曰：「詩盡不佳。」因登閣吟詠，遂得「萬古遮新月，半江無夕陽」之句，當時矜爲奇絕。此二事殊可笑。友人嘗浩歎曰：「江山滿目，風景依然。惜無往時賓客，文章致俗輩蹂躪耳。」然吾謂最唐突者無過此傖，最點汙者無如此秃。

螺墩四面皆水，如螺浮。施愚山爲江西學使時，有詩云：「雨後漲春波，江心泛緑螺。繫舟清磬發，遶砌白鷗多。岸坼勤添竹，風香近種荷。山公來取醉，時有習池歌。」注云：是少宰熊公别墅。又有《熊少宰邀集螺墩詩》。予嘗遊其地，上有莖草庵，波光摇户，塵氛不至。與住僧語，亦不知此業之曾屬熊氏也。後中丞陳公淮於此增置亭閣，造假山，羅樹石，塑花神十二，極妍麗之致。又易「莖草」之名爲「清華」。良辰令節，與僚屬遊賞，幾如宋商邱北蘭之勝。今北蘭荒廢久矣，商邱之政事文章，尚與山峙川流，長起憑弔者之企慕。固自有不亡者存。

蓼洲，一名谷鹿洲，在城西南塘灣。二洲相並，水自中流，入章江。有居民數百家，風景最爲清麗。陳静遠明府繼鎮詩曰：「地下花園賣酒樓，天邊風送木蘭舟。烟江極北堪惆悵，水碧沙明是蓼洲。」予和其韵曰：「岸上梯橋水上樓，畫欄高下纜行舟。遊人小集雨初歇，夕照波明紅蓼洲。」

至德觀在生米潭，赭崖峭削，直抵怒濤上，有琳宇紺宫道者居之。相傳許旌陽弟子施大玉眺蛟於此，故名眺蛟臺。臺畔丹井猶存，地形狹而長，約有半里。竹柏葱倩，覆以紫烟，隔岸望之，若蓬瀛三島焉。米鎮唐高士以煒著《蛟臺十景》詩。其一爲《吼石濤聲》，詩曰：「洪州巨鎮著仙臺，萬頃江流一柱開。章貢有源皆赴海，晴陰無日不奔雷。併添鐘鼓驚蛟窟，直遣帆檣避灩堆。自訂鷗盟隨浩蕩，頽波誰問濟川才。」高士生明末，有志用世，而匿跡於此。其後裔爲井道山人，與予交。

江西古循吏，有功德於民者，必首稱武陽公。其遺愛碑在章門外石亭寺。予嘗過之，見公畫像尚存，方面有鬚，衣冠端坐，肅然令人起敬。壁間《揭石亭懷古詩》數幅，其原唱爲□□歐陽柱，樸茂典切，不愧作家。今録於此。詩云：「久頌元和第一功，竭來假館古祠中。縱懷高閣鈞天杳，放眼長堤大地雄。斷碣文章殘劫火，古亭石礎碎秋風。玉溪詩弔西江水，惟許襄陽叔子同。」又：「令子重光觀察儀，石亭置刹翼高祠。縱然香火歸禪院，依舊箕裘屬本支。黄絹遺碑傳杜牧，彤廷清議記周墀。如何棠蔭留南國，認作天花祇樹枝」。又：「尸祝當年盛八州，鴟張今日孰綢繆。空場半雜樵人斧，荒礎翻爲社鼠坵。丞相舊莊成白屋，中書遺宅蝕緇流。可憐循吏棲神宇，猜意鳩師未肯休」。又：「烟雲長爲駐江干，每溯流徽獨倚欄。瓦屋當時袪野火，斗門今日慶安瀾。花村祠古空懷誼，銘石文高共憶韓。極目西山增感慨，臨風清淚不勝彈。」和之者有泰和姚頤、安成劉瑋。

浴室寺在永和門内，相傳爲馬祖沐浴之所。國初時廢矣，廢而復興。見陳士業徵君《江城名蹟記》。今則經壇梵院，復化爲菜畦槿籬，惟山門一垣題額尚存，亦摇摇將仆矣。予嘗訪其遺蹟，見草棘蒙翳，間有廢鐘蹲伏泥塗，讀其款識，係明宣德四年所造，計一千三百餘斤。前列信官雷福善等共十員、信士干缺海等共十六人、信女馮氏等三人，又列比丘、比丘尼等各六七人。銘曰：「昔之鳧氏，權輿斯製。妙藝流傳，喜逢盛世。範以善模，宣助真諦。警悟緇流，晨昏勉勵。賴此進修，發生智慧。法界俱聞，幽明普濟。檀信皈依，均沾福利。上祝皇圖，永敷至治。高懸栒虡鎮山門，萬歲鯨音吼天地。久本府僧綱司都綱景晛題。」予摩挲不置，恐歲久其字剥蝕，以紙摹之。寺西即佑清寺，在唐爲開元寺，乃馬祖選佛場，前數十年亦燬於火。今諸當事分俸重構，極其宏麗，與浴室寺僅隔一衢耳，蒲牢之聲，朝夕轟鍧。而此鐘竟廢而不用，可慨也。沈歸愚《賦覺生寺大鐘歌，因及雞鳴埭廢鐘》云：「一鐘淪棄聲久啞，一鐘叩擊驚頑聾。蒲牢亦等遇不遇，何況士類分雌雄。」讀此詩淋漓痛快，豈徒爲一鐘興感哉！

《名蹟記》載，浴室寺既重新，後有僧逢祖者，鑿小池，種花環繞，顏曰「醉花池」。一時名流皆有題詠，可爲茲寺慶，復興之盛矣。予又閱瑞金楊雪巖方樵《柯亭詩集》，有《過浴室寺贈止拙上人》詩云：「爲尋棲静處，披草叩禪扉。梵響穿雲竹，湖光冷衲衣。學參三乘妙，詩接九僧微。煮酒澆塵盡，相逢暫息機。」詩作於雍正初年，是寺既占名勝，屢住高僧，固亦文人遊集之地。乃廢而興，興而復廢。約計其時不及百年，何遭劫若是之速也？因録雪巖詩，使人略考其變更之世代焉。

蔡受，字白采，寧都人。有《東湖竹枝詞》云：「侶鷗閣上看西山，白髮尚書去不還。何似榆溪徐處士，扁舟來往水雲間。」「侶鷗閣」，熊少宰别業。「去不還」，言舍故廬而仕於新朝也。少宰之死，在巨源厄於盜之後八年，故知其去不還，爲指其仕於新朝也。白采當國初時，親見其得時而駕之事，故舉巨源與之相形，言其出處異趣，隱寓譏諷耳。又按陳士業《江城名蹟記》，凡名人亭館以及交契之舊宅廢宇，無不具載。少宰既素與往還，文字酬酢亦稍稍假借，而侶鷗閣、蓼花草堂諸勝，是書皆不一載，殆亦陽不棄絶其人，而陰實薄之歟？

漢宣帝地節五年，詔封故昌邑王賀爲海昏侯，賀就國豫章，故今省城北六十里，有昌邑山、遊塘城，即其地也。然詞人墨客鮮憑弔及之，惟萬茂先徵君有詩曰：「哀王今已矣，尚錫野村名。草際無遺殿，耕餘見古城。棲棲憐暮雀，歲歲换春鶯。過客休相弔，麒麟畫亦傾。」詩亦不甚警策，存之以備志載。

予讀家譜，有企生公，十八代孫穎序其記年，云「大唐開寶元年初」。疑「唐」字之誤。後閲郡志「名蹟類」，載東湖譙樓有古鐘，款云「唐乾德五年太歲丁卯」，鐘爲南唐留守林仁肇侍中鑄。時南唐奉宋正朔，故用宋年號，而仍以唐冠之，穎公序亦猶是耳。豈當時文字有此通例，宋亦聽之耶？至開寶四年，唐主貶國號曰「江南」，則不敢復稱唐矣。督學翁覃溪先生作《南昌古鐘歌》有云：「宋年唐紀古罕有，史家系述知何從？」此作詩者自發議耳，非真謂系述家靡所從也。考古者當自得之。穎，保大時進士，《南唐書》有傳。

宋丞相京莊定鏜以晚節附韓侂胄，嚴僞學之禁，遂爲清議所擯。其墓在桃花鄉之雙港，荒廢已久，無憑弔之者。明舒忠讜魯直有春日過其墓詩云：「山色蒼涼杜宇時，高墳猶問宋臣知。家無寒食誰澆飯，名在調羹已失碑。南渡犬年羊日史，西山樵口牧脣詞。老鴉啣得燒殘紙，私託春風掛樹枝。」魯直著《褐塞軒集》，予購得殘刻本，中間有朱筆改竄，想必魯直晚年重訂，欲再付剞劂者。此詩五六改云：「青史自延南渡歷，黄扉祇抱北邙悲。」按：諸詩改處，與原句亦互有得失。惟《小祥哀思引》中有「天地元」之語，改爲「訓蒙編」較穩，初刻失檢至此，豈逾久而後知之耶？予筆之於此，非以索先輩之瑕，欲使蓄是集者得以改正耳。陳伯璣有《過褐塞軒悵魯直孝廉遺稿不可得》詩。

龍沙古墓見於《水經注》，所謂「筮言其吉，龜言其凶」者，今已淪没於江水矣。然時人惑於葬師，罔鑒於前，墳塚纍纍，十倍於昔。雖免水齧之患，而沙阜湧起，一片茫茫，數年後莫知瘞骨之所矣。嘉興許燦晦堂來江右，徧覽名勝，多所題詠，有《龍沙行》云：「龜曰不吉筮曰吉，古墳竟被江流没。北門直視總茫茫，依舊龍沙白於雪。白雪茫茫無盡期，今人瘞骨復如斯。黄昏不少愁魂哭，白晝惟聽怪鳥啼。怪鳥聞聲不知處，愁魂棲泊渺何許。吹上高城漠漠風，散來廣野蕭蕭雨。白楊無樹墓門荒，萬古龍沙即北邙。寄語行人莫回首，不須風雨也霑裳。」

櫧山在豐城縣東六十里，高三百餘丈，産櫧木。《豫章記》載山有徐孺子讀書臺，其地去會城已遠，詠古之士，鮮有尋訪及之者。雍正年間，淩臯臺觀風，嘗以此命題，亦無流傳之作。王允齋督學《謁墓詩》有云：「千秋磨鏡翁，如玉照清泚。安得櫧山遊，更訪書臺址。」蓋亦付之遥慕也。

冰雪草堂在上天峰下，處士楊友石建。友石名益介，明諸生，以經學教授鄉里。改革後，匿影窮山，茹蔬飲水。當事者聞其貧，請主鹿洞講席，輒以病辭。以魏叔子之志潔行高，猶云每立一友石先生於其前，以當所南之九九礪礪，則其立品之耿介可知。冰雪草堂相與往還者，皆一二遺老，所謂長往不反者也。徐巨源有《訪楊友石》詩云：「高人棲隱處，分外有天香。一徑迷花塢，千峰到草堂。衣冠何地賸，瓢笠此中藏。客自搔殘鬢，毵毵愧夕陽。」

施肩吾，本唐時詩人。其及第後，過揚子江有句：「今日步春草，復來經此道。江神也世情，爲我風色好。」亦何風趣流逸也。然喜修煉之術，時慕沖舉，故張籍贈詩云：「世間漸覺無多事，難得空名未著身。合取藥成相待喫，不須先作上天人。」其果繼十二真人之靈蹟，而得道西山者耶？今天寶洞下施仙岩石室猶存，胡蕉村有《贈省志上人新得施肩吾石室并山田歌》云：「千金買一山，百金買一水。山水無常主，更變疾於矢。買山不名山，買水不名水，千金百金徒爲爾。君不見，古來田園阡陌家，富貴眼前而已矣。殘山賸水屬他人，寂寞千秋誰爲紀。何如肩吾先生當年得道棄官來，隱此不用一錢買。左琴尊，右圖史，至今名與山長峙。作歌以贈者誰子？蕉村胡璞非石氏。」

劉薌畹先生，名曰湘，諸生，吾鄉詩人也。其《過明寧獻王故宮》一篇最膾炙人口。詩曰：「高低禾黍拂晴沙，知屬當年帝子家。八百靈臺風雨暗，三千歌舞夕陽斜。玉魚有恨埋芳草，石馬無聲飽土花。最是不堪回首處，西陵樹色亂群鴉。」讀此風景荒涼，慘然在目，知曩時金碧歌吹之勝，無復存矣。考寧獻王初封寧夏，後徙封江西，避成祖忌，託於元修，自號臞仙。於西山蕭史峰下，築遐齡宮，自著《遐齡洞天志》，是其用晦之智，沖舉之思，與諸王專尚豪華者，固自不同。薌畹詩只作憑弔語，惜未及此耳。

夢山在蕭壇下，神爲罕王夫人。自宋姚雪坡得几上片犬之兆，靈蹟遂著。然神前殿有臞仙王像在焉，祈夢者不得夢，輒遷怒於王，至加侮慢，最爲惡俗。有識之士見之，當爲呵止。臞仙爲明太祖十七子，別築遐齡宮，因風雨頹壞，其子孫遂移像於此。胡蕉村詩曰：「遐齡宮殿浄無塵，帝子當年手自新。堪笑舊封無寸土，庇身今藉老夫人。」詩雖屬紀實爲之，子孫者益難爲情矣。

予讀范石湖詩集，云許君上昇時，飛白茅以贈王長史。王以宅爲玉虛觀，觀旁至今有仙茅。此事吾鄉知者頗少，但知有諶母黄堂仙茅耳。按：揭曼倩《仙茅》，述載諶母飛茅之蹟甚詳，至言茅具六味，能致六養，煮而飲之，可以已疾癘，和榮衛，延年卻老，大約與玉虚觀茅功效相類。古云：千觔乳石，不如一觔仙茅，宜修鍊家采真名山。數數言之也。玉虚觀，在清江縣；王長史，名朔，居梧山，見縣志。

夏質均霽雲孝廉《槐樹歌》序云：「松湖舊有槐樹，晉真君許遜手植也。銅柯石根，中空外秀，雖老幹只存其半，而枝葉薈萃，蒼然特出，遊其下者輒流連不忍遽去。丙寅夏，忽爲漲水頽圮，予再過其處，但見烟水茫茫而已，仙人手跡亦有滄桑之變耶？感而作歌並志不忘。」其辭曰：「偶然送客過松溪，風景蒼涼不勝悲。幾艇漁舟横野岸，晚風吹急泊長隄。隄上芳草緑如烟，隄下楊花送流水。中有古槐夾青楓，相傳種自仙人許。雲中不辨十年樹，砍作薪蒸過半矣。樹止半邊，居人呼曰「半邊槐」。留得杈椏綴錦岸，笑殺雍州韋刺史。風霜薄蝕年復年，翩翩秀色尚依然。垂陰自昔推學市，補腦何須向酒泉。居人千載思蔽芾，過客幾度望風烟。貞松尚作千年古，何況手植是天仙。一朝物運當零落，猛雨狂風連夜作。長鯨怒吼噴江濤，黑雲四起迷山嶽。溯湃勢如倒三峽，根株悉拔任漂泊。也曾花下走朱輪，頓教無枝棲白雀。遺澤一綫留不住，誰人更作元盛賦。可憐科頭野望時，杳杳沈沈不知處。前年芳草埋斷碣，今日遺文看不得。明熊劍化先生有銘。荻花瑟瑟冷秋江，商音何事太凄切。畫松亭上月團團，仙井泉邊水潺潺。不見繁陰遮古道，但見寒雲起暮山。神功豈合昇天去，移向十洲三島間。別有狂客遊芳甸，清明上巳走相喚。豪飲花間醉不辭，倦來鼾睡緑陰畔。一聲殘鐘驚蟻夢，酒闌人静笙歌散。此時此際難爲情，況復翳薈成變幻。由來世事多翻覆，下者爲陵上爲谷。勸君莫繳渭南符，水晶宫殿需神燭。」歌詞止此。按志載：松湖古槐，高可丈餘，圍三尺，上枝盤結共一頂，下幹分爲二，無旁枝，間生新葉，欹斜隄上。明崇禎時，里人熊文輔豎石柱衛之。作記，記其事謂：「馮夷屢怒，而此槐屹然，一似屠龍抑水之靈，默加護焉。」然此樹卒爲洪漲所漂。物運有傾毁，雖神仙亦聽之耶？

麥魚出樵江神洞汊，相傳許旌陽取麥投洞所化。其魚形如麥粒，稍長，背有墨點，喜群遊。溯流而上，漁者伺其來，用密網取之，一斤可值錢數百。鄉人神其事，以爲上謁仙宫，仍還原洞。果有是耶？但麥熟時始出，過時即無，物化之幻有如此。《玉隆宫志》載喻後村貢士詩云：「神仙不可測，造化在掌中。偶然步江上，撒麥亦神通。悠揚化魚去，生意遂無窮。初意質纖渺，口腹或免充。豈料世網密，饕餮及微蟲。每逢麥熟候，化育藉天工。仙恩不可忘，歲歲謁仙宫。微物思報本，人反昧此衷。頑然任物笑，笑世無心胸。」蓋本俗傳，以著其靈異耳。然吾又見近村麥熟時，有小雀，類斥鷃，喜食麥，數百爲群，每於麥隴中決起，且飛且鳴，聲碎而急，旋即墜落。山農擊竹逐之，呼爲麥雀，時過亦不復見。此則有害無利，定非仙人所化，故誌載不及也。

羅漢菜出西山香城寺，葉如豆苗，相傳靈觀尊者自西土攜至，故名。望城寺僧西貝詩云：「佳種西來祇樹園，白雲深處托靈根。氣滋浄土生原異，名借空門品自尊。伏虎巖前依碧草，降龍澗底伴香蓀。渾然適口多清淡，世味酸鹹未足論。」羅漢菜，詠者甚少，偶得此詩，遂存之。《江城名蹟記》載，陳友諒喜食玉葉羹，以西山羅漢菜及豐城曲江金花魚爲之。故胡蕉村《絶句》云：「羅漢壇邊春雨生，菜名羅漢擷來清。苕華夫人月琴裏，曾入陳家玉葉羹。」此又逸事之可爲談資者。又按《王氏彙苑》云：蘄州三角山出羅漢菜，一名花菜，又名瓊枝，即越中鹿角菜之類。觀此，則吾鄉所傳，自靈觀擕至者，固不足信矣。

府背天后宫有冬紅樹，不知植自何代，從無詠及之者。桐城王恕堂效維寓居僧房，有詩，其敍云：「豫章天后宫大殿西隅，有冬紅子一樹，高出宫墻。每當隆冬霜雪之際，累珠萬千，紅光奪目，真奇觀也。喜賦二律兼示寧遠上人。」「不道冬紅子，驚看一樹花。雨餘噴鮮血，風過灑丹砂。天竹何堪比，朱櫻未足誇。宫墻高數仞，一片赤城霞。」又「想類菩提種，從來耐歲寒。一株纔燦爛，群木已彫殘。映日光偏艷，經霜色倍丹。上方多寶樹，愛此不厭看。」

圓通庵去青岡里許，鄧文潔嘗習静於此。有手書「圓通静室」扁額，字法甚方嚴。佛龕旁有木主題曰「居士鄧定宇」。寺依山面陸，竹石陰涼，夏日忘暑。經其地者，想名賢之風徽，未嘗不徘徊移晷也。楊介庵明府名甘雨，乾隆丁巳恩科進士。嘗同友人飲於虞賓光拔家，歸途憇寺，賦詩云：「人生快意醉千杯，歸向名山脱躧來。古佛香烟青一縷，先賢星象逼三臺。十年已覺空塵海，方寸何由響法雷。暫聽梵音同我友，差强學道幾多回。」又「世事連朝付一杯，乘酣又入白雲來。庵額「白雲深處」。襟懷祇覺如仙佛，勳業何知慕鼎臺。方外訂交尋島可，林間結社拉宗雷。清談絶勝秋風爽，頓使淹留不忍回。」又「題名妙墨瀋盈杯，想見先生下筆來。木主只今塵短榻，星躔爾日耀中臺。莫教雲裏窺鱗爪，須識人寰被雨雷。稽首沈吟深弔古，頹垣荒寺重低回。」文潔公嘗言，龍在天而使見鱗爪，何以霖雨天下。

介庵詩語本此。

齊源爲南唐齊安王别業，地最幽僻。自況坊西北，度石橋，若别開一境。徐巨源徵君詩「橋迴俄入谷，天豁别爲鄉」，不至其處，不知其語之工切也。居民毛姓數十家，屋後，蒼石陂陀，倚爲北障。村前，溪泉瀌瀌向西流，自石橋出焉。溪南有美田資泉溉灌，人並安於耕鑿，真人世桃源也。其東則西山之麓泉，自山巔飛下。舊有蕉庵，槿籬蔬圃，皆壘亂石庋成之。巨源避兵毛宅，時數遊此，有《蕉庵》詩曰：「密竹延遥望，隨山到石隅。村烟圍佛火，野水入齋厨。壁韵訛相襲，壇官氣不麤。洞門堆緑雪，軟厚愜跏趺。」自注題下云：「旁有小洞，可容數十人。外祀真武及天將，而齊王亦附之。壁間一詩，出入三韵，和者累幅，殆不可曉也。」後宋商邱刻《榆溪詩鈔》，録此詩，删其注，讀者遂不解「壁韵相襲」何所指。竊謂此事本可不入詩，但既有此句，非注不明，爲存之於此。

惠覺寺在北城里。明嘉靖時，邱隱君懶夫，名巘，有《遊寺》詩云：「寺名惠覺絶纖埃，方丈前頭步幾迴。日影上階推不下，雲蹤在地掃難開。無拘野鹿銜花至，引伴山禽攫食來。清興有餘吟不盡，莫教鐘鼓叠相催。」其姪璠，號西園子，次韵云：「路經梅雨洗餘埃，行次禪林樂未迴。兩箇鶯啼苔院静，一聲僧語竹房開。香浮盂鉢天花墜，影落庭階野鶴來。講座談空閒白日，忘歸卻厭杜鵑催。」南邑張朝瓚，時館於北城，亦次其韵云：「詩題寺壁破塵埃，停筆仍還笑一迴。學到懶殘禪已定，打磨瞌睡眼纔開。谷能有應原虚寂，事莫容心著住來。今古便宜誰占盡，百忙都只自家催。」惠覺寺甚古，而志載遺失。予閲《西園唱和稿》，見此三詩，於二邱之作，點而存之。張作押「開」字一聯，差具禪理，可謂後來居上，要其閒情高致，並深入想像也。

毘盧寺在金峰山。國初戊子歲，水心和尚因全家没於江城之變，遂祝髮於此。與其徒介履剪茅開堂，至今泉石清美，林木虧蔽，最稱幽勝。前即曹埔，乃松湖往省之孔道，行客雖多，以入寺山徑邃遠，難於久駐，皆不欲造焉。惟村落幽尋之侶，時一命屐耳。明平越知府羅橋喻天曙全昱先生致仕後，優遊里社，有《清明後一日遊寺訪介履上人》詩曰：「行來古刹滿烟霞，泛海曇摩亦有家。岑寂虚堂青幙捲，逶迤曲徑翠雲遮。竹爐新火烹松茗，香積傳餐飽雪花。歸去石橋春水漲，蹣跚不覺日將斜。」又「蒲團趺坐看朝霞，瓢笠隨緣即是家。黄柏湖平風氣接，金峰寺冷竹陰遮。鋤雲手植菩提樹，映月心生智慧花。悟到空虚無可悟，風旛一任影横斜。」

元夕放燈，城中爲盛，故前輩觀燈之詩間傳一二。至於鄉俗相沿，各種燈節，從無分詠之者。楊子載星明經，獨出新意，作《南州燈詞》八首，瑣碎拉雜，情景逼真，存之可以當歲時之記，風俗之譜。《香龍燈》云：「紙作龍頭紙尾短，一板一人香一板。香板一翻田一轉，田路高低火近遠。龍身萬火光熊熊，白水赤旱黄年豐。分板歸來鼓聲歇，釜中飯冷瓦燈熱，吹燈自解紅抹額。」《墓燈》云：「新鬼故鬼作上元，鬼語欲出燈不燃。避犬白狐啼上墓，樹裏歸人時一喧。野風吹燈入墓田，田家老翁寒未眠。持燈起掃牛脊雪，隔垣望見墓燈滅。」《廟燈》云：「一廟燈山百戲具，大燈如毬小燈聚。一廟百燈家一燈，送燈入廟神威靈。衣香人影燈光變，素面看燈燈照面。珥墮不拾争廟門，風回曲巷鼓聲喧。切勿上前逢烏燈。」《菜花燈》云：「菜花開時四野黄，田家打鼓神洋洋。土神無爵無名字，村人拜神識神意。虬髯藍面金作甲，富家屠豕貧殺鴨。買油脱糯入質庫，今夕缺燈恐神怒。」《龍船燈》云：「旱龍舟坐五瘟使，家家迎門擲鹽米。道士畫人替人病，一丁一口紙代命。滿廟點燈燈熒熒，羽扇一揮滅群燈。逐鬼入水鬼傴仄，請神上船神喧争。夜半打鼓廟門閉，道士諠豗争市利。」《河燈》云：「夜半顛風吹不止，溺鬼啼飢浪中起。一僧摇鈴紫衣紫，手散佛光燈在水。剪紙作燈松明油，路燈乍明河燈收。點燈照鬼作功德，可憐寒女月中織。」《墖燈》云：「月黑夜静風吹鈴，仰觀突兀高風升。須臾燈光隨人騰，人登一級燈一明。一級一匝如排星，風吹佛火燈層層。遠不見墖惟見燈，倒影入壑生秋燐。更有瓦墖小燈高尺許，墖頂髑髏夜深語。」《竈燈》云：「持燈照耗釜貯水，香餳作供膠神齒。洗手作羹豆飽馬，廚娘絮語拜廚下。馬飢上天驕不趍，更剪稻稿爲馬芻。竈神歡喜燈花碎，家家小年二十四。」子載又有《炒蟲詞》《立夏茶詞》《看閏詞》等作，可謂文人好事。

各省皆有地諱，同人會聚，往往以此相諧謔。如吾江西號曰「臘雞」。小説載嚴分宜在京時，同鄉數輩候之甚恭。分宜軀幹雄偉，掉臂而出，兀立於衆中。傍有他省客大笑，誦昌黎聯句詩云：「大雞昂然來，小雞竦而待。」一堂爲之絶倒。然俚語相沿，不知其所始。劉在園觀察江西日，作《元夕燈詞》云：「瓔珞繽紛五色迷，看燈人到十三齊。鄉人相見頻相問，何故吾鄉號臘雞？」以此入詩，如竹枝詞之類，亦不病其鄙俗也。

東湖爲江城遊覽勝地，欲輯前人櫂歌及竹枝詞，聚爲一卷，不及徧搜，因就所見録之。丁景呂宏誨《東湖櫂歌》四首云：「東湖澹蕩舉蘭橈，倒浸垂楊緑萬條。村裏農功方作苦，湖心欸乃任逍遥。」「赤日行天暑不知，披襟濯足唱新詞。聖恩普賜漁家樂，聞道江南罷貢鯡。」「葭蒼露白溯洄遊，鼓櫂無腔信口謳。遠水長天成一色，浮家只傍百花洲。」「六花迎面濕棕蓑，婦子嘻嘻安樂窩。此地是非原不到，古詩「是非不到釣魚船」。醉眠還教打漁歌。」《後櫂歌》四首云：「不記韋公築斗門，柳隄掩映杏花村。湖中金鯽饒佳味，雨笠烟蓑長子孫。」「何苦蘇公自種蔬，提鮮入市日光初。應時葱韭街頭有，換滿魚籃剩作菹。」「梅尉逃名好煉修，脱身簿領一亭留。成仙何必吴門卒，縱有桃源不捨舟。」「莫學徵君去謁官，筆牀茶竈伴漁竿。要知太守庭中榻，不及菰盧艇子寬。韋公初濬東湖，湖中有蘇圃、梅子真亭、徐孺子宅。」《三續櫂歌》云：「聽我齊罾唱櫂歌，魚游春水似拋梭。鰷鱨鰋鯉般般有，信手穿腮嫩柳多。」「聽我停舟唱櫂歌，炎炎長夏等閒過。船頭一覺華胥夢，幾陣香風送芰荷。」「秋光澄霽夜如何，聽我揚舲唱櫂歌。明月蘆花隨意住，有烟波處没風波。」「不怕三冬雨雪多，烹鮮下酒笑呵呵。漁燈萬點浮湖面，聽我推篷放櫂歌。」李覆如茹旻《櫂歌》六首云：「家住東湖楊柳濱，徐亭蘇圃共爲鄰。生涯數尺漁竿裏，自在烟波一散人。」「東湖鮮鯽見應無，不羨松江巨口鱸。三百青錢剛市得，丁坊沽酒十雙壺。」「杏花村買玉蘭醅，自煮銀絲鱠一杯。醉卧月明舟不繫，風吹只在水雲隈。」「洗心亭畔鱖魚多，冒雨衝風放艇過。驚起一林啼鳥亂，桃花片片點漁蓑。」「酒樓昨夜醉歸遲，忘買長腰乏午炊。縮頸鯿魚連網得，教兒攜上浴仙池。」「夜掉平湖月滿船，無魚買醉不成眠。壚頭試脱蓑衣當，莫管明朝是雨天。」蔡白采受《東湖竹枝詞》云：「已過江南櫻筍天，鯽魚上市雨如烟。三間破屋澹臺墓，遊女來施香紙錢。」「侶鷗閣上看西山，白髮尚書去不還。何似榆溪徐處士，扁舟來往水雲間。」汪魚亭軔《竹枝詞》云：

「廿四番風渡水湄，臨湖一帶結春旗。藏花洞在飛來島，忙殺阿婆十八姨。」「杏紅袖口蝶雙飛，墻上家家摘薔薇。孤艇橋頭横暮色，背籃人賣鯽魚歸。」「新婦三朝初下廚，小姑竊看嫂何如。殺雞細語非能事，更怕操刀破大魚。」「傳説白黿化白龍，井頭雷鬬有蛟宫。千年人在荒烟拜，十里垂楊隱暮鐘。」「韋公塞穴鑄銅人，名字長留在九津。所以年年五月五，沿隄打鼓祭龍神。」楊子載垕《竹枝詞》云：「酒旗歌扇已成塵，還向春風倒玉瓶。不比竹西歌吹路，蘇亭南去是徐亭。」「寒沙古樹久頽崩，講武亭荒住老僧。獵獵旌旗秋水闊，居人不解説張澄。」「臨階初種鹿葱花，脱帽争嘗鶴嶺茶。南浦橋頭清淺水，南唐曾是玉鈎斜。」「夜合花繁玉笛哀，採蓮人上豫章臺。金盤不羡香城榧，新煎青梅入貢來。」「放生池畔石粼粼，一畝澄波印列辰。手挈缥瓷丹井去，無人知是魏夫人。」「金波吸盡酒如淮，百甕雙泉手自開。寒色滿城山雪盛，一船貓笱渡江來。」「緑波亭上客魂消，肩拍洪崖又幾朝。巨扇長瓢哀草外，月斜驢背一聲簫。」「萬柳隄中白鶴飛，金花潭上野魚肥。一杯玉葉羹猶熱，跨鹿降王去不歸。」「路轉疎林返照紅，野花寂寂草茸茸。梁王宫殿無人識，一片寒雲起暮鐘。」「苑啓長春燕燕飛，家家簾幙捲斜暉。畫船簫鼓不知處，二月踏青人未歸。」「並馬尋春説往年，梳妝臺畔養花天。婁妃爲愛秧歌好，留得城東數畝田。」「孺子亭前算子橋，分龍時節雨蕭蕭。方塘舊是將軍宅，時有居人來射雕。」「一道裙腰草色斜，望雲隄畔月籠沙。儂家織就雞鳴布，夜半湖頭聞軋鴉。」「幾隊擔簦晚出城，琉璃門外月如冰。菜花燈裏遊人影，一半歌聲是采菱。」「節日龍舟不近城，狀元橋下水粼粼。提筐直入疎林去，知是龍沙採藥人。」蔣藕塘知讓《竹枝詞》云：「摘菱翻藕更叉魚，水户荒寒水税虚。一半湖身小于昔，年年春漲漫蝸廬。」「官起樓臺倚碧天，新裝一對載歌船。烟明露重無人坐，拋在萍灣荻汊邊。」「上元春宴長官閒，火戲年年占水灣。樹底樹頭燈萬朵，瀛洲仙館小鼇山。」「垂楊摇動滿湖風，隔岸沙飛起白虹。但近水邊樓上望，百花洲在浪花中。」「湖東最好望湖西，柳罨蘇公一帶隄。繞到冠鼇亭子上，隔江山色壓城低。」「幾姓漁家半老兵，貓頭竹筏比船輕。春星萬點波明滅，軋軋罾牀到曉聲。」「東風吹雨細于塵，映柳穿隄向水濱。學得歸流苗子法，手關機弩射遊鱗。」「官烙霜蹄散六營，水邊林下恣遊行。權奇不識沙場路，滿地青芻老太平。」「洪恩十步小橋平，傴仄從無舴艋行。不是居民渾占卻，艨艟争駐水師營。」楊作凡三十首，間有似詠古詩。蔣作廿八首，皆詠風俗，不能盡録，各採其若干首云。

八大山人初爲僧，既反初服，佯狂玩世，隱於書畫。常用欹斜離亂之筆，署其别號，人罕知其姓名者。虔州羅牧有《贈山人詩》云：「山人舊是緇衣客，忽到人間弄筆墨。黄茅不可置蒼崖，丹竈未能煮白石。近日移居西埠門，長揮玉麈同黄昏。少陵先生惜不在，眼前誰復哀王孫。」此山人爲明宗室之一證也。

八大山人書畫冠絶當代，獨其詩傳者甚少。予於詩《最三集》中，極愛其《尋倪永清不值》，詩云：「昨日尋君長壽庵，倪寓長壽庵中。聞君策足南山南。高眠定借道人榻，獨往每宿開士龕。今朝復往復不值，云在東湖枕白石。天地此時亦偪側，官樣文章人不識。洪崖雖好非安宅，不如歸到九峰巔，置箇茶鐺煮澗泉。」詩頗兀傲，可想其白眼看人之概。其他篇皆一往孤峭，足供幽賞，高隱之詩也。予又近閲趙貢士牧洲詩卷，有《八大山人絶句詩集歌》。此集人不經見，姑存《牧洲歌》，以告世之有志搜訪者。《歌》云：「古稱三絶書畫詩，别成一家今數誰？劉子示我八大辭，五七言絶兜羅罷。他體怪性不任題，捩鼻伊吾妃呼豨。云此抄自胡氏遺，放出寸鐵雄偏裨。張口駡盡秃丁兒，似騷非騷戇顛癡。佛祖間世出入機，頂天立地空爾爲。菩薩慈悲苦身施，金剛不許努目持。此詩非哭非笑嘻，意欲長與日月垂。佯狂慢世心莫灰，行其所是行其非。荷葉雁子魚鴨肥，孤鷹瘦石元章希。得名終是老畫師，良不仇劉秦楚摧。壞垣破屋誰當支？」異人異書，得此硬語盤空之作，足以傳神矣。

僧等可，名行溥，本西山吴源里人。子生時，父夢一老僧，手持黄菊，笑至其廬曰：「我，雲堂貫休也。」至重九日而等公生。貫休，故居西山雲堂，在唐時稱詩僧。等公亦躭吟詠，豈果其後身耶？徐巨源徵君序萬茂先《溉園》詩云：「逸士則臨邛劉長倩，棗堂僧等可。其言曠遠微静，一往孤異，不能測其所詣。」其爲名人推重如此。予向未見其集，適松谷上人以一册至，題曰《棗堂剩語》，序之者彭士望、戴國赤。其詩大概似金遺民河汾諸老。有《送匡公還廬山》云：「石耳笑衣烏百結，北風吹面面若鐵。袖裏寒岩瀑布花，一時飛作晴淮雪。我時鼾呼霰滿床，爲師叫起葛藤長。而今歸去湖山緑，收拾耕雲采蕨筐。」自注：「匡公衲碎如漆。趙水部笑之曰：『公渾身衣，山中石耳來耶？』」首句戲之。

釋文在，程姓，名信願，青山程允升先生子也。以病逃爲僧，居雲峰寺，通韵學，工書法，尤喜吟詠，著《喝石稿》。予嘗於徹愚上人山房見之，集中如「樹宿千年鶴，溪藏隔歲冰」，「春花濃野寺，幽竹淡詩人」，「鳥語當春滑，花陰向午圓」，「秋肥石有髮，春瘦菜多筋」，「帖古無完字，書奇不解文」等句，並屬思幽苦，然終未免僧態也。

校刊徐巨源徵君遺詩，有《追惜未晤埋庵和尚》一篇云：「萬世爲旦暮，知音難與期。同時失解人，安得不追維。末俗沿汗漫，正法久衰微。舉世無方朔，盡受舍人欺。狂越咎臨濟，簡徑偉曹谿。卓哉埋庵子，榛業聳喬枝。徒跣凌河漢，洞視決雲霓。孰云綺未芟，標枝無蔓辭。印月不在水，捨我詎沾衣。錯綜五家變，理緒爲分絲。位置七老人，頗亦愜尊卑。我自周四天，華藏海汨泥。熒熒此一花，現如優鉢奇。擬唱《采蓮歌》，鼓櫂已後時。適去公自順，傷逝我匪癡。佳人難再得，所以思復思。」埋庵何如人，而詩意欽服可謂至矣。巨源豈妄許可人者耶？後閲《建昌府志》，載《幼仙詩話》云：埋庵和尚，主南城周陂廣遠庵，與徐芳蕭韵相印可。工詩，有《埋庵集》傳世。後遊普陀，圓寂於南海觀音寺，其蹤跡如此。至所謂「錯綜五家變，位置七老人」者，終不得而知。蓋巨源當日猶及見其書也。

古雪通喆禪師，姓陳，甌寧人。年十六出家於黄巖，遍參尊宿，自言得嫡乳於天童密雲和尚。熊雪堂少宰既中興翠巖，遂請之主法席，故有鍼芥之契。一日生辰，少宰同陳司理入山設供，古雪作詩云：「年登强仕一無成，鶴髮催人兩鬢生。何意文星耀寒谷，松杉深處降臺旌。」其他相引重處見於語録者，不一而足。後住建寧龍山寺，聞雪堂下世，特爲對靈小參，稱少宰七十年間，深入煩惱海裏，而不爲煩惱所纏；遊戲富貴場中，而不爲富貴所縛。世人徒見其借途經過之事，遂生種種横議，而不知其繫情積劫之事。古雪故高僧，亦阿所好，而護人短如此。

阮亭《漁洋集》有《寄題宋牧仲中丞烟江叠嶂堂》詩云：「東湖勝事擬西湖，幻出烟江叠嶂圖。也似東坡在龍井，不知曾有辨才無。」按：烟江叠嶂堂，在城外北蘭寺，有僧名澹雪，飾文雅以欺士大夫，公稍稍與之往還。寺有泉，邵子湘倣惨參寥泉例，以澹雪泉名之。公賦詩吟詠，真如東坡之有辨才矣。然澹雪實淫僧，後死於獄中，比之禪心已作粘泥絮者，相去遠矣。時廬山僧心壁，名超淵，滇南人，戒律精嚴，學問亦深博。公延之住持甜雲庵，所謂媿蒲老人也，庶幾方外之高流歟。心壁有《答和宋中丞過東湖甜雲庵原韵七古》詩云：「髮燥草草離滇南，回首雙鬟徒毵毵。芒鞵縱横萬餘里，佳山水處耽幽探。扁舟放浪到彭蠡，匡廬秀出千重嵐。愛此好山不肯去，縛茅近在黄龍潭。一住十年罕人跡，柴門那用辭停驂。幾卷殘書束高閣，塵霾蠹飽未啓緘。腰鐮手斧生計足，陳爛葛藤誰重參。門前婆娑六朝樹，孫枝氣壓百尺楠。大林寺寶樹，蔭覆數畝，植自遠公。偶因訪舊來湖上，流連忘反空生慚。聞名何從達大府，枉過留詩何能堪？始信胸中有丘壑，行樂奚必輕朝簪。」只此一篇，高致雅韵，並見中丞贈詩，載《綿津集》，不具録。

釋元志，字寓谷，姓吴，饒州餘干人。嘗主菩提禪院法席，釋服儒行，文義卓然可觀。詩卷流傳叢林中，猶有藏之者。予嘗於松明長老處閲其《定齋集》，近世詩僧罕與比也。《題稟峰遊廬山詩卷後並贈》云：「稟公曳杖愛尋詩，往往詩靈畫亦奇。題偏黄山與白嶽，卻來廬阜探天池。天池澄澈孤峰上，時吐雲烟千萬狀。畫意詩情兩得之，七賢五老笑相向。山南山北任搜討，幾處飛泉聲正好。暖風吹綻滿山花，枯木枝頭紅杲杲。路逢禪客莫竪拳，一喝直教俱跌倒。歸謝皮篷雪老師，始信鄭州梨美青州棗。」

寓承恩寺，有吳僧以所攜合肥人宋石銘𨚗亭詩示予。《旅中雜詠》云：「丁字簾前舊六朝，芳辰幾聽玉人簫。夢迴野水菰蒲外，愁在春風荳蔻梢。西北有樓空切漢，東南無水不通潮。桃花柳絮何輕薄，紫燕黄鸝太放嬌。」《白門》云：「疎柳寒鴉古白門，一迴艤棹一銷魂。江雲自識前朝寺，宮樹都歸賣酒村。訪舊有僧譚鬼録，記遊無路問仙源。後庭聽罷商船曲，城打秋潮墖火昏。」《任智泉齋中食魚同潘偶亭賦》云：「十載書懷爾，三秋夢慰吾。烟波生七箸，風味足江湖。舉網情何劇，分題興不孤。一尊登閣酒，圓月在菰蒲。」《出郭》云：「老驥輕殘照，遲遲自識村。片雲樵子路，獨樹酒家門。野船將繫，比鄰客正喧。年豐多夜飲，箕坐話田園。」《自題墨蔬小幅》云：「爲圃人家樂有餘，豆棚瓜架畫中居。可知陶令南山下，好句年年出荷鉏。」詩饒有風韵，五律七絶，尤覺閒淡可喜。𨚗亭，後爲僧，名野蠶，著《緑夢軒稿》。惜吳僧橐中止此，未得覽其全也。

予客竹山，閲架上小册，見龍溪楊烈女事，實屬希有。其册諸生呈詞及縣府、司院詳文併看語，俱彙集後。有鄉先生李基益所作傳，頗詳悉，具載於此。傳曰：「康熙癸未正月十九日，龍溪縣烈女楊玉娘，自經殉其夫。女家長者文學狀女行蹟，詣李子請傳。按狀，女爲縣之扶摇里人，父宏業農，許女字鄰村吳氏子穆生，亦農家。穆病，女聞之，飲食起居輒改常。及病革，白父母往侍，父母難之，堅不可回。乃率以往，誓以身殉。夫頷之，是夕卒。夫翁欲以殤禮喪穆。女曰：『玉在有婦矣。』乃用成人禮。女斬衰括髮，每就位泣奠，慘然動人。越三日，商葬，當題石，女曰：『請書烈女楊玉娘生夫吳某之墓。』女將歸死葬於楊，不以累翁。翁駭，慰以立嗣，女曰：『立嗣，非未嫁女所敢任。』遂以死期告父母，父母曰：『若罔念劬勞耶？』女曰：『譬諸樹，父母根本也。幸有五男子，枝柯茂矣，女殞如一葉落，何傷？』吳楊族戚，亦交難之。女曰：『何難？志已決，非人所能移。但不家死，請就外告於天。』楊之族長遂爲設棚以待。屆期，兩家各具鼓吹迎女歸。談笑如常，自治殮具。是時官已聞報，遣吏來曰：『宜節不宜烈。今有例。』女笑曰：『村家女非求名，何與於官者，又何知有例？』遂沐浴更衣，拜別父母，了無悽楚。出抵棚，觀者數萬人，棚上前几後榻，垂簾榻後，簾內懸白繯。女上朝天地，四拜族長者。文學設奠棚，下拜，女跪几側，起答拜。拜畢，略進所具奠，傳囑曰：『死自吾分，非有苦，諸尊長勿用哀。』遂揭簾入，望夫家，伸頸就繯，兩手端拱，若立而蛻者。兄上解繯，扶坐榻上。越七日，儼然如生。遠近徒乘駢集，瞻禮歎息。比殮，尚溫輭，葬楊里渡口關帝殿側。觀者又數十萬人，女年十有六。錄傳止此，論節去。」是時吾邑曹安峰先生爲龍溪縣令，此册子想即曹府傳出者。其上方有墨書云：「當日震動地方，著吏迭諭，謂無搭棚促死之理，宜節不宜烈，竟不能止。終不如李秀英書其手『四月二十五日有不能口五龍東岡楊晉公記』十八字之從容就義。而十八字具有絕大學問，絕大見識，所以題請而得奉旨立祠。假令楊玉娘有例請題，倖蒙褒旨，而搭棚一事，必不可以風世也。壬辰四月廿日曹安峰評。」字極纖瘦，蓋先生親筆也。按：李秀英，安義太平里人，粗解詩書，許字儒家楊昌裴。昌裴病亟，秀英請於母同往視。事與玉娘略同。昌裴死，越五日，秀英坐其書樓自經。於左臂親書「四月二十五日有不能口五龍東岡楊晉公記」凡十八字，縣令王看語云：「所云『楊晉公』者，昌裴字也。『五龍東岡』，楊所居也。『有不能口』四字，殊難索解，或者義存諸心，不能出口之意耶？」此安峰先生所謂絶大學問見識者也。事在玉娘前十九年，予先後得其事，遂合爲《雙烈詩》。

命犯熊禮登下獄八年，邀恩發邊。其聘妻胡氏，義重所天，誓隨戍所。時知新建縣事吴公大勳悲其志，重其義，諭邑中人士作詩以送其行。潯陽歐陽書山鶴鳴，原名鋭。適客洪州，作古詩一篇，蓋倣《焦仲卿妻》、《木蘭辭》諸體也。其詞曰：「胡女本民家，少小倚阿母。十三學女紅，十四親井臼。命實不如人，十五遘陽九。嗟哉熊氏子，猖獗爲罪首。官吏執法嚴，入獄長縶紐。野禽在樊籠，游魚在罾罶。妾身猶未嫁，熊郎猶未婚。父母有成命，媒妁有成言。南山曷可移，一盟永勿諼。廷法既不赦，犯重不鳴冤。妾身非男子，詎能赴獄門。朝朝有消息，罪者幸生存。今年復明年，春秋已八度。昔有入獄門，今無出獄路。孔雀不單飛，鴛鴦不獨哺。生前願未了，幽魂死相附。客自城中來，詔書昨夜至。罪者方議寬，減刑改戍地。胡女從旁聽，驚喜反拭淚。悵悵有所思，思之輒心悸。哀言告阿母，兒生年廿二。罪者既已流，兒身何所爲。兒願從遠行，前緣猶可遂。倚安不倚危，何以存大義。阿母聞之歎，汝何生我家。我聞戍者地，乃在天之涯。區區一女子，如何受風沙。言之殊未已，仰天長咨嗟。人言夫婦愛，爾我不相疑。廟見始爲婦，赴義分所宜。汝身未分明，何以效結縭。汝言義當去。豈復有還時。妾身何足計，妾志不可變。傳言白縣吏，爲妾陳所見。罪者生有妻，胡女本親眷。夫罪婦亦同，罪婦應共讞。縣吏壯其言，據辭上庭讞。吴公廣風化，見之亟稱善。明朝府帖下，聲傳周郡縣。胡女聞戍期，近在今月餘。晨起衣縞服，首蓬略理梳。上堂拜阿母，兒今辭故居。生男持門户，生女泣衣袪。阿母年已老，不逮侍庭除。願以來生緣，母子復如初。阿母出門泣，訣别竟登車。下車入縣城，流民離囹圄。生來不相見，夙心以身許。含情且未言，側聽流民語。流民感且傷，守字吾累汝。入獄已八年，自分無死所。孤戍幸偷生，何敢言伴侣。胡女前致辭，郎莫憂逆旅。郎爾妾亦然，結伴爲心膂。車前載夫婿，車後載婦女。並驅出關門，何云畏險阻。妾亦無他能，猶得備炊煮。天明登遠道，請從役長征。熊家有夫婦，願爲遠方氓。關津無阻滯，藉兹守地兵。異鄉如故處，官府吾父兄。普天胥樂土，黍地可深耕。非必粱與肉，茹蔬亦肥生。皇恩不知報，努力守王城。今始爲夫婦，没齒以爲榮。嗚呼木蘭女，征戍十二年。嗚呼胡氏女，萬里戍窮邊。木蘭替父征，歸時復生全。胡女隨夫戍，一去不復還。木蘭名既貴，胡女行亦賢。丈夫感之動義氣，恨不香名萬古傳。」

吟次偶記卷三

新建羅安綏之輯著

南昌明經劉麟，以草書馳名。予於望城寺，見其書贈躍上人「草可如張旭，書應並浪仙」十字，尤奇逸。旁書「南州髮頭陀」，蓋別號也。因憶往年閲《石藏和尚詩集》，卷端一小像，題曰「西蜀禿居士」，與此真爲的對。戲成數韵：「居士禿自如，頭陀髮未薙。草聖與詩鳴，各證無上地。參破文字禪，偶爾成遊戲。放筆笑懶殘，爲我姑拭涕。」或問末二句何解？昔懶殘不爲俗人拭涕，蓋言二人寓意文墨，差能不俗也。

邢州和尚泊然自得，意興所至，好唱柳秀才「曉風殘月」詞，所謂「君看池水湛然時，何曾不受花枝影」也。吕道州詩。鳩摩羅什道法超妙，一念偶動，遂起肩上慾障，所謂「一派恒河清浄水，保無風送落花流」也。胡維霖詩。參得此兩重公案，則臨去秋波，可以悟禪。而吞針伎倆，恐終不免打入阿鼻地獄也。蒲庵道人好禪語，而操行未堅，數求贈言，書此與之。

是日窗明几浄，讀陶隱居「山中何所有」詩，愛其詞意超卓，所謂黜外慕而自樂也。然予嘗憶往年過西山，見山人取石罍貯雲，以爲戲樂，間作山中土儀贈親友。發之，靉靆縹緲，繞楹經時不散，令人飄飄有出塵之想，因笑雲自可贈，想亦偶無此等人，不足當此耳。曇秀禪師曰：「鵝城清風，鶴嶺明月，人人送與，但恐無著處也。」亦同此意。按東坡有《攓雲篇》，亦言籠雲事。

江城花時，鬻花人摘其蓓蕾，貫以竹絲，向曉粧時市之。閨閣女兒，搴簾問價，笑擲金錢，一時香艷溢於街衢。胡蕉村嘗戲爲《少婦詞》曰：「西家少婦勤羹湯，東家少婦勤梳粧。滿城惡少私牽腸，時作東家賣花郎。」其風致殊可想也。

「春來常早起，幽事頗相關。帖石防隤岸，開林出遠山」，此少陵寓興之篇耳。大都吾人作事，皆宜清晨。讀書尤佳，竹窗初啓，神爽氣清，最易入理。塾中之士，此際無高卧不起者。楊介庵進士未遇時，館於某村，一日晏起，作詩呈主人曰：「日高窗樹眠猶穩，飯熟田家寢未興。啼鳥散簷虛室静，晴烟去岸碧潭澄。豈云江上半閒客，卻似山中一老僧。吟罷呈君聊問訊，不知門外惱吾曾。」介庵本勤學之人，偶然戲筆，正可想其風趣也。

臨洮詩人吴鎮，有詩千餘首，嚴於去取。或病其存詩太少，答曰：「三千從趙勝，選俊一毛難。」既復病其存詩太多，又曰：「譬如不才子，撾殺竟誰能？」吴君可謂善謔矣。然某則不然，三千選毛，鑒別精矣。至如不才子，宜亟撾殺之，毋令人唾及乃翁耳。

友人鄧恒清節《清明過熊少宰雪堂父墓》詩曰：「踏遍荒山與墓田，還從古塚認名賢。尚存翁仲看華表，不見家人掛紙錢。殘篆蘚斑全剥落，幽宫狐穴雜腥羶。空勞過客長歎息，指點榮華未百年。」讀此令人輕富貴而重名節，不徒以牛山老淚，向柏下人唤醒癡夢也。

朱晦庵曰：「淵明詩，人皆説平淡。看他自豪放得來，不覺其露出本相者，是《詠荊軻》一篇。」吾鄉熊少宰用其意作《詠史詩》曰：「柴桑翁老醉顔酡，高枕羲皇短夢過。誰道雄心銷未了，等閒披傳到荆軻。」意雖自飾而語特工。

陸放翁詩曰：「相對蒲團睡味長，主人與客兩相忘。須臾客去主人覺，一半西窗無夕陽。」吴僧有《規詩》曰：「讀書已覺眉稜重，就枕方欣骨節和。睡起不知天早晚，西窗殘日已無多。」二詩用意相似，然總不如陳後主「午醉醒來晚，無人夢自驚。夕陽如有意，偏傍小窗明」，爲景與情會，動於天機，所謂妙手偶得之也。

魏叔子與季子遊翠微之麓，棘花離然如錯錦。季子曰：「種花不種棘，棘不已花乎？」曰：「世有掊克而行施濟，取非其有而崇奉鬼神者，皆棘花也。」予嘗憎此花，然其意中之所擬，與叔子異。竊見人平素無行，爲鄉里患，一旦發積，小榮其身，斯爲棘花之類耳。乃作詩曰：「種花莫種棘，棘亦今作花。瑣細叢薄間，媚日争光華。兒童競追賞，指向人前誇。寧忘買衣時，刺手如毒蛇。」

「小雨停客驂，投床萬緣寂。夜半隔牆聲，鄉音問滴瀝。急須問誰何，月黑天如幕。曉往闃無人，殘燈在空壁。」此張雪子映斗題壁語，記一時旅寓事，殊增人悵惘之意。王陽明《瘞旅文》云：「有吏目自京師來，不知名氏，投宿土苗家。予從籬落間望見之，陰雨昏黑，欲就問詢北來事，不果。明早遣人覘之，已行矣。」雪子之詩，何略似此際情景也。

侯喜，字叔起，呼昌黎釣於温水。昌黎贈詩云：「君欲釣魚須遠去，大魚豈肯居沮洳。」蓋見叔起才高氣鋭，思有以激之，使不局於方隅耳。其實即操技如任公子，日賁五十犗之餌，投竿於東海，其間弋獲亦自有時會焉。予嘗自題《小溪垂釣圖》云：「心跡由來異老漁，不嫌終日澗邊居。回頭笑謝昌黎子，遠去寧知得大魚。」曾仰三見之曰：「半世奔波，迄無所獲。老倦歸來，始悔其不安命。讀君此詩，真爲見之晚也。」

偶向郊外小步，至一古廟，神像閒雅，似是先年文學之士祀於兹土者。然窺其座位，爐灰久冷，而他處壇社，奉牲帛而走祝者踵相接也。因歎人情炎涼，雖在神亦所不免。曾憶元人仇遠詩曰：「野風吹樹廟門開，神像凝塵壁擁苔。笑爾不能爲禍福，村人誰送紙錢來？」噫！彼能禍福人者，宜其烜赫哉？

宋劉子翬先生《屏山集》有《懷新亭》詩曰：「茅簷入竹低，曠野時寓目。寂寂農家春，新秧滿田緑。何時稻登場，秋山響蓬樸。」真樸有味，如入柴桑，與老農相對語，豈亦古之耦耕植杖者流耶？予在客中，每見新苗含穎，即懷溪上。作詩云：「旅人疲行役，穡事久不親。會當歸溪上，作亭名懷新。」蓋襲屏山意也。

鄒曉清昉案頭讀魏叔子詩，有《於廣潤門市桃食之而甘憶勺庭桃熟卻寄舍弟》云：「買得沙桃色似銀，寒泉素碗齒牙新。齧根久誦雞鳴句，殺士誰吟梁父人。客舍暑風如坐甑，山庭荷葉正當門。池邊嘉實今應熟，卻與秋猿一半分。」予愛其觸物興思，風神閒遠，吟詠不輟口，而頗怪其用韻之雜。曉清曰：「叔子作詩，多用易堂所自訂韻。」予謂：詩家遵沈韻，如民間遵蕭何法律。法律豈無差處，然不敢不遵。不遵而更定典章，自謂無弊，首告者，即以違法論。叔子殊不可爲訓。

昔人云人事烟綿無休歇時，空山聽雨是人生如意事。今年秋歸溪上，稍治舊宅，雖尋丈之地，可置臥榻居之，便覺寬餘。每夜雨打窻，蕭疎入聽，輒欣然自喜。即事成絶句云：「世事拘牽撒手遲，歸來只益鬢邊絲。空山破屋依然在，正好高眠聽雨時。」又《偶書屋壁》云：「清雨曉涼，萬慮俱息。岸幘獨行，微吟默詠。率爾有得，曠然天真。如逢故我，如遊物初。自兹以往，永矢勿諼。苟攖世慮，汙我靈臺。負兹好景，愆此佳期。溪山有神，是糾是察。」

與客遊逍遥觀，乃許旌陽行宫。兩廡配食者各六人，所謂十二真人也。客能歷數姓名不一遺。予曰：「西山十二真人，旌陽居首，餘十一人，皆高足弟子。今觀中像，旌陽上坐，以郭景純次吴世雲，分列兩旁，非其實矣。且景純事蹟、文章炳於史策，何藉是爲！」客曰：「西山凡祀旌陽者，景純咸在。」曰：「是後人闌入也。奈屈於弟子之列何！」客又曰：「諸人自世雲外，不甚彰著，而牽連入俎豆，所謂附驥尾而名顯者耶？」施肩吾，亦隱西山，雅慕沖舉，作詩云：「若數西山得道者，連余便是十三人。」惜其晚出，未得親炙旌陽，於諸人中更增一席也。老杜性情簡傲，衰年屏跡，至題成都草堂詩，乃云「休怪兒童延俗客」，抑何諳於世故也。「梅熟許同朱老喫，松高擬對阮生論」，素心人能得有幾？俗客如何拒得？教兒子輩居鄉法正，不當閉門自高耳。

《史記・貨殖傳》云：「楚越之地，地廣人希。飯稻羹魚，或火耕而水耨。」《平準書》亦云：「江南火耕水耨。」注言風草下種，苗生大而草生小，以水灌之，草死而苗無損，故言水耨。而火耕，則略而不注。薛夢符解老杜「畬田費火耕」，謂荆楚畬田，先縱火燒榛，經雨下種，其説是矣。老杜《銅官渚守風》又云「水耕先浸草」，水耕易解，不須注，然「水耕」字見於此。又東坡《觀燒》詩云「寒山便火耘」，按：火耘即火耕田。經火煨，草根盡絶，土塊解散，來歲苗始盛耳。讀杜、蘇詩，是水火並可言耕、耨。但以入時文而言「水耕火耨」，則失考矣。

昌黎《蝌蚪書記》云：「作爲文詞，宜略識字。」毛稚黄遂摘《諱辨》中「漢之時有杜度」句，反唇以譏其識字不深。杜，上聲；度，去聲，檢韵書自非同音，獨不思四聲起於沈約，安得據此以論古音乎？南昌熊士伯著《古音正義》謂「古音不分平上去」。嘗考古人聲緩，平上去皆可遍觀，古韵皆然，即清音字母不分平上去，只是一字，古韵初開，亦正類此。昌黎古詩深得此意，而毛稚黄《韵學通指》乃妄譏之，是亦少見多怪也。士伯此論最確，但學者作古詩，韵脚必辨晰上去二聲，蓋沈書既行之後，自不得夾雜用韵，致爲選家所斥也。

《李雨村詩話》云：「北音生，故與南音不協，阮亭、飴山皆所不免。如《廣韵》勝任之勝，平聲，在十蒸，勝負之勝，去聲，在十七證。而阮亭《樟樹鎮》詩『誰識書生離講席，絶勝三十六將軍』、飴山詩『簾捲江湖紫禁清，山勝艮嶽是生成』，皆以去爲平。二大詩人尚如此，不免者幾希矣。」予按：前人集以勝負之勝作平聲，幾難悉數。就所記憶者，如張祜《折楊柳》詩「那勝妃子朝元閣，玉手和烟折一枝」，樂天《阿雀兒》詩「雖晚亦勝無」，又《渭村酬李二十》「莫歎學官貧冷落，猶勝村客病支離」，昌黎《早春》詩「最是一年春好處，絶勝烟柳滿皇都」，韓致堯《贈隱逸》詩「莫笑亂離方解印，猶勝顛蹶未抽書」，王元之《幕次閒吟》詩「莫道諫官無一事，猶勝閒卧解州時」，山谷《連日行役》詩「官小責輕聊自慰，猶勝擐甲走征苗」，放翁《村居》詩「絶勝倚市看郵置，客至還無菜甲羹」，又「園中作懷抱，猶勝未老時」，東坡《和劉貢父李公擇》詩「爲郡鮮歡君莫歎，猶勝塵土走章臺」，又《羅漢贊》「薪水井臼，老矣不能。摧伏魔軍，不戰而勝」，周益公《訪楊誠齋》詩「楊監全勝賀監家」，李方叔《貓筍詩》「未許韋編充簡册，也勝絲縷涎蛟龍」，虞道園《城東觀杏花》詩「絶勝羊傅襄陽道，歸騎西風擁鼓笳」，此類皆是。雨村豈偶忘之，而徒抉摘近今名人耶？

《隨園詩話》云：「詩人用字，大概不拘字義，如上下之下，上聲也；禮賢下士之下，去聲也。杜詩『廣文到官舍，繫馬堂階下』又『朝來少試華軒下，未覺千金滿聲價』，是借上聲爲去聲矣。王維『公子爲羸停駟馬，執轡愈恭意愈下』，是借去聲爲上聲矣。」愚按：《樂府》「淫豫大如馬，瞿唐不可下」，又諺云「灔澦如馬，瞿唐莫下」，昌黎《汴州亂》詩「昨日乘車騎大馬，坐者起趨乘者下」，皆以去聲爲上聲。

《逵兒週歲作詩韵拈十九皓》中有云：「有子已稱心，賢愚總勿道。」按《韵略》，道理、道路之道，上聲；道訓言者，去聲。則此詩爲誤押矣。然讀陳思《雜詩》：「去去莫復道，沈憂令人老。」梁人《擬青青河畔草》：「月似雲掩光，葉似霜摧老。當途竟自容，誰肯爲妾道。」太白《金陵歌》：「此地傷心不能道，目下離離長春草。送汝長江萬里心，他年來訪南山老。」崔顥《孟門行》：「諛言反覆那可道，能令君心不自保。」右丞《别祖三》：「高閣闃無人，離居不可道。閒門寂已閉，落日照秋草。」少陵《雨過蘇端》、陶翰《早過臨淮》並用皓韵。末句一云「棄擲不擬道」，一云「此理今難道」。昌黎《秋懷》後章亦用皓韵，末句云「泯滅豈足道」。吾意訓言之「道」，亦可作上聲讀。子湘或未及徐檢諸詩，而失之於太拘歟？

崔司勳《黄鶴樓》詩，明人賞其格高氣古，取爲唐七律壓卷。吾獨疑此爲古詩。殷璠選《河嶽英靈集》無一七律，獨載此篇，此可爲證。元遺山《鄧州城樓》詩正同崔作，亦編入古體。詩云：「鄧州城下湍水流，鄧州城隅多古丘。隆中布衣不復見，浮雲西北空悠悠。長鯨駕空海波立，老鶴叫月蒼烟愁。自古江山感遊子，今人誰解賦登樓。」《鼓吹》載題詩起三句並用「黄鶴」字，與《英靈集》不同。

漁洋山人曰：「《竹枝詞》泛詠風土，《柳枝詞》專詠柳枝，此其異也。南宋葉水心創爲《橘枝詞》，而和者殊少。」按：《水心集》有《橘枝詞》，詠永嘉風土，詩云：「蜜滿房中金作皮，人家短短掛疎籬。判霜剪露裝船去，不唱楊枝唱橘枝。」予讀此詩，愛其題，欲仿爲之，以橘非土産遂輟筆。適有湖廣賈橘客，談及風土，乃衍其意作二首云：「洞庭東南接長沙，沙頭沙尾田低窪。今年湖漲漂稼穡，不如販橘作生涯。」又：「蜀漢江陵生業存，千樹何曾遺子孫。近來橘籍税加重，那有素封比侯門。」復作《吴中橘枝詞》三首云：「吴人作園江水湄，家家種橘自插籬。橘子離離待霜熟，橘花嫋嫋怕風吹。」又：「屋角低枝綴橘丸，吴孃唤客摘嘗看。孃園橘實甜如蜜，不比家園一味酸。」又：「吴中佳橘世所希，不似楚橘空笨肥。江西卻尚洞庭橘，郎貨不行須早歸。」數詩皆無足觀，存之以備風謡一種。然汪鈍翁、沈歸愚集中皆有《橘枝詞》，將來繼作者多，此題必盛行矣。

讀徐巨源詩話，有云王邵《冬夜對雪詩》，使先讀三唐、後看六朝者，掩姓名而問之，未有不以爲左司也。「寒更傳唱晚，清鏡覽衰顔。隔牖風驚竹，開簾雪滿山。洒空深院静，積素廣庭閒。借問袁安舍，翛然尚閉關。」按《王右丞集》亦載此詩，題作《冬曉對雪憶胡居士家》，詩中「唱晚」作「曉箭」，「簾」

作「門」，惟此三字不同。

俞瑒云聯句詩如國手對弈，著著相當；如知音合曲，聲聲相應。故知非韓孟相遇，不能得奇觀也。愚讀韓孟兩家集，各載聯句。韓集之聯句，如《鬭雞城南》等篇，豪蕩奇詭，劌目鉥心，真所謂兩雄力相當也。若孟集聯句，直平易耳。同一聯句，而兩集手筆迥異，將無篇成之後，各有所潤色，而遂附之於集後與？

觀看之「看」，常解外有二義，一看養，一看守，皆里俗之言，而杜詩用之。「蘇武看羊陷賊庭」，此作「養」字解。「囊空恐羞澀，留得一錢看」，此作「守」字解，詩意謂無一錢則囊空而羞澀矣，故留此一錢以看守其囊也。

宋袁文《甕牖閒評》：揚子雲《法言》云：「育而不苗者，吾家之童。烏乎，九齡而與我！」袁文《步里客談》謂：「童下合有一點，蓋子雲之意，歎其童蒙而早亡，故曰『烏乎』，即今『嗚呼』二字。後世乃謂子雲之子名烏，雖蘇東坡、張芸叟莫能辨之。」按：常璩《序志》云：「文學神童揚烏。」自注：「雄子，七歲預父《玄》文，九歲卒。」璩，晉人，所傳必得其實。《步里客談》乃以臆妄議耳。又唐陸龜蒙《小名志》：「揚雄之子童烏，九歲與子雲論《玄》。」

史繩祖《學齋佔畢》謂聶夷中《傷田家》詩「二月賣新絲」，當作四月，而引《月令》、《祭義》、《豳風》以證二月無新絲。又云「五月糶新穀」卻有之。其説非是。蓋三月蠶事方盛，六月田禾始登，詩乃各舉先一月而爲言耳。窮民多於此時向收絲鋪户、屯穀賈入預領其直，迨絲成穀熟，計其直並月息而輸納之。此是窮民最苦事，然不得不爾。蓋但顧目前，不及慮後日，所謂剜肉醫瘡也。若四月正是賣絲之時，縱迫於口食，不能待高價，亦決不肯賤售。至五月有新穀可糶，鄉民謂之搶新，其價當勝，皆不可謂剜肉醫瘡。學齋無乃生長世族，未稔窮民之苦，而遂致失作詩之旨歟？或又曰：窮民預領絲穀之直者，何月不有之？不應專指二、五兩月。且絲上市方可云賣，穀登場方可云糶，似非領其直之謂。予曰是固然。但解詩不當如此拘泥。

《學齋》又云：「黄魯直次東坡韵『我詩如曹鄶，淺陋不成邦。公如大國楚，吞五湖三江』，其深意乃自負，而諷坡詩之不入律。曹、鄶雖小，尚有四篇之詩入《國風》，楚雖大國，《三百篇》絶無取焉。」愚謂如此解詩，深文穿鑿，不惟失作者之意，且使無識之徒信而效之，一下筆輒多微詞，豈詩人贈答之雅意乎？又如昌黎《留别張端公》詩「久欽江總才華妙，自歎虞翻骨相屯」，説者謂江總有文無行，隱以諷張；虞翻亢直，乃以自負。其見解與學齋同，殊非通人之語。

《説詩晬語》云：「《後漢·逸民傳序》引揚雄言：『鴻飛冥冥，弋人何篡焉。』注：篡，取也。張曲江詩：『今我遊冥冥，弋者何所慕？』改『篡』爲『慕』矣。然昌黎贈人詩仍云：『肯效屠門嚼，久嫌弋者篡。』前輩讀書，不肯一誤再誤如此。」予按：《文選》録蔚宗此序，「篡」已訛「慕」，曲江詩正本此，雖與揚語有異，即以《文選》作祖可也。

劉彦和云：「善爲文者，富於千篇而貧於一字。一字非少，相避爲難；若兩字俱要，則寧在相犯。」此專爲文言之。至詩律最嚴，複字而難於相避，尤甚於文，唐宋人多犯之。如王右丞《出塞》，兩用「馬」字，又皆在煞脚，頗刺人目，卻萬不能改。東坡《微雪懷子由》亦兩用「馬」字，但「鄭西分馬」改爲「分袂」「分手」俱可，此才大不檢點之故也。然吾謂實字決不可複，虚字猶或可複。觀樂天《欲與元八卜鄰》一篇，除兩「牆」字、「身」字外，如「相」字、「不」字、「作」字並兩見，讀之初不甚覺，固不害其爲佳製也。

嘗見一書，載山谷見東坡《龜山》詩「身行萬里半天下，僧卧一庵初白頭」，輒改「白」爲「日」。客問初日頭之義，山谷曰：「想此僧曝於朝陽耳。」客不以爲然。怒曰：「豈有『白頭』與『天下』作對者乎？」他日，客遇東坡，以其語質之，坡笑曰：「魯直要改『白』爲『日』，也無奈他何。」予謂：以「白頭」對「天下」，自有可議，不得以其出於坡公而附和之。然山谷解句則殊屬牽强矣。謝無逸《寄隱居士》詩有云：「相知四海孰青眼，高卧一庵今白頭。」與坡句只兩字不同，對上較工。

阮亭愛明初人詩「數家茅屋臨江水，一路松風響杜鵑」，以爲寫蜀道風景，宛然在目，筆之於詩話中。予讀施愚山《暮抵西山香城寺》詩「茅屋數家松葉下，山程十里水聲中」、胡蕉村《過唐頭墩至望城寺訪西貝上人》詩「數家山市晴烟澹，一路村橋野水深」，二詩亦宛肖其地之風景，而句調與明人作頗相類。

《列女傳》載：楚伐息，虜其君，將妻其夫人而納之宫，夫人作「穀則異室」之詩，遂自殺。按：息嬀事見《左傳》，實未死。《大車》詩亦非其所作，子政所記固不足信也。武昌有桃花夫人廟，即息嬀也。杜牧之詩有云：「細腰宫裏露桃新，脈脈無言幾度春。至竟息亡緣底事，可憐金谷墜樓人。」蓋據

《左傳》以責其不死，後來題詠者皆同此意，但詞有工拙耳。古歙黄心盦承增輯《新雨聯吟》，載鮑兆瑞一詩，用牧之韻，云：「桃花依舊廟前新，猶似含顰獨怨春。楚女只知劉向傳，歲時來拜息夫人。」獨援《列女傳》，似爲膜拜於失節之婦者。予以解飾之詞，則意尤生新也。

謝無逸賦《鐵柱觀》詩，最爲絶唱。如云「西山高處風露寒，玆事恍惚從誰語」，含蓄無盡，勝於議論幾許。但其中「干大」字，諸本多作「千夫」，殊誤。蓋「干大」，即許大，旌陽之僕。沖舉時，大推車往市，急反，已扳號，無及矣，遂更名干大，隱於山中，爲地仙。詩云「旌陽挈家上天去，只留干大應門户」，於本事爲合。若作「千夫」，全家沖舉，應門户者安得有千夫乎？

石鎮橋，舊有石頭渡，明張相國洪陽首倡造橋，以石鎮名之，復築隄七里，以扞江漲，至今賴焉。相國有《石鎮橋》詩二首，其一云：「投書傳舊渚，題柱有新橋。烟嶺層層秀，晴川叠叠朝。靈沙形蜿蜒，古塔影岧蕘。南北長虹鎖，魚龍不敢驕。」詩載新建縣楊志及裘任遠《西江詩話》。近人輯《西江古蹟詩》，題曰「石頭津」，以爲南城張曉樓作，因「位」「江」字易混，傳録遂訛耳。曉樓當代巨公，朱文端《歷代名臣傳》多出其手。所刻制義，家有其書，豈藉此詩爲重！故宜據實以還諸作者。

朱竹垞貲謷滄溟，而特賞其五古「浮雲從何來，焉知非故鄉」，爲差具神理。愚按：魏文帝詩：「西北有浮雲，亭亭如車蓋。惜哉時不遇，適與飄風會。吹我東南行，行行至吴會。吴會非我鄉，安能久留滯。」與滄溟句用意正同，但滄溟以簡勝耳。

《雪濤詩話》載一人《題二喬觀兵書圖》云：「香肩並倚讀兵書，韜略原非中饋圖。千古《周南》風化本，晚涼何不讀《關雎》？」此頭巾腐語，而反稱之，不若揭孟同詩云：「二妃秀色冠江東，並坐金屏意態同。繡篋豈無平操策，周郎何用借東風！」又「睡起騈鬟坐枕邊，玉簫檀板意都捐。繡簾花落青春永，看到孫吳第幾篇」，用事典切，復饒風韵爲雅，與題稱也。孟同，名軌，揭徯斯之孫。明初舉明經，官大令。

老杜《禹廟詩》「空庭垂橘柚，古屋畫龍蛇」，偶用禹事，其勝處不在此也，而後人多效之。羅念菴《謁濂溪祠》詩「山如蓮乍發，庭與草俱深」，鈕玉樵《堯廟》「蓂落階前土，松生棟裏雲」，朱厚章《方正學祠》「草亂疑瓜蔓，庭空燕絶飛」，皆用典綴景，猶不大失雅意。若許幼文《穎考叔廟》詩：「尚祀封人廟，空悲蔓草盈。村巫分社肉，野鳥啄殘羹。谷暗重泉咽，山摧大隧平。小人家有母，悽切計歸程。」通首借本事點染，巧得可厭。詩至此，真墮惡道矣。

元遺山有《雪香亭》詩云：「羅綺深宫二十年，更持桃李向誰妍。人生只合梁園死，金水河頭好墓田。」按：亭在故汴宫仁安殿西。金既遷汴，國勢益蹙，宫人切流亡之懼，遺山感而作詩，不勝悽憤。雖同於張祜「人生只合揚州死，禪智山光好墓田」之句，不以爲嫌也。然亦惟遺山手筆，遠過前人，故不妨爾。否則必有議其勦襲者矣。吾讀明人沈愚有《題畫》二詩云：「汀蒲短短柳毿毿，三月桃花水滿潭。攜酒抱琴同一醉，人生只合住江南。」「山邊亭榭水邊樓，秋月春風足勝遊。平底畫船如屋裏，人生只合住蘇州。」亦即張祜詩意，但以「住」易「死」字耳。此可悟詩家脱换之法。

《劉公家話》載昌黎《贈賈島》詩云：「孟郊死葬北邙山，日月星辰頓覺閒。天恐文章中斷絶，再生賈島在人間。」按：《東野集》有《戲贈無本上人》二詩，是東野無恙時，島已挺生，昌黎何以有此語？故東坡以爲世俗無知者所託。然詩語雄傑，實非昌黎不能作。歐陽文忠公詩云「郊死不爲島，聖俞發其藏」，亦似用嘉話此詩意。

《唐詩紀事》載令狐綯嘗以舊事訪於温庭筠，對曰：「事出南華，非僻書也。冀相公燮理之暇，時宜覽古。」綯怒奏庭筠有才無行，卒不得第。庭筠有詩曰：「因知此恨人多積，悔讀《南華》第二篇。」

按：飛卿集《李羽處士故里》詩末句云「終知此恨銷難盡，「銷難盡」，《才調集》作「難消遣」。孤負《南華》第二篇。」注：「第二篇」即《齊物論》，繹其詩意，是言已於處士，猶未忘情，不能如莊周之曠達也。於令狐何與而有悔讀之語？《紀事》所載，固不足信。

昌黎《毛穎傳》云：「吾嘗謂君中書，君今不中書耶？」林西仲《古文析義》「中」注去聲。予觀東坡《和回先生》詩「至用榴皮緣底事，中書君豈不中書」，「中」讀本字。西仲爲誤注矣。竊意《左傳》杜預注：「郤克語不中爲之役。」《史記・秦始皇本紀》：「收天下書不中用者盡去之。」王羲之《筆經》：「漢時，諸郡獻兔毫，出鴻都，惟有趙國毫中用。」皆當作平讀，今俗語可證也。

稱呼各隨本俗，前人紀土風，或以入詩。如唐世取閩童爲閹奴以進，顧況作詩哀之，有云：「郎罷別囝，吾悔生汝。」又云：「囝別郎罷，心摧血下。隔地絶天，及至黄泉，不得在郎罷前。」蓋閩俗呼子爲「囝」，呼父爲「郎罷」，詩正以用俗稱見其别情之悲慘，所以能感人。若山谷《送秦少章往餘杭從蘇公》詩「但使新年勝故年，即如常在郎罷前」，此直替身字耳，甚無謂。身非蠻府參軍，何爲作蠻語也。又唐子西詩「兒餒嗔郎罷」、陸放翁詩「阿囝略如郎罷意」，並欠大方，不得以其出名人集中而輒效之。

《太平廣記・女仙類》載，大原郭翰盛暑卧庭中，每夜見織女降臨，情好彌篤，翰嘗戲之曰：「牽郎何在？」答曰：「關渠何事？且河漢隔絶，無可復知。」其所載之事甚長，不具録。予讀元微之《決絶詞》有云：「織女別黄姑，一年一度纔相見。彼此隔河何事無。」此特寓意雙文耳。今以郭翰事觀之，豈謂果有是耶？小説家誕妄不經，汙涅神靈至此，犁泥之報，曷足蔽其辜哉！

《青箱雜記》載，王子安作《滕王閣序》後往交趾，溺水而死。嘗於水際吟「落霞」「秋水」之句。一少年見之曰：「只言『落霞孤鶩齊飛』、『秋水長天一色』，何必『與』『共』二字？」自是不復吟此。烏有之事。二語初非序中勝處，子安何爲死猶吟詠，至受少年之呵乎？且此種句法，六朝唐初陳陳相因，又可盡删耶！而處厚筆之，其無識如此！乾隆己卯江西鄉試詩，以「秋水長天一色」命題，亦去「共」字。

陸魯望詩：「無多藥草在南榮，合有新苗次第生。稺子不知名品上，恐隨春草鬭輸贏。」喻意甚微，隱然愛身重道，以輕出争名爲戒。元遺山極喜此語，詩中凡兩用之。《論詩絶句》云：「無人説與天隨子，春草輸贏較幾多。」又《虚名》云：「可惜客兒頭上髮，也隨春草鬭輸贏。」皆寓有感慨。但靈運明是以鬚施祇洹寺維摩像，非髮也，徵引稍誤。若改作「鬚似戟」，竊謂於本事爲合，願與讀元集者商之。

「公道世間惟白髮，貴人頭上不曾饒」、「年年檢點人間事，惟有春風不世情」，皆唐人名句。苕溪漁隱嘗用此二詩作一聯云：「白髮惟公道，春風不世情。」真現成的對。然文人善翻空，於無情理處偏説得警動可喜。如明王威寧詩：「近來白髮無公道，偏向愁人項上加。」則公道亦難信白髮也。金房希白詩：「春風貪長新桃李，那有工夫到菜畦。」則世情亦莫如春風也。讀此堪令人撫掌。

什邡縣有衛真人元嵩墓，李雨村調元觀察題詩云：「跨鸞乘鶴總無憑，雞犬紛紛想上騰。畢竟神仙都有墓，誰言白日盡飛昇。」自謂此論獨創。予觀汪魚亭詩有云「白雲翳高邱，中有葛洪墓」，何等簡括！雨村可謂詞費矣。

詩有一時得於觸目，情景逼真，至索其佳處，反不可得者。如老杜「落日在簾鉤，衣上見新月」等句是也。若王右丞「返景入深林」、常盱眙「松際露微月」，則當下有此景，共見其工矣。

王右丞《酌酒與裴廸》一篇次句「人情波瀾」，第七句「世事浮雲」，意似兩對。譚用之《月夜懷友人》第七句「清風未許重攜手」，第四句「好月那堪獨上樓」，語似兩對。皆律體之病，從無議及之者。（范石湖）［范德機］與友人秋夜同步，得句云「雨止修竹間，流螢夜深至」，喜甚。既而曰「語太幽，類鬼作」，遂不復綴筆。王阮亭《故宫曲》曰「濕螢幾點粘修竹，昏黄月映蒼烟緑」，是又故學秋墳鬼唱詩也。

予讀昌黎《縣齋有懷》詩，篇中全用對語，以爲古詩中另是一格。因效作一篇。昌黎詩如此者尚有數首，雖鋪張有餘，微覺板滯，然的是古詩，操《選》者目爲仄韵排律，則非矣。《文選》中顔、謝諸人詩多用排，其間必著一二散句以疏其氣，通篇排者亦往往有之。昌黎正同此體，騁其才力，加以篇幅宏闊，遂爲横絶古今之作，其實猶未離乎《選》體也。

徐凝《瀑布》詩「一條界破青山色」，東坡目爲塵陋，以詩嘲之。曰：「帝遣銀河一派垂，古來惟有謫仙詞。飛流濺沫知多少，不與徐凝洗惡詩。」後江州喬法周復評二詩曰：「李白徐凝詩並傳，東坡何必定誰賢！一條界破青山色，猶勝銀河落九天。」是又翻老坡舊案也。予按，徐凝詩云：「瀑布瀑布千丈直，雷奔入海無消息。萬古長如白練飛，一條界破青山色。」合全篇觀之，俗氣可掬矣。人謂「眼前惟有東坡老，笑得徐凝瀑布詩」，何啻囈語！

老杜《麗人行》作於天寶初，刺諸楊之淫蕩也。《月夜》一篇乃公赴行在，爲賊所得，身在長安，家在鄜州，天寶十五載也。予嘗有《戲書麗人行後》詩云：「玉臂雲鬟别幾時，嘗從月下想芳姿。不應水際逢佳麗，便似平生眼絶飢。」蓋言公離家未久，何遽作此驚艶之態。所以爲戲，原不必拘作詩時之前後也。

俗云，村人不喫橄欖，蓋其味美於回，久咀始出。昔賢之詩皆以比忠言逆耳，事後追思，此諫果所由名也。閩中謝古梅道承編修詩，命意獨不同，詩曰：「吾閩重荔枝，橄欖亦同稱。酸鹹滋味外，嚴苦相欺淩。初噉攢眉宇，閒然若不勝。頓回有餘味，剌蜜冬初凝。古人比清高，忠言多見憎。事後甘如飴，咀嚼愈服膺。吾譬諸作者，孟韓句崚嶒。險語苦齟齬，艱澀茹寒冰。舌本木强後，彌覺至味增。願君勿唾棄，視同哀梨蒸。」古梅於詩，酷嗜孟韓，此自道其所見，故能另開生面。然歐陽公稱梅聖俞詩云：「近詩猶古硬，咀嚼苦難嘬。初如食橄欖，真味久愈在。」已經道及。陸士衡云「怵他人之我先」，不信然乎！

臨洮吴信辰鎮明府初爲華原博士，適情吟詠，其作詩少取而多棄，自言「吾不存者，猶足與時人争數重席也」。著《松花庵集》，篇什不多，意欲刊落一切，而獨標名雋。嘗瓶插黄梅一枝，戲爲新句云：「陽春如開闢，盤古即梅花。牡丹僭稱王，富貴何足誇。群芳愬天帝，鵝雁紛喧嘩。乃呼羅浮仙，冒雪詣殿衙。帝曰咨爾梅，首出冠群葩。白袷與絳襦，何以懲奇衺。梅花未及對，黄袍已身加。歸來幽夢寒，翠羽鳴窻紗。」如此詠物，擺去陳言，題以新句，良不誣耳。

朱砥坪澈孝廉館於裘可亭方伯府中，嘗述方伯言，往在山左鄒縣謁孟子廟，廟之東爲啓聖祠，旁奉孟子石像，係宋時修孟母墓起出，像拱手屈膝，蓋孟子葬母時，琢已像以殉。後予閲可亭《静宜室集》，果有詩記其事，足發明亞聖永慕無窮之孝思矣。竊按：孟子稱仲尼惡作俑者，而已乃琢像殉母，則不可解。

元遺山次女曰嚴，女冠，號浯溪真隱，見郝伯常所作墓誌。予考《遺山集》有《寄女嚴絶句三首》，其一云：「鸛崖魚窟路間關，旬月無由一往還。寒食歸寧見鄰女，舉家回首望西山。」自注鸛崖魚窟在内鄉。《往盧氏道中》又云：「眼前兒女最關情，不見經年百感並。聞道全家解禪理，擬從香火問無生。」按：此似嚴已適人，雖好禪，未嘗出家。又有《書貽第三女珍》詩云：「珠圍翠繞三花樹，李白桃紅一捻春。看取元家第三女，他年真作魏夫人。」此則真女冠矣。而郝誌佚之，遺山又誌孝女阿秀墓，行亦第三。然郝誌三女早卒者，名順，非阿秀也。所謂「他年作魏夫人」者，決非其人可知。吾謂珍固女冠，嚴亦終爲女冠。觀遺山詩，女嚴、女珍並書其名，與《别長女真適程氏》者題曰「程女」，例自不同。凡此皆可臆而得之耳。姑記之，以俟他日參考。若小説載遺山有妹爲女冠，以《補天花板》詩拒張平章，質之元集，未經道及，固難深信。

宋玉從楚襄王遊蘭臺之宫，有風颯然而至。王披襟當之曰：「快哉，此風！寡人所與庶人共者耶？」宋玉曰：「此獨大王之雄風耳，庶人安得共之！」東坡嘉歎此語，因及柳公權與文宗聯句，是爲有美而無箴，且曰：「惜乎，宋玉不在側也！」然玉之言謂之善諷可也，謂之善諭不可也。楚王一風而念及於民，此正可與爲善處，以孟子對齊君語推之，措辭宜不爾。然則與庶人共當，奈何曰是非仁風不可？

老杜《遣興詩》云：「北里富薰天，高樓夜吹笛。焉知南鄰客，九月猶絺綌。」語殊悲憤。遂令裂眥不平者，作「餓殺鶻鶬」「撑殺鴟鴞」之語。吾鄉夏介嚴處士有四言詩云：「東鄰歡讌，西鄰慨歎。憂樂不同，亦各達旦。」於人世參差不齊之遇，付之適然，消人胸中塊壘幾許。

王方平同麻姑降蔡經家，擘麟脯行酒，經見麻姑爪長，心念背癢時爬之當佳，方平遂鞭經背。事出葛洪《神仙傳》。《隱居詩話》載，皇祐中江西有一事正類此。或題《麻姑壇記》以嘲之曰：「五百年來别恨多，東征重得見青娥。擘麟正擬窮歡喜，無奈閒人背癢何。」予閲張雪子《秋水齋詩》有《戲題》一篇：「撒手丹砂不值錢，可知狡獪是神仙。蔡經大有誇張事，新得方平背上鞭。」此其所遇之事，又未知何若。然思之益令人絶倒也。王季重《蔡經宅》詩曰：「蔡經猶介人，止思麻姑爪。鞭背乃誅意，一癢不可掃。漢皋挑且贈，天臺儷而嬲。豈不共神仙，方平代煩惱。」此實詠其事，非有所寓諷也。然用意亦褻矣，不若蔣心餘太史《麻姑圖題詞》云：「我憶餘杭，問花釀，幾人沽了。拌忍受，王遠仙鞭，一親長爪。」神致微婉中仍露傲岸之概，真可謂風流人豪也。

《老學庵筆記》載，僧行持，明州人，有高行，而喜滑稽。在餘杭貧甚，作頌曰：「大樹大皮裹，小樹小皮纏。庭前紫荆樹，無皮也過年。」國初，翠巖法席古雪喆禪師《除夕小參》云：「一歲除，群機息。倉廩雖罄空，且無私債逼。」與行持《頌》同一安貧自適之意，真高僧之語。

士懷才不蒙知遇，輒以卞和泣玉自況。李于鱗《比玉集序》云：「卞和奚泣哉，悲夫！楚如是其大，三獻如是其數，而舉天下之器，題之以石也。」古今詠卞和者，大概皆不出此意，徒有悲憤之語耳。獨陳警亭邦科，明時人。詩曰：「抱璞堪嗟向楚干，何如璧與足俱完。縱令棄擲荆山側，未必於今作石看。」隱然見士當自重，翻怪和衒玉求售，自取辱賤，識見爲高人一等矣。又讀《天禄閣外史·重賢篇》，張裘對魯王曰：「夫得玉不足以强國，王知之乎？故强國者不以玉，則楚王之卻，不可謂不明也。刖士而絶佞人，不可謂不仁也。當是時，使卞和進一荆山之士於楚王，則亦不待三獻而三卻也，況刖之乎？」語尤奇警，但楚王明是以玉爲石，謂和爲欺，是以刖之，非謂玉不當獻也。然如此持論，益見翻空無盡，鈍根人須於此參悟耳。

陶淵明有則終日留賓，無則沿門乞食。朋友之間，行跡渾忘，自非洪涊干乞者。比讀《五柳先生傳》，猶可想見其爲人。王右丞乃云「淵明不肯把手板屈膝見督郵，解印綬，棄官去。後貧，《乞食》詩云『叩門拙言辭』，是屢乞而多慚也。一慚之不忍，而終身慚乎？」是直以丐者目淵明矣。右丞少時曾以鬱輪袍進主第，宜其有是者言哉？

乾隆癸亥歲大荒，父老相傳，鄉民飢餓，競取豐城三角山土食之，號曰觀音米。至嘉慶壬戌歲，三季不雨，斗米錢四百餘，市間缺賣。明年，民復食土，則不僅取諸三角山矣。予作《飢民食土行》以記其事，詩曰：「何處謀食去，乞此一囊土。鳩形鵠面擔荷歸，道是神人所賜予。細搗輕篩入瓦釜，摶成畢羅大如許。黄髪老翁茹復吐，六十年間事重覩。少飽且休莫再取，癥結在腹吾慮汝。」噫！土非可食之物，草根樹皮既盡，不得不食此耳。嘗記東坡《寄劉孝叔》詩云：「又復連年苦饑饉，剥齧草木啖泥土。」是食土之事，古已有之矣。

譚君葆謙，名牧郡，諸生。守其祖鈞亭、父東白兩先生家學，雅不喜仙釋。有《書許旌陽傳後》曰：「神仙本不足道，而託言忠孝。化石煉丹，斬蟒截蛟，本屬烏有，而詭言利濟。此旌陽之所以見賞於庸耳俗目也。傳中時而仙，時而儒，甚而敢言孔孟攬金銀銅鐵爲一器，未必不爲有識者嗤也。余嘗謂進香萬壽者曰：『若輩欲求保佑乎？旌陽有靈，當先保佑宋徽宗矣。』衆曰：『何也？』余曰：『徽宗崇奉道教，其尊信旌陽尤篤，玉隆、萬壽、忠孝等名，皆其所貽。其後香火不斷，國人朝拜無虚日，皆自徽宗啓之。乃兀朮圍汴，始而邀之至營，既而驅之北行。堂堂天子稽首北廷，降爲昏德公，五國城竟以幽死。此時之旌陽何在也？莫大之恩，尚不能略爲保佑，而況若輩區區之禱乎！』聞者無所應。此雖戲言，實係確論，因閲是傳而附記之。」愚謂譚君此筆足砭世俗之愚。向作《洪州吟》，有《嘲朝仙》一篇，全述其語，而煞尾則云：「況乎聰明正直非可瀆，徒令神仙笑爾心頑冥。」朱抑齋嗣韓評：「只述撝堂一事，章法入古，正論妙在末二句。」

白樂天《傷友篇》云：「陋巷孤寒士，出身苦栖栖。雖云意氣在，豈免顔色低。平生同門友，通籍在金閨。曩者膠漆契，邇者雲雨暌。正逢下朝歸，軒騎午門西。是時天久陰，三月雨凄凄。蹇驢避路立，肥馬當風嘶。回頭忘相識，占道上沙隄。昔年洛陽社，貧賤兩提攜。今日長安道，對面隔雲泥。近日多如此，非獨君慘凄。死生不變者，惟聞任與黎。任公孫、黎逢。交道炎涼舉，世一轍得此。」痛快之筆出之，真令富貴而忘舊交者面□心□矣。頃又讀張雪子詩云：「今日天氣好，行行過都市。傳呼何事喧，云是故交士。頗憶風雨心，先已紆青紫。迴身下車揖，握手笑相視。感君區區意，古道若爲邇。願君還自重，折節路人耻。」分明一種情事，偏説出友人恁般厚道，而俗流勢利之態自見於言外。詩人立言必須如此，方不失之於薄。

唐子西在惠州，名酒之和者曰「養生主」，勁者曰「齊物論」。周青城飲空腹酒曰「寒泉落空澗」，飲飯後酒曰「細雨灑平沙」，二語皆醉鄉佳話。予素不親杯杓，自客竹山，始與麴生把臂入林，亦幾幾得其趣者。是日，夕膳既畢，與主人暢飲至醉，因撮二公語走筆成詩，以爲一笑：「我得酒中趣，謂與蒙莊近。昔愛養生主，今尚齊物論。和勁雖各殊，真液同醞醲。逍遥醉鄉遊，萬象冥方寸」。「陳留阮宅是酒家，偶同杯杓忘讙譁。借問寒泉落空澗，何如細雨灑平沙」。此條與詩稿一字不殊，而復載於此者，以其語涉遊戲，詩稿中當刪去耳。

有人遇吕仙，事之至虔，吕仙思有以報之，伸一指，指其庭中磐石，燦然化爲黄金。其人睨之，淡如也。吕仙曰：「子不樂此，志願遠矣。吾當更有以贈子。」既問所欲何在？曰：「欲乞君此指頭耳。」嗟乎！點石成金，猶思截指，神仙雖度世心切，其如若輩，爲之勸駕何耶？予嘗感此，題純陽觀曰：「神仙度世本情殷，無奈人心總負君。不願點金思截指，至今鶴馭去無聞。」

過某君别館，偶有所見，戲以絶句：「瓊臺甲帳鎖仙姝，來去無蹤是步虚。借問牽郎今曷在，祇應回道不關渠。」

東坡「錦里先生」一篇，全用張姓事，於起結處極其自然，不獨中偶工緻也。後見晚宋蕭崱大山《贈陸冰》詩，亦全用陸姓事，詩云：「標格真清映雪霜，每聽新語覺神傷。茶分鴻漸經中味，菊愛龜蒙賦裏香。圃積玉多知學飽，囊裝金少爲貧忙。向來笑病難醫在，老去空抄十卷方。」則專以對仗見長矣。要知此體纖巧，不足爲難。予少時有詩《贈王秀才家禮》云：「家世琅邪薄綺羅，不因春褉數能過。知名已在登樓賦，置酒何須斫地歌。江左風流惟謝並，輞川唱和與裴多。醉鄉莫漫相招入，十策胸中貯太和。」以其效顰可厭，刻集時遂删之。又有《席間贈劉里超阮聲南二明經》云：「滿座嘉賓映後先，就中劉阮更飄翩。投名入社俱稱達，攜手尋山並可仙。但使文章昭世德，不妨詩酒傲時賢。鴻軒鳳舉攀何及，只合沈酣醉别筵。」頷聯偶拈二姓事，餘不粘貼，差省撏撦之勞矣。

謎詩，古人偶一戲作，後人借以寓其譏刺，則輕薄子之所爲矣。然其離合工巧，亦足以見其才思。嘗記譚丈撝堂言一門生素跳蕩，一日遊山，寺僧不加禮，遂題絶句於壁云：「買到佳山四體枯，戒中直欲委泥塗。愁來滅卻心頭火，鍊得凡心一點無。」蓋「賊禿」二字也。予館羅田經畬，重陽置酒，諸生必邀黄五秀才相陪。黄能飲，喜遊，凡近山佳勝，皆醉後尋覽所及也。予賦詩述事，有「愜心朋侣容真率，隨意盤餐辦咄嗟」之句。次年戊辰九日，客龍潭山，無萸菊，惟茶花盛開，村中雖有酒店，而招人之簾收藏久矣。對景懷人，作長短句以自遣云：「菊花憔悴，茱萸冷落，不分山茶如雪。感時懷我愜心朋，又整整一年離别。崔莊高會，陶廬獨酌，往事風流休説。釀家秫貴久收簾，原不管重陽時節。」蓋《鵲橋仙》詞也。古人謂：「人生惟寒食、重九，慎毋虚擲。」佳會不可再讀此詞，猶爲之怊悵云。

雌雉鳴曰鷕，雄雉鳴曰雊，見《顔氏家訓》所引《毛詩傳》及鄭康成《月令》注。寺齋近山多雉，循聲跡之，輒見雙雉於草根籬落間。因憶往年客龍津，黄筠溪秀采太史示以《雉意》二章云：「山有雌雉，雄其招之。雌爲雄語，胡不高飛？寧不高飛，且以待時。山有雄雉，雌其就之。雄爲雌語，胡不孕孳？寧不孕孳，且以待時。」覺其意尚未盡，續其末章云：「惟時告矣，雌者孳息。雄尚伏矣，文則韜矣。娱空山之寂寥，何天予之翼，而飛卒不高？」筠溪有詩數卷，多尋山遊寺之作。《雲峰寺雨中夜話》云：「溟漠空山雨，峰高暮氣深。烟寒不出寺，鳥静已歸林。短榻幽人夢，孤雲過客心。禪房重剪燭，唤起老僧吟。」《登蕭峰》云：「西嶺最高處，紆迴磴道深。仙峰層霧隱，石室老藤侵。人在雲中立，詩於天半吟。風生簫籟遠，澄我十年心。」卷中佳勝尚多，因二詩爲門下士彙存録之，以見其性情閒適如此。

昔人謂作詩贈俗人爲可惜事。此言良然，然亦有意似矜惜而實非者。予生平有交好之人，欲贈以詩，因不輕於涉筆，遂終缺之。歸季思云：「好言不關情，諒非君所與。」此意必有原及之者。至如施愚山云「才疏懶作贈人詩」，如此自供，卻可不必。

唐人詩：「小院無人夜，烟斜月轉明。清宵易惆悵，不必有離情。」張雪子摹其調曰：「烟樹渺何極，秋風又一時。孤吟易惆悵，不必有相思。」二詩並用意微婉，耐人尋味。《鸚鵡洲》初不必以摹《黄鶴樓》而減韵也。予嘗與熊君峙厓光嶽暨坐客數輩語及此詩，因戲傚之，皆以意造境。予詩云：「客去門常掩，荒苔不奈秋。空齋易惆悵，不必有閒愁。」峙厓詩云：「芳草無窮緑，寥天一望中。高樓易惆悵，不必有淒風。」客復舉易惆悵者數事，如獨行、孤斟、夢回、酒闌之類，而不能屬下句，遂一笑輟筆。

伏處窮簷，噤口如枯木寒蟬，不敢吐一忼壯語。昨因事發憤，有「不及馬啄木」之歎。蓋宋治平中，吉水縣有野客馬道，嘗爲《啄木》詩曰：「翠翎迎風動，紅觜響烟蘿。不顧泥丸及，惟貪得食多。纔離枯朽木，又上最高柯。吴楚園林闊，忙忙將奈何。」意固有所諷也。然卒使其人見詩而自懲，時人因目之曰「馬啄木」。夫草茅賤士，託物寓意，使人惕然知警，所謂「言者無罪，聞者足戒」也。其猶有古風人之遺意也歟。

李百藥必恒《書樊南詩集後》云：「隸事争誇獺祭魚，瑑磨須自有工夫。時人縱效西昆體，解道韓碑一字無。」沈歸愚《論詩絶句》云：「共憐獺祭驅材富，又説西昆體格卑。今古玉溪無定論，幾人誦述到韓碑。」二詩用意正同。予亦有詩云：「香艷西昆體，流傳又一時。義山撏撦徧，未解讀韓碑。」幾同襲人牙慧。然作詩時，實未見李沈二家集也。

許棠《送龍州樊使君》詩云「土産惟宜藥，王租只貢金。」予亦有「物産惟宜稻，官租但貢茶」之句。

陳后山《登快哉亭》云：「夕陽初隱地，暮靄已依山。」予亦有「夕陽纔掛樹，暮靄已横村」之句，皆與暗合。

前人集中有論詩之作，所以明一已之崇尚，鑒時輩之流失也。蓋有見於中，不能自默，故率臆言之。至其語之當否，一聽諸後人之論定焉。予向年有《漫題六絶句》，嫌其持論違衆，不敢出以示人，然終不欲佚之，而筆之於此。詩云：「尊唐崇宋各門墻，師説堅持互短長。試與溯源到風雅，欲糊畛域作津梁。」又：「吟詠端能治性靈，國朝風雅久流馨。珠槃玉敦衣裳會，想見諸公尚典刑。」又：「苦愛新聲厭古風，是誰倡説走群蒙。竟陵昔日訾王李，前鑒分明在眼中。」又：「不分哇淫噪耳來，雅音日遠轉相猜。漁洋已逝歸愚老，僞體何人更别裁。」又：「畢竟騷壇孰主盟，毁譽身後有公評。黨枯護朽吾何敢，未肯隨聲薄老成。」又：「信有人間邁跡英，眼高四海氣縱横。莫將一副驚天膽，擲作階前破釜聲。」

予有四言詩數章。《短歌行》云：「洪造爲爐，萬象陶寫。歲久器敝，還我大冶。一解羲娥夙駕，旦暮嬗征。爾非司命，曷促浮生。二解伊昔同袍，齠齔相媚。嗟嗟佳人，朱顔先悴。三解看劍挑鐙，浩歌慷慨。髮短心長，烈志空在。四解長安云遠，在天一涯。膏車未至，中道徘徊。五解萬釘圍腰，苦不永年。學仕未成，不如學仙。六解樂只神仙，千年一宴。天降玉棺，下界誰見。七解」《置酒行》云：「今夕何夕，張筵筮吉。庭闈洞開，珠翠照室。一解儀狄進酒，易牙調羹。陽阿奏舞，秦青發聲。二解合尊促席，座列雙几。酒行三爵，讙譁並起。三解狎客詩成，妖姬聲曼。笑買千金，博輸百萬。四解堂上燭滅，主人留髠。密語醉心，香澤蕩魂。五解盛筵難再，昔人所歎。爲歡未終，東方已旦。六解」《猛虎》云：「有巉者山，菅榛塞道。猛虎何多，騶虞何少。一解山有猛虎，又有短狐。裹足誰子，慎爾長途。二解惡木之下，蔭不可息。寄語行人，茂林是擇。三解念彼樵夫，心焉惻惻。手有斧柯，而畏荆棘。四解」《南山五解贈鄒曉清》云：「陟彼南山，言拾瑶草。欲以貽誰，我思遠道。一解我思遠道，渺不可及。日月逾邁，脩名未立。二解東家醜女，聘者累至。婉彼季蘭，十年不字。三解亦有古椿，壽以千百。豈無木槿，朝華繁澤。四解叱犢東林，載耕載詠。天意難知，以存爾性。五解」《擬古怨歌》云：「皚皚白雪，在於崇巒。妾懷亮節，共此高寒。一解皎皎清冰，在於深井。妾秉素操，同兹澄静。二解與君定情，旦旦之誓。眷言白首，終不相棄。三解昔同衾幬，今異帷房。契闊既久，豈免讒傷。四解君心如月，朗明豁達。不垂末光，安蒙識察。五解彩雲易散，玉簪易折。恩情不深，中道斷絶。六解」又少時有《江上》六言二首云：「垂楊垂柳江村，摇漾殘春如綫。曉來偶動相思，夢落深深庭院。」又：「碧檻平臨春水，文窗遥啓晴烟。常見客舟來往，大江横在門前。」《重過徹愚上人山房》云：「手中百八數珠，身下一箇蒲席。二十年前故人，合著眼兒認得。」又：「昔日千偈瀾翻，而今一字無有。問師旦晚修行，茶銚藥鐺糞帚。」予《水耘稾》中不編四六言詩，爲存於此。

晏君伉儷失歡，異居數載，嘗作文備述其事。予作六言詩二首貽之，前代晏責婦，後致婦望留之意，蓋欲微悟之耳。詩曰：「既乏少君雅操，復無道藴高才。今日忍捐玉玦，當時悔下鏡臺。」又：「兒女及時長育，詩書爲爾藏收。莫學孝標自述，還期許允相留。」其後夫婦相安如初。

士生於世，當今身名俱泰，何至以饔牖語人豪侈？人固應有是語，然文采不彰，徒以華裾自炫，則人亦薄之。某中翰自京師回，服飾甚盛，嘗嘲以絶句云：「破衫不學義山貧，服美徒來指目人。料是今時諸館職，搘撐從未到君身。」但今窮巷之士，衣服襤褸，又未必盡由於搘撐也。

近有假託皇極數以紿人取食者，數凡一萬二千條，將人所必有之事，分注於各條十二辰與五行之下，若計簿。然問者先以本命告之，然後一一推排某事當合某數。問者不應，則曰：時刻差錯，更爲推排。合則密記之，以地支所屬，輪以納音，其年分早已洞悉，故過去事無不驗者。此釣距術也。其徒私語，比之審囚。烏峰人有曉此數者，或邀予往問。予戲作詩答之云：「君邀問數往烏峰，我向南窗睡意濃。那更想從作囚鹵，受人訊鞫自招供。」

淩翁生辰，畫史鄒草堂將爲寫真，先呈以詩：「華筵新什錦紛披，逐隊稱觴恰及期。欲祝阿翁無好句，揮毫聊獻畫中詩。」又「小伎丹青愧偃荃，寒汀烟渚漫爭妍。不如畫取蓬萊景，著箇龐眉鶴髮仙。」或謂此詩不多著墨，饒有新意，大勝錦屏間物陳陳相因者。久之，方知予爲捉刀也。

雙溪王奎壚以張畫史所作小像示予，乃一漁父也。春水半篙，柳線縷縷糝釣緡，觀之動人苕霅之興。自題幀端曰：「擬拋生事問漁郎，欲買扁舟計未遑。且倩雲林寫生手，著予蓑笠釣滄浪。」予和其詩，有「他年我亦圖中客，笭箵長竿狎五湖」之句。因戲語奎壚，可再倩張君烟波空闊處，不妨添一老漁伴也。

楮中棄草有録鄉民《禱神語》一篇，云：「水際多叢祠，鄉民紛擕酒一卮，曲躬稽首，陳辭上曰：

『吾民苦，神所知，年凶未暇修典禮。俎羞欲具，何能爲繼？自今惟神其佑之。高田獲倍低田熟，洪漲不到九社陂。蝝生雖書不爲害，居民飽飯鼓腹嬉。平原遠道無復寡妻哭，流亡歸里，不嗟仳離。邑有賢宰，愛我民如父母慈。歲取正供，輸納有期。毋踰額，毋苛泒，同量平槩，胥史弊不滋。毋强市，我富民粟，留與窮子典衣賣履救殘飢。民安神妥萬年福，跪祝太平無已時。鄉民告訖情孔悲，筆之寧論工拙辭。』」此予乾隆己亥歲，砂井客中記所見也。其地本湖鄉，常罹水災，兼以蟲害，士女有仳離之歎。又往年秋熟，官或遣吏下鄉，買穀以填常平倉，民多議其不便，蓋公私交窘如此。鄉民望歲，故臚陳之以禱神。此詩乃實録也。

吟次偶記卷四

新建羅安綏之輯著

厯原之南三十里有胡詹嶺，相傳爲許旌陽舊吏胡詹二神廟食於此。左爲銅峰，孤峰聳拔，阮六閒嗣中先輩記稱秀削天成，峻插雲表，砥柱西昭，二山合匯中流，實玉隆萬壽宮水口中一大關會也。他日，予瞻眺其麓，有「泉聲百道來天寶，雲氣千年護玉隆」之句，笑語少川曰：「若知此句之所自乎？蓋述乃祖記中語也。」

庚戌重九日讌集阮氏花樹室，少川爲主人，桐城江起亭、高安劉維周，皆阮氏西賓也。予則赴招而至者。是日新醪正熟，佐以殽蔌，賓主無不酣醉。座間分韵賦詩，予得「集」字。詩曰：「微雨山氣涼，遊人攲蒻笠。遥吟逐佳侶，恰赴西園集。山莊別徑開，高樓烟際立。登臨騁幽懷，似躡青雲級。諸峰拱座隅，紫翠紛坌入。霜楓照檻明，露菊沾席濕。觥籌忽交飛，行酒雙童給。共約文字飲，頗厭陳言襲。江郎筆五色，談笑綴篇什，劉阮故能狂，雅韵復堪挹。予也性疎慵，當筵文思澀。駑馬追驊騮，望坂鞭不及。習池人已遥，餘興我輩拾。良會感蕭辰，短景何急急。」諸君詩先後賦畢，遂同揭於壁間，惜予不復記憶。至明年九日，起亭仍館於阮氏，作《西江月》詞，招予過飲，曰：「選句饒君琢玉，綴詞笑我塗鴉。主人送酒不須賒，仍望先生來也。九日依然作客，百年强半離家，莫教獨對此黄花。謹拜水村閣下。」時予以事不果赴，和其詞曰：「想見淋漓醉墨，尊前幾輩詞家。乞留一韵答黄花，只恐牀分上下。」其一時之興概如此。今諸友星散，良會難再，檢閲舊篇，能無感慨係之耶？

桐城江起亭鎮有《登禹王臺》詩云：「躡屐上高臺，臺平四望開。雲消山穴出，潮湧海帆來。秋意自千古，清遊能幾回。相從尋禹碣，一半没蒼苔。」《過金山》云：「塔鈴不語水無波，一掉金山山下過。古寺秋深殘葉少，大江天遠夕陽多。石崖有穴藏蛟蜃，仙墓無人長薜蘿。擬向中泠汲泉水，品評滋味竟如何？」《白荷花》云：「不假胭脂鬭麗粧，浣花人著素衣裳。夕陽古渡波光冷，殘月荒池夜氣香。茂叔歸來門似水，六郎老去鬢添霜。阿誰採罷撥雙槳，驚起鷺鷥三兩行。」《花樹室新成夾墻一道詩以落之書呈少川主人》云：「中庭欲劃三條徑，合面新成八尺墻。壁眼都空花作檻，洞門雖小石爲梁。勝他陸氏東西屋，仍列陳家上下牀。最好讀書閒掩卷，日移磚影晝知長。」答予《贈别》云：「傾蓋忽成故，因之離恨生。忽聞吹落葉，於我更關情。歲月入中晚，交遊慚姓名。相逢獨相重，匣劍一時鳴。」起亭客豫章最久，後卒於家，稿盡散佚，予篋中止此數作，録而存之。

浙江陳坦行德基老人以事來豫章，與江起亭相識，暫留於阮宅書館。予過起亭，於客座見之，殊不似風塵馳逐中人也。一日忽扶杖獨行，風神飄逸，沿路吟嘯，遂至予所寓擷芳園，言自此將歸，不復遊矣。出《種樹圖》索題，且告别。今約計十餘年，老人健否未可知。萍水之逢亦動人感慨如此。老人有《懷魯石大兄》詩云：「燕雁相違忽廿年，金陵唱和句猶傳。子平婚嫁今完否，君復功名早澹然。底事投人遭白眼，相期沽酒罄青錢。武林舊有幽棲地，好把犂鋤共種田。」魯石不知何人，詩得於起亭處，瀟灑可誦，録之。

乾隆癸丑春，予寓湖上僧房，應豫章書院之課。時主講席者爲奉新鄒西麓先生，名玉藻，乾隆丙戌科進士，入詞館。先生於制義不喜墨派，以予文尚清疎，頗承獎進。次年延訓兒婿輩，即啓館於文淵堂後。予素性懶作文，不與院課，而時喜吟詠，先生亦聽之，間賜和章。予嘗呈以詩云：「久慕蘇湖道德光，幾年執卷傍宮墻。座中帶索參原憲，門下知名愧董常。謬辱齒牙相獎勵，欲加毛羽便翱翔。一篇師説曾親授，敬爲重書付阿郎。」次韵和云：「及門多士並輝光，下筆争虧屈賈牆。自笑龍鐘吾已老，更驚奇兀子非常。困鱗待澤寧終伏，勁翮當秋會遠翔。師友淵源皆有自，還期津逮到諸郎。」先生凡作詩不甚經意，旋棄其稿，然當其合處，固不煩繩削也。

明寧庶人妃婁氏精書翰，有人得其手寫《黄庭經》，失其下函，熊于岸文登學博，以隸書續成之，施於某寺中，聞諸父老云耳。因作詩以記其事。詩云：「誰問當年玉鏡坊，野人耡盡故宮牆。牙籤不共金鈿蝕，飄落人間墨蹟香。」又：「結紙沈江事可哀，斷縑那計委烟煤。誰知小帙關殘劫，曾自顱山血海來。」又：「賢妃貞烈久彌彰，珍重經函施佛場。不比蜀中荒寺裏，玉環刺血寫金剛。有人之蜀，入一僧寺，得小幅朱書《金剛經》，字畫勁楷可觀，末云「玉環刺血爲皇帝書」，事見《夷堅志》。」又：「博士才華舊絕倫，嶧山碑版搨摹真。但愁卷尾雙鈎筆，難倣簪花格樣新。」武寧李白村和云：「何年花樣出宮坊，想見江風拂女牆。可惜琅函遲拾得，輪他片石作奇香。蔣心餘太史表婁妃墓，作《一片石》傳奇。」又：「魚腹埋香古所哀，逆藩家世一塵埃。斷縑偏有河山壽，多謝空王護惜來。」又：「遺編何用太滋彰，偶落人間夢一場。不見月明江漢水，翻教漁網覓金剛。用《夢溪筆談》事，竊謂于岸可不續之。」又：「鍾陵女史本殊倫，百罔終難續一真。留得殘經陪韵本，吴婁隔世鬭鮮新。」

往年鄉試後，遇劍江李庭培育，言闈中見號舍壁上貼有七言律一首，云：「原乏鳶肩兆早騰，風簷寸晷鬢髯曾。何人驪頷輸先得，此日孩童笑倒綳。野火明時連白屋，闈烟動處拂雕甍。銅籤畫燭沈沈夜，惟問朱衣點未曾。」詩意直達，惜未留其姓名，蓋負才而艱於一第者也。

予姑子楊特人，名載英，介庵先生孫也。喜讀《劍南詩集》，工近體，性好遊，卒客死於山左。後四年，子用楫迎柩歸。其詩槖盡散失。予撿其僅存者，録爲小帙，俾藏於家。有《同鄧禹尚表叔客固始明日予將往杞作此留别》云：「舊恨新愁此夜並，明朝分手汝陽城。牽裾眼墮紛紛淚，别路心傷踽踽行。遊子不歸雲莫繫，故人散處雁長鳴。高堂都有孀居母，日暮應添倚望情。」《春日過狄梁公墓》云：「華表峩峩古道東，停車瞻拜想元功。孤墳永峙松楸老，廢宇重修俎豆隆。墓西數里有祠，經洛陽令重修。肯憚鞠躬臣武后，還將盛德讓婁公。一門桃李今何在，春草碑前緑滿叢。」《過郭汾陽故里》云：「水複山重到古祠，汾陽聚族舊於斯。平生驍勇原無敵，當代勳名更數誰。肅穆豆籩陳素几，陰森松竹護疎籬。雲孫此日尤蕃盛，何似當年點領時。」《新建伯王文成公祠》云：「荒祠寂静倚秋城。瞻拜偏深弔古情。功在扶危延廟祀，才堪邁跡擴家聲。千秋理學開江右，一代文章冠大明。正氣不磨猶凛凛，霜松雪柏翠交横。」其七律勝處極多，僅從《浪遊草》中録四首以見其槩云。

胡覺亭名起鐸，字景儀，進賢拔貢生。其詩文書法並佳，頗爲先達所獎進。然神清體癯，同輩多慮其不壽，後果以盛年摧折，殊可慟惜。虿歲在豫章書院與阮少海最交契，别後間作詩道意，有絶句二首，題云《少海六兄歸夕過訪作此奉寄》：「無限心情枉造門，月明空記曝時褌。相思正在相違後，繫馬霜林何處村。」又：「文場兩戰都成負，時學博以優行薦與試，亦未售。隔地如聞長嘯聲。也恐機中人不下，炎涼今日太分明。」詩饒有風韵，誦之，尚想見其人也。其答予贈章云：「炎歊蒸瑞雲，奇峰紛勾連。縈紆一霎間，感乎歸自然。結交豈在久，訢合貴有真。懷人豈終遠，咫尺存德鄰。君心含異香，醇意發高文。一曲天上來，會當和南薰。君賡有絃曲，我抱無絃琴。此意祇微會，山高流水深。」詩凡二章，今存其一云。予與覺亭相識在集坊陳氏館中，其交未久，然詩意相許已如此。

朱抑齋，名嗣韓，字仰山，金谿人。古文時藝皆傑出時輩，爲諸生，鮮賞識者。至翁覃溪、趙鹿泉二督學案臨，閱其文，並推爲江西巨手，聲名頓起。後成進士，以户部主事終。其爲詩遜於古文，然氣勁格高，終與女郎詩姿致不同。諸□□儘有佳者，惜予未收存其稿。門下生傳其《到部日恭紀聖恩》三首，今録於此：「帝天高厚荷陶甄，六十年間草莽臣。蟣虱兩朝成白首，鳳鸞搓翅絶紅塵。已難老作親民吏，更恐才非珥筆鄰。予以六曹觀政事，從容退食謝恩綸。」又「農部簽分吏部堂，都司慎簡倚賢王。總持航海梯山遠，豐裕民生國計良。養拙歸田無孽畫，扶衰伴食有虀湯。炎蒸漸喜休衙早，槐影蕭疎午夢涼。」又「臨軒温語感人多，更憫拘儒鬢髪皤。誰使人間五蠹客，與聞天上九功歌。全家飽煖期他日，晚歲栽培仰太和。寄語雲林微草木，榮光昭被到巖阿。」乾隆乙卯歲，授徒於喻氏道腴書屋。時奉新鄒鶴田玉立、武寧李白村堂二貢士，金谿朱抑齋嗣韓孝廉俱寓江城，過從甚歡。一日，予館課之暇作七言古詩，招鄒丈並柬朱李二君。其詩云：「抗顔爲師常自憎，程課牽挽謝未能。端如俗吏狗微禄，薄書堆案長相仍。鎖窻不許開懷抱，客呼不應鎮懊惱。紛紛硃墨事點竄，幾日積滯裁一掃。曉來望雨湖上樓，花鬚數徧欄杆頭。乞得休假遂放誕，折簡欲致談天鄒。南國詞人大作會，朱李二老亦强對。誰能埋頭帖括中，便擬相從了詩債。」鶴田和云：「文工命達世所憎，如我落拓究何能。不妨鄧禹笑貧賤，田園株守歲頻仍。知己相逢展素抱，狂談累日祛煩惱。何物孔方長逼人，索酒催詩疾如掃。昨日擬賦黄鶴樓，恰有司勳在上頭。謾挑强敵望輕弱，勝負真如楚與鄒。此間朱李舊同會，摟伐環攻來作對。事齊事楚兩無擇，敝賦難供悉索債。」白村和云：「方隅坐食忘嗔憎，論事談經百不能。世上鐘鏞希到耳，盆瓴那解羞仍仍。蕭閒往往舒襟抱，石鼎烹泉澆熱惱。任是樊籠如坐禪，關門丈地琉璃掃。昨日誰登江上樓，大操考擊忽開頭。一時壇坫森旗幟，卓犖今之枚與鄒。何當起我爲盟會，家雞捉與鴻鵠對。火急三郎劵盡燒，莫煩牽挽擔虚債。」時抑齋深居於湖上學宫，和章獨未至。他日以長律見寄，云：「壯年彈劍復吹竽，老大而今計轉疎。朝日盤盂吟苜蓿，古來圖畫寫樵漁。詩壇對敵誠何敢，酒國封侯亦漫居。獨有眼前徐孺子，孤亭鬱鬱似招予。」予次韵和之曰：「湖上高齋浄掃除，烟波莽渺樹扶疎。夢陳俎豆參先聖，閒輟弦歌狎老漁。定有後生傳素業，那無佳客訪幽居。更聞覽古多詩興，莫惜篇章數惠予。」其他唱和不一，鄒、李尤多，不具録。

南昌喻文昭，名祥麟，别字在椒。乾隆乙卯科落解後，適有婚嫁者，戲占一絶，云：「廿載闈房守拙愚，粧梳原自欠工夫。固應頭白蓬門裏，再莫低眉事舅姑。」是年予館於道腴書屋，乃喻氏城中别墅也。聞其有是作，乃以三絶寄之，云：「怪道佳人賦摽梅，花容玉貌讓誰來。多應不嫁論家計，未必門前乏巧媒。」又：「女伴朝朝宴笑餘，阿姨先嫁喜何如。佳期小大終須有，莫妬他家百兩車。」又：「我是人間老女師，逢人勸畫入時眉。自家不嫁渾忘卻，那有傷春淚下垂。」喻和云：「節序驚心感落梅，自嗟老態怨誰來。梳粧古樸無新樣，更有何人肯作媒。」又：「獨自深閨計較餘，文君未合嫁相如。乘垣終古留遺恨，縱以車來不上車。」又：「老婦如今自得師，何須對譜畫雙眉。皈依好在空門裏，免得看花淚點垂。」時南昌楊白江之湘，奉新帥芳芷慧生並失意，皆有和章。楊詩云：「自憐瘦影比缾梅，獨處何人問姓來。良匹未遭還待字，肯教蒙耻托行媒。」又：「不語停針較度餘，絳仙才調女相如。如何也住清溪曲，廿載門無絳幕車。」又：「深脂濃粉競相師，獨對菱花淡掃眉。送盡嫁春冶桃李，碧紗窗下柳絲垂。」帥詩云：「鬢挽烏雲額點梅，美人空望定情來。怪他村落無鹽女，紅葉紅絲慣作媒。」又：「寫韵西山十載餘，登牆一笑愧何如。他年喚得卿卿去，也向人間挽鹿車。」又：「阿姐分明是女師，何緣總不畫蛾眉。小姑獨處無郎慣，一桁珠簾月下垂。」又和喻文翁元韵云：「不嫁東風不是愚，鴛鴦繡就費工夫。作羹洗手尋常事，怪道村娘問小姑。」楊後改名立矩，辛酉中式。帥改名壽昌，甲戌以進士入詞館。惟文昭老於諸生。其二子從予遊，長葆素，膺鄉薦，次存素，優貢生，並能詩。

熊莘亭士畊，字勤甫，進士實之曰華先生子，爲名諸生。早年歲貢，好古文，而以制舉業授徒自給。本鄉居，僑寓於江城之射圃亭，與徐文德秀才爲鄰。時予寓齋隔三小巷，嘗過訪。作詩云：「短巷如羲畫，君當第二爻。不嫌嬰近市，祇似約居郊。即事多幽興，言懷有素交。自然成大隱，何必父名巢。」又：「好是高賢後，居鄰並一牆。書聲互賡和，簾影自交相。不免敲門誤，仍煩倒屣忙。願移舫齋近，三友許同行。」莘亭和云：「論詩常夜半，不復夢吞爻。律細應推杜，神寒獨數郊。七賢懷尚友，二仲訂新交。曲巷幽棲穩，聊成翰墨巢。」又：「箕裘今已敝，復構小門牆。長物慚何有，良朋戒慎相。坐邀新月近，呼取隔籬忙。過我遺縑素，琳瑯字幾行。」又疊韵見寄云：「喜玩同人卦，於門得吉爻。庭階無俗客，城市遠農郊。已撥形骸累，欣逢德誼交。處堂非樂境，聊借一枝巢。」又：「絳帳高懸處，巍巍數仞牆。陶鎔金入冶，砥礪玉爲相。只覺心花燦，常教筆陣忙。闢開詩境朗，長佩示周行。」予和云：「愛爾常耽静，垂簾玩易爻。幽居宜曲巷，別業棄荒郊。但享書田利，何來世路交。從渠鶯出谷，老鶴不離巢。」又：「科舉場中客，誰劇屈賈牆。古文嗟石泐，時藝託金相。式靡談何易，删繁事益忙。禿君無恙在，了得字千行。」明年，予仍訂居舊館，莘亭以《早春見懷》詩寄云：「料峭東風拂户頻，小齋零落不成春。偶看林圃梅魂瘦，應識隋隄柳眼新。矮屋三更初落月，短檠四壁未眠人。書帷咫尺音塵寂，惆悵鄰家問字賓。」又：「竹徑松窗別有天，擘牋揮翰過年年。幽蘭在谷清香遠，老鶴歸巢骨氣堅。詩社已鐫丁卯集，騷壇長奉丙申編。山深二月鶯啼早，日向江干望畫船。」予和云：「佇望停雲結想頻，江城小別又經春。朋儕落落悲離合，節序匆匆感故新。花苑自招金絡騎，柳衙争映玉樓人。終輪寂寞元亭者，載酒門前少雜賓。」又：「故家喬木本參天，饒有吟情屬暮年。墨沼騰翻思借潤，詩城屹立敢摧堅。新篇貽我原難和，拙句酬君不用編。東坡《寒食詩》「偶題詩句不須編」。直待良辰更要約，嬉春同上泛湖船。」莘亭喜七律，數數牽挽賡和，然予稿多不存，兹因元唱而附録之。莘亭嘗有戲作云：「暫居蕭寺當書齋，嘯傲長街復短街。最怕天工施狡獪，卻嫌造化錯安排。劉公豈是池中物，隗氏真如井底蛙。過眼烟雲聊一吷，披襟散髮任詼諧。」其兀傲不群之概，固可想云。

予同年友劉笠庵，名章黼，改名䥽。字梅陸，乃御史湘畹先生之冢子。雖長於宦家，蕭然環堵，惟以翰墨適意。嘗自其仲弟分府閩中官署還，以《紀遊草》屬予序。予文有云：「吾聞分府之治，濱於清漳，海涵地負，横絶東南。君之遊也，當必有如昔人所云『吞九鯉於胸中，掣六鰲於掌上』者見於篇什。」他日笠庵來，微笑曰：「某詣力不逮此，君何不少假借。」然笠庵詩實閒淡自喜，如其人之性情，不欲以才氣見也。《省垣登舟寄内》云：「南達閩漳路未遥，咋來原不作魂銷。祇憐井臼操衰鬢，莫念風霜到敝貂。善病沈郎差漸健，依人王粲總無聊。燈前不用金錢卜，早晚潮王洲名掉去橈。」《秋日齋中漫興》云：「剥啄無人成獨坐，茅齋静掩寂寥中。一編窗下消殘蠹，何處天邊送遠鴻。石砌聲喧蕉葉雨，水亭凉試稻花風。門前已覺秋光到，嶺樹新添數葉紅。」《題秋林放牛圖》：「村前村後田千畝，斷塹荒塍映柏柳。每當十月秔稻收，時見烏犍放谿口。我憶此景欲畫難，恰落妙手經營間。三三兩兩蹄角健，髣髴耕罷恣遊閒。崖樹霜黄葉微脱，朝陽隱約上林末。山深草美牛易肥，牧童無事歌且歇。旅人觀畫發長吁，羨殺田家樂有餘。何時得遂歸耕願，也買吴牛飯碧畬。」笠庵作詩不多，復遭火灾，念昔年諉諈之意，姑録數章於其身後云。

高安笏山劉盛斯，字際虞，吾從叔梅莊女兄之子也。父叔兄弟並入庠序，而際虞尤年少多才，雅好吟詠。甲申、乙酉間館於吾族，時予年十七八，從先君學，相隔老屋數重，讀罷輒相過，常與唱和。猶記時值鄉試，際虞束裝赴省，予作詩送之。是科落解，追和予詩云：「旗鼓文場也較雄，不堪遲滯老關中。揮戈漫恃能迴日，擊楫終傷少順風。陳大守賢空下榻，李將軍戰竟無功。夜深忽憶君前語，搔首長歎兩鬢蓬。」《江城覽古》云：「結靷來遊興不孤，東南形勝數洪都。匡廬嶺勢平分楚，彭蠡江聲半入吴。記續三王唐祭酒，庭懸一榻漢司徒。臨風又上繩金塔，滿眼雲山入畫圖。」後辭館歸，有《途中即事》詩云：「歲暮愁爲客，終年事遠奔。白雲籠古刹，斜日隱孤村。瘦馬長橋路，梅花淺水痕。謀生吾計決，痛恨蕪田園。」際虞家本貧窶，三躓場屋，遂不應試。與予不晤者，幾難記其歲月。近聞其老爲蒙師，兼資日者術以自給，想吟情亦久廢矣。

老友熊昂千，名芳，原名驥，太學生。才本放浪，最喜唐任華、宋杜默之詩，故所作七言古全無節制。嘗嗤沈歸愚諸選云「穿釘鞾，拄拐杖」。此六字評歸愚已作，猶或近之，若所選《别裁集》，繩墨雖嚴，如少陵所云「掣鯨碧海」、昌黎所云「巨刃摩天」，此類詩殊不少，但一切麤材發於醉飽者不收入耳。昂千所不愜意者豈以是耶？昂千有《詠三國君臣》五言古，凡十二章，尚不潰防檢，惟《詠關壯繆》一篇比於至聖，推尊太過，詞亦急直，今删去，其餘並録而存之。《詠漢昭烈皇帝》云：「漢末失其鹿，天下共逐之。紛紛群豪出，漢祀已不支。昭烈起天潢，倡義興六師。龍虎風雲會，高光再見時。豈知炎精竭，天命與之違。討賊雖未獲，神器終不移。正統賴以續，大義賴以持。皇然綱目上，聲名已不虧。」《詠魏武帝》云：「孟德亂世雄，脅君恣其惡。飾詞欺諸侯，雅欲積威約。書墓有成言，聊厚不爲薄。曹參寧可宗，文王豈容托。弑后猶敢爲，帝制胡弗作。厚利已自居，虚名復自卻。愚弄天下人，謂世莫予度。寧知百世後，肺腑已昭灼。」《詠吴大帝》云：「仲謀據吴地，虎視亦雄哉。赤壁敗阿瞞，百萬化爲灰。從此三江險，魏兵不復來。上襲父兄業，下驅英俊才。誠能匡漢室，大運當復回。奈何奸蜀好，不使大業恢。虜其名將歸，殺之尤可哀。得地究何益，數傳亦傾頹。」《詠漢丞相武鄉侯》云：「南陽一匹夫，居然來三顧。帝實有其誠，公亦得所附。再傳非所期，三分非所務。盡瘁以終身，聊以畢吾素。惟商有阿衡，惟周有尚父。區區管樂才，曷足盡吾度。惜哉五丈原，將星落軍署。奇功雖不成，千載有餘慕。」《詠魏侍中荀彧》云：「或賢與或愚，大節人所共。失足在權門，豈不負絃誦。闇哉荀文若，此事胡弗重。言有王佐才，寧無聖明用。蕩彼士類閑，爰爲奸雄弄。叛逆形已成，諫之徒驚衆。身没名亦亡，遺跡猶堪痛。前有楊子雲，先後堪伯仲。」《詠吴都督周瑜》云：「公瑾亦奇才，近古未嘗有。生亮復生瑜，兩賢相阨久。惜乎量未宏，微覺分好醜。凡事差一籌，豈能稱敵手。始焉從伯符，舉動不離肘。繼則事仲謀，敬愛如親友。江東王業成，此人功八九。顧曲稱周郎，風流傳不朽。」《詠漢將張桓侯飛》云：「益德人中豪，氣不可一世。高義釋嚴顔，猛士常不僭。視彼盜國臣，伎倆如兒戲。事苟益國家，殺身非所計。討賊固所明，報仇氣尤厲。一朝蒙禍殃，其謀遂不濟。言有國士風，先儒解其意。至今青史中，凛凛有生氣。」《詠趙景公雲》云：「常山有虎臣，報主顯奇烈。聲震長坂橋，百萬氣已折。卻彼趙範婚，豈曰非明哲。伐魏雖數言，千秋義不滅。惜哉帝不明，此事成虛説。縱横數十年，忠勇兩無缺。比之絳灌儔，庸史無區别。斯人如或存，方召可同列。」《書管寧傳後》云：「我愛遼東士，守道何其堅。見金揮不顧，聞蹕足不前。故人有異趨，割席以自全。諸老不知漢，大義甘棄捐。身雖居其地，清潔終勿遷。其人雖已没，後世稱其賢。生有高世名，死亦垂千年。篤哉管夫子，無愧四民先。」《書禰衡傳後》云：「正平不識时，乃欲逞狂直。故人薦之官，司鼓非其職。曹操梟雄姿，辱之不遺力。黄祖暴戾人，輕之若蠅翼。區區言語間，貽禍亦已亟。吴江作賦年，回首不堪憶。才大竟何施，名高亦無益。凄凄鸚鵡洲，過客恒太息。」《書陳琳傳後》云：「孔璋草檄時，筆底有雷電。纍纍數百言，操罪已如見。建安多奇才，斯人固其選。奈何身世間，茫茫不知變。從袁固失身，依曹寧非賤？輾轉群雄中，無亦有所戀。富貴使人疑，爵禄令人眩。今古皆如斯，雖雖何足譴。」

劉一峰子春，字懋修，郡庠生，西山潭源人。少時聰穎絶倫，屬對爲韵語，能以敏給勝人雅，欲與時彦相頡頏。嘗遊江浙諸處，爲名輩所賞識。晚歸灌城，僑寓澹臺子祠墓之東。小構數椽，琴書瀟灑，傍有隙地，可蒔花卉，朝夕吟詠其中，殊自適也。兼工行草，有以佳紙索書者，即書己詩於上，其詩但取寫意，不免失於率易。諸稾中惟《移居》四首尚見幽致，《遊仙》諸什時出元悟之語。今録於後。《雜詩》序云：「十首乃遊仙作，語似不類，而專言修養，故著其雜。」詩云：「莊周非真夢，籛鏗惟假年。自古皆有死，何曾見升天。我欲學長生，包轉坤與乾。上既淩紫清，下乃窮黄泉。耶蘇掌造化，九皇判神仙。不向愚者説，只令智者傳。秉質還太初，歛精歸一元。此訣妙莫名，别求都惘然。」又：「出世矜全受，那聞有二道？伯陽過關來，口説無留稿。未應教儒者，汎務於黄老。養心尚寡欲，自得由深造。相將展秘要，肯爲求法寶。元關斡融融，黄庭明皓皓。學成在一身，靈藥不須搗。内外交厥修，神色同姣好。」又：「昨從羨門語，今接洪崖友。誰知塵壒内，神仙在地走。悠悠五千載，閲世未覺久。宅舍亦偶托，神氣爲之守。沆瀣潤瀉肺，杞菊甘滿口。層雲生履韈，清風來左右。我駕上瑶池，更揖西王母。斯遊怏沖舉，有翼牽兩肘。」又：「下界憑烟火，養生術不工。真人與我言，返虛迸入空。特爲疏九竅，仙脈常流通。龍虎各貼伏，丹田運當中。性命若盤古，轉與開鴻濛。元氣結成胎，真精復還童。百魔斯已降，萬劫將焉窮。大業吾未遑，此道相始終。」又「吾亦棲遲人，善世無妙法。未能邀厚福，只得修浄業。所愧食不給，有生常空乏。倘言穀可辟，適與吾情洽。秋稼不舉量，春佃不荷鍤。啓鑰問三尸，潠祝數六甲。粟裏藏世界，壺中埋浩劫。吾身本眇小，莫謂内窄狹。」餘五首潔浄不逮此，故不録。《移居》序云：「已未十月，辭城南李尚書園林，移居順化門内。背濠面湖，近澹臺祠墓，蓋古灌園遺址焉。」「移居城東隅，城下認歸路。結廬就邱園，傍濠多烟樹。鄰畦青菜長，野塘新水注。澹臺留荒祠，相隔數十步。仰止雖已遥，仿佛狷者慕。開門無市喧，以此愜幽素。」又：「應世太疎略，於人少逢迎。何不自檢束，往來皆俗情。飛雁雲中翔，候蟲牀下鳴。大小亦殊致，暢若寡所營。暖在山泉水濁，出山泉水清。翻用杜句。反慮入遐曠，孜孜身後名。」又：「故家西峰下，常言故家好。風拔柔茅，宿露潤豐草。石架蕭史壇，車驅緱山道。旌陽思拔宅，洪崖見流潦。神仙固難求，遺跡差可考。未卜何年歸，冥修契靈保。」又：「麻生不紡績，禾熟不治田。俯仰念二事，身謀苦未先。母食糲無肉，女衣薄無綿。生男夙夭折，病妻成拘攣。且復事估畢，終年擁寒氊。昌黎送窮文，試驗仍不然。」

劉一峰居灌城，晚年貧甚，賣文爲活。其才本便於應酬，價直亦低。索文之客日至其門，亦有賺其文而潤筆不至者，一峰每慨歎及之。家蓄古琴一，自矜價可直千金；硯材一，可直五百。因署其居曰琴硯山房。予嘗有《琴硯山房調主人》詩云：「山房主人抱奇襟，盎無斗儲長詠吟。客至輒誇富無敵，硯材五百千金琴。自言二物非易致，巧匠斲餘良工制。貨古直高久未售，英光不發元音閟。一朝詒符騙市兒，琴硯誠古符卻癡。願君終與琴硯友，慎勿遮道稱符師。」今一峰病哽死，無子，二物未知其將屬誰氏矣。

井道山人，爲明高士梅岡樵者後裔，廣文唐信川先生子也。嘗居至德觀，有願從之學者，則聽其來；其不可者，則麾而去之。水清無魚，真有如曼倩所言者，骨傲性俠，不欲受人世摧折，自居此山，遂夷然有出世學道之意。嘉慶己未歲，予舟過米潭，作七言古詩寄之，云：「洞天闢巉巗，水府顯奇奥。千載仙靈居，幽絶無人造。憶昨舟過動心魄，江風獵獵吹黄帽。遥瞻百里鋪玻瓈，方壺一山景常倒。波際碧樹渺如髮，紫烟㸌靆自覆冒。琅玕芝草不可尋，時有白鶴翻雪縞。潭中睡龍何年起，雷公怒擊助威暴。垠崖破裂色尚赭，至今石乳流如膏。永思鍊形金液人，姓字炳爍照真誥。仙凡隔絶豈在遠，海山對面許誰到。春漲浮天入浦漵，孤篷連夜聞驚瀑。何當一訪方子春，援琴彈作水仙操。」山人答詩云：「至德凝至道，寓目無非奥。役役半生餘，茫乎未有造。眼前一指能障之，空負頭上章甫帽。明明須臾不可離，云何此心日潦倒。往不可諫來可追，撥卻雲翳窺覆冒。江心一柱插青天，夏雨春風堆雪縞。晉代完人於此間，眺蛟尋跡曾驅暴。人慶安瀾昔至今，百穀用成仰其膏。盛德大業至矣哉，名稱有自昭真誥。仙凡之隔原不隔，《大學》《中庸》面面到。愧我謭陋託其巔，夜半能無驚雨瀑。何以處我幸教之，欣然欲作迎仙操。」《前韵詠陶作迎仙操》：「真意云如何，陶公得其奥。尋常俯仰間，境味誰能造。非隱非見非曠達，何必重九驚落帽。與道大適是誠難，信手拈來豈顛倒。一味自然最可人，後來作者皆覆冒。撫卷空山時引領，如可作兮獻紵縞。景物年年今昔同，中聲獨令人無暴。橫空踏實不墮禪，沾溉儒林陰雨膏。即事多欣衣食紀，語質味長繼典誥。無入不得無非道，可知可行不可到。山人未免猶鄉人，仙樂一聲滃然瀑。點化會須果下凡，擬摘園蔬共冰操。」詩頗橫厲，其不受羈紲處，亦如其人。後以事去巾服數年。南邑令黎公，名承惠，羅山人。閱其案，知非其罪，請於學使者復之。然俠氣未盡除，遇事猶或憤激不平。予寄以絶句云：「高卧蛟臺與世遺，向來得失浪懽悲。願君憑取巖前石，磨盡鋒稜似鈍錐。」山人得詩，謂諸生曰：「爲人友者不當如是乎？惜猶未諒予心也。」乃和詩曰：「井山道人事事遺，本來無喜復何悲。寄聲良友休吾慮，鈍處囊中不是錐。」自是益歛跡空山，歲貢後不復應試，年六十餘卒。卒之前數日，命子旭以「暴氣纔消」四字額其靈座，足見其負氣倔强，死而後已，不獨襟期曠達爲人所難及也。山人名彩文，頗自晦，惟署别號云。

癸卯端午日，小雨未出，恒清適以札至曰：「曉清負惡瘡，赤脚走恒清草堂若泥塗，其不足惜也。雖然，『到門成佳會，賭酒倚少年』，綏之獨不爲奮然起乎？」蓋因去年是日，同樹德飲恒清家，席間賦詩有此語，故舉以速予。恒清嘗曰：「我輩良辰令節皆羈客邸，中秋佳月又或困於鎖闈中，惟此節不可不圖歡會。」故自辛丑以來，端節必會，會必有詩，先後凡十年。至辛亥，恒清没，此會始散，諸友詩亦皆淪失。今檢敗簏，得恒清《乙巳是日雨中見憶》詩，不忍棄去，因併予和詩録之。題云：「端陽阻雨，因憶往年鄒子曉清、羅子樹德、綏之會飲勝槩，感而有作。」「南北溪頭舉手招，每逢令節便相邀。

無端風雨增離索，有味盤餐轉寂寥。獨酌未能成一醉，聯吟虚負約今朝。怪伊自昔天涯感，祇此神愴兩岸遥。」予和云：「記得常年折簡招，那因風雨阻相邀。長橋水溢空瀰渺，別館雲深鎮寂寥。堅坐不堪虚好會，孤吟柰可度清朝。哦君新句增悽惻，何必秦吴始是遥。」柳子厚云：「昔人知樂不可常，會不可必，故當歡而悲者有之。」予今而後知其語之愴懷也。

予端午節輒與友人會飲如此者凡十年，自辛亥恒清死，此會始散。明年，壬子是日，予寓鄧氏擷芳園，抱病初起，譚生宗瀚、二鄧生琨、璧潔罇飲。予對酒感懷云：「曉窗風雨集芳辰，病客淹留興未申。近席榴花初照眼，盈罇薄酒不沾脣。友生談詠聊相遣，圖史披陳强自親。忽憶去年尋宿草，纔舒懷抱又傷神。」蓋因去年是日，同曉清、樹德攜酒奠恒清墓，故追感之也。

恒清負雋才，詩筵酒席，談嗬流速，往往以是取忌於人。嘗記應試江城，儕輩中有列高等者，一日小集，索其文讀之，初不下贊語，既問寓居何地，曰佑清寺華嚴堂，笑曰：「怪道是字字華嚴法界來也。」衆色然。其人以爲諷己，遂含怒去。

予嘗謂文士習八股，如釋子做香花，雖朝夕課誦喃喃，究無當於佛事。學詩如韵士躭水墨，雖性情稍近野逸，然頗得烟雲供養之趣。友人中，恒清攻八股，而予獨嗜詩，兩人所見，斷斷如也。他日，恒清札示曰：「請息肩少陵之門，願從事半山之律。」予舉東坡語答之曰：「若遇興也，便有箋云。」聞者笑之。

熊子道實與弟道竇同以詩賦補博士弟子員，惜其早世。其所親以遺草數紙懇正於予，蓋出熊子意也。其中有《梅花三十詠》，雖未脱前人窠臼，而筆意疎秀，在等輩中亦爲可喜者。今零章斷句將作棄紙焚去，爲存其數首於此。詩云：「粉墻西畔畫橋東，疎影清香處處同。嫩蘂頗勝寒雪壓，幽姿偏喜暖雲烘。譜題林下無雙格，信報花間第一風。自覺孤芳難見賞，笑渠桃李門顔紅。」又：「數點天心正復初，衝寒破臘蘂交舒。格高祇覺癯偏勝，性淡真教俗盡祛。夜月亭臺逢縞袂，春風簾幙拂瓊裾。何當遶屋栽千樹，花裏開罇讀《漢書》。」又：「孤芳林外久藏真，一旦梢頭復報春。鍊盡冰霜方有骨，得來水月更添神。香迎小院銜杯客，冷伴空山卧雪人。回首牡丹誇國色，華清宫殿已成塵。」又：「嘈雜枝頭翠羽喧，殘香冷落倩誰温。寒烟漠漠空山路，斜月娟娟野店村。紙帳夢回添素影，茅簷春静倚黄昏。遥知環珮歸應得，憑仗東風爲掩門。」又：「春色遥從何處看，行行野岸又江干。穿林頓覺香成陣，就樹偏驚玉作團。臘雪欲晴還復雨，暮天微暖又成寒。年光到處誠堪賞，柏葉椒花共薦盤。」又：「寂寂幽芳託澗阿，天教寒艷轉陽和。欲知春色來多少，試數花枝驗少多。漠漠梨雲同夢否，蕭蕭松徑奈愁何。阿誰樹底翻新曲，合向蟾宫倩素娥。」

黄生翰，號墨樵，居水南村，讀書香山院，巖谷奇秀。嘗作《香山十景》詩粘於院壁，遊者咸樂觀之。其爲詩，短律、絶句間有蕭疎淡遠之致，於古體、歌行則功力猶未至也。有《對酒放歌行》一篇頗豪宕，今録於此：「我本放浪子，俗流所譏彈。平生百不嗜，惟與酒結歡。有酒五内熱，無酒雙眉攢。不願天上作酒星，願爲人間祭酒官。小飲盡一斗，大飲一石乾。飲餘自捫腹，芒角生無端。咄咄書空際，望古長浩歎。劉伶猶怖死，荷鍤非遠觀。阮籍縱玩世，窮途淚汎瀾。此際畢竟輸，李白醉中捉月沈江湍。不知吾身有生死，遑問來日攜糧負薪當大難。采石磯邊水漫漫，弭楫憑弔夕陽殘。喚起詩魂共盤桓，倒罇與澆夜郎冤。君不見，六合徘徊終偪仄，拍浮只有酒船寬。」李白捉月，乃俚俗相傳之言，此詩亦誤用。

應上人自西山駐錫溪上小庵，其人通經懺，明藥術，耳聾寡言，村人謂之瓶子。和尚所居楊岐寺，巖谷奇秀，於西山最爲幽僻，出山有日矣，嘗贈以詩曰：「上界鐘聲杳不聞，衲衣漸覺染塵氛。手中只有笻枝杖，猶掛西山一片雲。」蓋諷之也。先是上人遊廬山，得詩僧方曙所書字數幅，中有絶句云：「磨快鋤頭挖苦參，不知山下白雲深。多年寂寞無烟火，細嚼梅花當點心。」時時出而玩之，曰：「余讀此輒動還山之念，但梅花豈堪療飢，當俟秋穫歸耳。」已而果不食言。師名指月，操行極清苦，客至盥手，供茶具，謂侍者曰：「必如此，客飲之始安樂。」我亦受福，愛山居，因應上人時來溪上庵，然不旬日即去。真高僧哉！

梅莊叔館金山黄氏，數與望城寺詩僧西貝唱和。時洪兩山鐘明經負詩名，便道憩寺，見西貝詩及叔所作回文諸什，嘉歎久之，旋作二絶句贈西貝，並以寄叔。云：「準備來參一指禪，散花時節又經年。匆匆最是車輪轉，不放西窗一夜眠。」又：「讀罷回文七字詩，匠心獨秘枕中奇。懸知飯顆山頭客，短鬢都催鏡裏絲。」叔和其韵曰：「事業文章倒縮禪，蘇髯習氣恰多年。南州詞客如相問，晨起焚香午倦眠。」又：「標格難親衹見詩，風騷一代最稱奇。金鄉記得留題語，雙屐孤村艷色絲。」自注：兩山《憩金鄉書舍》詩「雙屐穿泥滑，孤村夾岸稠」，歎爲佳絶。又按：東坡有「事業荒唐，文字爲累」之句，及「晨興半炷名香，午倦一方藤枕」爲賞心事，皆可爲前首注脚。

與嵩嵐僧顯明遊山中，山茅著花，彌望皆是。僧曰：「諺所謂『茅花時運』，固如是乎？」一笑成詩。詩曰：「天工次第發群葩，小草何心競物華。山徑蓬蓬風動處，也看時運到茅花。」

辛丑歲，予在竹山遇閩僧道暹，頗知堪輿術，藉以自給。阮氏故信風水之説，因留之於別館。予不甚喜其人也。一日夏漲漫村，移居一室，與之言釋典儒書，並略通曉。予作七律試之云：「高僧飛錫自閩潭，海上奇峰次第探。手挽數珠一百八，胸藏法界大千三。掃除文字空殘唾，收拾風幡入妙參。知有雪山十年坐，他時稽首老瞿曇。」和云：「偶隨雲鶴客江潭，海藏瑯函愧未探。何處宗門談不二，自來妙道寄前三。對蘭真樂公應味，擊竹元機我尚參。尺塵繩床趺坐久，請從尼父證瞿曇。」韵脚平穩，結語尤佳，始知其爲詩僧矣。既而辭去，有西山人以書報予，言其掛褡翠巖，寄以詩云：「一紙書傳貝葉餘，問禪難過遠公廬。劫沙作飯徒能熱，優鉢呈花本是虛。頗記弄拳曾試我，莫緣饒舌便瞋渠。庭前柏子西來意，他日因風幸起予。」僧次韵和四首云：「天涯芳草醉吟餘，回首乾坤一寓廬。蟲臂鼠肝全是幻，龜毛兔角半成虛。樨香無隱吾乎爾，竹響渾忘我即渠。千里形骸原不隔，江頭明月認前予。」又：「蒼葭無際碧天餘，何處溪頭處士廬。秋水澄澄人宛在，烟江叠叠路全虛。廣陵千古誰知己，圓澤三生祇憶渠。役役翠巖山下路，曉猿夜鶴亦憐予。」又：「傾蓋拚歡十日餘，飄然山水信吾廬。短笻未了詩公案，廢紙寧知賦子虛。翠竹真空宜笑我，白蓮浄課久招渠。他年領取啖煨芋，糞火堆邊應識予。」又：「嶺樹江雲思有餘，問奇未過草元廬。情迷遠浦秋容薄，夢醒空梁月色虛。萍梗風塵還作客，蓬蒿烟雨忽逢渠。新詩尚有林間約，大業名山不負予。」僧自去竹山，數年間，予一見之於逍遥山，一見之於江城，皆與文士同行，意甚閒適。厥後不知去鄉矣。

今人題贈，好集詩句成聯，然多與人雷同，未免數見不鮮。不若取經書文集語，稍覺生新。嘗見人書座間云：「四大而外，無所爲跡；一室之内，有以自娱。昌黎《與衛中行書》」又：「便欲作濠濮間想梁簡文語，自謂是羲皇上人陶淵明語。」皆灑落可喜。竊倣之，溪莊自題云：「浄院明窻之下蘇子美《答韓維書》，吟風弄月以歸程明道語。」又：「但取衣食裁足馬伏波述少遊語，嘗著文章自娱陶淵明《五柳先生傳》。」題道院寓齋云：「恐美人之遲暮《離騷》，挾飛仙以遨遊東坡《赤壁賦》。」贈里中長者云：「其人美且仁，俾爾壽而富並《詩經》。」汪丞善屬對，相過談甚洽，予促之去云：「君侯無落吾事王無功《答杜之松書》。」即應以「先生將移我情《水仙操序》。」亦極工敏。甲有子爲暴於鄉，適自斃。樹德快之曰：「天去其疾矣《左傳》。」予曰：「鬼得而誅之《莊子》。」一時戲語，恰有成句供其掇拾，不意鈍根人得此。

程芝園能乩術，嘗有《仙臨壇賦詩》，予戲題二絶句挑之：「駕鶴騰空不記年，偶逢香火亦流連。定知厭住蓬萊島，故向人間作散仙。」「卓犖仙才本絶塵，乞留數字證前因。榴皮書向東家壁，還似當年回道人。」芝園代禱，竟未蒙和章。

譚浣思，名浴，闇堂先生子。每作詩必先使人限韻，因以四韻戲之。即索和章詩云：「夫君貧甕飽葅醃，吟口長開未欲拑。篋裏新詞翻靄迺，尊前險韻鬭叉尖。博觀模範求千劍，痛剷荒蕪待一枚。休傍古人作生活，義山藍縷不堪撏。」譚和云：「橄欖青青未許醃，口回餘味不須拑。吟詩限韻難藏拙，對客揮毫匪逞尖。漫謂生花多妙筆，懸知撥火有新枚。便便腹笥斯堪羡，獺祭詞場豈足撏。」時乾隆癸丑歲，湖上僧房作也。至嘉慶甲子夏，程芝園於近鶴園試降乩之術，因請和予前韵，即摇筆書云：「莫笑枯腸句盡醃，新機脱口未曾拈。斗中酒罄詩稱霸，夢裏花開筆吐尖。久擬驊騮馳遠馭，漫誇猺狫舞長枚。高歌一曲多才唱，留與詩人仔細撏。」又《仙乩自題》云：「茅廬静養性情醃，談到紅塵口欲拈。化雨膏凝滋海表，慈雲花結鎖峰尖。種惟瑶笥盛將鉢，辭有繁葩剷用枚。借問楞嚴何處造，層城十二法當撏。」詩勝譚作，但「醃」「撏」二韵尚似欠妥，豈仙才亦不免受窘耶？予叠韵再索和：「枯臘長留不受醃，口珠失去底須拈。憑來頑石皆能語，捶後神錐不復尖。作字已判費毛紙，題詩未肯避泥枚。真仙要有飛霞佩，莫向人間事撦撏。」詩未脱稿而仙已散去，想虐謔之詞，不樂聞也。

先母田孺人以乾隆甲戌歲中秋日見背，時安僅七齡，故集内無中秋詩。嘗有《中秋夜答人問》云：「人間良夜月團團，共怪尊前慘不懽。二十年餘望明月，誰知淚眼不曾乾。」又自題拙集八絶句，其二云：「百年幾良夜，長懷風木悲。那能對明月，忍淚作新詩。」

予生平騷體文極少，廢橐中有《秋夜吟》一篇，以其爲思親之作，遂併跋語存之。詞云：「秋風肅兮中人寒，遊子淪落兮依江干。江干兮多梧桐，滴夜雨兮凄酸。思病親兮不寐，欹孤枕兮淚汍瀾。湯藥誰將兮菽水誰奉，豈不欲歸兮行路難。」跋云：「此去年季秋，集嘉坊館中作也。時先君子抱病家園，不孝以貧窘之故，不能朝夕左右。身羈客中，心繫膝下。是夕風雨蕭騷，愁人獨卧，感念家庭，中心如割，因就枕上口占此詞，以寄憂思。清晨録出，旋遺其稿，亦不復記憶。十一月十三日先君子病，竟不起。今春不孝復客沙井，偶檢書簏，閒得舊稿，淚涔涔下。嗚呼！時賢功名仕宦，尚有垂白之親，而不孝歲事筆耕，僅求斗粟，長承色笑而不可得。而今已矣！片紙飄零，人成隔世，家山迢遞，恨結終天。因爲重録其稿，記其時月於後，庶幾永志哀痛云爾。戊戌二月十五日沙井客窗書。」

宜黄吴偉秀才，字伯超，中年盲於視，以小童爲相。挾一册索食他鄉，册中多人贈句，余既賦七律贈之，又代言生作一古詩云：「唐生目盲著詩解，異事我昔聞眉公。唐汝詢生而盲，淹貫著書，有《唐詩解》行世。陳眉公作《十異人傳》，汝詢其一也。君今文字亦滿腹，天公見忌將無同。胸藴奇氣無由發，日挾行卷風塵中。豈知世眼空似炬，朱碧莫辨如乃翁。册中贈言寓微諷，力薄何補窮途窮。須乞昌黎大手筆，作書直達李浙東。」伯超但工時藝，好事者命題面試，往往有所資助。時從叔梅莊亦以目盲，窮坐十載，聞吾詩而經吾地，或未必不動秋水伊人之慕也。

予家溪上，坐石哦詩，頽然自放，一二交遊外，絶無蹤跡之者。嘗記恒清有懷人四言詩數章，其《懷綏之》云：「一丘一壑，載歌載謡。伊何人斯，偃卧溪橋。閒鷗淡蕩，野鶴蕭條。謝彼塵坌，即之愈遥。」知我者以爲神貌兼得，不必更寫溪上圖也。

録從兄樹德《辛酉元旦》詩：「除夕貸斗粟，春揄不及炊。際兹元旦日，未是忍飢時。老妻病牀褥，兒息猶戲嬉。無酒難遣懷，傾甕得數巵。一飲未必醉，玉山遂已頽。淡淡雲將斂，曈曈日漸移。賀正客如鶩，窮愁誰復知。」樹德終年不拈詩筆，有所作，不稿而成。此詩真樸有味，亦可存也。

山陰王譃庵、閩中黄子虚皆有律陶，隨意摘對，自見通脱。從兄樹德於村塾教小學，頗以此爲下酒物。嘗曰：「飲酒不得足，取琴爲我彈。」謔庵句妙矣。子虛則云「有酒不肯飲，校書亦已勤」。亦極自然。但非爲我言之。因各拈一句以題柱間，曰：「飲酒不得足，校書亦已勤。」予語樹德：「有酒不飲，是以勤於校書。若飲酒不得足，將必以沈湎荒功課，校書安得勤乎？然則上句乃兄實録，下句恐是兄昧心語也。」因相與大笑。

予年二十六，未有室家，嘗秋夜坐棠岡客舍，聞促織聲，戲成絶句云：「切切悲吟傍草廬，蕭疎微雨夜涼初。似憐羈客貧無婦，故作機聲伴讀書。」他日，赤岸葉維德偶過見之，歎曰：「詩以言情，良然，較讀牧犢子《雉朝飛》辭，尤微婉動人也。」

薄暮江上，見野鷗泛泛波間，作絶句云：「入浦漁舟帶夕暉，尋枝烏鵲亦南飛。閒鷗何事不歸去，野水瀰漫無處歸。」蓋有感漂泊之意也。既入室，課兒子讀唐詩，問曰：「白鷗原水宿，何事有餘哀？」乃少陵句也，然則予將無代白鷗鳴哀耶！

録從叔梅莊諱大謨，諸生。先生《賞析居序》云：「蓋聞不常之謂奇，不解之謂疑。奇如初開之花，驚其新艷，而不名其美；疑如已成之繭，見其囫圇，而莫覓其端。有奇不共賞，則樂善之機不暢；有疑不相析，則窮理之功不密。陶潛云：『奇文共欣賞，疑義相與析。』旨哉言乎！真明道進德之金針寶筏也。予窮而老，老而盲，盲而病，足不出閭巷，目不覧詩書者十年。煢煢一室，形影相弔，輾轉無聊，莫可名狀。本欲藉兹文墨以慰目前，以娱晚景，奈離群索居已久，雖偶有所得，其間疑者固多，即自謂奇文者，亦未知其果可以共欣賞焉否也。姪安，篤學士也，詩古文章卓然，不安小成，精力尚健，躞蹀未已，其能登作者堂無疑也。諸稿雖未梓行，傳寫已徧都人士。客居七年，今始歸。每日早晚，必一視予。予或終日擁被坐牀上，必於牀前問之。窮矣，老矣，盲矣，病矣，富貴功名之念絶矣！而吟詠之興，身心之學，竊未肯以一息尚存之身，少懈此志也。古人尋師訪友，不憚千里，今近在几席，曾不得麗澤之資，將伯之助，予深耻之。安乎□果不棄年耄而逝肯適我乎？吾□□□□□日□□□□□□□藝相徃来。否□□難經史。以取法其人品心術□□□人，以鑒别得矣。斯其爲賞析也，精矣。使予見所未見，聞所未聞，併使予無目有見，無耳有聞，何快如之！爰名其所居，曰『賞析居』。非敢謂樂善不倦，抑聊以『存吾順事，没吾寧焉』耳。再或乘兹暇日，揣摩天下形勢，構撰世務圖策。方今盜賊肆行，抗拒王師，誠得同志數十輩，相與赴義從戎，設疑陣，出奇兵，剿滅匪逆，掃除妖氛，定國安民，露布天下，將所得又不止身心之微潤已也。其賞析更爲何如也哉？本性情，爲學問；本學問，爲經濟。坐而言之，起而行之，合内外而時措咸宜，夫乃爲儒生之全修也。是又予之所厚望也歟！庚申仲冬序。」和姪伯超事，蹶然起曰：「吾與吴君同此患，才亦略相當，獨槁餓一室中乎？」遂命安書求友聲帖。以先之安知其戲，而不爲也。督之不已，因走筆成之。叔笑曰：「子能相我乎？度子不能爲相，姑讓吴君獨作此生涯可也。」梅莊叔詩學樂天，未嘗刻意爲之，而抒懷述事，一歸自然。有《古意》一篇云：「昔有卞和子，懷璞荆山麓。精神見山川，光輝滿亭毒。惟恐什襲終，無以庇嘉穀。抱之向君門，剖心陳款曲。不償連城價，翻爾再刖足。刖足何足恨，所恨沉美玉。」又《即事》七律云：「是是非非有定評，莫將智慮役虚名。兒童能讀經書字，父老無談楚漢争。但借酒杯澆積恨，好憑詩筆遺閒情。終軍壯志君休擬，猶有磻溪把釣生。」讀此二作，可概見其襟抱矣。

余世家溪洪，去西山已遠，地迥境偏。自始祖宋文學伯高公，號田樂隱士，愛其山水之佳，卜居於此。南豐朱進士夢吉贈以詩曰：「抛卻青氊去，莘耕有隱衷。結茅數椽屋，蔭户幾株松。雞黍田家味，羔裘逸士蹤。濁醪聊取醉，吾意喜相逢。」蓋恬退之士，而樂此别業也。予暇日探討其勝，取其間藕塘、荷池、芰湖、竹陂各繫一詩，雖一丘一壑，不足當大觀，然使素託知遊者讀安《賞析居詩》。原韵云：「壁掛當年靖節琴，懶從絃上問知音。繩牀偃蹇終朝夕，雪徑荒涼任淺深。老景得來聊自樂，少年失去莫重尋。惟兹賞析奇疑事，最是關心舊竹林。」《再和安原韵併示滋侃諸姪》云：「斫得孤桐不製琴，知音豈必在繁音。白雲自向空山住，流水終趨大海深。没世無名真可疾，當身是道更何尋。請看臘盡陽和動，滿眼春花發故林。」安《賞析居詩》有序云：「庚申冬，安以倦遊歸里，梅莊叔喜甚，朝夕詔以書史，並出數年來所作詩文相商確。因顔其軒曰『賞析居』，且序之。安識以詩，囑樹德兄、元直弟同賦。」「舊宅嘗懸古調琴，歸來洗耳索希音。學求孝弟師資廣，語到天人理境深。蘋草味甘寧獨嗜，繭絲緒隱好同尋。賞文析義南村事，誰信風流在竹林。」樹德滋，又名青選。次韵云：「摸索牀頭數尺琴，幾年不理閟元音。偶然一唱而三歎，便覺山高復水深。世路交遊多契闊，家庭師友易追尋。奇文疑義須論定，好與編摩付士林。」元直侃次韵云：「膝上長横緑綺琴，遥知當代有元音。匡時事業分高下，入道工夫較淺深。謬許壯心馳萬里，那容愁緒長千尋。從今羞逐兒童隊，杖履追隨在竹林。」潭源劉君一峰子春，郡庠生。聞予述叔事，亦爲之記，併録於後，云：「羅孝廉水村嘗言，梅莊叔工詩古文字，性沖淡，不汲汲於名聞。四十後補邑弟子員，再舉賢書，不第。嗣廢於目，晝夜默坐，中有所得，口囂囂然，成詩文百餘篇。每得一篇，輒授諸姪録出。孝廉歸即相與討論，無暇日。顔其所居曰『賞析居』。孝廉作詩以識之，而樹德、元直昆季依韵叠唱，信家庭之一樂。不藉友朋，不煩徃來，並坐一室中，切切焉，孜孜焉，此求彼應。梅莊殆忘分於孝廉，孝廉亦無所拘忌於梅莊也。既自爲序，孝廉更囑予記之。嗟夫！梅莊自序已得其全，而必予爲之記者，豈賞析之外，不止師資叔姪，復欲借助於朋友，是所爲賞與析者，果孰真而孰得也？雖然，梅莊盲於目者，老猶勤學，使其不盲，其學烏可量耶？吾輩終日坐荒，或專事遊宴，經史置之高閣，微論不探討，即探討矣，而時作時輟，浮游其耳目，以吝惜其心思。今梅莊形廢而業未廢，則學之不可以形廢，又不可以不形廢而廢也。作《賞析居記》。」和詩附：

「三尺焦桐手製琴，幾人門内諷餘音。新辭奥衍不終秘，古義微茫寧憚深。庭户情娱資講論，溪園趣洽足追尋。目盲迥與心盲異，肆好惟聞風滿林。」

（汪群紅點校）

老生常談

老生常談提要

《老生常談》一卷，據《山右叢書初編》本點校。撰者延君壽（一七六五—？），字荔浦，山西陽城人。諸生。嘉慶十一年官萊陽知縣。有《六硯草堂詩集》。此書無序跋，蔣寅《清詩話考》據文中一則云「去年在濟南聞船山物故」，張問陶卒於嘉慶十九年，定作於嘉慶二十年後，甚是。文中又有起居讀書詳至「昨日」等記，然竟難更得確指矣。此書雖云「老生常談」，所談實甚具體深入，不作公家門面語，幾與翁覃溪相當。惟翁從學理來，延氏則多從自家讀書體悟來，立足於「指示初學」。其言强調讀書要「心能深入」，作詩要從大家入手，故論析多在曹植、陶、謝、鮑、李、杜、韓、蘇等家，絶無唐宋之類門户之見。又或以太白、東坡天才不易入，分析反較杜詩爲詳，此與一般學詩之論不同。論陶則要防「引入孟、王、儲太祝一路去」，蓋其不甚重王孟韋柳一派，戒人不可作安身立命處。連類而及，本朝詩家亦不喜王漁洋，以爲「羚羊掛角」之説誤人不淺，嘗舉讀王西樵評杜本之例説明之。近人詩則推袁、蔣、趙、黄景仁四家爲冠，尤以仲則似李且學蘇而讚譽有加，而不滿翁方綱等所選不全。又標舉山西鄉賢詩人，拔擢傅山、陳廷敬爲本朝大家。延氏曾在里中結「樊南吟社」，曾刻乾隆時陽城詩人郭冀一等八家爲《樊南詩鈔》，則其學其行皆屬專門，固不止於指示初學門徑也。此書郭紹虞《清詩話續編》本有大幅删節，較《叢書》本精粹，所據或爲定稿本，今未見。

老生常談

陽城延君壽荔浦手編

五律限於字句，雖有才氣，無從施展，極縱橫變化之能，仍不許溢於繩墨之外。如工部之《岳陽樓》第五句「親朋無一字」，與上文全不相連，然人於異鄉登臨，每有此種情懷，下接「老病有孤舟」，倘無「舟」字，則去題遠矣。「戎馬關山北」，所以「親朋無一字」也，以此句醒。隔句「憑軒涕泗流」，親朋音乖，戎馬阻絶，所以「涕泗流」。憑軒者，樓之軒也。以工部之才爲律詩，其細鍼密綫有如此，他可類推。

看古人詩，要這等去講究；自家作了詩，要這等去推敲。漸漸打將去，便到好處。然於構思拈筆時，則不必如此，若預先安排我某處照應某處，胸中先有死法，筆下便無靈機。惟平日能領悟得功夫深了，則閉門造車，出門自然合轍，惟長律五十韵、百韵，却宜先分段落層次，又不在此例。

作詩當陳言之務去。所謂陳言，有一題即有一種口頭套話，如送人則有「驪歌」、「驛柳」、「惜別」、「分手」、「把杯」、「灑淚」等字，其他類此，此種字未嘗不許用，我有真氣以帥之，則俗字化雅，粗字化細，言短音長，隨形賦物。學古人纔能操戈入室。

學古人濃至處易，踈澹處難。興會淋漓，一氣趕下，濃至也。迂迴往復，其不著力處不弱不冗，游行自在，踈澹也。稍不留意，則諸病痛出矣。是又在洗伐功深，久久自免，時、古文，古、近體詩皆然。

詩話之作，要皆爲初學指示，若入之已深，心解則耳目皆廢，况古人之陳言乎？輕嘗淺試之人，先記了許多浮話，如杜稱「詩聖」、李稱「詩仙」、李賀之鬼、盧仝之怪、元輕白俗、島瘦郊寒，及叩其所以然之故，彼仍如墮終南霧裏，茫然不知巔岸。索觀所作，去輕俗寒瘦，不啻霄壤，何論仙聖鬼怪！深沉好學之士當深戒之也。

讀書是徹上徹下工夫，如人之全身。然今之作時文者，讀經書後即讀墨卷，博取科名，往往得之。經書如人之首也，先秦、兩漢至於本朝諸書籍，如人之項以下也。作詩文者，絶不沿流而下，其淺者，亦不信歸震川以至王耘渠、方百里輩，皆千古上下洞悉古今成敗人物理數，而後能卓卓自立也。若以時文爲時文，如芥舟而坳水也，不一刻水盡舟膠矣。作詩者又多習於唐以後故實詩話等書，絶不沿流而上，其淺者，亦不信漢、魏以至本朝諸家，皆千古上下領會山川草木風雲變態，而後能卓卓自立也。人生作事，不作則已，作則如斫堅陣，不破不休。常徙業於徒慕虚名者，終其身不濟事。

人原有敏鈍之不同，然上智下愚少，中材人多。學問進益，才氣未有不隨之進益者，若只憑才氣，是導人以廢學也。做到登峰造極，便各有至處，且休信人言，老實做將去。

傳人之作，未有不經營慘澹而出者。太白之天才，似不關讀書，試想太白，真未曾讀書，先能作詩邪？功夫到了純熟田地，亦有天機偶觸、率然而成者，非可數數見也。太白詩如「陶令辭彭澤」一首，是何等錘鍊而成！世人震於工部，稱爲敏捷千首、斗酒百篇，便謂才氣好，便能爲詩，豈不誣哉！

三十歲以前皆要立有根基，方能層壘而上。若時文、律賦、試帖詩鬧了半輩，中年方爲詩，則用功苦而難成。今與家中子弟約：小時日授古今體詩數語，到作秀才後，每次鄉試九月初即可回家，屏去高頭講章、八股等書，專用力於詩，其功倍於尋常。至次年元旦日，仍習舊業，久久自能入門。

讀書、謀生不是兩事，彼有憑籍者無論矣，若本來家寒，心地又不能開爽，時刻惟薪水子孫是慮，作詩必不能超脱。百事不關心，枵腹又難從事。東坡在廣東，置錢梁間，日叉取用，如既有一年之費，即可讀一年之書，亦一法也。

古體詩要讀得爛熟，如讀墨卷法，方能得其音節氣味。於不論平仄中，却有一自然之平仄，若七古詩泥定一韵到底，必該三平押脚，工部、昌黎即有不然處。《聲調譜》等書，可看可不看，不必執死法以繩活詩，惟平韵一韵到底，律句當避，不可不知。

七古無不轉韵者，至韓、蘇始多一韵，工部偶有之耳。蓋一韵易失於平，轉韵則多峭折之致，要各隨其才力，若强宗韓、蘇而爲疥駱駝，反不如瘦驊騮之爲愈也。至運轉而氣行，運不轉而波湧，才也而有學焉，入手當師高、岑。岑之詩，氣盛而筆健，不在李、杜下。工部七古，選本頗盡其精華，餘則啓韓、歐一派，可以緩讀。前人學前人，亦只能得其中等之作，再加以自家心胸學問以變化之，如《哀王孫》等作，雖韓亦不能得其妙，所謂各人有各人獨至處。

沈歸愚謂工部秦州以後，五言古詩多頹唐之作。或亦有之，然精意所到，益覺老手可愛。選本中常不經見者，亦當斟酌鈔讀，方有頭緒可尋，門户可入。若但讀其《三吏》、《三别》、《出塞》、《北征》、《詠懷》等篇，急切難以入手。黄山谷善於學秦州以後詩，真能工於避熟就生。歸愚先生非之，非是。

大家之詩，佳者儘多，選本如何能盡？所以必得盡發其全，方能胸中有主宰。凡認真作事之人，豈有不讀李、杜、韓、蘇，不見全唐人詩之理？此特爲家中子弟鞭策之耳。其實不但四家，人於初學當看選本，學業稍有進日，當悉覽古今諸名家之作，參其變化，以擷其精華，方能有得。

太白歌行，真是不許人學，學之者先得其字面，「上有」云云、「下有」云云、「噫吁嚱」等字，則永墮呆相矣。

讀書一事，如鑿堅壁，東敲一下，西打一拳，是不中用的。聰明人先從一箇地面起手，一孔能開，則有迎刃解牛之妙。即如時文，果能上下千古，源源本本，他途學問罔有不通者，本朝如張京江、韓慕廬諸人，皆工於時文，其詩謂非專門則可，總不至於可笑。鄉曲秀才，偶爲書札，甚至噴飯，何也？彼於時文，亦模糊而未了了也。我當做時文時，讀古人文，多不了了，廿年做詩，偶覽舊業，多能心口了了者，洛山西崩，銅鐘東應，理固如是乎！

眼高手生之説，論未盡確，夫能到眼雪亮，非讀破萬卷、下筆有神者不能。嗜之深則出手快，何手生之有？工夫到純粹去處，斷斷無手生之理。夫俗所謂手生，皆工夫本來未用到，只是有幾句口頭禪及詩文到眼，終隔一層膜。眼並不高，安怪手生？隨人云云，巧於藏拙。

人到没人敢説他不是處，則日流於怪僻而不自覺，所以士有諍友也。從小有嚴師有父兄，自可受教。此病多在中晚年，自以爲老於世故，邃於學問，無人能更置一辭，此而無密友以婉致或明告之，其昏背尚可問乎？

心不虛，意不下，斷斷無成。人生才智稍稍上於人者，皆有傲人之心，然遇當服善處，不可不低首自謝也。凡人不肯自道己短，必己無一長者也，作籠統樣子以罔人耳。凡不肯稱人之長，必己先有所短者也，作忌刻心腸以自欺耳。丈夫磊磊落落，斷斷不當如此，即或生性少偏，亦當學宋儒之言，從性偏難克處克將去。

人有數年不見之朋友，一旦把晤，領其議論，與從前不殊，其人必無長進，不必觀所著作。魯肅之驚於吕蒙，即此之故。數年前所讀之書，不甚了了，再讀之，仍如往日，學問必不長進。自家所作詩文，纔用了一番苦心，脱稿後自然得意，久久便看出毛病來。亦有彼時用心太過，並不知其可否，經旁人看出，然後覺悟。此中大有消息，是自鏡鏡人之一法也。

自家學問有一分，然後能看人詩文得一分，其權衡毫髮不爽。籠統作獎語、作惡語，究不能指出所以然處，皆皮相摸稜一流人。

人之喜好不同。毛西河不喜東坡詩，於東坡無礙，於毛亦無礙。學不必定成於東家子，古人好的儘多，只怕説孔子不好，並柳下惠、伯夷都不愜意，終身何所適從？然於稠人廣座中顯攻古人，强口飾非，大屬非是。今之狂多，古之狂少，可勝歎哉。

科甲是箇招牌門面，不關係學問，持以傲人，最可鄙，期於不愧科甲而已。無科甲人要傲有科甲人，亦是矯枉過正。有麝自然香，不必效市儈粗材，與人挽强引重，較力量大小，當面落不好看。

自家學問不好，自家先要知道。有一種人全不知覺，覺自家之牛鬼蛇神真能字字珠玉，其實並此不能。夫牛鬼蛇神，正要有材料。人不能歸於中道，然後傍行側出，以自文其陋，如近人多學，鄭板橋之字是也。

詩文之有圈點、批語，頗醒人心目，最混人識見。我平生看書，不喜有批點者，迨自家實有不明白處，然後看注釋講解未遲，又當再四審量，參以己見，如此，讀一書，方能受一書之益。

我嘗勸人不要作詩，其人之骨格俗、腸脾穢、性情卑下、舉趾庸劣，學亦不得好。及至導之肯讀書，寢食魂夢以之，骨格雅矣，腸脾潔矣，性情開朗，舉趾俊秀矣。稍不自檢，毁者至矣。學詩者自然該宗李、杜二公之脾氣，即不平正，李之高力士脱鞾，杜之「嚴挺之乃有此兒」，其氣槩落落自佳，設不遇明皇、嚴武之愛才，能不得禍乎？程子謁王荆公，荆公之子蓬頭赤脚，手持婦人巾幗，突如其來，口稱「梟富弼、司馬光之頭，則新法行矣」。其没家教、目無父執已甚，程子並不加以呵叱，此有涵養處。馬伏波之待梁松則不能矣。人生作詩，當學李、杜；作人，當學程、朱。二者斷難相兼，但能時時留心，其過差少。

南人能詩者多，南人喜標榜、好凌架，歸根真能自樹者亦寥寥焉。北人能詩者少，有則多謗之，然亦偶有强漢子，百折不回，其造就亦必有可觀。北人之出游南方者，震於南人，歸述鄉曲，謂書籍之多，北人一世不曾見過，固也。夫學者不常經見之書，或非書之至者，充棟汗牛，留以壯觀可耳，能如張睢陽之一字不遺邪？貪奇好異，徒詫人耳目，詩文之工拙，不係乎此，即如家藏類書一部，每行文查寫堆砌，豈能嚇人？

七律當以工部爲宗，附以劉夢得、李義山兩家。杜詩選讀甚難，當看其對句變化不測處，如「春水船如天上坐」，豈料對句爲「老年花似霧中看」哉？其妙處不可講説，正要出人意表，若只讀其「信宿漁人還汎汎，清秋燕子故飛飛」，又震此爲《秋興八首》句也，便不可與言詩。

讀書隨人稱佛呼祖，隨人打街駡巷，皆不是好漢。必要設身處地，細細斟酌，不可孟浪。論者多引誅奸諛於既死爲口實，然昌黎集中不曾叫駡前人，如袁子才《拂水山莊》詩：「老婢尚能憐沈約，興朝終竟薄楊彪。」言外有多少婉惜，便合風人之旨，可惜又有「官大降名署上頭」、「君多還要事空王」等句，則有傷雅道。

古文更難於詩，不可輕易捉筆，古人兼工者已少，韓、柳、東坡、介甫輩，才力甚大，人不能及。前代歸震川、王遵巖不能詩，本朝壯悔堂詩又當别論。魏叔子、姜宸英，未見其有詩。汪堯峰詩似不及文，邵子湘文又不能過於詩。尤西堂文恃才而怪，不可法。吴梅邨、阮亭、午亭、飴山、竹垞、荔裳以及諸名人，多刻有文集，要非專門。方望溪不爲詩，近年閩中朱梅崖亦不工詩。一人之精力、聰明有限，豈能兼工，但不可不解耳。詩中之有序即古文也，工部詩中小序，其古奥歷落之致，昌黎豈能遠過，其精神命脈不在此耳。

一鄉一曲，皆須有文字。如壽序、墓志、廟碑等類，必得有一二人稍稍能動得筆者，否則大是棘手。俗人之見，每要檢個舉人、進士去做，其中儘有好手。若實在不能，不妨老實回復，並無不是處，却又不肯折架子，弄出來大不妥當，豈不可笑。

寫字、作畫、刻圖章三件事，許讀書人不能，不許不讀書人做到好處，何也？有工匠之能、無書卷之氣故耳。陳香泉謂林吉人是鈔書匠，語雖稍刻，未嘗無理。小楷形如算子，古人所忌，蓋字體本有大小之不同，强使之匀，非古法也。惟寫殿試策、奏摺、稟帖，又以圓熟如算子爲妙。讀書作詩文到有成就後，其神理能通之於書畫，即如果是通人，縱未臨帖，其點畫必無市井氣，可一望而知，如雋三之字是也。獨於下圍棋不用去讀書，市儈之夫與酒肉僧道儘有好手，文人亦有酷嗜之者。楸枰相對，時聞落子，有静中光景，雅於呼梟喝雉耳。

人生寫館閣體字，作墨卷文字、律賦，試帖詩，致身顯要甚多，欲求富貴，必得嗜之，未嘗不可羨，特終身由之，爲可笑耳，早得手、早丢開爲妙。若要自家尋苦吃、尋窮受，莫過於作詩。歐公謂「窮而後工」，東坡謂是「窮人之具」，凡此皆論其常。若論其變，高達夫平生遭際極好，本朝如漁洋、午亭，少年登科，官至宰相尚書，惟是論宰相尚書又不必定以詩傳耳。古人如王右軍，經濟人品，種種可傳，乃以書名掩之，又一不幸也。文章畢竟是小技，若以天子與人争「空梁落燕泥」句，尤屬没味。昔元順帝覽徽宗畫，稱善，巙巙進曰：「徽宗多能，惟一事不能。」帝問：「一事謂何？」對曰：「獨不能爲君爾。」又，韓魏公言：「王荆公爲翰林學士則有餘處，輔弼之地則不足。」嘗謂道君皇帝若在民間，通籍爲翰林，荆公只官至翰林，豈不大妙？造化又偏不如此位置人，何哉！

鄉人無識，以爲場中攷古學常取超等，其詩必佳，此試帖類也，不可與窗下作古今體詩一例論。後人論前人以迹求者多，如稱孟子通於六經而尤深於《詩》、《書》，是見其長引二書解説深透耳，豈於《易》、《禮》、《春秋》僅止於通，遂不深邪？於是後人恐後人疑己經學，則六經皆有著述，究其闡發處，必下孟子遠甚，即愛之者亦不敢以爲多了三經，遂謂賢於孟子。即如論詩，則謂孟襄陽學問下韓退之遠甚，初聆之似亦可信，細想來，韓所見之書，孟豈未曾見過？要是性情不同，不逞博、不好張大，或才氣本不能恢廓正無妨，各行其是，各成其好，韓門張籍、孟郊、皇甫湜輩自是不如韓，亦不似韓，然正以不如不似，能自成家數。古人雖同時一堂，不相依傍如此。後人摩倣古人，酷肖陶、謝，酷肖韓、柳，自家之真面目性靈在何處？作詩與作墨卷不同，不許單倣人家樣子以求速飛。

李于鱗云：「唐無五古詩，而有其古詩。」此正不相沿襲處。唐去漢魏已稍遠，隋末纖靡甚矣，倘沿去則日趨日下，曲江諸人，振起之功甚偉，不可謂唐無古詩。獨工部出，目短曹、劉，氣靡屈、賈，前無古人，後無來者。予嘗謂讀《北征》詩與荆公《上仁宗書》，唐宋有大文章，後人歛衽低首，推讓不遑，不敢復言文字矣。

此言出人必謂震其長篇大作耳，不知「齊魯青未了」纔五字，讀《孟嘗君傳》纔數行，後人越發不能。古人手段，縱則長河落天，收則靈珠在握，神龍九霄不得以大小論。前論太白七古句有斷不當學者，工部亦然，如「得不哀痛塵再蒙」著「嗚呼」二字，又疊一語，是其筆力氣勢行文至此有不得不然之勢。李空同意在倣古，不嫌履人陳迹，後人以爲空同曾如此矣，我何不可，如此是讀書寡識之過。

作詩先要能下死工夫，如甘茂謂：「城不下，當以宜陽之郭爲墓。」示必死也，工部之「語不驚人死不休」可證。當以氣爲主，雷掣雷轟不及掩耳，人稱石曼卿詩如飢鷹乍歸，迅速不可言，東坡之「筆所未到氣已吞」可證。臨時還須審視巧拙，然後落筆，一發則中其要害，昌黎之「盤馬彎弓惜不發」可證。脱稿後又當細細推敲，隔日再視，隔數日、隔年餘再視，事過情遷，閲之尚如冷水澆背，陡然以驚，是一團精誠之氣結於紙上，便永遠不可磨滅。訂全集時，當虚心與朋友商其去取，妙能割愛，工部之「晚節漸於詩律細」可證。歷觀古人所云，此是何等鄭重事！可輕心掉弄，如只是掠影浮光，天下何者不可爲必要作詩？

在牆上見人所黏詩草，案上見人所刻硃卷，論當從寬，蓋能中式、能倡和便好。若是刻了集，是出以問世人，便恕不過去，此刊行之不可造次也。然有人吹毛索瘢，想來尚是有斑之豹皮，直得去吹索。綿津似不如漁洋，人能知之，當時有合刻詩稿。人吹索漁洋，不吹索綿津，是綿津死，漁洋不死也。古人謂蓋棺然後論定，到蓋棺了，人品學問已定，一切功名勢位、窮檐陋巷皆無分别，則真評出矣。

從小先讀古體詩，發筆時當從五律入手，此體爲試帖之源，且可上開古體，下啓七言。亦有先從歌行入者，余友雋三是也。若先從七律，一落俗格油腔，便不可醫治。少年做不通詩，容易教得好；中年做俗通詩，斷斷教不好，何也？涇革之鼓永不響，墮檐之瓦猶有聲也。

古人各體已不能兼工，大約自前代文人始以不全爲恨，然總有偏至處，餘能站得住即是好手。朱竹垞謂看人詩若古體太少，今體太多，五言少七言多，必非作家。袁子才謂古體如雅頌，今體如國風，亦頗有理。鄙意以爲古體如古文中之有金石碑板文字，八股中之有理典長題，即要其一大部稿，缺了一種，自是不全美，生到今日，便比不得古人。

五古常有整句是正格，七古用整句亦是正格。蘇黄五古多不用整句，李杜歌行則風雲變態不可測，其出没能效則效，可量力爲之，不可勉强，亦不可畫地自界，到實在知難而退，人事盡矣，庶乎無憾。

每見鄉曲學生恪守一師之言，牢不可破，可見「都都平丈我」，確有是理。所以人貴早早釋褐與海内賢士大夫游，則學問自有長進，俗所謂見世面也。終身布衣，有家學書籍，有明師益友者，又當别論。

淺人多淺視，郊島兩家詩，初未嘗深究之也。東坡不甚喜東野詩，其天才雄邁，不能如此之吃苦耳。然必能爲東坡之「千山動鱗甲，萬谷酣笙鐘」，方許稍稍雌黄之。後之學東野甚多，却要説是學杜、韓撑門面，最是可笑。如王幼華之「峽亂無全天」，非從東野之「楚山争蔽虧，日月無全輝」化出來邪，評者必稱爲學杜。

閬仙五古《精舍》云：「耳目乃鄽井，肝肺乃巖峰。」《贈友》云：「一日不作詩，心源如廢井。」《寓興》云：「今時出古言，在衆翻爲訛。」語語有真氣、有真性靈。人於讀王、孟、韋、柳後不讀郊、島兩家，猶是缺典。五律尤極瘦峭之能事。然五律終當以杜爲宗，大則「奇兵不在衆，萬馬救中原」，小則「行蟻上枯梨，細麥落輕花」之類，無所不有也。近日高密李十桐增選《唐人主客圖》，亦五律入門正法，但山東學者多爲此本所囿，洋洋大國之風幾乎息響，非十桐之過，學之者之過也。

晚唐劉駕五古詩極於風味，如《送人歸嵩少》云：「要路在長安，歸山却爲客。」《酒醒》云：「不記折花時，何得花在手。」不僅東坡所稱「馬上續殘夢，馬嘶時復驚」二語，人當讀韓、杜後，偶看此種，以博其趣，如連日食大塊肥肉，忽吃蛤蜊湯一椀也。

有明一代之詩，終當推何、李，其氣魄骨力自在也。李學工部，多有痕迹未化，知其短處則可耳。近人乃有謂明一代無詩，真是何説話！謂本朝之詩不輸於明可也，謂即有過於明亦可也，謂明無詩則大不可。

楊升庵、徐青藤是豪傑之士，當何、李登詞壇，獨不與之合，詩雖非中聲，然才氣生動可嘉。本朝漁洋登詞壇，陳午亭、趙秋谷、查初白不與之合，亦是豪傑之士。然一代有一代之風氣，雖賢者不能不爲之囿。近來蔣心餘、黄仲則輩出，大變漁洋之風，其實不歸三唐，則歸兩宋，含蓄、刻峭之不同耳。「深谷野禽毛羽怪，上方仙子鬢眉纖」，東坡句也。「生才固有山川氣，卜築兼無市井囂」，荆公句也。「汝南去葉纔百里，賤子與公皆少年」，山谷句也。心餘、仲則多宗之，久則變，不變則不能推陳出新，勢所不得不然。漁洋之「吴楚青蒼分極浦，江山平遠入新秋」，未嘗不佳，然無人瓣香矣。後此之變，大概跳不出古人範圍，惟能各人自留情性面目耳，夫子所謂「雖十世可知」也。

七古，高、岑、王、李是一種，李杜各一種，李長吉一種，張王樂府一種，韓一種，元白又一種。後人幾不能變化矣。東坡雖是學前人，其横説豎説、喜笑怒罵、跌宕自豪，又自成一種。此下更無變法，山谷、遺山，皆好到極處，然不能變前人也。六一作詩先自家擬題目，或偶有得句，足成再加以題。或是先生所命，或同道中共擬。能做自家題目，不能做人家出的，與能小題不能大題，皆是工夫不到，於可以動得手時候，漸漸鍊至酒酣鬭捷、優伎當前，總可還他一首妥當詩出來，方能出門依人生活，如今日之雋三是也。若不用出門謀生，即爲陳無己之静卧吟榻，未嘗不可。《鄴下引》：「晝携壯士斫堅陣，夜接詞人賦華屋。」非曹公不足以當之，「上馬能擊賊，下馬作露布」，甚非易事，想到此種人生，七尺軀只解伏案弄筆墨，真昌黎所云「人生但如此，其實亦可憐」也。平居誦陶韋詩可以平矜釋躁，讀此種句與唐人邊城塞上之作，可以壯心寄膽。

「屋上春鳩鳴，邨邊杏花白。持斧伐遠揚，荷鋤覘泉脈。歸燕識故巢，舊人看新曆。臨觴忽不御，惆悵遠行客」。此詩整而不板，舊而實新，學右丞此種爲最。其五律前人論之甚詳，《終南山》詩結句稍弱，由於前半氣盛，即如太白「犬吠水聲中」一首何等穠秀，結到不遇道士恰好，但「愁倚兩三松」畢竟是爲韵所限，不得不爾。詩之不能全美，盛唐已然，何論中晚，但學者不得援此以自解耳。

皇甫持正《題浯溪石》云：「次山有文章，可惋只在碎。然長於指叙，約潔有餘態。心語適相應，出句多分外。於諸作者間，拔戟成一隊。」意所欲言，筆即隨之，清白如話家常，從陶公入，不從陶出也。余中年極喜此種。

義山五律，冥追元索，魂出魄現，神工鬼斧，莫喻其巧，工部後一人而已，當潛心玩味，即於作試帖亦大有裨益，不僅常時所誦「池光不受月，野氣欲沈山」等句也。馬、戴諸人非不佳，然於義山，只是附庸。李才江不僅師長江，其得意處全得力於工部，不可不知。

温飛卿七律如《贈蜀將》、《馬嵬》、《陳琳墓》、《五丈原》、《蘇武廟》諸作，能與義山分駕，永宜楷式。至皮、陸兩家，多工於琢句，可讀不可讀，司空表聖神韻、音節勝於皮陸、方干、羅隱、鄭谷、周樸輩，皆有可觀。至鴛鴦、鷓鴣等名目，皆近場屋一派，文當别論。大約晚唐諸人詩，總當以義山爲宗，餘皆從略。

詩教甚大，不必定要去學韓偓之香匲體，即偶爲之，似亦不必存稿，等之游戲筆墨可耳。然遺詞終須雅道，偓之句云「撲粉更添香體滑，解衣惟見下裳紅」、「斂粉難匀蜀酒濃，口脂易印吴綾薄」、「坐久暗生惆悵事，背人匀却淚胭脂」、「爲要好多心轉惑，偏將宜稱問傍人」、「四體著人嬌欲泣，自家揉損研繚綾」，艷極矣，尚不傷於雅。乾隆年間，閩人黄莘田工於此體，莘田詩贍雅，不僅工此，論閩詩人當在丁雁水之上。從前見《隨園詩話》載時下人香匲詩，有「吃虚心細善防人」句，是活畫出一個偷漢婦人來，有傷雅道，斷斷不可。

貫休詩是三唐好手，不僅冠於諸僧也。《臨高臺》云：「凉風吹遠念，使我升高臺。寧知數片雲，不是舊山來。」《古離别》云：「離恨如旨酒，古今飲皆醉。只恐長江水，盡是兒女淚。」此種妙思，非太白不能。《戰城南》云：「萬里桑乾傍，茫茫古蕃壤。將軍貌顑頷，撫劍悲年長。胡馬尚陵逼，久住亦非强。邯鄲年少輩，個個有伎倆。拖槍半夜去，雪片大如掌。」詩有奇氣，絶不同於貌肖古人。《古意》云：「乾坤有清氣，散入詩人脾。」尤是慧根人語。《江邊（詞）〔祠〕》云：「松森森，江渾渾，江邊古祠空閉門。精靈應醉社日酒，白龜齩斷菖蒲根。花殘冷紅宿雨滴，土龍甲濕鬼眼赤。天符早晚下空碧，昨夜前邨行霹靂。」《匡山老僧庵》云：「篔簹紅實好鳥語，銀髯瘦僧貌如祖。香烟濛濛衣上聚，冥心縹緲入鐵圍。白磨作夢枕藤屨，東峰山媪貢瓜乳。」此種詩上追長吉，下啓鐵崖、臯羽，詩教廣大，正不可删去此等，緣能抱奇氣行於文字之間，不同行尸走肉，所以不可棄擲。五律如「竹鞘畬刀缺，松枝臘箭牢」。《塞上》云：「月明風拔帳，磧暗鬼騎狐」、「朔雲含凍雨，枯骨放妖光」、「大河流敗卒，寒日下蒼烟」。《送僧入山》云：「山響僧擔穀，林香豹乳兒。」《題院》云：「泉聲掩臥榻，雪片犯爐香。」何物阿秃，乃能如此。

有明五律，推謝茂秦、徐迪功，謝厚而微嫌於實，徐清而微嫌其薄，由於學杜而筆氣不靈，學李而才力不雄，不能不犯此小疵。屈翁山後出能以古體行於律中，然亦有極整鍊處，學者當從整處學去，太散終竟非法，工部於起二語對下二句始散行，未有四句全不對者，即太白、襄陽亦偶有之耳。

近時海内名下士，有「作詩要新，作字要舊」之説。我想字要舊，是不寫館閣體之謂。然名士之字，長一片、短一片，亦有舊的太可笑者。詩要新，新字要認得真切，有從字面新，進去者劣；有從意思新，出來者優。不可不辨。放翁謂：「文章本天成，妙手偶得之。」天成之物衆未有不新者，試看天上風雲，頃刻有新色。

從前偶見前朝人文集，開卷即有擬《古詩十九首》者，夫此安可擬之哉？試看太白《古風》一卷，有一句一字依傍古人否？學古在神不在迹，譬如優孟裝關帝，焉能真是關帝？説來好笑，可以悟矣。

學問一道，最怕自家不認得自家。李赤公然以爲是太白，宜其死於厠。昌黎云：「世無孔子，僕不當在弟子之列。」亦是自家能認得自家處。世之昌黎少，李赤則不少。

胸中時時刻刻要有古人，自家魂夢皆與之接焉，當落筆時，則一意孤行，破空游虛，及至脱稿，不能及古人之半。若先東怯西怕，安心作不濟漢，永無出頭日期。

吾陽城詩人，午亭是天下士，不僅式一鄉一邑，前代之王疎庵、張蘱山非專門，難與抗行，後來田退齋工詩，却未多見。繼之者爲郭冀一、田楚白、張芝庭、王青甫、衛容山、樊梅軒、王魯亭、陳明軒，余曾刻八人詩爲《樊南詩鈔》。再稍後則爲雋三、金門、禮垣與余。後起少年，余曾與之結樊南吟社。多年不歸里，聞諸生忽作忽輟，多不認真，午亭之香危乎幾息。

海内近人詩，余所及讀者不下百數十種，袁子才新穎，蔣心餘雄健，趙甌北豪放，黄仲則俊逸，當以四家爲冠。餘則各有好處，此事必須如此用工夫，見人家好詩，自家不能，先有愧色，然後發憤去做。與天下人論詩，到了頭尚恐不能一與之較伯仲，若先夜郎自大，既不得與海内人接交，又不曾見得海内人著作，意謂左近惟我算可以去得的，一自滿便不能長進。

通才是天下一箇美名色，若人人通才，則己之通才，不貴矣。持以發狂凌人者最可耻。况通才，人加之也，若果於自許，其通正是可慮。

樂府不傳久矣，歷朝紛紛聚訟，究亦不知何説近是。李、杜偶爲之，皆以現事借樂府題目，不另立名色，即雜於歌行中最是。若只就題面演説，則了無意味，可以不作。張、王、鐵崖，皆不能近古，成其爲張、王、鐵崖之歌行詩可耳，自尤西堂有《明史》百首後之作者日衆。

大凡好大喜多皆是一病。工部有一百韵長律，元、白亦有之，後人讀之已少。竹垞亦有《風懷》二百韵，《鴛湖櫂歌》一百首。近人亦多有作絶句百篇、長律一二百韵者，出以詫人，其實工少拙多，又好學宋人叠韵不休，皆不關係人之能詩不能詩。余四十歲以後方能有叠韵詩，偶爲之非所好也。叠韵詩有極難押之韵，苦思幽索，忽能押得，倒亦自可喜，不必以此矜長耳。亦有作慣用韵詩，反不能自成一首，更不成事。

凡款接文人，不必先與之談學問。我所知之一二事不必彼亦即知，即尋常典故，亦許偶然遺漏，此未足以定人。座中有生客，或非同道之人，及工力不能悉敵者，不可高興聯句，落不下臺，令人難堪，且恐惹禍。

世人貴耳賤目，原不足怪。張率之詩一假沈約，則字字珠玉，可見俗人何時無之。我平生不曾妄謁一人，即是此意。片言之浮奬，一茶之款待，我有何益？且所謁之人貴人也，聲中隆赫之人也，未必能常貯我之姓名於胸中，我且誇耀於人，設聞者反而叩之，彼且茫然不省，豈不傳爲笑柄？戒之，戒之！

聽人説話便能知人學問，市井無論矣。有一種讀書人，於閒談時説：某縣官坐堂，有一寡婦來訟兒子忤逆，必要打死。官説：「你子母一場，可去先買一口棺材來。」使人偵之，代市者是個和尚，於是喚和尚來：「你是個行好人，可替這婦人的兒子吃打。」如在萊陽則説是即墨事，在陽城則説是長治縣事，意篤而色莊，若座中有識者，告以當初一日總有這們一椿事，搬來搬去，張冠李戴，不是現今有的事，則必大拂其意。此人必不會做，文字必是不通鬼。

少年子弟有一種忝不知耻，逢人獻其詩文，疥人牆壁，高談闊論，自負爲名下士，即是稍稍能讀數行書，其外面如此輕肆，亦斷斷使不得，況舉趾高心必不固邪。又有一種子弟藏於甕牖下，師不高弟子拙，見了人來，如鄉邨新婦，差縮不自安，索其詩文，項赤面紫，堅不肯出，亦是没出息。惟隱窺之，神藏氣静，招之則詞安語和，視其所業，如雛鳥學飛，雖未能健舉，而有一種神鷹俊鶻之勢，似不可羈勒。偉器也，不可旦暮遇。

學問最生忌刻，非同道契，合不可談。有一種天生忌刻之人，你即不談，他還要尋將來，憑空譏誚一兩句，況自家毫無瞻顧邪。做官的到家説官場，有科分的説同年座師，做生意的津津講買賣，最討人嫌。若是有人問起，也不過略爲酬答，則可不必自家先發凡起例。到是種莊稼人課晴説雨，却是可聽。

人不可不避嫌疑，不只閨門也。即如咱是個窮人，見人家平兑銀錢，即當遠遠走開，亡璧打張儀即一證也。太多心固不必，太不懂眼，亦斷斷使不得。

從小密友，即偶有參差，可以復契。中年以後新交，一决裂則不可救。真氣客氣之不同耳。老於世故者，久久則骨肉皆有客氣，可歎也。我平生無不可對人説的話，口快心直，往往見罪於人。我的詩雖不能佳，却有真氣，此（帥）〔率〕真性情也。有吃虧處，即有討便宜處。

古歌謡，七古之源，其中多不可解處，諸解亦難盡信。我讀書從來疎節闊目，不能穿鑿，要惟熟其音節、用韻、神味可耳，何必强解？即如《木蘭詩》，賞其佳焉可也，何用考證是某人作？究實誰見其人秉筆？近來考據家太多，曠日持久，考出一條來，如獲至寶，隔不多時見一種書，人家已有了，白費工夫。

從小偷寫人家詩文，或請捉刀人哄同窗、師傅、父兄，雖然不可，尚是無礙，後來好好用工，到有學力、有知識時，自然曉得改過。二十歲以後再幹這個營生，便是無耻。又有子弟赴場，父兄爲之打關節，一則有身家性命之憂，縱得亦不足榮；二則引著子弟作奸犯科，安能教他成人？我有極通脱處，有極介介不可犯處，介自佳通脱，亦多不足爲法。

不以人廢言，有言者不必有德。常見有假讀書人，不曾究得史書原委，耳食數語，便評論前人出處，鄙其詩文，此非真能疾惡也，疾惡者疾其惡，其人有善，仍不可没也。況且論人只論人，論著作只論著作，文人無行，不必多責。且自家先當克己，那有工夫詆古人？此與好談人家閨門隱事同是一病，家中子弟休厭我之灌灌不休也。

蘇子美之「濤面白烟昏落月，嶺頭殘燒混踈星」、「遠嶺抱淮隨曲折，亂雲行野乍晴陰」，王元之之「風踈遠磬秋開講，水響寒車夜救田」，皆從夢得、義山兩家入手，方有此深造獨得之能。至張乖崖之「官舍四邊多種竹，湖溝一面近生蘆」、「病嫌見客低徊甚，老覺臨官氣味粗」，梅宛陵之「夾道名園迷屈曲，壓枝秋實亂青紅」，則純乎宋人矣。孔常父在北宋時，亦是好手，其歌行體，張文潛不能過也。七律如「冷風有意生空闊，密雪無聲下廣寒」、「一江見底自秋色，千里無風正夕陽」，亦踈朗可誦。

王介甫詩，昔人謂如鄧艾用兵，專以奇險爲功，確論也。古體學杜、韓而不襲，殊勝六一；今體亦能我行我法，依傍一空。余另有讀本，真卓然大家也。

詩以有真氣爲主。曾記得張文潛雜詩句云：「興哀東坡公，將揜郟山墓。不能往一慟，名議真有負。可能金玉骨，亦逐黄壤腐。但恐已神仙，裂石終飛去。」又云：「我不知暑退，但覺衣汗乾。頗怪庭中天，湛然青以寬。」不襲唐人聲調，不落宋人習氣，居然好手，不可多得。

南渡後，以劍南爲大家，集中如《玉局觀拜東坡畫像》，可謂傾倒之至。昌黎極力推尊李、杜，放翁極力推尊東坡，俗所謂豪傑能認得豪傑也。後人如錢牧齋，偏要攻擊何、李，現今詞人偏要攻擊漁洋，是不及古人處。雖何、李、漁洋不得與李、杜、東坡比，不相師可也，何必詆之哉？

少讀《說詩晬語》，謂楊誠齋詩如披沙揀金，幾於無金可揀，以是從不閲看。四十歲後，方稍稍讀之，其機穎清妙，性靈微至，真有過人處，未可一筆抹殺。今摘句於左：《明發陳公徑過摩舍那灘石峰下》第一首句云：「遥松烟未消，近竹露猶滴。石峰矜孤鋭，喜以江自隔。清潭涵曦紫，碧岫過雲白。回瞻宿處隄，路轉不可覓。」云云。第二首云：「昨宵望石峰，相去無一尺。今日行終朝，衹繞石峰側。石峰何曾遠，江路自不直。」云云。第三首云：「澄潭涌晴暈，不風自成花。回流如倦客，出門復還家。江晴已數日，新漲没舊沙。知是前溪雨，溼雲尚横斜。」云云。《碧落堂晚望荷山》云：「荷山非不高，城裏自不見。一登碧落堂，山色正對面。」又云：「指揮出伏兵，萬騎横隔岸。後乘來未已，前驅瞻已遠。」此皆無忝於古作者。袁子才單學其「屋角忽生明，山月到庭户。似憐幽獨人，深夜約清晤。我吟月解聽，月轉我亦步」等句，靈機獨引，未嘗不佳。其弊恐流於淺滑，不可不知也。誠齋七古如《太平寺徐友畫清濟黄河》云：「波浪盡處忽掀怒，攪動一河秋色暮。分明是水纔是畫，老眼向來元自誤。佛廬化作金柁樓，銀山雪堆風打頭。此身飄然在中流，奪得太乙蓮葉舟。」《東山》云：「天風忽吹白雲拆，翡翠屏開倚南極。政緣一雨染山色，未必雨前如此碧。」《南海廟》云：「青山缺處如玉玦，潮頭飛來打雙闕。晴天無雲濺碎雪，天下都無此奇絶。」《題東文嶺瀑泉》句云：「石如鐵色黑，壁立鏡面平。水汎鏡面一飛下，蘄笛織簟風漪生。石知水力倦，半壁鍾作玉一泓。水行到此欲小憩，後水忽至前水驚。分清裂白兩派出，跳珠躍雪雙龍争。不知落處深幾許，但聞井底碎玉聲」云云。如此歌行，刻意生新，非才情絶大者不能。世人輕之者，但舉其《夜雨》句云「夢中搔首起來聽，聽來聽去到天明」，何直一哂。

宋釋惠洪詩，方於貫休。古體氣質稍粗，今體七律殊佳，在宋僧中亦好手也。古體《春去歌》云：「吴蠶睡起未成繭，肺腸已作金絲光。」大類太白。七律如「盤空路作驚虵去，落日人如凍蟻行」、「永與世遺他日志，向嫌山淺暮年心」、「斂目舊游真可數，蓋棺前事尚難知」、「不知門外山花發，但覺君來笑語香」、「頎紹神情掃秋晚，瘦權詩句挾風霜」、「山好已無歸國夢，老閒猶有讀書心」、「一軒秋色侵衣重，半夜波聲拍枕來」、「枕中柔櫓驚鄉夢，門外秦淮漲夜潮」，真能於蘇黄外，又作一種筆墨，讀之令人神清骨爽。

李西涯《畫鷹》詩云：「人間孤兔自有地，慎勿反擊傷鵷鴻。」史稱其能保全善類，於此可見。

李空同歌行，病在貌杜，然其氣魄自大，才力猛鷙，非人所能及。如《送劉公歸東山草堂》句云：「九重移榻數召見，夾城日高未下殿。英謀密語人不知，左右微聞至尊羨。」又「上書苦死只欲歸，聖旨優容意悽惻。内府盤螭縷金織，賜出傾朝皆動色。白金之錠紅票記，寶鈔生硬鴉翎黑。」此種又何嘗不是學杜？却各人有各人真氣，與白晝現形不同。

何仲默歌行頗工修飾，如《津市打魚》、《胡人獵圖》等篇，皆不失古人家數。五律《昭烈廟》云：「中原無社稷，亂世有君臣。」亦卓然有識。邊貢句云：「山城稀見菊，關樹不開雲。」張佳胤句云：「楚雲高不落，巴水去無聲。」雖謹守唐人法度，却自家别有骨格神韵。至謝茂秦之「夜火分千樹，春星落萬家」，則病其太肖唐人矣。

李長吉歌行，如「二十八宿羅心胸，元精耿耿貫當中。殿前作賦聲摩空，筆補造化天無功」四語，雖工部、昌黎警句不過如是，出諸少小人手，豈非奇才。《湘妃》云：「蠻娘吟弄滿寒空，九山静緑淚花紅。」《浩歌》云：「青毛驄馬參差錢，嬌春楊柳含細烟。」真如出太白手，若只學其「提携玉龍爲君死」、「筠竹千年老不死」、「元氣茫茫收不得」、「練帶平鋪吹不起」等句，則永墮習氣矣。

楊鐵崖詩，讀之能開人聰明，長人神智，長吉後不可無此以繼之也。如《鴻門會》、《媧皇補天謡》、《龍王嫁女詞》等作，直追長吉而無愧色。余尤愛讀其《殺虎行》一首，大有短兵相接之勢，奇險非常，尤足發人才思。詩云：「夫從軍，妾從主，夢魂猶痛刀箭瘢，况乃全軀飼豺虎。拔刀誓天天爲怒，眼中於菟小於鼠。血號虎鬼冤魂語，精光夜貫新阡土。可憐三世不復仇，泰山之婦何足數。」

《晉兩徵君詩鈔》於傅青主五律誤收工部《秦州雜詩》一首，殊不成事，何怪海內人之笑話山西人也。青主詩奇闢精奧，與其嗣壽髦詩皆孤行傳世，本不當與蓮洋合刻也。《游樂平石馬寺》云：「愛石即欲死，礓阿而扶疏。天華蒸太始，古菊千葉敷。采采日月菁，飢餐渴亦荼。心肝藉貞氣，物外保廉隅。何處雲根鎛，不堪埋老夫。」又「斑璘石上華，青緑硃沙塗。沈吟計年代，豈非天地初。何有於商周，屑屑誇尊壺。文章落言句，真彩日受污。偃仰玩自然，寶色當其無。丘蓋焚筆硯，經緯省拮据。雕龍競藻繢，轉眼亦土苴。雲霞幻鸞鳳，神仙誰規圖。」題是《游石馬寺》，眼中意中却別有領會，尋常詩人伎倆都不用著。先生五古詩，不能名其學那一家，即當一種子書讀句也。集中有學東坡一種，老筆紛披，絶似坡公老年海外文字。《題自畫老柏》云：「老心無所住，丹青莽蕭瑟。不知石苛木，不知木拏石。石頑木不才，冷勁兩相得。飛泉不訾相，憑凌故衝激。礧砢五色濺，輪囷一蛟軼。寒光競澎渤，轉更見氣力。擲筆蕩空胸，怒者不可覓。笑觀身外身，消遣又幾日。」《石城讀書》云：「讀書何故爾，莫測淚從來。吟者見真性，會家能不哀。酸甘黑白傍味色，眼睛齒舌皆奴才。」筆墨奇横而却無粗獷之氣，故佳。

五律以古體行其疏蕩之氣，學太白、襄陽一派，唐以後尚不乏人，如徐禎卿「吾憐范巨卿，悃愊不邀名。作吏竹林下，清風訟獄平」之類。若以古體行其奇鬱之氣，工部後竟難其人，以吾所見，獨霜紅龕猶能爲之。此非關讀書，全是一種神力，所以眼空四海，寥寥無人。《溝外》云：「溝外一團白，花將月共明。小窗難得夢，春鳥已先鳴。岸柳牽情遠，山烟著體輕。酒尊殊不厭，翻覺友朋生。」《病征》

云：「青外響孤鵠，緑中哀亂蟬。秋心滿天地，病客淡山川。開眼見郵店，支頤問水泉。若能來野化，真是飽烏鳶。」《太行》云：「紫盤天井上，青幕太行邪。風雨詩何壯，岡巒氣不奴。争韓來破趙，報楚去趨吴。臨老河山眼，蒼茫得酒壺。」《江月》云：「可惜此江月，教吾今乃看。同舟無語得，獨坐有情難。賈客眠檣穩，荒鷄覺夜闌。菰蘆人不見，寂寂好長干。」《春興》云：「睡足徐徐覺，日高總未知。老人伏枕看，花影上簾遲。飯後道心在，溪前春水期。安排入柳路，花鳥不生疑。」先生論詩一則云：「詩無才則不高，不博則不典，無氣則不厚，無力則不雄。不藻綵則不艷，不老則不淡，不淡則不遠。無性則不真，無情則不風流，無理則俗，重理則腐，無格則野，變化則神神，非内非外，非離非合。」余謂「變化則神」云云，非深人不能言亦不知也。《古意》二首云：「乾坤既有郎，不可郎無妾。請郎腰下劍，看妾頭上血。」「郎有萬里行，不得隨郎去。郎若封侯歸，一盞酹妾墓。」此種詩奇傑之氣涌出毫端，海内詩人如恒河沙數，此又何只如楊汝士僅僅壓倒元白！

壽髦詩奇氣稍遜於乃翁，而幽折深静之致則能與之並世，謂文字不代興者，非也。《日曛黄時到崛𡾊上頭憑閣闌》云：「神理喜幽困，不語憑崖閣。因緣静始離，形精勞亦合。真信隱隱來，黄葉自然落。反照摛金錦，一槩被岑壑。巖花界烟道，石縫抽雲絡。隅隈多風飈，起滅在林薄。」境能獨領，語能深造，不學古而自能與古合。《丹崕無論朝夕雜詩》云：「妙知不可預，安排多失期。柳隄常亦到，未必如此時。不知所以静，和之以天倪。高雲不罣眼，慢慢罥柳枝。孤鳧一雙起，誰或使之飛。」又云：「天地暖欲雪，空林雀飛鳴。晝雪天地晦，夜雪天地明。有薪可以爨，有米可以蒸。不飢復不寒，且不勞我營。」又云：「夜柏團幽黑，丹崖淡月明。雪静樹影動，寒空摇小星。一縷曳河霧，暗鴻聞遠聲。薄酒既新熟，閉門舉青燈。遠鐘隱隱來，無往耳不盈。」又云：「不能斷接構，早起誦我經。户牖夜閉塞，始受天地清。一徑取高場，寂歷耳目靈。林巒朝氣紫，寒蕪朝氣青。青紫冥寞間，日動一河明。」又云：「物化不必窮，偶始坐空林。一心捐河水，乃得其常心。中往既造適，外來不入陰。收散各有得，闇會兩不尋。」又云：「無可奈何事，强付之不聞。行吟橋梁上，峽口生夜雲。日入萬物息，中軫歇紛紜。無始亦不遠，因愛生逡巡。貪痴差可離，不能斷其嗔。聞道遂自忍，吾不如靈均。所際若有冀，云何强其身。」題爲「丹崖無論朝夕」，是無題可尋，枯坐冥搜，日朝月夕，不覺連篇而下。其精思妙意，如獨蛹抽絲、孤蟬吸露，遂成天地至文。近人作詩不肯如此用心，只道没人唱和、没有題目，或又謂詩中没有大題目，皆時人口頭語，不足信也。

鳳臺乾隆年間工詩者，爲苗季黄、范黄山、胥燕亭，余皆未及見。稍後爲李牧坪、范耳黄，與余友善。范《僧樓雪中客至》云：「磴滑忘躋攀，山樓容偃蹇。客到認衣痕，始知雪深淺。入室就罇鑪，頓令寒意減。我坐粟生膚，況子溪路遠。次第帽裙脱，瑟縮書帷卷。薄飲取微醉，憑欄閒指點。可惜人蹤稀，多爲松葉掩。」《賓至》云：「貧居畏賓客，削迹宜荒村。如何叩門者，遠道來相存。自出布塵席，呼弟滌酒尊。草草失禮數，恰恰通寒暄。鄰女佐弱婦，過午營一飧。客亦憫我拙，粗糲非可論。語畢却辭去，巷暗烟火昏。我閒婦亦憊，嶄顧終何言。」今二人皆化去，所餘詩稿未知其家人能收藏否，爲之悵然。牧坪詩我無留稿，耳黄此二首偶於舊書中檢得，故録之。

閶百詩《送周道士》長歌中有句云：「人言河塞田可耕，田耕焉用金滿籯。我笑此若蒼蠅聲，世間孰若黄金精。朝結壯士任縱横，夜吟華屋羅群英。即如仰眠目上瞠，著書欲求後世名，亦須飽飯腸充盈。孟郊吃飽僻思生，韓愈牽率筆不停」云云。用筆奇崛恣肆，持以接武遺山，寧有愧色？余嘗謂讀書人原不該去求富，然無以養生，書亦難讀，讀「孟郊吃飽」二語，爲之憮然。

作詩題目大小雅俗，詩之長篇短句，一不能用意，則可以不作。如徐青藤《題抱琵琶美人》此等題最難討好，句云：「行到花陰忽回首，去年此日嫁明妃。」又丁辛老屋《半間堂》云：「秋蟲若解襄樊厄，也直湖山養相公。」黄莘田《瓶花》云：「膽瓶便算黄金屋，一晌春風貯阿嬌。」皆有意致，若以爲小詩，初不經意，出筆一率，味同嚼蠟，志此以例其餘。

蔣師退知讓，心餘先生嗣，官唐縣令，與雋三交好。《阜城祈雨》云：「浮辯侈荒政，往往揚嘉褒。天聽自古卑，人幸止蹔徼。」《官卑》云：「法重情逾僞，官卑志不行。古人多禮意，循吏盡經生。」《病中》云：「氣傷詞自寡，賓雜耳宜聾。」此是今日作令中之佼佼錚錚者，不徒詩有法紀。余曾致信索其《妙吉祥行窩》詩稿，書未復而師退，旋即病故。

詩有令人讀一過，即不能却置者。劉後邨《客中作》云：「漂泊何須遠，離鄉即旅人。吹薪嘗海品，書刺謁田鄰。家寄寒衣少，山來曉夢頻。小兒仍病瘧，詩句竟無神。」結用工部事，何等藴藉有味。七律佳句如《老歎》云：「無藥能留炎帝在，有人曾哭老聃來。」《耕仕》云：「貧求生墓爲謀早，病學還丹見事遲。」皆可諷誦。學詩一事，全要見得多，眼界方大；守一師言，挾一束書，終是三家邨秀才。

放翁云：「我不如誠齋，此(論)〔評〕天下同。」兩人詩妙是全不相似，不必不如楊也。古人虛心下氣，每每如此。如我之詩不如雋三，却是真話，然其好處正在絶不相似。不然如王介三、李松溪歌行，力追雋三，須知追到相似處，又能造到不相似處，則介三、松溪爲雋三敵國矣。弟子不必不如師，兩生其知所勉之哉。

人當讀李、杜詩。後忽得昌黎《石鼓》等詩，讀之如游深山大澤，奔雷急電後忽入萬間廣厦，商彝周鼎，羅列左右，稍稍憩息於其中，覺耳目心思又別作寬廣名貴之狀，迥非人世所有，大快人意。

余向日有讀太白歌行詩數首，與各家選本稍別，每以己意妄著評語，鄙意以爲學太白必當從此種入手。詩有本集可按，今録評語於後，即有未當，尚可隨時改正也。《醉後贈從甥高鎮》「江東風光不借人，枉殺落花空自春」二句，不問能知爲太白之詩，通體俱從醉後著筆，而豪俊英爽之氣軒軒，人世須玩其跌宕承轉處，幾無筆墨痕迹可尋，此化境也。

《江夏贈韋南陵冰》是初從夜郎放歸，忽與故人相遇，一路酸辛凄楚，閒閒著筆。末幅「頭陀雲月多僧氣，山水何曾稱人意」二句，忽然擲筆空際，此下以必不可行之事，攄必當放浪之懷，氣吞雲夢，筆掃虹霓，中材人讀之，亦能漸發聰明，增其豪俊之氣。

《憶舊游寄譙郡元參軍》詩，以董糟邱陪起入題，先用「迴山轉海不作難」二句一頓，方能引起下文如許熱鬧。「一溪初入千花明」云云，東坡每能效此種句。前段入漢東太守，主中之賓也；插入紫陽真人，又賓中之賓也。又復折回漢東太守「手持錦袍」云云，不特氣力横絶，而用筆迴環，亦極奇幻不測。「當筵意氣」五句用單句作過脈，有峰迴嶺斷之妙。「君家嚴君」云云，又起一波，引起下半首，便不更添一人，只以美人歌曲略作點綴，與前面文字虛實相生，恰好末路回映渭橋，章治完密。一首長歌以驚艷絶世之筆，寫舊游朋從之歡，作讀去令人目炫心摇，不知從可處得來細心，繹之中之離離合合，一絲不亂。

《夢游天老吟留别》詩奇離惝怳，似無門徑可尋，細玩之，起首入夢不突，後幅出夢不竭，極恣肆幻化之中又極經營慘澹之苦，若只貌其格句字面，則失之遠矣。一起淡淡引入至「我欲因之夢吴越」句，乘勢則入，使筆如風，所謂緩則按轡徐行、急則短兵相接也。「湖月照我影」八句，他人捉筆可云已盡能事矣，豈料後邊向有許多之奇奇怪怪，「千巖萬轉」二句用仄韵，一束以下至「仙之人兮」句，轉韵不轉氣，全以筆力驅駕，遂成鞭山倒海之能。讀去似未曾轉韵者，有真氣行乎其間也。此妙可心悟，不可言喻。出夢時用「魂悸而魄動」四句，似亦可以收煞得住，試想若不再足「世間行樂」二句，非但喝題不醒，抑亦尚欠圓滿。「且放白鹿」二句一縱一收，用筆靈妙不測，後來惟東坡解此法，他人多昧昧耳。讀古人詩，無論前人是作何解，我定細細去體會一番，自家落筆，久久庶有投之所向無不如意之妙。

《魯郡堯祠送竇明府薄華還西京》詩全用一拓一頓之筆，如神龍夭矯九天，屈强奇攫。近日黄仲則差能仿佛，其用筆遂得雄視一代，辟易萬夫。學者於嘉州、工部後，再熟此種，便可悟縱横跌宕之妙。「廟中往往來擊鼓」，此等接落真出人意表，「堯本無心爾何苦」，意極正當而筆極恣横。「深沉百丈洞海底」二句力爲排奡，「昨夜秋聲閶闔來」云云，忽然又起一波，令人已不可測。「我歌白雲倚窗牖」云云，忽又作一頓折之筆，奇横至此爲極。「高陽小飲」四句本作一氣讀，偏於下二句連，再下二句另爲一韵，順帶一筆挽四堯祠，有千鈞力量，結亦遒勁。

《單父東樓秋夜送族弟沈之秦時凝在席》一首，「孤飛一雁秦雲秋」句峭而逸，「絲桐感人弦亦絶」云云突接硬轉。學古人全要在此等處留心，方能筋絡靈動。下用短句間夾長句一路接去，其音凄愴，其筆俊逸，此太白獨異於諸家處也。

《酬中都吏攜斗酒雙魚於旅店見贈》詩，賞其雋逸。宋明人爲之，未嘗不佳，便少此逸氣。

《答杜秀才五松見贈》詩，兩人出處正爾相同，故情真而言暢，洋洋灑灑，讀之永無轅駒之誚。

《下途歸石門舊居》云云，篇中多用整句，太白詩未可多用，最宜師法。「將欲辭君挂帆去」二語是太白本色。「俯仰人間易彫朽」亦突接硬轉法也。「我離雖則歲物改」四句，當玩其轉筆之捷，真能如風掃籜，再接「石門流水舊桃花」四句，益覺得氣味濃厚，文境寬綽有餘。將到結尾，又用「何必常從七貴游」二語一束，可云到底不懈。選本不登此種，美不勝收也。從此問津，覺武陵仙源尚在人世，天地生一傳人，從小即心地活潑，理解神透，如東坡《入峽》詩「聞道黄精草，叢生綠玉篸。盡應充飲食，不見有彭聃。」《八陣磧》云：「神兵非學到，自古不留訣。至人已心悟，後世徒妄説。」《雙鳧觀》云：「雙鳧偶爲戲，聊以驚世頑。不然神仙迹，羅網安能攀。」以年譜按之，公作此詩時不過二十歲，若鈍根人有老死悟心不生者，難以語此。

作詩不必有出典，而形容能盡極妍態，令人一讀一驚喜。東坡《浴罷》句云：「老雞卧糞土，振羽瞑雙目。倦馬輾風沙，奮鬣一噴玉。」此等生造，能與昌黎之「赤龍拔鬚血淋漓」各有虛實不同之妙。

選古人五七古詩若干首，讀萬遍或數萬遍，熟其音節氣味，心解神悟，久久覺得撑腸漲腹有無數之奇奇怪怪不可名狀，再加一二年醖釀工夫，所謂醖釀者，祲食魂夢若或遇之，我之形神與古人之氣脈息息相關，又覺得前所謂撑腸漲腹者，化而爲浩浩然、汩汩然，作挾沙走石之勢，不可控制，此當落筆候也。元遺山《宣和雲峽石》云：「薰蒸似欲出泉脈，瑩滑定應凝石髓。剥裂雯華漬秋月，辛苦詩仙費摹擬。」「車箱箭筈連西東，仇池百穴窗玲瓏。飛墮不嫌雲鷲小，奇探已覺太湖空。」又「膏血網船枯九州，亡國愁顔爲誰洗」，此種精鍊，實爲集中上乘。學遺山正當如此著力，若「舉頭西望忽大笑，大華落落長庚高」以及「半空擲下金芙蓉」等句倣去，便覺省力容易，然後人已用之爛熟矣。學者作詩先讀李、杜、韓、蘇，若自家才氣實在平弱，未必不知難而退，試取遺山之學前人者讀之，當有彼丈夫之想，鼓氣而前，終當有濟。

我小時作詩無師授，種種工夫，皆是從漆黑處摸弄出來，吃苦不小。家中子弟如今有人指示，自然省力，然切莫視爲容易事，若以爲明明白白，先有人都與我擺在眼前，只用讀去，不肯細意研究，不知如此種講究是一人所得，他人視之，仍如紙上談兵一樣。自家不造入一境，終不能曉得一境之妙也。

手編一書自不容易，而能讀之者更難。其人如温公《通鑑》在當時，惟王勝之借讀一過，他人讀未盡一紙，即欠伸思睡矣，况其下者乎？今之人動刻著作，望一王勝之於千百年後，豈不難哉！

宋儒金履祥謂門人許謙曰：「士之爲學如五味之在和，醯鹽既加，則酸咸頓變，子來三日矣，而猶夫人也。」云云，此即三日拭目之意。今學生在書房讀書，有成年不見長進，稍稍敦促之，咸謂我爲性燥，然則古人之説又何謂也？即才氣不佳，果肯埋頭苦讀，亦斷無一年不長進之理，其知所勉哉。

作僞心勞日拙，一點不錯。即如王莽爲新都侯時，嘗私買侍婢，昆弟或頗聞之，因曰：「後將軍朱子元無子，聞此兒種宜子。」即日以婢奉朱博，其匿情以博時譽如此。當日名士如戴崇、金涉、陳湯輩皆受其籠罩，何况餘子。王荆公之「王莽謙恭下士時」一詩確有見解，惜莽之死不早耳，作僞何益之有？

人多謂能文章者不死，何也？人於生前能以精誠之氣爲文字，則心爲精誠之所結聚，必不同尋常之人。身死魂魄俱盡，必爲靈鬼，上升天界。世人妄希仙佛，豈知此與仙佛無二。不必論李、杜、韓、蘇，其精誠不散，石延年尤爲人所共知，即如郊、島輩，詩既長留人世，其精氣必生天上，較生前持齋號佛打座運氣，似覺駕輕就熟省力許多。此論亦未甚穿鑿，更與有識者共參焉。

昌黎《謁衡嶽廟》詩，讀去覺其宏肆中有肅穆之氣，細看去却是文從字順，未嘗矜奇好怪，如近人論詩所謂説實話是也。後人遇此種大題目，便以艱澀堆砌爲能，去古日遠矣。「侯王將相」二句啓後來東坡一種，蘇出於韓，此類是也。然蘇較韓更覺濃秀凌跨，此之謂善於學古，不似後人依樣葫蘆。

《贈崔立之》一首工於展拓，妙於收束，其鋪叙處用轉折以取勢，轉折處用警句以整頓，遂不嫌拕沓，無懈可擊。至全用仄韵到底，工部已有之，盛於作者，極於東坡，歌行之能事備矣。鄙意以爲作仄韵頗易於見長，學者當先從轉韵入手，再作平韵，終作仄韵，功夫方有層次。

文人荒誕好怪，自是一病，如《赤藤杖歌》，其奇創處要能言之有物。劉叉、盧仝、李賀、任華輩，往往怪而不中理，是無物也，所以不及昌黎「共傳滇神出水獻」四句，已好到極處，後又著「浮光照手」句，猶以爲未足，更以「空堂晝眠」二語以束之，筆力奇傑，直可横塞九州，鼎足李、杜，非公而誰？

《鄭群贈簟》一首，遇此等題，無可著議論，又作平韵到底，如何撑突得起？看其前面用「携來當晝」云云，故作掀騰之筆，以鼓蕩之便不平板。末幅「側身甘寢」云云，作突過一層語以收束之。昌黎極矜心之作，前人有誚作者是以文爲詩，殊不知詩文原無二理，文如米蒸爲飯，詩則米釀爲酒耳，如此突過一層法即文法也，施之於詩，有何不可？唐人「知有前期在」一首亦是此法。

《華山女》一首用微言以諷之，與《諫佛骨》用直筆不同，詩文各有體裁耳。「洗妝拭面著冠帔，白咽紅頰長眉青」，如見女道士風流裝束。「觀門不許人開扃」，先作一折筆，見有如許做作，至「觀中人滿坐觀外，後至無地無由聽」，便好笑人也。末四句「雲窗霧閣」云云，隱語也，不必求甚解而穿鑿之。

昌黎五古語語生造，字字奇傑，最能醫庸熟之病。如《薦士》、《調張籍》等篇，皆宜熟讀以壯其膽識，寄其豪氣，「横空盤硬語」云云，此公自壯其詩耳，「杳然粹而清，可以鎮浮躁」，却到東野分際。《調張籍》開口便是「李杜文章在」，緣心中意中傾倒已久，不覺衝口而出，通首極光怪寄離之能，氣横筆鋭，無堅不破。末於張籍只用一筆帶過，更不須多贅。至《贈張秘書》「險語破鬼膽」云云，亦非公不能當此語。《送無本》云：「狂詞肆滂葩，低昂見舒慘。姦窮怪變得，往往造平澹。」此詩文歸宿之要旨也，不然狂肆不已，卒入鬼道。

嘗論東坡七律，故是學問大，然終是天才迥不猶人，所以變化開合，神出鬼没，若行乎其所無事。如《和晁同年九日見寄》後半首云：「古來重九皆如此，别後西湖付與誰。遣子窮愁天有意，吴中山水要清詩。」又有一意翻爲一聯，用筆用氣直貫至尾，魄力雄健者，《送傅倅》云：「兩見黄花掃落英，南山山寺徧題名。宗成不獨依岑范，魯衛終當似弟兄。去歲雲濤浮汴泗，與君泥土滿衣纓。如今别酒休辭醉，試聽雙洪落後聲。」又《雪夜獨宿柏山庵》云：「晚雨纖纖變玉霙，小庵高卧有餘清。夢驚忽有穿窗片，夜静惟聞瀉竹聲。稍厭冬温聊得健，未濡秋旱若爲畊。天公用意真難會，又作春風爛熳晴。」純以質勁之氣作閃爍之筆，遂能於尋常蹊徑中得此出没變化之妙。王荆公《詠雪》一首云：「奔走風雲四面來，坐看山壟玉崔嵬。平治險穢非無德，潤澤枯焦是有才。勢合便疑包地盡，功成終欲放春回。寒鄉不念豐年瑞，只憶青天萬里開。」則又是一種筆墨，從艱險中入去，却從明顯處出來，學者知此可參其變。

人生讀書，於科名一條，得固佳，不得亦不足憾，惟能自家克苦用力，則造化自有安排。工部《遣懷》詩云：「編蓬石城東，采藥山北谷。用心霜雪間，不必條蔓緑。非關故安排，曾是順幽獨。」即此意也。我少非科甲，二十年來窮愁潦倒，稍閒，惟有簸弄筆墨稍自消遣，亦無可奈何事，順幽獨耳。《遣懷》共二首，後一首句云「榮名忽中人，世亂如蟣蝨。古者三皇前，滿腹志願畢。胡爲有結繩，陷此膠與漆。禍首燧人氏，厲階董狐筆。君看燈燭張，轉使飛蛾密」云云。去年在萊陽，借人家杜詩看，是王西樵批本，此首皆著單點，不見稱賞，乃知「羚羊挂角」一語，誤人不淺。

人生太窮，至於飲食不繼，雖説該去忍飢讀書，然枵腹高吟，肚裏如何支架得住？偶憶東坡絶句云：「北船不到米如珠，醉飽蕭條半月無。明日東家當祭竈，隻鷄斗酒定膰吾。」夫以東坡之賢豪，餓到十來天也想人家饋東西吃，而真率之氣，妙能縱筆寫出，乃知陶公叩門乞食，浣花偕妻乞絲，都不足爲古人深病。

人要孽非自作，難道任其餓死，天公也不來管一管。昨讀元遺山《送王亞夫》詩云：「天公醉著百不問，汝偶而偶奇而奇。」不覺爽然自失，此等語庸而實奇，前人不曾道過，此遺山之所以能雄視金元也。

工部云：「但覺高歌有鬼神，焉知餓死填溝壑。」太白云：「吟詩作賦北窗裏，萬言不直一杯水。」遺山師其意，則云：「長衫只辦包瘦骨，故紙何緣變奇貨。」此謂善學古人，若工部之「群胡歸來血洗箭」，李空同便云「逐北歸來血洗刀」，是謂之襲古，不是師古。

人生做事全要各人自拏主意，斷不可聽人慫恿。古人如陶公，人但知其「傾身營一飽，少許便有餘」，幾與鄉里小民無異，細讀其《飲酒》詩，「清晨聞叩門」一首行文至後半，忽然勒轉，用答田父語云：「深感父老言，禀氣寡所諧。紆轡誠可學，遠已詎非迷。且共歡此飲，吾駕不可回。」斬釘截鐵，勁氣勃發，可以想見陶公之爲人。讀陶後當去看東坡《和陶》諸作，方爲元元本本。乃知古人有斷斷不可及處。

讀古人詩，本來不許心粗氣浮。我於陶尤覺心氣要凝鍊，方能入得進去。有看古人詩，略一披閱，便云：「不過爾爾，吾已了然於心口。」此無論聰明人、鈍漢子，皆自欺欺人也，斷不可信。如陶公《相郭主簿》云：「露凝無游氛，天高景物澈。陵岑聳遥峰，遥瞻皆奇絕。」一樣寫秋，迴與唐人不同，氣味深静故耳。若工部之「萬壑樹聲滿」，雖淺人亦知叫好矣。讀陶當從此得力，方能破前人學陶藩籬，若只摩倣其「狗吠深巷中，鷄鳴桑樹顛」、「相見無雜言，但道桑麻長」等句，引入孟、王、儲太祝一路去，自家便不能出頭。

五月旦作起筆云：「虚舟縱逸櫂，回復遂無窮。」寫舟行之妙不可思議，「逸」字下得新，「回復」、「無窮」是從上「縱」字來。「神淵瀉時雨，晨色奏景風。」用「瀉」字「奏」字，妙能狀出「神」字、「晨」字來。末云：「即事如已高，何必升華嵩。」收得挺健，於此可悟用字起結之法。又劉柴桑云：「良辰入奇懷，挈杖還西廬。」「奇懷」字是自家覺得，於無奇處領會出來，他人不得而知也。《九日閒居》一首，上面平平叙下，至末幅「斂襟獨閒謡，緬焉起深情」，忽作一折筆以頓挫之。下二句「棲遲固多娱，淹留豈無成」，以一意作兩層收束，開後人無數法門。

癸卯十二月中作云：「凄凄歲暮風，翳翳經日雪。傾耳無希聲，在目皓已潔。」自是詠雪名句。下接云：「勁氣侵襟袖，簞瓢謝屢設。」接得沈著有力量。又云：「高操非所攀，深得固窮節。平津苟不由，棲遲詎爲拙。」想見作者之磊落光明，傲物自高。每聞人稱陶公，恬淡固也，然試想此等人物如松柏之耐歲寒，其勁直之氣與有生俱來，安能不偶然流露於楮墨之間？余有《冬日雜詩》數首，頗能得力於此種。

《桃花源》詩云：「雖無紀曆志，四時自成歲。怡然有餘樂，於何勞智慧。奇蹤隱五百，一朝敞神界。淳薄既異原，旋復還幽蔽。」此種又何嘗不仗議論？「奇蹤」四句筆力颯爽，雖健者瞠乎。其後杜韓用筆，每每宗此。

《擬輓歌》云：「幽室一已閉，千年不復朝。千年不復朝，賢達將奈何。向來相送人，各自還其家。親戚或餘悲，他人亦已歌。」説得冰涼，令人忽笑忽哭，詩文之至者，自能感人，如金正希時文，則不當以時文論，《民到於今稱之》一篇，正與此種一樣可感。

昌黎《詠雪》云：「崩騰相排捘，龍鳳交横飛。波濤河飄揚，天風吹旛旗。日帝盛羽衛，參髟振裳衣。白霓先啓行，從以萬玉妃。」極形容之妙。王荆公《詠雪》云：「滔天有凍浪，市地無荒隴。飛揚類挾富，委翳等辭寵。穿幽偶相重，值險輒孤聳。」又「荒林無空投，幽瓦有高隴。分纔一毛細，聚或千鈞重。飛揚窺已眩，摧壓聽還兇。魚舟平繫舷，樵履没歸踵。空令物象瑩，豈免川塗壅。争光姮娥妒，失色羲和恐。」又作一樣形容，不蹈韓之一字。壯夫斬將搴旗，各有能手，斯爲大家。

昌黎《送盤谷子》詩，東坡謂：「退之尋常詩，自謂不逮老杜，此詩當不減子美。」余謂此詩學杜得其疎處，濃處仍不似也。東坡學韓此種，却能神骨俱肖，所以稱之耳。詩中句云：「開緘忽覩送歸作，字向紙上皆軒昂。」此公自壯其詩也。今人作詩，多字字睡在紙上，便能令讀者亦沈沈睡去矣。稍知自愛者，向朋友借貸，原是萬不得已事，若以悠悠行路之人，而望以慷慨好義之舉，所謂立談之下，豈能使人痛哭也哉。張船山有句云：「飲酒也消名士福，通財漸拂故人心。」誦之爲之慨然。去年在濟南，聞船山物故，海內文人又弱一個矣。

昌黎《盛山詩序》云：「儒者之於患難也，其拒而不受於懷也，若築河隄以障屋霤，其容而消之也，若水之於海，冰之於夏日。其玩而忘之文詞也，若奏金石以破蟋蟀之鳴、飛蟲之聲。」人當處失意時，憂戚不堪，皆是不能以學問自勝之故。余半生憂患相仍，窮愁落魄，嘗誦此數語以自遣，可惜有作不能出金石聲耳。

詩能窮人，其所以能窮之故，前人無所發明，然所謂窮者，窮而不達耳，非必衣食不繼也。以我想來，詩文以氣爲主，氣盛則必有矜色，便欲輘轢群物，戾氣從此乘之。氣盛者，狂之將發也，狂則窮之兆也，可不戒哉！

家鄉米羹飯以黃小米拌豆麪、豆葉菜爲之，田家終歲食此，所謂能咬斷菜根者是也。我嘗向人說：「不能吃這樣飯，必不願罷官家居。彼出必安車，食必列鼎，除死方休耳！」

學五古詩，才質平鈍者當先從曹植、鮑照入手；超拔者當先從陶、謝入手。彼既超拔於謝，令其鍊才；就法於陶，令其去華就實，猶之平鈍者非陳思、明遠之精鋭開脱，不能啓其懦而發其警也。然後讀杜參其變，讀李疎其氣，讀韓肆其志，讀蘇宏其聲而博其趣，猶懼不能刻入也，讀東野、山谷以堅其表裏，再汎覽諸家，勢如破竹矣。王、孟、韋、柳當另鈔一册，於讀諸家之餘然後讀之，不可憑仗爲安身立命之處。七古前已論列，先讀嘉州，次李、杜，次韓、蘇，餘皆可略。至於用工之法，當如飢鷹攫食，如壯士砍陣，以必得必破爲功，種種作俑象人、翦綵爲花，皆所弗尚，久久自到是處。古人謂文無難易，惟求其是，「是」字正不容易。

才不足以雄一代者，不能代興。太白之「大雅久不作」一首，是以一代作者自期也。人生讀書，一面要埋頭苦攻，一面要放開眼孔，方有出息。

太白《西嶽雲臺歌送丹邱子》中云：「雲臺閣道連窈冥，中有不死丹邱生。明星玉女備灑掃，麻姑搔背指爪輕。」下接仄韻云：「我皇手把天地户，丹邱談天與天語。」每於轉韻處稜角峭厲，令人耳目頓覺醒豁。學者要從此種尋去，方有塗徑可通，若但貌襲其起句「石作蓮花雲作臺」，便是鈍漢。

《扶風豪士歌》：「天津流水波赤血，白骨相撑亂如麻。我亦東奔自吴國，浮雲四塞道路賒。」以下若入庸手，便入扶風矣，却接「東方日出啼早鴉，城門人開掃落花。梧桐楊柳拂金井，來醉扶風豪士家。」日出鴉啼、城門洞開、梧桐金井、人掃落花，一種太平景象，與上之白骨如麻作反映，從閒處引來，第四句方趁勢入題，用法用筆，最宜留心。

《妾薄命》云：「寵極愛還歇，妒深情却疎。長門一步地，不肯暫迴車。」下忽接「落雨不上天，水覆難再收。君情與妾意，各自東西流。」此種神妙，讀者縱能了然於心，不能了然於口。

《白頭吟》云：「此時阿嬌正嬌妒」，接法有形無迹，有一落十丈之勢，其妙不可思議。「莫捲龍鬚席」四句，尚作迴護之筆，至「覆水再收」句方下决絶語，用筆如晴絲裊空，深静中自能一一領會。

「荆州麥熟繭成蛾，繰絲憶君頭緒多」、「雲鬟緑鬢罷梳結，愁如回飇亂白雪」，可云善於言情，工於言愁。

黄仲則詩，趙渭川、翁覃溪皆有刻本，非其全也。早年至吴門，識其嗣小仲，得以鈔本全稿，託范紀年寄歸。其學太白處，如「經時卧病出門望，但見短草摇天青。」《春晝》云：「楊花飛，游絲颺，兩地相逢不相讓。畢竟楊花性更柔，因風復上楊枝上。」《病愈觀城西水上合樂》云：「粉妝照水愁水渾，病回照水愁水清。水清水渾不相入，眼前士女空傾城。」《秋夜》云：「絡緯啼歇疎梧烟，露華一白凉無邊。纖雲微蕩月沈海，列宿亂摇風滿天。」《樓上對月》云：「濛濛薄霧蒼蒼烟，山意亦如人可憐。一絲清氣共來往，星辰自動高高天。」此真能直闖太白堂奥，東坡而後罕有其匹。今試略舉東坡之學太白數句，可以頓悟矣。《上堵吟》云：「臺上有客吟秋風，悲聲蕭散飃入空。臺邊游女來竊聽，欲學聲同意不同。」又次韵云：「猿吟鶴唳本無意，不知下有行人行。」此皆非有意學太白也，天才相近，故能偶然即似耳。

仲則學東坡，亦有神肖處，如《題李明府天英借笠看山圖》云：「是物等閒難得戴，著屐何如放船快。君與東坡兩蜀人，披圖似有英靈會。」《鋪海》云：「返照一縷衝波開，彩翠細縷金銀臺。初疑百萬玉鯨鬬，闌入一道長虹來。」《采石尋三元洞因登妙遠閣》云：「海雲下棟猿接臂，河鼓隱竇虵藏車。最高一閣小於艇，凭闌浩浩江聲粗。采石上峰翠窈窕，歷陽遠樹烟糢糊。魚龍怪氣走虚壁，水聲天闊無象無。」《山鏗》云：「山非極高水非深，無一直筆方耐尋。」又句云：「不知深入濃陰中，但覺逢人鬢須緑。」《雲棲寺》云：「齋餘寺後看巖澗，腰脚縱好須扶藜。蘚階四漫泉瀌瀌，藤壁獨裊風凄凄。回峰閃緑埋倒景，急瀑挂練飛長霓。延緣復值徑窮處，嶺頭尺五天抽梯。飛空騰擲我無具，有不盡意輸鼪鼷。」其學坡公，能在語言之外脱胎换骨，淺者倉卒無能領會。其他歌行佳者，可得五六十篇，有集可按，本朝此體幾無二手。

陳午亭《酬于秀才》云：「多君長劍倚崆峒，况事仙人白兔公。王屋天壇青嶂裏，河陽古寨碧流中。詠從洛下書生好，詩是山西老將雄。欲共飛車三萬里，赤松同訪趁西風。」後半浩氣行空，讀去增人豪興，第六句大爲老西吐氣。

午亭全是一團學力抱真氣，而能獨往獨來者也。余謂其深造之能，直駕新城、竹垞而上之，世人見其用力過猛，使筆稍鈍，看去覺得吃力，遂輕心掉之耳。五古《詠漢事》數首絶不用推陳出新，旁見側出，而用筆自然鋭不可當。太白《秦皇掃六合》等篇正是此詩之源，識者辨之。五律學唐人，不抉其髓則失於熟；學宋人，但襲其皮則失於生。惟濃不染唐之蹊徑，淡不落宋之窠臼，經營於意象之間，咀嚼於神味之外，午亭五律剛到好處。《登普照寺》云：「樹杪水濺濺，群峰矗碧天。松門留曉月，板屋過流泉。谷口山城遠，窗中鳥道懸。前林人迹少，寒磬下溪烟。」此首似是從太白「犬吠水聲中」化出，却無迹象可求，尤佳是後半不弱。

《對菊》云：「秋老彫群卉，天寒有菊花。月稀階影白，風定檻枝斜。獨立真憐汝，逢開每憶家。故園經别處，籬外即天涯。」此詩用意全在一結。

《問王給事病》云：「昨夜眠多少，思君落月時。高齋聞雁早，秋圃見花遲。省掖稀囊草，安危有鬢絲。連朝同寂寞，吾病亦支離。」此學工部而泯其迹，細味之中邊虛實俱到。《立秋日子顧繹堂貽上湘北幼華過集時西樵荔裳相繼淪亡》：「生死傷心後，悲歌把臂初。皇天留數子，秋日集吾廬。風雨孤亭窄，苔花晚徑疎。不慚供給薄，離別較何如。」此首人咸知其學杜矣，不知起四句却容易，難處正在後半。文章著力處省力，不著力處費力。

《望西山》云：「列嶂橫天壁，連雲並女牆。晚風落空翠，疎雨溼斜陽。巖壑鄉心亂，關河別路長。白雲如蓋處，冉冉近高堂。」末句用梁公望雲事，通首濃秀而整鍊。他如《春日》云：「旅夢牽花信，春心著柳條。」《西原》云：「籬花殘雨澹，澗柳古烟青。」《雪隝》云：「塵垢河山浄，琉璃世界平。」《淮上》云：「舊日英雄里，殘陽野草花。」並稱佳句。《淮上》二句對句尤空靈得妙。

午亭《送吳蓮洋歸蒲東》有「狗監人難遇，娥眉老易猜」之句，應是罷鴻詞科時所作。又「人物雄才老，雲山間氣多。玉谿終古在，相並得金鵝。」金鵝，蓮洋館名，其所稱許之者至矣。人惟有名，而後與人不争名；惟有才而後能愛人之才。昨見一人詆一人云：「你説你會做詩，我偏不喜歡做詩。且你有才情是你的，與我甚麽相干？」是不同道也，安得相契？

午亭七律兼學宋人，余另有讀本，如《卧病輟直》云：「回驚廊閣三番仗，稍學仙人五戲禽。」《課兒》云：「繩牀穿座知吾老，書案量身覺汝長。」亦宋人中之卓然能自立者。

吳蓮洋原有粗服亂頭之妙，特才氣不能雄肆耳。歌行非無大篇，如《海上贈秋谷》詩，起首筆力超拔，中間屢用「噫吁兮」字，反受其累。《宋中吟》、《蔡州道士》、《祖龍行》等篇，可稱合作。其小品却有可觀，不僅「當門九曲崑崙水，千點桃花尺半魚」也。《鄉寧山城即景》云：「山雲啓新霽，林屋含清暉。風吹兩黄蝶，時繞山樓飛。老農向烟且驅犢，溪女背人猶浣衣。」又「雲來松際陰，泉到竹根散」，宛然如出柳州手，勝於「泉繞漢祠外，雪明秦樹根」等句。作者五古當以此意求之，方能無失。五律一體，實在本朝諸人之上。《寄向書友》云：「曾聞向始平，能注《南華經》。之子真苗裔，江山發性靈。寒蛟終謝餌，老鶴不梳翎。載酒鸚花節，長吟入洞庭。」無一字不錘鍊而出，不必定是學太白。《留王孟穀游風穴時將歸楚》云：「風穴何年寺，傳聞水石間。雲中千樹密，谿上幾僧閒。花信宜攜酒，春心且看山。休言涉魚齒，湅雨損朱顔。」著力不多，味之彌覺雋永，「春心」五字尤有逸致。《題顥亭皐園》云：「鄰舍草堂近，灌園同一泉。白雲扶杖客，芳草著書天。稅在桃花外，心當緑水前。東屯愁杜老，錯買瀼西田。」「藹藹藥苗緑，茸茸梅蕊紅。懷人眠夜雨，種樹立春風。避世幾曾見，素心今不同。何年能負笈，幽桂日成叢。」「仲叔羈棲日，山公把酒時。林泉從此識，花竹盡堪思。野蔓纏青壁，山禽下緑枝。他時尋石路，應得九峰疑。」著語之妙不可思議，神韵、氣味居然自異。

《憶棲巖寺》云：「最憶棲巖寺，招凉有舊亭。河流週郡白，山勢入關青。崖斷蜂留蜜，松高鶴墜翎。盧師吾有約，許共一函經。」新城尚書極稱「山勢」句，然好在下邊接得健，否即空腔矣。《送周星公禮部出守南康》云：「萬里敷文命，歸無翡翠裝。一麾辭北闕，十月下南康。問俗匡君側，狂歌五老傍。彭湖秋正闊，波浪浩茫茫。」「香爐吾最愛，雲氣似香烟。太守能清静，高齋對晏眠。更邀徐孺子，同聽谷簾泉。好在春明候，騎牛西澗邊。」一片化機，更不知爲五言律。後一首中二聯未嘗不對，却似散行者，於下半首「更邀」二句，忽作一折筆，律詩至此可云靈妙絶倫。

陳思王《箜篌引》「置酒高殿上」云云，一路説得極其繁華，忽接「清風飄白日」數語，頓成華屋山丘之感，而用筆之跌宕排奡，遂開千古法門。

《野田黄雀行》云：「高樹多悲風，海水揚其波。利劍不在掌，結交何須多。不見籬間雀，見鷂自投羅。羅家得雀喜，少年見雀悲。拔劍捎羅網，黄雀何飛飛。飛飛摩蒼天，來下謝少年。」突接「拔劍」句，用筆斬截，與上「利劍」有草蛇灰綫之妙。結二語另換一韵，神致爽朗，繳得亦極便捷。

《贈白馬王彪》第六首，全以議論行其鬱律之氣，達以挺拔之筆，後人乃以著議論便落宋人門徑，此則魏人詩也，章法用蟬聯而下，後人亦間有效之者，其實其迹也，可以不必。

《贈王粲》詩中間云：「悲風鳴我側，羲和逝不留。重陰潤萬物，何懼澤不周。」平平序説，陡然用此四句振起，令讀者神聳氣旺，不如此則不雄横，便榻下去矣。作慰之之辭，却撇開羲和，轉出重陰受澤來，可謂新刻之至。

《聖皇篇》句云：「沈吟有愛戀，不忍聽可之。迫有官典憲，不得顧恩私。」語有曲致有深情，工部《三别》等詩多師此種。《當來日大難》云：「日苦短，樂有餘。乃置玉尊辦東厨。廣情故，心相於。闔門置酒，和樂欣欣，游馬後來，轅車解輪。今日同堂，出門異鄉。别易會難，各盡杯觴。」此歌行之鼻祖也。「游馬」二句作一停頓，即排奡法也。熟此可悟行文用筆之妙。

《當牆欲高行》云：「龍欲升天須浮雲，人之仕進在中人。衆口可以鑠金，讒言三至，慈母不親。」

憒憒俗間，不辨僞真。顧欲披心自説陳，君門以九重，道遠河無津。」起二句七字一意，第三句六字，「願欲」句仍用七字，其錯綜之妙，歷落之致，實爲太白先聲。

謝康樂詩如《登江中孤嶼》句云：「懷新道轉迴，尋異景不延。亂流趨正絶，孤嶼媚中川。」其深細處，非鈎意攝魄以領會之不能探索其妙，「亂流」二句落題，有景有勢。《齋中讀書》後半首云：「懷抱觀古今，寢室展戲謔。既笑沮溺苦，又哂子雲閣。執戟亦以疲，耕稼豈云樂。萬事難並歡，達生幸可託。」全以筆力驅駕，氣味亦極濃厚，工部行文至興會處往往宗之。《從斤竹澗越嶺溪行》云：「猿鳴誠知曙，谷幽光未顯。巖下雲方合，花上露猶泫。」東坡殊有此筆意，其他率沁心藻績，濃深縝密，學之者使不得一些浮躁。學陶不成流於率，學謝不成流於澀，謹防其漸而已。

學明遠詩，惟調落已爲後人所模範者，則不當再倣，其英俊之氣、精悍之筆，與夫種種抑鬱之思，最能發人哀感，長人才思。讀陳思、陶、謝、明遠畢，然後再汎覽諸家以收其美，未爲晚也。

大家之詩，每細讀一過，手自丹黄，以爲遺漏頗少矣，隔數月讀之，又有前此看不到處，此等緣故纔隔數月，不是關學力有淺深，是一時心有勤怠、事有觸發之故。又如看這一部頭太熟了，須另換一部來看，字之大小、行數不一，頓覺眉目一清，此種道理全要自家留心精細。

工部五律《歸雁》一首云：「聞道今春雁，南歸自廣州。見花辭漲海，避雪到羅浮。是物關兵氣，何時免客愁。年年霜露隔，不過五湖秋。」後半突接硬轉，他人無此手筆。

《九月一日過孟十二》前四句云：「藜杖侵寒露，蓬門啓曙烟。力稀經樹歇，老困撥書眠。」宋人劉後邨、陸放翁多師此種，我謂學杜斷斷當從此入手。現身説法，即如我《歸家次日早至西坪》云：「風外聽書聲，到來慰此情。買春邨酒賤，敲竹曙樓清。」此於工部有小得力處，非自炫，正欲與有識者一證之也。

東坡句云：「平生飽轟簡，食筍乃餘債。」弄筆生趣，人多知其爲宋人句。「我欲汎中流，搪突黿獺瞋。」乍讀之，初不知爲工部句，乃知唐宋之分是論其大段不似耳。人人讀書具有靈性，安有唐宋之别哉？即如工部之「溪行衣自溼，亭午氣始散。冬温蚊蚋在，人遠鳧鴨亂」，讀者又猜以爲東坡詩矣。諸如此類，未可枚舉，是又在有眼力人檢好的讀將去，自不致走差路頭。

工部《蘇大侍御訪江浦》詩序云：「余請誦近詩，肯吟數首，才力素壯，詞句動人，接對明日，憶其涌思雷出，書篋几杖之外，殷殷留金石聲。」此種散行文字，即使昌黎捉筆，寧通遠過。後生家不肯留心看書，開口低昂古人，豈不大錯！

工部《酬韋韶州》云：「養拙江湖外，朝廷記憶疎。深慚長者轍，重得故人書。」與七律《賓至》一首皆有老名士派頭。後人無此老本領，派頭往往過之，阮吾山云：「狎優童，窮烹飪，講骨董，便稱名士。」令人可歎。

近人刻自家詩稿序文，至於一而再、再而三，題詞詩句連篇累牘，未免過於標榜好名，其實詩之能傳與否，則不在是，徒災禍梨棗耳，有豪傑之士定能力矯此弊。

有靈心肯讀書之士，能深知道古人，方能認得定自家，古人如鏡也，觸之，然後妍醜得見，不認得自家，是兩目都瞎，雖有鏡亦不能照見矣。輕嘗淺試之夫以詩謁人，既非素日至交，誰好意思真斥其非？只合將就批些好話，餘實隱約其辭，固未嘗許之也，彼却信以爲真，謂某人説我好，想來不錯，便有井蛙之意，於是居然刻集，公然託消，可惜今日更無秋谷，其人謹爲回札曰：「土儀拜登，大集璧謝。」

人咸謂坡公歌行學昌黎，不知其源出於太白，於韓則支分派衍耳。其自闢境地，横説豎説，以精悍之筆逞生花之管，真能前無古人後無來者。所當熟讀者不下百數十首，然意愜神飛，各有領悟，又不在多與少也。近年細讀其集，稍稍病諸選本未能精當，讀古人詩最是難事，有古人驚天動地之作，我自問斷斷學不來，震其名而强誦之，仍是没交涉。然亦要防己之粗心，或是學力打不到，以俟後日。又或雖未是名篇，我於這一種筆墨却是生疎，尚須揣摩，亦未礙一讀再讀。且各人病痛未有不自覺者，對症下藥，便容易見功。至於操選本是難事，我嫌他人選本不愜我意，設我爲之，又實不愜人意。大家之詩，如入五嶽探山問水，可以各隨其心之所好而獲，正不必强同。

一鄉有一鄉之詩文字畫，如在萊陽，無不知有周藹園之畫、李碩亭之書者，兩人自佳，然取以蓋天下則未能也。從未有提及蘿石之文與荔裳之詩者，即如吾鄉中近日後生家多好作詩，亦未有一人立志欲上追午亭者。道聽塗説，貴耳賤目，人人皆坐此病，能自樹立之人絶少，安怪江河日下，一蟹不如一蟹？

閉門造車，出門合轍，鄉曲中吟詩作文孜孜不懈，可謂能閉閉造車矣。可惜無書可讀，又無名師益友與之切磋，及至出門，多不合轍，果自知尚好，否則恨牛馬之不馴良、道路之不平坦，卒至於覆車敗轅而歸，終身不悟我拙工也，可哀也哉！

工部云：「文章一小技，於道未爲尊。」明知作詩算不得甚麽武藝，然尚冀萬一弄到稍稍站得住時候，或一鄉一曲於身後尚有稱道之者，庶不與草木同朽。三代以下，惟恐不好名，却也難去深怪他。吾邑從前有衛侍御者，少年科甲，纔隔得五十餘年，四鄉讀書人便多不能舉其姓名、官爵，無論鄉會、墨卷。田楚白者，一老諸生，没亦三十五六年，鄉人無有不知者，何也？會作數首詩之伎倆耳。

家中子弟作秀才，成年不肯看書，亦不作八股，胸中苟苟營營，一旦所圖不遂，則懊惱不堪，凡此皆求之於人者也，不得尚不堪其憂。今與之三史一部，多不過六七套書，三四年不能披閲一過，却夷然不以爲意，尚摇擺人前作斯文樣子，人爲之一笑，我爲之一痛。

人到年紀大了，讀書全要心入，拏得起來放得下去。當放下去時，衝風破浪，繁劇冗沓，雖乍覺苦處，有才料人稍久即處分有條有理，仍可讀書。拏起來時，要不數行，便覺此中翕翕然動，神與古會。試看韓、柳、東坡之遭際，以常人當之，安能捉筆更爲詩文？此是從小功夫入，深了所以心入，若入不進去，無論投艱失措，即尋常安樂時偶然看戲聽歌，心亦摇摇不能自主，歸來展卷如墮十重霧，安能更爲詩文？其能入不能入，總在三十幾以前，老馬學竄便不中用。且人到三十歲以後，上有父母，下有妻子，即家道豐足，亦不能百事不關心，與從小下帷一樣入得不深，拏得不穩，徙業改塗，勢所必然。家鄉讀書有案頭荒之説，心不入可知。余《無一事堂》有句云「迹混神則祕」五字，是中年讀書妙法。

從小在書房至二十一二歲，非嚴冬入場，出遠門不許穿皮袍子，即雄於財只可著皮套一件，食以飽爲度，不可多用肥膩，常令微飢薄寒，則骨力清健，心便靈動，既可惜福，亦戒侈心。即如我已及艾之年，半生食貧茹苦，偶然肥甘過多便嬾怠看書，可知「飽暖」二字當僅僅使之飽暖，不可少過分數，所謂志不在飽暖也。

老杜《牽牛織女》詩「颯然精靈合，何必秋遂通」，此等處看題，有識後邊講到君王夫婦大義上去，不必定去學他，工部之詩、柳州之文，到撒手放筆興會濃至時多有此種，不可不知。

文人無行，多藉爲口實，此大不可也。夫以文人而作市井無賴之事，豈不可愧？子夏「小德出入」之言已有語病，人生寧可爲數馬策以對之謹愿，不可爲一擲百萬之豪縱，願家中諸人謹志此語。

工部《同元使君春陵行》云：「安得結輩十數公，落落然參錯天下爲邦伯，萬物吐氣，天下稍安可待矣。」邦伯，即今督撫藩臬也。有好督撫藩臬，然後有好府道，有好府道，然後有好州縣，州縣果好，則上下安而黎庶康矣。工部自許稷契，或稍溢分，使其得時，行政必有可觀，卒以窮餓空山而死，豈不惜哉！

人生以筆墨依人吃飯，實是窮得無可奈何，若有數畝山田、三間草屋，嘯飲絃歌，何求於人？雋三二十年游幕，鄉人無不羨之者，殊不知雋三雖好，不如少陵，東家雖賢，不如嚴武。少陵《呈嚴》句云：「束縛酬知己，蹉跎效小忠。」可以想見依人之不能游行自在矣。他日雋三見此，當爲三歎。

「衣上見新月，霜中登故畦」、「鳥下竹根行，龜開萍葉過」，工部句也，宛然韋、柳、王、孟，特不肯以此自囿耳。

侍於君子有三愆，即所謂不懂眼也。人有全無知覺，隨處得愆，直是可厭。又有怕去招愆，藏頭露尾，永不敢侍於君子，則是可惜。金正希云：「與群小狎處，則終日不得一愆。」令人真如冷水撥背，陡然一驚。

漢高箕踞謾駡，終有柏人之變。能駡人不是便宜處，諸葛武侯名士風流，一生謹慎，不曾駡過一人，要學名士，當先從「謹慎」二字入手。

在家能做好學生，處鄉黨能爲好人，日後出門涉世，或懋易，或作官，習與性成，自能諸事安閒妥帖。亦有跅跎之士，未嘗不邀名當時，駕御失法，終是可慮。且是爲好人、爲惡人，皆是從讀書中來，惡人讀書更足以濟其惡，如曹操篡漢是也。若是不曾學問，單會作惡，便容易制伏，不過一箇鄉里無賴鬼，一經枷杖，便知稍悛。

人有讀書一輩手不釋卷，與之談，雖悉是陳言，無所發揮，然腹笥可稱富有矣，及行文作詩，則毛病百出，若從不拈筆，尚可藏拙。更有一種人，偏要著作刊集刻稿，雖轉眼灰飛烟滅，算不得事，然親見其刻苦如此，終身不得入門，豈非怪事。

天之生有器識人與全無心肝人，迹似相類而實有不同，如患難之來，窮波百折，真弄得少皮没毛、降心殺氣，依然讀書樂業。與一種敗家子弟，非但不知警畏，無憂無慮，坐任覆敗，迹窺之，坦然處極是相類。不知讀書樂業者之隱憂萬端，力欲挽回氣運，不勝其憔勞也。設不幸，無可奈何，要是命裏早有安排，此心終無愧赧。

刻一人專集，當稍稍從寬，蓋一人有一人之交游，苟可存得，未便棄擲。選一省人詩與天下人詩，勢不得不嚴。盧雅雨有《山左詩鈔》，近年吾鄉有《山右詩存》，山東近日又有續刻，二書頗爲人所雌黄，然能搜輯收於一處，亦是好事，精當與否，似未可苛。詩存中有附録現在人詩，當是爲託消起見。所收余詩，今集中删落殆盡，十五年前本來没好詩，非操選者之過也。所以名人存稿不貴少作。鄙意謂刻集當待晚年，或竟是身後，早則終有所悔，不然則是入得不深，又從此抛荒，反覺得後來做不出，雖刻亦何益之有？

事之從前未有者，昔人謂之破天荒。吾家世住北陰邨梨樹街，自明末至今，諸生不下三四十人，食餼官訓導間一有之，從未有登甲乙榜者，然非先人不能也，耕田、懋易摒擋家事，未嘗從事於此耳。大凡人家不大顯達者，多不速敗，二百年來豐衣足食，或亦由此。今日則家徒四壁，無田可耕，無貲可懋，無家事可摒擋，是以著子弟讀書，稍稍留心舉業，日後倘得破天荒，則凡中材者皆可勉力爲之。官可不做，舉人進士則斷斷不可不中。人生貴能自立，不必定是遥遥華胄。狄青謂一時遭際，安敢妄附梁公？」自是通人語。若時時刻刻誇耀先人，最叨人嫌。生人地位如文王，王季爲父，武王爲子，千古罕有之事，仍要自家能小心翼翼，即不幸仲弓爲犂牛之子，叔度爲牛醫之兒，亦未爲辱。將相無種，何必深較？且功名富貴，雖父子兄弟不能相假，况雲礽之裔以先人自炫邪？此皆不讀書之過。王文成公之父晚年自署楹帖有：「任老子婆娑風月；看兒曹整頓乾坤」之句，雖是説得起嘴，亦不無與王福峙同，有譽兒子癖，譽兒與誇祖宗，正是一樣毛病。

山谷《秋郊》云：「風力斜雁行，山光森雨足。壁蟲先知寒，機織日夜促。」「山光」句全在「森」字用得妙。《太湖僧寺》云：「松竹不見天，蟠空作秋聲。谷鳥與溪瀨，合絃琵琶箏。」意亦尋常，寫來却十分濃秀。此渣滓去盡，清氣在中故也。《觀音院》云：「谷底一墟落，地形如盎盆。」吾家踞太行巔，邨落形象多半如是。《刀坑口》云：「群山黛新染，蒙氣寒鬱鬱。」「蒙氣」二字精妙乏至，與《宿寶石寺》之「鐘磬秋山静，爐香沈水寒。晴風蕩濛雨，雲物尚盤桓」同工。《皖口道中》云：「寒花委亂草，耐凍鳴風葉。江形篆平沙，分派回勁筆。」寫景能字字精到，不肯著一摸稜語，此山谷獨得。《貴池》云：「橫雲初抹漆，爛漫南紀黑。不見九華峰，如與親友隔。」《别李端叔》云：「我觀江南山，如目不受垢。」《曉放汴舟》云：「又持三十口，去作江南夢。」皆戛戛生新，不肯一語猶人，筆力精能，實出宋人諸家之上，所以蘇黄並稱。特坡公天才横溢，尤不可及耳。其《答東坡》句云：「枯松倒澗壑，波濤所舂撞。萬牛挽不前，公乃獨立扛。」非東坡不足以當此語。後人多有以此意譽近代名流，殊未可當也。

萊陽趙鈎彤字絜平，乙未進士，官唐山令，謫新疆，歸卒於家。予作令時，已前一年物故，覓其詩稿，家人祕不肯出。去年至萊始得閲一過，才氣學力種種過人，古體如《故關》、《落齒》、《黑熊歌》、《養馬行》、《和樂詩》等篇，皆能力追古作者。予爲題詞於上，並書寄其令嗣，四川大足縣令屬其刊行問世。近體亦佳，如《登州重謁蘇公祠》云：「一官儕俗吏，七載别先生。再覩祠前樹，旋登海上城。詩留殘碣在，氣壓晚潮平。異代仍尸祝，何妨五日行。」一結是登州東坡祠移不到别處去。《白溝河》

云：「古道通青塞，横流劃白溝。沙牽魚浦遠，雲壓雁聲秋。寒色迷郚口，孤懷感渡頭。壯哉張叔夜，一死謝中州。」此首佳處亦在一結。絜平與李十桐同時人，五律即不苟雷同，可見人當自樹，不必去依牆靠壁。《幼孫名復孫甫三齡而嗜肉甘酒就余乞餘口占贈之》：「羶薌烹處語啁啾，孺子含嬌媚老牛。撮胳頻煩人借箸，擎拳并學客傾甌。翁官豈便如屠伯，祖廕應須饗醉侯。他日脱韝還拔劍，謫仙曼倩暫同游。」作家雖游戲筆墨，其不苟如此。

天下斷無閒人，其水雲野鶴之徒逍遥暮年，而一日之中精神命脈所寄，非在文字，即在山水，手足縱閒，心未嘗無寄也。若少年人一無所事，便是行尸走肉，與死何異？然用心當自有竅，百務蝟集，操者力與之争，懦者氣與之靡，皆不足以任事，至作詩文，用心更要操縱由我。余《冬日雜詩》有句云：「不用心不靈，過用心轉滯。江郎才豈盡，滯即無妙筆。」頗能得用心款要。我嘗與學生們説：人大了讀書行文，先要養性靈，倘不能剔透玲瓏，斷斷不濟事。余曾有句云：「彼雖有至文，我却無性靈。兩木合魚膠，終存兩木形。」肯用心人從此悟入，庶乎漸到佳處。東坡作詩，非只不能同孟東野之吃苦，並不能如黄山谷之刻至，賴有天才，抱萬卷書以真氣行之耳。漁洋作詩，不能同吴野人之吃苦，並不能如初白秋谷之刻至，天才真氣又不能上追東坡，所以不免後人雌黄，可見此事不想吃苦、不求刻至，斷斷無益。我輩作詩，其才氣書卷又下漁洋，再不一層一層打進去吃苦刻至，聊以自娱則可，如何能不朽？

從前在舊書肆中，得周櫟園所刻吴野人《陋軒詩》一册，僅百首，朋輩借看，久已不知歸落何處。

去年在萊陽，始得從鬱生家返回。古瘦堅峭，於諸布衣中另豎一幟，惜傳流甚少，此刻諒非其全，檢《別裁》所登，即有此刻所無者。《義鸛行》云：「山寺高，廛市遥，皚皚兩鸛來爲巢。巢成子生翼，僊神勞，十日雨，千里水遠去覓食。笑殺郵豎，攀曳上寺。潛以鵝卵易其子，卵破子出，雌鸛待飼。子出形殊，雄鸛驚呼，飛飛且怒。疑雌暗私他羽，東西南北偏告其同類去。寒日瘦，北風哀，同類四而來。瞋目屬喙，且視且猜。無端紛紛逼迫，頃刻天窄地促。可憐雌兮潔如玉，懷不得明，義不受辱。啄爛巢中雛，自挂山頭木。雄見雌死，轉嗔爲啼。同類無賴，各返南北東西。踽踽矐影，此夜孤棲。棲遲到曙，霜露偏瓦。同類復來集僧厦，率一雌鸛，云是新寡。雄不顧，去四野。終身不雙，以報泉下。」叙事用字措語之妙，不可思議，此所謂寫生好手也。

《訪周櫟園先生兼呈汪恥人》云：「櫟公之冤一朝白，歡呼聲滿長安陌。暫時歸卧江南春，從游獨重汪恥人。恥人學大年更少，與公與我爲同調。聞我有疾眠清谿，十日不能開口笑。酒酣離席向公云，草野今將失此君。櫟公不覺搔首語，世有此君胡不聞。索詩一讀一長歎，其時鵶叫寒宵分。公悲轉令恥人喜，貧病故人得知己。即遣蒼頭走雨風，陋軒半夜扶予起。跋涉舟車三百程，指日追隨公杖履。公既再生予未死，俱到恥人雙眼裏。」質而不俚，曲而能達，鈍根人正難領會。歌行體詩，能堂堂正正，力攻正面爲上，否則偏師制勝，旁行側出，以盡其變，野人即用此法，而堅勁之質、生辣之味，似無意求工，而他人萬不能及，洵推老手。

野人五律《送淼公》云：「人顔何可向，久矣勸師行。短杖又無定，斜陽皆有情。從今尋一寺，應不負餘生。古渡暮分手，蘆花伏水明。」此種詩，當賞之於聲色臭味之外，食人間烟火者，非但不能爲，亦不能解其妙也。

有人攻自家短處，不但謝過，兼能力改。若面赤耳紅，是怕當下一人攻短，不怕後世千人攻短矣。常有人拏詩來看者，再三要問可否，察其心果虛，乃肯告之曰：「若是只徒自家快活，與人唱和儘可去得。若還要想上追古人，與今代名家抗行，希圖自壽，非再讀書深入不能。」倘察之不是真心來請教的，則當以「極好必傳」四字了之。我二十年來愁到無可奈何，只有看書排遣一法，幸而把卷心入，如好飲酒人一杯入手，則千愁頓消，所以尚能活到今日。昨在濟南行館有句云：「諸愁集鬢容頻老，一卷對燈心力深。」詩雖未能佳，然皆是老實話，毫無客氣。

教訓子弟，宋儒之身教者從言教者訟，尚是爲中人説法。下愚不移，即身教仍是無益。如父肯讀書兒愛賭錢之類，又最可笑者。嘗見老子管兒子云：「我打牌，你却不得打牌。」是自家殺人放火，不許兒子打家劫寨，有是理乎？自古及今，幹蠱之佳兒少，濟惡之頑童衆也。

東坡《觀張師正所蓄辰砂》詩云：「將軍結髮戰蠻溪，篋有殊珍勝象犀。漫説玉牀收箭簇，何曾金鼎識刀圭。近聞猛士收丹穴，欲助君王鑄裹蹄。多少空巖人不見，自隨初日吐虹蜺。」此種詩是心中先有感觸，適有此題到手，遂如萬斛珠泉一齊涌出，與尋常小題大做不同。即如工部《櫻桃》詩，非身膺部郎，流落西蜀，亦斷難憑空結構也。大抵作事不可無所謂而爲之，况臨文安可苟哉？又如陸放翁《大雪》一首云：「大雪江南見未曾，今年方始是嚴凝。巧穿簾罅如相覓，重壓林梢似不勝。氈屋擲盧忘夜睡，金羈立馬怯晨興。此生自笑功名晚，空想黃河徹底冰。」放翁當南渡後，忠憤之氣時時溢於毫楮間，此詩其一見者也，若使他人爲之，則没味矣。

人之初學爲詩，謂其學放翁，彼必未以爲然，即語之者亦必勸其去學李杜，迨至少有造就後，意謂東坡以下舉不足以過我也。今試舉放翁一二瑣屑小題以例之，彼必縮手自謝，然後信古人卓然成家皆有斷斷不能及處，未可以輕心掉之也。七律一首題云《病足累日不出庵門折花自娱》：「頻報園花照眼明，蹣跚正廢下牀行。擁衾又聽五更雨，屈指元無三日晴。不奈病何抛酒醆，粗知春在賴鶯聲。一枝自浸銅瓶水，喜與年光未隔生。」語語空靈，却語語沉著，他人已難，第六句尤妙。我輩作詩三十年，放翁之不易到已如此，何況老杜？

詩貴能參活語，何也？今試略言之。東坡《是日至下馬磧憩於北山僧舍有閣曰懷賢南直斜》，谷西臨五丈原，諸葛孔明所從出師也，前半皆言山川形勝、當日出師云云，末幅忽著二句云：「山僧豈知此，一室老烟霞。」則題中「北山僧舍」四字方有著落，此參活句一證也。羅昭諫《題潤州妙善寺前石羊》注：吴主孫權與蜀主劉備嘗置此會，第五六句云：「英雄已往時難問，苔蘚何知日漸深。」此又一證也。書此付常棠以當一隅。

七律之對仗靈便不測，雖不必首首如是，然此法則不可不會用。東坡《贈僧》云：「每逢蜀叟談終日，便覺峨嵋翠掃空。」黄仲則之《游西山道中》「漸來車馬無聲地，忽與雲山有會心」，似從此化出。此等緣故不是有心去學，讀得古人多了，自有不知不覺之妙。又東坡《和晁同年九日》云：「古來重九皆如此，別後西湖付與誰。」《喜雪御筵》云：「偶還仗内身如寄，尚憶江南酒可賒。」得此，可以類推東坡喜笑怒罵固多，然亦有極蘊籍之作，如《次韵王鬱林》云：「平生多難非天意，此去殘年盡主恩。」又《元日過丹陽明日立春寄魯元翰》云：「竹馬異時寧信老，土牛明日莫辭春。」學者當細心檢點，不可鹵莽草率、道聽塗説。

詩有空寫而不覺其空者，不讀書人效之，便味同嚼蠟。屈翁山云：「白鷺一溪影，桃花何處灣。」其神韵色澤，味之彌長。欲爲此等，當先讀書。即如太白「牀前明月光」一首，似不從讀書得來，然其機神一片，又非藉書卷之氣以發性靈則斷斷不能。古人所傳，亦有思婦勞人之什，然持較氣味終别。又有故典與題全没關涉，信手拈來妙不可言者。翁山《太白祠》句云：「才人自古蛟龍得，太白三間兩水仙。」讀之令人驚喜，如此捏合用事，豈非妙手！

翁山《家園示弟》云：「先人好種藥，遺我神農書。與子理常業，參苓帶雨鋤。道從多病入，力是耦耕餘。莫嘆生涯拙，韓康此隱居。」第五六句接得深健，通體脈絡方極靈動，若此處稍弱，末即扯出韓康作結，仍是單薄。作者五律與蓮洋一派，多用散行。余小時喜其省力，模範之頗爲受病，中年細心讀杜，始能漸漸改轍。凡讀古人詩甚不容易，自家學淺識陋，非名師以引導之，鮮不壞事。

陳後山《宿合江口》云：「風葉初疑雨，晴窗誤作明。穿林出去鳥，舉櫂有來聲。」與翁山之「秋林無静樹，葉落鳥頻驚。一夜疑風雨，不知山月生」是一種神理，不待深者能擊賞之。然必有真實學問，方能手揮目送，役使群物，刻劃化工。若儉腹之人，無真興會而倣爲之，則定落空腔，可一望而知也。

翁山《拜方正學詩》末二句云：「莫問三楊事，忠良道各分。」作者自不能説壞三楊，看他下「道各分」三字，何等生辣。作文字要有膽力，有識見，即此等也。

詩有看去極省力又極自在流出，却不許人提筆追蹤者，天才人力之别也。翁山《贈楚客》云：「聲詩江漢始，莫謂楚無風。我祖《離騷》賦，人稱小雅同。明珠貽下女，香草惠童蒙。之子南荆起，還將樂府工。」其妙處尤在後半不弱，學者學古人到水到渠成之候，方可偶得此種。初上來則不可師此，所謂教不獵等也。

人惟心能深入，然後能讀書，不然一室坐擁有何樂處。蔣心餘有《看書》一律云：「老眼看書如讀畫，峰巒溪壑太分明。文成波皺循行出，著紙烟雲逐字生。窈窕態宜横側看，飛凌心許破空行。百回愈見軒昂甚，舉手捫來覺未平。」此是真能看書者。作者七律絶有才氣，得力於劉夢得、李義山兩家爲多。《潤州小泊》云：「微雨夜沽京口酒，大江横截廣陵潮。」《薦福寺》云：「不關天地非奇困，能動風雷亦異才。」《過貴溪》云：「山色遠消龍虎氣，春帆横走馬牛風。」皆卓然可傳者。

東坡《送鄭户曹》詩後半首云：「蕩蕩清河壖，黄樓我所開。秋月墮城角，春風摇酒杯。遲君爲座客，新詩出瓊瑰。樓成君已去，人事固多乖。他年君倦游，白首賦歸來。登樓一長嘯，使君安在哉。」《送頓起》句云：「岱宗已在眼，一往繼前躅。此處缺「佳人亦何念，凄斷陽關曲。」天門四十里，夜看扶桑浴。回頭望彭城，大海浮一粟。故人在其下，塵土相豗蹴。」二詩即同話家常，云樓修起了，正好約來做詩，却偏植遠行，日後歸來，我却走了，到了樓上定然想起我來。後一首即如今日送人登泰山，每云上了山頂，想必該看見我們在著裏，塵土滿面不得清浄，然雖是實話，言之無文，行之不遠，必得有東坡之才之筆曲曲傳出，便能成奇文異彩，匪夷所思。若如近日講詩要説實話，街談巷語流弊所至，尚可問邪？趙甌北七律登臨懷古之作，激昂慷慨，沈鬱蒼凉，能手也。《袁州城外石橋最雄麗相傳爲嚴世蕃所作》：「飛梁横鎖急流奔，遺惠猶傳濟洧溱。黄閣階前跨竈子，青詞燈下捉刀人。選材幾費深巖石，得地依然要路津。終欠出都騎款段，一鞭來此踏霜晨。」第六句拍題甚緊，未用徐階語却好。《來陽杜工部墓》云：「生無一飽人誰惜，死有千秋鬼豈知。」《赤壁》云：「烏鵲南飛無魏地，大江東去有周郎。」《韓蘄王墓》云：「勳業未來先卧虎，英雄老去亦騎驢。」《喬公墓》云：「生有隻鷄留戲笑，死猶兩女嫁英雄。」《明太祖陵》云：「千秋形勝從三國，一樣江山陋六朝。」讀之雖氣質稍粗，能淵淵出金石聲，最長人才思，啓人聰明。

文章一道，斷無僥幸能作傳人者。連日多雨，閉門無事，偶閲陳星齋制義，其精能處如讀心餘、仲則兩家詩，必傳於後無疑。又閲牟默人制義，其入理之深、措詞之妙，又與星齋不同。駸駸乎不肯拾金陳餘唾，無論餘子，因嘆文章者精氣所固結，永同金石，豈妄也哉。古人應試策論，即今之制義也，未有文字不能文從字順，而先學爲詩者，有剥蕉抽繭之能，然後有風發泉涌之奇。入手當從五律。前談宋人諸作，猶遺陳後山一家，緣所記得者寥寥數語耳。昨日始得檢出，録之以爲學者津梁。《元日雪》云：「度臘閲三白，開正還積陰。炊烟茅舍溼，噪雀暮枝深。短髮千方誤，中年萬里心。成書著巖穴，或有後人尋。」一結深情若揭，似不著題，而一年方始之日，看雪杜門，自視所作，無愧於心，可傳於後，其神理之妙，有不可思議者。嗚呼！外人安得而知哉？《晚坐》云：「柳弱留春色，梅寒讓雪花。溪明數積石，月過戀平沙。病減還增藥，年侵却累家。後歸棲未定，不但祇昏鴉。」末二句翻用工部「獨鶴歸何晚，昏鴉已滿林」句，有神無迹，各具深情，而無雷同之弊。即如東坡《九日次韻》云：「明年縱健人應老，昨日相陪意已遲。」亦是翻進一層用杜句。余曾舉此以語家中子弟，不會這個法，便是心死，此古人明明以金鍼度人也，安可不留心體察？《宿齊河》云：「燭暗人初寂，寒生夜向深。潛魚聚沙窟，墮鳥滑霜林。稍作他年計，初回萬里心。還家只有夢，更著曉寒侵。」「墮鳥」句前人不曾道過，作者學杜，又與義山不同。精鍊工能，東坡、山谷皆出其下。《和王子安至日》云：「近節翻多事，爲家不亦難。老成須藥力，愁絶向誰寬。凍雨能防夢，朝霜故作寒。顔衰心自了，不待鏡中看。」只著「凍雨」一句，通篇皆有新色，而無土木衣冠之病，惟第二句學杜不佳。

李松溪云：「前在京師晤部郎方鐵船元鵾，稱昌黎詩似大銀餅，東野則如碎金子，更令人可愛。」此解人語也。東野五古，學者當覽其全集方妙。五律《送遠吟》一首云：「河水昏復晨，河邊相送頻。離杯有淚飲，别柳無枝春。一笑忽然斂，萬愁俄已新。東波與西日，不借遠行人。」有此種詩，昌黎安得不視爲畏友？拗折生辣，氣厚力健，第四句陡然作一拓筆，令人不測。結二句「東波」、「西日」常語也，一經錘鍊，真有聲淚俱盡之妙。此等五律，工部而外真無兩手。

蔣心餘詩，予所極心折者。第一卷有《擬秋懷》詩數首，不徒於少年時作大言炎炎，終竟能卓然有所樹立。詩亦堅栗深造，力掃浮言。其《醉言》句云：「讀書心久死，每被酒力活。」亦非深能領略知味者不能道。集中七古，當以《題表忠觀碑後》爲第一。豹君題兒子知廉詩，本一律代謝詩，東坡即不敢知覺，遺山老人捉筆，無能遠過，即此可悟於行文下筆時，非不當讓古人，不敢讓古人也。東坡作《石鼓歌》不敢讓韓，即是此意。心餘五律《湖上晚歸》云：「溼雲鴉背重，野寺出新晴。敗葉存秋氣，寒鐘過雨聲。半擔群鳥入，深樹一燈明。獵獵西風勁，湖心月乍生。」《霽雪曉行》云：「凍雲留曉日，孤寺不曾開。雪屋寒光定，山風虎力迴。谷深群響合，笻健一僧來。争似茅檐底，呼兒索酒杯。」《雨過》云：「雨過帆腰重，灘迴槳力柔。雲衣隨去鳥，風幔落閒鷗。酒趁輕航買，魚看細網收。江南楊柳岸，翻欲小淹留。」此等五律又作一種明爽之概，以工部爲宗，以宋人爲歸也，遂覺於謝茂秦、施愚山外，别具風骨氣魄，令人耳目爲之一新。其他如《金山》云：「元氣留江影，天光縮漲痕。」《鈔高臺》云：「混茫旋一氣，分野亂群星。」《康郎山》云：「亂峰衝雨出，孤月抱秋圓。」《采石磯》、《登太白樓》數首，皆能刻意生新，羞作雷同語。如「使氣非真醉，沈江豈是狂。錦袍聊自適，不許後賢傷。」最妙，太白錦袍是自家風流瀟灑，後人傷而弔之，翻增無數煩惱矣。作詩從此落筆，前人窠臼一掃而空。

詩無新意，讀之不能發人性靈。人每謂非不能作新語，生於古人後，已被其説盡了，更從何處説起？此皆隔韡搔癢，不肯深入讀書，顢頇以欺人自欺耳。果能得間而入，何患無新意？今録黄仲則詩，以作一證：「子雲眈清净，家貧常晏如。奇字世不識，不知讀何書。苦爲元祕言，惜此名山軀。後塵匪能步，尚哉珍令譽。」夫以舉世不識之奇字，而一人讀之，則所讀究是何書，必深有識之，疑往日頗有此意，解人先得之耳。「古交戒情盡，今交患情離。苦自留其餘，不知將贈誰。寶劍既心許，慨然脱相遺。安用挂樹日，悲此宿草爲。」慧心慧眼方許讀書。又一首云：「行行向京洛，冠蓋織古今。疲極或慨息，偶云暮泉林。長揖挽之去，至竟非其心。朝來出門望，車迹恐不深。驚流少潛魚，疾飈無安禽。亮矣子陵釣，愍哉稽生琴。」此種事，向來没人好意思説破，此意直抉其心，用「長揖挽之」云云，仲則大是刻薄鬼。

人生遇下人寬嚴，總要得當。張率之「壯哉鼠雀」，不若柳公權之「銀杯羽（花）〔化〕」。《宋（書）〔史〕》稱韓魏公嘗夜作書，持燭兵他顧，燭燃公鬚，公以袖拂之，作書如故。頃回視，已易其人，公恐主吏鞭之，急呼曰：「渠方解持燭，勿易也。」此所謂有相度。凡讀書人當有此氣量，若張桓侯之鞭撻下人，卒不免有范建之禍，可不戒哉？

人生讀書一場，倘能中式作官，第一是不可佞媚上官；第二是不可要錢。要人家錢，若遇刁悍之人，不肯給他，故入人罪，還有上司開脱。獨佞媚上司，爲叨好起見，尤當克制，不然虞候爲帥君割股，大卿爲丞相放生事，所必至矣。

國家以時文取士，家中學生自當好好做去應試，然必得自家有一把好手能去教導，不用去請先生才好。若延師化費自不消説，正、臘兩月不能在館，遇節過令，省親上墳，親朋拜答，此十個月中，只好在館八個月，學生也有遇節過令等事，再去了兩個月，則是一年之中只有半年可讀。間斷日久，則心神不守，刻苦下帷，一年能有幾日？如何得好？自家有把好手，委家事於一人，三百六十日儘可讀書，父訓其子，兄訓其弟，科甲書香可以不斷矣。延賞筆太平板，多病不能用功。人之筆氣平板，到學力深沉時候，如大江之水，無風自涌，便不平板了，可惜因病不能耳。

和古人詩，用古人韵，當於自家現在所處之地、所遇之人，一一盤算，聽我處分，然後是自家詩，攙不到古人集中。東坡《和李白潯陽紫極宫感秋詩》序略云：「紫極宫，今興慶觀也。道士胡洞微以石本示余，蓋其師卓玘之所刻。玘有道術，節義過人，今亡矣。太白詩云：『四十九年非，一往不可復。』今余亦四十九，感之，次其韵」云云。句云：「緬懷卓道人，白首寓醫卜。謫仙固遠矣，此士亦難復。」余謂此和太白詩也，乃從一卓道人倒落出太白來，用筆奇横不測，若只追想太白，則人人能之矣。

東坡《中秋月》一首，起首言去年看月今年卧病云云，皆人所能。至「月豈知我病，但見歌樓空」，則去年今年、虚神實理兩面皆到矣。下接云：「撫枕三歎息，扶杖起相從。天風不相哀，吹我落瓊宫。白露入肺腑，夜吟和秋虫。坐令太白豪，化爲東野窮。」云云，若入尋常人手，「撫枕三歎息」以下，便追想去年，傷感今夕，可以結局矣。看其着「扶杖」一語，下邊還有如許好光景，却不曾脱却「卧病」二字，可謂妙於布局，工於展勢，文章家不解此法，終是門外漢。又《九月十五日觀月聽琴西湖示坐客》云：「白（路）〔露〕下衆草，碧空卷微雲。孤光爲誰來，似爲我與君。水天浮四座，河漢落酒（杯）〔樽〕。使我冰雪腸，不受麴糵醺。尚恨琴有絃，出魚亂湖紋。」云云，此首紀曉嵐評語深能知此詩妙處，謂清思裊裊，静意可掬，不似俗手，貌爲惝怳語，「尚恨琴有絃」，入得有神無迹，入俗手非琴月對寫，即另寫琴聲一段矣。余謂東坡一集，其命題有極瑣屑他人斷不能得好詩者，公偏能於無奇處生奇，無新處生新。細玩其捉筆時，似亦未嘗鋪排。我先寫月一段，琴字只用一筆帶出，是其天機活潑，法律精深。

其成文也，如風水相遭，亦不知其所以然之，故後人千辛萬苦，弄來了無生氣，總是讀的書不多、心源養的不靈妙耳。

一日之中以晝夜相停算起，學者白日讀書，著四個時刻用功，餘則稍稍休息，則機行而悟生，或性之所近，蒔花灌菜，掃地燒香，無之而不可。若逼令枯坐，時候太長，神倦氣索，與不讀同。此雖爲已知讀書人説法，其實小孩子亦同此理，惟頑劣者朴作教刑不在此例，倘收得心轉來，仍要此法。

每下帷苦讀一月書，則當一日出游，以舒暢其氣脈筋骨，或獨或偕，可以任便。有良朋則訪之，與之縱談今古，質疑問難，互相印證，歸仍刻苦如前。看經史以及文字有不明白處，一時無人可問，再四思索，仍不了了，則黏簽於上，待質有識。每有所見，如匾對詩詞之類不知出處，必當私記咨詢。所看史籍，可隨手摘録。每歲終則分類編出，日後八面受敵，學有根源矣。當起初入手時，覺得甚煩苦，行之日久，同於無事矣。

今日之做州縣，攤派過重，事敗則不得瓦全。予緣此同落職者四五人。先有一人捐復，部議不准。皇上旨意謂此案終竟是攤派，不是餽送，准其捐復原官。可見事久自白，皇上聖明也。先是予未到官時，縣有命案一件，官驗明，辦理未協，以憂去，遂告部狀。予涖任，適發侍郎中廣興審訊種種攤費，則惟現任是問矣，然與之則不得無過，若遇椒山、剛峰一輩人，則斷斷不與矣。我輩讀書一場，正是有愧古人。説者曰：此以智自全也。殊不知古人之以智自全之説，如陳平裸衣刺船之類，非此之謂也，不得援以自解。偶書此一條，遺示後人，以志予過。余五六歲時，先祖携余至佛廟中，見泥塑神像，五官皆活，但所説之話聲甚細微，聆之不能了了。後來問人，皆不知是何緣故。余早年有詩云：「小時見泥佛，官骸如生人。咿唔作何語，傾耳聽未真。我或西土來，輪迴昧前因。再世方爲僧，恐爲佛所嗔。」又有句云：「此生得禄休嫌晚，再世爲僧尚未遲。」即用本事也。余少不慧，十五歲讀不周四書，次年隨侍先大人於閩中，至漢陽登黄鶴樓，舟小江大，每波浪一鼓盪，心竅翕然一開，覺得心裏了亮，喜歡之至。歸舟把所讀書，忽知句讀，兼曉其行文用筆之大概，此與見泥佛事頗相類，故牽連書之。

古之賢人斷無矯飾者。如東漢羊續爲廬江太守，丞餽魚，續懸之梁上。再餽，則出前魚示之。丞慚而退。此中必有緣故，丞或挾此戔戔者有非分之干，不然，餽生魚於子産，何爲不罪之。我在官時，四鄉紳嘗來餽食者，無不受之，彼業已烹飪，不受則物敗不可食矣。平生非曹、劉、沈、謝，最懶怠記其人之姓名，彼時非無名帖來投，過即不能省記，來日決事，送魚鴨者，竟有受責而去。人皆譁曰：「官是論曲直，不是論送東西吃的。」我去官後，民情愛戴，此其一端。若一味讀死書，去學羊續，豈不誤事？又如王粲愛聽驢鳴，此有何好聽處？或亦劉貢父所云「馬默驢鳴」之類。余嘗有《途中雜詩》云：「野店真嘈雜，耳中無好聲。不能解王粲，何事喜驢鳴。有託留諧謔，古人無矯情。著鞭公事急，一飯束裝行。」詩不必佳，而識則不泥。

山西當代文士，如傅青主之人品、戴楓仲之經學、閻百詩之攷據、畢亮四之奇奧，而名臣及工辭翰者不與焉，安見得不如南人？鄉曲中有涉大江以南歸來者，艷稱書籍之多，詩文之麗，鄙鄉人幾一文不值。此如舊家子弟，當式微後，見富貴人家穿華服、營美室，欲仰其與共之懷，伸彼賃廡之私，便自忘先世之狐裘皇皇、夏屋渠渠也。此之謂長他人威風，滅自家志氣。

萊陽之梁子口，重岡複嶺，茂林矮屋，五龍河界其左側，宛然吾家樊麓一曲沁流東注光景，故當日有句云：「便須鼓櫂隨漁父，何異還鄉守會稽。」去年重至，宿其地，得詩一首云：「嶺狐穴古墳，日夕怪聲聞。門隔一溪水，心期數片雲。石苔侵廢井，長劍動秋雯。欲作還家夢，山多路不分。」此種五律脱渣滓而留清古之骨，求之古人，當與東野作忘形之交，他日六硯草堂數卷詩，或不致泯泯無聞。

好作綺語，自是不可，然人品則不關係乎此。韓偓爲人，有《唐書》可按，可以作香匳語，短之耶？其《安貧》句云：「謀身拙爲安蚍足，報國危曾捋虎鬚。」至今讀之，猶有生氣。再如羅昭諫一輩人勸錢繆討梁，堂堂正正，豈詞華之士所能及？其形於文字之間，風骨亦自可見。《夜泊淮口》云：「秋深霧露侵燈下，夜静魚龍逼岸行。」亦非晚唐靡靡之響。

談詩者每言不可刻意求新，此防其入於纖巧、流於僻澀耳，非謂不當新也。若太倉之粟，陳陳相因，作者無意緒，閱者生厭惡矣。如義山《思歸》云：「固有樓堪倚，能無酒可傾。」又《即目》云：「地寬樓已迥，人更迥於樓。」難云不佳，然再倣爲則味同嚼臘，然人之犯此病者，則不少矣。

贈人詩切姓最俗，此亦爲俗手而言，若古人之精切有味，剛剛安頓得好，則又不爲嫌矣。王荆公《上元喜呈貢父》云：「車馬紛紛白晝同，萬家燈火煖春風。別開閶闔壺天外，特起蓬萊陸海中。盡取繁華供俠少，祇分牢落與衰翁。不知太乙游何處，定把青藜獨照公。」前四句了不異人，第五句忽然束一筆，六句著到劉身上，剛剛起起，末二句俠少看燈、衰翁讀書，兩兩相形，妙不可言，而筆氣之靈動堅整，又最起發後學。

（朱洪舉、王天覺點校）

石園詩話

石園詩話提要

《石園詩話》二卷，據嘉慶間刊本點校。撰者余成教（一七七八—？），字道夫，號石園，江西奉新人。嘉慶十三年舉人，後兩應會試不第，任鉛山縣儒學訓導，主講鵝湖書院。有《石園文稿》。此書内容，嘉慶十八年癸酉方觀、劉子春二序謂「自唐而宋而元明而今」，而二十一年吴嵩梁序謂「皆取於唐人詩」，所言不同。而今本始末合於吴序，蓋此是新撰，舊本十九年甲戌已毁於火，全稿不復記憶，遂未能復原。其事見余氏《石園文稿》卷一《上吴玉松先生書》。或以此故，今本題名「石園詩話」下，又增「唐詩」二小字，於各家亦僅略摘佳句，品評及記述均極簡單，多習見語，幾無可採。吴序「高悟出塵，超然常解」云云，蓋敷衍之辭耳。又卷一「王右丞《觀别者》云」以下五則，原爲補遺，原刊有「此五條在高常侍之前」之語，郭紹虞《清詩話續編》即移入相應位置，今從之。

石園詩話序

一

説詩者好新而厭陳，故所采多出于今人。其姓名字句，爛然一新，而詩之窠臼，則陳陳而相因。石園所説，皆取于唐人詩，多人所習見，妙義則未之前聞。蓋其讀書得間，高悟出塵，超然脱乎常解，有以窺見古人性情之真。吾故發明其意，俾學者能温故而知新，庶幾乎深造自得，毋徇所好于今人也。嘉慶二十一年十月，東鄉吴嵩梁序。

二

吾友余石園，以絶世之資，而又髓足于腦，故凡目之所經，如石鐫金冶，不可磨滅，故能極古今百家言，充其所發，無不了了。嘉慶庚申，同儕十數人，相與爲文字之約，每當江城晤對，各出所有，罔敢以石園之年最幼，而不推而畏之也。戊辰舉於鄉，然時藝非其所好。年來從詩歌古文積累之餘，録爲《石園詩話》，上自三唐，下至于兹，或爲章爲句，必取其有關于性情學行之大者而録之。蓋不徒爲詩家談吐，而發微顯幽，所以獎勵風會者有在，覽者其毋以附會雷同之舊置之也。嘉慶癸酉秋八月，武寧方觀序。

三

詩之爲義，亦微矣哉！《三百》而降，《騷》得其旨，而詞不及其自然。再變而「河梁」贈答，延及魏、晉、六朝。三變至唐而格始定，長短俳偶，古體今體，式斯備矣。後世詩話，原本品詩之意而爲之者，雖然作者之意，豈能必讀者之意，而悉解之，解而得與解而不得，則姑聽於讀者之意見，不必深求之也。孟氏尚友爲言，誦詩讀書，必論及其世。嗚乎！此定論矣。然則作者之意，在一時一事，時事在當代，又不必盡人而合之也。以我之意，推求古人之意，而欲其一一盡合，亦不可必得之數矣。言其所能得者，而缺其所不能得者，古人可作，未必不心許之。則且舉古人之世而兼論之，所謂微者，不且顯而彰乎？《石園詩話》自唐而宋而元、明而今，各分爲彙，各以卷次，上下多寡，不必盡同。以此論世，斯爲得矣。以此論詩，無不合矣。石園方先後付梓，商之於余，必得余序。征車遄發，將返新吴，乃走筆而弁之於卷端。嘉慶癸酉八月闈後廿三日，新建劉子春序。

石園詩話卷一

奉新余成教道夫

虞伯施世南，太宗謂爲當代名臣，人倫準的。又稱其有五絕：德行、忠直、博學、文詞、書翰也。其《咏蟬》云：「居高聲自遠，非是藉秋風。」隱然自況矣。

王無功績《田家》云：「家貧留客久，不暇道精粗。抽簾特益炬，拔簀更燃爐。恒聞飲不足，何見有殘壺？」《在京思故園見鄉人問》云：「斂眉俱握手，破涕共銜杯。殷勤訪朋舊，屈曲問童孩。」眼前景況，即是好詩料也。

劉希夷《從軍行》云：「軍門壓黄河，兵氣衝白日。」又云：「丈夫清萬里，誰能掃一室？」字堅句健，不但調詞哀苦。

唐人投贈酬答之作，多呼其人之行輩，始見于李適《答宋十一崖口五渡見贈》。于季子《咏漢高祖》云：「百戰方夷項，三章且代秦。功歸蕭相國，氣盡戚夫人。」包括一篇本紀。此外，季子亦無可傳之詩。

盧黄門云：「陳拾遺子昂横制頽波，天下質文，翕然一變。」朱子云：「讀陳子昂《感遇》詩，愛其詞旨幽邃，音節豪宕，非當世詞人所及。」劉後村云：「唐初王、楊、沈、宋擅名，然不脱齊、梁之體，獨陳拾遺首倡高雅沖澹之音，一掃六代之纖弱，超于黄初、建安矣。太白、韋、柳繼出，皆自子昂發之。」高棅云：「公之高才倜儻，樂交好施。學不爲儒，務求真適；文不按古，佇興而成。觀其音響沖和，詞旨幽邃，渾渾然有平大之意，若公輸氏當巧而不用者也。故能掩王、盧之靡韻，抑沈、宋之新聲，繼往開來，中流砥柱，上遏貞觀之微波，下決開元之正派。嗚乎盛哉！」愚謂拾遺之苦節讀書，文詞宏麗，其心力所注，見之于《與東方左史虬書》云：「文章道弊五百年矣。漢、魏風骨，晉、宋莫傳，然而文獻有可徵者。僕嘗暇時觀齊、梁間詩，彩麗競繁，而興寄都絶，每以永嘆。思古人常恐逶邐頹靡，風雅不作，以耿耿也。」嗚乎！惟其能耿耿于《風》、《雅》不作也，乃能樹風骨而振五百年之弊，《感遇》諸詩，所以夐然獨立也。

杜必簡審言，閑之父，少陵之祖也。如「啼鳥驚殘夢，飛花攪獨愁」，「雲霞出海曙，梅柳渡江春」，「酒中堪累月，身外即浮雲」，「飛棹乘空下，回流向日平」，「江聲連驟雨，日氣抱殘虹」，「伐鼓撞鐘驚海上，新妝袨服照江東」，及《和李大夫嗣真奉使存撫河東》詩，較之少陵，固齊僖小伯，有以開桓公之先聲。

《新唐書》云：「建安後訖江左，詩律屢變，至沈約、庾信，以音韵相婉附，屬對精密。及宋之問、沈佺期，尤加靡麗，回忌聲病，約句準篇，如錦繡成文。學者宗之，號爲『沈、宋』。」僧皎然云：「沈、宋爲有唐律之龜鑑，情多興遠，語麗爲多，真射鵰手。」愚謂沈雖坐贓配流嶺表，無甚穢跡。宋附張易之而顯，及左遷逃還，匿于洛陽張仲之家，復令兄子發其謀殺武三思事以自購。不獨爲當時義士所譏，亦且爲後之君子所羞稱。雖曰沈、宋比肩，有慚于沈多矣。

張燕公說謂沈佺期曰：「沈三兄詩須還他第一。」又云：「李嶠、崔融、薛稷、宋之問之文，如良金美玉，無施不可。」又謂「韋承慶、趙冬曦兄弟，爲人之杞梓」。于張文獻公則云：「九齡之文，如輕縑素練，實濟時用，微窘邊幅。」何燕公善于品題諸人，而知曲江獨未盡也？曲江《和聖製送其赴朔方》云：「宗臣事有征，廟算在休兵。天與三台座，人當萬里城。」此豈窘于邊幅者所能言乎？

張曲江《登郡城南樓》云：「平生本單緒，邂逅承優秩。謬忝爲邦寄，多慚理人術。駑鉛雖自勉，倉廩素非實。陳力倘無効，謝病從芝朮」。《登高安南樓言懷》云：「不才叨過舉，唯力酬明恩。美化猶寂寞，迅節徒飛奔。雖無成立効，庶以去思論。」《臨泛東湖》云：「覊孤忝邦牧，顧己非時選。梁公世不容，長孺心亦褊。永念出籠縶，常思退疲蹇。」《咏燕》云：「無心與物競，鷹隼莫相猜。」審用舍，明進退，是何等懷抱？何等識力？彼「良金美玉，無施不可」者，未知有此種議論否？

皮日休《桃花賦序》云：「余嘗慕宋廣平璟之爲相，正姿勁質，剛態毅狀，疑其鐵石心腸，不能吐婉媚辭。然覩其文而有《梅花賦》，清便富麗，得徐、庾之體。」愚謂廣平《奉和御製賜詩應制》云：「丞相邦之重，非賢諒不居。老臣慵且憊，何德以當諸？」起四句莊重中亦帶婉媚。

孟襄陽浩然《臨洞庭上張丞相》云：「八月湖水平，涵虛混太清。」《晚春》云：「二月湖水清，家家春鳥鳴。」同一起法，而前較高渾。

王右丞維和賈至詩：「萬國衣冠拜冕旒。」《和聖製送朝集使歸郡》起句云：「萬國仰宗周，衣冠拜冕旒。」兩詩未知孰先孰後？只加「仰宗周」三字，便成兩句，各見其佳。

王右丞《觀别者》云：「不行無可養，行去百憂新。切切委兄弟，依依向四鄰。」實能道出貧士臨行戀母情狀。佳句如「興闌啼鳥緩，坐久落花多」，「渡頭餘落日，墟里上孤烟」，「五湖三畝宅，萬里一歸人」，「鳥道一千里，猿聲十二時」，「日落江湖白，潮來天地青」，「古木無人逕，深山何處鐘」，「行到水窮處，坐看雲起時」，「草枯鷹眼疾，雪盡馬蹄輕」，「江流天地外，山色有無中」。應制之作如「樓開萬井上，輦過百花中」，「祖席傾三省，褰帷向九州」，「百生逢此日，萬壽願齊天」，「遊人多晝日，明月讓燈光」，「洞中開日月，窗裏發雲霞」，皆語語天成。

摩詰書畫，特臻其妙，至山水平遠，雲勢石色，繪工以爲天機所到，學者不及也。《偶然作》云：「宿世謬詞客，前身應畫師。不能捨遺習，偶被時人知。」四句善于自寫。

王夏卿縉少與兄維以文翰著名。《九日》作云：「莫將邊地比京都，八月嚴霜草已枯。今日登高尊酒裏，不知能有菊花無？」與右丞《九日》詩同一興會。

岑嘉州，文本之後。杜子美嘗薦之于朝，表云：「參識度清遠，議論雅正，佳名早上，時輩所仰。」京兆杜確序略云：「南陽岑公，早歲孤貧，能自砥礪，徧覽史籍，尤工綴文，屬詞尚清，用志尚切。其有所得，多入佳境，迴拔孤秀，出於常情。」殷璠云：「參詩語奇體峻，意亦造奇。」佳句如「竹深喧暮鳥，花缺露春山」，「山店雲迎客，江村犬吠船」，「水烟晴吐月，山火夜燒雲」，「歸夢秋能作，鄉書醉懶題」，「還家劍鋒盡，出塞馬蹄穿」，「砌冷蟲喧座，簾疎雨到床」，「自憐無舊業，不敢恥微官」，「江村片雨外，野寺夕陽邊」，信乎志切辭清也。《送人到安西》云：「小來思報國，不是愛封侯。」《發臨洮將赴北庭留别》

云：「勤王敢道遠，私向夢中歸。」《酬崔十三侍御登玉壘山》云：「曠野看人小，長空共鳥齊。」《送張子尉南海》云：「海暗三山雨，花明五嶺春。」《首秋輪臺》云：「秋來惟有雁，夏盡不聞蟬。」信乎「語奇體峻」也。

嘉州《送天平何丞入京市馬》云：「回風醒別酒，細雨濕行裝。」《送懷州吴別駕》云：「春流飲去馬，暮雨濕行裝。」一樣句法，各見其佳。

岑嘉州參詩「長風吹白茅，野火燒枯桑」，崔曙詩「川冰生積雪，野火出枯桑」，岑、崔俱同時人，「出」字較「燒」字更勝。

殷璠云：「高常侍適性拓落，不拘小節，恥預常科，隱跡博徒，才名自遠。詩多胸臆語，兼有氣骨，故朝野通賞其文。」愚謂常侍詩如「歸人望獨樹，匹馬隨秋蟬」，「大都秋雁少，只是夜猿多」，「功名萬里外，心事一杯中」，俱令人吟諷不厭。殷獨深愛其「未知肝膽向誰是，令人却憶平原君」，語雖妙，然非集中極致之句。

高達夫五十後始留意詩什，每吟一篇，已爲好事者稱頌。《行路難》云：「安知顦顇讀書者，暮宿靈臺私自憐。」《田家春望》云：「可嘆無知己，高陽一酒徒。」當此之時，誠有如其所謂「萬事吾不知，其心只如此」矣，又安料後此之鎮劍南，封渤海，謚忠公，爲有唐二百年來詩人中之最達者哉！

唐史言「適喜言王伯大略，務功名，尚節義，逢時多難，以安危爲己任」。審是，達夫之胸臆，有似少陵。觀其《人日寄杜》詩云：「今年人日空相憶，明年人日知何處？一卧東山三十春，豈知書劍老風塵。龍鍾還忝二千石，愧爾東西南北人！」不獨見兩人交情之厚，胸臆相同，亦其務功名而尚節義之一證也。

李東川頎《贈别高三十五》云：「五十無産業，心輕百萬資。屠酤亦與群，不問君是誰。」《送張諲入蜀》云：「出門便爲客，惘然悲徒御。四海惟一身，茫茫欲何去？」《送陳章甫》云：「四月南風大麥黄，棗花未落桐陰長。青山朝别暮還見，嘶馬出門思舊鄉。」《送劉昱》云：「八月寒葦花，秋江浪頭白。北風吹五兩，誰是潯陽客？」殷璠謂其「發調既新，修詞亦秀」，確論也。「漁舟帶遠火，山磬發孤烟」，亦東川五言佳句。

殷璠云：「元嘉以還，四百年内，曹、劉、陸、謝，風骨頓盡。頃有太原王昌齡，魯國儲光羲，克嗣厥跡。且兩賢氣同體别，而王稍聲峻。」又云：「常建詩似初發通莊，却尋野徑，百里之外，方歸大道，所以其旨遠，其興僻。」兩評皆善。三人雖皆第進士，而王終于龍標尉，常終于盱眙尉。王猶不矜細行，常則無瑕。儲歷官監察御史，禄山反，受僞署，賊平貶死。顧況序其集云：「挾身賊庭，竟陷危邦，士生不融，何以言命？然窺其鴻黄窈邃之氣，金石管磬之聲，如登瑶臺而進玉府。」薄其行而重其詩，可謂善於論斷矣。

《欒城遺言》云：「儲詩高處似陶淵明，平處似王摩詰。」愚謂儲公田家詩皆佳，「碓喧春澗滿，梯倚緑桑斜」，趣遠情深，尤耐人尋味。

《紀事》云：嚴季鷹武年(三)〔二〕十三擁旄西蜀，恚杜甫醉語，而謂擬捋虎鬚。房太尉琯微有忤，憂怖成疾。李太白作《蜀道難》，爲房、杜危之也。今觀其《酬别杜二》云：「祇是書應寄，無忘酒共持。」《巴嶺答杜二》云：「跂馬望君非一度，冷猿秋雁不勝悲。」又可想見其愛杜之情矣。

元次山結别號甚多，如元子、猗玗子、浪士、漫郎、聱叟、漫叟，時有更易。歸來子云：「結性耿介，有憂道憫俗之意。天寶之亂，或仕或隱，自謂與世聱牙。故其見于文字者，亦沖淡而隱約。」愚謂元公所至，民樂其教。讀《春陵行》及《賊退示官吏》詩，真仁人之言也。

殷璠云：「劉眘虚詩情幽興遠，思苦語奇，忽有所得，便驚衆聽。頃東南高唱者數人，然聲律婉態，無出其右，唯氣骨不逮諸公。自永明已還，可傑立江表。惜其不永天年，隕碎國寶。」《明皇雜録》云：「天寶中，劉眘虚輩雖有文章盛名，流落不偶。」唐史著其爲江東人。今吾新吴上富，即公所居，猶稱爲古孝弟里。其「深路入古寺，亂花隨暮春」，「閑門向山路，深柳讀書堂」之句，可仿佛常建「曲徑通幽處，禪房花木深」兩句。徐侍郎倬謂其《積雪爲小山》一聯云：「以幽能皎潔，謂近可循環。」此劉君自評其詩。愚謂其「春浮花氣遠，思逐海水流」，亦是劉君自評其詩也。

李遐叔華進士及博學宏詞皆爲科首，官右補闕。禄山亂，輦母逃，爲盜所得，坐謫。召加司封員外郎，將以司言處之。華曰：「焉有隳節辱志者，可以荷君之寵乎？」移病請告。與蕭茂挺穎士齊名。蕭兄事元德秀，而友殷寅、顔真卿、柳芳、陸據、李華、邵軫、趙驊，時人語曰：「殷、顔、柳、陸，李、蕭、邵、趙」，以能全其交也。遐叔《寄趙七侍御》云「昔日蕭邵遊，四人纔成童。屬詞慕孔門，入仕希上公。

緯卿陷非罪，折我昆吾鋒。茂挺獨先覺，拔身渡京虹。斯人謝明代，百代墜鵷鴻。世故逐横流，與君哀路窮。相顧無死節，蒙恩逐殊封。天波洗其瑕，朱衣備朝容」云云。緯卿即邵軫。茂挺名播天下，以誕傲褊忿，困躓而卒。而以推獎後進爲任，如李陽、李幼、皇甫冉、陸渭數十人，皆爲名士。門人私謚文元先生。趙七，即驊也。遐叔抱憾辱志，形之于辭官，咏之于寄友，不自諱其愆，亦詩人中之佼佼者矣。

元結《篋中集序》云：「吴興沈千運，獨挺于流俗之中，强攘于已溺之後，窮老不惑，五十餘年，凡所爲文，皆與時異。」《贈史修文》云：「疇昔皆少年，别來鬢如絲。不道舊姓名，相逢知是誰。」《汝墳示弟妹》云：「豈知園林主，却是園林客。骨肉能幾人，年大自疎隔。」皆能自抒胸臆。平昌孟雲卿詩，祖述沈公者也。《寒食》云：「貧居往往無烟火，不獨明朝爲子推。」

殷璠云：「張謂《代北州老翁答》及《湖中對酒行》，並在物情之外，衆人未曾説耳。」愚謂正言詩如「由來此貨稱難得，多恐君王不忍看」，不愧大臣之言。其《送莫侍御》詩云：「飲茶勝飲酒，聊以送將歸。」爲唐詩中用「茶」字之始。

張巡南陽人，與兄曉皆以文行知名，舉進士。天寶中爲清河令，調真源。禄山反，與睢陽太守許遠嬰城自守，經年城陷，死節。有詩云「不辨風塵色，安知天地心」，「忠信應難敵，堅貞諒不移」，忠義之氣，溢于言表。

《松石軒詩評》云：「任華之作，如疾雷轟空，長風蹴浪，飛電沓影，重雲滿盈，倏開倏闔，一朗一晦，凛耳叠目。吁可怪也！」愚謂華惟傳寄李、杜及《懷素上人草書歌》三詩。寄李云：「手下忽然片雲飛，眼前劃見孤峰出。身騎天馬多意氣，目送飛鴻對豪貴。平生傲岸其志不可測，數十年爲客，未嘗一日低顔色。」寄杜云：「滄海無風似鼓蕩，華岳平地欲奔馳。曹劉俯仰慚大敵，沈謝逡巡稱小兒。昔在帝城中，盛名君一個。諸人見所作，無不心膽破。半醉起舞捋髭鬚，乍低乍昂傍若無。古人制禮但爲防俗士，豈得爲君設之乎？」將李、杜學力性情，一一寫得逼肖，如讀兩公本傳，令人心目俱豁。《摭言》：「華與庾中丞書曰：『華本野人，嘗思漁釣，尋常杖策，歸乎舊山，非有機心，致斯扣擊。』」是必狂狷之流，惜乎其爵里莫詳也。

《南部新書》云：「李白山東人，父爲任城尉，因家焉。稱蜀人非也。今任城令廳有白之詞尚存。」唐范傳正誌其墓曰：「白，涼武昭王九世孫。昭王追稱爲興聖皇帝，隴西人。隋末，子孫以罪徙西域。神龍時，白父客自西域逃居緜之巴西，而白生焉。」唐魏顥、李陽冰序其文，劉全白撰其墓碣，皆曰廣漢人。故論白者，或曰隴西，或曰山東，或曰蜀。陽冰云：「李翰林浪跡縱酒，以自昏穢，咏嘆之際，屢稱山東李白。」亦云：「以張垍讒逐，遊海、岱間，子美所謂『汝與山東李白好』，蓋白自號也。」合諸書觀之：是隴西其祖居也，西域其遷徙也，巴西其父所居而爲白所生之地也，山東其父所宦遊而遂家于是者也，各不相蒙。一如其隱岷山而見異于蘇頲，客任城、居徂徠而著名于六逸，入會稽而相善于吴筠，遊并州而致救于郭子儀，至長安而被薦于賀知章，自采石至金陵而同舟于崔宗之，留宿松、匡廬而見辟于永王璘，因潯陽而見釋于宋若思，遊當塗而依李陽冰，至姑熟而悦謝家青山，所至之處，無不紀其遺蹟也。

《天寶遺事》云：「白于便殿對明皇撰詔誥，時十月，大寒筆凍，莫能書字。帝敕宫嬪數人，侍于白左右，令各執牙筆呵之。其受聖眷如此。」今人但知召見金鑾殿，奏頌一篇，帝賜食，親爲調羹，及常侍帝，醉，使高力士脱鞾兩事，而未知更有宫人呵筆事也。

太白詩起句縹緲，其以「我」字起者，亦突兀而來。如「我隨秋風來」，「我攜一尊酒」，「我家敬亭下」，「我覺秋興逸」，「我昔釣白龍」，「我有萬古宅」，「我行至商洛」，「我有紫霞想」，「我今潯陽去」，「我昔東海上」，「我本楚狂人」，「我來竟何事」，「我宿五松下」，「我浮黄河去京闕」，「我吟謝朓詩上語」之類是也。

太白詩：「秋水出芙蓉，天然去雕飾。」「海風吹不斷，江月照還空。」「五嶽起方寸，隱然詎可平。」「香雲徧山起，花雨從天來。」「清風明月不用一錢買，玉山自倒非人摧。」「堯舜之事不足驚，自餘囂囂直可輕。」「我且爲君搥碎黄鶴樓，君亦爲吾倒却鸚鵡洲。」「洞天石扉，訇然中開。青冥浩蕩不見底，日月照耀金銀臺。霓爲衣兮風爲馬，雲中君兮紛紛而來下。虎鼓瑟兮鸞回車，仙之人兮列如麻。」「廟中往往來擊鼓，堯本無心爾何苦。」「青天有月來幾時，我今停杯一問之。」此種句法，所謂「詩雜仙心。」

太白詩：「人心若波瀾，世路有屈曲。」「斗酒强然諾，寸心終自疑。」「長繩難繫日，自古共悲辛。」「今日風日好，明日恐不如。」「世路如秋風，相逢盡蕭索。」「獵客張兔罝，不能挂龍虎。」「歸時莫洗耳，爲我洗其心。洗心得真情，洗耳徒買名。」「空手無壯士，窮居使人低。」「天若不愛酒，酒星不在天。地若不愛酒，地應無酒泉。」「一樽齊死生，萬事固難審。」「處世若大夢，胡爲勞其生。」「天生我材必有用，千金散盡還復來。」「羅幃舒卷，似有人開。明月直入，無心可猜。」「棄我去者昨日之日不可留，亂我心者今日之日多煩憂。」「今日非昨日，明日還復來。白髮對緑酒，强歌心已摧。」此種吐屬，所謂「詩有別趣」。

太白五律中，如「邊月隨弓影，胡霜拂劍花」，「烟花宜落日，絲管醉春風」，「宫花争笑日，池草暗生春」，「海上碧雲斷，單于秋色來」，「山隨平野盡，江入大荒流」，「斗酒勿爲薄，寸心貴不忘」，「犬吠水聲中，桃花帶雨濃」，「黄鶴高樓月，長江萬里情」，齒頰之間，俱帶仙氣。

太白《憶舊遊書懷贈江夏韋太守》云：「僕卧香爐頂，飡霞漱瑶泉。門開九江轉，枕下五湖連。半夜水軍來，潯陽滿旌旃。空名適自誤，迫脅上樓船。徒賜五百金，棄之若浮烟。辭官不受賞，翻謫夜郎天。」其不受永王之僞命，自述已明。《永王東巡歌》云：「帝寵賢王入楚關，掃清江漢始應還。」諷之以「帝寵」，明有所尊，諭之以「應還」，見不可進，此又足以證明其心跡矣。史謂其佐璘起兵，逃回彭澤；璘敗，當誅。亦第據當時之傳聞，無所確據。而欲爲太白湔洗者，但據其素行以爲辨，亦未嘗求之于其詩而參論之也。

太白《贈崔秋浦三首》，又云：「見客但傾酒，爲官不愛錢。」又云：「河陽花作縣，秋浦玉爲人。」想見崔公壯年俊偉，廉隅自愛，故太白深許之。

太白《梁父》、《玉壺》兩吟，隱寓當時受知明主，見愠群小之事于其内，讀之者但賞其神俊，未覺其自爲寫照也。

太白《宿五松山下荀媪家》詩末云：「令人慚漂母，三謝不能餐。」夫荀媪一雕胡飯之進，素盤之供，而太白感之如是，且詩以傳之，壽於其集。當世之賢媛淑女多矣，而獨傳於荀媪，荀媪亦賢矣。然不遇太白，一草木同斃之村嫗耳。嗚乎！人其可不知所依附哉！

《新》《舊唐書・杜子美傳》，其于始末出處，多有訛漏，《舊書》尤甚。《新書》持論亦多未當，而其「數嘗寇亂，挺節無所污。爲歌詩，傷時橈弱，情不忘君，人憐其忠」數語，爲得其要。贊亦善于論甫。贊云：「甫渾涵汪茫，千彙萬狀，兼古今而有之。他人不足，甫乃厭餘。殘膏剩馥，沾丐後人多矣。故元稹謂『詩人已來，未有如子美者』。甫又善陳時事，律切精深，至千言不少衰，世稱詩史。」

元稹譔《子美墓係銘》曰：「唐興，官學大振，歷世之文，能者互出。而又沈、宋之流，研練精切，穩順聲勢，謂之爲律詩。由是而後，文變之體極焉。然而莫不好古者遺近，務華者去實。效齊、梁則不逮乎魏、晉，工樂府則力屈于五言，律切則骨格不存，閒暇則纖穠莫備。至于子美，蓋所謂上薄《風》《騷》，下該沈、宋，言奪蘇、李，氣吞曹、劉，掩顏、謝之孤高，雜徐、庾之流麗，盡得古今之體勢，而兼人人之所獨專矣。是時山東人李白，亦以奇文取稱，時人謂之李、杜。余觀其壯浪縱恣，擺去拘束，模寫物象，及樂府歌詩，誠亦差肩于子美矣。至若鋪陳終始，排比聲韵，大或千言，次猶數百，詞氣豪邁而風調清深，屬對律切而脱棄凡近，則李尚不能歷其藩翰。」孫僅叙曰：「其夐邈高聳，則若鑿太虚而噭萬籟；其馳驟怪駭，則若仗天策而騎箕尾；其首截峻整，則若儼鈎陳而界雲漢。樞機日月，開闔雷電，昂昂然神其謀，挺其勇，握其正，以高視天壤，趨入作者之域，所謂真粹氣中人也。公之詩，支而爲六家：孟郊得其氣焰，張籍得其簡麗，姚合得其清雅，賈島得其奇僻，杜牧、薛能得其豪健，陸龜蒙得其贍博。皆出公之奇偏爾，尚軒軒然自號一家，爀世烜俗。後人師擬不暇，矧合之乎？《風》、《騷》而下，唐而上，一人而已。」評杜諸家，無有詳盡如二公者。

宋章聖謂「杜甫詩自可爲一代之史」。蘇子瞻謂「子美詩外尚有事在」。秦淮海謂「擬諸孔子集清任和之大成」。葉夢得謂「工妙至到，人力不可及」。浦起龍謂「詩運之杜子美，世運之管子也。具有周公制作手段，而氣或近于霸。詩家之子美，文家之子長也。別出《春秋》紀載體裁，而義乃合乎《風》。」又云：「天寶時詩，大抵喜功名、憤遇蹇、憂亂萌三項居多。玄、肅之際多微辭。〔老杜愛君〕，事前則出以憂危，遇事則出以規諷，事後則出以哀傷。夔州詩，口口只想出峽；荆州、湖南詩，口口只想北還。代宗朝詩，有與國史不相似者。史不言河北多事，子美日日憂之；史不言朝廷輕儒，詩中每每見之。可見史家只載得一時事蹟，詩家直顯出一時氣運。詩之妙，正在史筆不到處。若拈了死句，苦求證佐，再無不錯。」諸家皆善于論杜。

攻杜爲快者，宋楊大年億，明王遵巖慎中、鄭善夫繼之、郭相奎子章、楊用修慎、譚友夏元春。浦二田謂其「唯不知，故不嘿」，非苛論也。

《少陵年譜》輯自汲公、權道、魯、黃諸家，行本每有異同。浦二田于一千四百五十八首中，各依年月，重加訂定，析置逐卷之前。雖不免于年經月緯，若親與子美游從，而籍記其筆札之誚；而指事麗辭，察辭辯志，得有所據，以要其會，其功亦不可没也。

少陵于太白，或贈或懷，詩凡九見。太白于少陵，惟《魯郡東石門送杜二甫》、《沙丘城下寄杜甫》二作，而皆情溢言外。「飯顆山頭」之詩，若非後人假托，則亦知己愛憐之意。《舊唐書・文苑傳》謂「白自負放達，譏甫齷齪，有『飯顆山頭』之嘲」，謬矣！試玩二公詩及「醉眠秋共被，攜手日同行」句，可知其交情也。

讀少陵《雜述》：「是何面目黧黑，嘗不得飽飯喫。」不覺大笑。張叔卿、孔巢父尚如此，何怪吾輩之饑驅也。因思少陵有「會面嗟黧黑，含悽話苦辛」，係《贈王侍御契》句，想侍御亦是不得飽飯喫者。

《雲溪友議》云：「時言詩者，稱『前有沈、宋、王、杜，後有錢、郎、劉、李』。長卿曰：『李嘉祐、郎士元焉得與予齊名？』其題詩不著姓，但曰長卿，以海内自合知之。」然大曆十才子，則云盧綸、錢起、郎士元、司空曙、李端、李益、苗發、皇甫曾、耿湋、李嘉祐，又云吉頊、夏侯審、崔峒，又云韓翃，或云錢起、盧綸、司空曙、皇甫曾、李嘉祐、吉中孚、苗發、郎士元、李益、耿湋、李端，而劉長卿不在十才子之内，何耶？

劉隨州長卿以詩馳聲上元、寶應間。權德輿謂爲「五言長城」。皇甫湜嘆「時人詩無劉長卿一句，已呼宋玉爲老兵；語未有駱賓王一字，已罵宋玉爲罪人矣」。高仲武云：「長卿有吏幹而犯上，兩度遷謫，皆自取之。詩體雖不新奇，甚能鍊飾。十首以上，語意稍同，于落句尤甚，蓋思鋭才窄也。」愚謂仲武選肅、代兩朝詩爲《中興間氣集》，而其自作不傳，是亦無長卿一句而善于攻人短者也。

隨州詩如「老至居人下，春歸在客先」，「古路無行客，寒山獨見君」，「人來千嶂外，犬吠百花中」，「孤城向水閉，獨鳥背人飛」，「寒渚一孤雁，夕陽千萬山」，「得罪風霜苦，全生天地仁」，「得地移根遠，經霜抱節難」，「舊浦滿來移渡口，垂楊深處有人家」，「家散萬金酬士死，身留一劍答君恩」，「細雨濕衣看不見，閒花落地聽無聲」，「帆帶夕陽千里没，天連秋水一人歸」，「身隨敝屨經殘雪，手綻寒衣入舊山」，「未知門户誰堪主，且免琴書别與人」，「六時行徑空秋草，幾日浮生哭故人」，皆佳句也。

錢仲文起大曆中與韓翃、李端輩十人，俱以能詩出入貴遊之門，號「十才子」，形于圖畫。朝廷公卿出牧奉使，與郎士元或無詩祖行，人以爲耻。高仲武云：「員外詩格新奇，理致清贍。粤從登第，挺冠詞林。文宗右丞，許以高格。右丞没後，員外爲雄。芟齊、宋之浮游，削梁、陳之靡嫚，迥然獨立，莫之與京。且如『鳥道掛疎雨，人家殘夕陽』，又『牛羊下山小，烟火隔林深』，又『長樂鐘聲花外盡，龍池柳色雨中深』，皆特出意表。又『窮達戀明主，耕桑亦近郊』，則禮義克全，忠孝兼著。」愚謂仲武長于論錢而短于論劉也。錢詩如「一葉兼螢度，孤雲帶雁來」，「閑鷺棲常早，秋花落更遲」，「宦名隨落葉，生事感枯魚」，亦足以「弘長名流，爲後楷式」，仲武胡未之及耶？

仲文受知于王右丞，《酬王維春夜竹亭贈别》詩，無一語譽王。《遊輞川》詩，但云：「王子在何處？」《藍上茅茨》詩，但云：「老年疎世事，幽性養天和。酒熟思才子，溪頭望玉珂。」《晚歸藍田》詩，但云：「知音青瑣闈。」唐賢贈答，每每寫情賦景，而不嘵嘵于稱譽，自後則不然矣。

白樂天云：「韋蘇州歌行，才麗之外，頗近興諷。五言詩又高雅閒淡，自成一家體。然當蘇州在時，人亦未甚愛重，必待身後，然後貴之。」蘇東坡云：「李、杜以絶世之資，凌跨百代，後之詩人繼出，而才不逮意。獨應物、子厚，發纖穠于簡古，寄至味于澹泊，非餘子所及也。」朱子云：「蘇州高于王維、孟浩然諸人，以其無聲色臭味也。」劉須溪云：「應物居官自愧，閔閔有恤人之心。其詩如深山採藥，飲泉坐石，日晏忘歸。與孟浩然雖意趣相似，而出處不同。」論韋詩者，莫善于此數則。

韋詩如「微雨夜來過，不知春草生」，「人歸山郭暗，雁下蘆洲白」，「喬木生夏凉，流雲吐華月」，「寒雨暗深更，流螢度高閣」，「落葉滿空山，何處尋行跡」，「微風時動牖，殘燈尚留壁」，「浮雲一別後，流水十年間」，「寒山獨過雁，暮雨遠來舟」，「寒樹依微遠天外，夕陽明滅亂流中」，「怪來詩思清人骨，門對寒流雪滿山」，有合于劉須溪所謂「誦一二語，高處有山泉極品之味」也。

韋公性高潔，鮮食寡欲，所居焚香掃地而坐。其詩如「流水赴大壑，孤雲還暮山」，「無情尚有歸，行子何獨難」，「裁此百日功，唯將一朝舞。舞罷復裁新，豈思勞者苦」，「貧賤雖異等，出門皆有營」，「自慚居處崇，未覩斯民樂」，「士非遇明世，庶以道自全」，「身多疾病思田里，邑有流亡愧俸錢」，皆能擺去陳言，意致簡遠超然，似其爲人，詩家比之陶靖節，真無愧也。

柳子厚宗元文章卓偉精緻，與古爲侔，尤擅西漢詩騷，一時行輩推仰。貶官後，自放山澤間，其堙厄感鬱，一寓于詩。「志適不期貴，道存豈偷生」。《掩役夫張進骸》云：「我心得所安，不謂爾有知。」此等吐屬，大有見解。

柳子厚《田家》云：「蓐食徇所務，驅牛向東阡。鷄鳴村巷白，夜色歸暮田。」又云：「籬落隔烟火，農談四鄰夕。庭際秋蟲鳴，疎麻方寂歷。」又云：「是時收穫竟，落日多樵牧。風高榆柳疎，霜重梨棗熟。」真能寫田家風景。「木落寒山静，江空秋月高」，「土膏釋原野，百蟄競所營」，「黄葉覆溪橋，荒村唯古木」，「高樹臨清池，風驚夜來雨」，「壁空殘月曙，門掩候蟲秋」，皆天趣流露。東坡謂「韓退之豪放奇險，則過子厚，温麗清深不及也」。朱子謂「學詩須從陶、柳門庭入」。蓋子厚之詩脱口而出，多近自然也。

劉夢得禹錫晚年與白香山友善，唱和往來，白因集其詩而序之曰：「彭城劉夢得，詩豪者也。其鋒森然，少敢當者。予不量力，往往犯之。」又云：「頃與元微之倡和頗多，或在人口。嘗戲微之云：『僕與足下，二十年來爲文友詩敵，幸也。然江南士女語才子者，多云元、白，以子之故，僕不得獨步于吴、越間，此亦不幸也。』今垂老復遇夢得，非重不幸耶？」愚謂劉固詩豪，白乃詩仙。劉酬白詩云：「散誕人間樂，逍遥地上仙。詩家登逸品，釋氏悟真詮。」劉之推白已如此。宣宗弔白詩云：「綴玉聯珠六十年，誰教冥路作詩仙？浮雲不繫名居易，造化無爲字樂天。」人主之知白又如此。蓋在當時，則劉、白齊名，日久論定，劉終不能踰白也。

白香山謂「夢得『雪裏高山頭白早，海中仙果子生遲』，『沉舟側畔千帆過，病樹前頭萬木春』之句類，真爲神妙矣。在在處處，應有靈物護持」。愚謂夢得之「野水齧荒墳，秋蟲鏤宫樹」，「養生非但藥，悟佛不因人」，「楓林社日鼓，茅屋午時鷄」，「千金買絶境，永日屬閒人」，「老枕知將雨，高窗報欲明」，「唯有達生理，應無治老方」，「歲稔貧心泰，天涼病體安」，「深夜降龍潭水黑，新秋放鶴野田青」，「清光門外一渠水，秋色牆頭數點山」，「愛名之世忘名客，多事之時無事身」，「世上功名兼將相，人間聲價是文章」，「但是好花皆易落，從來尤物不長生」，「世上空驚故人少，集中惟覺祭文多」，「銜杯本自多狂態，事佛無妨有佞名」，「三冬書任胸中有，萬里侯須骨上來」，「數間茅屋閒臨水，一盞秋燈夜讀書」，亦各見其神妙。

夢得《插田歌》云：「水平苗漠漠，烟火生墟落。黄犬往復還，赤鷄鳴且啄。」四句有畫意。《養鷙詞》云：「飲啄既已盈，安能勞羽翼？」《酬樂天》云：「莫道桑榆晚，餘霞尚滿天。」結句皆有餘韵。《先主廟》云：「得相能開國，生兒不象賢。」論斷簡切。

夢得《初至長安》云：「每行經舊處，却想似前身。不改南山色，其餘事事新。」《杏園花下酬樂天》云：「二十餘年作逐臣，歸來還見曲江春。遊人莫笑白頭醉，老醉花間有幾人？」與《遊玄都觀》兩詩同一寓意。

秦系字公緒，會稽人，藩鎮奏辟皆不就，自稱東海釣客。《新唐書・隱逸傳》：「系隱南安九日山，刺史薛播數往見之，時致羊酒，系未嘗至城。南安人爲立石于亭，號其山爲高士峰」。徐獻忠謂「秦隱君夙慕林丘，早懷曠度，但氣過其文，遂乏華秀，寥寥自得，亦可謂跨俗之致」。《拾遺朱放訪山居》云：「侍臣當獻納，那得到空山？」《贈張評事》云：「莫强教余起，微官不足論。」《獻薛僕射》云：「更乞大賢容小隱，益看愚谷有光輝。」人己之間，措辭各當，宜乎韋蘇州亦推服之。有詩云「家中匹婦空相笑」，又云「逸妻相共老烟霞」，想見其妻亦賢而甘隱者。

高仲武于大曆詩人，論此則抑彼，論彼則又抑此。論錢仲文，則云：「迥然獨立，莫之與京。」于郎君胄士元，則云：「河岳英奇，人倫秀異，自家型國，遂擅大名。右丞以後，錢、郎更長。郎公稍更閒雅，近于康樂。」與「迥然獨立」之言異矣。又云：「『荒城背流水，遠雁入寒雲』，『去鳥不知倦，遠帆生暮愁』，『蕭條夜静邊風吹，獨倚營門望秋月』，可齊衡古人。又『暮蟬不可聽，落葉豈堪聞』，古人謂謝朓工于發端，比之于今，有慚沮矣。」愚謂君胄《寄李紓》起句云：「雨餘深巷静，獨酌送殘春。」亦工于發端也。

高仲武云：「皇甫冉詩巧于文字，發調新奇。往以艱虞，避地江外，文章一到朝廷，作者爲之變色。如『閉門白日晚，倚杖青山暮』，『裛露收新稼，迎寒葺舊廬』，『遠山重疊見，芳草淺深生』，『岸草知春晚，沙禽好夜驚』，『燕知社日辭巢去，菊爲重陽冒雨開』，可以雄視潘、張，平揖沈、謝。」愚謂茂政詩如「春歸江海上，人老别離中」，「人烟隔水見，草氣入林香」，「驛路收殘雨，漁家帶夕陽」，「種苗雖尚短，穀價幸全輕」，意新句秀，才鍾于情。

皇甫孝常曾，茂政之弟也。詩名與兄相上下。高仲武云：「侍御較補闕體製清潔，華不勝文。然『寒生五湖道，春及萬年枝』，五言之選也。」徐獻忠云：「景陽華浄，遂掩哲昆；平原英贍，竟難家弟。若皇甫兄弟，仕道既同，才名亦配，奈何高生猶持不足之嘆！觀其律調澄清，聲文華潔，俯視當世，殆已飄然木末矣。」愚謂孝常詩如「返照城中盡，寒砧雨外聞」，「斷猿知夜久，秋草助江長」，「客散高樓上，帆飛細雨中」，「江湖十年别，衰老一樽同」，皆足以追逐乃兄。

韓君平翃七律健麗而對仗天成，七絶亦神情疎暢。「雨餘衫袖冷，風急馬蹄輕」，「星河秋一雁，砧杵夜千家」，「鳴磬夕陽盡，捲簾秋色來」，「萬葉秋聲裏，千家落照時」，爲五言佳句。如「小縣春生日，公孫吏隱時」，「遠水流春色，回風送落暉」，「過淮芳草歇，千里又東歸」，「縣舍江雲裏，心閒境又偏」，「還家不落春風後」，「白皙風流似有鬚」，皆工于發端。

《南部新書》云：「《昇平公主宅即席》詩，李端擅場。《送王相之幽鎮》詩，韓翃擅場。《送劉相巡江淮》詩，錢起擅場。」愚謂韓、錢兩詩皆六韵，韵同格調亦同。前四韵序事，第五韵寫景，末韵一則自念，一就劉相講，微有不同，而韓詩尤勝。

盧允言綸《送吉中孚歸楚州舊山》云：「名高閑不得，到處人争識。」名士出門，大都如是。接云：「誰知冰雪顔，已雜風塵色。」兩句又無限感慨矣！

盧允言《藍溪期蕭道士採藥不至》云：「病多知藥性，老近憶仙方。」于鵠《山中自述》云：「病多知藥性，年長信人愁。」戴幼公叔倫《卧病》云：「病多知藥性，客久見人心。」三人同時，皆上句優于下句，而幼公下句稍勝。

顧逋翁況《送從兄使新羅》云：「鬚髮成新髻，人參長舊苗。」爲唐人咏參之始。「參」當作「蓡」，或作「葠」。蓡，《六書正譌》從艸，「蓡」作「參」者非。「葠」同「蓡」。《説文》：「人蓡，藥草。」《本草》：「一名神草，一名地精。人葠、元葠、沙葠、丹葠、苦葠爲五葠」。《唐書・地理志》：「太原府土貢人葠。」

趙璘云：「裴晉公度貞元中作《鑄劍戟爲農器賦》，觀其氣概，已有立殊勳、致太平之意。進士李爲作《淚》及《輕》、《薄》、《暗》、《小》四賦，李長吉樂府多屬意花草蜂蝶之間，二子終不遠大。」愚謂晉公《中書即事》詩云：「灰心緣忍事，霜鬢爲論兵。道直身還在，恩深命轉輕。」此等吐屬，又豈尋常公卿所能道也？

石園詩話卷二

奉新余成教道夫

韓文公愈《調張籍》云：「李杜文章在，光焰萬丈長。」《酬盧四兄雲夫》云：「遠追甫白感至誠。」《感春》云：「近憐李杜無檢束，爛漫長醉多文辭。」《醉留東野》云：「昔年因讀李白杜甫詩，長恨二人不相從。吾與東野生並世，如何復躡二子蹤？」公生平服膺李、杜，興會所觸，輒稱述之。

文公《酬崔少府》云：「有時未朝餐，得米日已晏。」《寄李大夫》云：「少年樂新知，衰暮思故友。」《寒食日出遊》云：「囊空甑倒誰救之？我今一食日還併。自然憂氣損天和，安得康强保天性？」《奉和張侍郎》云：「暖風抽宿麥，清雨捲歸旗。」《奉和裴相公》云：「林園窮勝事，鐘鼓樂清時。」《和席八十二》云：「官隨名共美，花與思俱新。」《奉和晉公》云：「將軍舊壓三司貴，相國新兼五等崇。」感慨歡娱之詞俱工，此其所以能繼李、杜而爲有唐三大家也。

嚴滄浪謂「孟郊詩刻苦，讀之令人不歡」。今觀其《怨别》云：「一别一回老，志士白髮早。在富易爲客，居貧難自好。」《病客吟》云：「主人夜呻吟，皆入妻子心。遠客晝呻吟，徒爲蟲鳥音。妻子手中病，愁思不復深。僮僕手中病，憂危獨難任。」《秋懷》云：「孤骨夜難卧，吟蟲相唧唧。老泣無涕洟，秋露爲滴瀝。」《答韓愈李觀别》云：「富别愁在顔，貧别愁銷骨。」《哭李觀》云：「志士不得老，多爲直氣傷。」詩雖刻苦，而性情敦厚。元武康令序東野詩云：「今武康有孟保、孟井，人亡物改，竹幽水深，過之者清風爽然，使人脱洒于世味之外。」斯言得之矣。

東野之「誰言寸草心，報得三春暉」，「士有百役身，官無一姓宅」，「從來一智萌，能使衆利歸」，「枯鱗易爲水，貧士易爲施」，皆集中名言。

杜牧序李賀詩云：「鯨呿鰲擲，牛鬼蛇神，不足爲其虚荒誕幻也。蓋《騷》之苗裔，理雖不足，辭或過之。」又曰：「使賀且未死，少加以理，奴僕命《騷》可也。」然長吉之「彈琴看文君，春風吹鬢影」，「買絲繡作平原君，有酒惟澆趙州土」，「衰蘭送客咸陽道，天若有情天亦老」，「二十八宿羅心胸，元精照耀貫當中。殿前作賦聲摩空，筆補造化天無功」，辭之所至，理亦赴之，但不能篇篇理到耳。後李藩掇長吉歌詩爲之序，未成，爲其外兄所誑去，兼舊有者投之溷中，以報倨忽之怨。故篇什流傳者少，今世所傳，杜牧所叙四卷耳。其逸詩凡五十二首，或亦李藩所藏之一二。嗟乎！長吉之外兄，自謂投溷以洩其恨，賀之詩當無復有傳者矣。孰知才人詩文，毁于此復彰于彼，其精華終不可磨滅，而小人枉自用其心機也。

宋韓盈序玉川子盧仝詩曰：「其爲體峭拔嚴放，脱略拘維，特立群品之外。」其説誠然。《寄男抱孫》云：「尋義低作聲，便可養年壽。莫學村學生，粗氣强叫吼。」又云：「小時無大傷，習性防已後。頑發苦惱人，汝母必不受。」峭拔可喜。末云：「他日吾歸來，家人若彈糾。一百放一下，打汝九十九。」其脱略讀之令人失笑。

玉川子《月蝕詩》，凡一千六百七十七字，艱澀險怪，讀之不易。韓文公倣其詩，凡五百七十八字，前後簡浄，但結處不如玉川之有餘味。

玉川《謝孟諫議寄新茶》詩，世因其有「七椀」之句，皆知其嗜茶。吾謂公并嗜酒，觀其《自咏》云「生涯身是夢，耽樂酒爲鄉」，可知公固茶酒兼嗜者。

劉叉客韓退之門下，不能下賓客，因持金數斤去，曰：「此諛墓中人得耳，不若與劉君爲壽！」世多以攫金事短之。然讀其《自古無長生》詩云：「若問長生人，昭昭孔丘籍。」及《答孟東野》云：「唯有剛腸缺，百鍊不柔虧。」其見地又甚高也。

劉叉《冰柱》、《雪車》詩，人謂其出盧、孟右，才氣甚健。然徑行直遂，毫無含蓄，非温柔敦厚之旨，少諷諭比興之情。其《自問》詩云：「酒腸寬似海，詩膽大如天。」信乎詩膽之大也。

韓文公貽賈浪仙島詩云：「孟郊死葬北邙山，日月星辰頓覺閑。天恐文章中斷絶，再生賈島在人間。」元和中詩尚輕淺，島獨變格入僻，以矯艷俗。詩如「百迴信到家，未嘗身一歸」，「始知相結密，不若相結疎」，「寒山晴後緑，秋月夜來孤」，「門不當官道，行人到亦稀」，「葉下故人去，天中新雁來」，皆卓然名句，不獨「鳥宿池邊樹，僧敲月下門」，「秋風吹渭水，落葉滿長安」兩聯爲佳也。然性狂行薄，人皆惡其不遜，以致見棄于執政；舉場十惡之目，名由自敗，要不僅《裴晉公池亭》詩爲得謗之端也。文公之賞，出于愛才之誠，而略于其行。他日浪仙《弔孟協律》云：「才行古人齊，生前品位低。」又云：「身死聲名在，多應萬古傳。」浪仙亦不愧于此語，但其行終當遜孟一籌耳。

浪仙《贈某翰林》云：「清重無過知内制，從來禮絶外庭人。」兩句可包括唐時待翰林之優。

楊景山巨源《春日奉獻聖壽無疆詞十首》，胡元瑞謂其「典雅精工，莊嚴律切，有沈、宋風骨，中唐諸作，此最傑然」。愚謂十首雖氣象鴻麗，而詞意多複，不如《上劉侍中》、《和吕舍人》二首，體律務實，聲韵鏗鏘，對仗天成，無不諧適也。

李存博約雅度簡遠，詩亦清曠。《從軍行》云：「路長惟算月，書遠每題年。」更耐人尋味。

李習之翺皇甫持正湜同爲韓門弟子。習之文章渾厚，詩非所長。持正不能詩，然其《浯溪石間》詩云：「退之全而神，上與千載對。李杜才海翻，高下非可概。文于一氣間，爲物莫與大。」數語精卓，善于持論，非尋常能詩者所能見及。

劉攽《詩話》云：「張文昌籍樂府清麗深婉，五言律詩亦平淡可愛，七言律詩則質多文少。」然文昌五言不乏清麗深婉之句，如「長因送人處，憶得別家時」，「家貧無易事，身病是閒時」，「眼昏書字大，耳重語聲高」，「山情因月甚，詩語入秋高」，「尚儉經營少，居閒意思長」，不獨平淡可愛也。《寄和劉使君》云「曉來江氣連城白，雨後山光滿郭青」，及《贈賈島》之「籬落荒涼僮僕饑」，則又文質兼備矣。

張文昌《祭退之》詩，情稍遜于辭。愚但愛其「獨得雄直氣，發爲古文章」，「薦待皆寒羸，但取其才良」，「公有曠達識，生死爲一綱。及當臨終晨，意色爲不荒」數語，能描寫文公。

文昌《離婦》云：「有子未必榮，無子坐生悲。」《贈孟郊》云：「苦節居貧賤，所知賴友生。」《行路難》云：「君不見床頭黄金盡，壯士無顔色。」《寄李司空》云：「還君明珠雙淚垂，何不相逢未嫁時？」皆清麗深婉，稱情而出。

王仲初建樂府歌行，思遠格幽。《送人》云：「人生足着地，寧免四方游。」《行見月》云：「百年歡樂能幾何？在家見少行見多。不緣衣食相驅遣，此身誰願長奔波？篋中有帛倉有粟，豈向天涯走碌碌？家人見月望我歸，正是道中思家時。」歌行諸結句尤有餘蘊。《荆門行》云：「壯年留滯尚思家，況復白頭在天涯？」《田家行》云：「田家衣食無厚薄，不見縣門身即樂。」《當窗織》云：「當窗却羨青樓倡，十指不動衣盈箱。」《水運行》云：「遠徵海稻供邊食，豈如多種邊頭地？」《水夫謡》云：「我願此水作平田，長使水夫不怨天。」《望夫石》云：「山頭日日風復雨，行人歸來石應語。」《短歌行》云：「人家見生男女好，不知男女催人老。」

白香山居易詩，如「君以明爲聖，臣以直爲忠。敢賀有其始，亦願有其終」，「思爾爲雛日，高飛背母時。當時父母念，今日爾應知」，「富家女易嫁，嫁早輕其夫。貧家女難嫁，嫁晚孝于姑」，「號爲羨餘物，隨月獻至尊。奪我身上暖，買爾眼前恩」，「誰能將我語，問爾骨肉間。豈無貧賤者，忍不救饑寒」，「朝露貪名利，夕陽憂子孫」，「爲文彼何人，想見下筆時。但欲愚者悦，不思賢者嗤」，「低頭獨長嘆，此嘆無人喻。一叢深色花，十户中人賦」，「人生苟有累，食肉常如饑。我心既無苦，飲水亦可肥」，「一落風塵下，始知爲吏難。公事與日長，宦情隨歲闌」，「凡人年三十，外壯中已衰。但思寢食味，已減二十時」，「老色日上面，歡情日去心。今既不如昔，後當不如今」，「榮名與壯齒，相避如朝暮。時命始欲來，年顔已先去」，「吾觀權勢者，苦以身狥物。炙手外炎炎，履冰中歷歷」，「由來尤物不在大，能蕩君心則爲害」，「窮巷厭多雨，貧家愁早寒」，「病身無所用，惟解卜陰晴」，「相争兩蝸角，所得一牛毛」，「乞錢羈客面，落第舉人心」，「人憐全盛日，我愛半開時」，「情于故人重，跡共少年疎」，「不用更教詩過好，折君官職是聲名」，「婚嫁累輕何怕老，飢寒心慣不憂貧」，「處處傷心心始悟，多情不及少情人」，「賓客歡娱僮僕飽，始知官職爲他人」，皆名言也。

香山《初到忠州》云：「吏人生硬都如鹿，市井蕭疎只抵村。」《餘杭形勝》云：「遶郭荷花三十里，拂城松樹一千株。」《正月三日閒行》云：「緑浪東西南北水，紅欄三百九十橋。」忠州、杭州、蘇州之風景，兩句包括，如在目前。

香山《寄唐生》云：「唐生者何人？五十寒且饑。不悲口無食，不悲身無衣。所悲忠與義，悲甚則哭之。」又云：「但自高聲歌，庶幾天聽卑。歌哭雖異名，所感則同歸。寄君三十章，與君爲哭詞。」《傷唐衢》云：「憐君儒家子，不得詩書力。五十著青衣，試官無禄食。遺文僅千首，六義無差忒。散在京洛間，何人爲收拾？」合兩篇觀之，唐衢，即唐生也。想生亦元和間詩人，而詩不顯于後世，幸而與香山相知，得附名于集，不然，千載而下，孰知頭半白而志不衰之唐生也？

元微之稹通州詩云：「暗蟲有時迷酒影，浮塵向日似波流。」「入衙官吏聲疑鳥，下峽舟船腹似魚。」他日以州宅誇于香山云：「四面常時對屏嶂，一家終日在樓臺。」「繞郭烟嵐新雨後，滿山樓閣上燈初。」念前此之苦境，萬般君莫問；撫後此之仙都，難畫亦難書。作者固情隨事遷，讀者不能不爲之動色也。

香山謂「予與微之前後寄和詩數百篇，近代無如此多有也」。愚謂白之于元也，「所合在方寸，心源無異端」兩語，已曲盡其情矣。元之于白也，《聞授江州司馬》及《得樂天書》兩絶句，亦曲盡其情。

施希聖肩吾登元和進士，慕仙跡隱豫章西山，有《西山集》。其自序云：「二十年辛苦烟蘿松月之下，或時學龜息，飲而不食，腸胃無滓，形神益清，見天地六合之奥。凡奇兆異狀，閲乎心目者，鋭思一搜，皆落我文字網中。」今讀其詩，奇麗果如所自序。然其詩如「祇言衆口鑠千金，不信獨愁銷片玉」，「長短艷歌君不解，淺深更漏妾偏知」，「向夜在堂前，學人拜新月」，「自家夫壻無消息，却恨橋頭賣卜人」，「明朝欲飲還來此，只怕春風却在前」，「繡衣年少朝欲歸，美人猶在青樓夢」，「莫愁今夜無詩思，已聽秋猿第一聲」，「亂山重叠雲相掩，君向亂山何處行」，「良人一夜出門宿，减却桃花一半紅」，皆善于言情，哀艷宛轉，絶不類隱者之語。施嘗有詩曰：「若數西山得道者，連予便是十三人。」豈學仙不諱言情，而情之淺者，亦不足以成仙歟？

張承吉祜五言詩，善題目佳境，不可刊置他處。如「鳥啼新果熟，花落故人稀」，「河流出郭静，山色對樓寒」，「落日懸烏柏，空林露寄生」，「晚潮風勢急，寒葉雨聲多」，「地勢遥尊嶽，河流側讓關」，「地盤山入海，河遶郭連天」，「黑夜山魈語，黄昏海燕歸」，「不雨山長潤，無雲水自陰」，「日月光先到，江山勢盡來」，「樹影中流見，鐘聲兩岸聞」，「風帆彭蠡疾，雲水洞庭寬」，「萬里故人去，一行新雁來」，「洞壑江聲遠，樓臺海氣連」諸句，皆時地各肖，有聲有色，宜乎杜司勳有「誰人得似張公子，(一)〔千〕首詩輕萬户侯」之贈也。

徐侍郎凝《奉陪相公看花宴會》二絶，勝于《杭州開元寺牡丹》詩，白香山賞之，以其末句之譽耳。

計敏夫云：「樂天薦凝屈祜，論者至今鬱鬱，或歸白之妒才。樂天方以實行求才，故薦凝抑祜。牧之少年所爲，亦近于祜，爲祜恨白，理或有之。」《芥隱筆記》云：「凝『一條界破青山色』句，白公稱之，東坡以爲塵陋，至稱爲惡詩。《天台山賦》『瀑布飛流而界道』，目爲惡詩，無所自耶？」洪容齋以爲諸絶如《辭韓侍郎》、《相思林》、《憶揚州》，亦皆有情致。今觀侍郎諸詩，固皆以情致勝者也。然較之于祜，則實不如。白之抑祜，或出于退輕薄而進樸略之心。而元稹謂「祜雕蟲小技，或奬激之，恐變風教」，則實懷妬才之心矣。世不咎元而但咎白，何也？

李文饒德裕論文，有曰：「譬如日月，雖終古常見而光景常新，此所以爲靈物者也。」嘗爲《文箴》曰：「文之爲物，自然靈氣，恍惚而來，不思而至。杼軸得之，淡而無味，琢刻藻繪，彌不足貴。如彼璞玉，錯以金翠，美質既彫，良寶斯棄。」唐史謂德裕少力學，善爲文。《北夢瑣言》謂德裕幼而神俊。觀其論文之言，信乎天分高而學力至者也。《懷山居》云：「器滿自當欹，物盈終有缺。」崖州之貶，早已自知其不能無矣。

文饒《憶茗芽》云：「松花飄鼎泛，蘭氣入甌輕。」《故人寄茶》云：「碧流霞脚碎，香泛乳花輕。」兩聯俱善于言茶，押「輕」字俱不費力。

李潁州廓《長安少年行》警句云：「曉日尋花去，春風帶酒歸。」「好飲耽長夜，天明燭滿樓。」「杯酒逢花住，笙歌簇馬吹。」「開鎖通新客，教姬屈醉人。」「小婦教鸚鵡，頭邊喚醉醒。」《落第》云：「牓前潛制淚，衆裏自嫌身。氣味如中酒，情懷似別人。」寫得意及失意情景皆肖。

人皆知賈浪仙島之爲浮圖，名無本，來東都，韓文公爲之反初服，不知周南卿賀之爲浮圖，名清塞，來杭州，姚武功爲之加冠巾。徐獻忠謂「賀詩沉鬱有格力，寫象痛切，意旨融變」。五言皆有深致，警句爲多：「樹寒稀宿鳥，山迥少來僧。」「眠客聞風覺，飛蟲入燭來。」「歸人值落葉，遠路入寒山。」「野渡人初過，前山雪未開。」「空將未歸意，説向欲行人。」當時與浪仙、無可齊名，而清雅更過之也。

姚武功合詩多名言。如「客行長似病，煩熱束四肢。到君讀書堂，忽若逢良醫。時時相獻酬，文字當酒巵」，「嘗聞朋友惠，贈言始爲恩。金玉日消費，好句長相存」，「人生須氣健，饑凍縛不得」，「至交不可合，一合難離析」，「窮愁一成疾，百藥不能治」，「士人甚商賈，終日須東西」，「士有經世籌，自無活身策。求食道路間，勞困甚徒役」，「懶拜腰肢硬，慵趨禮樂生」，「因客始沽酒，借書方到城」，「詩書愁觸雨，店舍喜逢山」，「靜者多便夜，豪家不見秋」，皆耐人尋味。

姚《武功縣中作》多至二十七首，不能免重複之累。「到處貧隨我，終年老趁人」，「小市柴薪貴，貧家砧杵閒」，「愛閒求病假，因醉棄官方」，「一日看除目，終年損道心」，「秋涼送客遠，夜靜咏詩多」，「竟日無多食，連宵不閉門」，「病多惟識藥，年老漸親僧」，「養生宜縣僻，説品喜官微」，「久貧還易老，多病懶能醫」，「道友宜蔬食，吏人嫌草書」，「印朱沾墨硯，户籍雜經書」，皆佳句也。姚嘗選王維等二十六人詩百篇爲《極玄集》，曰「此皆詩中射雕手也」，吾于諸句亦云。

姚《揚州春詞》云：「園林多是宅，車馬少于船」，「春風蕩城郭，滿耳是笙歌。」二十字中，勝畫一幅揚州圖也。

姚《贈劉叉》云：「避時曾變姓，救難似嫌身。」《寄賈島》云：「狂發吟如哭，愁來坐似禪。」《贈張籍》云：「多見愁連曉，稀聞債盡時。」《寄白居易》云：「詩中得意應千首，海内嫌官只一人。」皆能各肖其實。

史稱杜牧之自負才略，喜論兵事，擬致位公輔，以時無右援者，怏怏不平而終。爲人疎雋不拘細行。其詩情致豪邁，人號爲小杜，以别于少陵。後村劉氏謂杜牧、許渾同時，牧于唐律中，嘗寓拗峭以矯時弊，渾律切麗密或過牧，而抑揚頓挫不及也。讀其《冬至日寄小姪阿宜》詩云：「經書刮根本，史書閲興亡。高摘屈宋艷，濃薰班馬香。李杜泛浩浩，韓柳摩蒼蒼。近者四君子，與古争强梁。」可以知其用功之深醇。讀其「平生五色線，願補舜衣裳」，「誰知我亦輕生者，不得君王丈二殳」諸詩，可以知其立志之遠大。若但賞其「高人以飲爲忙事，浮世除詩盡强名」諸句，則猶是詩人而已。

杜司勳詩「誰家唱《水調》，明月滿揚州」，「誰知竹西路，歌吹是揚州」，「揚州塵土試迴首，不惜千金借與君」，「二十四橋明月夜，玉人何處教吹簫」，「春風十里揚州路，卷上珠簾總不如」，「十年一覺揚州夢，贏得青樓薄倖名」，何其善言揚州也？

李義山商隱《有感》云：「古有清君側，今非乏老成。素心雖未易，此舉太無名。誰瞑銜冤目，寧吞欲絶聲。」于甘露之變，感憤激烈，不同于衆論。《籌筆驛》、《碧城》、《馬嵬》、《重有感》、《隨師東》諸詩，誠有如陸魯望所謂「抉摘刻削，露其情狀」者。蔡寬夫云：「荆公晚年喜義山詩，以爲唐人知學老杜而得其藩籬，唯義山一人。」范元實云：「義山詩，世人但知其巧麗，與温庭筠齊名。蓋俗學只得其皮膚，其高情遠意，皆不識也。」兩評皆確。

《桐薪》云：「温飛卿庭筠貌甚陋，號鍾馗，不稱才名。最善鼓琴吹笛，云：『有絲即彈，有孔即吹，不必柯亭、爨桐。』著《乾䉼子》，今其書不傳。」愚謂飛卿才思艷麗，韵格清拔，隨題措辭，無不工緻，恰如其「有絲即彈，有孔即吹」之妙。《過陳琳墓》、《經五丈原》、《蘇武廟》三詩，手筆不减于義山，温、李齊名，良有以也。唐史謂義山「詩思清麗，視庭筠過之。而俱無特操，恃才詭激，爲當塗者所薄，名宦不進，坎壈終身」。又謂飛卿佻蕩，不修檢幅，多作側辭艷曲，與貴胄蒲飲狎昵。又舉場多爲人假手，執政惡之，貶授方山尉。然則温之詩少遜于李，而温之行視李爲尤薄也。

義山古體多名言，温則文情哀艷，謂之工于辭章則可，比于《行次西郊》、《韓碑》、《贈四同舍》諸作則不逮；至于五七言，則又兩相頡頏。愚最愛飛卿「樹凋窗有日，池滿水無聲」、「僧居隨處好，人事出門多」兩聯，與義山「高閣客竟去，小園花亂飛」、「五更疎欲斷，一樹碧無情」，同爲佳句。

飛卿《送僧東遊》云：「燈影秋江寺，篷聲夜雨船。」義山《早行》云：「鷄聲茅店月，人跡板橋霜。」同是一樣手法。

徐獻忠謂許用晦渾詩「烟雲風鳥之思，揉弄亦已盡態」。韋莊讀渾詩云：「江南才子許渾詩，字字清新句句奇。十斛真珠量不盡，惠休空作碧雲詞。」《丁卯集》中「孤枕易爲客，遠書難到家」、「林繁樹勢直，溪轉水紋斜」、「遠帆春水闊，高樹夕陽多」、「就學多新客，登朝盡故人」、「病中送客難爲别，夢裏還家不當歸」、「村徑繞山松葉暗，柴門臨水稻花香」、「兩岸曉烟千里草，半帆斜日一江風」、「溪雲初起日沉閣，山雨欲來風滿樓」之句，《寄房千里》、《金陵懷古》、《凌歊臺》、《驪山》、《四皓廟》諸詩，字字清新，果不愧乎爲「江南才子」也！

薛陶臣逢《送沈單作尉江都》云：「少年作尉須矜慎，莫向樓前墜馬鞭。」及《鄰相反行》詩，似是矜慎而能克己者。乃褊忿多忤，初與劉瑑交，以侮易成隙；同年楊收、王鐸，皆以詩涉譏訕而銜之。三人作相，不爲引用。咎由自取，何其善于論他人而忘自責也？聽言觀行，古今豈獨一薛陶臣哉！

劉得仁，貴主之子，善五言詩。自開成至大中三朝，昆弟皆貴仕，而得仁歷舉進士不第，出入文場三十年。既没，詩人競爲詩弔之。僧栖白詩曰：「忍苦爲詩身到此，冰魂雪魄已難招。直教桂子落墳上，生得一枝冤始銷。」然其《送友人下第歸覲》云：「莫將和氏淚，滴着老萊衣。」又何其立言之温厚也！又有詩云：「雖懷丹桂影，不忘白雲期。」其志亦可悲已。

韓門諸人詩分兩派，朱慶餘、項斯以下爲張籍之派，姚合、李洞、方干而下則賈島之派也。張水部籍爲格律詩，惟朱慶餘親授其旨，沿流而下，有任蕃、陳標、章孝標、司空圖，咸及門焉。寶曆、開成之際，項子遷斯尤爲水部所知，故其詩格相類。斯始無聞，以卷謁楊敬之，楊愛重之，贈以「到處逢人説項斯」之句，詩達長安，明年擢上第。後終于丹徒尉。愚愛其《山行》警句云：「蒸茗氣從茅舍出，繰絲聲隔竹籬聞。」

薛大拙能僻于詩，日賦一章。于前人少所許可，間稱賈長江解詩，李青蓮及劉、白而下無取也。愚謂薛尚短諸葛公，何有于諸詩人！然其七絶多佳作，其餘比之雍陶、趙嘏，尚有未逮，何論劉、白？

其《楊柳詞》自注云：「劉、白二尚書，雖有才語，但文字太僻，宮商不高。」其《折楊柳》序語自謂「搜難抉新，誓脱常態」。皆欺人語也。

司空表聖圖論詩云：「詩貫六義，諷諭、抑揚、渟蓄、淵雅，皆在其間。惟近而不浮，遠而不盡，然後可言韵外之致。」自序其五言佳句，及「逃難人多分隙地，放生鹿大出寒林」、「得劍乍如添健僕，亡書久似憶良朋」、「孤嶼池痕春漲滿，小欄花韵午晴初」三聯，謂「皆不拘于一概」。愚謂表聖七言中如「久無書去干新貴，時有僧來自故鄉」，「本來薄俗輕文字，却致中原動鼓鼙」，「亂來已失耕桑計，病後休論濟活心」，「名應不朽輕仙骨，理到忘機近佛心」，合于計敏夫所謂清音泠然，變而不失其正者也。「野鳥愛喧人静處，閒雲似妬月明時」，亦是表聖佳句。

許文化棠晚年登第，嘗曰：「自得一第，筋骨輕健，愈于少年。則知成名乃孤進之還丹。」曹鄴《杏園席上》云：「忽忽出九衢，僮僕顔色異」，「對酒時忽驚，猶疑夢中事。」覽許言與曹詩，一第之得失，至于如此，異乎君子之用情矣。然許之詩曰：「處世閒難得，關身事半空。」曹之詩曰：「黄糧賤于土，一飯常不飽。」因飢寒而急仕進，又無怪其然也。

李文山群玉性曠逸，才健邁，赴舉一上而止，惟以吟咏自適。其《授校書郎制詞》云「放懷丘壑，吟咏性情，孤雲無心，浮磬有韵」云云，可以想見其高致。乃讀其《同鄭相并歌姬小飲》、《醉後贈馮姬》二詩，又何其情韵纏綿也！

文山進詩表云：「居住沅、湘，宗師屈、宋，楓江蘭浦，蕩思摇情。」可爲《黄陵廟》、《玉真觀》諸詩注脚。

徐獻忠謂劉司南駕「矯時新體，多作古詩，雖乏筆致，亦頗渾雄」。愚謂司南《築城詞》云：「我願築更高，得見秦皇墓。」《戰城南》云：「莫争城外地，城裏終閒土。」《桑婦》云：「妾顔不如誰，所貴守婦道。一春常在樹，自覺身如鳥。」《棄婦》云：「路傍見花發，似妾初嫁時。」《寄遠》云：「别早見未熟，入夢無定姿。得書喜尤甚，況復見君時。」《醒後》云：「不記折花時，何得花在手？」《早行》云：「馬上續殘夢，馬嘶時復驚。」《秋夕》云：「求名爲骨肉，骨肉萬餘里。富貴在何時，離别今如此。」其筆甚佳，胡云「乏」也？七絶如「夜夜夜深聞子規」、「樹樹樹頭啼曉鶯」，又皆以筆致勝也。

段柯古成式，宰相文昌子，研精苦學，秘閣書籍，披閲皆遍，與義山、飛卿齊名，時號「三十六體」。然其詩長于用典，較之温、李，固曹、鄶也。

晚唐詩人之相得者，以陸魯望龜蒙、皮襲美日休爲最。陸寄皮云：「將生皮夫子，上帝可其奏。并包數公才，用以殿厥後。」又云：「鹿門先生才，大小無不恰。就彼六籍内，説詩直解頤。不敢負建鼓，唯憂掉降旗。希君念餘勇，挽袖登文陴。」又云：「鹿門皮夫子，氣調真俊逸。截海上雲鷹，横空下霜鶻。文壇如命將，可以持玉鉞。」皮寄陸云：「惟有陸夫子，盡力提客卿。各負出俗才，俱懷超世情。」又云：「相逢似丹漆，相望如朓朒。論業敢並驅，量分合繼躅。」又云：「既見陸夫子，駑心卻伏厩。結彼世外交，遇之于邂逅。兩鶴思競閒，雙松格争瘦。」玩兩公往復稱述之辭，皆有一種相視莫逆之心。如陸所云：「俱懷出塵想，共有吟詩癖。」皮所云：「我思方沉寥，君詞復凄切。」真意孚洽，不比後人之退有後言，而面相標榜也。

皮、陸《苦雨詩》，俱善鋪叙而各有佳處，視陳思王之《愁霖賦》，謝康樂之《愁霖》詩，較勝數倍。陸之境窘于皮，故其自寫及皮代爲寫處，更覺動情。其《雨夜》、《看雨聯句》諸作，皆可觀也。

劉夢得詩云：「午橋群吏散，亥市老人迎。」張祜詩云：「野橋經亥市，山路過申州。」陸詩云：「閒教辨藥僮名甲，静識窺巢鶴姓丁。」皮詩云：「共守庚申夜，同看乙巳占。」李洞詩云：「一谷勢開午，孤峰聳起丁。」開後人以干支相對法門。

陸自撰《甫里先生傳》云：「少攻歌詩，遇事輒變化不一其體裁，卒造平淡而後已。」集中如「朝朝貰薪米，往往逢責詬。既被鄰里輕，亦爲妻子陋」，「所貪既仁義，豈暇理生活」，「懶外應無敵，貧中直是王」，「祇有經時策，全無養拙資」，「身從亂後全家隱，日校人間一倍長」，「一代交遊非不貴，五湖風月合教貧」，皆能寓新奇于平淡。《漁具》、《樵人》諸咏，亦多旨趣。其和皮《太湖》詩，略遜于皮，以皮得之親歷，故議論更透徹而描寫更奇特也。

襲美好以「僧」「鶴」爲對仗，如《題魯望屋壁》十首，言鶴者五，及「因分鶴料家貲減，爲置僧餐口數添」，「昨夜眠時稀似鶴，今朝餐數减于僧」，「園蔬預遣分僧料，廩粟先教算鶴糧」之類，皆未免詞意重複，數見不鮮。與鄭都官詩多用「僧」字凡四十餘處，韋莊詩好用「馬」字，同是一癖。

徐獻忠謂「唐至大中間，國體傷變，氣候改色，人多商聲，亦愁思之感」。其言則是。其謂「劉滄七言律，音節促促，無遠大語」。則非也。藴靈詩如「半夜秋風江色動，滿山寒葉雨聲來」，「空江獨樹楚山背，暮雨孤舟吴苑來」，「高風踈葉帶霜落，一雁寒聲背水來」，「千年事往人何在，半夜月明潮自來」，四押「來」字，皆音節悠揚。「半壁樓臺秋月過，一川烟水夕陽平」，「霜落雁聲來紫塞，月明人夢在青樓」，語亦遠大。晁氏謂其詩頗清麗。方回謂其自然頓挫。高棅謂其「與許渾長于懷古，如《長洲》、《咸陽》、《鄴都》等作，淒涼感慨之意，可爲一倡三嘆」。斯乃持平之論也。

晚唐詩人有佳句而多俗言者，杜彦之荀鶴是也。「承恩不在貌，教妾若爲容」，「溪山入城郭，户口半漁樵」，「古宫閒地少，水港小橋多」，「九州有路休爲客，百歲無愁即是仙」，「故園何啻三千里，新雁纔聞一兩聲」，「高下麥苗新雨後，淺深山色晚晴時」，皆爲佳句。「生應無暇日，死是不吟時」，「舉世盡從愁裏過，誰人肯向死前休」，雖俗而有意趣。其餘如「世間何事好，最好莫過詩」，「争知百歲不百歲，未合白頭今白頭」之類，未免詩如説話矣。其起結之句，尤多率易。人亦奴事朱温，有愧于「孫供奉」多矣。

李咸用詩，《山居》云：「鄰居皆學稼，客至亦無官。」《訪友人》云：「出門無至友，動即至君家。」《冬夕喜友至》云：「多少新聞見，應須語到明。」讀之皆使人發融治之歡，動慘感之感。《披沙集》中，不僅以「見後却無語，别來長獨愁」，「危城三面水，古樹一邊春」諸句顯也。

李山甫《柳》詩，善于自況。其「有時三點兩點雨，到處十枝五枝花」，「新成劍戟皆農器，舊着衣裳盡血痕」，「誰陳帝子和蕃策？我是男兒爲國羞」，「鏡裏祇應諳素貌，人間多自重紅妝」，皆自然流麗。司空表聖譽以詩曰：「誰似天才李山甫，牡丹屬思亦縱横？」然《牡丹》詩非其上乘也。

方雄飛干貌寢兔缺，以故不與科名。遇醫補唇，已老矣。見賞于徐凝、姚合，自咸通得名訖文德，江之南未有及者。王贊序之云：「當其得志，倏與神會，詞若未至，意已獨逞。」又云：「張祜升杜甫之堂，方干入錢起之室。」集中如「野花多異色，幽鳥少凡聲」，「無酒能消夜，隨僧早閉門」，「野烟新驛曙，殘照古山秋」，「地下無餘恨，人間得盛名」，「鶴盤遠勢投孤嶼，蟬曳殘聲過别枝」，「馴鹿不知誰結侣，野禽多是自呼名」，足當高堅峻拔之目。

方雄飛登臨之作，皆整鍊肖題。《題龍泉寺絶頂》云：「未明先見海底日，良久遠鷄方報晨。」《登扶風亭》云：「東軒海日已先照，下界晨鷄猶未啼。」意複詞重而各見其妙。

羅昭諫隱詩云：「若以鳴爲德，鳳凰不及鷄。」斯言善矣。乃所作詩文，好以譏刺爲主。昭宗聞其名，欲處以甲科，爲大臣奏其輕易而止。黄寇平，朝賢議欲召之，爲韋貽範告以同舟見輕，恐登科通籍，視吾徒如糠粃而止。負聰明而多口過，金榜上無名，非盡當時之咎也。然梁以諫議大夫召，不行，獨依錢鏐，嘗説鏐舉兵討梁。其忠義之志，見于《小松》之咏云：「陵遷谷變雖高節，莫向人間作大夫。」大節如此，又非晚唐諸公所可匹敵也。

昭諫上錢尚父諸詩俱佳。《吴越備史》云：「隱寢疾，王親臨撫問，因題其壁云：『黄河信有澄清日，後代應難繼此才。』隱起而續之云：『門外旌旗屯虎豹，壁間章句動風雷。』」今見于《春日投尚父》首章頷聯。嗚呼！得一知己如此，又何必致怨于「十二三年就試期，五湖烟月奈相違」，及「我未成名君未嫁，可能俱是不如人」也。

昭諫《籌筆驛》詩，亦七律中最佳者，議論亦頗似義山。古詩無大出色。近體如《杜處士新居》云「寇餘無故物，時薄少深交」，《真娘墓》云「死猶嫌寂寞，生肯不風流」，《菊》云「千載白衣酒，一生青女霜」，及七言之「祇知事逐眼前過，不覺老從頭上來」，「長恐病侵多事日，可堪忙過少年時」，「老知風月終堪恨，貧覺家山不易歸」，「漫道城池依險阻，可知豪傑亦塵埃」，「別酒莫辭今夜醉，故人知是幾時來」，皆見聰明。彼刻于論詩者謂《牡丹》一聯爲女障子，《揚州開元寺》一聯爲白日見鬼，又烏足以服隱也哉？

鄭守愚谷幼年見賞于司空圖，謂當爲一代風騷主。李朋、馬戴撫頂嘆勉，謂他日必垂名。薛能、李頻不以晚輩見待。及仕于朝，人號爲鄭都官而不名。與張喬、許棠輩同稱十哲。雖以《鷓鴣》得名，而知己之多，享名之盛，爲晚唐所未有。五言如「春陰妨柳絮，月黑見梨花」、「潮來無別浦，木落見他山」、「確喧春澗滿，梯倚緑桑斜」、「極浦明殘雨，長天急遠鴻」之類，尚多佳句。七言神韻完足，格律整齊，却無佳句可摘。

張喬《送許棠下第遊蜀》云：「天下猿多處，西南是蜀關。」工于發端。其五七律起句，俱多挺拔語。

宣城汪遵與許棠同鄉，幼爲小吏。一旦辭役就貢，遇棠，訊以何事至京？答曰：「就貢。」棠怒曰：「小吏無禮。」遵竟先棠五年成進士，以《長城》詩得名。韶州邵謁，少博聞，爲縣吏。客至，令怒其不揞牀迎待，逐去。遂截髮著縣門，發憤讀書，已而釋褐。古詩如《寒女吟》、《苦別離》諸作，情詞悱惻。兩公發軔于小吏，而復以詩名，可謂有志之士。

吴子華融七律中，惟《富春》、《廢宅》、《金橋感事》、《彭門用兵後經汴路》諸作雄傑，餘多失之浮滑。七絶如《閿鄉寓居》、《楚事》、《秋色》諸篇，風韵甚佳。

羅鄴與宗人隱、虬齊名，世稱三羅。没後追賜及第。《詩評》謂「隱才雄而疎，鄴才清而緻」。佳篇如《早發》、《途中寄友》、《牡丹》諸律，《秋怨》、《吴王古宫井》、《爲人感贈》、《柳絮》、《放鷓鴣》諸絶句；佳句如「身事未知何日了，馬蹄惟覺到秋忙」，「馬上多于在家日，尊前堪惜少年時」，「行遲暖陌花攔馬，睡裹春江雨打船」，「相見或于中夜夢，寄來多是隔年書」，調高味永，洵屬清才。

韓致堯偓十歲能詩，嘗即席爲詩，送父友李義山，義山有贈冬郎詩「十載裁詩走馬成」，及「雛鳳清于老鳳聲」云云。冬郎，偓小字也。擢進士第，官至兵部侍郎，進承旨。昭宗欲任爲相，讓以薦趙崇。朱全忠忌之，謫官，有「謀身拙爲安蛇足，報國危曾捋虎鬚」之句。富于才情，詞旨靡麗。初喜爲閨閣詩，後遭故遠遁，出語依于節義，得詩人之正。自號玉山樵人。天佑乙丑、丁卯，兩以原官召，皆辭不赴。終身不食梁禄，挈族南依王審知。晁公武稱其「有君子之道四焉：棄家從上，一也；力辭相位，二也；不草韋貽範起復麻，三也；不致拜于朱温，四也。」愚謂致堯《息慮》詩云：「道向時危見，官因亂世休。」生平志節，見之于此兩言矣。「四時最好是三月，一去不回惟少年」，「一夜雨聲三月盡，萬般人事五更頭」，「故人每憶心先見，新酒偷嘗手自開」，「人泊孤舟青草岸，鳥鳴高樹夕陽村」，爲致堯集中佳句。

韋端己莊疎曠不拘小節，後仕王建爲平章。《浣花集》十卷，其弟藹所編也。如「咏詩信行馬，載酒喜逢人」，「樹老風聲壯，山高臘候融」，「萬物不如酒，四時唯愛春」，「一杯今日酒，萬里故鄉心」，「静極却嫌流水鬧，閒多翻笑野雲忙」，「老去不知花有態，亂來惟覺酒多情」，及《憶昔》、《陪金陵府相中堂夜宴》、《題姑蘇凌處士莊》、《過内黄縣》、《南昌晚眺》、《投寄舊知》、《咸陽懷古》、《長安清明》、《古離别》、《立春日作》、《寄江南逐客》、《離筵訴酒》、《臺城》、《燕來》、《令狐亭》、《虎跡》諸詩，感時懷舊，頗似老杜筆力。

韋端己《下邽感舊》云：「招他邑客來還醉，儳得先生去始休。」《逢李氏兄弟感舊》云：「(晚)〔曉〕傍柳陰騎竹馬，夜隈燈影弄先生。」寫幼時與鄰巷諸兒會戲塾中光景如畫。味兩詩，可以知其少時之狡獪無賴，不畏老成也。

李才江洞唐諸王孫，慕賈島，爲鑄銅像其儀，事之如神。其詩如「齒因吟後冷，心向静中圓」，「樹沉孤島遠，風逆蹇驢遲」，「一鏡垂雙鬢，全家老半峰」，「藥杵聲中擣殘夢，茶鐺影裏煮孤燈」，奇峭處逼真浪仙。

才江《客亭對月》云：「游子離魂隴上花，風飄浪卷遶天涯。一年十二度圓月，十一回圓不在家。」《山居喜友人見訪》云：「入雲晴斸茯苓還，日暮逢迎木石間。看待詩人無别物，半潭秋水一房山。」兩詩較浪仙絶句，覺青出于藍而勝于藍也。

《北夢瑣言》云：「曹唐《遊仙詩》才情縹緲，岳陽守李遠每吟之而思其人。後見唐儀質充偉，戲曰：『昔未覩標儀，將謂可乘鸞鶴。此際接晤，竊恐壯水牛亦不勝其載。』時人聞以爲笑。」唐字堯賓，桂州人。初爲道士，後舉進士不第，累爲使府從事。《大遊仙詩》，愚愛其「山川到處成三月，絲竹經時即萬年」一聯。他詩每于結句能寄規誨而見議論。如《羽林賈中丞》云：「胸中别有安邊計，誰睬髭鬚白似銀。」《贈南岳馮處士》云：「支頤冷笑緣名出，終日王門强曳裾。」《奉送嚴大夫再領容州》云：「代北天南盡成事，肯將心許霍嫖姚。」《送劉尊師祗詔闕廷》云：「《五千言》外無文字，更有何詞贈武皇？」《病馬》云：「王良若許相擡策，千里追風也不難。」可以想其胸次。

張象文蠙以「牆頭細雨垂纖草，水面回風聚落花」句，見賞于王衍。然其詩如「隴狐來試客，沙鶻下欺人」，「白日地中出，黄河天上來」，「古墳時見火，荒壁悄無鄰」，《邊將》云「聞名敵國懼，輕命故人稀」，《贈道者》云「頭從白後黑，心向鬧中閒」，《寄友》云「長疑即見面，翻致久無書」，寫物象情，頗能肖似也。

唐人選詩集者：玄宗天寶時，芮挺章選開元初迄天寶詩曰《國秀集》；殷璠選永徽甲寅迄天寶癸巳詩曰《河嶽英靈集》；代宗廣德時，元結選開、寶間詩人不遇者七人詩曰《篋中集》；大曆時，高仲武選肅、代兩朝詩曰《中興間氣集》；憲宗元和時，姚合選二十三家詩凡百首曰《極玄集》，《令狐楚》選詩曰《御覽集》；哀帝天祐時，韋莊選一百五十人詩凡三百首曰《又玄集》；後蜀廣政時，韋縠選《才調集》：操選者凡八家。

唐人朋友兄弟彙爲一集，及一人之詩爲集者：睿宗景雲中，李乂原名尚真，與兄尚一、尚貞俱有文名，號《李氏花萼集》。天寶時，李康成著《玉臺後集》。代宗大曆初，竇叔向五子常、牟、群、庠、鞏，皆工詞章，號五竇，有《聯珠集》。憲宗元和時，王涯、令狐楚、張仲素有《三舍人集》。穆宗長慶時，白居易自杭州召還，元稹排纂其集成五十卷，爲《白氏長慶集》；劉禹錫與白居易唱和號《劉白集》，與裴度唱和號《汝洛集》，與令狐楚唱和號《彭陽集》，與李德裕唱和號《吴蜀集》。文宗太和時，許渾有《丁卯集》；段成式與温庭筠輩往來唱和，有《漢上題襟集》。開成時，温庭筠有《握蘭》、《金荃》等集。懿宗咸通中，皮日休爲吴郡從事，與陸龜蒙倡和，爲《松陵集》。昭宗天復初，韓偓有《香奩集》。後蜀時，僧可朋有《玉壘集》。

唐詩人齊名者：武后、中宗時，王勃、楊炯、盧照鄰、駱賓王號爲「唐初四傑」，李嶠、崔融、蘇味道、杜審言爲「文章四友」，陳子昂、趙貞固、盧藏用、杜審言、宋之問、畢隆澤、郭襲徽、司馬承禎、釋懷一、陸餘慶號「方外十友」，韋承慶兄弟俱有詩名。玄宗時，張説、蘇頲世稱「燕、許手筆」；王維與弟縉齊名，與孟浩然齊名，時稱「王孟」；賀知章、劉昚虚、包融、張旭號「吴中四友」；蕭穎士、李華號「蕭李」；李白、孔巢父、裴政、張叔明、韓準、陶沔號「竹溪六逸」，賀知章、李白、汝陽王璡、李適之、崔宗之、蘇晉、張旭、焦遂稱「飲中八仙」；皇甫冉、弟曾踵登進士，時比之張孟陽、景陽。肅宗時，秦系與劉長卿齊名。代宗時，「大曆十才子」齊名，包何、包佶齊名。德宗時，鮑防與謝良弼友善，時號「鮑謝」；宋廷棻生五女若莘、若照、若倫、若憲、若荀，皆善屬文，號「五宋」，德宗召試，呼爲學士，自貞元七年秘禁圖籍，詔若莘總領。順宗時，孟郊、賈島、張籍、王建、李賀、盧仝、歐陽詹、劉叉俱從韓愈遊，謂之韓門詩派；李翺、皇甫湜學古文于韓公，俱不能詩。穆宗時，元稹、李紳、李德裕號「元和三俊」；元稹在越，與副使竇鞏酬唱最多，世稱「蘭亭絶唱」。東漢有李、杜之稱，唐之詩人稱李、杜者三：景雲、神龍中李嶠、杜審言，開元中李白、杜甫，開成、會昌中李商隱、杜牧之。懿宗、僖宗時，許棠、張喬諸人號「咸通十哲」。哀帝時，羅隱自號江東生，與族人虬、鄴齊名，號「三羅」。

唐詩人以體名者：中宗時，上官儀工詩，傚之者稱「上官體」；憲宗時，元稹、白居易號「元和體」；李商隱、温飛卿、段成式以儷偶相誇，號「三十六體」。

宋嚴羽，明高棅，以高祖武德至明皇開元初列爲初唐，以開元至代宗大曆初列爲盛唐，以大曆至憲宗元和、穆宗長慶列爲中唐，以敬宗寶曆、文宗開成以後列爲晚唐。

順宗時，僧皎然《杼山詩式》著倫語詩類。懿宗咸通時，張爲作《詩人主客圖》。此後人詩話詩派之所由濫觴也。

（王天覺點校）

鄰水莊詩話

鄰水莊詩話提要

《鄰水莊詩話》二卷，據嘉慶間春暉閣刊本點校。撰者丁繁滋，字耘莊，江蘇松江人。有《耘莊題畫詩稿》。《詩話》即與《詩稿》合刊，有嘉慶二十一年自序，略云前人詩話雖陳陳相因，但「其中皆有一種真精神、實體驗處，故能傳之久遠，以嘉惠藝林」，亦即貴在「有我」在也。其詩話亦能融合他家及其師陳廷慶（古華）之説，而出爲己見，故於當日學神韵、格調、性靈諸説之弊，皆所不取。學詩亦主區别各體，如七古須從初唐入，七律則從太白之不作善藏拙言之，蓋戒濫作之時風也。論明詩分四期，「明初，青田不減青丘；弘正，信陽勝於獻吉；嘉靖，弇州高却歷下；明季，忠裕遠過梅村」，亦屬有見。卷一後半起亟録同時人詩，推趙甌北七律，爲作摘句圖；所録多爲同邑及周邊如青浦、寶山、嘉定、上海等地詩人，所採亦不濫。蓋作者主張詩文到得力處即須付梓，庶免散失之虞也。

自序

前人詩話，陳陳相因，而其中皆有一種真精神、實體驗處，故能傳之久遠，以嘉惠藝林。滋固不能詩，每喜讀古今人詩，且喜讀古今人之詩話，擇其至精者録出。歷久成編，以呈古華師。師又以學詩之道及讀詩之次第授滋，而命付梓人。今我師往矣，我師之教愈難忘矣。重加編次，復感慨而誌之。

時嘉慶丙子小春，耘莊丁繁滋書。

鄰水莊詩話卷一

柘湖丁繁滋耘莊氏輯

余聞之師曰：學詩當從古體入。學古詩當從五古入。能作五言古，然後作七言古；能作五七言古，然後作五律、七律，方能成家。

學五古、七古者，必先熟讀《三百篇》，纔識興、賦、比之義，《風》、《雅》、《頌》之體。若四始、六義之不明，即不知贈答、應制、寄託、諷刺之法，如何謂之詩？

《三百篇》既熟，須讀《騷經》；《騷經》既熟，須讀蘇李、《十九首》，及建安、黄初、正始諸家；下至二陸、二張、二潘、左、郭、阮、張，迄陶謝、顔鮑諸公之詩，猶存六義，不失風人之遺。

學建安、黄初，易得皮毛，而精神不足；學潘、陸、顔、謝，難求形似，而板滯居多。我看前人學漢魏者，其轉關必在三謝。

熟讀《選》詩，纔識有唐正字、曲江、李杜、王孟、常儲、韋柳諸家之詩。若驟讀諸家，總屬影響。

七古尤難於五言，先從楚《騷》、《九辯》探其源，次從鮑明遠得其格調。明遠之七言，猶蘇李之五古。

初唐莫高於四傑，七古妙處，皆從樂府來，極不易到。至右丞、嘉州、達夫、東川四家並重，而嘉州尤驚健絶倫。從此追摹，然後漸進於李杜，方是節制之師。若驟學李杜，必至渾身是病。前人又謂學李之病易知，學杜之病難療。吾爲專學杜詩者下一鍼砭。

五律發源於梁陳，然必潛玩初唐，然後盛唐可學。先從右丞、東川、嘉州入手，然後追杜、錢、劉近體，神韻天然，亦最可法。

五絶亦推李杜。七絶名篇最夥，當宗新城之説，擇而讀之。

極太白之才，不作七律，善藏其拙也。晁補之曰：「後之學者，學則皆有侈心，必事事在人先，則事事落人後。」且詩各有所長，多一體不如少一體，多一首不如少一首；少則多可傳，多則少可傳也。杜陵贊孟公曰：「賦詩何必多，往往凌鮑謝。」

典實之説勝，而比興之道微；諂媚之詞工，而箴警之意絶；應酬之途廣，而性靈之竅湮。欲求佳詩，無有是處。

詩之工拙，窮於一字，疵累甚易，安妥極難。逐逐朋儕中，求直諒者已不可得；幸遇其人，又惡聞其過，則其人可見，不必更言詩。

專賦近體而不學古，是無筆力也；專工琢句而不謀篇，是無章法也；專尚才華而不論格，是無體裁也；專仿宋元而不宗唐，是無氣骨也；專摹中、晚而不師王孟、李杜諸大家，是無志氣也。此詩之所以多，此詩之所以少也。破二十年功，庶幾近之，古人真不易到。

近日學詩者，或主神韻，或主格律，或主性靈，其實不可偏廢也。專主格律，做成唐殼子，不可也；專主神韻、性靈，做成宋元人一派，亦覺卑卑不足道。

陳忠裕曰：「樂府謡誦，調古而旨近，似其音節，側筆可追。然而太文則弱，太率則俗，太達則膚，太堅則訛，太合則襲，太離則野。」「五言古詩，蘇李而下，潘陸而上，意存温厚，辭本婉淡，聲調上口，便欲揣摹。然集彼常談，侈爲新製，宛然成章，實見少味。」「七古學甫者近拙，學白者近俗，學頎者近弱。要之，體兼《風》、《雅》，意主深勁，是爲工耳。」「五七律用意貴隱約，而每至顯露；使事欲變奥，而每至平顯。輕與重必均，殊少合作；雄與逸並美，未見兼能。」「五七絶盛唐之妙，在於無意可尋，風旨深永；中、晚主警快，亦自斐然。今法盛唐者，取諧聲貌，無動人之情；學西崑者，頗涉議論，有好盡之累。去宋人一間耳。」

又曰：「一人有詩名，余讀其詩，謂之曰：君之詩甚善，然傳之後世，不知君爲何代人。奈何？夫作詩而不足以導揚盛美、刺譏當時，託物連類而見其志，是《風》不必列十五，《雅》不必分大、小也。雖工，奚取也？」

《隨園詩話》云：「爲人不可不辨者，柔之與弱也，剛之與暴也，儉之與嗇也，厚之與昏也，明之與刻也，自重之與自大也，自謙之與自賤也。作詩不可不辨者，澹之與枯也，新之與纖也，樸之與拙也，健之與粗也，華之與浮也，清之與薄也，厚重之與笨滯也，縱横之與雜亂也。」此説甚好。又云：「近今風氣有不可解者，士人略知寫字，便究心於《説文》、《凡將》，而束歐褚、鍾王于高閣。略知作文，便致力于康成、穎達，而不識歐蘇、韓柳爲何人。間有習字作詩者，詩必讀蘇，字必學米，皆因鄭馬之學多糟粕，省費精神；蘇、米之筆多放縱，可免拘束故也。」此説亦頗中時病。

顧寧人謂《三百篇》無不轉韵者，唐詩亦然。惟昌黎七古，始一韵到底。《文心雕龍》云：「賈誼、枚乘，四韵輒易；劉歆、桓譚，百韵不遷。」亦各從其志也。大概轉韵則韵寬而易爲，一韵則韵縛而難作。若有本領如杜陵之《哀王孫》、《杜鵑行》、《冬狩行》，何嘗不一韵到底？白傅《和大觜烏》、《凶宅》二篇亦堪步武。余謂但論詩之弱不弱，不論韵之轉不轉，今人轉韵詩入後且虞其弱，何況不轉。

宋人詩談，謂三言始於夏侯湛，四言始於韋孟，五言始於蘇李，六言始於谷永，七言始於《柏梁》，不知皆起於《三百篇》也；又謂輓歌始於繆襲，其説亦非。五七言皆起《三百篇》，知《詩》有四始六義，不可偏廢也。漢人直接《風》《騷》，衆體具備。魏晉猶能兼之。六朝以降，因物賦物，鮮知詩中有比興矣。唐人出而振興，大家每得此義。

蘇李《贈答》、無名字《十九首》等作體近《風》，唐山夫人《房中歌》近《雅》，《郊廟》七歌則近《頌》。《漢》史載蘇武還漢，時尚有馬宏等九人同歸。宏等前使西域，爲單于所遮，終不屈，乃今人無知者。至其餘八人，已不能舉其姓氏。而降敵之都尉反得與屬國並稱，詩文之有力如是。

劉公幹《贈從弟》三首純用比體，應德璉《建章臺集詩》亦堪競爽。

陳思《箜篌引》云：「生存華屋處，零落歸山丘。」阮公《詠懷》云：「丘墓蔽山岡，萬代同一時。」張載《七哀》云：「昔爲萬乘君，今作丘中土。」陶公《擬古》云：「不見相知人，惟見古時丘。」誦之不覺慨然。

古詩云：「愁多知夜長。」傅玄《雜詩》云：「志士惜日短，愁人知夜長。」張華《情詩》云：「居歡惕夜促，在戚怨宵長。」三叶「長」字意同。張協「疇昔歎時遲，晚節悲年促」，亦善奪胎。《毛詩·山有樞》三章，朱子謂答前篇之意，《小序》謂刺晉昭公，二説不同，自是正解。余誦此詩，語意悲惋，却似詩人自輓之詞。陶公「親戚或餘悲，他人亦已歌」，意從此出。

陰鏗有「薄雲巖際出，初月波中上」之句，杜老本此作「薄雲巖際宿，孤月浪中翻」，後人遂有出藍之譽。余謂陰詩有情有景，「上」字極自然，「翻」字便覺吃力也；且開後人抄襲法門，雅所不喜。工部「江流静猶湧」，不及陰「大江静猶浪」；「雲逐渡溪風」，不及陰「花逐下山風」。揚杜抑陰殊不必，須知工部之妙，正不在此。

唐人五古，正字、曲江力掃六代卑靡之習，直追兩京。李供奉才力尤高，遇物託興，又工於用比，《風》、《騷》後僅見此鉅椽。《古風》云：「自從建安來，綺麗不足珍。」乃其平生深造得力語。供奉能於平叙中突入比興，此直從《三百篇》來，而步趨於漢魏。他人亦間用此筆，不若此老之觸處皆然。

李杜七古，同本《離騷》、樂府。工部古健老横，變化百出；供奉凌空落筆，託興無端。兩公正是敵手。

張曲江「志合豈兄弟，道行無賤貧」，《别裁》解作「志合不妨道路各異，道行貧賤亦樂也」。愚意志合豈但兄弟之親，正應首、二句「讀群史」、「追古人」也；行道無論賤貧，正應三、四「有懷玉」、「從負薪」也。故結即承此意，言欲與古爲鄰，以收足之。

浙東有兩惡溪：一在處州麗水東，王右軍歎其奇絶，書「突星瀨」三字於石是也。見《括蒼志》。一在台州臨海西北，前後二灘，石險湍激，俗名大小惡溪，一名百步溪，又名大善灘。孟山人《尋天台山》詩中有「不憚惡溪名」句，當指臨海之惡溪。《别裁》所注似誤。

曲江云：「海上生明月，天涯共此時。」與東野「别後有所思，天涯共明月」一意也，分作起結，而各極其工。

李供奉曰：「梁陳以下，艷薄斯極，沈休文又尚聲律。將復古道，非我而誰？」朱子謂太白始終學《選》詩，所以好。子美詩好者亦多是效《選》詩，夔州以前詩佳，夔州以後，自出規模，不可學。知此，纔可不入歧趨。朱子又謂左司五言所以高於摩詰者，以其無色香味也。此論亦精。

喬慕韓先生億《劍谿説詩》云：「七言歌行，欲氣勝易，欲氣古難；氣古而兼氣勝，更難。」又云：「王、楊、盧、駱，氣古而非氣勝；子瞻氣勝而非氣古。退之短章氣古，長篇氣勝；王、李、高、岑，並氣古、氣勝而未至者。惟李、杜兼之，各造其極，又加以變化神奇、錯綜斷亂也。」又云：「杜子美原本經史，體專是賦，故多切實之詞；李太白枕藉《莊》、《騷》，長於比興，故多惝恍之語。」

五律有古意甚難，此盛唐所獨也。七律有古意尤難，崔顥《黄鶴樓》外，未可多得。

七律到十分滿者，杜陵外，只有義山一人。

劉隨州「疊浪浮元氣，中流没太陽」，十字能寫洞庭，勝孟山人作。

釋齊己嘗著《白蓮集》十卷、《風騷旨格》一卷，荆南節度副使孫光憲爲之序。所賦《劍客》詩起結雄渾，竟是杜陵。《聽琴》作亦在李頎、常建間。爾時風格日卑，耑工雕飾，皮、陸輩皆有愧于是僧。

沈佺期《遥同杜員外審言過嶺》詩，六句中連用三「何」字，我不知其何以傳，更不解其何以選。

工部「雲移雉尾開宫扇，日繞龍鱗識聖顔」，與右丞「九天閶闔開宫殿，萬國衣冠拜冕旒」、嘉州「金闕曉鐘開萬户，玉階仙仗擁千官」，是一副筆墨。

五七律對起最緊健，而七言尤難。如老杜《賓至》、《恨别》、《野望》、《登高》及《咏懷古迹》首末二作，皆極老鍊。

工部七律間作拗體，如《崔氏東山草堂》、《白帝城最高樓》、《暮歸》等作。細玩平仄，通首仍一字不錯，且極自然。

權德輿推文房爲「五言長城」。余謂文房五言固佳，七律尤勝。一字一句，别有一種神韵，他人斷不能到。

詠物詩，格高神遠爲上，少陵是也。其次以神韵，鄭鷓鴣其選也。若能藏得身分，坡翁所謂「有爲而作」者，是亦無上妙品。

唐以詩取士，而李、杜兩公不由科第進。若襄陽竟至無遇合，以布衣終，亦可異也。余謂天困三巨手，以慰後世之能詩而不得志者。

中、晚人能學杜之七古者，無如昌黎；善學杜之七律者，莫如義山。兩家之詩，亦須參看。

不熟《風》《騷》，不知《選》體之妙；不精《選》理，不識唐人之工。溯流必須尋源，登高方能及遠。

唐人聽琴詩，如龍標、東川、盱眙諸公，已臻妙品，然視蔡中郎「練余心兮浸太清」一作，奚啻天淵。

張華村在固安縣東北，村多張姓，皆其後人。明嘉靖時，邑令某改爲張賢里。涿郡盧氏，代産名人。以詩鳴者，晉有諶，北齊有思道，唐有照鄰，元有摯，皆秦博士盧敖之後。有唐一代，詩人莫盛於趙郡。李氏李嶠、李華、華之子翰、李端、端之子虚中、李絳，及嘉祐、吉甫、吉甫子德裕。至今趙人猶艷稱之。

明初，青田不減青丘；弘正，信陽勝於獻吉；嘉靖，弇州高却歷下；明季，忠裕遠過梅村。

施愚山先生云：「遍觀古人著作，不能毫髮無憾，何況時賢？然我輩志在行遠，决不可自恕。正使痛自針砭，不審去古人幾許。」又曰：「蘄州顧赤方出其詩相讐校，嘗握手笑曰：『吾儕相好，攻瑕索垢，當猛鷙如寇讐，毋留纖塵爲後人口實。』此即陳思好人譏談其文之意。」

先生又云：「余嘗與林鐵厓叙論詩人，以爲詩固難言，詩人尤不易。今之工者，多飾郛郭，少攬菁華。其有出於時者，或矜己忤物，誕蕩不可近，於是號爲詩人，寖爲有道所不録。」又曰：「常憾文人不護細行，爲世口實。」愚謂詩本性情，玩先生所論，則知欲詩品醇者，必先人品正。

凡詩文身後之名，不可以口舌争，不能以勢力取。用功深者，默以自驗。詩文賴人品以醇，人品藉詩文以永。

詩文到得力處，必須付梓，庶免散失。

喬劍溪億先生曰：「詩必有爲而作，焉得多？」又曰：「景物難狀，前人鈎致無遺，稱詩於今日大難。惟句中有我在，斯同題而異趣。」

姚聽巖太史宏緒，康熙辛未翰林，輯《松風餘韵》一書。自晉迄明，吾郡名人詩篇搜羅殆盡，文獻賴以不墜。性耽著述，授職未幾，即假歸不出。晚歲自書楹帖云：「天下料無便宜事，我生甘作吃虧人。」盛德之言，即此可見。詩有《寶善堂集》。

竹嶼吴學博泰來始學王韋，繼摩李杜，在七子中最爲高雅。余尤愛其古澹之作。如《横塘晚泊》云：「斜陽下寒渚，暮靄帶晴沙。杳杳孤帆去，横塘問酒家。何人共明月，今夜宿蘆花。忽聽漁歌起，蒼茫秋水涯。」《舒城》云：「舒城纔十里，遶郭白蓮花。重露滴秋水，泠香生釣楂。最宜清夜月，獨宿野人家。底事匆匆去，吟鞭落曉霞。」《丁家山》云：「花港緣源入，來過蕉石山。亭窺紅樹外，路繞白雲間。盡日起松籟，無人叩竹關。忘機看鷗鳥，烟暝亦知還。」又《牛渚懷古》云：「采石磯頭太白祠，登臨還唱謫仙詞。錦袍烏帽成千古，朗月清風又一時。秋浦猿聲愁去客，匡山木落見涼飇。獨來搔首江天暮，更欲乘潮薦芷蘺。」

我邑曹若思鑑儼先生，博極群書，尤工韵語。惜有手病，不能作楷書，以布衣終身。《感懷》有句云：「四海雙蓬鬢，三朝一布衣。」平生著作，大率如此，身後散失不存。文士之窮，此公爲最。

王上舍鐵堂錚，一字秋厓，婁邑諸生，有聲黌序。善書畫，尤長於詩。如「幹從屈處韵偏古，花爲瘦時影亦奇」《老梅》，「始因圯上逢黄石，卒厭人間慕赤松」《張良》，爲時傳誦。

金雲峰真人《遺世頌》曰：「平生活計得優游，寄迹人間九十秋。撒手者回歸去也，杖挑明月赴瀛洲。」金源筆墨流傳本少，此爲從來所未見者。按真人俗姓康氏，諱太真，利州花務村人。墓在今承德府建昌縣東北長壽山，有石刻誌銘，白霫進士李守撰文，文繁故不録。

平原董太史寄廬元度，别號曲江，壬申進士，著《舊雨草堂詩稿》。早年賦《春柳詩》得名，人稱「董春柳」。詩學義山，余尤愛其《淮陰侯》一律云：「直得真王死，當年胯下身。漢家輕負爾，噲輩竟何人。鐘室含冤日，河干吃食辰。初終兩女子，恩怨總成塵。」

新都吕樂師燮雅《遊道場山》詩云：「十里松篁落翠微，桐花一樹倚荆扉。僧厨無物能供客，熟煮春泉帶雨肥。」

文登畢澹庵霽封翁，人極古樸，詩亦似之，著《蠡勺詩删》。《雨後郊行》云：「郊原新霽後，驢背興偏賒。暑逼蟬聲急，風傳燕語譁。壇邊環父老，雲裏隱人家。誰氏臨厓墅，長鑱種野花。」翁有二子，皆成進士：長宿燾，文選郎；次宿庚，清河令。

釋棹旋，號聽雪山人，住持我郡龍門寺。有道行，工詩，善畫蘭竹。年七十餘，跏趺而逝。嘗有句云：「輕雷驅暮雨，飛電鬬斜陽。」此句未經人道。

汪峭崖烈，婁邑諸生。詩頗清警，時有佳句，如「酒到病時方斷飲，書除死後未停披」、「兄尚未歸汝又去，母今已老我仍貧」、「但願一家頻入夢，忽傳雙鯉怕開看」，此類儘多，近時作手。

黄經歷古香春暉，號曉山。《登華》有句云：「中原忽斷處，天外見黄河。」殊有遠概。曉山本我鄉一作手，遠宦滇南，因病廢吟，歸未幾而卒，可惜也。

吴門朱適庭先生昂，號秋潭，著有《秋潭詩稿》。與竹嶼、岱輿、漁庵有《四家詩》之刻，録近體數篇於此。《斗初企晉過訪留宿江樓》云：「鄰寺疏鐘歇，江村落木多。柴門深雨閉，客櫂暮寒過。逸思追韋柳，清言就薜蘿。山中梅信近，握手問如何。」《依緑軒》云：「桑柔戴勝飛，雨過緑添肥。幾日春池漲，苔痕上釣磯。」《青瑶池館》云：「薄暮憩野亭，渺渺流波緑。招手採蓮人，驚起雙鷗浴。」《聽松樓》云：「飛閣俯寒潭，粼粼石泉瀉。真境無人知，獨坐松窗下。」

毘陵女史孟鈿，字冠之，爲錢文敏公維城女，進士崔漫亭龍見室，太史景儀之母夫人也。著有《浣青詩草》。樂府云：「春蠶吐素絲，絲成織成匹。裁作合歡被，騰花散光澤。盡道裁縫熨貼平，不念當時辛苦力。」其二云：「花莫折，衣莫浣。折多枝葉傷，浣多顔色減。闌干一夜背東風，昨日妖紅今日淺。」

有孟鶴林者，不知何許人，亦未詳其里居。有近體詩一册，中多佳句。五言如「隔岸千家暮，空山萬樹秋」、「雪飛千嶂白，雲暗一鐙紅」、「沙卷晴疑霧，風恬夏亦寒」，七言如「天涯問字隨鴻雁，客裏懷人聽鷓鴣」、「古岸丹楓寒夜月，澄湖秋水夕陽天」，皆可誦。

青浦徐澤農薌坡，己酉選拔貢生，有詩名，著《澤農詩稿》若干卷。《過薛澱湖寄倪賓肅》一作，余最喜誦之。詩曰：「明瑶千頃涵江樹，西風嫋嫋吹帆去。遥指微茫一角山，碧螺點點雲深處。憐予歸隱計蹉跎，十載征衫感慨多。羨煞倪迂此高卧，月明鐵笛散滄波。」後澤農歿於京邸，曹藜庵、高小琴經紀其喪，旅櫬之得歸者，稷堂吴侍郎之力也。

寶山王廣文訒齋世樞有《學吟稿》，作《百花詩》上下兩卷，皆七絶也。《荷包牡丹》云：「柔絲縷縷掛新紅，名字花王訝許同。似惜東君太狼藉，繡囊麗貯春風。」《諸葛菜》云：「種菜英雄一旦休，出師草木動含愁。成都八百桑同盡，剩有閑花屬武侯。」《王瓜》云：「生時苦菜已成花，見汝花開感物華。若共楊梅尋舊例，稱名合道我家瓜。」皆有風趣。

懷寧余秀才少雲鵬翀，號扶齋，忠宣公之後也。長詩、古詞曲，而五律尤工。《蒲州》云：「山右歷應遍，河東竟此程。馬頭窮晉壤，人語近秦聲。細路迴長坂，平蕪落古城。會將臨眺意，一慰滯留情。」「一雨兼秋至，纔晴覺暑回。歸雲連岳漲，返照過關來。野曠牛羊小，樓空鸛鵲哀。夜深驚殷枕，風走禹門雷。」《游萬固寺遇雨》云：「已驚平地險，登塔失崔嵬。百竅時搜電，千巖忽轉雷。泉應成海去，雲欲化山來。雨後一危立，冥茫首重回。」

嘉定林協君大中，號厚堂，性落拓不羈，卒以明經老。詩工詠古，如「與韓並作無雙士，於宋真成第一流」《范文正》、「子敬當年猶爲漢，伯符後死豈降曹」《潤州懷古》、「重見異人能霸越，傷心末路竟依梁」《吴山懷古》。此類甚多，亦時賢中之矯矯者。

我鄉朱天馭先生，諱天灔，號謙豫，積學敦行，居喪盡禮，不露齒者三年，鄉黨稱孝。理學尤多所發明，兼工韵語。《南郊眺雪》云：「凍雲兼薄霧，與雪共糢糊。出郭寒逾好，遥村淡欲無。道人争潔白，春意在凋枯。且往寺中去，烹茶向竹爐。」《贈友》云：「漫嗟十載去荒廬，且向三冬學荷鉏。事過便同身死後，目前誰似我生初。阮公有恨貪澆酒，陶令無心懶讀書。秋水一方人宛在，歸來閒坐釣溪魚。」先生曾官聖府管勾廳，卒於官，稿多散失。

朱秀字蘭英，謙豫先生女也。聰慧，善小詩，工尺牘。有《送弟》一絶云：「錦帆高挂碧溪灣，落日旗亭游子顔。那得雁行真似雁，年年飛去復飛還。」

楊萍香，吴門謙山先生女，岳州守李公心耕之室也。著《鴻寶樓詩鈔》。五言如「竹延三逕月，荷剩一池香」、「痛切翁姑老，悲深兒女多」，七言如「白波塘外帆千葉，紅樹村邊屋萬家」、「天塹劃開南北界，海門常鎖古今流。」至七言歌行，如《西子曲》、《讀太白詩》、《長城歌》等作，更有魄力。

元和高桐村景光先生，一字自柏，三擷芹香，繼皆棄去，爲海内三布衣之一。著《夢草書堂詩》若干卷。《同王光禄明行寺詩》云：「小杜吟情愛晚晴，瘦藤扶去萬緣輕。野塘風急收魚婢，江店人稠唤藕兒。相約東吴前進士，來參天竺古先生。橋衡奉席真多幸，一聽玄談徹妙明。」又《贈西樵》有句云：「偶遇達官羞仰面，每逢奇士便低頭。」爲時傳誦。

柏古字斯民，號雪耘，華亭人。著《雪耘詩鈔》，吴梅村、曹顧庵、魏青城諸先生皆爲之序，品格在王孟間。略其數篇于此。《從筫簹諸嶺至雲棲》云：「空山樵路深，積陰生暝晦。萬峰剥削幽，靈怪不一類。江湖影蒼茫，俯視不敢再。雲合石欲沈，石露雲復碎。雲石難辨中，鐘聲出其内。尋鐘至精廬，高僧遺蹟在。泉洗世人心，一沐了無礙。」《維摩嶺》云：「路向維摩上，孤遊鳥作群。深林疑蓄雨，積石欲生雲。海没盤峰見，泉飛隔嶺聞。相逢僧話久，殘碣照斜曛。」《江樓晚眺》云：「客邸多閒興，來登江上樓。山從遠浪出，鳥向亂烟收。月白天無夜，林空歲已秋。憑闌千里盡，動我故園愁。」子嶷山，畫理精妙，入宋元人室。

于夫人月賢而能詩，父故金沙宿儒。徐中丞嗣曾幼孤，負笈於其門，相攸及之，而慮其貧，勿當女意。一日授《左傳》重耳、齊姜事，令咏之，夫人口占有句云：「願從公子志，不作女兒悲。」父喜，甥館乃定。

吾邑徐懷西先生鳳池，著有《古榆書屋詩鈔》。如《訪雪松禪師不值》云：「游士愛隨紅葉渡，高僧閒逐白鷗飛。」《謁岳王廟》云：「風波亭上風波起，此恨綿綿永不窮。」《即事口占》云：「本欲消愁翻舊句，那堪相對白頭吟。癡兒覷著阿翁淚，問甚吟詩淚滿襟。」皆有逸致。隱居松溪，家有别業，購細種名菊植其中，雖出重貲，不少吝。每至秋深，騷人墨士，絡繹奔赴，觴咏無虚日。風流瀟灑，至今猶艷稱之。

方諸禪師著《東林集》一册。《漁父詞》云：「和光寂歷隱溪濱，獨自悠然下釣綸。紅蓼岸，緑楊津，占斷風流劫外春。」「年來不費買山錢，瀟灑溪頭一釣船。消白浪，絶江烟，卷起絲綸抱月眠。」

江賓谷《禪智寺》云：「迤邐崑岡枕水湄，琳宫高揭認楊隨。蟲鳴廢院僧鋤菜，葉滿空廊客看碑。雨氣隔江山淡沱，墓田無主草迷離。紅羊幾度嗟塵劫，歌吹依然似舊時。」賓谷名昱，廣陵人。昔登岳陽樓，見其題句。後得其所刻《題襟集》，雅近白石、放翁，此作尤有晚唐神韵。

新安吴綺園茨長於詩，嘗客明州司馬靳公治荆幕中。著《四明集》，宋中丞牧仲序之。《會稽懷古》云：「土功荒度後，選勝會諸侯。拱揖群峰列，朝宗萬壑流。賦田應上錯，玉帛已千秋。望古情何極，梅梁繞越州。」其姪東岩瞻泰亦能詩，《曹娥廟》云：「五日三閭死，娥江亦汨羅。乾坤鍾窈窕，忠孝兩嵯峨。淚盡同湘管，哀深學楚歌。漢安明月色，殘夜下滄波。」兩公并有《白華集》及《黄山唱和詩》。

近見古匏朱處士履升稿中有《聞夏考功有後作》，其詞云：「曾侍先生二十年，忠良無種淚涓涓。那知人外青鴛境，趙氏孤兒尚宛然。」「沈湘遺恨弔啼鵑，芳躅還期青史傳。見説三閭仍有後，逃名流落復逃禪。」「文山有子嗣蒸嘗，正學遺孤未渺茫。初服望君還故里，不須方外傍空王。」按處士以夏孤爲僧於越，尚有一啓迎歸。此啓程稺林明經曾見之，乃知《鎮洋縣志》詳載忠節公有後，語不忘也。

劒亭曹副憲錫寶《風塵》云：「貧賤悲歌易，風塵知己難。酒徒多偃蹇，詩老半凋殘。性豈因人熱，心緣閲世寒。浮沈真底事，誰借一枝安？」

符幼魯曾一字藥林，著《春鳬小稿》若干卷，詩頗清逸。《雨中宿虎丘塔院》云：「薜花深院寂，行迹水邊稀。山雨忽如霧，蓊然雲欲歸。人家沉晚色，松影上寒扉。爲覓投僧處，林間佛火微。」

嘉定張明經擔伯錫爵學有根柢，詩頗清真，著《吾友于齋詩鈔》。集中無所不有，記其《題金陵圖》一絶云：「覆舟山畔草芊芊，啼盡城烏事惘然。爲報秋風莫蕭瑟，更無衰柳解籠烟。」

吾鄉曹峨雪先生勳，崇禎癸未會元及第。性至孝，終養家居。晉中允。弘光南渡，以禮部侍郎召，不赴。明亡，奉太夫人居東干，號「東干釣叟」。著《東干詩草》。《送堪兒北上》云：「未問前塗功與名，讀書種子類春畊。憐他水火思先覺，際此風雲看後生。千里豈難酬國士，一寒慎勿負家聲。長安舊好憑傳訊，欲説相思寫不成。」

侯公子世禄，字功藩，雅令有文，生具至性。佐父承祖守金山衛城。城破，勸其降，不順命。衆怒，攢矢射之，中五矢，屹立不動，乃以刀砍而死。方在圍城中，有「身沾雨露心難死，肉委黄沙骨自香」之句。功藩著詩文甚富，盡没烽塵，獨此兩言書于城垣，爲識字者所録，恨不能得其全章。弟世蔭，字美漢。别治一軍，以敏幹聞。父兄殉國後，請死父屍旁，李都督義而特宥之。後爲謝堯文案牽連，死於金陵。臨刑賦詩數十章，有「義重有頭供短劍，道窮無子讀藏書」。又《寄妹》云：「父魄有靈應傍汝，君恩爲重莫愁余。」慷慨悲歌，皆邑志所未載。

鄰水莊詩話卷二

柘湖丁繁滋耘莊氏輯

曹秀才彦博爾埏，峨雪宗伯子，顧庵學士弟，穀山司馬之父也。天才矜藻，不讓父兄，識者目爲鄰中子建。年未三十而卒，存稿無多。《蘇門訪孫鍾元不值》云：「大雅久沈淪，老成俱寂寞。當代仰哲人，海内宗伊洛。弱冠揚駿聲，幽奥窮墳索。文藻儷班揚，風流邁李郭。德輝固沖融，高懷復磅礴。素履難具陳，古人允不作。歲晚慕隱淪，散髮卧丘壑。變化歎猶龍，騰騫迅孤鶴。詎意勛華時，未遂潁箕樂。遠謝蘇門隈，燕薊暫棲泊。山水失主人，孤雲將焉託。遥望子雲亭，松花自開落。」《春興》云：「連宵清夢繞鄉廬，道路風霜喜晏如。窮達懶從唐舉相，疏狂并乏巨源書。談經久已能争席，端策何勞問卜居。故國烟波春漸漲，垂綸空想五湖魚。」《登蘇門山》云：「蘇門異代名賢地，披棘捫蘿上古岡。百道泉聲藏曲折，萬山春氣散微茫。芳菲花柳同江左，迴合風烟接太行。錦石清流看不足，結廬我擬嘯臺傍。」

單進士狷庵恂，我邑之單村人，峨雪宗伯高弟。知麻城縣，有惠政，旋即解組，隱居袁海叟白燕庵，著作甚富。《上巳祠陳徵君》云：「春暄初散禊時烟，酒酹青山送畫船。鮭菜偶尋《高士傳》，鶯花記寫右軍年。先生月下應騾墜，後死風流似馬遷。還似鞠衣桃粥候，金箱遺事獨凄然。」先生詩工《選》體，五古尤精。全稿爲友人借去，故所録止此。

永福黄莘田明府任弱冠登賢書，出宰四會，有政聲。罷官歸里，貧不能自存，而獨耽於詩，著《香草齋詩集》。《喜郭書禪至》云：「故人有冰雪，殘暑忽然收。結夏曾幾日，又當大火流。一庵松下暝，孤磬水邊秋。共此石床坐，無言心轉幽。」《趙佗》云：「雜霸乘時據海濱，風雲草昧長文身。築臺北面能朝漢，竊國南荒不帝秦。子弟春秋榮守塚，蠻夷冠帶謹稱臣。當年寡女誅求盡，嬴氏推君一罪人。」

吴門石遠梅鈞，隱於市而工詩，著《清素堂詩集》十卷。《曉度山海關》云：「馬首西風緊，關門曉霧開。地形隨海盡，山勢抱城來。磊落心猶壯，飄零鬢已催。從今皆近輔，不必戍龍堆。」《潼關》云：「形勢居然扼九州，歇鞍此日上津樓。天蟠太華當關落，地坼黄河挾渭流。三輔人烟連古道，二陵風雨動高秋。雁門司馬今何在，遺壘荒凉感白頭。」《秋日集磐隱園》云：「清秋林館共追攀，促坐高歌一解顔。有客但看增白髮，何人竟得買青山。露零蓮粉空塘裏，風咽蟬聲疏柳間。太息詞人歡會少，當筵莫放酒盃閒。」

嘉定戴冰揆先生鑑，少有膽略，胸無城府。不枉是非，不牽毁譽，不惑利害，能急人之患，數奇不遇。著《南村詩稿》四十卷，清逸處與白石爲近。《仲姊六十》云：「猶憶兒童戲綵時，歲華冉冉鬢多絲。長余一紀恩同母，似爾三遷德可師。辛苦冰霜勞夜織，艱難珠桂待晨炊。今朝重數分鸞日，廿四年來不易支。」《家書清過訪》云：「相逢時節髮垂顛，肯信匆匆二十年。耳畔通名還彷佛，階前執手自纏綿。家門不改清風舊，子弟争如玉樹賢。獨悵青齊强項令，一官未達早歸旋。謂乃翁」《周甲述懷》云：「也度流光六十年，艱危遍歷記從前。一無是處誰青眼，百不如人已白顛。交只陶泓毛穎在，名將烏有子虚傳。臣今亦覺餘生厭，豈但東坡句可憐。」先生暮年輯《嘉定詩徵》，凡名賢一言一行，必表而章之。維持名教，羽翼前哲，惟恐不及也。

曹次典先生諱謨，干巷人，平湖歲貢生。童時受知於陳眉公。及長，遊京師，韓慕廬、徐健庵諸公咸待以枚馬。秋闈十九試而不遇。詩工七律，力追中晚唐人。如「山連建德疑無地，江到桐廬不上潮」《洞江道中》、「金闕衣冠消舊夢，珠宮花雨悟前因」《呈法幢禪師》、「三江襟帶連天合，兩浙山川此地分」《渡錢塘》、「四海文章知己少，十年提挈感恩多」《寄王印周》、「左思賦就堪招隱，阮籍途窮半詠懷」《和魏禹午》、「束髮華生何日冠，白頭張儉幾時歸」《贈陸冠用》、「雨後黄沙還撲面，秋來白髮易驚心」《濟南道中》、「數家烟火客停馬，一院松風僧閉關」《青陀寺》，此類數十句，皆不減古作。又《擬西宮怨》云：「水晶簾捲又東風，徙倚西窗數落紅。自是君王勤孝治，獨教賤妾奉慈宮。」「複道西來小院東，蛾眉謡諑怨春風。昭陽姊妹猶争寵，那許旁人冠六宮。」《婕妤怨》云：「細雨金鋪長緑苔，珠簾深鎖爲誰開。東風不解西宮恨，偏送昭陽歌吹來。」《送劉野從歸鄰》云：「鄰下風流恨見遲，江干分手動離思。憑君爲報南皮客，今日曹劉又一時。」

徐磐字黛青，一字稼翁，金山衛人。詩工七言，如《大蔭僧房晤許定侯》云：「遠公説偈能忘世，元度談詩妙入禪。」《春感》云：「薄俗似難論古道，貧居却易驗交情。」《鄰園看花》云：「貧孤勝賞憐春去，老剩餘閒訪舊來。」《除夕守歲》云：「一歲僅憐餘此夜，百年能得幾今宵。」《中秋對月有懷》云：「兩地月同今夜滿，一年秋向此宵分。」《田家》云：「高矗稻樓場圃浄，灣環溪水屋廬清。」《登城野望》

云：「山城木落郊原曠，海國雲深島嶼微。」《懷友》云：「飲席每嫌生客共，詩篇惟索解人看。」《歸舟》云：「芳草有情迷去路，青山無數送歸舟。」《秋雨懷人》云：「蟲吟客思驚秋早，雨滴愁心入夜多。」《八十自嘲》云：「目送行雲傷往事，影隨流水悟前身。」「貧欲易充消妄念，散材無用得長閒。」「縱封侯秩須名醉，若證仙班也號頑。」「犀首向爲無事飲，虎頭應是有情癡。」此類甚多，皆得放翁之一體。

浙西一女子，忘其姓名，幼年許字青溪金生某，某貧不能娶。父欲改字，女力諫不從，遂易男子裝，至松郡尋訪。羈栖旅店，爲惡少窺破，鳴之官。時華亭令高侯辰雅好士，女長揖稱諸生。高指廳治古柏爲題，令賦詩。援筆立成一律，云：「庭畔青青柏，高枝風遠揚。自能標直幹，斷不畏嚴霜。唳鶴青霄勁，鳴琴秋水長。明公仁義布，留此作甘棠。」高侯大加擊賞，痛責諸惡少而釋之。被責者復追至河，女急赴水，漁人救而免，仍送高侯，始吐實。高愛其才，重其志節，爲訪金生，至助奩畢姻，義舉也。金，青溪諸生。友人陳雲芬説。

上海趙學博藥仙工詩文，負奇出關，一路行役之詩俱堪圖繪。五言如「探花青草滿，沽酒白雲深」、「紅葉落人面，白雲生馬頭」，七言如「千家風雨歸灤水，萬壑烟雲鎖上都」、「絶壁藤蘿通鳥道，半天雲霧起龍潭。」不出塞，不知寫景之工也。藥仙爲玉厓徐觀察高弟，中己酉北榜第六。

逆回寇伏羌，攻圍五晝夜，時簣山楊上舍之灝亦在圍中，登城射賊，斃其魁。作長律百韵紀事。余尤愛其一律云：「欃槍昨夜漸欹積，劍履朝聞出上臺。小醜尚煩天子怒，大軍爭望令公來。游魂釜底盤旋久，殺氣山中旦夕開。他日洗兵清渭水，終軍從此棄繻回。」

徐燕香茂才麟，博學工詩，與修《婁志》。身後詩稿已散失，唯傳《哭兄東暉》云：「族有達人門始大，世無長者道難尋。只看里黨千行淚，儘驗平生一片心。」又「風雨九霄傾廣厦，雲山幾處失春臺」、「曾經閉户辭鄉飲，倘使彈冠壓楚材」諸句，至性流溢，不雕琢而自工。詩本性情，諒哉！

嶺南林睡廬有《咏物詩》一册，皆七言律句。《咏怒濤》云：「冰崕雪岸三千丈，虎嘯龍吟一萬聲。」《鶯梭》云：「經來原上千絲雨，織就隄邊一片雲。」《楓葉》云：「捲簾長覺天方曉，登閣每疑日欲低。」《劍氣》云：「龜文春暖鉒争日，縵理秋寒影帶霜。」亦謝瞿之流也。

徐玉書翀號芥舟，山陰副貢生，雅好爲詩，間多佳詠。其《游石佛寺》有「風雨殘碑唐甲子，冰霜古樹宋春秋」之句，一時傳誦。

薩侍郎彬圖，乾隆辛丑進士，達少宗伯椿之子也。《游摩呵庵》有句云：「三生刹那誰身後，一笑摩呵此室中。」其弟窩孝廉星阿亦工詩。

濟南王司馬叔愚字草橋，爲薩臺宫贊仲愚弟，風雅士也。新納姬，邀余小酌，且出素扇索詩。余即席賦《催妝》數首，有「寄聲今日王文穆，後圃宜添五畏堂」之句。時寳山胡香雪在座，自言亦曾用及「五畏堂」，但不爲納姬而作。衆問爲何，答曰：「有一友，兼畏其妻之母耳。」舉座大笑。

曹谿山谿號空谷山人，華亭名諸生，與陳眉公友善。嘗於裱鋪見陳《行樂圖》，走筆戲題其上曰：「毛其面，矮其身。名爲繼儒，字曰仲醇。巧作山中宰相，實乃勢利小人。」眉公亦不爲忤。後曹棄青衿，時人稱爲真隱。

趙州尉楊慎齋名揚，皖江宿松人，慷慨好客，有北海之風。遇人急難，典金佽助無德色。吳興方渭濱夢熊贈詩云：「投轄陳驚座，開厨阮步兵。」臨别，又有「一離洨水似辭家」之句，皆實録也。

朱孝廉又相如作《顔公山祠堂記》，並題二絶云：「苔蘚雲封古寺西，顔公仙處舊幽棲。清風勁節饒松柏，不種桃花傍碧溪。」「三百年來舊本朝，東南王氣黯然消。孤臣幾點西風淚，灑向錢塘作夜潮。」顔公山爲宋末忠臣朱竹溪、竹窗兩先生棲隱處，詩能傳之。

吴春字古年，歸安吴孝廉西蒻姊，邵武司馬董公起埏室也。博雅工詩，時稱「不櫛進士」。《咏雞冠》有句云：「函關有客驚秋早，茅店無人就月看。」時稱佳句。

曾見朝鮮禮曹正郎許端甫筠書其妹景樊詩一册，《古離别》云：「轔轔雙車輪，一日千萬轉。同心不同車，别離時屢變。車輪尚有迹，相思獨不見。」《山嵐》云：「暮雨侵江曉初闢，朝日染成嵐氣碧。經雲緯霧錦陸離，織破瀟湘秋水色。隨風婉轉學佳人，畫出雙蛾半成蹙。俄然散作雨霏霏，青山忽起如新沐。」按端甫與兄篈皆舉進士第一，自號「白月居士」。妹景樊，字蘭雪，適進士金成立。金殉國難，遂爲女道士。兄妹三人詩皆採入《明詩綜》。此册詩凡十六首，俱《詩綜》所未收，因録二章於此。

朱二垞師賦牡丹，凡四用「富貴」字，曰「閲遍繁華無此麗，算來富貴不嫌遲」，又「即看夢裏空華幻，早識人間富貴虚」《牡丹既謝》句，「漫矜冠世才華盛，早識平生富貴賒」、「及時富貴猶如夢，著意榮枯轉覺癡」《牡丹爲風雨所敗》句。高南邨云：「有此數詩，可與前人争無形之富貴。」

陳桂堂師廷慶以書法掩詩名，著有《詩饞百疊》，韻險語新，戛戛獨造，讀者咸有石破天驚之歎。

嘗鼎一臠，可知大略。壬申秋，過余鄰水莊，流連信宿，論詩每至漏盡。最賞余宛在園原唱一聯，云：「滿逕落花風定候，數聲啼鳥雨晴時。」擊節再三，即書爲楹帖以贈。乃越一載而師遽歸道山，追記前遊，能無增慨？

徐香沙先生久歷名場，交滿吴越。遇有才者，表揚唯恐不及。余梓華亭楊栩庵廷球遺詩，係其所授。配莊磬山女史焘，著有《剪水山房詩鈔》，兼工小楷。袁太史子才枚屢招，列女弟子中，終不赴，時論高之。没後，張明經二若寶璵輓之云：「咄咄袁絲老更狂，搜羅紅粉列門牆。蘭枝那肯儕桃李，也要春風枉費忙。」王少府山春蔚宗云：「笑煞紛紛馬帳從，紅顔白髮自春風。夫人雖死神猶旺，不列倉山女弟中。」皆詠其事也。

方子雲正澍，歙縣人，著《伴香閣詩集》，工於體物，有范、陸之風。畢尚書秋帆選《吴會英才集》，子雲與焉。詩凡兩卷，美不勝收。如「撥雲人上鳥邊道，落日舟盤天際江」《至捨身厓》、「貼雲孤雁飛無影，帶雨寒楓落有聲」《石頭城》、「花逕紅深初過雨，竹潭碧極欲生烟」《春感》、「沙村苦竹梢無葉，月夜征鴻背有霜」《吴江道中》、「晴江遠樹梢頭水，夕照平蕪盡處山」《幕府山》、「人鋤北府新春草，峰落南朝舊夕陽」《潤州懷古》、「緑綺豈愁無好韵，青年最忌是浮名」《曉發有感》、「華歆只合居龍尾，顧愷真宜字虎頭」《送友北上》、「座上酒人忘甲子，門前花地課丁男」《贈友》、「雲雜野烟如易暮，雪和春雨最難晴」《閒居》、「也知佳句原關命，偏是庸流每忌名」《夜話》、「開過牡丹春力盡，長齊蕉葉雨聲多」《小院》、「野店年荒收市早，故鄉别久見人生」《入新安界》、「交廣易添離别恨，學荒翻得性靈詩」《落莫》，俱極雋刻。

姚琴仙汭爲吾邑眉洲先生懌曾令嗣，邃於家學，詩極雋永。曾示余《乞巧詞》五首，云：「夜涼私語記鴛盟，如水天街恰二更。願得巧如秦吉了，替人真個訴癡情。」「好風翦翦逗窗紗，銀浦流雲瀉影斜。願得巧如連理樹，等閒不放別枝花。」「玉蟲摇影剔花釭，七孔針穿卅六窗。願得巧如江上槳，隨郎來去自雙雙。」「新花雙影鬢堆雲，心字衫兒心字熏。願得巧如玉合子，教儂珍重不教分。」「佳期何苦判人天，怕説相思寫恨箋。願得巧如雙蛺蝶，伴伊飛夢到花前。」其從兄蘇卿清華亦工詩，《咏骰子》云：「不問書窗與繡櫳，大千何處不同工。聲高戛玉敲金外，情熱科場甲第中。勝敗偶然隨掌握，遭逢不必盡英雄。爲他指出勾情處，入骨相思一點紅。」《瓜子殼》云：「半落裙邊半袖邊，拋來最近玉纖纖。略沾臙唾華猶綻，解破相思指慣拈。衿上一痕和酒墮，掌中雙瓣代鬮占。登筵此後終無分，抬舉曾經到舌尖。」游戲小題，抑何妍妙乃爾。

黄少尹仲則景仁，武進人，天才卓犖，秀冠江東，著《兩當軒詩稿》。七古擅長，而近體亦有過人之處。如《廢園》云：「草竟長於我，花還開向誰。」《離別》云：「詞人畏説中年近，壯士愁看落日低。」《都門秋思》云：「夕陽勸客登樓去，山色迎人繞郭來。」語都悽惋，宜乎不永其年。

武康高孝廉東井文照，著《闉清山房詩稿》。鄉薦後，旋歸道山，遺稿散失。《望岱》有句云：「渾疑到海全無地，不信升天尚有門。」「重溟赤捧三更日，絶頂青寒五粒松。」時稱佳句。

華亭石茂才午橋渠，著《翠茗館詩稿》。如「雁飛千點急，犬吠一村聞」、「殷動逢野老，指點到山家」、「帶水分秦晉，斜陽澹古今」、「烟光三萬頃，靈蹟兩重山」，又「嶺樹雲移青到地，松巒石破碧摩天」、「西方門户金沙路，南土藩籬鐵壁關」等句，皆非苟作。

惠研谿周惕先生《望中子山》云：「昔日登臨地，詩人去不回。竹房今在否，明月夜還來。翠色連衣桁，晴光落酒杯。幾時隨杖履，吟弔一徘徊。」又《台州雜詩》云：「曉行初過雨，野色似新秋。翻樹黄鸝語，争橋亂水流。海天雲作地，山店石藏樓。安穩籃輿上，吟詩抵卧游。」「龍顧蟠城北，鰲山控海門。自從添戰壘，幾許未招魂。烽火今初息，瘡痍正望恩。但能勤拊字，天險不須論。」「出郭誰堪賞，人傳浣月邊。片帆青雀舫，一帶白鷗天。遠樹團新蓋，圓荷漾小錢。可堪乘興去，尊酒醉蠻絃。」《出天台西郊》云：「出郭纔數步，已知風物清。杳然流水上，時有白雲生。覓逕長松導，尋谿怪石迎。杖藜吾欲憩，一坐聽啼鶯。」數詩清逸，王孟之遺。

老泉遺硯，長五寸八分，闊五寸，厚寸餘。色紫，上有朱砂斑及巨眼，一旁篆「老泉藏」三字。背陰有銘曰：「黝之泓，縝以滋。廣《離騷》，補亡《詩》。」亦篆文。向歸吴興姚氏，與東坡、潁濱兩硯並藏，今爲溉餘弟繁培所得。溉餘有詩紀之，《次坡公龍尾硯歌韵》云：「老蘇文墨人争惜，字字珍於古拱璧。連日光怪案頭生，喜得區區一片石。當其廿七發憤時，學廣《離騷》繼《楚辭》。具眼辨姦作奇論，卓哉先見何人知。奕世堅貞鮮俗垢，名硯共爲三蘇有。未得子瞻與子由，老泉手澤輝先後。至今精采騰烟雲，斑斕五色無纖塵。郎官太師我能擇，重此端方不刻畫。眉山朗月千秋懸，誰向臨池一鑒别。」

朱振翎鶴立，一字耿士，朱涇人。偃蹇一生，頗工韵語。《柬巨容》云：「居分南北實爲鄰，堪笑經年失問津。愧我疏慵仍似舊，羡君學業益加新。錦囊得句才無敵，古帖臨書筆有神。乞取池中餘墨瀋，閒來揮寫莫辭頻。」《秋感》云：「偃蹇南村歷歲年，緬懷庚甲一凄然。半生俠骨羈書幌，萬里雄心困硯田。欲泣荆山誰識玉，思空冀北孰加鞭。天公生我知何意，生處還將問耿玄。」「虞卿愁裏度年華，弄月嘲風逸興賒。窮乃工詩空有句，拙於生計痛無家。腐儒骨相猶皮虎，鄉傳身名賤竹蛙。悔業一經何所益，漁樵也可作生涯。」

沈家駒先生，干巷人，諸生，能詩。記其《春寒》一律云：「半月春光暖未曾，一尊解凍興還勝。當窗曉怯霜如雪，啓匣晨驚硯有冰。青帝已回新歲月，白雲猶鎖舊漁罾。陽和豈是無威力，指日薰風人共承。」

曹雪匡杠字遵路，金山諸生。善畫蝴蝶，人稱「曹蝴蝶」，尤長於詩。《上巳》云：「客裏剛三月，猶餘韶景留。良辰嗟浪擲，禊事共誰修。日麗花香暖，風和鳥語柔。芳庭閒步處，聊當踏青遊。」《釣灘》云：「上無片瓦下無地，一舸飄然身可寄。臨淵豈有羡魚心，一竿垂處時游戲。往來只在朱水濱，扣舷吟嘯無昏晨。脱盡三千大千劫，不入苦海與迷津。簑衣蒻笠頗自得，打破禪關此游息。何用别求選佛場，一逕便是極樂國。道吾雲儼皆同儔，隨緣而度成獨修。不是釣魚如釣道，釣得上乘來孤舟。夾山既與傳心要，撥棹清歌成絶調。一竿猶厭累紅塵，船子踏翻遂罷釣。松澤剩孤亭，臨流獨憑弔。千秋一點禪心存，惟有半灘明月常相照。」

李欲仙振宗先生著《百城堂詩集》，記其《舟行》一絶云：「碧水晴沙照錦紋，横塘西去石橋分。長松高插龍虬種，一鶴歸來滿樹雲。」

盛青嶁先生，瀆川人，諸生，工韵語。其蜀游詩尤爲奇特，名重藝林。平生與歸愚沈宗伯倡和。青嶁殁，宗伯評定其稿而刻之。其《詠老將》云：「白髮枕戈眠，黄沙帶甲穿。風雲經百戰，筋力盡三邊。舊識飛狐路，高談射虎年。聞笳心未死，尚想勒燕然。」《送人歸楚南》云：「少年誇入洛，意氣薄層霄。射虎論邊事，聞鷄夢早朝。滄桑餘一老，鸞鶴遠相招。好著黄冠去，雲皃逐子喬。」《登白帝城》云：「萬仞牆臨灩澦堆，子陽霸業劃江開。白鹽峰對城頭出，巫峽帆從地底來。雲起化龍迷古井，風生躍馬有高臺。漢家陵闕同灰滅，淚盡寒猿日夕哀。」《蜀道寫懷》云：「辭家動作經年别，去國真成萬里遊。淚眼已枯猿嘯夜，鄉書空望雁來秋。蠶叢路險連雲棧，鹿角灘驚上峽舟。心折江陵灌園叟，黄柑千樹比封侯。」至五古如《十二碚》、《空舲峽》、《過灘》等作，能寫奇險之境，可與漁洋作替人。

陽湖趙甌北先生翼詩名大著，而於七律尤工，集中名篇甚夥。《樓桑村》云：「敵張終造三分國，士少能臣第一流。」《漫興》云：「漸老鬢毛攙黑白，積勞筋骨驗陰晴。」《西湖》云：「去國狼胡非帝意，隔籬犬吠是人聲。」《崑崙關》云：「何必梁公爲遠祖，不妨季布出黔奴。」《從軍征緬》云：「正愁年少髀生肉，尚有家傳膽滿身。」「難甘公府宣明面，已戴軍門秀實頭。」《勦南坎》云：「一軍皆甲晨聽令，萬馬無聲夜踏邊。」《送王總戎進勦金川》云：「拔戟自當軍一隊，横矛能退敵千人。」《即事》云：「才思漸如强弩末，歸心已折大刀頭。」《朗州除夕》云：「一官恰似殘年盡，舉世猶争此日忙。」《歸田》云：「老境逼來將白髮，宦途盡處是青山。」《即事》云：「贈多錢可青黄接，俗厚丸無赤白探。」《五十初度》云：

「一代文章誰作者，古來出處幾完人。」《村舍即事》云：「懶愁束帶見生客，老尚典衣求異書。」《將入都留别諸友》云：「有幾故人皆白髮，多年老婦再紅妝。」《哭老友》云：「誰料汝爲長夜客，始驚我亦暮年人。」《史閣部》云：「箕尾歸天空有氣，衣冠作塚竟無屍。」《贈棕亭》云：「數十暑寒我輩老，萬千著述幾人傳。」《聞心餘計》云：「貧官身後惟千卷，名士人間值幾錢。」《十載》云：「人疑白首何輕出，我爲青山未遍遊。」《定軍山》云：「與賊勢終難兩立，斯人功竟限三分。」《第一孫生》云：「家貧聊喜添丁富，孫早差償得子遲。」《遺興》云：「不識字人真快活，但求錢處必艱難。」《題近人集》云：「標榜恥爲前七子，精神各注後千年。」「縱教後輩能饒舌，敢禁斯人不出頭？」《七十自述》云：「壯心有劍雞催舞，浪迹無枝鵲亂飛。」「詞賦動誇今李杜，山林并少假巢由。」《閱明史流賊事》云：「師行共指軒中鶴，寇去方追幕上烏。」《輓顧晴沙》云：「曾爲才子先登第，要作高人早去官。」《輓袁子才》云：「今日倚樓惟我在，他時傳世究誰長。」《稚存歸里賦贈》云：「出塞始知天地大，題詩多創古今無。」《讀史》云：「牛喫牡丹同百草，蟻擎粒米過千鈞。」《獨立》云：「地下轉多相識友，世間暗换一班人。」《題蜀中詩話》云：「一代幾家傳世久，千秋兩字騙人多。」《江樓野望》云：「天若有情應亦老，古而無死更何憂。」《答張孝廉》云：「過我相留纔幾日，與君重見定何年。」《哭惕莊總管》云：「豈期一别成千古，如此相知有幾人。」《解嘲》云：「但看晚霞多麗景，何曾老樹不春風。」《哭友人》云：「哭到故人三兩世，感深倦客一孤舟。」《輓彭雲楣尚書》云：「帝將李嶠呼才子，人忌元稹作相公。」《自幸》云：「風月從來無盡藏，英雄大抵是癡人。」佳句之多，無有過於先生者。

鄒小山先生一桂染翰之外，特擅寫生。體物入微，設色更妙，前代崔徐，不足多也。曾寫名花百種爲一小卷，各繫以詩，另書進呈。予曾見其副本。《寒梅》云：「萬顆珍珠未破時，東皇有信詎來遲。又看白雪催成玉，領取春風第一枝。」《杏花》云：「蓬萊佳種上林仙，領袖風光二月天。十裏紅雲飛不斷，莫教辜負看花鞭。」《長春花》云：「玉階金盞露盈盈，花裏長年比大椿。直是八千爲九十，笑他梦尾殿餘春。」《漢宮秋》云：「涼飈微動火西流，赤燄餘光尚未收。散作一庭花似翦，宜春宮苑更宜秋。」

「見説白楊堪作柱，争教紅粉不成灰」，白太傅句也。汪堯峰太史《竹枝詞》云：「春雨春風太作顛，桃花結子柳飛棉。小娃十五猶愁思，那得吴娘不化烟。」同一感慨，而詩亦不減前賢。

唐李九齡《雜詩》云「等是有家歸未得，杜鵑休向耳邊啼」，與張祜「客淚數行先自落，鷓鴣休傍耳邊啼」語句相似，而各極其工。

我邑金蒓鄉丈夢熊著《蒓鄉詩鈔》八卷行世，近時作手也。《擬從軍行》云：「羽檄如星急，王師萬里行。揚旗秋出塞，卷甲夜移營。月曉沈弓影，風高咽鼓聲。六軍齊用命，一戰縛長鯨。」《寄朱香泉》云：「知己如君氣誼真，相思争奈阻音塵。百年聚首無多日，四海論心有幾人。絳帳春風堪樂道，青氈故業本安貧。赤松溪畔供遊眺，弔古何當慕隱倫。」

雲間吴茝嫜淑洲，南林中翰次女，覃懷王别駕祖慶之室也。著有《蘭谷集》。《詠燕》云：「梨雲漠漠燕交飛，軟語東風便息機。芳草池塘春正寂，補巢銜得落花歸。」《千尺雪》云：「選勝尋幽入翠微，懸崖千尺對松扉。豈知緑樹薰風裏，猶有寒泉作雪飛。」

毘陵惲錢蕭源濬先生賦《緑牡丹》詩二十四首，記其一云：「静對名花記昔遊，堂開緑野雨初收。一輪碧月歡傾國，十斛明珠怨墮樓。眉黛半遮團扇薄，霓裳遲舞翠華留。不驕姚魏安清素，獨立芳春闇自修。」

巙村産石，可爲硯，其佳者可亂端州。長洲蔣樹存深先生有《巙村硯歌》曰：「巙村村近靈巖麓，館娃宫就靈巖築。巖石曾經歌舞來，屧廊指點蒼苔緑。可憐人去逕荒穢，麋鹿空遊舊日臺。丹崖碧澗磷磷石，剩與文人作硯材。君不見江山代謝成今古，魚椀何期出陵土。鄴宫銅雀上觚稜，今日飄零委烟莽。」

上海張少華熙純先生著《華海堂詩》若干卷。《秋興》云：「輟翰棲毫一惘然，守雌守墨亦忘年。肯教靈運先成佛，悔與嵇康共學仙。餐玉幾人曾入道，布金有客已通禪。欲知佳士飛聲易，夙世原生如意天。」

我里屠水香秀才鰲，幼聰慧，工吟咏，年逾弱冠而亡，藝林惜之。所著《鏡月詩删》中多佳句，如「人踪空谷經秋少，虎迹荒村入夜多」《宿山家》、「路於古木叢中認，人向疏峰缺處行」《春日郊行》。又《送金安舫》云：「入共談心出共遊，無端忽起别離愁。多情不及灘頭水，千里隨行送客舟。」《江村》云：「江村長夏日遲遲，小小茅亭恰面池。最是鷗閒閒不得，淺沙灘畔浴多時。」

嘉善有廣仁祠，乾隆辛酉，里人施宏道所建，以祀里之歿而無後者。此祀事之創，見風俗之極厚者也。曹慈山庭棟先生有《移建廣仁祠》詩云：「爲賦《招魂》意更哀，荒祠移構舊山隈。祀緣復舉圖能永，人各崇先義可推。埋土無瓶餘瓦礫，悲風有樹半蒿萊。果誰情與維桑切，來向階前酹一杯。」

（吴忱、楊焄、王天覺點校）